OLIVIA DADE

THE STORIES WE WRITE

ROMAN

Aus dem Englischen von
Ulrike Gerstner

Die Originalausgabe erschien 2020 unter dem Titel
«Spoiler Alert» bei Avon/HarperCollins Publishers, New York.

Deutsche Erstausgabe
Veröffentlicht im Rowohlt Taschenbuch Verlag,
Hamburg, Juni 2022
Copyright © 2022 by Rowohlt Verlag GmbH, Hamburg
«Spoiler Alert» Copyright 2020 by Olivia Dade
Published by arrangement with Avon,
an imprint of HarperCollins Publishers, LLC
Redaktion Gesa Weiß
Covergestaltung ZERO Werbeagentur, München
Coverabbildung Shutterstock
Satz aus der TheAntiqua
bei hanseatenSatz-bremen, Bremen
Druck und Bindung CPI books GmbH, Leck, Germany
ISBN 978-3-499-00938-9

Die Rowohlt Verlage haben sich zu einer nachhaltigen Buchproduktion verpflichtet. Gemeinsam mit unseren Partnern und Lieferanten setzen wir uns für eine klimaneutrale Buchproduktion ein, die den Erwerb von Klimazertifikaten zur Kompensation des CO_2-Ausstoßes einschließt.
www.klimaneutralerverlag.de

Für alle, die je daran gezweifelt haben, so wie ich:
Jemand, der so aussieht wie du, wird begehrt.
Jemand, der so aussieht wie du, wird geliebt.
Jemand, der so aussieht wie du,
kriegt auch sein Happy End.
Ich schwöre es.

♥

WÄHREND DIE KAMERA lief, tat Marcus alles, um das Offensichtliche nicht zugeben zu müssen: Das hier war eine wirklich dämliche Art zu sterben.

Also ließ er auf Anweisung des Regisseurs ein kehliges Heulen erklingen und ritt abermals mitten hinein in das Chaos des Krieges; der metallische Geschmack von Adrenalin lag auf seiner Zunge, als er durch die dichten Wolken der Nebelmaschinen galoppierte. Brüllende Stuntleute rauschten auf ihren Pferden an ihm vorbei, während sein eigenes rhythmisch weitertrabte. Matsch – oder, dem Geruch nach zu urteilen, irgendeine finstere Mischung aus Matsch und Pferdescheiße – spritzte gegen seine Wange. Der Kamerawagen raste ihm voraus, und der schwenkbare Arm auf dem SUV fing all seine Hingabe und seine Verzweiflung ein.

Zugegeben, Marcus fand das Skript der aktuellen Staffel ziemlich übel. Aber das hier, das liebte er. Wie echt sie alles wirken lassen konnten. Mit dem enormen Budget der Serie konnte man gigantische Nebelmaschinen ranschaffen, all die Seilkameras aufspannen, Stuntmenschen anheuern und sein Reittraining bezahlen. Unzählige Hektar an der spanischen Küste wurden nur zu einem einzigen Zweck abgesperrt: um die finale epische Schlacht der Serie abzudrehen. Und es erlaubte ihnen, die ganze Sache Woche um Woche um endlos zähe Woche zu proben und zu filmen, um am Ende genau die gewünschten Aufnahmen im Kasten zu haben.

Es war eine Qual. Ziemlich oft sogar. Aber weil die Crew, die hinter den Kulissen agierte und aus fast tausend Vollprofis bestand, alles so gründlich, so überzeugend vorbereitet hatte, fiel es ihm leichter, sich nicht in negativen Gedanken zu verlieren. Das diffuse Chaos um ihn herum half ihm dabei, in seine Rolle zu schlüpfen, auch wenn er die Schauspielkünste, die eine solch erfolgreiche Serie und jene Szene im Speziellen von ihm verlangten, eigentlich sowieso mühelos abrufen konnte.

Es gab keinen Schnitt, als Dido – beziehungsweise Carah, seine talentierte Kollegin seit inzwischen mehr als sieben Jahren, als damals die Vorproduktion der Serie begann – durch den Nebel trat, an exakt der Stelle, an der sie es geprobt hatten, und mit einem Schwert direkt auf ihn zielte. Die Produzenten der Show hatten sich für die Schlacht-Sequenzen möglichst lange, fortlaufende Aufnahmen gewünscht.

«Ich bin hier, um Rache zu nehmen, Aeneas der Verräter!», rief Dido, ihre Stimme rau und brüchig vor Zorn. Und außerdem vor echter Erschöpfung, vermutete er.

In sicherer Entfernung brachte er sein Pferd zum Stehen und saß ab. Er schritt zu ihr, schlug ihr Schwert mit einer schnellen Bewegung zur Seite und packte ihre Schultern.

«Und ich bin *deinetwegen* hier, meine Geliebte!» Er umfasste ihr Gesicht mit einer schmutzigen Hand. «Sobald ich erfahren hatte, dass du wieder am Leben bist, bin ich hierhergeeilt. Nicht einmal die Rückkehr der Toten aus dem Tartaros konnte mich aufhalten. Nichts und niemand außer dir bedeutet mir etwas. Lass die Welt brennen. Ich will dich, dich allein, und ich würde selbst den Göttern trotzen, um dich zu besitzen.»

Dass diese Drehbuch-Sätze der Entwicklung der Charaktere über die letzten Staffeln hinweg komplett widersprachen – ganz zu schweigen von den Büchern, die die Serie inspiriert hatten –, darüber würde er sich keine Gedanken machen. Nicht jetzt.

Für einen Moment entspannte sich Carah unter seiner Berührung und schmiegte ihr Gesicht an seine Handfläche. Zu diesem Zeitpunkt des langen Drehtages stank sie. So wie er. So wie alle anderen. So wie das mit Pferdeäpfeln übersäte Feld. Matsch hatte sich an Stellen festgesetzt, an die er lieber gar nicht denken mochte. Um also elend und müde auszusehen, so als hätte er bis hierher sämtlichen Widrigkeiten erfolgreich getrotzt, musste er sich nicht wirklich anstrengen.

Dido stieß ihn von sich.

«Du bist ein Halbgott», erinnerte sie ihn höhnisch lächelnd. «Mit einer anderen verheiratet und nebenbei noch ein Ehebrecher. Du lagst bei meiner Schwester – und als sie von meiner Rückkehr aus dem Hades erfuhr, hat sie sich in ihr Schwert gestürzt, weil sie diese Schande nicht ertragen konnte. Ich kann nur hoffen, dass auch sie sich heute erhebt und ihre eigene Rache zu nehmen vermag.»

Er neigte den Kopf voll Scham, eine Empfindung, die er nur allzu leicht abrufen konnte. «Ich glaube, dich für immer verloren zu haben. Lavinia mag dem Namen nach mein Eheweib sein, aber ihr gehört nicht mein Herz. Und Anna ...» Er runzelte die Stirn, eine Bitte um Vergebung trotz seines offensichtlichen Verrats. «Sie war bloß ein trübes Spiegelbild von dir. Nicht mehr.»

Der Gedanke kam gänzlich ungebeten. *Unapologetic Lavinia Stan*[*] *wird so was von in die Luft gehen, wenn sie diese Szene sieht.*

«Du hast bereits die Sterblichen betrogen, und jetzt hintergehst du auch noch die Götter.» Mit einer raschen Bewegung hob sie ihr Schwert vom Boden auf. «Aber ich

---

[*] Am Ende des Buches findet sich ein Glossar.

werde meine Rache zuerst nehmen. Alle anderen werden sich damit begnügen müssen, dir erst im Jenseits Qualen zuzufügen.»

Ihr Griff um das Schwert war fest und sicher, und sie schwang es ohne Schwierigkeiten. Trotz des schweren bronzenen Knaufs bestand die Klinge aus stumpfem, leichtem Aluminium, um die Sicherheit aller Beteiligten zu gewährleisten – so wie seine im Moment. Das durchdringende Geräusch von Metall auf Metall erklang, als sie den Tanz begannen, den sie wochenlang geübt hatten.

Seine Bewegungen waren fließend und kamen wie von selbst, es war das Ergebnis endloser Wiederholungen. Der Kampf-Choreograf hatte jeden Schritt sorgfältig geplant, um die Einseitigkeit des Duells hervorzuheben: Dido wollte ihn verletzen, doch er versuchte, sie zu entwaffnen, ohne dass sie verwundet wurde.

Dido trieb ihn mit einem heftigen Stoß nach hinten. «Kein Mann wird mich je besiegen!», stieß sie rau hervor.

Weitere Pferde galoppierten vorbei. Entflohene aus der Unterwelt, teilweise vom Rauch verborgen, bissen, traten und richteten ihre Schwerter gegen die sterblichen und unsterblichen Feinde, die sie zurück in den Tartaros schicken wollten. Stöhnen, Tod und Geschrei umgaben ihn während seines eigenen Kampfes.

Fechtschritt, auf Dido zu. Fechtschritt. Fechtschritt. Parieren ihres wilden Schwungs.

«Das mag die Wahrheit sein.» Er zeigte ein Lächeln, scharf und raubtierhaft. «Aber wie du uns beide eben erinnert hast: Ich bin mehr als nur ein Mann.»

Das war eine unbeholfene Anspielung auf die berühmten Sätze aus dem zweiten *Gods-of-the-Gates*-Buch und der zweiten Staffel der Serie: Als Dido in seinen Armen lag, hatte sie gemurmelt, dass kein Mann sie je zu verführen vermochte. *Ich bin mehr als nur ein Mann*, hatte er erwidert.

Danach hatten sie die Dreharbeiten unterbrochen, weil Carahs Körperdouble für den Rest der Szene übernahm.

Weitere Schwertschwünge. Manche pariert, manche nicht. Und schließlich kam der verhängnisvolle Moment: Er wehrte ihre letzte leidenschaftliche Attacke ab und trieb sie damit unabsichtlich auf das mit einer grünen Spitze versehene Gummischwert von einem seiner Männer.

Die Visual-Effects-Abteilung würde das mit dem Blut und dem Schwert hinterher noch anpassen. Das Publikum bekam später eine tödliche Wunde zu sehen, wo sich gerade nur schlammige Seide befand.

Dann Tränen. Und letzte geflüsterte Worte.

Er kniete auf dem Feld nieder, und Dido starb in seinen Armen.

Nachdem sie dahingeschieden war, warf er noch einen letzten tränenfeuchten Blick auf die Schlacht, die um ihn herum tobte. Er erkannte, dass die Streitkräfte aus dem Tartaros dabei waren zu verlieren. Seine Männer benötigten seine Hilfe nicht länger. Also bettete er Dido sanft auf die Erde neben sein eigenes Schwert – ein Geschenk von ihr während ihrer Zeit in Karthago –, lief erhobenen Hauptes mitten hinein in das Chaos und ließ zu, dass einer der Feinde ihn tödlich verwundete.

«Wir sehen uns auf den elysischen Feldern wieder, meine Geliebte», murmelte er mit seinem letzten Atemzug.

In diesem Moment existierte Marcus nicht mehr. Es gab nur noch Aeneas, desorientiert, einsam, sterbend und doch voller Hoffnung.

«Schnitt!», rief der Regisseur, der Befehl wurde wie ein Echo von den Crew-Mitgliedern wiederholt. «Ich glaube, wir haben diesmal alles, was wir brauchen. Die Szene ist im Kasten!»

Regisseur und Produktionsleiter wandten sich ab, um etwas zu besprechen, und Marcus kam wieder zum Vorschein. Er blinzelte so lange, bis er sich wieder wie er selbst fühlte. Sein Kopf schien über seinen Schultern zu schweben, schwerelos und leer; das geschah manchmal, wenn er sich völlig in einer Rolle verloren hatte.

Das war eine ganz eigene Art von Glück. So lange hatte er für dieses Gefühl gelebt und gearbeitet.

Aber es war nicht genug. Nicht mehr.

Carah erholte sich schneller als er. Sie rappelte sich aus dem Schlamm auf und stieß einen abgrundtiefen Seufzer aus. «Das wurde verdammt noch mal Zeit.» Sie streckte ihm eine Hand hin. «Wenn ich Matsch in meiner Arschritze will, würde ich mir eine dieser Ganzkörper-Detox-Behandlungen gönnen. Und das Zeug riecht wenigstens nach Teebaumöl oder Lavendel und nicht nach Pferdescheiße.»

Er lachte und ließ sich von ihr auf die Füße helfen. Seine Lederrüstung schien genauso viel zu wiegen wie Rumpelstilzchen, das Friesenpferd, das der Stallmeister jetzt wegführte. «Falls es dich irgendwie tröstet, du hast so einen gesunden Gerade-frisch-erstochen-Glanz.»

«Tja, dann war es wohl ein Fehler, dass sie die Nahaufnahmen vorhin schon gemacht haben.» Sie schnüffelte an ihrer Achsel, rümpfte die Nase und zuckte resigniert mit den Schultern. «Scheiße, ich brauche eine Dusche, und zwar *pronto*. Wenigstens sind wir für heute fertig.»

Carah brauchte im Grunde nie viel Input für eine Unterhaltung. Deshalb nickte er einfach.

«Nur noch eine Szene», fuhr sie fort. «In ein paar Tagen muss ich noch mal ins Studio, für meine Schwerttraining-Montage. Was ist mit dir?»

Marcus überlegte, ob die Worte, die sich in seinem Kopf formten, wirklich wahr sein konnten.

Aber ja, sie stimmten: «Nein, das war's für mich. Meine Unsterblichkeitsszene haben sie schon vor der ‹Schlacht der Lebenden und Toten› gefilmt.»

Für ihn würde diese Szene heute seine letzte Erinnerung an den Dreh von *Gods of the Gates* sein, doch das Fernsehpublikum würde Aeneas' Aufstieg zu vollem Gottstatus als letzten Eindruck von seiner Rolle erleben. Ambrosia, Nektar und ein ordentlicher Schluck aus dem Fluss Lethe anstelle von Blut, Schmutz und Verzweiflung.

Nach diesem besagten Schluck würde Aeneas sowohl Dido als auch Lavinia vergessen. Genauso wie die arme Anna.

Und sobald die finale Staffel gelaufen war, würden die Fans R.J. und Ron – die Hauptdrehbuchautoren, Produzenten und Macher der Serie – auf Conventions und im Internet auseinandernehmen. Aus gutem Grund. Die abrupte Kehrtwende, die Aeneas' Charakter hingelegt hatte, war nur einer der unzähligen erzählerischen Ausfälle in den letzten Episoden. Marcus konnte sich gut vorstellen, wie viele entrüstete Fanfiction-Storys nach dem Finale erscheinen würden, um die Geschichte wieder zu richten.

Hunderte, wenn nicht gar Tausende.

Er selbst würde mindestens ein oder zwei davon verfassen, als Book!AeneasWouldNever, mit der Hilfe von Unapologetic Lavinia Stan.

Durch die letzten Rauchschwaden hindurch begutachtete er mit zusammengekniffenen Augen die Schwerter auf dem Boden. Reste von zerrissenen Kostümen. Eine Plastikwasserflasche, die hoffentlich vor der Kamera verborgen geblieben war, lag hinter einem Dummy, der wie ein totes Mitglied aus Aeneas' Flotte gekleidet war.

Sollte er ein Erinnerungsstück vom Set mitnehmen? Wollte er das überhaupt? Gab es etwas auf diesem stinkigen Feld, das nicht nur die mehr als sieben Jahre Arbeit bei der Serie erfassen konnte, sondern auch akzeptabel genug roch, um es daheim aufzustellen?

Nein. Nichts.

Nachdem er Carah ein letztes Mal fest umarmt hatte, machte er sich mit leeren Händen auf den Weg zu seinem Wohnwagen. Doch er wurde von einer Hand, die auf seine Schulter klopfte, aufgehalten, als er kaum ein Dutzend Schritte hinter sich gebracht hatte.

«Warte kurz, Marcus!», befahl eine nur allzu vertraute Stimme.

Als Marcus sich umdrehte, winkte Ron einige Kameras – die aus irgendeinem Grund wieder drehten – heran und rief auch Carah und die Crew-Mitglieder, die am nächsten standen, zurück.

Mist. In seiner Erschöpfung hatte er dieses kleine Ritual völlig vergessen. Angeblich sollte damit jeder Hauptdarsteller der Serie, der seinen letzten Tag am Set hatte, noch mal besonders geehrt werden. In Wirklichkeit war es Hinter-den-Kulissen-Bonusmaterial, das das Publikum dazu bringen sollte, DVDs oder Blu-Rays der Show zu kaufen oder zumindest mehr dafür zu bezahlen, diese Extras streamen zu können.

Rons Hand lag noch immer auf seiner Schulter. Marcus hatte sie nicht abgeschüttelt, aber er lenkte seinen Blick für einen Moment Richtung Boden. Er ordnete seine Gedanken und wappnete sich.

Bevor er sich endgültig verabschieden konnte, musste er noch eine weitere Rolle spielen. Eine, die er seit einem Jahrzehnt perfektioniert hatte und die er nach all der Zeit unbedingt hinter sich lassen wollte.

Marcus Caster-Rupp.

Freundlich. Eitel. So unterbelichtet wie das vernebelte Schlachtfeld um ihn herum.

Er war wie ein gut trainierter Golden Retriever: stolz auf die wenigen Tricks, die er auf wundersame Weise gelernt hatte.

«Als wir anfingen, nach unserem Aeneas zu suchen, wussten wir, dass wir einen athletischen Schauspieler brauchten. Jemanden, der überzeugend einen Anführer der Männer und einen Liebhaber der Frauen darstellen konnte. Und darüber hinaus ...» Ron hob eine Hand, kniff in Marcus' Wange und hielt lange genug fest, um womöglich die Hitze der plötzlichen Zornesröte zu spüren. «... wollten wir ein hübsches Gesicht. Und wir hätten kein hübscheres finden können, selbst wenn wir noch zehn Jahre weitergesucht hätten.»

Die Crew lachte.

Marcus' Magen zog sich zusammen.

Ein weiteres Kneifen, und er zwang sich zu einem selbstgefälligen Grinsen. Zwang sich, sein Haar zurückzuwerfen, die Rüstung abzulegen und den unsichtbaren Zuschauern seinen angespannten Bizeps vorzuführen, während er sich aus Rons Reichweite schob. Der Showrunner und die Crew drängten Marcus, etwas zu sagen, eine Rede zu halten, um all die Jahre, die er bei der Serie verbracht hatte, zu würdigen.

Er sollte spontan reden. Würde dieser beschissene Tag denn *niemals* enden?

Doch seine Rolle umschloss ihn wie eine Umarmung. Vertraut, wenngleich zunehmend einengend. Innerhalb dieser Grenzen wusste er zumindest, was er zu tun hatte. Was er zu sagen hatte. Wer er zu sein hatte.

«Fünf Jahre ist es her ...» Er wandte sich zu Ron. «Halt, warte, wie lange drehen wir jetzt schon zusammen?»

Sein Boss lachte nachsichtig. «Sieben.»

«Dann ist es sieben Jahre her.» Marcus zuckte unverdrossen mit den Schultern und strahlte in die Kamera. «Vor sieben Jahren haben wir mit den Dreharbeiten begonnen, und ich hatte keine Ahnung, was auf uns alle zukommen würde. Ich bin sehr dankbar für diese Rolle und für unsere

Zuschauer. Da ihr ein ...» – er zwang sich dazu, es auszusprechen – «... hübsches Gesicht brauchtet, bin ich heilfroh, dass meines das hübscheste war, das ihr finden konntet. Ich bin nicht überrascht, aber froh.»

Er zog eine Augenbraue hoch, stemmte die Fäuste zu einer heroischen Pose in die Hüften und wartete auf das Gelächter. Das er diesmal bewusst und absichtlich hervorgerufen hatte.

Dieses kleine bisschen an Kontrolle half ihm, seinen Magen zu beruhigen – wenn auch nur ein wenig.

«Ich bin außerdem froh, dass ihr so viele andere hübsche Gesichter finden konntet, die an meiner Seite aufgetreten sind.» Er zwinkerte Carah zu. «Nicht so bezaubernd wie meins, aber gut aussehend genug.»

Weiteres Gelächter von der Crew und ein Augenrollen von Carah.

Jetzt konnte er gehen. Das war alles, was die Leute hier von ihm erwarteten – von seinen engsten Kollegen und einigen wenigen Crew-Mitgliedern einmal abgesehen.

Allerdings musste er noch eine Sache loswerden, denn es war trotz allem sein letzter Tag. Das war das Ende von sieben verdammten Jahren seines Lebens. Einer Zeit voll endloser, harter Arbeit, Herausforderungen und Erfolgen. Voll jener Freude, die dieser Job mit sich brachte. Und einer Zeit, in der er sich endlich, endlich erlaubt hatte, diese Erfolge als wertvoll und als die *seinen* zu betrachten.

Er konnte inzwischen reiten, als hätte er es schon sein ganzes Leben lang getan.

Die Schwertmeisterin hatte ihm verraten, dass er vom kompletten Cast am besten mit einem Schwert umgehen konnte und die flinksten Füße von allen Schauspielern hatte, die ihr je begegnet waren.

Und schließlich hatte er sogar gelernt, mit einer solchen Leichtigkeit Latein auszusprechen, dass selbst seine Eltern diese Leistung anerkannten – obwohl sie es als bittere Ironie empfanden.

Während seiner Zeit bei *Gods of the Gates* war er für fünf wichtige Schauspielpreise nominiert worden. Gewonnen hatte er natürlich keinen einzigen davon, aber er wollte daran glauben – nein, er *glaubte*, dass die Nominierungen nicht einfach ein hübsches Gesicht belohnten, sondern auch Talent würdigten. Die emotionale Tiefe einer Figur. Das Publikum mochte ihn für einen schauspielernden Idioten halten, der so etwas wie Intelligenz nachäffen konnte, auch wenn er selbst keine besaß. Doch er wusste, wie viel Arbeit er in sein Handwerk und seine Karriere gesteckt hatte.

Nichts davon wäre ohne die Crew der Serie möglich gewesen.

Er drehte sich von der Kamera weg, um ein paar dieser Menschen anzusehen und die Veränderung seiner Miene zu verstecken. «Abschließend will ich noch allen danken, die hinter den Kulissen der Serie tätig sind. Es gibt fast eintausend von euch, und ich ... ich kann nicht –» Die aufrichtigen Worte verknoteten seine Zunge, und er hielt für einen Moment inne. «Ich kann mir nicht vorstellen, dass es bei irgendeiner anderen Show eine engagiertere, kompetentere Truppe gibt. An alle Produzenten, Stuntmen, Aufnahmeleiter, Dialekttrainer, Szenen- und Kostümbildner, Haar- und Make-up-Artists, Visual- und Special-Effects-Leute und all die anderen: Danke! Ich, ähm, schulde euch mehr, als ich es mit Worten ausdrücken kann.»

So. Es war vollbracht. Er hatte es geschafft, alles Wichtige zu sagen, ohne dabei allzu sehr ins Stocken zu geraten.

Er würde dieses Ende später betrauern und sich seine nächsten Schritte überlegen. Jetzt wollte er sich nur noch waschen und ausruhen.

Nach einer letzten Runde peinlichen Beifalls, ein paar Rückenklopfern, Umarmungen und Händegeschüttel machte er sich aus dem Staub. Erst zu seinem Wohnwagen für eine schnelle Katzenwäsche und dann zu seinem schlichten Hotelzimmer, wo eine sehr, sehr lange und wohlverdiente Dusche auf ihn wartete.

Zumindest hatte er geglaubt, er könnte so einfach verschwinden, bis Vika Andrich ihn kurz vor dem Eingang zur Hotellobby einholte.

«Marcus, haben Sie eine Minute?» Ihre Stimme klang seltsamerweise ganz entspannt, obwohl sie in mittelhohen Pumps über den Parkplatz gejoggt kam. «Ich habe ein paar Fragen zu der großen Sequenz, die Sie gerade drehen.»

Es überraschte ihn nicht allzu sehr, sie hier in Spanien anzutreffen. Ein- oder zweimal im Jahr tauchte sie dort auf, wo auch immer sie das Set aufgebaut hatten. Sie sammelte dann sowohl alle möglichen Eindrücke vor Ort als auch Interviews, und die Artikel auf ihrem Blog erfreuten sich jedes Mal großer Beliebtheit. Selbstverständlich wollte sie persönlich über das Ende der Dreharbeiten der Serie berichten.

Im Gegensatz zu anderen Reportern respektierte sie stets seine Privatsphäre, wenn er sie darum bat. Er mochte sie sogar. Da lag nicht das Problem.

Aber ihre übrigen Eigenschaften machten sie sowohl zu seiner liebsten Entertainmentbloggerin-Schrägstrich-Paparazza als auch zu seiner unliebsamsten: Sie war freundlich. Witzig. Und es war einfach, sich in ihrer Gegenwart zu entspannen. Viel zu einfach.

Sie war obendrein schlau. Schlau genug, um etwas … Seltsames … an ihm entdeckt zu haben.

Er schenkte ihr ein breites Lächeln und blieb stehen, nur Zentimeter von der Freiheit entfernt. «Vika, Sie wissen doch, dass ich Ihnen nichts darüber verraten darf, was in dieser Staffel passiert. Aber falls Sie denken, dass Ihre Leser mich mit Schlamm bedeckt sehen wollen», er zwinkerte, «und wir beide wissen, dass sie das wollen, dann machen Sie gern ein oder zwei Bilder.»

Er warf sich in Pose, präsentierte ihr seine Schokoladenseite und ließ sie einige Fotos schießen.

«Ich weiß, Sie dürfen mir keine Details verraten», sagte sie, während sie die Bilder prüfte, «aber vielleicht könnten Sie die sechste Staffel in drei Worten beschreiben?»

Er tippte sich gegen das Kinn und runzelte die Stirn. Er tat so, als ob er für einen Augenblick tief in Gedanken versunken wäre.

«Oh, ich weiß!» Er strahlte sie mit einem zufriedenen Lächeln an. «Letzte. Staffel. Überhaupt. Ich hoffe, das hilft Ihnen weiter.»

Sie kniff die Augen zusammen und musterte ihn einen Wimpernschlag zu lange.

Im nächsten Moment musste er blinzeln, geblendet vom Strahlen ihres unschuldigen Lächelns.

«Ich schätze ...» Sie brach ab, lächelte aber nach wie vor. «Ich schätze, ich muss einen der anderen Schauspieler fragen, inwiefern das Ende der Serie sowohl von E. Wades Büchern als auch von Homers *Aeneis* abweicht. Aeneas hat in beiden Geschichten schlussendlich Dido geheiratet. Aber vielleicht hat man sich in der Serie ja für einen alternativen Ansatz entschieden.»

Homer? Was zum Teufel?

Und Dido war schon lange, laaaaaange tot am Ende der *Aeneis*. Auf den letzten Seiten des dritten *Gods-of-the-Gates*-Buchs war sie zwar noch am Leben, aber definitiv nicht mehr an Aeneas interessiert. Obwohl Marcus vermutete, dass sich das noch ändern könnte, falls Wade die letzten beiden Romane der Reihe schließlich doch noch fertigschreiben würde.

Irgendwo stieß Vergil wahrscheinlich gerade lateinische

Flüche aus, während er sich im Grab umdrehte; und E. Wade kämpfte auf ihrem großzügigen Anwesen auf Hawaii mit einem nervös zuckenden Augenlid.

Er massierte sich mit Daumen und Zeigefinger die Stirn, wobei er geistesabwesend den Dreck unter seinen Nägeln registrierte. Verdammt noch mal, *irgendjemand* musste solche gravierenden Fehler doch richtigstellen.

«Die *Aeneis* wurde nicht ...» Bei seinen ersten Worten zog Vika ihre Augenbrauen in die Höhe, ihr Handy begann mit der Aufnahme, und er durchschaute den Trick. Oh ja, er durchschaute ihn. «Die *Aeneis* habe ich leider nicht gelesen. Ich bin sicher, dass Homer sehr talentiert ist, nur habe ich mit Büchern allgemein nicht viel am Hut.»

Der letzte Teil war zumindest früher einmal wahr gewesen. Bevor er Fanfiction und Hörbücher für sich entdeckt hatte, hatte er außer seinen Drehbüchern kaum gelesen – und auch die hatte er nur so lange angerührt, bis er den Text gut genug kannte, um ihn aufzunehmen. Diese Aufnahme spielte er dann in Dauerschleife ab und hörte sich die Worte immer und immer wieder an.

Vika tippte auf ihren Handy-Bildschirm, und der Mitschnitt stoppte. «Danke, Marcus. Es war sehr nett, dass Sie mit mir gesprochen haben.»

«War mir ein Vergnügen, Vika. Viel Erfolg noch mit Ihren Interviews.» Mit einem letzten selbstverliebten Lächeln erreichte er das Hotel und schlurfte dann Richtung Fahrstuhl.

Nachdem er eingestiegen war und den Knopf für seine Etage gedrückt hatte, lehnte er sich schwer gegen die Aufzugwand und schloss die Augen.

Bald würde er sich mit seiner selbstinszenierten Rolle auseinandersetzen müssen. Wo sie lästig wurde, wo sie ihm nützlich gewesen war und wo sie ihm jetzt noch von Vorteil sein konnte – und sollte er sich ihrer entledigen wollen, musste er sich fragen, ob es die Konsequenzen wert wäre, die das sowohl für sein Privatleben als auch seine Karriere hätte.

Aber nicht heute. Verdammt, war er müde.

Zurück in seinem Hotelzimmer, fühlte sich die Dusche genauso gut an, wie er es gehofft hatte. Nein, sogar besser.

Anschließend fuhr er seinen Laptop hoch und ignorierte die Skripte, die ihm seine Agentin geschickt hatte. Sich das nächste Projekt auszusuchen – hoffentlich eines, dass seine Karriere in eine neue Richtung lenken würde – konnte warten, ebenso wie sein Twitter- und Instagram-Account.

Das Einzige, was noch passieren musste, ehe er etwa eine Million Jahre schlafen würde, war: Unapologetic Lavinia Stan eine Nachricht schicken. Oder Ulsie, wie er angefangen hatte, sie zu nennen, sehr zu ihrem Missfallen. *Ulsie ist ein guter Name für eine Kuh. Und zwar* ausschließlich *für eine Kuh*, hatte sie geschrieben. Aber sie hatte ihn nicht aufgefordert, damit aufzuhören. Also hatte er nicht aufgehört. Dieser Spitzname, den allein er benutzte, verschaffte ihm mehr Befriedigung, als er eigentlich sollte.

Er loggte sich auf dem Lavineas-Server ein, bei dessen Einrichtung er vor einigen Jahren geholfen hatte, damit ihn die lebhafte, talentierte und wahnsinnig treue Aeneas/Lavinia-Fanfic-Community nutzen konnte.

Auf AO3 versuchte er sich hin und wieder noch an Aeneas/Dido-Fanfiction, aber es wurde inzwischen immer weniger. Vor allem seit Ulsie die wichtigste Betaleserin und Korrektorin für alle Storys von Book!AeneasWouldNever geworden war.

Da sie in Kalifornien lebte, würde sie wohl noch bei der Arbeit sein. Sie könnte nicht umgehend auf seine Nachricht reagieren. Aber wenn er ihr nicht heute noch schrieb, hätte er ihre Antwort nicht direkt am nächsten Morgen in seinem Postfach – und genau das brauchte er. Mehr und mehr, mit jeder Woche, die verging.

Bald, sehr bald, würden Ulsie und er wieder in derselben Zeitzone sein. Im selben Land.

Nicht dass die Distanz wirklich von Bedeutung war, schließlich hatten sie sich noch nie persönlich getroffen.

Aber es war eben doch von Bedeutung. Irgendwie war es wichtig.

GODS OF THE GATES (BUCH 1)
E. Wade

Die literarische Sensation, die als Inspiration für die weltberühmte TV-Serie dient

> E-Book: $8.99
> Taschenbuch: $10.99
> Hardcover: $19.99
> Hörbuch: $25.99

Wenn die Götter Krieg spielen, wird die Menschheit verlieren

Einmal zu oft musste Juno zusehen, wie Jupiter mit einer sterblichen Frau anbandelt – doch als sie ihn verlässt, kocht sein göttliches Temperament über. Ungeachtet der Konsequenzen schleudert er Blitze auf die Erde, die so mächtig sind, dass selbst die Unterwelt erbebt. Risse entstehen, die bis in den Tartaros, das Heim der bösartigsten Toten, reichen. Befreit aus ihrer ewigen Verdammnis, kehren sie auf die Erde zurück. Sie fordern Jupiter heraus – und stürzen die Menschheit ins Verderben.

Jupiter will seine grausame Macht bewahren und die Sterblichen retten, die er so gern in sein Bett lockt, jedoch nicht respektiert. So befiehlt er seinen göttlichen Gefährten, die neuen Pforten zur Unterwelt, die er in seiner gewissenlosen Wut erschaffen hat, zu bewachen. Aber die Unsterblichen kümmern sich lieber um ihre äonenlangen Fehden als um ihre Pflicht. Um die Menschheit zu retten, müssen daher auch Halbgötter und Sterbliche Wache an den Toren halten.

Unglücklicherweise hat Juno ihre ganz eigenen Pläne. Sie will den Tartaros unbewacht lassen. Denn: Die Menschheit soll zur Hölle fahren!

2

DRECK. UND NOCH mehr Dreck.

Aber dieser spezielle Dreck würde eine Geschichte erzählen, wenn April nur genau genug hinhörte.

Durch ihre Schutzbrille betrachtete sie die letzte Bodenprobe des Geländes und verglich die verschiedenen Brauntöne mit ihrer Farbkarte. Dann notierte sie den Wassergehalt, die Plastizität, die Beschaffenheit, Korngröße und -form sowie alle anderen relevanten Daten der Probe auf ihrem Feldformular.

Keine Farbveränderungen. Auch kein eigentümlicher Geruch, was sie nicht überraschte. Der von Lösungsmitteln wäre süßlich, wohingegen Benzin – na ja, nach Benzin stank. Eben wie alle Kohlenwasserstoffe. Blei hingegen würde einfach nach Dreck riechen. Genauso wie Arsen.

Nachdem sie die behandschuhten Finger am Oberschenkel ihrer Jeans abgewischt hatte, schrieb sie ihre Beobachtungen auf.

Normalerweise würde sie sich mit ihrem Assistenten Bashir über die nervigsten Kollegen oder den letzten Reality-Show-Marathon unterhalten. Aber um diese Zeit am Nachmittag waren beide zu müde für bangloses Geplauder, also beendete April schweigend ihr Protokoll, während Bashir das Etikett für das Probenglas beschriftete und das Formular zur Ergebnisdokumentation ausfüllte.

Nachdem April das Glas mit Erde befüllt und erneut ihre Hand an der Jeans abgewischt hatte, brachte sie den Aufkleber auf dem Gefäß an, ließ es in einen Zip-Beutel gleiten und stellte es in die mit Eis gefüllte Kühlbox. Noch eine letzte Unterschrift, um zu bestätigen, dass sie die Probe dem wartenden Labor-Kurier ausgehändigt hatte, und sie konnten für heute Schluss machen. Gott sei Dank!

«Das war's?», fragte Bashir.

«Das war's.» Sie sahen zu, wie der Kurier mit der Kühlbox verschwand. April stieß den Atem aus. «Ich kann hier aufräumen, wenn du dich ein paar Minuten ausruhen willst.»

Er schüttelte den Kopf. «Ich helf dir.»

Abgesehen von ihrer dreißigminütigen Mittagspause, hatten sie seit sieben Uhr morgens konzentriert durchgearbeitet, also fast neun Stunden. Ihr taten in ihren staubbedeckten Arbeitsstiefeln die Füße weh, ihre Haut brannte von der Sonne, und Flüssigkeitsmangel ließ ihren Kopf unter dem Schutzhelm schmerzhaft pochen. Sie war mehr als bereit für eine schöne, lange Dusche in ihrem Hotelzimmer.

Ihre Wange juckte, wahrscheinlich von einem Schmutzfleck. Das war schlecht, da es sich bei Boden-Haut-Kontakt, wie es in der Fachsprache hieß, um einen Expositionspfad handelte. Oder, wie April es nannte: keine gute Idee.

Sie öffnete ihre Wasserflasche, benetzte ein Papiertuch und wischte sich über die Wange, bis sie sich wieder sauber anfühlte.

«Du hast da ...» Bashir kratzte mit seinem Finger an einer Stelle in der Nähe seiner Schläfe. «... noch was.»

«Danke.» Trotz der Kopfschmerzen war ihr Lächeln aufrichtig. Sie konnte die Anzahl ihrer echten Freunde in dieser Firma an einer Hand abzählen, und Bashir war einer davon. «Das war gute Arbeit heute.»

Sie rieb noch ein letztes Mal über ihr Gesicht, und Bashir nickte bestätigend – anscheinend war sie allen Dreck losgeworden. Dann landete das benutzte Papiertuch auf Nimmerwiedersehen im selben Müll wie ihre gebrauchten Handschuhe.

Der Boden hier war auf mehr als nur eine Weise verschmutzt. Bis zur Mitte des letzten Jahrhunderts war auf diesem Gelände eine Pestizidfabrik betrieben worden, die die Umgebung mit Blei und Arsen vergiftet hatte. Deshalb hatte April die vergangenen Wochen damit verbracht, Bodenproben zu nehmen und sie auf beide Chemikalien zu prüfen. Sie wollte keine von beiden auf ihrer Haut haben. Eigentlich auch nicht auf ihrer Jeans, aber Papiertücher waren einfach lästig.

«Hab ich dir das eigentlich schon erzählt?» Während April ihre Unterlagen zusammensuchte, ließ Bashir ein verschmitztes Grinsen aufblitzen. «Letzte Woche hat Chuck der Neuen erklärt, dass man in einem potenziell kontaminierten Gebiet unter keinen Umständen Wasser trinken darf. Weil es unprofessionell ist und gegen Gesundheits- und Sicherheitsrichtlinien verstößt.»

Gemeinsam starrten sie auf die rote Kühlbox mit den Wasserflaschen, die April am Morgen auf die Ladeklappe ihres Trucks gestellt hatte.

«Chuck ist ein selbstgefälliger zweiundzwanzigjähriger Blödmann, der so gut wie keine Zeit im Außeneinsatz verbracht hat.» Angesichts ihrer deutlichen Ansage weiteten sich Bashirs Augen. «Er hat keine verdammte Ahnung, wovon er redet, und trotzdem erklärt er allen, wie sie ihre Arbeit erledigen sollen.»

Bashir schnaubte. «Nicht nur unsere Arbeit.»

«Oh Gott.» April verdrehte ihre Augen gen Himmel. «Hat er dir *schon wieder* einen Vortrag über Hummus gehalten?»

«Ja, obwohl ich nicht mal viel Hummus esse und mir Kichererbsen echt egal sind. Ich glaube, er geht einfach davon aus, weil ...» Bashir deutete auf sich selbst. «Du weißt schon.»

Zusammen trugen sie die Unterlagen zum Firmentruck.

«Ich weiß», seufzte sie. «Bitte sag nicht, dass er dich überreden wollte, den ...»

«Genau, den Schokoladen-Hummus zu probieren», bestätigte Bashir. «Mal wieder. Und falls du gern mehr über dessen Ballaststoffe und Proteingehalt erfahren möchtest oder vielleicht darüber, wie diese Version eine gigantische Verbesserung gegenüber dem traditionellen Hummus – *dem Hummus deines Volkes*, wie er gesagt hat – ist: Ich bin jetzt bestens informiert, und es wäre mir eine Freude, mein neu gewonnenes Wissen mit dir zu teilen.»

Er hielt ihr die Tür zur Beifahrerseite auf, und sie befestigte die Unterlagen an ihrem Klemmbrett.

«Oh Mann, es tut mir so leid.» Sie zog eine Grimasse. «Falls es dich irgendwie tröstet, er hat auch eine sehr genaue Vorstellung darüber, wie sich seine wenigen weiblichen Kolleginnen kleiden sollten, um mehr Aufträge zu ergattern.»

In einer kleinen Firma wie ihrer waren alle angehalten, sich um Kunden zu bemühen. Sie sollten sie in Mittagspausen und bei Geschäftstreffen umwerben, sie auf Kongressen und Konferenzen zu Reinigungstechnologien beiseiteziehen. April musste die Leute davon überzeugen, sie ernst zu nehmen und ihrem Unternehmen viel Geld für ihre geologische Expertise zu zahlen.

Um optimale Ergebnisse zu erzielen, musste sie auf eine bestimmte Weise aussehen. Auf eine bestimmte Weise klingen. Und sich stets so professionell präsentieren wie nur möglich.

Optimierung war in den letzten Jahren zu einem Schimpfwort geworden.

Der Ruf konnte in ihrer Branche ein zerbrechliches Gut

sein. Er konnte ruiniert werden. Zum Beispiel durch die Enthüllung, dass eine scheinbar seriöse und erfahrene Kollegin sich gern als ihr Lieblingscharakter aus einer TV-Serie verkleidete und den Großteil ihrer Freizeit damit verbrachte, sich über erfundene Halbgötter auszutauschen.

Bashir verdrehte die Augen. «Natürlich hat er Vorstellungen zu deiner Kleidung. Das hast du dem Management erzählt, oder?»

«Ungelogen fünf Minuten später.»

«Sehr gut.» Bashir lief neben ihr her zurück zum Tisch mit den Proben. «Hoffentlich schmeißen sie ihn bald raus.»

«Er hat keine Ahnung. Er hat weniger als keine Ahnung, wenn das irgendwie möglich ist.» Sie zupfte an ihrem Shirt, um zu demonstrieren, dass es feucht an ihr klebte. «Ich mein, guck, wie viel wir heute geschwitzt haben.»

«Reichlich.» Er warf einen Blick auf sein eigenes schweißgetränktes orangefarbenes Shirt. «Ekelhaft viel.»

Sie hielt vor dem Tisch an und schüttelte den Kopf. «Irgendjemand muss es der Neuen noch mal richtig erklären. Wenn sie nicht wegen Dehydrierung im Krankenhaus landen will, sollte sie Wasser mitnehmen.»

Bashir neigte den Kopf. «Du musst es wissen.»

«Ich muss es wissen.»

Und das tat sie. Fast ein Drittel ihrer gesamten Arbeitszeit als Geologin hatte sie damit verbracht, im Windschatten von Bohrgeräten, wie sie auch hier eines hatten, über Bodenproben zu brüten, die protokolliert, in Gläsern gesammelt und zu Laboruntersuchungen weggeschickt werden mussten. Lange Zeit hatte sie diesen Prozess, die Herausforderungen und sogar die körperlichen Anstrengungen geliebt, die solche Außeneinsätze mit sich brachten. Ein Teil von ihr liebte es immer noch.

Aber nicht alles von ihr. Nicht genug.

Als sie den Tisch auf die Seite gelegt hatten und seine

Beine einklappten, hielt Bashir inne. «Du gehst wirklich, oder?»

«Yup.» Heute war ihr letzter Tag im Außeneinsatz, ihre letzte Woche als Angestellte in einer Privatfirma und das letzte Mal, dass sie Dreck von ihrer Jeans waschen würde. «Ich werde dich vermissen, aber es war an der Zeit. Nein, es war eigentlich schon lange überfällig.»

In weniger als einer Woche würde sie von Sacramento nach Berkeley umziehen. Und in weniger als zwei Wochen würde Zukunfts-April ihren neuen Job bei der staatlichen Aufsichtsbehörde in Oakland anfangen. Sie würde dann die Arbeit von Leuten wie Gegenwarts-April beaufsichtigen, was bedeutete: mehr Meetings und Dokumentenprüfung und weniger Außeneinsätze.

Sie war so was von bereit – aus so vielen Gründen, persönlicher wie professioneller Natur.

Sobald Bashir und sie all ihr Material in den Truck verladen hatten, setzte sie ihre normale Brille auf und legte ihre Schutzausrüstung ab. Mit einem erleichterten Seufzer schnürte sie die staubigen Stiefel auf und deponierte sie in einer Plastiktüte. Anschließend schlüpfte sie in ihre abgetragenen, aber sauberen Sneaker. Bashir tat neben ihr das Gleiche.

Dann war alles erledigt. Endlich, endlich erledigt. Jetzt brauchte sie eine Dusche, einen Cheeseburger und mindestens fünf Liter eiskaltes Wasser. Und ein bisschen Lavineas-Fanfiction, ein paar Gruppenchats auf dem Server und PNs mit Book!AeneasWouldNever. Hoffentlich hatte BAWN geschrieben, während sie gearbeitet hatte.

Doch zuerst musste sie sich von Bashir verabschieden.

«Ich weiß nicht, ob du schon Pläne fürs Wochenende hast, aber Mimi und ich würden dich gerne zum Abendessen einladen. Um auf deinen neuen Job anzustoßen und Abschied zu nehmen.» Obwohl sie seit Jahren zusammengearbeitet hatten, war er immer noch so schüchtern, dass er nervös herumzappelte, während er die Einladung aussprach. «Sie weiß, dass du meine Lieblingskollegin bist.»

Das beruhte auf Gegenseitigkeit, und seine Frau Mimi war ebenfalls eine gute Freundin für April.

Trotzdem wussten die beiden nicht alles über sie. Insbesondere hatten sie keine Ahnung, dass sie die meisten ihrer Abende damit verbrachte, tief in das *Gods-of-the-Gates*-Universum einzutauchen: Sie twitterte über ihr OTP, ihr One True Pairing, das einzig wahre Traumpaar. Sie las und schrieb Fanfiction, fungierte als Betaleserin für die Geschichten anderer, chattete auf dem Lavineas-Server und arbeitete mit enormer Begeisterung und deutlich weniger Talent an Kostümen für ihr Lavinia-Cosplay.

Ein zufälliges Bild von einer Convention oder ein klitzekleiner Versprecher, und schon würde ihr Ruf darunter leiden. Sie könnte als albernes Fangirl abgestempelt werden, schneller als sie eine Bodenprobe nahm.

Deshalb hatte sie bisher auch noch nie eine *Gods-of-the-Gates*-Convention besucht. Sie hatte ihren Freunden bei der Arbeit nichts von ihrem Fan-Dasein erzählt. Nicht mal den Freunden, die sie so sehr mochte wie Bashir.

Die Kollegen bei ihrer neuen Stelle wiederum ...

Der Unterschied in der Arbeitskultur könnte deutlicher nicht sein. Das Persönliche und das Professionelle schienen in der Aufsichtsbehörde untrennbar miteinander verbunden. Auf erfreuliche Art.

Wenn sie in weniger als zwei Wochen dort eintraf, würde sie das fünfte Mitglied in dem Geologen-Team werden. Die dritte Frau. Als sie letzte Woche da war, um ein paar Formalitäten zu erledigen, boten ihr die anderen Frauen, Heidi und Mel, ein Stück vom Kuchen an, den die Kollegen anlässlich des zehnjährigen Pärchen-Jubiläums der beiden mitgebracht hatten.

Mel und die zwei Jungs aus dem Team – Pablo und Kei – spielten sogar zusammen in einer Band. *Einer verdammten Band.* Sie traten anscheinend bei Pensionierungsfeiern und ähnlichen Veranstaltungen auf, bei denen man ihrer eigentümlichen Begabung für Folk Music nicht erfolgreich entgehen konnte.

Sie sind furchtbar, hatte Heidi geflüstert, den Mund halb hinter einer Wasserflasche versteckt. *Aber sie haben so viel Spaß daran, dass wir nichts sagen.*

In diesem Moment, in diesem tristen Büro, hatte sich etwas in April gelöst, das so lange so angespannt gewesen war, dass es beinahe gerissen wäre. Alle verbliebenen Zweifel waren plötzlich verschwunden.

Es war die richtige Entscheidung, den Job zu wechseln, trotz eines geringeren Gehalts. Trotz der Immobilienpreise in der Bay Area. Trotz der Mühen eines Umzugs.

In ihrem neuen Job würde sie nicht Teile von sich selbst verstecken müssen, aus Angst vor der Missbilligung der anderen. Ab nächster Woche gehörte *Optimierung* nicht länger zu ihren Sorgen.

Eigentlich ...

Eigentlich kümmerte es sie bereits jetzt nicht mehr.

«Danke für die Einladung, Bashir.» Sie umarmte ihn, und er klopfte ihr dabei zögerlich auf den Rücken. «Ich bin dieses Wochenende leider schon verplant. Ich muss in die neue Wohnung und den Umzug vorbereiten. Allerdings bin ich Ende nächster Woche wieder in der Stadt, vielleicht können wir das Dinner dann nachholen?»

Als sie sich aus der Umarmung löste, lächelte er zufrieden zu ihr hinab. «Aber sicher. Ich kläre mit Mimi ihre Termine ab und schreibe dir später noch mal. Wir sind heute bei ihrer Familie zum Essen. Sie wohnen nicht weit weg von hier, daher mache ich mich direkt auf den Weg dorthin.»

Scheiß auf Optimierung, dachte sie.

«Ich werde den Abend wohl damit verbringen, mir einen Burger aufs Zimmer zu bestellen und Fanfiction zu *Gods of the Gates* zu schreiben!», teilte sie ihm mit. «Deine Feierabendpläne klingen definitiv aufregender.»

Einen kurzen Augenblick blinzelte er, dann ließ er ein schiefes Grinsen aufblitzen. «Das sagst du nur, weil du meine Schwiegereltern nicht kennst.»

Sie lachte. «Okay.»

«Bei unserem Abendessen will ich mehr über deine Schreiberei erfahren.» Er neigte den Kopf und musterte sie neugierig. «Mimi liebt diese Serie. Vor allem den gut aussehenden Kerl.»

«Marcus Caster-Rupp?» Im Grunde könnte jeder der Schauspieler gemeint sein, aber Caster-Rupp war zweifellos der hübscheste von allen. Und der langweiligste. So langweilig, dass sie sich manchmal wunderte, wie jemand, der so aufregend aussah, so entsetzlich einschläfernd sein konnte.

«Ja, genau der.» Er blickte schmerzerfüllt gen Himmel. «Er steht auf ihrer Freebie-Liste. Du weißt schon, sollte sie ihm jemals begegnen, darf sie ... na ja. Jedes Mal, wenn wir uns eine Folge anschauen, betont sie das.»

April tätschelte seinen Arm. «Sie wird ihn niemals in echt treffen. Keiner von uns wird das, es sei denn, wir ziehen nach L. A. und fangen an, lebenswichtige Organe zu verkaufen, um uns einen Haarschnitt leisten zu können.»

«Hmm», seine Miene hellte sich auf, «das stimmt.»

Bevor sie das Gelände verließen, bedankten sie sich bei der Bohr-Crew. Danach verabschiedete sie sich abermals von Bashir, er stieg in sein Auto, und sie schwang sich hinter das Lenkrad des Trucks. Mit einem letzten Hupen machte sich April auf den Weg zum Hotel, während er zu seinen Schwiegereltern aufbrach.

Es fühlte sich an, als würden mit jeder Meile, die sie zurücklegte, unsichtbare Fesseln zerreißen, und sie blieb mit einer seltsamen, schwindelerregenden Leichtigkeit zurück. Gut, in ihrem Schädel brummte immer noch ihr ganz persönliches Bohrgerät, aber die Kopfschmerzen waren nichts, was sich nicht mit ein paar Gläsern Wasser richten ließe, kein Problem.

Und was machte es schon, dass ihre Jeans dreckverschmiert war? Nicht einmal kontaminierte Erde konnte die freudige Wahrheit überdecken.

Sie erhaschte einen Blick auf sich im Rückspiegel. Ihr Lächeln war so breit, dass sie in einem Zahnpasta-Werbespot hätte auftreten können.

Und das war kein Wunder. Gar kein Wunder.

Das war ihr letzter Tag im Dreck gewesen.

Die Zukunft begann jetzt.

• • •

Zurück im Hotel, stopfte sie ihre Jeans in eine Plastiktüte und zog sich aus. In der Dusche schrubbte sie sich unter dem heißen Wasser, bis ihre Haut rot wurde.

Danach fühlte sie sich in ihrem sauberen Flanellpyjama wie in eine Wolke gehüllt. Sie stürzte ein Glas Wasser hinunter und las BAWNs letzte Nachricht. Endlich hatte er sich entschieden, wie er seine nächste Geschichte schreiben wollte. Die Themenvorgabe vom Montag für die kommende Aeneas-und-Lavinia-Woche verlangte *einen Showdown zwischen Aeneas' beiden Geliebten*, und BAWN hatte tagelang darüber gegrübelt, wie man das am besten darstellen könnte.

Da sich die beiden Frauen bisher weder in den Büchern noch in der Serie über den Weg gelaufen sind, könntest du dir eine fluffige Alternate-Universe-Geschichte ausdenken. Das mache ich auch, hatte sie ihm heute Morgen vor der Arbeit geschrieben, wohl wissend, wie er auf einen *solchen* Vorschlag reagieren würde. Oder – und ich glaube, dass diese Idee für dich funktionieren würde – vielleicht könnte Aeneas von dem Showdown träumen? Dann könntest du kanontreu und bei seiner Perspektive bleiben. Was denkst du?

Letztere Option bot eine Fülle an Möglichkeiten für Drama und Angst, also hatte er sich selbstverständlich dafür entschieden. BAWN war wirklich ein einfühlsamer Autor, aber, das musste April zugeben: Einige seiner Texte waren echt deprimierend.

Mittlerweile allerdings nicht mehr ganz so sehr wie am Anfang. Damals quollen selbst seine Aeneas/Lavinia-Geschichten über von Schuld und Scham des Helden in Bezug auf Dido – sie lasen sich wie eine Mischung aus Grabgesängen, Scheiterhaufen und Klageliedern. Bei Aprils erster richtiger Unterhaltung mit BAWN auf dem Lavineas-Server hatte sie ihm, nur halb im Scherz, vorgeschlagen, einige seiner Storys mit dem Tag ‹Trübsal ahoi› zu kennzeichnen.

Schon für seine mentale Gesundheit war es besser, sich auf Storys zu konzentrieren, die Lavinia und Aeneas als Traumpaar zeigten. Eindeutig. Hin und wieder ein paar fluffige Texte zu schreiben, würde ihm ganz gewiss nicht schaden.

Heute Abend jedoch hatte sie keine Zeit, das Evangelium des Fluffs zu predigen. Als sie damit fertig war, ihre eigene Idee für eine süße AU-Geschichte – Lavinia und Dido treffen als Teenager in einem Quiz-Wettbewerb aufeinander, wobei ihre Gefühle für Aeneas das Frage-Antwort-Spiel mit jeder Runde angespannter und schräger werden lassen – zu beschreiben, stand sie kurz davor, den Mut zu verlieren. Schon wieder.

Bereits vor Monaten, als sie sich für den neuen Job beworben hatte, hatte sie die Entscheidung getroffen, sich nicht länger aus Angst vor der Missbilligung fremder Leute zu verstecken. Das galt auch für ihr Fan-Dasein.

Auf Twitter hatte sie ihre Cosplay-Fotos stets bearbeitet und ihr Gesicht unkenntlich gemacht, um berufliche Katastrophen zu vermeiden. Allerdings hatte sie ihren Twitter-Namen aus einem anderen Grund nicht mit den anderen Lavineas-Fans geteilt.

Wegen ihres Körpers.

Sie hatte nicht gewollt, dass ihre Online-Freunde und -Freundinnen ihren Körper in diesen Lavinia-Kostümen sahen. Vor allem der eine, dessen Meinung ihr mehr bedeutete, als sie eigentlich sollte.

Dafür dass diese Fan-Community Güte, Charakter und Intelligenz so entschieden über Aussehen stellte, fand sich in Lavineas-Fanfiction eine enttäuschende Fülle an Fatshaming. Nicht in BAWNs Texten, das musste sie ihm lassen. Aber in einigen seiner Lieblingsgeschichten, bei denen er ein Lesezeichen gesetzt und die er ihr weiterempfohlen hatte, kam es vor.

Nachdem sie ihr ganzes Leben gegen ihn gekämpft hatte, liebte April ihren Körper mittlerweile. Alles davon. Vom rothaarigen Scheitel bis hin zu den sommersprossigen, knubbligen Zehen.

Sie hatte dasselbe niemals von anderen Menschen erwartet. Das tat sie auch heute nicht. Aber sie hatte keine Lust mehr, sich zu verstecken, und sie hatte sowieso die Nase voll von kontaminierten, schmutzigen Hosen und von Kollegen, die sie immer auf Abstand hielt.

Dieses Jahr würde sie am größten Treffen ihrer Fangemeinde, der *Con of the Gates*, teilnehmen, die – passenderweise – immer in Sichtweite der Golden Gate Bridge stattfand. Zahllose Blogger und Reporter tauchten auf dieser Veranstaltung auf, und sie schossen Fotos, von denen sich am Ende immer einige viral verbreiteten, in Zeitungen veröffentlicht wurden oder über den Fernsehbildschirm flimmerten.

Es würde sie nicht kümmern. Nicht mehr. Wenn sich ihre Kollegen offen über ihre schlechte Folk-Band unterhalten konnten, dann konnte sie sich genauso gut über ihre Passion für die beliebteste Fernsehserie schlechthin auslassen.

Und wenn sie auf die Convention ging, könnte sie ihre Fan-Freunde endlich persönlich treffen. Vielleicht würde sie sogar BAWN gegenüberstehen, trotz seiner Schüchternheit. Sie würde ihnen allen die Gelegenheit geben, zu beweisen, dass sie die Botschaft ihres OTPs verstanden hatten.

Falls sie das nicht hatten, würde es ganz schön wehtun. Da konnte sie sich nichts vormachen.

Vor allem falls BAWN nur einen Blick auf sie werfen würde und dann ...

Okay, es hatte keinen Sinn, sich über eine Zurückweisung Gedanken zu machen, die noch gar nicht stattgefunden hatte.

Im allerschlimmsten Fall müsste sie sich neue Freunde suchen. Eine andere Fan-Community, die akzeptierte, wer und was sie war. Es würde einen anderen Betaleser für ihre Storys geben, dessen Nachrichten ihr morgens einen Sonnenstrahl schickten und sie nachts wie eine warme Daunendecke einhüllten.

Es würde einen neuen Mann geben, den sie von Angesicht zu Angesicht in ihrem Leben – und vielleicht sogar in ihrem Bett – haben wollte.

Also musste sie es heute Abend tun, bevor sie die Nerven verlor. Es war nicht der letzte Schritt, nicht einmal der schwerste. Aber es war der erste.

Ohne groß darüber nachzudenken, öffnete sie einen Thread auf Twitter, der seit heute Morgen ziemlich aktiv war. Der *Gods-of-the-Gates*-Account hatte die Fans aufgefordert, ihre besten Cosplay-Fotos zu posten, und die Zahl der Antworten belief sich auf mehrere Hundert. Ein paar Dutzend Bilder zeigten Leute ihrer Statur, und April las die Kommentare zu diesen Tweets ganz bewusst nicht.

Auf ihrem Telefon hatte sie ein Selfie von ihrem neuesten Lavinia-Kostüm. Das Foto war unbearbeitet, ihr Gesicht und ihr Körper waren deutlich zu sehen. Ihre Kollegen, sowohl jetzige als auch zukünftige, würden sie erkennen. Ihre Freunde und Familie ebenfalls. Das Nervenaufreibendste von allem jedoch war: Falls sie ihm ihren Twitter-Namen verriet, würde Book!AeneasWouldNever sie zum ersten Mal sehen.

Tief einatmen.

Sie postete das Bild. Dann legte sie schnell ihr Handy weg, fuhr den Laptop runter und bestellte etwas vom Zimmerservice, weil sie es sich verdient hatte. Nach dem Abendessen begann sie mit ihrer fluffig-modernen Alternate-Universe-Story, damit BAWN ihr dazu übers Wochenende Rückmeldung geben konnte.

Kurz bevor sie ins Bett gehen wollte, hielt sie es nicht mehr aus.

Mit dem Finger in Position, bereit zum Blockieren, checkte April ihre Twitter-Benachrichtigungen.

Was zum Teufel? Was zum *Teufel*?!

Sie war viral gegangen. Zumindest für ihre bescheidenen Maßstäbe. Hunderte von Leuten hatten ihr Foto kommentiert, und jede Sekunde kamen mehr hinzu. Sie konnte die Benachrichtigungen gar nicht schnell genug lesen, wobei sie manche davon überhaupt nicht anschauen wollte.

Sie hatte gewusst, wie ein bestimmter Teil des *Gods-of-the-Gates*-Fandoms reagieren würde. Deshalb überraschte es sie nicht, verstreut zwischen bewundernden und ermutigenden Antworten auch ein paar hässliche Threads zu finden.

Sieht so aus, als hätte sie Lavinia gegessen, schien der beliebteste dieser Tweets zu sein.

So etwas versetzte ihr einen Stich, ganz klar. Allerdings konnte ein Unbekannter aus dem Internet ihr nicht ernsthaft wehtun. Nicht so, wie es Familie und Freunde und Kollegen könnten.

Trotzdem hatte sie nicht vor, sich derartig giftigen Bemerkungen länger als nötig auszusetzen. Es würde vielleicht ein wenig dauern, doch sie wollte jeden Troll blockieren.

Dennoch ... Grundgütiger! Woher kamen denn bitte die *ganzen Leute?*

Es kostete sie Zeit, die Hater aus einem bestimmten Thread zu blockieren, genauso wie gewisse Schlüsselwörter aus dem Nutzvieh-und-Zootier-Bereich stumm zu schalten – zumindest für den Augenblick.

Als sie fertig war, hatte sie jede Menge neuer Benachrichtigungen, die größtenteils jedoch freundlich wirkten. Trotzdem wollte sie sich Twitter erst am nächsten Morgen wieder widmen.

Bis sie ganz oben eine Nachricht bemerkte, die nur wenige Sekunden zuvor eingetroffen war.

Der Account trug eine strahlend blaue Blase mit einem Haken darin. Ein offizieller, verifizierter Account also.

Marcus Caster-Rupps Account.

Der Typ, der Aeneas spielte – *der* fucking Aeneas –, hatte ihr geschrieben. Folgte ihr.

Und – er schien sie ...

Nein, das konnte nicht stimmen. Sie musste halluzinieren.

Sie kniff die Augen zusammen. Blinzelte. Las es noch einmal. Ein drittes Mal.

Aus ihr unbekannten Gründen schien er sie …

Nun, es schien, als hätte er sie eingeladen. Auf ein Date.

«Ich habe so was schon mal als Fanfiction gelesen», flüsterte sie.

Dann klickte sie auf den Thread, um herauszufinden, was zum Teufel hier gerade passiert war.

LAVINEAS-SERVER,
Privatnachrichten, vor zwei Jahren

Unapologetic Lavinia Stan: Ich habe gesehen, dass du einen Betaleser für deine Storys brauchst. Ich weiß, wir schreiben nicht die gleiche Art von Geschichten, aber falls du bereit wärst, meine auch betazulesen, bin ich interessiert.

Book!AeneasWouldNever: Hi, ULS. Danke für deine Nachricht.

Book!AeneasWouldNever: Es wäre vielleicht ganz gut, eine andere Sicht auf meinen Text zu bekommen. Also ich jedenfalls würde in unseren unterschiedlichen Stilen einen Vorteil sehen, keinen Nachteil. Es wäre wunderbar, wenn du mir bei meinen Fanfics hilfst, und ich lese deine Geschichten natürlich sehr gern als Beta.

Unapologetic Lavinia Stan: Oh, yay!

Unapologetic Lavinia Stan: Mein erster Vorschlag: Benutz den Tag «Trübsal ahoi!», damit deine armen Leser nicht versehentlich ihren ganzen Jahresvorrat an Taschentüchern innerhalb einer Geschichte verbrauchen. [*räuspert sich*] [*schnäuzt Nase*] [*starrt dich bedeutungsschwanger an*]

Book!AeneasWouldNever: Tut mir leid?

Unapologetic Lavinia Stan: Die gute Nachricht: Die Taschentuchindustrie ist gerettet!

Unapologetic Lavinia Stan: Die andere gute Nachricht: Deine Texte haben eine solche emotionale Wucht, dass es mir möglich war, mehrere ausgetrocknete Salzwasserseen wieder zu füllen.

Book!AeneasWouldNever: Das ist etwas Gutes?

Unapologetic Lavinia Stan: Das ist etwas Gutes!

3

Natürlich hast du dich für die Variante entschieden, die nicht nur kanontreu ist, sondern auch noch vor Möglichkeiten strotzt, Seelenqualen zu schildern. Natürlich.

MARCUS SCHNAUBTE UND setzte sich im Bett auf.

Kaum hatte er in der frühmorgendlichen Dämmerung seines vorhangbewehrten Hotelzimmers die Augen aufgeschlagen, schon hatte er sich sein Handy gegriffen. Noch ehe sich sein Blick richtig klären konnte, hatte er bereits nach Nachrichten von Ulsie auf dem Lavineas-Server geschaut.

Obwohl man fairerweise sagen musste, dass diese unscharfe Sicht auch einfach ein Zeichen seines fortgeschrittenen Alters sein konnte. In ein paar Monaten wurde er vierzig, und vielleicht benötigte er mittlerweile Gleitsichtgläser. Denn selbst mit einer speziellen Schriftart und größerem Zeilenabstand fiel es ihm nicht immer leicht, am Bildschirm zu lesen.

Irgendwann Ende letzten Jahres hatte er endlich auch Ulsie gefragt, wie alt sie war.

Sechsunddreißig, hatte sie umgehend geantwortet.

Angesichts dieser Information hatte er einen verblüffend tiefen Seufzer der Erleichterung ausgestoßen, und er hoffte inständig, dass sie nicht log. Einige aus ihrer Gruppe hatten zwar gerade erst die Highschool beendet, aber er war sich fast sicher gewesen, dass Ulsie und er ungefähr im gleichen Alter waren – immerhin hatten sie schon mal gemeinsam überlegt, sich dem *Akte-X*-Fandom anzuschließen, da sie beide als Jugendliche für Scully und Mulder geschwärmt hatten. Trotzdem war die ausdrückliche Bestätigung, dass er keine privaten Nachrichten mit einem Beinahe-Teenager austauschte ... gut.

Nicht dass es jemals irgendwelche Zweideutigkeiten zwischen ihnen gegeben hätte, weder öffentlich noch privat. Aber trotzdem.

Ulsies letzte Nachricht war erst vor wenigen Minuten eingegangen. Er war überrascht, dass sie noch wach war. Aber er war froh. Sehr froh.

Er schob sich ein Kissen in den Rücken und lehnte sich gegen das lederne Kopfteil. Er nahm einen Schluck aus dem Wasserglas, das neben seinem Bett stand, und lächelte immer noch über ihre bissige Bemerkung.

Er benutzte die Spracheingabe-Funktion seines Handys, um ihr eine Antwort zu schicken. Zumindest schreibe ich jetzt meistens Happy Ends. Sei nicht so streng mit mir. Wir können nicht alle Meister des Fluffs sein. Kurz darauf fügte er hinzu: Gehst du jetzt schlafen? Oder willst du noch über deine Geschichte sprechen und ein bisschen brainstormen? Falls du schon irgendwas geschrieben hast, schau ich mir das gern an.

Um genau zu sein, würde er es sich von seinem Computer laut vorlesen lassen. Bei kurzen Nachrichten kam er ohne technische Hilfsmittel zurecht, aber ausführlichere Textpassagen zu entziffern, kostete ihn zu viel Zeit. Vor allem wenn man bedachte, wie voll seine Drehpläne in letzter Zeit gewesen waren.

Im Prinzip hatte er im Moment wenig zu tun. Und bis am Nachmittag sein Flug zurück nach L. A. ging, hatte er nichts weiter geplant, außer das Frühstücksbuffet des Hotels zu plündern und ins Fitnessstudio zu gehen. Wenn er wollte, könnte er ihre Fanfic also wirklich mit eigenen Augen lesen. Doch über die Jahre hatte er gelernt, dass es keinen

Grund gab, sich unnötig abzumühen oder sich Frust und Scham auszusetzen. Nicht wenn sich für sein relativ verbreitetes Problem relativ einfache Lösungen anboten.

Während er auf ihre Antwort wartete, checkte er seine Mails. Über Nacht hatte er anscheinend eine vertrauliche Mitteilung von R.J. und Ron erhalten, adressiert an die ganze Crew und den gesamten Cast.

In den vergangenen Tagen haben mehrere Blogs und Medienkanäle von Gerüchten über die Unzufriedenheit der Darsteller angesichts der Ausrichtung der letzten Staffel berichtet. Sollte jemand, der diese Mail hier liest, die Quelle solcher Gerüchte sein, möchten wir eins klarstellen: Das ist ein nicht hinnehmbarer Bruch sowohl unseres Vertrauens als auch des Vertrags, den ihr alle unterschrieben habt, als ihr für die Serie verpflichtet wurdet.
Wie üblich beinhaltet euer Job Diskretion. Wenn es euch nicht gelingt, diese notwendige Diskretion zu leisten, wird das Konsequenzen haben, wie in euren Verträgen festgehalten ist.

Okay, das war deutlich genug: Redet ihr außer der Reihe über die Show, müsst ihr mit Arbeitslosigkeit, einer Klage oder gar beidem rechnen. Mindestens einmal pro Staffel bekamen sie eine solche E-Mail, und jedes Mal war sie ähnlich formuliert.

Aber seit den letzten Staffeln hatte sich etwas verändert: Jetzt brachten ihn diese Nachrichten zum Schwitzen. Um seiner Kollegen willen. Und auch seinetwegen.

Würde Carah ihren Hass auf Didos Handlungsbogen in der finalen Staffel irgendwann jemandem außerhalb der Besetzung wie üblich mit zahlreichen Schimpfwörtern mitteilen? Hatte Summer sich enttäuscht darüber geäußert, wie abrupt die Liebesgeschichte zwischen Lavinia und Aeneas endete, auf eine Weise, die vollkommen unvereinbar mit ihren Charakteren war. Oder Alex ...

Scheiße, Alex. Er konnte manchmal so leichtsinnig sein. So impulsiv.

Hatte er sich bei jemand anderem außer Marcus darüber aufgeregt, wie das Finale die über mehrere Staffeln mühsam aufgebaute Charakterentwicklung von Amor komplett versaut hatte?

Trotz seiner eigenen Unzufriedenheit hatte Marcus zu niemandem außer Alex ein Wort darüber verloren, obwohl ...

Okay, manch einer könnte vielleicht behaupten, dass er mit seiner Fanfiction auf AO3 und den Nachrichten auf dem Lavineas-Server sehr viel gesagt hatte.

Und mit *manch einem* meinte er Ron und R. J.

Sollten sie jemals etwas über Book!AeneasWouldNever herausfinden, dann gäbe es wohl kein *vielleicht* mehr. Sie würden ihn definitiv einer Vertragsverletzung für schuldig befinden, und er würde ...

Verdammt, er würde alles verlieren, wofür er seit über zwanzig Jahren hart gearbeitet hatte. Eine Klage wäre in diesem Fall wirklich sein kleinstes Problem. Sein Ruf in der Branche wäre in Sekundenschnelle ruiniert. Kein Regisseur würde einen Schauspieler engagieren, der die Produktion hinter den Kulissen schlechtredete.

Seine Schauspielkollegen würden sich höchstwahrscheinlich ebenso hintergangen fühlen. Genauso wie die Crew.

Er sollte sein Fanfiction-Alter-Ego besser aufgeben. Das wusste er. Und das würde er auch, das würde er wirklich, wenn ihm das Schreiben nur nicht so viel bedeuten würde, wenn ihm die Lavineas-Server-Gruppe nicht so viel bedeuten würde, wenn ihm nur Ulsie ...

Ulsie. Oh Gott, Ulsie.

Er wünschte sich fast so sehr, sie persönlich zu treffen, wie er sich einen klaren Plan für seine Karriere und sein öffentliches Leben wünschte. Unter diesen Umständen jedoch würde das niemals passieren. Also würde er das genießen, was sie haben konnten. Was sie hatten.

Und das würde er keinesfalls aufgeben. Zum Teufel mit den Vertragsverletzungen.

Nachdem er die Mail von R.J. und Ron gelöscht hatte, ignorierte er den Rest der Nachrichten in seinem Posteingang und öffnete stattdessen Twitter.

Seine Benachrichtigungen waren voll von Kommentaren zu den Fotos, die Vika über Nacht gepostet hatte, wobei er mehrmals als «dirty boy» bezeichnet wurde. Außerdem gab es ein paar Bitten um Retweets, Geburtstagsgrüße und einige beeindruckende Beispiele von Fan-Art.

Nichts, was er beantworten müsste oder wollte. Im Grunde benutzte er den Account fast ausschließlich zu PR-Zwecken; er retweetete besonders schmeichelhafte Bilder, außerdem Hinweise auf seine Convention-Auftritte und die neuesten Episoden. Gelegentlich antwortete er auf die Tweets seiner *Gods-of-the-Gates*-Kollegen, aber das war's auch schon. Seine Rolle als «gut trainierter Golden Retriever» aufrechtzuerhalten, war in echt bereits anstrengend genug; er hatte nicht die Absicht, diese Vorstellung im Internet fortzusetzen – zumindest nicht, solange das nicht absolut notwendig wäre.

Sein richtiges Online-Leben spielte sich auf einer Website ab. Okay, auf zwei Seiten: dem Lavineas-Server und AO3.

Ulsie hatte noch nicht auf seine Nachrichten reagiert. Verdammt.

Er würde noch ein paar Minuten abwarten, bevor er aufgab und zum Frühstück aufbrach. Seufzend scrollte er weiter durch seine Twitter-Benachrichtigungen, bis er bei denen ankam, die vor etwa einer Stunde gepostet worden waren. Er zögerte, als er über ein ungewöhnliches Wort stolperte.

Ferse. Nein, *Färse*.

Färse?

Stirnrunzelnd hielt er inne. Las den ursprünglichen Tweet.

Er stand mit dem Foto einer hübschen, kurvigen Rothaarigen im Lavinia-Kostüm in Zusammenhang. Sie hatte es offenbar auf eine Aufforderung des offiziellen *Gods-of-the-Gates*-Accounts hin gepostet, der nach Bildern von Fan-Cosplays gefragt hatte. Dann hatte irgendein Vollpfosten einen Kommentar an den Tweet der Rothaarigen geheftet, in dem er sie mit einer Kuh verglich.

Er hatte außerdem Marcus markiert, anscheinend wollte er sich gemeinsam mit seinem Lieblingsschauspieler darüber lustig machen, dass eine Frau wie – Marcus schaute auf ihren Twitter-Namen – @Lavineas5Ever glaubte, sie könne Aeneas' Herzensdame verkörpern.

Sie hatte nicht reagiert, aber weitere Fanboys hatten sich dem ersten angeschlossen – und, oh verdammt.

Verdammt, verdammt, verdammt.

Er konnte das nicht einfach ignorieren.

Am liebsten wollte er antworten: *Sie ist verdammt hübsch, und ich will nicht der Lieblingsschauspieler solcher Arschlöcher sein. Also hör auf damit,* Gods of the Gates *zu gucken, und fick dich.*

Seine Agentin würde tot umfallen, die Produzenten würden explodieren. Seine sorgfältig aufgebaute Rolle würde in unzählige Stücke zerbrechen und vielleicht nicht zu reparieren sein.

Er rieb sich mit einer Hand über das Gesicht, kniff sich mit Daumen und Zeigefinger in die Nasenwurzel und dachte intensiv nach.

Nach ein paar Minuten diktierte er seine richtige Antwort. Ich erkenne Schönheit, wenn ich sie sehe – wahrscheinlich, weil ich sie jeden Tag im Spiegel betrachten kann. 😉 @Lavineas5Ever ist umwerfend, und Lavinia könnte sich keine bessere Würdigung wünschen.

Er wollte es dabei belassen. Wirklich.

Aber, Herrgott noch mal, dieser Typ war ein totaler Vollidiot.

Komm schon, Mann, twitterte @GodsOfMyTaints nur einen Moment später. Lass diesen heuchlerischen Ritter-in-glänzender-Rüstung-Scheiß. Du würdest dich dieser Kuh doch auf keine 5 Meter nähern.

Der Mistkerl hatte die arme @Lavineas5Ever nach wie vor in seinem Tweet markiert, und Marcus hoffte sehr, dass sie diese Unterhaltung längst auf stumm gestellt hatte. Aber falls nicht, durfte er es nicht dabei belassen. Das durfte er einfach nicht.

Mit einem Mausklick folgte er jetzt @Lavineas5Ever. Das machte sie zu einer der 286 Personen, denen er folgte; der ganze Rest war auf die eine oder andere Art mit der Film- und Fernsehbranche verbunden. Ein kurzer Blick auf ihr Profil verriet ihm, dass sie in Kalifornien lebte. Wie praktisch.

Er konnte ihr keine Nachricht schicken, da sie ihm noch nicht folgte. Was durchaus nachvollziehbar war, er würde auch keinen Account liken, der so uninteressant und sinnlos war wie seiner.

Nichtsdestotrotz folgten ihm zwei Millionen Leute. Er hoffte inständig, dass die anderen Arschlöcher unter seinen Followern seinen nächsten Tweet ebenfalls lasen.

Ich bin kein Ritter in glänzender Rüstung, nur ein Mann, der gern eine schöne Frau an seiner Seite hat. @Lavineas5Ever, würdest du mit mir essen gehen, wenn ich von den Dreharbeiten nach Kalifornien zurückkomme?

Dann lehnte er sich wieder gegen das Kopfteil, verschränkte die Arme vor der Brust und wartete auf ihre Antwort.

• • •

April sah blinzelnd auf ihren Laptop-Bildschirm.
 Yup.
 Marcus Caster-Rupp hatte sie zum Essen eingeladen.
 Marcus. Caster. Bindestrich. Rupp.
 Auch auf die Gefahr, dass sie sich wiederholte: *Waaaaaaas zum Teufel?*
 Der Typ hatte bereits unzählige Zeitschriften-Cover geziert, auf denen er seine Muskeln spielen ließ. Sie sah ihn jede Woche auf ihrem Fernsehbildschirm und hatte mehr als nur ein paar Fotos von ihm auf ihrer Festplatte gespeichert.
 Und er hatte sie einfach ... zum Essen eingeladen?
 Wow. Einfach *wow*.
 Hätte sie es sich aussuchen können, welchen *Gods-of-the-Gates*-Schauspieler sie daten wollte – sei es auch nur für einen einzigen Abend –, hätte sie sich auf jeden Fall für den Typen entschieden, der Amor spielte, Alexander Woodroe.
 Doch Caster-Rupp war heiß. Keine Frage. Nicht übertrieben muskulös, aber groß, schlank und unbestreitbar stark und sportlich. Sie erwischte sich immer wieder dabei, wie sie angesichts der Nahaufnahmen seiner kräftigen, geäderten Unterarme sehnsüchtig seufzte, ganz zu schweigen von den GIFs seiner ersten Sexszene mit Dido, weil: Wahnsinn! Dieser Hintern. So rund und trainiert und ... köstlich.
 Er war zweifellos gut aussehend. Die messerscharfe Kieferpartie könnte Tomaten schneiden. Seine Wangenknochen waren makellos, und seine Nase war gerade so schief

und kräftig, dass sie seinem Gesicht Charakter verlieh. Egal wie lang seine Bartstoppeln gerade waren, es stand ihm alles gut und betonte seine perfekten Lippen. Genauso wie ein richtiger Bart. Oder gar keiner. Ganz ehrlich, das war doch entsetzlich unfair.

Sein volles honigblondes Haar, das an den Schläfen bereits anfing, silbrig zu werden, betonte seine hellblauen Augen wie ...

Na ja, wie das Haar eines Fernsehstars, dessen Augen es eben betonen sollte ...

Außerdem war er ein verdammt guter Schauspieler. Vor ein paar Staffeln musste seine Serienfigur Jupiters strengem Befehl Folge leisten und heimlich seine Flotte versammeln. Deshalb hatte er Dido – die Frau, die er liebte und mit der er seit einem Jahr zusammenlebte – im Dunkel der Nacht verlassen, ohne jede Vorwarnung oder auch nur ein letztes Wort des Abschieds. Caster-Rupp hatte Aeneas' blanke Trauer, seine Scham und den Widerwillen mit solcher Inbrunst verkörpert, dass April weinen musste.

Schließlich hatte Aeneas von der unruhigen See aus in der Ferne den Schein von Didos Scheiterhaufen entdeckt und begriffen, dass dies die Konsequenzen seines Handelns waren. Durch sein Verschulden war Dido dem Tod geweiht oder sogar bereits gestorben, und er konnte nichts tun, um sie aufzuhalten oder ihr zu helfen. An Deck seines Schiffes fiel er auf die Knie. Sein Gesicht war schmerzverzerrt, er raufte sich die Haare, und sein Atem kam in rauen, kurzen Stößen, während er, von Entsetzen und Selbsthass geschüttelt, das Schicksal seiner Geliebten mitansehen musste.

An jenem Punkt hatte April nicht mehr nur geweint. Sie hatte geheult wie ein Schlosshund.

Sie war nach wie vor der Auffassung, dass er für diese

Darbietung eine kleine goldene Statue hätte gewinnen sollen.

Dieser fähige Schauspieler sorgte dafür, dass niemand Aeneas' Klugheit und sein riesiges, einsames, vernarbtes Herz leugnen konnte – oder seinen vorsichtig wachsenden Respekt für Lavinia sowie die Anziehungskraft, die sich zwischen den beiden über die letzten drei Staffeln aufgebaut hatte.

Aber es gab einen Grund, weshalb April dem Typen nicht auf Twitter folgte.

Sie hatte bisher noch kein Interview mit ihm gesehen, in dem er auch nur ein interessantes Wort gesagt hätte. Und sie hatte sich eine Menge Interviews mit ihm angeschaut, da die Lavineas-Anhänger sich auf jedes Fitzelchen der Medienberichterstattung stürzten, das ihr bevorzugtes OTP thematisieren könnte. Aber anders als Summer Diaz, die Frau, die so gekonnt Lavinia darstellte, versorgte Caster-Rupp die Fangemeinde nie mit Einblicken, Analysen oder auch nur mit einer bloßen Erwähnung der Beziehung zwischen Aeneas und Lavinia. Aber genauso sprach er nie über die Beziehung zwischen Aeneas und Dido.

Er blieb immer unverbindlich. Wirkte enthusiastisch, aber was er sagte, war zu einhundert Prozent austauschbar.

Nachdem die erste Staffel der Serie gelaufen war, verzichteten die meisten Reporter auf Interviews mit ihm und blendeten einfach ein paar seiner Bizeps-Fotos ein, sobald seine Rolle erwähnt wurde.

Wie er vor der Kamera dieses Ausmaß an Intelligenz und eine derartige emotionale Tiefe darstellen konnte, war ein echtes Wunder. Denn im echten Leben bestand der Mann aus nichts weiter als Haareschütteln und fröhlicher geistiger Leere; ein laufendes, sprechendes, glänzendes, herausgeputztes Hollywood-Klischee mit einem hübschen Gesicht.

Kurz gesagt: nicht ihre Art von Date.

Doch ihn zurückzuweisen, seine nette Geste in der Öffentlichkeit abzulehnen, wäre ziemlich unfreundlich. Und wie sollte sie sich weiter als Lavineas-Fan bezeichnen, wenn sie die Chance sausen ließ, sich mit ihm zu unterhalten?

Auf der anderen Seite wollte er vielleicht mittlerweile auch einen Rückzieher machen.

Sie mussten miteinander reden. Allerdings nicht vor seinen zwei Millionen Followern.

Sie folgte seinem Account, damit sie via Direktnachrichten mit ihm kommunizieren konnte. Halb erwartete sie, dadurch herauszufinden, dass sie tatsächlich halluziniert hatte oder die Benachrichtigungen bei Twitter irgendwie außer Rand und Band geraten waren, sodass ihr versehentlich angezeigt wurde, dass er ihr folgte und mit ihr ausgehen wollte, obwohl das definitiv nicht der Fall war.

Aber das Fenster für die Direktnachrichten ploppte sofort auf.

Sie hatte tatsächlich die Erlaubnis, persönliche Messages mit Marcus Caster-Rupp auszutauschen. Weil er ihr folgte. Ganz in echt.

Abgefaaaaahren. Aufregend, aber abgefahren. Und ein bisschen angsterregend. So sehr, dass sie mehrere Minuten brauchte, um ihre Nachricht zu verfassen.

Okay ... hi, schrieb sie schließlich. Ich freue mich, Sie kennenzulernen, Mr Caster-Rupp. Zuallererst, und das ist das Wichtigste, danke, dass Sie gerade so nett gewesen sind. Es war wirklich lieb von Ihnen, mich so zu verteidigen. Abgesehen davon möchte ich noch sagen: Sie müssen nicht mit mir zu Abend essen. Ich meine, ich würde das schon gerne tun, wenn Sie es auch wollen. Aber fühlen Sie sich bitte nicht dazu verpflichtet.

Während sie auf eine Antwort wartete, machte sie einen schnellen Abstecher zum Lavineas-Server.

Mit einem Stöhnen ließ sie sich gegen das Kopfteil ihres Bettes sinken. Verflixt, BAWN hatte auf ihre Nachrichten von vorhin geantwortet, und jetzt hatte sie keine Zeit, ihm zurückzuschreiben.

Aber sie hatte eine Verantwortung gegenüber der Fan-Community. Wüsste BAWN von diesen Umständen, würde er es verstehen.

Trotzdem schickte sie ihm eine kurze Nachricht. Ich muss mich noch um ein paar eilige Dinge kümmern. Danach komme ich wieder zum Chatten. Sorry!

Als sie das Twitter-Fenster wieder öffnete, hatte Caster-Rupp ihr geantwortet.

Ich fühle mich nicht verpflichtet. Du hast offensichtlich großes Talent dafür, Kostüme herzustellen, und wie ich schon sagte, du bist sehr hübsch. Ich wäre stolz darauf, dich zum Dinner ausführen zu dürfen. PS: Bitte nenn mich Marcus.

Obwohl sie es eigentlich besser wusste, strahlte sie angesichts der Komplimente.

Trotzdem war mindestens ein Teil dieser Nachricht Unsinn.

Also hat es nichts damit zu tun, dass du diesen Idioten, die uns markiert haben, eins auswischen willst? PS: Ich bin April.

Seine Antwort kam postwendend.

Ich muss gestehen, ich würde mich freuen, einigen meiner unausstehlicheren Fanboys etwas Missbehagen bereiten zu können.

Sie runzelte die Stirn.

Missbehagen? Welcher seichte Schönling von einem Schauspieler benutzte denn einen Ausdruck wie *Missbehagen?*

Drei blinkende Pünktchen erschienen im Chatfenster.

Das kam jetzt falsch rüber. Sorry. Ich wollte sagen, ich glaube, dass das auch gute PR für mich wäre. Du weißt schon, den Kontakt mit den Fans pflegen.

Das war schon eher das, was sie von einem Mann wie ihm erwartet hatte. Ein wohlmeinender, freundlicher, aber letztlich oberflächlicher Publicity-Gag.

Das ergibt Sinn, schrieb sie.

Noch mehr Pünktchen, die diesmal einige Minuten lang blinkten.

Nur als Vorwarnung, April. Wenn wir zusammen ausgehen, werden wir uns danach wahrscheinlich in der Boulevardpresse oder zumindest auf ein paar Onlineblogs wiederfinden. Also falls du deine Privatsphäre lieber schützen willst, kannst du mein Angebot ruhig ablehnen. Das würde meine Gefühle nicht verletzen.

Sie biss sich auf die Lippe. Ich würde gerne eine Minute darüber nachdenken. Ist das in Ordnung?

Natürlich, antwortete er. Nimm dir alle Zeit, die du brauchst. Es ist noch früh hier in Spanien, und ich werde erst am späten Nachmittag zurückfliegen. Ich bin noch ein Weilchen hier.

Okay, jetzt brannte sie darauf, ihm Fragen zur sechsten und damit finalen Staffel zu stellen. Er war natürlich zur Geheimhaltung verpflichtet, aber einem Typen, der so schwer von Begriff war, würden doch vielleicht ein oder zwei Details herausrutschen?

Eine neue Nachricht erschien auf dem Lavineas-Server. BAWN, beruhigend wie immer. Keine Sorge, ich habe hier auch noch ein paar unerwartete Sachen zu regeln. Außerdem bin ich noch ein Weilchen hier.

Sie schnaubte, amüsiert darüber, wie BAWN unwissentlich Marcus nachgeahmt hatte, den Mann, über dessen Rolle er schon Dutzende Fanfics verfasst hatte.

Sollte sie ihm erzählen, was gerade passiert war?

Nein, noch nicht.

Sie hatte bislang nicht einmal entschieden, ob sie Marcus' Einladung wirklich annehmen wollte, und sie war noch nicht bereit dafür, dass ihre Lavineas-Freunde sie in natura sahen. Bald, aber noch nicht jetzt. Nicht, solange sie so viele andere Entscheidungen zu treffen und Argumente abzuwägen hatte.

Danke! Ich bin gleich wieder da, tippte sie an BAWN.

Sie kletterte aus dem Bett und suchte in der Seitentasche ihres Koffers nach einem neuen Notizbuch. Ihre besten Ideen kamen ihr auf dem Papier. Schon immer.

Sie schnappte sich noch einen Stift und füllte ihr Wasserglas auf, bevor sie wieder ins Bett stieg und sich erneut gegen das hölzerne Kopfteil lehnte. Dann tippte sie mit dem Kugelschreiber auf die leere Seite und gestand sich das Offensichtliche ein.

Wenn sie aufhören wollte, sich zu verstecken, hätte sie kaum eine effektivere Methode zur Enthüllung ihrer Identität finden können.

Falls der Thread von heute Abend nicht sowieso schon zum gewünschten Ergebnis geführt hatte, dann würde ein Date mit Marcus Caster-Rupp, einem weltberühmten TV-Star, ihr Gesicht, ihren Körper und ihr Fanfiction-Interesse auf jeden Fall öffentlich bekannt machen. Zumindest in manchen Kreisen. Und April kannte die *Gods-of-the-Gates*-Fangemeinde gut genug, um bereits die Überschriften der

Blogposts vor ihrem inneren Auge zu sehen. Zumindest die netten.

Gods-Fan akzeptiert Date mit dem Schauspieler ihrer Träume – alle Nerdgirls jubeln!
Ein Fangirl schnappt sich einen Star: Der Tag, an dem Fanfiction zur Realität wurde
@Lavineas5Ever, Fan-Ikone für die Ewigkeit

Was sie an eine Sache erinnerte: Der Lavineas-Server würde ausrasten, sofern die Hysterie nicht schon längst begonnen hatte. Was wahrscheinlich war, denn die meisten ihrer Freunde folgten Marcus auf Twitter. Glücklicherweise hatte sie sich die Threads vom Hauptchat des Servers noch nicht angesehen.

Wenn die Leute herausfanden, dass @Lavineas5Ever keine andere als Unapologetic Lavinia Stan war und dass sie überlegte, ein gottverdammtes Date mit der einen Hälfte ihres OTP abzulehnen – sie würden April vernichten.

Okay, da sie ihren ersten öffentlichen Auftritt als Fangirl nun hinter sich hatte, konnte sie es jetzt auch richtig machen. Sie würde ihre nächsten Schritte aufschreiben und genau festhalten, was sie vor aller Welt preisgeben wollte.

In großen, dicken Blockbuchstaben setzte sie die Überschrift auf die leere Seite: **UMWELTGEOLOGIN, ERFINDE DICH NEU!**

Einige Teile ihres Plans hatte sie heute auf der Heimfahrt und schon während der vergangenen Monate festgelegt, andere Aspekte würde sie jetzt auflisten. Inklusive aller schmerzhaften Details.

1. *Sag Ja zu Marcus. Öffentlich.*
2. *Verbinde Persönliches und Berufliches bei der Arbeit, ohne dabei aufdringlich zu sein. Hör auf, Angst davor zu haben, erkannt zu werden. (Denk an das furchtbare Folk-Trio, wann immer notwendig.)*
3. *Gib Twitter-Namen und Identität bei den Lavineas-Fans preis. Trag dabei Ohrstöpsel, denn das Gekreische wird man bis ins Weltall hören.*
4. *Nimm an der Con of the Gates teil. Triff dich mit Lavineas-Anhängern und zeig ihnen, wie du aussiehst. Auch B.*
5. *Mach beim Con-of-the-Gates-Cosplay-Wettbewerb mit.*

Sie kaute einen Moment auf ihrer Lippe herum und hielt dann inne.

Nein, sie würde alles aufschreiben. Das hatte sie sich vorgenommen, und sie war kein Feigling.

6. *Weise auf Fatshaming in der Lavineas-Community hin, auch wenn es ~~BAWN~~ deine Freunde vor den Kopf stößt.*
7. *Überleg dir, wie es mit Mom und Dad weitergehen soll. Wenn du ganz sicher bist, sag es Mom persönlich.*
8. *Trenn dich sofort von jedem Mann, der dich ändern will/der nicht stolz ist, mit dir in der Öffentlichkeit gesehen zu werden.*

So. Das war's. Wenn sie alles Toxische in ihrem Leben loswerden wollte, war das der Weg, den sie einschlagen musste.

Sie ließ ihr Notizbuch mit der Liste in Sichtweite liegen, weckte ihren Laptop aus dem Ruhemodus und vergrößerte das Twitter-Fenster.

Wieder kaute sie für einen Moment auf ihrer Lippe und nickte schließlich.

Am Ende dauerte es nur Sekunden. Sie machte Marcus' Einladung inmitten der immer zahlreicher werdenden Benachrichtigungen ausfindig und klickte auf *Retweet mit Kommentar*.

Es wäre mir eine Freude, dich zum Abendessen zu begleiten, @MarcusCasterRupp. Danke für deine nette Einladung. Melde dich einfach per PN, um die Details zu klären. 😉

LAVINEAS-SERVER
Thread: WTF ist los mit Dido

Unapologetic Lavinia Stan: Also bitte, erst hat die Serie die Bücher einfach komplett ignoriert und Dido auf dem Scheiterhaufen sterben lassen. Wobei man da vielleicht noch behaupten könnte, dass sie es ganz oldschool machen wollten (Vergil-style oldschool). Aber dass Juno sie dann von den Toten zurückbringt? Und dann machen sie aus Dido eine verrückte, herrschsüchtige, sexhungrige, verschmähte Frau, die komplett durchdreht, weil sie so von Aeneas besessen ist? Ich möchte daher noch einmal auf den Titel dieses Threads verweisen: WTF?

Mrs Pius Aeneas: Sie ist absolut nicht wiederzuerkennen als die Dido aus Wades Büchern.

Book!AeneasWouldNever: Auch Vergils Dido war – vor Aeneas' Ankunft und dem Eingreifen von Venus – eine äußerst kompetente Herrscherin. Ich sage es nur ungern, aber …

Unapologetic Lavinia Stan: Aber was?

Book!AeneasWouldNever: Die Dido aus der Serie war nie mehr als eine frauenfeindliche Karikatur. Carah Browns Talent ist in der Rolle verschwendet, obwohl sie der einzige Grund ist, weshalb die Figur überhaupt noch ernst zu nehmen ist. Wenn sie Wades Bücher erst mal hinter sich gelassen haben, wird es nur noch schlimmer.

Unapologetic Lavinia Stan: Aber warum erzählen sie es auf diese Weise? Das ist so viel uninteressanter als das, was Wade oder sogar Vergil gemacht haben.

Book!AeneasWouldNever: Das hat wahrscheinlich eine Menge damit zu tun, wie die Macher der Serie Frauen sehen.

IHR HANDY VIBRIERTE auf dem Hotelschreibtisch, und April legte ihre Stirn auf die Holzimitat-Oberfläche. Kurz hob sie den Kopf, nur um ihn dann mit einem dumpfen Aufprall wieder auf den Tisch sinken zu lassen.

Ohne nachzusehen, wusste sie, wer anrief und warum. Irgendwann hatte ihre Mutter von der Verabredung mit Marcus erfahren müssen, die an diesem Abend stattfand. Es war lediglich eine Frage der Zeit gewesen, und April hatte jede ruhige Minute genossen.

Jetzt allerdings war die Zeit abgelaufen.

Ein schneller Blick auf das Display bestätigte ihre Befürchtungen, und sie stieß einen langen Seufzer aus, bevor sie auf den Bildschirm tippte. «Hi, Mom.»

«Schätzchen, ich habe eben ein Bild von dir bei *Entertainment All-Access* gesehen. Glaube ich.» Ihre Mutter klang erstaunt und verwirrt zugleich. «Du hattest so ein ganz altmodisches Kleid an.»

April hatte sich gestern noch gefragt, ob JoAnns Lieblingssendung, die sie immer beim Kochen laufen ließ, diese Story wohl bringen würde. Anscheinend hatte sie nun ihre Antwort. «Ja, das war ich. In meinem Lavinia-Kostüm. Du weißt schon, von *Gods of the Gates*.»

«Ach, du lieber Himmel.» Ihre Mutter atmete aus. «April, also ich ...»

Ein sehr langes Schweigen folgte, währenddessen JoAnn in Anbetracht des plötzlichen, unerwarteten Ruhms ihrer Tochter wahrscheinlich schockiert blinzelte, dann die Neuigkeiten sacken ließ und überlegte, wie sie das Gespräch beginnen sollte. Neugierig? Besorgt? Mitleidig? Sollte sie Ratschläge geben?

Letztendlich würde alles dabei sein, das wusste April bereits, genauso wie sie wusste, wie der Rat ihrer Mutter aussehen würde.

Endlich hatte sich JoAnn für eine Einstiegsfrage entschieden. «Wie in aller Welt konnte das *passieren*?»

Das war eine Frage, auf die es viele verschiedene Antworten gab. Manche davon waren philosophischer als andere, aber April blieb bei den reinen Fakten. Und ließ ein paar aus, in der vergeblichen Hoffnung, sie beide könnten das Unausweichliche vermeiden.

«Na ja, ich habe einen Twitter-Account, auf dem ich Cosplay-Bilder von mir als Lavinia poste, und Marcus Caster-Rupp hat Mittwoch Abend eines der Fotos gesehen und mich zu einem Date eingeladen.» Sie bemühte sich, ihre Stimme ruhig klingen zu lassen; so als wäre ihre ganze Welt in den letzten Tagen nicht komplett auf den Kopf gestellt worden. Als würde das Herz in ihrer Brust nicht rasen, seit sie an diesem Morgen aufgestanden war. «Ich bin übers Wochenende in einem Hotel in Berkeley, während die neue Wohnung renoviert wird. Und er ist zufällig in der Gegend. Unser Dinner findet heute Abend statt, aber bitte erzähl's niemandem. Ich würde das gern so privat wie möglich halten, trotz der Umstände.»

So privat wie möglich bedeutete allerdings *nicht sehr privat*. Und das war schon milde ausgedrückt.

Sobald ihre Twitter-Unterhaltung mit Marcus viral gegangen war, wurde die Sache mit den Markierungen ... unfassbar. Überwältigend. Es gab Unmengen an Kommentaren, ermutigender sowie erschreckender Art. Und obwohl sie die Hauptthreads alle längst stumm geschaltet hatte, kamen immer wieder neue Follower und Tweets hinzu.

Dazu Bitten um Interviews und Fragen von Bloggern und anderen Kanälen.

Sie hatte das Gefühl, schon mehr als genug in der Öffentlichkeit zu stehen, weshalb sie diese Anfragen alle ablehnte oder schlichtweg ignorierte. Doch dann, als der ganze Wirbel langsam nachließ, hatte der offizielle Twitter-Account von *Gods of the Gates* die Story aufgegriffen, da sie in dem Date – so wie Marcus es vorausgesagt hatte – eine hervorragende PR-Gelegenheit gesehen hatten. Zu Aprils Bestürzung hatten sie begonnen, das Ereignis auf Teufel komm raus zu bewerben.

Was bedeutete, dass sie noch mehr Benachrichtigungen erhielt. Mehr PNs. Mehr Threads stumm stellen musste.

Zu diesem Zeitpunkt hatte die Geschichte auch ihre ehemaligen Kollegen erreicht. Aufgrund des anhaltenden Aufruhrs im Internet hatten bis Freitag zwei ihrer Jetzt-Ex-Kollegen Aprils Foto in einer der vielen Storys gesehen, die online verfügbar waren.

Sie hatten in stillen Ecken des Büros mit ihr darüber geplaudert, und es hatte ihr nichts ausgemacht, wenn sie ihr zuzwinkerten und sie anstupsten. Aber ihre mitleidigen Mienen und das verständnisvolle Armgetätschel – *die Leute sagen so schreckliche Dinge, April; ich kann mir kaum vorstellen, wie du dich gefühlt haben musst* – setzten ihr ziemlich zu.

Als sie ihren alten Arbeitsplatz mit einer Kiste voller Habseligkeiten unter dem Arm verließ, glich ihr Weg nach draußen einem Spießrutenlauf mit Gafferei und Geflüster.

Kein Versteckspiel mehr, hatte sie sich ständig ermahnt, trotz des plötzlichen Engegefühls in ihrer Brust. *Kein Versteckspiel mehr. Denk an das gottverdammte Folk-Trio.*

Schließlich war die Story von Twitter zu Facebook und Instagram übergesprungen und von dort zu den *Gods-of-*

the-Gates-Blogs, und selbst ein paar Promi-News-Sendungen berichteten davon.

Einschließlich *Entertainment All-Access*, wie es schien.

Sie versuchte, sich nicht mit der Ausbreitung ihres neu gewonnenen Ruhms zu beschäftigen, aber wie sollte sich das vermeiden lassen? Zumal jeder Post und jeder Fernsehclip die Spannung in ihren Muskeln erhöhte, bis ihre Schultern schmerzten.

«Ich verstehe.» JoAnn hatte die komplette Geschichte wahrscheinlich nur wenige Augenblicke zuvor gesehen – aufbereitet für das Vergnügen des Fernsehpublikums im ganzen Land. «Ist alles okay bei dir, Schätzchen?»

Ah, Besorgnis und Mitleid hatten gleichzeitig Einzug in die Konversation gehalten. Entzückend.

«Mir geht's gut. Ich überlege nur gerade, was ich anziehen ...» Mist. Anfängerfehler. Normalerweise thematisierte April in einem Gespräch mit ihrer Mutter niemals ihre Klamotten. «Ich freue mich auf heute Abend. Marcus spielt Aeneas, eine meiner Lieblingsfiguren.»

Ihre Mutter ignorierte diese Information.

«Sie haben einen Teil des Twitter-Chats gezeigt.» JoAnn senkte ihre Stimme zu einem Beinahe-Flüstern. «Ich bin nicht sicher, ob es eine gute Idee ist, dort Fotos zu posten.»

Es handelte sich mehr oder weniger um den gleichen Ratschlag, den April von ihr nun seit über dreißig Jahren bekam. *Wenn Menschen grausam sind, mach dich selbst kleiner und kleiner, bis du so unbedeutsam bist, dass niemand dich angreift.*

Aber April hatte genug vom Zurückweichen und Verstecken. Die Meinung irgendwelcher fettfeindlichen Fremden auf Twitter waren egal, und sie würde sich nicht kleinmachen, nur um nicht von ihnen bemerkt zu werden. «Ich zeige den Leuten gern die Kostüme, die ich genäht habe.»

JoAnns Antwort war vorsichtig, Sorge und gute Absichten schwangen in jeder Silbe mit. «Dieses Kleid ...» Sie zögerte. «Es hat deine Figur nicht ganz so vorteilhaft zur Geltung gebracht. Vielleicht kannst du eins machen, das nicht so eng an ...»

Es könnte um alles gehen. Aprils Arme. Ihren Rücken. Ihren Bauch. Ihren Hintern. Ihre Hüften.

«Mir geht's gut», wiederholte sie, und ihr Tonfall war schroffer als beabsichtigt.

Es folgte erneut lange Stille.

Als JoAnn wieder sprach, zitterte ihre Stimme leicht. «Du hast gesagt, du suchst dir etwas zum Anziehen für heute Abend aus?»

April hatte die Gefühle ihrer Mutter verletzt, und Schamesröte kroch ihren Hals hinauf.

«Ja, ich habe mehrere Outfits eingepackt, und ich versuche, mich zwischen ihnen zu entscheiden.» Ihre Hände waren zu Fäusten geballt, und sie wusste es. Sie wusste es einfach ...

«Ich könnte mir vorstellen, dass bei diesem Abendessen Leute Fotos von dir machen.» JoAnns künstliche gute Laune bohrte sich wie Splitter unter Aprils Haut. «Ein schwarzes Kleid wirkt immer stilvoll, weißt du? Und die Farbe verzeiht so viele Sünden, vor allem wenn du eines findest, das nicht zu knapp sitzt.»

Schwarz, um zu verschwinden. Viel Stoff, um sich zu verhüllen.

Wie üblich war Fettsein eine Sünde, höchstwahrscheinlich sogar eine Todsünde.

April ließ den Kopf sinken und erwiderte nichts, aus Angst, was sie sonst vielleicht sagen würde.

«Mach dir keine Sorgen, ich werde niemandem von der Verabredung erzählen», fuhr JoAnn fort. «Außer deinem Vater. Aber er wird sicher nicht verbreiten, dass ...»

Okay, das reichte. «Ich muss jetzt duschen, damit ich

noch genügend Zeit habe, mich für das Dinner fertig zu machen.»

«In Ordnung. Viel Spaß heute Abend, Schätzchen», sagte JoAnn, wenngleich sie nicht so klang, als würde sie denken, dass irgendjemand, der an diesem Abendessen beteiligt war, Spaß haben würde. «Hab dich lieb.»

Das meinte ihre Mutter genau so. April hatte das nie infrage gestellt.

«Danke, Mom.» Sie hatte ihre Nägel so tief in die Handflächen gegraben, dass sie sich wunderte, dass die Haut noch nicht durchbohrt war. «Hab dich auch lieb.»

Und der Haken daran war, das hatte sie wirklich.

· • ·

Frisch geduscht und mit einem lockeren Nachthemd bekleidet, stand April vor ihrem winzigen Hotelzimmerschrank und zitterte vor Aufregung.

Wie sie ihrer Mutter erzählt hatte, hatte sie aus ihrer schon halb gepackten Wohnung in Sacramento jede Menge mögliche Outfits für das Date mitgebracht. Schöne Sachen. Unter normalen Umständen neigte sie nicht zu Unentschlossenheit – nur waren dies hier alles andere als normale Umstände. Was auch immer sie heute Abend zum Dinner mit Marcus Caster-Rupp tragen würde, es musste zwei Aussagen gleichzeitig treffen.

Erstens: *Ich bin selbstbewusst und sexy, aber ich bemühe mich nicht zu sehr.* Denn ja, er mochte eitel und nicht besonders helle sein, doch er war ein berühmter Schauspieler und verflucht *heiß*. Und sie hatte ihren Stolz. Genau wie ihre Mutter erwartete sie, dass mehr als nur ein paar Schnappschüsse von dem Dinner im Internet landen würden, noch ehe sie den letzten Bissen ihres Desserts gegessen hätte. Sie wollte gut aussehen auf diesen Fotos und auch auf denen, die Marcus und sie auf ihren eigenen Social-Media-Kanälen veröffentlichten.

Für diese Aussage brauchte es ein figurbetontes Kleid. Und kein schwarzes. Es brauchte Absätze, so ungern sie ihre Füße auch damit malträtierte. Und es brauchte baumelnde Ohrringe.

Aber das alles gehörte schon zu ihrem Standardrepertoire, wenn es um Ausgeh-Outfits ging – entgegen sämtlichen Ratschlägen ihrer Mutter. Das war also nicht wirklich kompliziert.

Nein, es war das zweite Statement, das sich als knifflig erwies, eines, das für Marcus allein bestimmt war: *Du sollst mir vertrauliche Details über die finale Staffel verraten, trotz der rechtlichen und beruflichen Konsequenzen, die du dadurch zu befürchten hast.*

Und um diese Aussage zu treffen – na ja, sie war nicht ganz sicher, welche Art Outfit da angemessen wäre. Es sollte vermutlich eine Taschenuhr zur Hypnose dabei sein. *Du wirst müde, sehr müde, und du verspürst den Wunsch, mir zu verraten, ob du endlich mit Lavinia im Bett landest und ob es überwältigend ist und ob es nackte Männer in Frontalaufnahme zu sehen geben wird.*

In Ermangelung einer solchen Uhr musste sie wohl aufs Dekolleté setzen. Letztes Jahr hatte der bloße Anblick ihres tiefen Ausschnitts ein Date dazu gebracht, schnurstracks gegen einen Laternenpfahl vor dem Fairmont-Hotel zu laufen. Als sie sich dann später während des Abendessens hinuntergebeugt hatte, um eine heruntergefallene Serviette aufzuheben, hatte er sich versehentlich die Gabel in die Wange gebohrt und so laut aufgeschrien, dass ein Kellner herbeieilte.

Vor diesem Abend hatte Blake Stunden damit zugebracht, über das intensive Spezialeinheiten-Training zu prahlen, das er vor langer Zeit durchlaufen hatte. Augenscheinlich wurden aber weder SEALs in den frühen 2000ern noch heutige Experten für Internetsicherheit auf moderne Busen-Kriegsführungstaktiken vorbereitet.

Als sie ihn wegen dieses Versäumnisses aufgezogen hatte, warf er ihr einen mürrischen Blick zu. Kurz darauf verschüttete er ein halbes Glas Weißwein über sein Jackett, als sie mit dem Kettenanhänger spielte, der direkt über ihren Brüsten hing.

Sie hatte damals gekichert, und jetzt kicherte sie wieder bei der Erinnerung daran. Trottel.

Okay, dann also ein Wickelkleid. Die Königsklasse, wenn es um Dekolletés ging.

Sie schob ihre Kleiderbügel im Schrank hin und her und betrachtete ihre zwei Favoriten. Entweder dieses Kleid mit dem farbenfrohen Ornamentdruck oder das in dem umwerfenden Meergrün?

Das grüne Kleid geriet ins Rutschen, und sie schaffte es kaum, es zurück auf den gepolsterten Bügel zu schieben.

Mist. Ihre Hände zitterten.

Sie sollte nicht nervös sein. War sie auch nicht. Nur ...

Herrgott, all die Twitter-Nachrichten, Blogposts und Promi-News-Sendungen. Die Skepsis ihrer Mutter. Aprils eigene Ängste.

Trotz ihrer Aufregung, trotz ihres hart erkämpften Selbstvertrauens war sie immer noch ein Mensch. Dass ihr Privatleben plötzlich so in die Öffentlichkeit gezerrt worden war, hatte sie mit einem ... seltsamen Gefühl zurückgelassen. Als würde sie sich selbst von außen betrachten und alles, was sie sagte, und jedes kleine Detail an ihrem Aussehen bewerten.

Und selbst wenn man vom öffentlichen Aufruhr und ihrem neuen Selbstbewusstsein absah – sie traf nachher einen Mann, den sie sich seit Jahren im Fernsehen anschaute, verdammt noch mal. Den Mann, dessen furchtbare Filme sie sich gelegentlich mit einem Eimer Popcorn im Arm im Kino angesehen hatte. Sein attraktives Gesicht war dabei auf dem Bildschirm fast so groß gewesen wie die Wohnung, die sie gerade verkauft hatte.

Es war derselbe Mann, den verschiedene Zeitschriften zum *sexiest man alive* gewählt hatten. Der Mann, der die Hauptrolle in zahllosen Fanfics spielte, die sie geschrieben hatte. Und der sich darin grinsend, flirtend und vögelnd seinen Weg zum garantierten Happy End – buchstäblich wie metaphorisch – gebahnt hatte. Zumindest in ihrer Vorstellung.

In weniger als zwei Stunden würde sie ihn tatsächlich treffen, und sie durfte nicht hyperventilieren. Irgendwie musste sie das hinkriegen.

Also sollte sie ein Kleid in einer beruhigenden Farbe wählen.

Ein letzter Blick in ihren Kleiderschrank, und sie hatte sich entschieden: meergrün. Niemand hyperventilierte, wenn er Meergrün trug. Es war das Valium unter den Kleiderfarben, und zwar auf die schönstmögliche Weise.

Jedenfalls hoffte sie das inständig.

LAVINEAS-SERVER,
Privatnachrichten, vor achtzehn Monaten

Unapologetic Lavinia Stan: Ich glaube, ich werde so viele Klischees wie nur möglich in diesen One-Shot packen. Kannst du mir helfen, noch mehr davon zu finden? Ich hab bisher Oh-nein-es-gibt-nur-ein-Bett, Fake Dates, Einmal-Sex-und-wir-werden-diese-Anziehung-los, der beste Freund des großen Bruders ...

Book!AeneasWouldNever: Wow, das ist ja schon eine ziemliche Auswahl.

Book!AeneasWouldNever: Vielleicht noch «küssen im Dienste der Wissenschaft»?

Unapologetic Lavinia Stan: Perfekt. Ist aufgenommen.

Book!AeneasWouldNever: Wie wäre es noch mit etwas Heimlich-Anhimmeln?

Unapologetic Lavinia Stan: Oh, sehr gut.

Book!AeneasWouldNever: Unerwiderte Liebe? Oder er hat unabsichtlich den Tod seiner Ex verschuldet? Vielleicht ist sie in einem Feuer gestorben, das er hätte verhindern können, wenn er nur nicht so sehr in seinen Pflichten gefangen gewesen wäre?

Unapologetic Lavinia Stan: Gütiger Gott.

Book!AeneasWouldNever: Tut mir leid.

Unapologetic Lavinia Stan: Nein, du musst dich nicht entschuldigen. Seelenqualen sind dein Ding. Für dich funktioniert das.

Book!AeneasWouldNever: Äh ...

Unapologetic Lavinia Stan: Was?

Book!AeneasWouldNever: Vielleicht plagt ihn eine PTBS wegen seines militärischen Hintergrunds? Womöglich haben ja einige der Männer unter seinem Kommando ihr Leben lassen müssen?

Unapologetic Lavinia Stan: Heilige Scheiße, BAWN!

5

«ALSO …» MARCUS TUPFTE sich den perfekten Mund mit der gestärkten Stoffserviette ab und legte sie dann ordentlich zurück auf seinen Schoß. «Du hast einen Twitter-Account?»

April war sich nicht sicher, was sie darauf antworten sollte.

In seinen PNs hatte er nicht *so* einfältig gewirkt. Aber vielleicht hatte er einen persönlichen Assistenten, der sich um seine Social-Media-Accounts kümmerte. Dann hätte sie sich bis jetzt noch nie mit ihm unterhalten. Oder war sie für einen Mann wie ihn einfach zu unwichtig, um ihm länger im Gedächtnis zu bleiben?

«Ja.» Mit der Gabel zupfte sie ein Stück des frisch geräucherten Lachses ab – die Spezialität des Hauses – und dippte ihn in den kunstvoll verschmierten Streifen Sauerrahm-Dill-Soße auf ihrem Vorspeisenteller. «Hab ich.»

Ihr Kellner Olaf kam zurück, um erneut ihre Wassergläser aufzufüllen, was er gefühlt nach jedem Schluck tat. Sie nutzte die Ablenkung und sah verstohlen auf ihre Uhr.

Es waren dreißig Minuten vergangen, seit sie Marcus getroffen hatte. Erst?

Verdammt.

Es kam ihr viel länger her vor, dass sie die mit Kerzen beleuchteten Räume des exklusiven South-of-Market-Restaurants betreten hatte, wo Marcus bereits an einem Tisch am Fenster saß. Sie war eigentlich zehn Minuten zu früh dran gewesen und hatte sich auf Wartezeit eingestellt – fanden es diese Hollywood-Typen nicht sonst eher schick, zu spät in irgendwelche Events hereinzurauschen? Sie hatte überrascht geblinzelt, als er sich geschmeidig erhob und sie mit einem entspannten Lächeln auf seinem schönen Gesicht begrüßte.

«Du siehst bezaubernd aus.» Sein Blick war nur für eine halbe Sekunde an ihrem figurbetonten Kleid hängen geblieben. «Danke, dass du mir heute Abend Gesellschaft leistest.»

Er hatte auf den Platz mit der besten Aussicht gedeutet, und die dunkle Anzugjacke hatte sich dabei reizvoll um seinen Bizeps gespannt. Anschließend hatte er April den Stuhl zurechtgerückt und, immer noch lächelnd, mit Small Talk begonnen. Über das Wetter. Über den Verkehr. Über den hübschen Sonnenuntergang heute Abend.

Und so war es weitergegangen, nur unterbrochen von Olafs Stippvisiten. April hatte überlegt, eins der Wassergläser umzustoßen oder ihre Serviette mit der Kerze in Brand zu stecken, nur um etwas Spannung in den Abend zu bringen. Dieses Dinner würde *ewig* dauern.

April seufzte lautlos und aß das Lachsstück. Zumindest fühlte sie sich jetzt nicht länger schuldig, weil sie lieber mit Alexander Woodroe zum Essen ausgegangen wäre als mit Marcus. Wobei, noch besser als jedes persönliche Gespräch mit diesen berühmten Schauspielern wäre es, mit BAWN Nachrichten zu schreiben.

Ihr bester Online-Freund wusste nichts von diesem Date, doch sie hatte vor, ihm davon zu berichten, sobald sie zurück im Hotel war.

Nur musste sie zuerst das Drei-Gänge-Menü mit Marcus überstehen, ohne einzuschlafen. Verdammt.

«Ich kann mir vorstellen, dass deine Benachrichtigungen letzte Woche ziemlich, ähm …» Er runzelte die Stirn, als er nach dem richtigen Wort zu suchen schien. «Viele waren?»

April musste angesichts dieses Understatements lachen. «Auf jeden Fall. Ich habe schon nach Einsiedlerhöhlen in der Region gegoogelt und versucht, eine in der Nähe zu finden, die sich für ein Dasein in Stille und Einsamkeit eignet.»

«Wenn du ein Leben in einer Höhle in Betracht ziehst, ist das wahrscheinlich kein gutes Zeichen. Das tut mir leid.» Zum ersten Mal an diesem Abend erstarb sein liebenswürdiges Lächeln. «Wirst du online belästigt? Oder persönlich?»

«Weder noch.» Dann hielt sie inne und überdachte ihre Antwort. «Na ja, doch, auf Twitter. Manchmal. Aber nichts, was sich nicht mit der Mute- oder Blockfunktion regeln ließe. Bisher zumindest.»

Doch sie würde bald noch stärker in der Öffentlichkeit stehen. April kannte sich in der Welt der Berühmten zwar nicht aus, aber selbst sie erwartete, dass Leute Bilder von Marcus und ihr beim Abendessen schießen würden. Sogar ihre *Mutter* wusste das.

Sobald diese Fotos online gingen und sowohl Marcus als auch sie ihre eigenen Selfies gepostet hatten, würden mehr Blogbeiträge auftauchen. Und Updates in den Entertainment-News. Sie würde vielleicht sogar kurz in der Lieblingsmorgenshow ihrer Mutter erwähnt werden.

Falls es so kommen sollte, freute sie sich *nicht* auf den Anruf, der darauf folgen würde.

«Wenn du schlimmere Probleme bekommst, sag mir bitte Bescheid.» Zum ersten Mal an diesem Abend fixierten Marcus' blaugraue Augen sie, und der plötzlich wachsame Ausdruck darin verblüffte April. «Das ist mein Ernst.»

Das war ein nettes Angebot. Aber sinnlos. «Was könntest du denn tun?»

Seine Kiefer mahlten für einen Augenblick, und die Schatten seiner scharfen Kinnlinie bewegten sich im Kerzenlicht. «Ich weiß nicht, irgendwas.»

Anstatt zu widersprechen, neigte April leicht den Kopf und ließ es für ihn wie Zustimmung aussehen. Dann herrschte mehrere Minuten lang Schweigen, während sie den ersten Gang beendeten. Der ehrlicherweise wirklich köstlich war. Marcus – oder sein Assistent – hatte ein gutes Händchen bei der Restaurantauswahl bewiesen.

April musste ihm auch zugutehalten, dass Marcus überhaupt nicht versucht hatte, sie bei der Wahl des Essens zu beeinflussen. Er wollte sie nicht subtil auf sogenannte gesündere Alternativen lenken; es gab keine gezielten Hinweise auf Salate, er verhielt sich nicht wie die Essenspolizei – dieses Verhalten tat am meisten weh, wenn es von Menschen kam, denen sie eigentlich etwas bedeuten sollte.

Marcus hatte stattdessen, nachdem der Kellner – der im Moment taktvoll am Rande ihres Sichtfelds lauerte, den vollen Wasserkrug im Anschlag – ihre Bestellung aufgenommen hatte, einfach gesagt, dass das eine exzellente Entscheidung sei, und ebenfalls das Drei-Gänge-Menü geordert.

Irgendwann während sie aßen, kehrte auch Marcus' mildes Lächeln zurück. «Das war lecker. Was haben wir noch mal als Hauptgang ausgesucht? Mehr Lachs?»

Oh Gott, verglichen mit diesem Date erschien sogar die Halbwertzeit von Radium kurz.

Essen, ermahnte sie sich. *Du bekommst hier immerhin fantastisches Essen.*

«Im Ofen gebackene Hähnchenschenkel, gefüllt mit Ziegenkäse und Aprikosenrelish, dazu Knoblauchpolenta an sautiertem Bohnengemüse mit Thymian.» Sie hielt inne. «Oh, und geröstete Pinienkerne ... die sind auch irgendwo drin. Wahrscheinlich im Relish. Ich bin mir nicht mehr ganz sicher.»

Er starrte sie an.

Sie zuckte mit der Schulter. «Ich mag Essen.»

Sein Lächeln wurde breiter. Erreichte seine Augen.

«Scheint so.» Da war keine Häme in seiner Stimme, zumindest erkannte sie keine. Nur Belustigung. «Und du hast ein verdammt gutes Erinnerungsvermögen.»

Sie winkte ab. «Ich habe das Restaurant gestern Abend schon ausgecheckt. Momentan übernachte ich hier im Hotel, weil ich meine neue Wohnung noch mal grundreinigen lasse. Also hatte ich genügend Zeit, mir die Speisekarte online einzuprägen.»

«Es freut mich, dass du etwas gefunden hast, das du magst.»

Er blickte auf seinen leeren Teller hinunter, und als er wieder zu ihr aufsah, fuhr er sich mit den Fingern durch das Haar. Er verstrubbelte es so, dass es gut aussah, während er seinen Arm so positionierte, dass all jene Muskeln zur Geltung kamen, die April sonst immer aus sicherer Distanz an ihrem Laptop bewunderte.

Und ja, seine Muskeln waren auch live ziemlich beeindruckend, er war unglaublich höflich, sein dichtes Haar glänzte golden im Kerzenschein. Aber, Herrgott, diese *Langeweile*.

Einen Moment lang überlegte April, ob sie von ihrem Umzug erzählen sollte oder von dem neuen Job oder von irgendetwas, was sie – außer diesem Dinner – an diesem Wochenende unternehmen würde, nur um Zeit totzuschlagen. Aber wenn der Mann sich weder an ihre Unterhaltung auf Twitter erinnern konnte noch an das Essen, das sie vor wenigen Minuten bestellt hatten, schien es vergebene Mühe zu sein. Daher saßen sie schweigend da, bis Olaf kam, um ihre leeren Teller mitzunehmen und die Wassergläser aufzufüllen.

Direkt nachdem ihr Kellner mit den Armen voller Teller hinter einem Paar Schwingtüren verschwunden war, ließ ein greller Blitz April zusammenzucken. Sie wandte sich um und blickte suchend im Restaurant umher, um die Quelle der weißen Flecken auszumachen, die jetzt vor ihren Augen tanzten.

Ah. Natürlich.

Ein Mann an einem der Nachbartische hatte mit seinem Smartphone ein Foto von ihnen geschossen und versteckte sein Handy jetzt hastig vor ihren Blicken in seinem Schoß. Das Foto würde wahrscheinlich innerhalb von Minuten auf Insta oder Twitter landen. Vielleicht sogar schneller, wenn sie und Marcus ihre Aufmerksamkeit wieder von dem immer röter werdenden Gesicht des Mannes abwendeten, sodass er sein Telefon ungehindert benutzen konnte.

«Ich hab mich schon gefragt, wie lang es dauern würde», murmelte April.

«Normalerweise sind die Leute schlau genug, den Blitz in einer Umgebung wie dieser hier auszuschalten.» Marcus wies mit dem Kopf zum Empfangstresen, von wo der adrett gekleidete Mann, der April beim Eintreten begrüßt hatte, nun zum Tisch des Fotografen hastete. «Die Restaurantleitung legt wert auf die Privatsphäre ihrer Kunden und Diskretion, oder zumindest erwecken sie den Anschein, ebenjenes zu tun.»

Wäre sie nicht so neugierig auf die bevorstehende Auseinandersetzung am Nebentisch gewesen, wäre ihr Marcus' Wortwahl durchaus einen schrägen Seitenblick wert gewesen. *Erwecken sie den Anschein, ebenjenes zu tun?*

Aber sie konnte sich ihm nicht zuwenden. Nicht wenn das Spannendste, was an diesem Abend vor sich ging, nur ein paar Meter entfernt geschah. April hatte den Ellbogen auf den mit weißem Leinen bedeckten Tisch gestützt, die Wange auf die Faust gelegt und wartete darauf, dass die Show begann.

Der Oberkellner kam herbeigeeilt, beugte sich herunter und gab mit gedämpfter Stimme Ermahnungen von sich, die jedoch im Flüsterton abgestritten wurden. Mit betroffen zusammengezogenen Augenbrauen deutete der Mann auf das Telefon in seinem Schoß; diese unschuldige Ablagestelle war offenbar ein unwiderlegbarer Beweis, dass er keinesfalls ein Blitzlichtfoto im Restaurant geschossen haben konnte.

Marcus' Worte waren kaum zu hören. «Und die Leute nennen *mich* einen Schauspieler.»

Nach einer weiteren Diskussion im Flüsterton ließ der Mann das Handy schließlich in die Innentasche seines Jacketts gleiten. Er klopfte einmal darauf, wie um zu versprechen, es für den Rest des Essens nicht mehr anzurühren. Mit einem letzten Blick aus zusammengekniffenen Augen kehrte der Oberkellner zu seinem Empfangstresen zurück.

Nachdem das Unterhaltungsprogramm beendet war, drehte sich April bedauernd wieder zu Marcus um. «Mir sind die Bilder egal, ehrlich. Es gibt ja vermutlich keine Möglichkeit, dem aus dem Weg zu gehen. Aber ich finde es schon besser, wenn man mich nicht mit dem Blitzlicht blendet.»

April hatte allerdings keine Ahnung, ob sie diesen Gleichmut auch noch beim Anblick von wenig schmeichelhaften Schnappschüssen aufbringen könnte. Aber sie würde es auf jeden Fall versuchen.

«Es tut mir leid. Schon wieder.» Mit zusammengepressten Lippen suchte er von der anderen Seite des Tisches ihren Blick. «Ich habe dieses Restaurant vor allem deshalb ausgesucht, weil mich die Paparazzi hier noch nie gefunden haben. Ich hatte gehofft, dass du das Online-Narrativ heute Abend kontrollieren könntest, soweit das überhaupt möglich ist.»

Bitte was?

Ihr Mund klappte auf, dann wieder zu.

«Es ist schon okay. Du musst dich nicht entschuldigen», antwortete sie schließlich. «Marcus, ich habe eine Frage, was ganz anderes – kümmerst du dich selbst um deine Social-Media-Kanäle, oder hast du dafür einen Assistenten?»

Eine tiefe Falte erschien zwischen seinen wundervoll geschwungenen Augenbrauen. «Ich kümmere mich selbst darum. Und meistens nicht wirklich gut. Warum?»

April lehnte sich in dem gepolsterten Stuhl zurück, neigte den Kopf und musterte ihr Date.

Ich hatte gehofft, dass du das Online-Narrativ heute Abend kontrollieren könntest. Das war kein Satz, den ein Mann sagen würde, dem die Fähigkeit abging, ernsthaft über Dinge nachzudenken.

Interessant.

Missbehagen hätte auch einfach ein Glückstreffer bei der Wortwahl sein können. Selbst das blindeste Huhn fand mal ein Korn.

Die Formulierung *erwecken sie den Anschein, ebenjenes zu tun* ließ einen Zufall schon weitaus unwahrscheinlicher werden, aber er könnte immer noch jemanden nachahmen. Seine Agentin, einen Drehbuchschreiber, einen Regisseur, *irgendwen.*

Das Narrativ kontrollieren hingegen ...

Das war das dritte Mal, dass er so etwas überraschend Prägnantes gesagt hatte. Inzwischen musste sie entweder davon ausgehen, dass ihm jemand einen Kalender mit den «schlauesten Phrasen des Tages» geschenkt hatte oder dass er doch nicht so dumm war. Zumindest nicht annähernd so dumm, wie er vorgab zu sein.

Es war an der Zeit, tiefer zu graben. Mehr Proben zu nehmen.

Als kurz darauf ihr Hauptgang kam – yummy! –, lächelte sie Marcus an und griff sich ihre Gabel und das scharfe Messer. Ihr Paar Hähnchenschenkel war in der Mitte des Tellers platziert, die Haut knusprig und braun und perfekt. Tatsächlich so perfekt, dass ein zufälliger Beobachter niemals erkannt hätte, dass sich unter der Oberfläche noch mehr befand als nur Huhn.

Mit einem präzisen Schnitt halbierte sie das entbeinte Fleisch und legte die Füllung unter der makellosen Haut frei. Dann schnitt sie ein Stück ab und nahm sich Zeit, es sorgfältig zu kosten.

Das Gericht war vielschichtig. Sehr pikant, mit säuerlichen und süßen Noten und dank der gerösteten Pinienkerne einer unerwarteten Konsistenz. Genau das, was sie gewollt hatte, auch wenn sie zuerst unsicher gewesen war, ob es klug wäre, in einem Nobelrestaurant etwas so Gewöhnliches und Langweiliges wie Hähnchenschenkel zu bestellen.

Aber sie war nicht gelangweilt. Nicht im Geringsten. Nicht mehr.

«Ich fände es toll, wenn du mir mehr über deine Arbeit bei *Gods of the Gates* erzählen könntest.» Als er entschuldigend zusammenfuhr, hob sie die Hand. «Ich weiß, du kannst nichts zur finalen Staffel sagen, und ich werde auch nicht danach fragen. Mich interessieren eher diese ganzen Hinter-den-Kulissen-Sachen. Wie dein Tagesablauf aussieht und was dein Job noch so mit sich bringt. Wie du für Schwertkämpfe trainierst, ob du schon reiten konntest, bevor du engagiert wurdest, solche Dinge halt.»

Als er diesmal sein Haar zurückstrich, sah die Bewegung nicht ganz so einstudiert aus. Denn er runzelte dabei die Stirn.

«Ich befürchte, damit langweile ich dich zu Tode.» Sein Lächeln war immer noch strahlend, immer noch herzlich, aber jetzt auch ein klitzekleines bisschen angespannter. «Soll ich dir nicht lieber von meinem Sportprogramm erzählen? Oder willst du wissen, wie es ist, mit Summer Diaz und Carah Brown zu drehen?»

Zu diesen Themen hatte Marcus sich schon oft geäußert, in etlichen Artikeln oder Blogposts, und April hatte keine Lust, darüber zu reden. Geschichten über sein Work-out würden sie vermutlich tatsächlich zu Tode langweilen, und hinsichtlich seiner Co-Stars war der Mann einfach nur ein Quell gutmütiger Plattitüden.

Ich kann mich glücklich schätzen, an der Seite solch talentierter Kolleginnen arbeiten zu dürfen, die auch noch fast so gut aussehen wie ich.

Sie sind echte Profis und schön von innen wie von außen. Genau wie ich!

Man hätte keine tolleren und begabteren Schauspielerinnen finden können, um Lavinia und Dido zu spielen. Oder, was das betrifft, auch Aeneas.

Nein, sie wollte Themen finden, die keine allgemeingültigen, oberflächlichen Antworten zuließen.

«Ich verspreche, ich werde mich nicht langweilen.» Sie schnitt eine weitere feine Scheibe vom Hähnchenschenkel und hielt inne, die Gabel voll mit Essen gerade angehoben. «Konntest du reiten, bevor du bei der Show angefangen hast?»

«Nein, konnte ich nicht.»

Er schubste einen kleinen Aprikosenwürfel mit seiner Gabel quer über den Teller und beobachtete ungewohnt konzentriert die Bahnen, die er zog. April kaute und wartete auf Worte, die nicht kamen.

Sie schluckte, ehe sie nachbohrte. «Reitest du gern?»

«Ja.» Aber anstatt seine Antwort weiter auszuführen, schaufelte er sich hastig Essen in den Mund.

Okay, keine Ja-oder-Nein-Fragen mehr. «Was gefällt dir daran?»

Er zeigte auf seinen vollen Mund, April nickte verständnisvoll und wartete. Und wartete. Und wartete.

Marcus hatte begonnen, ausgesprochen sorgfältig zu

kauen. Sollte er allerdings hoffen, sie würde weiterreden oder das Thema wechseln, während er Ewigkeiten auf seiner Polenta – *Polenta*, die man nicht mal wirklich zu kauen brauchte – herumbiss, würde er eine herbe Enttäuschung erleben.

Seine Kehle bewegte sich ruckartig, als er schluckte, und sie lächelte ihm ermutigend zu.

«Ähm ...» Sein Brustkorb hob sich mit einem winzigen Seufzer, so dezent, dass sie es verpasst hätte, wenn sie ihn nicht so genau beobachten würde. «Ich bin gerne an der frischen Luft. Und, äh, ich bin ziemlich sportlich, also passt so was wie Reiten gut zu mir. Es passt zu meinen Talenten, nehme ich an.»

Plötzlich richtete er sich in seinem Stuhl auf. Mit einem geübten Kopfschütteln warf er sein Haar zurück. «Um meine Hüften zu stärken, musste ich bestimmte Übungen machen, die mir mein Trainer empfohlen hat. Ich kann dir davon erzählen.»

Oh nein.

«Ich kann mir vorstellen, dass du viel trainieren musstest, auch wenn du von Natur aus sportlich bist. Und es mussten wahrscheinlich auch die richtigen Übungen sein.» Sie bretterte direkt an seinem Versuch vorbei, das Gespräch in eine andere Richtung zu lenken, und behielt den Druck bei. «Hat dir jemand von der Serie Schwertkampf beigebracht, oder hast du dir das selbst angeeignet?»

Daraufhin sah er ihr wieder in die Augen. Endlich. «Du willst etwas über die Crew erfahren?»

«Klar.» Das könnte sich als ebenso aufschlussreich erweisen wie jedes andere Thema, dachte sie.

Er schürzte die Lippen und nickte kurz.

«Okay.» Marcus legte sein Besteck ab und beugte sich vor. «Ähm ... okay. Alles, was ich mit dem Schwert anstellen kann, habe ich ihnen zu verdanken.»

«Inwiefern?», wollte April wissen.

Wieder wartete sie, und dieses Mal gelang der Durchbruch.

«Von dem Augenblick an, als ich gecastet wurde, haben sie mir beigebracht, mit Schwert und Schild so umzugehen, dass es natürlich wirkt. So als würde ich es schon mein Leben lang machen.» Sie musste ihn nicht noch mal darum bitten, weiterzuerzählen. Jetzt tat er es einfach, unaufgefordert. «Sie haben mir gezeigt, wie ich laufen, wie ich sitzen, wie ich strammstehen soll. Wenn ich auf dem Bildschirm aussehe wie ein fähiger Kämpfer, dann ist das nur ihretwegen.»

Er sah keinen Verdienst bei sich selbst. Interessant. «Was haben sie getan?»

Er zögerte nur kurz. «Die Kampf- und Stuntkoordinatoren haben sich genau wie die Choreografen den Hintern aufgerissen, damit jede Schlachtszene nicht nur beeindruckend aussieht, sondern damit das Kampfgeschehen auch zu der Persönlichkeit, der Hintergrundgeschichte, zu den speziellen Zielen und der Haltung des jeweiligen Charakters passt. Sie haben uns die Sequenzen so oft wiederholen lassen, bis wir haargenau wussten, was wir wann zu tun hatten.»

Mit anderen Worten: Ja, mit ihrer Hilfe und Anleitung hatte er ziemlich viel trainiert.

Marcus war sehr gut darin, seine eigenen Leistungen außen vor zu lassen. Vor allem für einen Mann, dessen Eitelkeit als legendär galt.

«Für einige von diesen großen Kampfszenen haben sie schon Monate im Voraus mit uns geprobt», fügte er hinzu. «In manchen Fällen sogar schon ein Jahr vorher. Sie haben immer in die Zukunft geblickt und alles darangesetzt, jede Sequenz so überzeugend, spektakulär und erinnerungswürdig wie nur möglich zu machen.»

Aus seinen klaren blaugrauen Augen blickte er April eindringlich an, er wollte, dass sie die Bedeutung der *Gods-of-the-Gates*-Crew und das wahre Ausmaß ihrer harten Arbeit verstand. Marcus gestikulierte mit seinen großen Händen, unterstrich seine Argumente mit kleinen Wellenbewegungen und Hieben.

Es war, als würde man einen Geist beobachten, der langsam wieder einen Körper bekam. Da war Leben, wo einst nur Schatten existierten. Faszinierend und verwirrend zugleich.

April dachte darüber nach, was er ihr gerade erzählt hatte. «Also, wenn sie die Hintergrundgeschichte der Figuren mit berücksichtigen, dann sollte jemand wie Cyprian nicht so geschickt kämpfen wie, sagen wir mal, Aeneas? Denn Cyprian wäre nicht so schlachtenerprobt und hätte nicht die gleichen Möglichkeiten gehabt, die Schwertkünste zu erlernen?»

«Genau. Manchmal mussten sie einem von uns auch sagen, dass er ein paar Gänge runterschalten und sich weniger geschickt anstellen sollte.» Marcus grinste sie an, und um seine Augenwinkel kräuselte es sich ganz hinreißend. «Zwischen den Aufnahmen ist der Regisseur rumgegangen und hat jeden von uns gefragt, wofür wir in der Szene gekämpft haben. Was unser Ziel war. Was uns vor dieser Szene passiert ist, das diesen Moment für unseren Charakter nun prägen würde. An so einer Schlacht sind Hunderte von Leuten beteiligt, aber für die Hauptdarsteller war diese Szene, dieser Kampf ganz besonders. Jeder einzelne erlebte ihn anders.»

Marcus' Gesicht war lebendig vor Leidenschaft. So viel Enthusiasmus, so viel Hingabe und ... Intelligenz.

April schlug ihre Beine unter dem Tisch übereinander. Und löste sie wieder.

«Und dann ist da auch noch die ganze Arbeit, die die Waffenmeister, Schwertmeister, Stallmeister, die Visual- und Special-Effects-Leute leisten ...» Er schüttelte den Kopf, und sein goldenes Haar schimmerte im Kerzenlicht. Sie konnte ihren Blick nicht abwenden. «Die Serie hat über eintausend Crew-Mitglieder, und sie sind alle großartig, April. Die engagiertesten und begabtesten Menschen, die ich je getroffen habe.»

Das schien kein leeres Gerede zu sein, sondern aus tiefer Überzeugung zu kommen.

Zum ersten Mal an diesem Abend entschuldigte sich April, um die Waschräume aufzusuchen. Sie ging auf Toilette, wusch sich die Hände und verharrte dort noch für einen Moment.

Sie ließ sich kaltes Wasser über die Handgelenke laufen und tupfte ein wenig davon in ihren Nacken. Nur zwei von unzähligen Stellen, an denen ihr plötzlich viel zu heiß war. Auch wenn sie es besser wissen sollte. Es besser *wusste*.

Sie starrte sich im Spiegel an. Rotes Haar. Sommersprossen. Braune Augen mit Kontaktlinsen. Runde Brüste, runder Bauch, runde Hüften. Alles normal.

Nicht normal waren die zarte Röte auf ihren Wangen und das leichte Ziehen zwischen ihren Schenkeln.

Denn urplötzlich wollte sie ihn. Marcus. Caster. Bindestrich. Rupp. Den dümmlichen, eitlen Typen, der ganz offensichtlich weder eitel noch dumm war. Oder zumindest nicht so sehr, wie er es immer vorgab.

Aber er war immer noch zum Niederknien schön. Immer noch berühmt.

Und er hatte sie heute nur aus Nettigkeit zum Essen eingeladen, nicht weil er ihre Gesellschaft oder ihren Körper oder irgendetwas an ihr begehrte.

Oh, verdammt.

GODS OF THE GATES: STAFFEL 1, EPISODE 3

AUSSEN. HÖHLE AM BERGHANG – ABENDDÄMMERUNG

JUNO wartet im Eingang, halb im Schatten verborgen, ihr Gesichtsausdruck ist ruhig und unnachgiebig. Als LEDA sich hineinwagt, macht Juno keine plötzlichen Bewegungen, weil sie weiß, dass die Frau, die ihr Ehemann betrogen hat – eine weitere Frau, die er entehrt hat –, keinen Grund hat, ihr zu vertrauen, und dass sie womöglich die Rache einer besitzergreifenden Ehefrau fürchtet.

JUNO
Vertraue auf meinen guten Willen, wenn du kannst. Unbedeutende Eifersucht verschafft mir keine Erleichterung mehr, und ich bin nicht länger so töricht, eine sterbliche Jungfrau für die Habsucht eines allmächtigen Gottes verantwortlich zu machen.

LEDA
Ich wollte dich nicht hintergehen, Mutter Juno. Nicht wenn es in meiner Macht gestanden hätte, mich zu widersetzen.

EUROPA gleitet durch den Eingang, bewaffnet, zitternd vor Angst.

EUROPA
Welche Qualen du mir auch immer zufügen magst, nichts kann schlimmer sein als das, was der Mann, den du Ehemann nennst, mir angetan hat.

JUNO
Ich nenne ihn nicht länger Ehemann. Und wenn wir uns zusammentun, muss keine von uns ihn jemals wieder als König der Götter betiteln.

GODS OF THE GATES: STAFFEL 6, EPISODE 2

INNEN. AENEAS UND LAVINIAS HEIM – NACHT

LAVINIA wartet am Feuer. Sie ist sauer. Er hat es mit Anna, Didos Schwester, getrieben. Sie weiß davon. AENEAS tritt ein.

LAVINIA
Wo bist du gewesen, mein Ehemann?

AENEAS
Das hat dich nicht zu kümmern.

Echt jetzt. Er kann diesen Scheiß nicht gebrauchen. Als Lavinia zu weinen anfängt, geht er.

6

WÄHREND APRIL AUF der Toilette war, sammelte Marcus sich.

Irgendwie hatte sie ihn dazu gebracht, über die Dinge zu reden, über die er wirklich sprechen *wollte*. Noch schlimmer, er hatte so mit ihr gesprochen, wie er es mit Alex getan hätte – dem einzigen Menschen, dem er vorbehaltlos vertraute. Alex, der ganz sicher keinen Blogger kontaktieren und sagen würde: *Ich glaube, Marcus Caster-Rupp hat uns alle die ganze Zeit verarscht, als wäre das ein großer Witz für ihn.*

Seine öffentliche Rolle war kein Witz. War es nie gewesen. Aber sobald er das Narrativ nicht mehr kontrollierte – wie er es April vorhin geraten hatte –, könnte man sein Verhalten durchaus so auslegen. Sollte er sich dazu entschließen, diese Rolle aufzugeben, dann zu seinen Bedingungen und nur zu seinen Bedingungen. Seiner Karriere zuliebe, aber auch wegen seines schlechten Gewissens.

Wenn April von den Waschräumen zurückkehrte, würde der gut trainierte Golden Retriever seine triumphale Rückkehr auf die Bühne feiern; er war bereit, einige seiner hart erarbeiteten Tricks zu präsentieren. Oder vielleicht würde er die Unterhaltung auf ihr Leben und ihren Job lenken und ihr für den Rest des Abends das Reden überlassen.

In der Zwischenzeit holte er sein Telefon heraus und checkte seine Nachrichten. Nicht die auf dem Lavineas-Server, er wollte Ulsies PNs in Ruhe lesen. Aber mittlerweile müsste die ominöse Mail der Showrunner, die einige Tage zuvor gekommen war, Thema im privaten Gruppenchat der Darsteller sein. Und ... tatsächlich.

Carah: Nur fürs Protokoll, ich sage kein verdammtes Wort zu irgendwem über diese Staffel

Carah: Das heb ich mir für meine verfickten MEMOIREN auf, Bitches

Ian: Wer auch immer meinen Thunfisch versteckt hat – das ist nicht witzig

Carah: Hahahahahaha

Ian: Gebt ihn mir zurück, ihr Arschgeigen. Jupiter braucht Proteine für die letzte Drehwoche

Summer: Ich habe keine Ahnung, warum wir jede Staffel eine neue Erinnerung an die Vertraulichkeitsklausel in den Verträgen brauchen

Summer: Das ist ein bisschen unverschämt

Summer: @Carah: 👍 Ich freu mich schon, das zu lesen, Süße

Alex: Niemand will deinen Dosenfisch, Ian, wahrscheinlich hast du ihn längst gegessen, ohne es zu bemerken

Maria: Das! ⬆️

Alex: Ich meine, das war deine zwölfte Portion Fisch heute, also ...

Peter: Jep, das ist nichts, woran man sich wirklich erinnert

Maria: Kennst du dich mit den Symptomen einer Quecksilbervergiftung aus? Gehört dazu, dass man sich selbst in der dritten Person als Gott bezeichnet?

An dieser Stelle schweifte die Konversation vollends ab, weil Ian, wie üblich, eine ausufernde Verteidigungstirade für den Konsum von Meerestieren abließ. Der Mann konnte wirklich ein paar mehr Kohlenhydrate gebrauchen, genauso wie ein bisschen Abstand von seiner Rolle. Zumindest so viel, dass er aufhörte, sich als Jupiter zu bezeichnen, wenn die Kameras nicht liefen.

Als Marcus sein Smartphone zurück in die Jackentasche gleiten ließ, bemerkte er wieder eine Handykamera, die auf ihn gerichtet war. Allerdings nicht die gleiche wie vorher. Diesmal gehörte sie einer Frau, die an dem Tisch hinter Aprils Platz saß. Sie nutzte die Gelegenheit, ungehindert ein blitzlichtfreies Bild von ihm zu schießen, solange sein Date nicht da war. Als er sich umschaute, entdeckte er noch einige andere Gäste, die ihn neugierig beäugten, sich dicht zu ihren Tischnachbarn lehnten und flüsterten.

Aber zumindest waren das alles Amateure und keine richtigen Paparazzi. Marcus hatte halb damit gerechnet, dass er heute Abend auf eine Handvoll Fotografen mit überdimensionierten Kameras stoßen würde, die sich vor dem Eingang des Restaurants scharten und laut nach ihm riefen – wie es ihm schon bei so vielen Dates passiert war.

Und zwar nicht weil die Paparazzi ihm zu den Restaurants gefolgt waren. Sondern weil seine Dates den Medien gesteckt hatten, wohin sie ausgehen würden.

Es war unverzeihlich dumm. Naiv. Er wusste das. Und immer wenn er gegen das grelle Blitzlicht anblinzeln musste und überwältigt war von dem Stimmengewirr, in dem sein Name gerufen und er aufgefordert wurde, *hierher zu sehen*, hatte ihn die Erkenntnis ereilt, dass seine Dates in Wirklichkeit nicht ihn wollten, sondern die zweifelhaften Vorteile seines seltsamen, vergänglichen Ruhms ...

Jedes Mal, wenn so etwas geschehen war, schien er außerhalb seines Körpers zu schweben. Verwirrt. Verloren.

Heute Abend jedoch hatte er ungestört das Restaurant betreten können, nur begleitet vom letzten Licht der untergehenden Sonne und den Straßenlaternen, die gerade flackernd zum Leben erwachten. Hätte April Infos weitergegeben, wären zahllose Reporter herbeigestürzt, um von dem lang erwarteten Date zu berichten.

STAR TRIFFT FAN hatte ein Blogger das heutige Ereignis genannt.

Noch bevor April überhaupt aufgetaucht war, hatte Marcus das Date bereits als angenehmer empfunden als die meisten anderen Verabredungen, die er seit seinem Einstieg bei *Gods of the Gates* gehabt hatte. Auch ihr Eintreffen im Restaurant hatte an dieser Einschätzung nichts geändert. Sie mochten diesen Abend eher aus einer Notwendigkeit heraus miteinander verbringen als aus einem Gefühl der Verbundenheit, aber er wusste ihre Gesellschaft durchaus zu schätzen. Marcus konnte sie ein oder zwei Stunden lang über den Tisch hinweg bewundern und sich darüber freuen, dass sie praktischerweise in der Nähe von San Francisco und seinen Eltern wohnte.

Sobald ihr Dinner zu Ende war, würden sie ein paar Bilder machen, um sie auf Twitter zu posten und ihren Hatern zu beweisen, dass sie unrecht hatten. Wenn sie danach dann wieder getrennte Wege gingen, würde die Aufregung langsam abebben. Bis ihr gemeinsames Essen nur noch eine Fußnote in seinem Wikipedia-Artikel wäre. Eine Erinnerung an dieses eine Mal, als er ein Date mit einem Fan hatte, weil er zwar dumm war, aber eben auch freundlich.

So wurde dieses Abendessen aufgefasst: als gutmütige Geste und nicht als Ausdruck echter Anziehungskraft.

Die Leute lagen damit auch nicht unbedingt falsch. Aber die einfache Annahme, dass er sich *natürlich* nicht zu April hingezogen fühlen konnte, dass er sie *natürlich* nicht ernsthaft daten konnte, traf einen wunden Punkt in ihm. Weckte Entrüstung in ihm. Nach diesem unschönen Thread von neulich wusste er, weshalb alle so dachten. Und wenn er es verstand, verstand es April auch.

Die Ironie daran war: Sie lagen damit auch nicht unbedingt richtig.

Ja, er hätte jede Frau, die sich in Aprils Situation befunden hätte, nach einem Date gefragt. Einen Troll, der unter der Brücke wohnt. Eine Schönheitskönigin. Wen auch immer.

Aber April war ganz sicher kein Troll. Im Kerzenlicht schimmerte ihr Haar wie geschmolzenes Kupfer und floss ihr geschmeidig über die Schultern, ihre dunklen Augen funkelten lebhaft. Sie hatte ihre Sommersprossen nicht mit dem Make-up versteckt, das sie trug, und er musste sich sehr anstrengen, um nicht jeden bezaubernden Tupfen auf ihrer Nase und ihren runden Wangen zu zählen. Genauso wie er sich zwingen musste, nicht länger als einen Herzschlag auf ihren Körper zu starren, der sich üppig und wundervoll unter ihrem grünen Kleid abzeichnete.

Diese großmäuligen Fanboys waren nicht einfach nur grausam. Sie waren auch Idioten.

April Whittier war eine Göttin. Als der Sohn von Lawrence Caster und Debra Rupp und als Mann, der selbst einen Halbgott gespielt hatte, musste er es wissen.

Als sie auf ihrem Weg zurück zu ihrem Platz die anderen Tische umrundete, passte ihr selbstbewusster Gang zu ihrem gereckten Kinn. Vielleicht bemerkte sie gar nicht, dass die Leute sie anstarrten und mindestens ein Smartphone ihren Weg verfolgte. Vielleicht war es ihr egal. Oder vielleicht gab sie nur vor, dass es sie nicht kümmerte.

Wie auch immer, sie beeindruckte ihn total, und das schon den ganzen Abend.

Sie war klug. Witzig. Scharfsinnig. Begabt. Eine gute Zuhörerin, sogar wenn er zu viel und zu ehrlich von Dingen erzählte. Ihre direkte Art, ihr Humor, die Klarheit und Intelligenz, mit denen sie sich ausdrückte, erinnerten ihn irgendwie an Ulsie.

Nein, sie für den Rest des Dinners anzuschauen und ihr zuzuhören, stellte absolut kein Opfer für ihn dar.

Sobald April wieder Platz genommen hatte, schenkte er ihr jenes gewinnende Lächeln, das fünf Jahre in Folge die Fotogalerie in der «World's Hottest Men»-Magazinausgabe geziert hatte. «Jetzt weißt du einiges über meine Arbeit. Erzähl mir mehr darüber, was *du* machst.»

«Ich bin Geologin», antwortete sie, ehe sie noch einen ordentlichen Bissen von ihrem Hähnchen nahm.

Wie weit wollte er mit seiner Schwachkopfnummer gehen? Ziemlich weit, nahm er an, angesichts seiner vorangegangenen Ausrutscher.

«Also malst du Landkarten?», erkundigte sich Marcus.

Ihre Lippen zuckten, aber aus irgendeinem Grund schien sie nicht über ihn zu lachen. Sondern *mit* ihm. Was deutlich beunruhigender war.

«Das macht ein Geograf. Oder eigentlich ein Kartograf.» Fein säuberlich schnitt sie einen übersichtlichen Bissen von ihren grünen Bohnen ab. «Manchmal ziehe ich für meine Arbeit Karten zurate, aber ich bin Geologin. Um es ganz einfach auszudrücken: Ich untersuche Steine.»

Er konnte nicht behaupten, zuvor schon mal eine Geologin getroffen zu haben. Um ehrlich zu sein, galt das genauso für Geografen und Kartografen, aber mit denen war er jetzt nicht zum Essen verabredet.

«Warum Steine?» Ausnahmsweise spiegelte die einfache Frage tatsächlich seine ehrliche Neugier wider.

Sie hielt inne, tippte mit den Zinken ihrer Gabel auf den Teller und dachte nach, bevor sie antwortete. «Ich schätze ...» Ein letztes *ting* von Metall auf Porzellan, und sie blickte wieder zu ihm auf. «Das Erdbeben von Northridge passierte, als ich noch ein Kind war, und eine Geologin trat im Fernsehen auf. Alles, was sie sagte, war so faszinierend. So schlau. Sie hat mein zehnjähriges Ich ganz furchtbar beeindruckt. Danach habe ich mich eine Zeit lang mit Seismologie beschäftigt.»

Er erinnerte sich daran, dass er die Berichterstattung dazu ebenfalls gesehen hatte, aber das Loma-Prieta-Erdbeben war ihm viel stärker im Gedächtnis geblieben.

Die meisten Leute hatten damals schon das Spiel der World Series angestellt, aber er hatte noch lernen müssen und die ganze Zeit deswegen vor Wut gekocht. Doch dann begann es seltsam zu rumpeln, es schien von überall gleichzeitig zu kommen. Das Klirren von zerbrechlichen Gläsern und Porzellan, das Ächzen des Hauses, als es sich unter ihnen bewegte. Die Dringlichkeit in der Stimme seiner Mutter, als sie ihn unter den Esstisch schob, an dem sie Tag für Tag zusammen litten. Wie sie versuchte, seinen Kopf unter ihren Körper zu ziehen und ihn, so gut es ging, zu beschützen, in diesen wenigen Sekunden an einem Dienstagabend.

Warum tat diese Erinnerung bloß so verdammt weh?

«Als ich dann aber einen Sommer lang an einem Geologie-Kurs in der Highschool teilnahm, erkannte ich, dass Seismologie doch nicht meine erste Liebe war.» April aß noch ein Stück von ihrem Hähnchen. «Das war nämlich Sedimentgestein.»

Diesmal war seine Ahnungslosigkeit nicht vorgetäuscht. Er könnte Sedimentgestein nicht von ... na ja, jedem anderen Gestein unterscheiden. Was auch immer es noch für andere Gesteinsarten gab. Der Enthusiasmus seiner Eltern, Naturwissenschaften zu unterrichten, war im Vergleich zu ihrer Liebe zu Sprachen und Geschichte eher mau ausgefallen.

Aprils strahlendes Lächeln war eine Spur verschmitzt, und er rutschte auf seinem Stuhl hin und her. «Diese Liebschaft hält bis zum heutigen Tag an. Eine ziemlich schmutzige Affäre, im wahrsten Sinn des Wortes.»

Er nahm hastig einen Schluck Wasser, räusperte sich, bevor er zu sprechen begann. «Okay. Und warum liebst du Supplementgestein so sehr?»

Ihr Lächeln wich nicht aus ihrem Gesicht, während sie das Kinn neigte, als wollte sie ihm Anerkennung zollen. Seine beispielhafte Darstellung im Bereich der Dummkopf-Künste würdigen. *Der war gut, Marcus.* Er konnte beinah hören, wie sie das mit ihrer rauchigen, warmen Stimme sagte.

Herrgott, er steckte in Schwierigkeiten.

Olaf kam vorbei, um ihr Wasser aufzufüllen, aber Marcus konnte seinen Blick nicht von April losreißen.

Wenn sie sich nach vorn beugte, war ihr Dekolleté ...

Nein, er würde nicht in ihren Ausschnitt schauen. Das würde er ganz sicher nicht.

«Ich liebe Sedimentgestein» – man musste ihr zugutehalten, dass sie den korrekten Begriff nicht betonte –, «weil ich die Geschichten liebe, die es erzählt. Wenn man es intensiv untersucht, gut dafür ausgebildet ist und das richtige Werkzeug benutzt, dann kann man sich eine bestimmte Stelle anschauen und weiß, ob es dort irgendwann einmal einen See gegeben hat. Man kann erkennen, ob es in dem Gebiet ein Flusssystem gab, ob nach einem Vulkanausbruch ein Lahar – also ein Schlammstrom – durchgeflossen ist, ob es einen Erdrutsch oder einen Murgang gab.»

Während sie sprach, zeichnete April mit ihren Händen Bilder in die Luft, ahmte die Bewegung von Wasser und Erde nach – eine anmutige visuelle Zusammenfassung von Zerstörung, Chaos und Schöpfung, wie sie sich unter ihrem prüfenden Blick als Geologin offenbarten.

Scheiße. Selbst mit diesen aussagekräftigen Gesten verstand er nicht einmal die Hälfte dessen, was sie erzählte, aber er war jetzt verflucht angeturnt. Kluge, versierte, leidenschaftliche Frauen waren sein Verhängnis, schon immer gewesen, auch wenn er wusste – er *wusste* es –, dass er niemals gut genug für sie sein würde. Weder sein Fake-Ich noch der echte Marcus.

April wartete, bis er ihren Blick erwiderte, ehe sie fortfuhr. Jedes Wort von ihr war auf den Punkt. Jedes Wort wirkte auf ihn, als käme es von einer Sirene.

«Du musst graben.» Sie sah nicht weg, und er konnte es ebenfalls nicht. «Du musst vielleicht ganz genau hinsehen, aber da wartet eine Geschichte auf dich. Sie will, dass du die Zeichen erkennst. Sie will erzählt werden.»

Unter ihrem klaren, ruhigen Blick überkam ihn das Bedürfnis, sich wieder unter einem Tisch zu verstecken. Seinen Kopf zu bedecken und sich zu schützen, da der Boden unter ihm schwankte und nachgab.

Dann griff sie nach ihrer Gabel und spießte erneut Bohnen auf – und Marcus konnte wieder atmen. Für einen Moment konnte er verdrängen, dass die Erde unter seinen Füßen nicht fest und ruhig war. Sie bewegte sich kontinuierlich. Und ganz, ganz tief unter der ruhigen, kühlen Oberfläche schmolz sogar Stein zu einem glühenden Strom.

«Außerdem kommen in der Geologie verschiedene Wissenschaften zusammen», fügte sie beiläufig hinzu. «Chemie, Physik, Biologie – all das spielt eine Rolle. Ich finde das super, denn mich interessieren viele unterschiedliche Themen.»

Er sollte nicht fragen. Er würde definitiv nicht fragen. Aber trotzdem ...

«Warum nennst du es eine schmutzige Affäre?»

Da. Die Worte waren raus.

Marcus schloss die Augen, ließ das Kinn zur Brust sinken und atmete kräftig durch die Nase aus. Scheiße. Er brauchte keinen weiteren Grund, um April zu begehren; nicht wenn sich sein Inneres bereits jedes Mal zusammenzog, wenn er sah, wie ihre helle, sommersprossige Haut im Kerzenlicht schimmerte. Nicht wenn sie ihren gottverdammten Lebensunterhalt damit verdiente, Oberflächen zu durchstoßen und freizulegen, was sich darunter befand. Er wollte unentdeckt bleiben, zumindest im Moment noch.

«Bisher habe ich einen Großteil meiner Arbeitstage damit verbracht, Bodenproben zu untersuchen. Ich habe ehemalige Industriestandorte auf Verunreinigungen geprüft und Reinigungsmaßnahmen koordiniert, die unter den gegebenen Umständen durchführbar sind.» Als er die Augen wieder öffnete, kratzte sie gerade das letzte bisschen Polenta von ihrem Teller. «In den letzten Wochen hatte ich mit einer ehemaligen Pestizidanlage zu tun, der Boden dort ist mit Metallen kontaminiert.»

Okay, das war weit weniger sexy, als er sowohl angenommen wie auch befürchtet hatte.

Doch trotz ihres sachlichen Tons klang ihre Arbeit ... gefährlich. Technisch. Körperlich, auf eine Weise, die er nicht erwartet hatte.

Fasziniert stützte er die Ellbogen auf den Tisch. «Was passiert mit dem Land, wenn die Reinigung erledigt ist?»

Sie zuckte eine Schulter. «Je nachdem, was der Eigentümer des Geländes entscheidet, kann daraus von einem Parkplatz bis hin zu einem Wohngebiet alles werden.»

Er verstand es nicht. Wirklich nicht. Wie war eine solche Transformation überhaupt möglich? Wie konnte ein Gebiet, das schwerwiegend vergiftet war, zu einem Ort für eine Familie werden? Zu einem Zuhause?

«Aber diese Entscheidung liegt nicht bei mir oder dem Kollegen, der dort nächste Woche übernimmt.» Als sie an ihrem Wasser nippte, konnte er die Bewegung ihrer Kehle sehen, und er musste hart schlucken. «Entweder der Eigentümer wendet sehr viel Zeit, Mühe und Geld auf, um die kompletten Verunreinigungen auszubuddeln und woanders zu entsorgen, oder er tut es eben nicht. In vielen Fällen können sie es gar nicht.»

Er nestelte unten an seinem Jackettärmel. «Und wenn sie nicht wollen? Oder können?»

Sie beschrieb mit ihrer Hand einen Bogen und senkte ihren Unterarm von einer senkrechten in eine waagerechte Position, um anzudeuten, wie etwas von oben heruntergelassen wurde. «Dann weisen sie den Berater an, eine Deckschicht auf das Land zu legen. Bis zu anderthalb Meter saubere Erde werden über die Verunreinigung geschüttet. Es ist billiger. Einfacher.»

«Aber?» Da gab es einen Haken. Das verstand er, ohne auch nur einen Hauch Hintergrundwissen in Geologie zu besitzen.

«Aber unter diesen Umständen kann das Land niemals zu irgendeinem Zweck genutzt werden, bei dem man weiter als bis kurz unter die Oberfläche graben muss. Die Möglichkeiten der Nutzung sind für die Zukunft sehr eingeschränkt.» Da war keinerlei Wertung in ihrem Ton. Sie konstatierte Tatsachen, erhob keine Anschuldigungen. «Zumindest so lange, bis der Eigentümer – oder der nächste – eine andere Entscheidung trifft.»

Marcus' Brust schmerzte, und er zwang sich, langsam Luft zu holen. Und stieß dann den Atem zu mehreren Schlägen seines wild klopfenden Herzens aus.

Olaf erschien, um ihre Teller abzuräumen, das Tischtuch zu entkrümeln und Wasser nachzugießen. Nachdem er wieder gegangen war, saßen sie schweigend da und warteten auf das Dessert.

«Du hast dir Sorgen gemacht, du würdest mich zu Tode langweilen, wenn du mir von deinem Job erzählst», sagte April schließlich. «Und jetzt war es genau umgekehrt.»

Sie beobachtete ihn von der gegenüberliegenden Seite des Tisches, ihr Haar ein seidiger Wasserfall in Rotgold, ihre Haut mit Sternbildern gesprenkelt, die wohlgeformten Lippen nach oben gebogen. Dieses hinreißend schiefe Lächeln nahm Marcus gefangen, es war wie ein Haken, der ihn an Orte zog, die er eigentlich hatte meiden wollen.

Doch jetzt wollte er eine andere Entscheidung treffen. Und das tat er.

«Ich würde gern noch einmal mit dir ausgehen.» Die Worte brachen in einem plötzlichen Schwall aus ihm hervor, wie der Erdrutsch, von dem sie vorhin gesprochen hatte. Rücksichtslos. Unaufhaltsam. «Zum Dinner, wenn du möchtest, oder irgendwas anderes. Eine Kunstgalerie, ein Museum oder ...»

Was würde eine Frau wie sie interessieren?

Wie konnte *er* eine Frau wie sie für sich interessieren?

Konnte er die Kontrolle über sein Narrativ behalten *und* sie daten?

«Oder noch besser, wir können in ein Indoor-Erlebnisbad gehen.» Er zwinkerte und zwang sich zu einem selbstbewussten Grinsen. «Ich zeige immer gerne, was ich mir im Fitnessstudio hart erarbeitet habe.»

Irgendwann, wenn alles gut laufen sollte und er beschloss, dass er ihr vertrauen konnte, würde er sie weiter unter seiner Oberfläche graben lassen. Bis dahin würde er sie so gut unterhalten, wie es der gut trainierte Golden Retriever Marcus nur konnte. Es konnte funktionieren. Es *würde* funktionieren.

Doch zum ersten Mal, seit er April begegnet war, wirkte sie fassungslos.

Ihre Lippen waren geöffnet, die Augen groß und ihr Körper reglos. Sie gab keinen Laut von sich, keinen einzigen, bis Olaf – im absolut ungünstigsten Moment – erschien und das Dessert vor ihnen abstellte.

Leise verschwand er, und die beiden blieben wieder allein zurück.

Sie biss sich auf die Lippe, den Blick nach unten gerichtet. Und Marcus verstand. Ohne dass sie auch nur ein Wort sagen musste. Trotzdem wartete er ab, bereit, den Schlag einzustecken.

Die Antwort war für sie ganz offensichtlich ebenso klar wie für ihn.

Wie konnte er eine Frau wie sie für sich interessieren? Gar nicht. Natürlich nicht.

«Es tut mir leid, Marcus», begann sie mit leiser und zögerlicher Stimme, «aber ich glaube nicht, dass das eine gute Idee ist.»

Hier kam er also. Der Schlag in den Solarplexus, den er erwartet hatte.

«Okay.» Er sagte nichts weiter. Er konnte nicht, hinter seinen Rippen schmerzte es zu sehr.

«Es ist nur ...» Sie zögerte. «Es würde nicht funktionieren. Nicht unter diesen Umständen.»

Obwohl er nicht um eine Erklärung gebeten hatte, schien sie ihm doch eine geben zu wollen. Er hoffte nur, dass sie nett genug war, den nächsten Schlag etwas abzudämpfen, anstatt direkt zu sagen: *Du bist zu seicht und dumm für mich.*

Aber wie könnte er ihr verübeln, dass sie das dachte? Immerhin hatte sie nahezu das ganze Dinner in Gesellschaft seiner öffentlichen Rolle verbracht.

«Also ... ich schreibe Fanfiction zu *Gods of the Gates*», sagte sie, und ihre Wangen waren plötzlich von leichter Röte überzogen. «Da gibt es auch ein paar Geschichten, die ... eher explizit sind.»

Jetzt war er derjenige, der vor Verwunderung still und bewegungslos dasaß. Sie schrieb Fanfiction? *Sexy* Fanfiction? Und in Anbetracht ihres Twitter-Namens und des Fotos, das sie gepostet hatte, musste ihr OTP ...

«Ich schreibe fast ausschließlich über Lavinia. Und Aeneas. Also wäre es etwas seltsam, dich zu daten, nachdem ich dir Abertausende Worte gewidmet habe ...» Sie hielt inne. «Also, nicht *dir*, aber einem Aeneas, der *aussieht* wie du. Wie auch immer, nachdem ich also Abertausende Worte einem Sieht-aus-wie-du-Aeneas gewidmet habe, der sich verliebt und, ähm ...»

Sex hat.

Der Begriff, nach dem sie suchte, war definitiv *Sex*.

«...mit Lavinia intim wird», beendete sie ihren Satz.

Abertausende Worte über Aeneas und Lavinia. Das bedeutete, sie war niemand, der erst seit Kurzem dabei war, oder gar eine blutige Anfängerin. Nein, sie musste schon eine Weile schreiben. Und er würde jede Wette eingehen, dass ihre Geschichten ebenso intelligent und scharfsinnig waren wie sie. Was wiederum hieß, dass sie bei der Lavineas-Community auf AO3 nicht unbemerkt geblieben sein konnte.

Und dann hatte er ihre Werke mit ziemlicher Sicherheit gelesen.

Sie könnte sogar ... nein. Er würde es wissen, wenn sie auf dem Lavineas-Server wäre. Aus irgendeinem Grund würde er das wissen.

Trotzdem musste er sie fragen, einfach um sicherzugehen.

«Ich habe hin und wieder mal Fanfiction gelesen», sagte er langsam. «Aus reiner Neugier, unter welchem Namen postest du deine Storys?»

Ihre Zähne hatten sich wieder in ihre Unterlippe gebohrt, und die Röte, die Aprils Gesicht überzog, hatte all die Sommersprossen unter sich begraben. Ihre Finger lagen ineinander verkrampft auf der Tischdecke.

Sie gab ihre Lippe frei. Atmete aus.

Und mit deutlichem Zögern beantwortete sie schließlich seine Frage.

«Ich bin Unapologetic Lavinia Stan», erwiderte sie. «Erzähl das niemandem, und lies bloß nie meine Fanfics.»

LAVINEAS-SERVER,
PRIVATNACHRICHTEN, EIN JAHR ZUVOR

Unapologetic Lavinia Stan: Egal was LavineasOTP behauptet, ich glaube fest daran, dass man eine Story nicht als Slowburn bezeichnen kann, wenn es im ersten Kapitel schon zur Sache geht. Damit wird gegen sämtliche bekannte Slowburn-Prinzipien verstoßen, und das erfordert verschiedene Strafmaßnahmen, einschließlich – aber nicht beschränkt auf – missbilligende Seitenblicke von meiner Wenigkeit.

Book!AeneasWouldNever: Ich war auch ein wenig überrascht. Aber um fair zu bleiben, es war auch eine Alternate-Universe-Story mit arrangierter Hochzeit. Um einen Erben zu zeugen, müssen sie miteinander schlafen. Der Slow-burn-Teil bezieht sich vielleicht eher auf die emotionalen Bindungen, die sie eingehen?

Unapologetic Lavinia Stan: Sie haben gebumst und fanden es gut. Hätte es sich um routinemäßigen Sex gehandelt, der für alle Beteiligten nur mäßig unterhaltsam war – klar, dann hätte ich bei diesem Verstoß ein Auge zugedrückt. Aber wenn es auf beiden Seiten multiple Orgasmen gab, dann: NEIN!

Book!AeneasWouldNever: Ich habe mir die Bettszenen gar nicht so genau durchgelesen. Daher beuge ich mich in dieser Frage deiner überlegenen Weisheit.

Unapologetic Lavinia Stan: DANKE! Dann kommen wir jetzt zu wichtigeren Themen.

Unapologetic Lavinia Stan: Wo wir gerade von Slow-burns sprechen: Fühlst du dich besser? Ist das Fieber weg?

Book!AeneasWouldNever: Ja, danke der Nachfrage, Ulsie. 😁

7

DIE SEXY FANFICS waren nur eine Ausrede.

April wollte zwar ganz sicher nicht, dass Marcus sie las oder seinen zwei Millionen Followern davon erzählte, ehe sie das alles der Lavineas-Community erklärt hatte. Aber sie standen einem zweiten Date auch nicht wirklich im Weg.

Das unüberwindliche Hindernis war, dass Marcus beharrlich eine Rolle vor ihr spielte.

An bestimmten Einsatzorten verwendete der Bohrer manchmal statt einer Hohlbohrschnecke eine einfache Bohrsonde, um Bodenproben zu nehmen. Das war der leichtere Weg. Und auch der sauberere.

Der Nachteil: Mit diesem Bohrer kam man oft nicht über eine bestimmte Tiefe hinaus.

Bei einem Auftrag schafften sie es sogar nur bis einen Meter unter der Oberfläche, bevor sie anhalten mussten, weil sie andauernd auf Widerstand stießen. Am Ende mussten sie die Bohrgeräte austauschen, weil sie so nichts erreichten.

An diese Erfahrung erinnerte sie das heutige Date mit Marcus.

Bei ihrem Gespräch über die *Gods-of-the-Gates*-Crew hatte sie einen Meter in die Tiefe gebohrt.

Dann war sie auf Widerstand gestoßen. Wieder und wieder.

Wenn er nicht wollte, dass sie hinter seine äußerst attraktive Fassade blickte, dann würde sie das auch nicht tun.

Aber da seine Oberfläche sie nicht annähernd so sehr interessierte wie das, was darunterlag, wollte sie kein zweites Date mit ihm. Das würde sie nur frustrieren. Egal wie sehr sie ihn auf einmal wollte.

Und egal wie verwundert sie war, dass er ganz offenbar *sie* wollte. Zumindest so sehr, dass er noch einmal mit ihr ausgehen wollte.

Das war wirklich das sonderbarste Date aller Zeiten.

April hatte schon mehrere Löffel von ihrer Zitronen-Lavendel-Pannacotta verspeist – köstlich und gar nicht seifig im Geschmack –, ehe sie bemerkte, dass Marcus schon seit einer Weile nichts mehr gesagt hatte. Als sie aufblickte, starrte er sie an, und sein Gesicht ...

Es war ausdruckslos. Leer.

Doch dann veränderte es sich innerhalb eines Wimpernschlags wieder. Erneut strahlte er sie mit diesem unangenehm leeren Lächeln an. «Du willst wirklich nicht, dass ich mir deine Geschichten durchlese?»

Sie dachte einen Augenblick lang darüber nach.

«Ich meine, du kannst sie ruhig lesen. Aber es wird wahrscheinlich ein bisschen seltsam sein, wie ich schon sagte.» Tatsächlich wurde es mit jeder Minute seltsamer. «Wenn du es tust, wirf einen Blick auf das Rating, bevor du mit dem Lesen anfängst. Und damit du nicht unnötig in Verlegenheit gerätst, würde ich die Geschichten mit *E* für *explizit* überspringen.»

Marcus schien jetzt sehr fasziniert von seiner Pannacotta zu sein. Mit einer langsamen, vorsichtigen Bewegung grub er den Löffel in seinen Pudding. «Vielleicht werde ich irgendwann mal eine deiner Geschichten lesen. Ich kann ja die heißen Parts bloß überfliegen.»

Niemals würde er wirklich auf AO3 gehen und nach ihren Storys suchen. Aber trotzdem ...

«*Pretty Man*, das ist eine Prostituierter/Kundin-Modern-

AU-Story ...» Sie kräuselte die Nase. «Ja, nimm nicht die. Du würdest das ganze Ding nur überfliegen.»

Es war eines ihrer frühesten Werke, das sie noch vor ihrer Partnerschaft mit BAWN verfasst hatte, und es war keine ihrer besseren Geschichten.

Marcus blickte von einem weiteren köstlichen Löffelvoll seines Desserts auf. Seine glatten Wangen – er musste sich rasiert haben, kurz bevor er ins Restaurant gekommen war – verzogen sich zu einem plötzlichen Grinsen.

Er zog eine Augenbraue hoch. «Ich nehme an, ich bin der Prostituierte?»

«*Aeneas* ist der Prostituierte», betonte sie.

«Aber er ist hübsch.» Er ließ sich Zeit, seinen Löffel Pudding zu genießen. «Darum auch der Titel, *pretty* bedeutet ja hübsch.»

«Na ja, ja.» Ganz offensichtlich.

«Und da du gesagt hast, dass Aeneas in deinen Storys so aussieht wie ich, bedeutet das ...»

«Ja, ja.» Sie verdrehte die Augen. «Du bist sehr hübsch, Marcus. Was du auch sehr genau weißt.»

Unvermittelt erstarb sein Grinsen, und April hatte keine Ahnung, weshalb sich hinter seinen blaugrauen Augen, die plötzlich so ernst dreinblickten, Schatten sammelten. Er wirkte angespannt. Und so unerwartet verletzlich, dass sich in ihrer Brust etwas schmerzhaft zusammenzog.

Das war nicht ihr Herz. Ganz bestimmt nicht ihr Herz.

«In deiner Geschichte ...» Marcus spielte mit dem Löffel und beobachtete, wie er sich in seinen Fingern drehte und drehte. «Ist er da *nur* hübsch?»

Ah. Da war sie also. Eine weitere Schicht unter seiner makellosen Oberfläche.

Und verdammt noch mal, ja – es war ihr Herz, das da für ihn schmerzte. Ein kleines bisschen zumindest.

«Er ist sehr hübsch. Wunderschön.» In einer scheinbar

unbedachten Bewegung klopfte sie mit dem Löffel gegen ihr Porzellanschälchen, bis er sie mit traurigem Blick wieder ansah. Dann erklärte sie ihm den Rest. «Außerdem wird er unterschätzt und ist sehr ehrenhaft und ziemlich intelligent. Ich habe kein Interesse daran, über einen Mann zu schreiben, der nichts weiter als gutes Aussehen und oberflächlichen Charme zu bieten hat. Aber verborgene Tiefen faszinieren mich.»

Na los. Eine letzte Chance.

Und wenn er tatsächlich so klug war, wie sie es zu vermuten begann, würde er sie nutzen.

Marcus sah sie an, Falten hatten sich tief zwischen seine Brauen gegraben. Aber er sagte nichts, und sie hatte nicht vor, ihn zu etwas zu drängen, was er nicht wollte.

Einem letzten Sticheln konnte sie jedoch nicht widerstehen. «Bist du jemals in Versuchung geraten, selbst eine Fix-it-Fic zu schreiben? Also, eine Geschichte, in der du alles geraderückst, was in der Serie schiefgegangen ist? Vielleicht nachdem die Beziehung von Dido und Aeneas so aus dem Ruder gelaufen ist?»

Diese beiläufige Kritik war ein bisschen unhöflich, und das tat April leid, aber sie wollte unbedingt Marcus' Antwort darauf hören. Wollte etwas mehr von dem Mann sehen, wenn er unter Druck stand.

Er murmelte etwas, das so klang wie *Du hast ja keine Ahnung*.

«Ich bin ...» Er räusperte sich und sprach dann lauter. «Ich bin ... äh, natürlich sehr angetan von dem Talent und der harten Arbeit unserer Drehbuchschreiber. Und, ähm, das war die Story, die wir bekommen haben. Das stand im Drehbuch. Es ergibt alles Sinn.»

Mit dieser Miene, die sich an der Schwelle zu schmerzverzerrt bewegte, und der gestelzten Sprache hätte er auch die Hauptrolle in einem improvisierten Geiselvideo spielen können. Ironischerweise war das die schlechteste schauspielerische Leistung, die April ihn je hatte darbieten sehen – und das schloss die geheuchelte Ahnungslosigkeit darüber, was *Geologie* bedeutete, von vorhin mit ein.

Bestens unterhalten lächelte sie ihn an.

«Es ... es gibt kein alternatives Skript oder Paralleluniversum, also ...» Er spreizte die Finger. «Ja, ich bin begeistert von Aeneas' Story. Vollkommen. Und von Didos auch.»

Oh ja. Sehr überzeugend. Er sollte seine Antworten wirklich noch ein paarmal proben, ehe seine Pressetour für die sechste Staffel losging.

Obwohl ...

Ihr Lächeln wurde breiter.

Verdammt, er *war* klug. Indem er all die Jahre Mr Dumm-und-Hübsch gespielt hatte, hatte er es geschafft, jeder öffentlichen Diskussion über Drehbücher, Storylines oder die Art, wie die Serie von E. Wades Büchern abwich, aus dem Weg zu gehen. Stattdessen konnte er sich auf seine Trainingsroutinen und Schönheitsrituale konzentrieren; Themen, mit denen er weder die Showrunner noch seine Co-Stars verärgern konnte.

Sie lehnte sich verschwörerisch nach vorne und stützte die Ellbogen auf den Tisch. «Es gibt kein Paralleluniversum, das ist richtig.» Diesmal klopfte sie mit ihrem Löffel gegen sein Schälchen. Zwinkerte ihm zu. «Es sei denn, du schreibst Fanfiction und denkst dir eines aus. So wie ich.»

Er lächelte nicht, was sie eigentlich erwartet hatte.

Sondern er neigte den Kopf und musterte sie. Presste seine Lippen aufeinander. Er stützte seine Arme ebenfalls auf dem Tisch ab und begann stockend zu sprechen, seine Stimme kaum hörbar, obwohl nur ein paar Zentimeter sie trennten.

«Als Kind war ich ...» Sein Adamsapfel hüpfte. «Ich war nie gut im Schreiben. Oder ein großer Leser.»

Das hier ... das war nichts, was sie schon einmal gehört hatte. In keinem Interview. Auf keinem Blog.

«Ich mochte Geschichten. Ich liebte sie.» Er schüttelte heftig den Kopf. «Natürlich tue ich das. Ich wäre kein Schauspieler, würde ich sie nicht lieben. Aber ...»

April war ihm so nah, dass sie seinen feinen Duft mit jedem Atemzug in ihre Lunge saugte. Er roch nach Kräutern. Und Moschus.

Sie war ihm so nah, dass sie die tatsächliche Länge seiner Wimpern ausmachen konnte, sah, wie sie sich auffächerten und zu den Spitzen hin blassgolden wurden.

Sie war ihm so nah, dass die unverstellte Aufrichtigkeit in seinen Worten und in seinem schmerzerfüllten Blick ihr nicht entgehen konnte.

Sie blieb ganz still, eine verlässliche Stütze, während er um Worte rang. «Aber?»

Sanft. Ganz sanft. Eine unsichtbare Hand, die ihn stützte, wenn er strauchelte, aber ihn nicht zu drängen versuchte.

Er presste Daumen und Mittelfinger gegen seine Schläfen. Atmete aus. «Schon von Anfang an gab es Probleme. Es hat lange gedauert, bis ich angefangen habe, zu sprechen. Und als ich in der Schule war, habe ich immer, äh ... die ganzen Buchstaben und Zahlen verdreht.»

Oh. *Oh.*

Sie wusste, worauf das hinauslaufen würde, aber er musste in seinem Tempo dorthin kommen. Auf seine Art. «Okay.»

«Meine Eltern haben den Lehrern die Schuld gegeben, also beschlossen sie, dass meine Mom mich zu Hause unterrichten sollte. Sie war Lehrerin an einer nahe gelegenen Privatschule, weswegen sie mehr als qualifiziert dafür war.» Er lachte kurz auf, aber darin schwang nicht eine Spur von echter Erheiterung mit. «Wir haben dann sehr schnell herausgefunden, dass nicht die Lehrer das Problem waren. Ich war es.»

Nein, das konnte sie nicht unwidersprochen stehen lassen. «Marcus, wenn man L-»

Er schien sie gar nicht zu hören. «Egal wie viel sie mich lesen ließ, egal wie viel sie mich schreiben ließ und egal wie viele Wörterlisten sie für mich erstellte, ich war furchtbar in Rechtschreibung. Ich hatte eine schreckliche Handschrift. Ich konnte weder schnell schreiben noch lesen, konnte Dinge nicht korrekt aussprechen und verstand nicht immer, was ich las.»

Fuck. Eines der ersten Interviews mit Marcus, das seinen Ruf als liebenswürdiger, aber nicht besonders schlauer Typ gefestigt hatte, schien nun ...

«Meine Eltern glaubten, ich wäre faul. Trotzig.» Sein Blick traf auf ihren – und er *war* trotzig. Er forderte sie auf, ihn zu verurteilen, sich dem Schuldspruch seiner Familie anzuschließen. «Ich habe erst herausgefunden, dass es einen Namen für mein Problem gibt, als ich das College geschmissen habe und nach L. A. gezogen bin. Also jedenfalls eine andere Bezeichnung als *Dummheit*.»

Mit stolz gerecktem Kinn und ohne die Spur eines Lächelns, das diesen berühmten Mund weicher wirken ließ, wartete er ab. Aus irgendeinem Grund wusste er, dass er den Begriff selbst gar nicht nennen musste.

«Du hast Legasthenie.» April sprach mit leiser Stimme, um seine Privatsphäre zu schützen. «Marcus, das wusste ich nicht.»

Seine steinerne Miene blieb weiterhin regungslos.

«Niemand weiß davon, außer Alex.» Als sie die Stirn runzelte, setzte er erklärend hinzu: «Alex Woodroe. Amor. Mein bester Freund. Er hat es herausgefunden, weil eine seiner Ex-Freundinnen ebenfalls Legasthenie hatte. Aber bei ihr hat man es erkannt, anders als bei mir.»

Die Bitterkeit, die in diesen Worten mitklang, legte sich auf Aprils Zunge, und sie schob die Pannacotta beiseite. Die Lust auf Pudding war ihr vergangen, und Hunger hatte sie auch keinen mehr; nicht nachdem sie diese Geschichte gehört hatte.

Die Haut über seinen Fingerknöcheln schien bis zum Zerreißen gespannt, seine Fäuste waren beinah so weiß wie das Tischtuch darunter. Als sie einen dieser Knöchel mit der Fingerspitze berührte, begann eine Vene in seiner Schläfe zu pulsieren.

«Marcus ...» Da er sich ihrer Berührung nicht entzog, zeichnete sie sanfte Linien auf seinen Handrücken. «Einer der klügsten, talentiertesten Menschen, die ich kenne, ist Legastheniker. Und er ist darüber hinaus ein fantastischer Schriftsteller.»

Kurz nachdem sie zum ersten Mal einige seiner Storys betagelesen und korrigiert hatte, hatte BAWN ihr in seinen Privatnachrichten – unter einer Flut von Entschuldigungen für sämtliche Rechtschreibfehler – von seiner Legasthenie erzählt.

Ich nutze Voice-to-Text-Software, schrieb er, aber manchmal hat die Technik Probleme mit den Homonymen. Tut mir leid, aber ich befürchte, ich bin keine große Hilfe bei der Korrektur deiner Texte.

Ich kann mich selbst um die Rechtschreibung kümmern, hatte sie entgegnet. Ich brauche Hilfe beim Plotten und um sicherzugehen, dass ich den Figuren treu bleibe, selbst in einem modernen AU. Und bei der emotionalen Tiefe. Das sind alles Stärken von dir. Wenn du mir bei diesen Dingen helfen könntest, wäre ich dir unglaublich dankbar.

Er hatte lange Zeit nicht reagiert.

Das kann ich machen, hatte er schließlich geantwortet.

«Es gibt Hilfsmittel», sagte sie, als Marcus weiterhin schwieg und sich unter ihrem Blick, unter ihrer Berührung nicht bewegte. «Ich bin sicher, die hast du schon gefunden.»

Als sie ihre Hand zurückzog, fuhr er zusammen und rutschte unruhig in seinem Sitz hin und her.

April tat das Gleiche, denn mit der Hitze, die sie noch an ihrer Fingerkuppe spürte, brannte auch das schlechte Gewissen in ihrem Magen, weil sie einen anderen Mann berührt hatte, während sie an BAWN dachte.

«Ja, jede Menge Hilfsmittel.» Er räusperte sich. «Dieser Mensch, den du kennst, der mit der Legasthenie. Der kluge und talentierte. Schreibt der auch Fanfiction?»

Sie musste lächeln. «Daher weiß ich ja, dass er ein großartiger Schriftsteller ist.»

«Welchen Namen benutzt er?» Während Marcus ein perfektes Halboval aus seinem Pudding hob, schien seine Aufmerksamkeit erneut komplett auf seinen Löffel gerichtet zu sein. «Also für seine Storys, meine ich. Falls ich irgendwann mal deine Fanfiction-Seite besuche.»

War das eine Fangfrage? Wollte er ihre Verschwiegenheit testen?

Wie auch immer, sie würde jedenfalls nicht darauf antworten.

Die Leinenserviette fühlte sich unter ihren Fingern glatt und kühl an, als April sie von ihrem Schoß fischte, faltete und neben ihr Schälchen mit der halb aufgegessenen Pannacotta legte.

Es war eine endgültige Geste, die zu ihrem bestimmten Ton passte. «Es tut mir leid, das kann ich dir ohne seine Erlaubnis nicht verraten.»

«Ah.» Nach einem letzten Löffel von seinem Dessert schob er seine Schale ebenfalls beiseite. «Das verstehe ich.»

Olaf erschien wie aus dem Nichts, um das Geschirr abzuräumen, ihnen Wasser nachzufüllen und Kaffee oder Digestifs anzubieten. Nur wenige Augenblicke nachdem beide das Angebot abgelehnt hatten und der Kellner wieder mit der prachtvollen Holzvertäfelung verschmolzen war, klappte Aprils Mund zu einem herzhaften, unerwarteten Gähnen auf.

Marcus schnaubte.

«Nur gut, dass der Abend beinah vorüber ist.» Er wackelte mahnend mit dem Finger. «Bleib ja nicht mehr so lange am Computer auf. Du brauchst Ruhe, nachdem du den ganzen Tag sauber gemacht hast.»

Sie schüttelte den Kopf, gleichermaßen genervt und amüsiert.

Also erinnerte er sich doch an ihre Twitter-Nachrichten, in denen sie kurz ihre Pläne fürs Wochenende beschrieben hatte. Natürlich tat er das.

In seinem Blick lag eine neue Wärme, eine Zuneigung, die sie nicht erwartet hätte. Nicht nach nur einem gemeinsamen Abend; nicht wenn man bedachte, wie sorgsam er sich abschottete. Zumindest bis vor ein paar Minuten.

Würde er sie jetzt noch einmal nach einem zweiten Date fragen, nach dieser Unterhaltung ...

Nein, würde er nicht. Er verlangte stattdessen nach der Rechnung.

Als sie kam, verbarg er den Gesamtbetrag vor ihr und ließ sie auch nicht die Hälfte zahlen.

«Lass mich wenigstens das Trinkgeld übernehmen», protestierte sie.

In einer stummen Erwiderung zog er die Augenbrauen hoch, und sein Blick sagte alles.

Ich bin ein Hauptdarsteller in der beliebtesten TV-Serie der Welt. Ich besitze ein millionenschweres Eigenheim in L. A. Außerdem bezahle ich, glaubt man den Modemagazinen, Hunderte von Dollar für einen Haarschnitt und benutze jeden Tag sieben unterschiedliche Stylingprodukte, von denen jedes einzelne mehr kostet, als du pro Stunde verdienst.

Okay, vielleicht hatte sie ein paar Details hinzugefügt, aber trotzdem. Das waren verdammt ausdrucksstarke Augenbrauen. Kein Wunder, dass sich der Mann dieses Anwesen in den Hollywood Hills leisten konnte.

Laut sagte Marcus nur: «Ich denke, ich kann mir dieses Dinner grad noch leisten.»

Sie diskutierte nicht weiter. Die Erschöpfung zerrte an ihren Schultern und verwandelte ihre Beine in schmerzende Säulen. Und sie konnte sich eines Gefühls nicht erwehren ...

Eines Gefühls der Leere vielleicht.

Das hier war vorbei. Was auch immer zwischen ihnen heute Abend passiert war, sobald er den Kreditkartenbeleg in der Hand hielt und aufstand, um zu gehen, war es vorüber.

Aber nachdem Marcus unterschrieben und das kleine Lederbuch wieder zugeschlagen hatte, stand er nicht auf. Er nahm stattdessen noch einen Schluck Wasser, während sein Blick aus seinen graublauen Augen – wenn sie den Winkel richtig einschätzte – auf ihrem Haar lag. Auf ihren Wangen. Ihren nackten Armen.

Dann traf er auf ihren Blick. Sein Brustkorb wölbte sich für einen tiefen Atemzug, und er fasste über den Tisch. Legte seine Fingerspitzen leicht auf ihr Handgelenk und begann zu sprechen, während April sich bemühte, unter seiner Berührung nicht zu erschaudern.

«Wenn du kein zweites Date mit mir willst, ist das absolut in Ordnung. Ich verspreche auch, dich dann in Ruhe zu lassen. Wir können noch ein paar Selfies machen, ehe wir aufbrechen, und dann getrennte Wege gehen.» Die messerscharfe Kinnlinie mahlte erneut, aber er schaffte es, gelassen zu klingen. Klar. «Davon abgesehen, möchte ich, bevor wir gehen, aber sicher sein, dass du eine Sache verstehst.»

Mit der freien Hand tastete April nach ihrem Wasserglas und nahm ein paar Schlucke gegen die Trockenheit in ihrer Kehle, ehe sie antwortete.

«Okay.» Ob es ihm bewusst war oder nicht, Marcus' Fingerspitzen bewegten sich auf ihrer Haut. Nur einen Millimeter vor und zurück, in der zartesten Berührung, die sie je erfahren hatte – und es *brannte*. «Was soll ich verstehen?»

«Deine Fanfiction, was auch immer du geschrieben hast ...» Seine Finger hielten inne. «Es mag die Dinge vielleicht ein bisschen seltsam oder komplizierter machen, aber es stört mich nicht. Es ändert nichts daran, dass ich hoffe, dich wiederzusehen. Falls das der Hauptgrund ist, warum du das Date abgelehnt hast, wollte ich dich das nur noch wissen lassen.»

Falls das der Hauptgrund ist.

Er wusste, dass sie geflunkert hatte, um seine Gefühle nicht zu verletzen, und das wunderte sie nicht. Sie war eine schlechte Lügnerin. Schon immer gewesen. Und im Gegensatz zu ihm besaß sie keinerlei schauspielerisches Talent.

Als er sich in seinem Stuhl aufrichtete, zog er die Fingerspitzen von ihrem Handgelenk weg, und sie hätte sie am liebsten zurückgeholt.

«Falls du andere Gründe dafür hattest, ist das natürlich auch okay.» Seine Stimme klang jetzt seltsam förmlich. Ganz feierlich, als ob ihr gemeinsames Abendessen mehr Bedeutung für ihn hatte, als ihr bewusst war. «Und falls dies das letzte Mal ist, dass wir uns begegnen, sollst du wissen, dass es mir eine Ehre war, mit dir, April Whittier alias Unapologetic Lavinia Stan, diesen Abend verbringen zu dürfen.»

Sie hatte ihm eine letzte Chance gegeben, und er hatte sie genutzt.

Jetzt war sie an der Reihe.

Sie zögerte keinen weiteren Augenblick.

«Lass uns ein zweites Mal ausgehen», eröffnete sie ihm. «Hast du vielleicht übermorgen Zeit?»

Dieses Lächeln. Fuck, dieses Lächeln.

Es verscheuchte die Schatten aus dem schwach beleuchteten Restaurant, brachte seine Augen zum Strahlen, machte sie beschwingt und euphorisch. Sie fühlte sich leicht wie Helium, als seine Hand wieder nach ihrer griff und er sie damit sicher auf der Erde festhielt.

«Ja», gab er zurück und verschränkte seine Finger mit ihren. «Ja, für dich habe ich alle Zeit.»

Rating: Explicit

Fandoms: Gods of the Gates – E. Wade, Gods of the Gates (TV)

Beziehungen: Aeneas/Lavinia, Lavinia & Turnus, Aeneas & Venus, Aeneas & Jupiter

Zusätzliche Tags: Alternate Universe – Modern, Sexarbeit, Expliziter sexueller Inhalt, Dirty Talk, Porno mit Gefühl, Smut, Angst und Fluff, Schmerz/Trost, Die Autorin bereut nichts, Außer vielleicht all ihre vorangegangenen Lebensentscheidungen, die zu dieser Story geführt haben, Schwer zu sagen, Aber im Ernst, seid bereit für den Sex-Marathon

Statistik: Wörter: 12 815; Kapitel: 4/4; Kommentare: 102; Kudos: 227; Lesezeichen: 34

PRETTY MAN
Unapologetic Lavinia Stan

Zusammenfassung:
Als Aeneas auf Geheiß seiner Mutter und seines Großvaters in Latium eintrifft, ist er orientierungslos, von Schuld geplagt und hat nicht genügend Mittel, um zu überleben. Es sei denn, er nutzt das, was er am allerwenigsten schätzt: sein unglaublich gutes Aussehen.
Zum Glück ist seine erste Kundin als Sexarbeiter Lavinia. Nach ihr wird er keine andere mehr brauchen.

Bemerkung:
Es handelt sich nicht um eine realitätsgetreue Darstellung von Sexarbeit, da ich die Dinge *fluffy* halten wollte. Ich wollte ergründen, wie zwei Menschen, die durch ihr kom-

plett entgegengesetztes Äußeres definiert werden, sowohl Trost und Liebe als auch Selbstwertgefühl durch Sex finden können.

Aeneas sieht die Frau, noch ehe sie ihn bemerkt. Und sie sucht definitiv nach ihm oder jemandem wie ihm – daran besteht kein Zweifel. Keine Frau erscheint zu dieser nächtlichen Stunde in dieser Straße, um etwas anderes zu bekommen als das, was er anzubieten hat: Sex. Gegen Geld.
Er hat noch nicht entschieden, wie viel Geld er nehmen soll. In dieser ersten Nacht will er den Preis spontan festlegen. Sobald er ihr Gesicht im Licht der Straßenlaterne sieht, so bleich und schief und unscheinbar, weiß er: Sie wird ihn gut bezahlen. Dieser eine Akt sollte ihm genug einbringen, um wenigstens eine Nacht im Hotel zu verbringen. Und als Gegenleistung für eine Unterkunft wird er ihr den besten Sex ihres Lebens bieten.
«Du brauchst nicht weiterzusuchen, Süße», ruft er aus den Schatten heraus. «Hier bin ich.»
Doch als sie ihn sieht, lacht sie und geht weiter.
«Zu hübsch für mich», ruft sie ihm über die Schulter zu, woraufhin er überraschend verärgert ist.
«Entschuldige bitte», schnaubt er.
«Betrachte dich als entschuldigt», sagt sie, ohne sich umzudrehen, und auch wenn er nicht recht versteht, warum, wird ihm klar, dass er ihre Meinung ändern will.

NOCH AM SELBEN Abend – nachdem April geduscht hatte und in ihren Pyjama geschlüpft war – öffnete sie ihren Laptop und ging online. Höchstwahrscheinlich hatte sie mehrere neue Nachrichten von BAWN erhalten, aber sie war noch nicht bereit, sich ihnen zu stellen. Und erst recht nicht den Twitter-Reaktionen auf die Bilder, die von ihrem Dinner inzwischen sicher bereits gepostet worden waren.

Sie ging stattdessen auf AO3, um sich die Reaktionen auf ihre neueste Geschichte anzuschauen. Sie hatte ihre One-Shot-Story – eine Geschichte, die innerhalb eines Kapitels abgeschlossen ist – gestern Abend noch spät veröffentlicht, als Antwort auf die vom Lavineas-Server ausgerufene Fanfic-Aktion, die «Aeneas's Angry Boner Week».

Ihr Beitrag hatte schon eine erfreulich hohe Anzahl an Kudos und Kommentaren bekommen. Das war eine willkommene Ermutigung, hatte sie mit dieser Geschichte doch einen seltenen Vorstoß in das buchkanontreue Erzählen gewagt, statt in ein selbst erschaffenes Alternate Universe auszuweichen.

In der Geschichte bot Lavinia vor dem Heim, das sie mit Aeneas teilte, einem der Soldaten ihres Ex die Stirn. Der Soldat hatte sie angespuckt, da Lavinia die Verlobung mit Turnus, seinem toten Anführer, gebrochen hatte – und er drohte ihr mit weitaus Schlimmerem. Doch anstatt ihren Ehemann zu Hilfe zu rufen, vertrieb sie den Eindringling mit ihrem eigenen Schwert. Als Aeneas von dem Vorfall erfuhr, marschierte er schnurstracks zu seiner unansehnlichen und rachsüchtigen Frau. Er war unerklärlicherweise zornig über ihre Sorglosigkeit, wenn es um ihre eigene Sicherheit ging, und ...

Na ja. Ihre platonische Vernunftehe wurde auffallend weniger platonisch, dafür jedoch etwas vernünftiger und ausgewogener in Bezug auf, sagen wir mal, gegenseitige sexuelle Befriedigung.

Eigentlich hatte April vorgehabt, eine weitere fluffige moderne AU-Story zu verfassen. Aber aus irgendeinem Grund war es ihr plötzlich seltsam vorgekommen – auch schon vor ihrem Date –, sich einen Helden mit dem Gesicht von Marcus Caster-Rupp vorzustellen, der in der modernen Welt auf eine Frau traf, sich in sie verliebte und sie vögelte. Auch wenn diese Frau wie Lavinia aussah und nicht wie April. Es fühlte sich ausbeuterisch an wie noch nie zuvor.

Als sie die Geschichte geschrieben hatte, war sie davon ausgegangen, dass sie nach dem Date bestimmt ein oder zwei Monate brauchen würde, ehe sie wieder zu modernen AUs zurückkehren konnte. Bis sich die Gedanken an den Schauspieler selbst nicht mehr mit den Gedanken an die Figur, die er spielte, vermischten. Bis sie die beiden in ihrem Kopf wieder besser auseinanderhalten konnte. Bis er keine reale Person mehr für sie war, sondern wieder nur das Gefäß, der Körper, in dem ihr erwählter Held lebte und liebte.

Mittlerweile fragte sie sich, ob sie ihr OTP nicht besser dauerhaft wechseln sollte. Vielleicht zu Cyprian und Cassia, die auf ewig dazu bestimmt waren, auf dieser verdammten Insel festzusitzen und sich nacheinander zu verzehren. Oder Amor und Psyche, die durch die Machenschaften von Venus und Jupiter auseinandergerissen wurden.

Aber sie wollte sich nicht ohne guten Grund aus ihrem Lieblingsfandom zurückziehen. Sie konnte zumindest das zweite Date abwarten, bevor sie sich über alternative Paare weiter Gedanken machte.

Gedankenverloren schaute April sich die anderen Storys an, die unter dem Tag «Aeneas's Angry Boner Week» gepostet worden waren, und sie musste lachen. Fast alle anderen auf dem Server hatten sich kopfüber in moderne AUs gestürzt. Sie hätte es wissen müssen.

Ihre jüngsten Online-Aktivitäten hatten wirklich zahllose Geschichten inspiriert. Aeneas' Wutständer schien neuerdings immer in der Gegenwart einer Lavinia aufzutreten, die er auf Twitter kennengelernt hatte; einer Lavinia, die er vor Mobbern aus dem Internet beschützt hatte; einer Lavinia, mit der er während eines einzigen, schicksalhaften Abendessens Liebe und Lust erfuhr.

In diesen Geschichten wehrte er unzählige ungehobelte Paparazzi ab, dazu ein Dutzend eifersüchtige Didos und ganze Bataillone von gehässigen Fanboys. Und dann – während sein Blut noch vor Wut überschäumte – wurde er Lavinia im Kerzenschein gewahr, die ihre Augen und den Mund vor Schreck und Verwirrung weit aufgerissen hatte, und ...

Nun gut. Vergils Aeneas mochte dank seiner unerschrockenen Frömmigkeit nach seinem Tod ins Reich der Götter aufgestiegen sein. Aber in den Geschichten von dieser Woche schwang sich der kleine Aeneas aus völlig anderen Gründen zu ungeahnten Höhen auf.

Diese Geschichten zu lesen war heiß. Unbestreitbar heiß. Aber auch auf ganz neue Art unangenehm. Irgendwann musste April anfangen, die Sexszenen zu überblättern, anstatt sich genüsslich Zeit mit ihnen zu lassen, wie sie es sonst immer tat. Denn Marcus war in ihrem Kopf. Marcus war in dem Text. Marcus war es, der ihr Verlangen schürte.

Nachdem sie Kudos und Kommentare verteilt hatte, konnte sie es kaum erwarten, sich von AO3 abzumelden und stattdessen zum Lavineas-Server zu wechseln. Einmal mehr ignorierte sie BAWNs Nachrichten und schob damit auf, was sie eigentlich tun und sagen wollte.

In den Gruppenthreads war wenig los. Sie schienen noch keine Fotos von ihrem Date mit Marcus auf Twitter oder Insta entdeckt zu haben, aber das war nur eine Frage der Zeit. Und wenn sie die Reaktion des Servers auf seine öffentliche Einladung zum Dinner als Maßstab ansetzte, musste sie sich auf einen gewaltigen Tumult gefasst machen.

Ist das zu GLAUBEN???!!!, hatte Mrs Pius Aeneas in ihrem brandneuen «OMFG MC-R HAT EINEN FAN EINGELADEN»-Chat-Thread mehr oder weniger gekreischt und auf die relevanten Tweets verlinkt.

LaviniaIsMyGoddessAndSavior hatte mit einer endlosen Flut von herzäugigen und tränenüberströmten Emojis geantwortet, zu emotional für Worte.

Ich hab euch doch gesagt, er ist ein netter Kerl. ICH HAB'S EUCH GESAGT!, hatte TopMeAeneas gejauchzt. So wie er sie verteidigt hat, möchte ich einfach ... Das folgende Beine-gespreizt-Schritt-gezeigt-Gif hatte wirklich alles gesagt.

Habt ihr den furchtbaren Thread gesehen? Es war wirklich nett von ihm, schrieb LavineasOTP. Die Ärmste.

April war bei LavineasOTPs Beitrag zusammengezuckt. Hatte ihre Brille abgesetzt, sich die Augen gerieben und sich gefragt, ob sie einen schrecklichen Fehler machte.

Mitleid. Scheiße, sie hasste Mitleid, und das Letzte, was sie wollte, war, *die Ärmste* zu sein.

Dann hatte Book!AeneasWouldNever, der ein paar Tage nicht auf dem Server gewesen war, dazwischengeworfen: Warum geht eigentlich jeder davon aus, dass er sie allein aus Nettigkeit gefragt hat? Ich meine, seht sie euch an. Sie ist hübsch und offenbar sehr talentiert.

Sein Kommentar hatte den Verlauf des Threads verändert, und nachdem ihm in den Kommentaren eine Reihe von Leuten zugestimmt hatte, wurde darüber spekuliert, was bei dem Date passieren würde.

April war versucht gewesen, selbst endlos viele Herzaugen- und tränenüberströmte Emojis zu posten. Stattdessen hatte sie BAWN eine letzte PN geschickt, bevor sie ins Bett ging. Danke. Einfach ... danke.

Wofür?, hatte er umgehend geantwortet, doch sie war zu müde, um es zu erklären.

Wir können am Wochenende darüber reden. Ich muss dir ein paar Dinge erzählen. Aber jetzt sollte ich erst mal schlafen. Falls ich vorher nichts mehr von dir höre, hab eine gute Heimreise, okay? xx

Die drei Pünktchen hatten geblinkt und geblinkt. Okay, träum süß, Ulsie. Bald bin ich wieder in deiner Zeitzone.

Sie lebten beide in Kalifornien. So viel wusste sie.

Sie wusste auch, dass er für seine Arbeit viel reisen musste – noch etwas, was sie bis jetzt gemeinsam hatten. Sie hatte das Gefühl, dass er eine Art Berater war, obwohl sie sich nicht sicher war. In den vergangenen Monaten hatten sie beide erwähnt, dass sie ihre Karriere und ihre nächsten beruflichen Schritte überdenken wollten. Und zu guter Letzt wusste sie, dass er ein *Er* war, anders als die Mehrheit der Lavineas-Fans in ihrer Gruppe.

Nachdem er geholfen hatte, den Server einzurichten, hatte er alle ganz offen darüber informiert, weil er befürchtete, dass sie sich getäuscht oder unwohl fühlen könnten, wenn sie es später herausfinden würden.

Sollte sich irgendjemand von euch durch meine Anwesenheit hier in irgendeiner Weise unsicher fühlen, lasst es mich bitte wissen, und ich werde mich sofort zurückziehen, hatte er geschrieben. PS: Als Hetero-cis-Mann gibt es bestimmte Themen, die mich vielleicht nicht so betreffen wie andere. Also verzeiht mir bitte, wenn ich sie auslasse.

In den privaten Nachrichten hatte er April ein bisschen deutlicher geschrieben. Solltest du bemerken, dass ich mich unabsichtlich creepy oder unangemessen verhalte, sag mir BITTE Bescheid. Ich erkenne das womöglich nicht.

Sie hatte zugestimmt, aber bislang keinen Grund gehabt, einzuschreiten. Kein einziges Mal. Abgesehen davon, dass er sich umgehend aus Unterhaltungen zurückzog, in denen es darum ging, die Körper und Fuckability verschiedener Schauspieler zu bewerten, schien seine Männlichkeit seine Aktivitäten auf dem Server nicht weiter zu beeinträchtigen.

Vielleicht war es ihm generell unangenehm, über Sex und Sexualität zu sprechen. Vielleicht fühlte es sich für ihn grenzüberschreitend und übergriffig an, in seinen Geschichten über Sex zu schreiben, da er einer der wenigen Männer in der Gruppe war. Oder vielleicht schrieb er auch einfach nicht so gern explizite Szenen. Manche Leute wollten das eben nicht.

April allerdings schon. Sie liebte es, Sex in ihren Texten zu beschreiben. Aber sie hatte schon vor langer Zeit beschlossen, diese speziellen Geschichten entweder anderen Betalesern als BAWN zu geben oder die expliziten Szenen in den Entwürfen, die sie ihm schickte, zu kürzen, weil sie ihm keinesfalls Unbehagen bereiten wollte.

Ihre neueste Story hatte demnach auch TopMeAeneas und nicht BAWN betagelesen, auch wenn sie sich – ausnahmsweise – an den Buchkanon, oder zumindest an kanon-konforme Themen, gehalten hatte.

Sie schob ihre Brille höher auf den Nasenrücken.

Okay. Sie sollte es nicht weiter hinauszögern.

Sie konnte entweder weiterhin in ihrem Bett sitzen und an BAWN denken oder die Nachrichten lesen, die er ihr an diesem Morgen geschickt hatte, und ihm antworten. Ihm erzählen, was er wissen musste, und schauen, wie er reagierte.

Book!AeneasWouldNever: Diesmal hast du es mit Kanontreue versucht, was? Gewagte Entscheidung, Ulsie.

Book!AeneasWouldNever: Aber hab ich dir nicht gesagt, dass du den Buchkanon rocken wirst, sobald du es einmal ausprobierst? Du hast Lavinias Abneigung gegen die Ehe und ihren Widerwillen gegen die Anziehung, die sie spürt, auf eine Weise eingefangen, wie die wenigsten es schaffen. Und die Beschreibung ihres Schwertkampfs: 1+. Du hast eine klare Actionsequenz erzählt, die komplett von der Vergangenheit der Figur, ihrer Persönlichkeit und den Fähigkeiten, die sie hat und nicht hat, beeinflusst wurde. Das ist verdammt schwer, und du hast es durchgezogen.

Sie lächelte den Bildschirm an. BAWN unterstützte ihre Arbeit so sehr. Immer schon.

Witzigerweise klang sein Lob über ihre Actionsequenz genau wie Marcus' Beschreibung davon, wie die *Gods-of-the-Gates*-Crew mit den Kampfszenen der Show umging. Dieser Ansatz musste verbreiteter sein, als sie als Kampfszenen-Neuling angenommen hatte.

Später an diesem Morgen hatte er noch eine Nachricht geschickt.

Book!AeneasWouldNever: Du hast geschrieben, dass du an diesem Wochenende noch etwas mit mir besprechen willst?

Okay, vermutlich war das ihr Stichwort. Er verdiente zu erfahren, was vor sich ging. Auf so viele Arten, aus so vielen Gründen.

Sie wollte auch mehr über ihn erfahren. Hoffte, ihn persönlich auf dem nächsten Con of the Gates zu treffen, trotz seiner erklärten Schüchternheit. Wenn sie heute Abend den ersten Schritt machte und ihm auf Twitter offenbarte, wer sie war und wie sie aussah, konnten sie sich vielleicht auf eine Beziehung zu bewegen, die nicht ausschließlich online stattfand.

Und sollte das, was da zwischen ihr und Marcus passierte, ihre Chancen bei BAWN irgendwie beeinträchtigen, würde sie dem Schauspieler mit Freuden – oder zumindest nicht übermäßig unglücklich – eine Nachricht schicken und das zweite Date mit ihm absagen. Er könnte sich dann mit einem seiner unzähligen Haarpflegeprodukte trösten.

Sie biss sich auf die Lippe und ärgerte sich über ihre eigene Gemeinheit.

Immerhin war er gar nicht so oberflächlich und uninteressant, wie sie zuerst gedacht hatte. Das wusste sie jetzt. Er könnte verletzt sein. Er *würde* verletzt sein, sollte sie ihre Meinung über ein zweites Date ändern. Aber für BAWN würde sie mit der Schuld leben und auf die Gelegenheit verzichten, tiefer unter Marcus' Oberfläche zu graben.

Und BAWN würde sie jetzt ihr Herz offenbaren.

Unapologetic Lavinia Stan: Danke für die schönen Kommentare, hier und auf AO3. Ich hab das Gefühl, dass ich in nächster Zeit mehr im Kanon schreiben werde. Das hängt auch mit dem zusammen, was ich dir erzählen wollte.

Unapologetic Lavinia Stan: Also, hast du den Aufruhr neulich abends mitbekommen, als Marcus Caster-Rupp auf Twitter einen Fan zum Essen eingeladen hat?

Unapologetic Lavinia Stan: Dieser Fan war, ähm, ich. Ich benutze dort den Namen @Lavineas5Ever. Bitte erzähl's noch nicht dem Rest der Gruppe. Ich werde das irgendwann machen, aber ich wollte zuerst mit dir reden.

Unapologetic Lavinia Stan: Wir hatten heute Abend unser Date. Ein Dinner im Restaurant. Ich poste später noch ein paar Bilder auf Twitter, obwohl bestimmt schon welche von den anderen Gästen ihre Schnappschüsse hochgeladen haben.

Unapologetic Lavinia Stan: Wenn du online bist, sag Bescheid. Wir könnten chatten.

Mit diesen Informationen konnte er sie endlich sehen. Ihr Gesicht. Ihren Körper.

Beim Reden und beim Essen. Von der Seite, von hinten, von vorn. In Bewegung. Reglos.

Oh Gott, sie konnte ihren Herzschlag in den Ohren dröhnen hören. Als BAWNs Antwort innerhalb von Sekunden aufploppte, sprang sie buchstäblich erschrocken auf.

Book!AeneasWouldNever: Ich bin da.

Book!AeneasWouldNever: Wow, das ist ja eine überraschende Entwicklung.

Book!AeneasWouldNever: Es ist ganz wundervoll, dein Gesicht zu sehen, Ulsie.

Unapologetic Lavinia Stan: Nur mein Gesicht?

Book!AeneasWouldNever: Alles von dir. Ich habe gerade nachgeguckt, und es gibt online schon ein paar sehr hübsche Fotos von deinem Dinner heute Abend, wie du es vermutet hast.

Wundervoll, hatte er gesagt. *Sehr hübsch.*
Langsam beruhigte sich ihr Herzschlag wieder, und das Kribbeln des Angstschweißes an ihrem Haaransatz ließ nach.
Es war okay. Es war wirklich okay. Er hatte sie gesehen und sich nicht abgewandt.
Sie hätte es wissen sollen. BAWN war weder oberflächlich noch unhöflich.
Er schien nicht einmal besonders schockiert über die Nachricht, dass sie mit einer Hälfte ihres OTPs ausgegangen war, so seltsam das alles auch war. Da sie nicht widerstehen konnte, suchte sie im Internet kurz nach sich selbst, um herauszufinden, welche Version von ihr er gerade betrachtet hatte, und ...
Ja, da war sie. Auf Twitter und Insta und auch schon auf einem Entertainmentblog. Auf einigen Bildern hatten diese Mistkerle sie mitten beim Kauen erwischt. Auf anderen hingegen lächelte sie.
Auf einem weiteren Foto lehnte sich Marcus über den Tisch und starrte sie unverwandt an. Er berührte die Rückseite ihres Handgelenks auf eine Weise, die April erschaudern ließ, als sie sich daran erinnerte – und es ließ sie ebenfalls erschaudern, dies nun aus der Perspektive einer Außenstehenden zu betrachten.

Unapologetic Lavinia Stan: Du hast recht. Ich habe grad ein paar Bilder gefunden.

Book!AeneasWouldNever: Ich kann mir vorstellen, dass es schwierig ist, wenn das Privatleben auf einmal so öffentlich ist. Stört dich das?

Unapologetic Lavinia Stan: Na ja, es ist nicht so, dass ich es LIEBEN würde, aber es ist okay. Im Allgemeinen ist es mir vollkommen egal, was Fremde von mir denken. Nur nicht bei Leuten, die mir etwas bedeuten.

Book!AeneasWouldNever: Gut.

Book!AeneasWouldNever: Und wie war das Date?

Oha, gefährliches Terrain, dachte April.

Denn sie konnte ihm über ihr turbulentes Abendessen mit dem Mann, der Aeneas spielte, nicht wirklich viel erzählen, oder? Nicht, ohne Marcus' Privatsphäre zu verletzen oder die von ihm gewählte öffentliche Rolle zu sabotieren, und daran hatte sie kein Interesse.

Aber selbst wenn das kein Problem gewesen wäre, hätte sie ihm das Date nicht minutiös beschrieben. Falls BAWN genauso viel an ihr lag wie ihr an ihm, würde es ihm wehtun, solche Details zu hören. Und sie wollte ihn nicht verletzen, um nichts in der Welt.

O Gott, sie mochte sich gar nicht ausmalen, wie verunsichert und besorgt sie wäre, wäre er auf ein Date mit einer berühmten Schauspielerin gegangen. Also nein, sie würde keine Einzelheiten verraten. Und je nachdem wie er heute Abend auf das Gespräch reagierte, würde es in Zukunft vielleicht auch gar keine Einzelheiten mehr geben, die man auslassen musste.

Unapologetic Lavinia Stan: Es war nett. Er scheint ein wirklich anständiger Kerl zu sein. Und das Essen war EXZELLENT. Falls du es zur Con of the Gates nach San Francisco schaffst, könnten wir vielleicht dorthin gehen? Ich lade dich ein.

Book!AeneasWouldNever: Gab es denn interessante Andeutungen? Geheimnisse von hinter den Kulissen, die er verraten hat? Oder persönliche Anekdoten?

Unapologetic Lavinia Stan: Nein. Nichts.

Unapologetic Lavinia Stan: Er war sehr zurückhaltend.

Book!AeneasWouldNever: Willst du ihn wiedersehen?

Seine Annahme, dass Marcus sie wiedersehen wollte und es allein von ihr abhing, ob ein zweites Date stattfand, war schmeichelhaft – aber BAWN hatte einfach komplett ignoriert, dass sie ein mögliches Treffen zwischen ihnen angesprochen hatte. Verdammt.
Und sie würde ihn nicht anlügen. Also doppelt verdammt.
April hoffte, er würde ihre Antwort nicht falsch auffassen.

Unapologetic Lavinia Stan: Wir haben verabredet, dass wir uns noch einmal treffen.

Während sie noch dabei war, den zweiten Teil ihrer Antwort zu tippen – den Teil, in dem sie erklärte, dass sie das vereinbarte Date mit Marcus sofort absagen würde, sollte BAWN sich stattdessen persönlich mit ihr treffen wollen –, blinkte die nächste Nachricht ihres Freundes auf dem Bildschirm.
Und dann ...
Dann musste sie gegen die bittere Galle anschlucken, die in ihrer Kehle aufstieg, als sie BAWNs Nachricht las. Dann las sie sie noch einmal, nur um sicherzugehen, dass sie alles richtig verstanden hatte. Sowohl die reine Information als auch ihre tiefere Bedeutung.

Book!AeneasWouldNever: Ich bin froh, dass wir heute Abend noch die Chance hatten zu chatten, denn ich wollte dir sagen, dass ich bald wieder verreisen muss. Ich habe einen neuen Job. Da, wo ich hingehe, werde ich wohl nicht viel Zugang zum Internet haben. Das könnte also vielleicht das letzte Mal sein, dass du von mir hörst, zumindest für eine Weile.

Book!AeneasWouldNever: Es tut mir leid, Ulsie.

• • •

Nachdem Marcus vom Restaurant in sein Hotelzimmer zurückgekehrt war, hatte er sofort seinen besten Freund angerufen.

«Ich weiß nicht, was ich machen soll.» Er hielt sich nicht lange mit Formalitäten auf und bemühte sich nicht einmal um eine vorgetäuschte Entschuldigung, dass er Alex zu dieser gottlosen – ha, gottlos – Stunde in Spanien störte. «Ich brauche deinen Rat.»

Man musste Alex zugutehalten, dass er Marcus nur ein- oder zweimal ein Arschloch nannte, ehe er nach Details fragte. Und das, obwohl Alex noch eine ganze Woche drehen und nach wie vor diese endlose Kampfsequenz durchstehen musste und zudem immer noch vor Wut schäumte über das abrupte und überraschende Ende von Amors Charakterentwicklung.

Zum Glück hatte er solche Freunde.

Dankbar erzählte Marcus die ganze Geschichte, von April und Ulsie und Book!AeneasWouldNever und ... einfach alles. Dass er April sein eigenes Fanfiction-Alter-Ego nicht offenbart hatte, selbst dann nicht, als sie ihm von ihrem erzählt hatte. Dass er bald ein zweites Date mit ihr haben würde. Dass er nicht wusste, was er als Book!AeneasWouldNever zu Ulsie sagen sollte und ob er sich unter diesen Umständen überhaupt weiter mit ihr unterhalten konnte, ohne ihr entweder die Wahrheit zu sagen oder ein verlogenes Arschloch zu sein.

«Vielleicht sollte ich ihr sagen, wer ich bin.» Er rieb sich mit einer Hand über das Gesicht. «Sie würde es wahrscheinlich niemandem verraten. Als ich sie nach dem AO3-Namen ihres Freundes gefragt habe, der Legasthenie hat, wollte sie ihn nicht sagen. Ihr schien seine – meine – Privatsphäre sehr am Herzen zu liegen.»

Das hatte ihn nicht überrascht, nicht nach zwei Jahren enger Online-Freundschaft. Dennoch entsprachen die Online-Identitäten der Menschen nicht immer ihrer realen Persönlichkeit. Er war der beste Beweis dafür.

Damit April ihm eine zweite Chance gab, hatte er etwas Persönliches von sich preisgeben müssen. Etwas Vertrauliches. Und nachdem er ein oder zwei Minuten darüber nachgedacht hatte, hatte er ihr etwas offenbart. Aber er hatte aus einem bestimmten Grund ausgerechnet seine Legasthenie enthüllt. Denn würde diese Information an die Öffentlichkeit kommen, wäre es ihm, ehrlich gesagt, egal. Viele andere Schauspieler gingen offen damit um, Legastheniker zu sein, und es würde ihn nicht stören, sich bei ihnen einzureihen.

Dieses spezielle Geheimnis konnte ihm nicht so sehr schaden wie die Tatsache, dass er jahrelang das oberflächliche, dümmliche Stereotyp eines Hollywood-Schauspielers gegeben hatte. Oder dass er über seine Rolle, über seine Serie Kommentare gepostet und Geschichten geschrieben hatte, die nur allzu deutlich zeigten, wie sehr er die Drehbücher hasste, die ihm in den letzten Staffeln ausgehändigt worden waren.

«Ich will es ihr sagen.» Er seufzte und sackte am Telefon in sich zusammen. «Aber es braucht nur ein unachtsames

Wort zu der falschen Person, und ich könnte alles verlieren.»

Seinen Ruf in der Branche. Seine Aussichten auf zukünftige Engagements. Seinen hart erkämpften Stolz auf alles, was er in den letzten zwei Jahrzehnten erreicht hatte, und den Respekt, den er sich bei anderen erarbeitet hatte.

Während Alex im Hintergrund gelegentlich schläfrige Grunzlaute zur Bestätigung von sich gab, plapperte Marcus noch eine ganze Weile weiter. Eine *lange* Weile. Als er sich schließlich beruhigt hatte und unverblümt fragte, ob er April von Book!AeneasWouldNever erzählen sollte, war sein Freund bereits zu müde, um noch etwas schönzureden.

Alex drückte seine Meinung in drei kurzen Wörtern aus: «Alter. Deine *Karriere*.»

Sein Rat zu weiteren Privatnachrichten mit April als Book!AeneasWouldNever benötigte allerdings vier: «Jetzt sei kein Idiot.»

Und das war es dann.

Als April schließlich auf dem Lavineas-Server auftauchte und auf seine letzten Nachrichten antwortete, wusste Marcus bereits, was er zu tun hatte. Was er sagen musste.

Es tut mir leid, Ulsie, diktierte er in das Mikrofon, und er meinte es auch so.

Die Aussicht auf ein zweites Date mit April schimmerte in erreichbarer Ferne wie eine Oase. Oder besser noch: wie Vergils Beschreibung der elysischen Felder in der *Aeneis*, die die Gods-Crew versucht hatte, möglichst originalgetreu zum Leben zu erwecken. Einladend. Herrlich.

Trotzdem. Als Book!AeneasWouldNever den Kontakt zu ihr abzubrechen tat *weh*. Noch schlimmer, als Marcus es sich vorgestellt hatte. Es tat schlimmer weh als damals, als Ian vor laufender Kamera nicht gut genug gezielt und

Marcus mit seinem Tritt direkt in die Nieren getroffen hatte.

Aber was sollte er sonst tun? Seit er April nach dem Abendessen zu ihrem Auto gebracht und sie mit seiner Nummer in ihrem Telefon dort zurückgelassen hatte, nachdem er ihre Hand gedrückt und sich mit einem Kuss auf ihre Wange verabschiedet hatte ...

So warm. So samtig-weich. So wohlduftend. Dass man sie stundenlang liebkosen wollte. Gott, er wollte sie.

... seitdem hatte er über andere Möglichkeiten nachgedacht, und wie Alex ihm hilfreich bestätigt hatte, gab es keine. Nicht wirklich. Es sei denn, er wollte entweder ein Idiot oder ein Arschloch sein.

Er war kein Idiot, auch wenn das seine Eltern und ein großer Teil der Welt von ihm dachten. Und er war nicht Arschloch genug, um ohne ihr Wissen weiterhin unter einem anderen Namen mit April zu kommunizieren.

Es war schon schlimm genug, wie er versucht hatte, ihr als eine Art Test private Informationen über sich selbst zu entlocken, und wie er unter Vortäuschung falscher Tatsachen herausgefunden hatte, wie sie zu einem zweiten Date stand und wie sie es fand, im Rampenlicht zu stehen. Er wollte ihr nicht noch Schlimmeres antun. Weder der Frau, mit der er seit Jahren Nachrichten austauschte, noch derjenigen, die er heute Abend getroffen hatte.

Falls das zweite Date nicht gut lief, würde Book!Aeneas vorzeitig von seiner Geschäftsreise zurückkehren, und sie könnten ihre Online-Freundschaft wieder aufnehmen, ohne dass April Wind davon bekam. Falls das zweite Date allerdings doch gut lief ...

Nun ja, ohne all diese Privatnachrichten zwischen ihm und Ulsie hätte er mehr Zeit, die er mit April persönlich verbringen könnte.

Von Angesicht zu Angesicht. Körper an Körper. Endlich.

Obwohl er ehrlich gesagt keine Ahnung hatte, was er ohne die Lavineas-Community und seine Schreiberei anfangen sollte. Es würde hart sein, sich an die neue Situation zu gewöhnen. Aber das war es wert. Für sie.

Unapologetic Lavinia Stan: Du wirst gar keinen Zugang zum Internet haben? Nicht mal auf deinem Handy?

Book!AeneasWouldNever: Es ist mir nicht erlaubt, jemanden außerhalb der Arbeit zu kontaktieren. Nicht bei diesem Job.

Unapologetic Lavinia Stan: Ah.

Unapologetic Lavinia Stan: Also bist du ein Spion oder ...

Unapologetic Lavinia Stan: Ach, verdammt.

Unapologetic Lavinia Stan: BAWN, ich möchte, dass du ehrlich zu mir bist.

Oh nein. Nein, nein, nein.
Er wollte sie nicht noch mehr anlügen, als er es schon getan hatte, aber ...

Unapologetic Lavinia Stan: Hast du die Fotos von mir gesehen und gedacht, dass

Book!AeneasWouldNever: Was gedacht?

Unapologetic Lavinia Stan: Hast du gedacht, dass du deswegen vielleicht kein Interesse mehr daran hast, mit mir zu schreiben?

Was? Wovon zum gottverdammten Teufel sprach sie da?

Book!AeneasWouldNever: NEIN.

Book!AeneasWouldNever: Absolut nicht. Herrgott, Ulsie.

Unapologetic Lavinia Stan: Okay, wenn das nicht der Grund ist, liegt es dann an dem zweiten Date mit Marcus? Denn wenn du dich persönlich mit mir treffen willst, auf der Con of the Gates oder wo und wann auch immer. Wenn

Unapologetic Lavinia Stan: Also wenn du auf diese Weise an mir interessiert bist, könnte ich ihm schreiben und das zweite Date absagen.

Damit hatte sie ihm bestätigt, dass sie ihn genauso mochte wie er sie. Sie hatte bewiesen, dass sie den Mann, den er ihr online präsentiert hatte – sein wahres Selbst – mehr schätzte als den glänzenden Star, den er früher am Abend zum Besten gegeben hatte. Marcus sackte in sich zusammen.

Er ließ das Kinn auf die Brust sinken und bedeckte sein Gesicht mit den Händen. Atmete tief durch und versuchte, die Entschiedenheit, die noch vor Minuten heiß in ihm gebrannt hatte, wiederzufinden.

Alter. Deine Karriere.

Er durfte sie nicht persönlich treffen. Er durfte es einfach nicht.

Was bedeutete, er würde sie verletzen müssen, und er hatte keine Möglichkeit, es abzumildern. Er wünschte sich, Ian könnte ihn noch einmal treten. Diesmal aber viel härter.

Book!AeneasWouldNever: Ich kann nicht. Es tut mir so leid.

Unapologetic Lavinia Stan: Okay.

Unapologetic Lavinia Stan: Okay. Ich schätze, wir sprechen uns irgendwann mal.

Book!AeneasWouldNever: Ulsie, ich

Book!AeneasWouldNever: Bitte pass auf dich auf.

Unapologetic Lavinia Stan: Ja, du auf dich auch.

Book!AeneasWouldNever: Ich werde dich vermissen.

Unapologetic Lavinia Stan: Sicher.

Unapologetic Lavinia Stan: Ich geh dann jetzt besser. Bye.

Ehe er noch irgendetwas erwidern konnte, war sie offline gegangen.

Er würde sie übermorgen sehen. Gleich würden sie per SMS ausmachen, wo und wann genau sie sich treffen wollten.

Doch in diesem Moment half ihm dieses Wissen überhaupt nicht.

Rating: Mature

Fandoms: Gods of the Gates – E. Wade, Gods of the Gates (TV)

Beziehung: Aeneas/Lavinia

Zusätzliche Tags: Alternate Universe – Modern, Fluff, Smut, Celebrity!Aeneas

Sammlung: Aeneas's Angry Boner Week

Statistik: Wörter: 1.036; Kapitel: 1/1; Kommentare: 23; Kudos: 87; Lesezeichen: 9

SEIN ZORN ERHEBT SICH
LaviniaIsMyGoddessAndSavior

Zusammenfassung:
Aeneas' Einladung war eigentlich nur nett gemeint. Aber als die Paparazzi sein Twitter-Date beleidigen, stellt er fest, dass sein Ärger nicht das Einzige ist, was anschwillt.

Bemerkung:
Ja, also, ich würde für @Lavineas5Ever sterben. Und ich würde auch sterben, um ihren Platz einzunehmen. Es ist kompliziert, okay?

… die letzten Paparazzi schleichen sich aus dem Restaurant mit ihren zerbrochenen Kameras in den Armen.
Vielleicht zeigen sie ihn an. Doch er kann sich darum gerade keine Gedanken machen. Nicht wenn Lavinia im Kerzenschein am Tisch sitzt, ihre vollen Lippen vor Schreck geöffnet, während ihre Brust sich hastig hebt und senkt.

Sein Blut brodelt heiß vor Wut, und sein Schwanz wird zu einem Kompass, der hart und sicher auf die einzige Quelle deutet, die dieses starke, starke Verlangen befriedigen kann: die Frau, die er erst gestern auf Twitter kennengelernt hat.

Vage nimmt er wahr, wie Glas zerbricht. Er hört die anderen Gäste nach Luft schnappen.

«Ähm ... Aeneas?» Ihre Stimme ist süß und tief und macht das Ganze nur noch schlimmer.

«Ja?» Er steht groß, erhaben und voll aufgerichtet da. In diesem Augenblick will er ihr alles geben, was sie braucht.

«Ich glaube, du hast gerade ein Wasserglas mit deinem Schwanz umgestoßen», sagt sie.

Und das hat er tatsächlich.

9

«MEIN TRAINER SAGT, ich soll jederzeit eine Hähnchenbrust in greifbarer Nähe haben», erklärte Marcus am nächsten Tag seinen Eltern. «Je mehr Protein, desto besser, vor allem, wenn man versucht, Muskelmasse aufzubauen.»

Was er nicht tat. Zumindest nicht im Moment.

Aber das war egal. Bei seiner privaten Rolle hatte der Schein immer Vorrang vor dem Sein.

Er streckte den Arm aus und legte ihn auf der Lehne des Stuhls ab, der neben ihm stand. Mit einem selbstzufriedenen Lächeln ließ er einen langen zärtlichen Blick über die Muskeln gleiten, die sich unter seinem T-Shirt und an den nackten Armen abzeichneten. Die Wölbung seines Bizeps. Sein glatter, fester Unterarm. Die Adern auf seinem Handrücken. Das waren alles Beweise für die endlosen, schweißtreibenden Stunden in unzähligen Hotel-Fitnessstudios rund um die Welt. Beweise dafür, wie ernst er seinen Job nahm und wie hart er dafür arbeitete.

In seinem Beruf und in der Rolle, die er seit sieben Jahren spielte, stellte sein Körper ein Werkzeug dar, das gepflegt werden musste. Das sowohl stark als auch flexibel bleiben sollte. Auf Hochglanz poliert. Und vom Publikum bewundert.

Er mochte das eigentliche Training sehr, wie es sich anfühlte und wie es ihm half, seine Ziele zu erreichen – es war ihm viel mehr wert als das Ergebnis, das ihm der Spiegel zeigte. Aber wieder einmal ging es hier nicht um die Wirklichkeit.

«Du musst immer eine Hähnchenbrust bei dir haben?» Waagerechte Linien furchten die hohe Stirn seiner Mutter, der Anblick war ihm so vertraut wie der tiefe graue Pferdeschwanz in ihrem Nacken. «Wie soll das denn gehen? Musst du ständig eine Kühltasche dabeihaben?»

Unter dem Tisch versuchte er genügend Platz zu finden, um sich ein bisschen zu strecken, aber in dem Gewirr aus vier Stühlen, den ebenso langen Beinen seiner Eltern und den Tischbeinen war das unmöglich. Also schön. Selbst wenn seine Knie jetzt anfingen, sich ein bisschen verkrampft anzufühlen, konnte er diese Unannehmlichkeit sicher noch eine Stunde länger ertragen.

Wie der Rest des Hauses in San Francisco war auch das Esszimmer kaum groß genug, um seinen eigentlichen Zweck zu erfüllen. Vor fünf Jahren, als er genug Geld mit *Gods* verdient hatte, hatte er seinen Eltern mit Blick auf die beengten Verhältnisse hier angeboten, ihnen etwas Größeres zu kaufen. Sie hatten sofort und nachdrücklich abgelehnt. Er hatte kein zweites Mal gefragt.

Sie wollten nicht, was er zu geben hatte. Wie sie meinten.

«Nein, eine Kühltasche ist nicht nötig.» Er zuckte halbherzig mit der Schulter. «Ian, der Typ, der Jupiter spielt, hat immer irgendwo eine Portion Fisch in der Tasche. Eine Dose Thunfisch oder ein Lachsfilet.»

Das zumindest entsprach der Wahrheit. Und es war einer von vielen Gründen, weshalb Marcus und die anderen Schauspieler Ian mieden.

Der fischige Mistkerl hätte besser Neptun spielen sollen, hatte Carah letzte Woche gemurmelt.

«Diese Angewohnheit klingt ... bedenklich, zumindest was die Hygiene angeht.» Seine Mutter neigte den Kopf und verengte die Augen hinter ihrer Metallgestellbrille. «Warum musst du überhaupt Muskelmasse aufbauen? Hast du nicht gesagt, du bist damit fertig, deine ... frühere Rolle zu spielen?»

Sie brachte es nach wie vor nicht über sich, *Aeneas* zu sagen. Nicht solange sie mit jeder Faser ihres den alten Sprachen ergebenen Herzens glaubte, dass die Bücher von E. Wade Vergils Quellenmaterial fürchterlich verfälscht hatten. Und dass die Showrunner von *Gods of the Gates* die bedeutungsvolle lyrische Geschichte des Halbgotts noch weiter in den Dreck gezogen hatten.

Sein Vater stimmte dem natürlich zu.

«Richtig, ich spiele Aeneas nicht mehr, aber ich muss ein Grundniveau von Fitness und Kraft aufrechterhalten. Auch zwischen den Jobs. Sonst ist es viel zu hart, dahin zurückzufinden. Also, danke hierfür.» Mit einer Handbewegung deutete er auf seinen halb leeren Teller mit Essen. «Ihr helft mir, physisch in erstklassiger Verfassung zu bleiben. Ein 1-a-Körper.»

Sein Vater blickte nicht von seinem eigenen Teller mit pochiertem Huhn und gebratenem Spargel auf. Stattdessen zog er eine Gabel mit dem zarten Geflügel durch das Green-Goddess-Dressing, das er und seine Frau heute Morgen in der kleinen, sonnendurchfluteten Küche zubereitet hatten, während Marcus ihnen zugesehen hatte.

Wenn seine Eltern gemeinsam kochten, war das wie ein Schwertkampf mit Carah. Ein Tanz, der so oft geprobt wurde, dass man über die einzelnen Bewegungen nicht mehr nachdenken musste. Sodass es keine Mühe mehr kostete.

Seine Eltern stolperten nie. Nicht ein einziges Mal.

Lawrence pflückte zarte Blätter von Büscheln duftender Kräuter, während Debra die holzigen Enden der Spargelstangen abknipste. Lawrence bereitete die Pochierflüssigkeit vor, und Debra schnitt die Hähnchenbrüste zurecht. Die Löffel blitzten in der Sonne, während sie das Dressing in der Küchenmaschine kosteten. Ein leichtes Neigen des Kopfes und ein kurzer Blickkontakt genügten, um zu vermitteln, dass es einer weiteren Prise Salz bedurfte.

Es war schön, auf seine ganz eigene Art.

Wie üblich hatte sich Marcus an die Schränke gelehnt, die der Tür am nächsten waren, damit er nicht im Weg herumstand. Er beobachtete sie mit vor der Brust verschränkten oder in die Seiten gestemmten Armen.

Würde er mehr Platz einnehmen, wäre er schnell ein Störfaktor. Diese Lektion hatte er, anders als viele andere Dinge, schnell gelernt.

Marcus' Mutter legte Messer und Gabel ordentlich auf ihrem inzwischen leeren Teller ab. «Willst du auch mit uns zu Abend essen? Wir wollten heute Nachmittag einkaufen gehen und dann am Abend Cioppino auf dem Grill machen. Dein Vater will ein paar Fladenbrote rösten, während ich mich um die Meeresfrüchtespieße kümmere.»

Die beiden würden sich auf ihrer kleinen Terrasse an den alten Holzkohlegrill stellen und liebevoll diskutieren, während sie nur eine Armlänge voneinander entfernt arbeiteten. Es war eine weitere Variante ihres Tanzes. Ein Tango, feurig und rauchig, nicht der vollendete Walzer vom Morgen.

Seine Eltern machten alles zusammen. Hatten sie schon immer, soweit Marcus sich erinnern konnte.

Sie kochten zusammen. Sie trugen zusammen blaue Button-down-Shirts und lange Kakihosen. Sie spülten und trockneten das Geschirr zusammen ab. Gingen nach dem Essen zusammen spazieren. Lasen zusammen wissenschaftliche Zeitschriftenartikel. Übersetzten zusammen altertümliche Texte. Sie debattierten zusammen darüber, ob Griechisch – ihre Meinung – oder Latein – seine Meinung – klar überlegen war. Bis zu ihrer Pensionierung hatten sie an derselben prestigeträchtigen privaten Prep-School

Collegevorbereitungskurse gegeben, in derselben Fremdsprachenabteilung, nachdem Debra Marcus nicht mehr zu Hause unterrichten musste.

Vor langer Zeit hatten sie spät in der Nacht – nicht gerade leise – zusammen Gespräche über ihren Sohn geführt. In gegenseitigem Einvernehmen hatten sie ihre wachsende Sorge und Frustration zum Ausdruck gebracht, aber auch ihre Entschlossenheit, ihm zum Erfolg zu verhelfen. Ihn mehr anzustacheln. Ihm zu vermitteln, wie unentbehrlich Bildung war. Wie viel wichtiger Bücher als Aussehen waren und dass ernsthafte Gedanken weit mehr wert waren als leichte Unterhaltung.

Angesichts ihrer gemeinsam verfassten Kommentare über die Bücher und die *Gods-of-the-Gates*-Serie ging Marcus davon aus, dass seine Eltern dieses Anliegen nie ganz aufgegeben hatten, selbst nach fast vierzig Jahren nicht. Sehr zur Freude diverser Boulevardreporter.

Also, ja, er würde die beiden anlügen.

Er schenkte dem Raum ein lässig strahlendes Grinsen, das an nichts oder niemanden direkt gerichtet war. «Ich weiß die Einladung zu schätzen, aber ich habe heute Abend schon eine Verabredung zum Essen. Tatsächlich muss ich in einer Stunde los, damit ich noch genügend Zeit habe, mich fertig zu machen.» Mit einer eingeübt mühelosen Geste verstrubbelte er sein Haar *exakt richtig* und zwinkerte seiner Mutter zu. «Für diese Art von Schönheit muss man viel tun. Und durch die Allgegenwärtigkeit von Smartphones folgen einem Kameras heutzutage auf Schritt und Tritt.»

Ihre Lippen wurden schmal, und sie suchte den Blick ihres Ehemanns.

Marcus schob seinen Teller ein oder zwei Zentimeter weiter von sich weg und ließ ein Stück Huhn unaufgegessen in der Soße liegen. Nie war ihr Green-Goddess-Dressing scharf oder sauer genug. Eine weitere Wahrheit, die Jahrzehnte überdauert hatte.

Sein Vater hatte stets darauf bestanden, dass Marcus' unkultivierter Gaumen die subtilen Geschmäcker irgendwann zu schätzen wissen würde, wenn man ihn nur oft genug damit konfrontierte. Aber Beharrlichkeit allein konnte die Realität nicht verändern.

Das war eine Lektion, die *die beiden* eigentlich leichter hätten lernen müssen.

«Wir hatten gedacht, wir könnten dir nach dem Abendessen den neuen Park in der Nachbarschaft zeigen.» Lawrence sah endlich von seiner Frau weg, und seine vertrauten blaugrauen Augen – vergrößert durch die Brille, die er trug – blickten ernst. «Wir könnten zusammen spazieren gehen. Du warst schon immer gern in der Natur.»

Als Kind – ja, sogar als mürrischer, bockiger Teenager – hätte sich Marcus sofort auf das Angebot gestürzt. Außerhalb ihres Hauses und sobald er in Bewegung war, funktionierte sein Körper genau so, wie er sollte. Die Bänke auf dem Gehweg blieben zuverlässig an Ort und Stelle, schauten in eine feste Richtung – ganz anders als die Buchstaben auf den Seiten. Vielleicht würden seine Eltern endlich bemerken, in welchem Bereich er sich *wirklich* hervortat. Vielleicht wüssten sie die Talente, die er *tatsächlich* besaß, dann zu schätzen.

Dann hätte er an ihrer Seite tanzen können, zumindest für die Dauer eines einzigen Abends.

Stattdessen war er damals dazu angehalten worden, seine Hausaufgaben zu erledigen, während seine Eltern zu ihren abendlichen Spaziergängen aufbrachen. Er verschwende von allen die Zeit und schöpfe sein Potenzial nicht aus, hatten sie gesagt. Diese Passage zu übersetzen hätte ihn höchstens eine halbe Stunde kosten dürfen, hatten sie gesagt. Er müsse *lernen*, hatten sie gesagt.

Trotz seiner angeborenen Intelligenz sei er faul und störrisch, daher brauche er tägliche Aufgaben und gerechte, vorhersehbare Konsequenzen für sein Verhalten, hatten sie gesagt.

«Es tut mir leid», hatte er ihnen so oft mit hängendem Kopf erklärt, bis er eines Tages gemerkt hatte, dass es keinen Sinn hatte. Es hatte nichts einen verdammten Sinn. Weder seine Entschuldigungen, die sie ihm nicht glaubten. Noch seine Anstrengungen, die nie genug waren. Noch seine Scham, die sich in seinem Magen zusammenballte und ihm an manchen Abenden das Essen unmöglich machte. Noch seine gelegentlichen kindlichen Tränen, wenn sie ihn Abend für Abend in dem immer dunkler werdenden Haus zurückließen und Hand in Hand fortspazierten.

«Es tut mir leid», sagte er jetzt, und ein Teil von ihm empfand es auch so. Und zwar der Teil, der immer noch wehtat, wenn er ihren anmutigen Walzer zu zweit aus sicherem, unveränderlichem Abstand beobachtete.

Er lag ihnen am Herzen. Und auf ihre ganz eigene Weise bemühten sie sich um ihn.

Aber er hatte sich ebenfalls bemüht. Er hatte sich angestrengt – zu sehr und zu lange, nur um immer wieder auf ratlose Missbilligung zu stoßen.

Jetzt hatte er genug. Eigentlich hatte er genug, seit er fünfzehn war. Oder vielleicht auch neunzehn, als er das College nach nur einem Jahr geschmissen hatte.

«Wenn du eine Verabredung zum Essen hast, heißt das, dass du dich mit jemandem hier aus der Gegend triffst?» Die Lippen seiner Mutter verzogen sich zu einem hoffnungsvollen Lächeln.

Er brannte darauf, über April zu reden, über seine Aufregung und die Sehnsucht und sein Bedauern. Aber nicht mit seiner Mutter. Je weniger seine Eltern über ihn wussten, desto weniger konnten sie kritisieren.

«Nein.» Er legte seine Serviette neben den Teller. «Sorry.»
Als sich Schweigen über den Tisch senkte, brach er es nicht.

«Hast du dich schon für eine nächste Rolle entschieden?», fragte sein Vater schließlich.

Mit Daumen und Mittelfinger fummelte Marcus an seinem Wasserglas herum und drehte es in endlosen Kreisen. «Noch nicht. Es gibt ein paar Angebote, und ich schaue mir einige Drehbücher an.»

Lawrence gab auf und ließ die wenigen Reste seines Lunches liegen. Er beobachtete seinen Sohn von der anderen Seite des runden Tisches aus. Sein weißes Haar – das immer noch beruhigend dicht war, wodurch Marcus gute Chancen sah, später einmal Rollen als Silberfuchs zu ergattern – flatterte in der Brise, die durch das offene Fenster hereinwehte. Mit den Fingern kämmte Lawrence die widerspenstigen Strähnen vorsichtig zurück an ihren Platz.

Kurz bevor er zum College abgereist war, hatte Marcus Pomade unter dem Waschbecken im Badezimmer entdeckt. Diese Altherrenmarke gehörte definitiv nicht *ihm*. Er hatte den Tiegel in seiner Hand verwirrt angestarrt, bis er die Wahrheit erkannte.

Seinem Vater waren Äußerlichkeiten *doch* wichtig. Zumindest ein bisschen.

Damals hatte Marcus über diesen Beweis für Lawrences ganz eigene Eitelkeiten frohlockt, auch wenn sie im Vergleich zu der scheinbaren Besessenheit seines Sohnes von Fitness und gutem Aussehen eher unbedeutend schienen. Marcus hatte seinen Vater monatelang wegen dieser verdammten Pomade aufgezogen, was Lawrence sichtlich unangenehm war. Dabei hatte er die Lieblingsphrase seines Vaters benutzt.

«*Vanitas vanitatum, omnia vanitas, pater*», hatte er bei allen möglichen Gelegenheiten im Singsang vorgetragen.

Eitelkeit der Eitelkeiten, und alles ist Eitelkeit, Vater. Er hatte es extra auf Latein ausgesprochen, um ihn zu ärgern.

Jede Wiederholung dieser hämischen Stichelei hatte süß und bitter zugleich geschmeckt, wie die Kumquats, die er im Ganzen von dem kränkelnden Baum in ihrem kleinen Vorgarten gegessen hatte.

Aber jetzt war er kein trotziger, schwermütiger Teenager mehr. Die Versuchung war da, doch er würde die Rolle nicht erwähnen, die man ihm angeboten hatte und die er niemals annehmen würde – nicht bei dem Ruf, den der Regisseur hatte, was Frauen am Set anging, und nicht bei dem wirklich schrecklichen Drehbuch.

«Ich denke noch über meine Möglichkeiten nach», teilte er seinen Eltern ehrlich mit.

«Hoffentlich suchst du dir diesmal etwas aus, das wir uns auch gern ansehen.» Seine Mutter schüttelte den Kopf und schürzte die Lippen. «Bevor wir in den Ruhestand gegangen sind, hat Madame Fourier darauf bestanden, uns jede Woche von dieser fürchterlichen Serie zu berichten. In allen Einzelheiten. Obwohl die Erzählung sowohl der Geschichtsschreibung als auch der Mythologie, der literarischen Tradition und jeglichem gesunden Menschenverstand widersprochen hat.»

Lawrence seufzte. «Sie hat es genossen, uns zu quälen, nachdem sie herausgefunden hatte, dass du da mitspielst. Die Franzosen können *très* passiv-aggressiv sein.»

Seine Eltern sahen sich an, verdrehten die Augen und kicherten gemeinsam über diese Erinnerung.

Da war etwas in dieser liebevollen Belustigung, dieser Leichtigkeit, mit der sie sieben Jahre aufreibender Arbeit und hart erkämpfter Leistungen einfach beiseitewischten ...

Einmal war Marcus am Set aus Unachtsamkeit von Rumpelstilzchen gefallen und hatte sich ein paar seiner Rippen gebrochen. Das hier fühlte sich irgendwie genauso an. Als würde sein Brustkorb ein bisschen eingedrückt werden.

Vor dem heutigen Tag hatten ihn seine Eltern fast ein Jahr lang nicht gesehen. Und es war noch länger her, dass sie zusammen gegessen hatten.

Hatten sie ihn, trotz ihrer angeblichen Sehnsucht nach seiner Gesellschaft, wirklich auch nur einen Moment lang vermisst? Konnte man das Gefühl, das sie für ihn hegten, überhaupt Liebe nennen, wenn sie das, was er tat und was er war, weder verstanden noch akzeptierten?

Er öffnete den Mund, und plötzlich sprudelten Worte über diese eine Rolle aus ihm hervor. Über dieses eine Drehbuch, das sie hassen würden, womöglich sogar noch mehr als *Gods of the Gates*.

«Man hat mir die Rolle des Marcus Antonius in einer modernen Neuverfilmung von *Julius Caesar* angeboten.» Seine Stimme klang betont fröhlich. Eine ziemlich simple Stichelei. Ihnen allen unangenehm vertraut. «Der Regisseur beabsichtigt, Cleopatra zur Hauptfigur der Geschichte zu machen.»

Auf die allerschlimmste reißerische Art wie möglich, versteht sich. Marcus hatte seiner Agentin erklärt, er würde lieber wieder als Barkeeper arbeiten, als mit diesem Regisseur und diesem Drehbuch am Set zu stehen.

Es war schon schmerzhaft genug gewesen, sieben Jahre lang mitansehen zu müssen, wie R. J. und Ron E. Wades Darstellungen von Juno und Dido absichtlich falsch interpretierten. Er hatte kein Interesse daran, seine Zeit und seine Talente – soweit er diese hatte – noch einmal für eine Geschichte zur Verfügung zu stellen, die zielstrebige Frauen als unbeständig und böse darstellte. Die brutalen Sexszenen – die zahlreich waren und nicht immer einvernehmlich – waren nur der giftige Zuckerguss auf einem Kuchen, der von toxischer Männlichkeit bereits verdorben war.

Nein, er würde sich keinesfalls in die Nähe dieses misogynen Totalschadens von einem Film begeben oder mit diesem triebgesteuerten Regisseur arbeiten.

Trotzdem konnte er nicht aufhören zu reden, reden, reden. «Es sind natürlich alles Vampire. Oh, und Cäsar ersteht wieder auf, nachdem er mit einem Pflock durchs Herz umgebracht wurde. Er ist auf Rache aus und fängt an, die Senatoren zu ermorden; einen nach dem anderen und so blutig und grausam wie nur möglich.» Er hatte sein fadenscheinigstes Lächeln aufgesetzt und fuhr sich mit den Fingern durchs Haar. «Stilistisch geht es stark in Richtung Marc Bolan und David Bowie, also würde ich jede Menge Eyeliner tragen. Und in der ‹Mitbürger! Freunde! Römer! Hört mich an›-Szene soll ich nur eine strategische Schicht Glitzer und ein Lächeln tragen, um meine große Rede zu halten. Ich schätze, ich sollte besser damit anfangen, mir ein paar Hähnchenbrüste in die Taschen zu stecken, nicht wahr?»

Eine tödliche Stille senkte sich über das Esszimmer, und für einen Moment kniff er fest die Augen zu.

Fuck. Oh, *fuck*!

Offensichtlich war er immer noch ein Arschloch-Teenager. Er schlug zurück, sobald er verletzt wurde. Mimte den allerschlimmsten Sohn. Verdrehte die Wahrheit, sodass sie den größtmöglichen Kummer bereitete, und erfand dann noch allen erdenklichen Mist, mit dem er seine Eltern schocken konnte.

Er war ein neununddreißig Jahre alter Mann. Das musste aufhören.

«Du ...» Sein Vater schluckte schwer. «Also du ziehst die Rolle tatsächlich in Betracht?»

Fast hätte Marcus es gesagt. Hätte beinah mit den Schultern gezuckt und mit «*Warum nicht? Der Regisseur hat gesagt, ich sehe in den Kostümen fantastisch aus*» geantwortet.

Sein Wasserglas würde noch zerbrechen, wenn er es weiterhin so fest gepackt hielt.

Es setzte es behutsam ab und löste jeden Finger einzeln von dem zerbrechlichen Gefäß.

Die Wahrheit. Jetzt würde er ihnen die ungeschminkte Wahrheit sagen, ohne jedes Getue, das dem Selbstschutz dienen sollte.

«Nein, Dad.» Seine Stimme war ruhig. Tonlos, sie klang fast schon gelangweilt. Das war alles, was er in diesem Moment zustande bringen konnte. «Nein, ich ziehe die Rolle nicht in Betracht. Ich habe meine Agentin gebeten, sie sofort abzulehnen. Nicht weil es die römische Geschichte verdreht, sondern weil ich als Schauspieler etwas Besseres verdiene und weil ich auch von meinen Regisseuren und den Drehbüchern Qualität verlange.»

Wieder sahen sich seine Eltern wortlos an. Vielleicht waren sie verblüfft darüber, dass er sich selbst als jemanden betrachtete, der *Ansprüche* hatte.

«Ich bin froh, dass du deine Entscheidungen diesmal sorgfältiger abwägst», sagte seine Mutter schließlich und schenkte ihm ein vorsichtiges Lächeln. «Von der Julius-Cäsar-Verfilmung einmal abgesehen, wäre fast alles eine Verbesserung gegenüber deinem letzten Projekt.»

Kein Wunder, dass sie ihn für das dümmste Mitglied ihrer Familie hielten. Er hatte es immer noch nicht gelernt.

Der Stuhl knarzte unter ihm, als er sich erhob.

«Ich gehe jetzt besser», teilte er ihnen mit. «Noch mal vielen Dank für das Mittagessen.»

Sie protestierten nicht, als er das Esszimmer verließ, sich seine Jacke und seinen Schlüssel schnappte und sich mit einem starren Lächeln verabschiedete. Sein Vater nickte ihm im briefmarkengroßen Eingangsbereich höflich mit dem Kinn zu, was Marcus erwiderte.

Er war an der Tür, fast schon draußen, als seine Mutter

die Hand ausstreckte, um ... was zu tun? Vielleicht suchte sie eine Art von Kontakt. Eine halbe Umarmung, einen Kuss auf die Wange, er wusste es nicht.

Es spielte auch, ehrlich gesagt, keine Rolle.

Wenn sie – wenn einer der beiden – ihn jetzt berührte, dann würde er zerspringen wie das Wasserglas.

Marcus trat einen Schritt von ihr weg.

Ihre Hand sank wieder an ihre Seite, und ihre grünen Augen blickten hinter der vertrauten Brille kummervoll drein.

Einmal, als er sich spätabends in einer Winternacht aus dem Bett geschlichen hatte, um an der angelehnten Tür zum winzigen Schlafzimmer seiner Eltern zu lauschen, hatte er das Weinen seiner Mutter gehört. Stockend und mit tränenerstickter Stimme hatte sie ihrem Mann erklärt, wie sehr sie es vermisste, die Kinder in der Prep-School zu unterrichten. Wie sehr sie es vermisste, an seiner Seite zu arbeiten. Sie hatte zugegeben, dass es für sie fast unerträglich war, Tag für Tag ihrem Sohn gegenüberzusitzen und vergeblich zu versuchen, ihn auf eine Weise zu erreichen, wie es weder seine Kindergartenerzieher noch seine Grundschullehrer vermocht hatten, während Lawrence im Glanz der Außenwelt erstrahlte.

Sie würde nie so viel Geld verdienen wie ihr Mann. Niemals sein Dienstalter in ihrer Abteilung erreichen, selbst wenn sie ihre Position zurückbekäme.

«Ich habe das Gefühl, dass i-ich mit jeder Stunde mehr T-teile meiner selbst verliere, Lawrence», hatte sie geschluchzt. «Ich liebe Marcus, aber ich dringe nicht zu ihm durch. Manchmal möchte ich ihn einfach schütteln, doch stattdessen muss ich weiter versuchen, ihn zum *Lernen* zu bringen ...»

Die Worte überschlugen sich, sie wirkte fast hysterisch, und Marcus konnte nicht an der Wahrheit in ihnen zweifeln. Er hatte diese Wahrheit an jenem Abend mit ins Bett genommen und trug sie von nun an jede Nacht bei sich.

So wie er litt, litt auch sie. Seinetwegen.

Trotz der Galle, die in seiner Kehle aufstieg, nahm er sie jetzt in seine Arme. Er küsste ihren Scheitel und ließ zu, dass sie ihm einen Schmatz auf die Wange gab. Schenkte ihr von seinem Autofenster aus ein Winken.

Dann machte er sich aus dem Staub, ohne zu wissen, wann oder ob er jemals zurückkehren würde.

JULIUS CAESAR: REDUX

INNEN. CLEOPATRAS SCHLAFZIMMER – MITTERNACHT

CLEOPATRA rekelt sich nackt auf einem runden, samtbezogenen Bett, sie wirkt blass im Kerzenlicht. Sie ist alles, was ein Mann begehrt, wunderschön, unersättlich, und sie umgibt ein sinnliches Geheimnis. Ihre üppigen Brüste sind prall und fest und locken jeden unglückseligen Mann, der unter ihren Bann fällt, mit süßen Versprechen. MARCUS ANTONIUS liegt neben ihr, ganz von Sinnen vor Lust. Sie hat ihn buchstäblich bei den Eiern gepackt.

CLEOPATRA
Cäsar muss sterben. Noch einmal.

MARCUS ANTONIUS
Nein! Solch ein Verrat würde meine Ehre beschmutzen.

CLEOPATRA
Du musst ihm einen Pflock durchs Herz treiben!

Sie beugt sich über ihn, ihre Brüste verheißen sexuelle Ekstase, und er kann den Blick nicht von diesem hypnotischen Geschaukel abwenden. Das könnte kein Mann im Angesicht dieser paradiesischen Verlockung.

MARCUS ANTONIUS
Wenn du darauf bestehst, meine heimtückische Blume.

CLEOPATRA
Hab keine Furcht, dass er abermals von den Toten aufersteht. Seit den letzten Iden des März, vor genau einem Jahr, hat kei-

ne der zweifach ermordeten unnatürlichen Kreaturen mehr blutige Rache an ihren Feinden genommen.

MARCUS ANTONIUS
Und das Weib ist die unnatürlichste Kreatur von allen.

10

IHR ZWEITES DATE bestand dann doch nicht aus Posieren und Schaulaufen im Indoor-Erlebnisbad. Es war das komplette Gegenteil. Trotzdem hatte Marcus nicht widersprochen. Er hatte nicht gefragt, ob ihre Pläne eine Art Test sein sollten, obwohl er das vermutete.

Treffen wir uns doch um 11 an der Cal Academy, hatte April gestern Abend geschrieben, während er unter der viel zu heißen Hoteldusche gestanden und sich hatte verbrühen lassen. Ich wollte mir gern die naturkundliche Ausstellung ansehen, und vielleicht hättest du Lust auf das Planetarium? (Den Sterne/Star-Witz habe ich mir grad verkniffen. Yay, ich bin gut.) Wir könnten dann zum Lunch ins Café. Wäre das okay für dich?

Nachdem er aus der Dusche gestiegen war, hatte er ihre Nachricht gelesen, sein Haar trocken gerubbelt und die logistischen Aspekte überdacht. Klingt gut. Sollen wir uns vielleicht vorher im Café treffen, um noch sehr viel Kaffee zu trinken, ehe wir Steine angucken und uns im dunklen Vorführungsraum zurücklehnen? jk

Ich glaube, ich schaffe es schon, dich im Dunkeln wach zu halten, hatte sie geantwortet. Aber ja, zuerst Kaffee.

Marcus starrte die Nachricht eine Minute lang an und wünschte, er hätte eine kalte Dusche genommen.

Flirten. Das war definitiv Flirten.

Es half, um für den Rest des Abends den Schmerz in seiner Brust zu lindern, der jedes Mal zupackte, wenn er daran dachte, wie er sie als Book!AeneasWouldNever verletzt hatte, wie sehr er die Lavineas-Community vermissen würde und mit wie viel Enttäuschung und Missbilligung ihn seine Eltern von der anderen Seite des kleinen Tisches gemustert hatten.

Jetzt stand er hier an einem Montagmorgen vor dem Café eines Wissenschaftsmuseums und war absurd aufgeregt, Sterne beobachten zu können. Auch wenn er offenbar die einzige Person war, die kein Kind im Schlepptau hatte.

«Hey!» Aprils Stimme erklang hinter ihm, atemlos und samtweich. «Sorry, sowohl der Bus als auch die Bahn waren nicht pünktlich, deswegen bin ich zu spät dran.»

Als er sich umdrehte, entwich sein Atem etwas zu heftig.

«Hey», keuchte er. «Kein Problem, ich bin auch grad erst gekommen.»

Ihre Jeans, die so eng war, dass sie unter ihrer senfgelben Tunika eigentlich wie eine Leggings wirkte, schmiegte sich um Aprils wohlgeformte Oberschenkel. Ihr wundervolles rotgoldenes Haar war zu einem hohen Pferdeschwanz gebunden und glänzte im Licht, während ihre Brille mit dem breiten Schildpattrahmen das sanfte Braun ihrer Augen betonte.

Er hatte sich unauffällig gekleidet. Jeans. Sneaker. Ein einfaches blaues Henley-Shirt. Ein Baseball-Cap.

Allerdings dürfte ihn heute ohnehin niemand zweimal ansehen, nicht wenn April in der Nähe war. Es war ein Wunder, dass *sie* nicht von Paparazzi überallhin verfolgt wurde, die nur darauf aus waren, ihre strahlende Schönheit einzufangen.

«Du siehst wunderhübsch aus.» Eine einfache Tatsache, die ausgesprochen werden musste.

Ihre weichen Lippen, bei ihrer Ankunft noch leicht nach unten gezogen, hoben sich zu einem süßen Lächeln. «Danke.»

Als sie die Arme ausbreitete, um ihn zur Begrüßung zu

umarmen, fiel er direkt hinein. Er zog sie an sich, legte eine Hand auf ihren Rücken, die andere ruhte auf ihrem bloßen Nacken, wo seidige Härchen seine Finger kitzelten. Er legte seine Wange auf ihren Scheitel und atmete Rosen und Frühling ein. April.

Ihr warmer, weicher Körper schmiegte sich an seinen, gab nach und füllte Lücken, von denen er nicht einmal gewusst hatte, dass sie existierten. Er fühlte jede einzelne ihrer Fingerspitzen, die sich in seinen Rücken drückten. Zu seiner Freude umarmte sie ihn genauso fest wie er sie.

Sie klammerte sich länger an ihn, als er erwartet hatte, und einmal stockte ihr Atem. Als er sich schließlich ein wenig zurückzog, wirkten ihre Augen hinter der Brille etwas zu hell.

«Danke», sagte sie. «Das habe ich gebraucht.»

Verdammt.

Er umfasste ihren Hinterkopf und platzierte einen sanften Kuss auf die helle, sommersprossige Haut an ihrer Schläfe, oberhalb des Brillenbügels. «Es tut mir leid.»

«Es muss dir nicht leidtun.» April drückte sich noch ein letztes Mal an ihn und trat dann einen Schritt zurück. Sie schenkte ihm ein Lächeln, das nur ganz wenig bemüht aussah. «Lass uns einen Kaffee trinken und ein paar Steine anschauen.»

Marcus stöhnte voller gespielter Qual auf, ergriff aber ihre Hand und ließ sich von ihr zur Kaffeebar führen.

«Einige von ihnen sind glääänzeend», sang sie, dann zupfte sie ihm mit der freien Hand an einer Haarsträhne, während sie in der Schlange standen. «Genau wie du.»

Einen Moment lang blickte er auf seine Sneaker.

Ein hübsches Gesicht, hatte Ron gesagt. *Ein hübscheres hätten wir nicht finden können.*

«Trotz all der Jahre im Dreck habe ich eine Schwäche für glänzende Dinge. Ich bin echt wie eine Elster.» April spielte an ihrem Ohrläppchen, von dem verschlungene silberne Kringel bis zu ihren Schultern fielen. «Mich fasziniert ganz besonders, wie manche Dinge so glänzend werden.»

Das war ein Köder. Ein ziemlich wirksamer sogar.

Er sah sie wieder an. «Erklär es mir.»

Der Zug um ihre Lippen war sanft geworden. «Bestimmte Mineralien entstehen unter enormem Druck, der über endlos lange Zeiträume hinweg auf sie ausgeübt wird, und das macht sie sowohl widerstandsfähig als auch wunderschön.»

Seine Eltern hatten Naturwissenschaften zwar nie sehr interessant gefunden, aber er war auch nicht gänzlich ungebildet.

Er atmete langsam aus. «Diamanten.»

«Diamanten», stimmte sie zu.

Sein Lachen war ein wenig zittrig.

«Endlos lange Zeiträume?» Er zog eine Augenbraue nach oben. «Hast du mich gerade alt genannt?»

Sie kicherte. «Ich habe gesagt, was ich gesagt habe.»

In einträchtigem Schweigen bezahlten sie ihren Kaffee und verfeinerten ihn nach ihrem jeweiligen Geschmack. Ein Spritzer Sahne für ihn, Milch und sehr viel Zucker für sie.

Im Laufe der Jahre hatte er immer wieder übertriebene Komplimente erhalten. Oft von Leuten, die etwas von ihm wollten – Geld, einen Hauch von seinem Ruhm, Sex mit einem Star. Doch auch von Leuten, die ihn aus schmeichelhaften oder eher unangenehmen Beweggründen bewunderten.

Sie hatte es allerdings irgendwie geschafft, ein Gespräch über Mineralien in ein Kompliment zu verwandeln, das so süß war wie ihr Kaffee. Und dazu noch nerdig, was es irgendwie noch süßer machte.

Kein Wunder, dass sie Steine liebte. In ihren Händen, mit

ihren Worten erzählten sie *tatsächlich* Geschichten. Facettenreicher und klarer als alles, was er über die Jahre an Fanfiction zustande gebracht hatte.

«Diamanten sollten nicht so teuer und selten sein. Ich finde es schrecklich, wie sie der Erde entrissen werden und als Rechtfertigung für Ausbeutung dienen. Ein Großteil der Diamantenindustrie ist abscheulich und korrupt. Aber ...» Nachdem sie an ihrem Kaffee genippt hatte, rümpfte sie die Nase und gab noch mehr Zucker hinein. «Als ich das erste Mal den Hope-Diamanten in D. C. gesehen habe, habe ich wirklich über eine Verbrecherkarriere nachgedacht.»

Als er lachte, schoss eine Mutter mit Kinderwagen in der Nähe ein Handyfoto von ihm.

Unauffällig dirigierte er April zu den Fenstern, und sie schauten hinaus, während sie tranken und über ihre Lieblingsmuseen sprachen. Oder besser gesagt, er drängte April, über ihre zu sprechen, denn sie brauchte nichts über das Elend seiner früheren Museumsbesuche zu hören.

«Bereit für Steine?», fragte sie, nachdem sie ausgetrunken hatten.

Marcus bot ihr seinen Arm an, und sie hakte sich unter. «Bereit für Steine.»

Sie verbrachten eine gute Stunde damit, durch das Museum zu streifen. Zuerst betrachteten und betasteten sie einen erstaunlich leuchtenden Regenbogen aus Mineralien. Anschließend besuchten sie die Pinguine und studierten dann eingehend die großen Dioramen voller Pflanzen und professionell präparierter Tiere.

Beim ersten textlastigeren Infoschild, auf das sie stießen, spähte sie zu dem Ausstellungsobjekt und biss sich auf die Lippe.

Natürlich erinnerte April sich, sie interessierte sich für ihn, und sie wollte mehr wissen.

«Ich kann es schon lesen, aber ich brauche länger als du. Nur ...» Marcus seufzte. «Bitte werd nicht ungeduldig.»

Ihre Brauen zogen sich zusammen. «Natürlich werde ich nicht ungeduldig.»

Und das wurde sie auch nicht, egal wie lange er brauchte – auch wenn er trotzdem die Ausstellungsstücke bevorzugte, für die man nicht allzu viel Hintergrundwissen brauchte, um sie zu verstehen. Wie die interaktiven Ausstellungen oder die riesigen Skelette vom Blauwal und dem T-Rex oder – zu Aprils großer Freude – das *Shake House*.

«Das ist mein erster Erdbebensimulator.» Grinsend schubste sie ihn durch die Tür. «Es gibt nicht viele spürbare Beben in Sacramento. Ich bin so aufgeregt.»

Er ließ sich bis zu einem Platz in der Nähe einer Fensterattrappe mitziehen. «Dann habe ich gute Neuigkeiten für dich. Jetzt, wo du in der Bay Area wohnst, wirst du mindestens alle ein bis zwei Jahre etwas spüren. Hoffentlich ist nichts Großes dabei.»

Ihre Nase zuckte. «Na ja, wenigstens sind wir nicht in Washington oder Oregon. Früher oder später stecken die armen Leute da ganz, ganz tief –»

In diesem Moment begann die Museumsmitarbeiterin zu sprechen, und Marcus machte sich im Geiste eine Notiz, unter keinen Umständen nach Seattle zu ziehen.

Während die Frau im Polohemd erklärte, was als Nächstes passieren würde, betrachtete er seine Umgebung. Neben ihm tat April dasselbe. Ihre Augen waren wachsam zusammengekniffen, während sie die stoffbespannte Decke, den als Fenster getarnten Bildschirm, die blau gemusterten Wände und die eingebauten Regale betrachtete.

In dem Simulator, der einem viktorianischen Salon nachempfunden war, gab es nicht viel Schmuck an den Wänden und in den Regalen. Ein paar Bücher, Dekorplatten und -gläser, einen Spiegel, ein Gemälde und einen

Kronleuchter. Lustigerweise auch ein Goldfischglas. Weiß gestrichene Metallgeländer durchkreuzten den Raum und dienten den kleinen Besuchergruppen als Haltegriffe, die sie zu gegebener Zeit brauchen würden.

Der Bildschirm an einer Wand zeigte einen Blick aus dem Fenster auf die *Painted Ladies*, die bunten Holzhäuser in der Nähe des Alamo Square. So hatte die Stadt im Jahr 1989 ausgesehen, während des Loma-Prieta-Bebens, wie die Museumsmitarbeiterin erklärte. Anschließend, teilte sie mit, würde das Bild zu der Stadtansicht von 1906 wechseln, vor der bekanntesten Katastrophe in der Geschichte San Franciscos.

Verglichen mit einem *Gods-of-the-Gates*-Set war der Raum bestenfalls spärlich eingerichtet. Aber in der heutigen Szene konnte er Aprils Hand halten und seine Finger mit ihren verschränken – und er wusste, dass er keinen furchtbar dummen Tod vor der Kamera sterben musste. Im Grunde würde er das jedes Mal vorziehen. Auch wenn mittlerweile mehr als nur ein Handy auf sie beide gerichtet war anstatt auf den Raum oder die Museumsführerin, die gerade aufzählte, was im Wesentlichen passieren würde.

Zuerst, erklärte die Frau im Poloshirt, würde der Raum wie bei dem Erdbeben von 1989 ruckeln, danach wie bei dem von 1906. Oder zumindest waren es modifizierte Versionen dieser Beben, damit die Vorführungen sicher und kurz genug für normale Besucher blieben. Und falls sich die erste, schwächere Bebensimulation als zu nervenaufreibend erwies, konnte man vor dem zweiten Beben gehen.

In einer unsinnigen Szene in der fünften Staffel von *Gods* hatte Aeneas auf einem Pegasus reiten müssen, um seine Mutter Venus in ihrem prunkvollen himmlischen Heim aufzusuchen. Um diese Sequenz zu filmen, hatte Marcus stundenlang auf einer riesigen, grün gestrichenen Vorrichtung gehockt, die in einem riesigen, grün gestrichenen Hangar aufgebaut war. Diese Vorrichtung war so programmiert, dass sie die Bewegungen eines riesigen geflügelten Pferds im Flug simulierte.

Auch wenn alle möglichen Vorsichtsmaßnahmen getroffen worden waren, auch wenn er körperliche Herausforderungen liebte und auch wenn er seine Stunts wann immer möglich selbst durchführte, hatte Marcus die Erfahrung als … beunruhigend empfunden. Zumindest am Anfang, bis er sich an den Rhythmus gewöhnt hatte.

Er ging davon aus, dass er in einem Raum, der nur Geländer als Sicherheitsmaßnahme benötigte, halbwegs klarkommen würde.

Während eine Aufzeichnung kurz die Umstände bei den beiden Erdbeben erläuterte, lehnten sich April und er an ihr Stück des Geländers, Hüfte an Hüfte. Dann begann die Simulation des Loma-Prieta-Bebens, die Lichter erloschen, und der Raum rüttelte und vibrierte unter ihren Füßen.

Er legte seinen Arm um ihre Schultern und zog sie enger an sich, als der Kronleuchter schwankte und die Bücher Millimeter für Millimeter von ihren Plätzen hopsten.

«Reine Vorsichtsmaßnahme», sagte er, als ihr Blick zu ihm hochschnellte.

Sie schnaubte. «Ja, genau.»

Im Großen und Ganzen fühlte es sich nicht so anders an als in seiner Erinnerung an das eigentliche Beben, nur schöner. Und sexyer. Viel, viel schöner und sexyer. Eine ihrer Brüste streifte seinen Brustkorb, als sie sich unter seinem Arm bewegte, und Marcus musste ein peinliches Geräusch herunterschlucken.

Als die Simulation von 1906 begann, war der Unterschied zwischen den beiden Erdbeben sofort deutlich spürbar. Dieses Beben war nicht nur ein Rütteln, sondern es kamen auch noch harte Stöße und eine bedrohliche Schaukelbewegung dazu. Außerdem dauerte es viel länger.

Lange genug, um unwillkürlich darüber nachzudenken, dass eine ähnliche Katastrophe genau dort, wo sie standen, jederzeit wieder passieren konnte.

Doch das Grinsen auf Aprils rundem, entzückendem Gesicht wurde von Sekunde zu Sekunde breiter. Aus einem Impuls heraus stellte sie sich auf die Zehenspitzen und schmiegte sich enger an ihn.

Ihre Brust streifte seinen Brustkorb nicht mehr nur. Ihre Berührung, wie sie sich gegen ihn drückte, war herrlich weich und angenehm, die Reibung reizte ihn mit jedem Stoß des Bodens unter ihnen mehr.

«Das ist großartig», flüsterte sie ihm ins Ohr, als sie gegen das Geländer stießen und sich aneinander festhielten. «Ich frage mich, wie detailgetreu sie es nachstellen durften.»

Während sie sprach, streiften ihre Lippen sein Ohrläppchen, und ihr warmer Atem strich über seinen bloßen Hals. Er holte scharf Luft und lockerte seine Finger an ihrer Schulter. Einen nach dem anderen, bevor der Griff an ihrer baumwollbedeckten Haut zu besitzergreifend oder gar schmerzhaft wurde. Dann ließ er die Hand zwischen ihre Schulterblätter und bis hinunter zu ihrem Rücken gleiten.

Dass sie von den Umstehenden beobachtet wurden, während sie sich durch das simulierte Erdbeben kämpften, war ihm mittlerweile völlig egal. Er umfasste das Geländer neben sich fester und stellte die Füße breit auseinander, um besser das Gleichgewicht halten zu können. Um für zwei das Gleichgewicht halten zu können, wenn es nötig wäre.

Mit einer geschickten Bewegung seines Arms zog Marcus sie an sich – Oberkörper an Oberkörper, Hitze an Hitze. Ihre Lippen öffneten sich in einem stillen Keuchen, während sich ihr Schenkel zwischen seine schob. Als die Welt um sie herum erzitterte, stützte sich April mit einer Hand an seiner Brust ab, um die Balance zu halten. Mit der anderen griff sie nach dem Geländer an seinem Hintern.

Das Kreischen der Kinder im Raum flaute ab, gedämpft durch das Summen in seinen Ohren und das rasende Pochen seines Herzens.

Sie wich nicht zurück. Stattdessen glitt ihre warme Hand langsam, ganz langsam über seine Brust nach unten. Bei jedem Erdstoß rieb sie ein wenig hin und her und hielt kurz über seiner Jeans inne, die Finger weit gespreizt. Sie schenkte dem Raum keinerlei Beachtung mehr. Genauso wie er.

Marcus beugte sich herunter. Fuhr mit seiner Nase an der zarten Kurve ihres Ohrs entlang, und das Zittern, mit dem sie ihren Körper gegen seinen presste, kam nicht von dem verdammten Simulator.

«Darf ich?», hauchte er in ihr Ohr.

Sie nickte. Drehte ihren Kopf und sah unter schweren Lidern zu ihm auf, dann krallte sie ihre Finger in sein Shirt und ...

Das Licht ging an. Der Raum bewegte sich nicht mehr, auch wenn der Boden unter ihm weiterzubeben schien.

Sie bewegten sich nicht, sprachen nicht, sahen nicht weg.

Eine Stimme informierte sie fröhlich, dass das echte Beben dreimal so lange gedauert habe. Marcus verfluchte das Museum im Stillen dafür, dass es keinen Wert auf historische und wissenschaftliche Genauigkeit legte. Er hatte sie *gewollt*, diese zusätzliche Minute des Chaos, das seinen Magen Purzelbäume schlagen ließ. Er wollte diesen vollen, rosigen Mund kosten, den Schwung ihrer Oberlippe nachzeichnen. Wollte seine Zähne und Zunge einsetzen, bis sie wieder keuchte und zitterte und ihren Griff an seinem Shirt dazu nutzte, seinen Körper näher und näher zu sich heranzuziehen.

Aber einige Leute drängten bereits aus dem Raum und

plapperten lautstark, während andere noch immer jede Sekunde dieses privaten Moments an einem viel zu öffentlichen Ort aufzeichneten.

Sie hatten beide etwas Besseres verdient als das hier.

Er zog sich zurück und nahm seine linke Hand von – nun ja, seine Finger hatten sich offensichtlich irgendwann bewegt und nur wenige Mikrometer über der verlockenden Wölbung ihres Hinterns in dieser engen, engen Jeans innegehalten. Dann ließ er das Geländer los und bot ihr seine rechte Hand an, die noch ein bisschen zittrig schien.

April ergriff sie. «Und jetzt zum Planetarium?»

Er nickte, zu überwältigt, um etwas zu sagen. Mit ineinander verschlungenen Fingern verließen sie die Ausstellung und schlenderten in Richtung Planetarium.

Würde es dort besser klappen, sie zu küssen, als im Erdbebensimulator? Das Licht würde gedämpft sein, und vielleicht fanden sie eine abgeschiedene Sitzgruppe, und über ihnen würden sich die Sterne drehen. Und wenn er seine Hand unter ihre Tunika schieben würde, vielleicht ...

Okay, der Gedanke daran, was sie in einem dunklen Theater tun könnten, erwies sich als wenig hilfreich in seiner momentanen Situation.

«Erzähl mir doch auf dem Weg dorthin mehr über das Loma-Prieta-Beben.» Seine Stimme war rau, und Marcus räusperte sich, bevor er fortfuhr. «Wenn das in Ordnung ist. Ich habe es miterlebt, und ich würde gern verstehen, wie und warum es passiert ist.»

«Ernsthaft?» Sie hob skeptisch eine Braue. «Du musst das nicht mir zuliebe tun, weißt du? Ich bin nicht beleidigt, wenn du jetzt nichts mehr über Geologie hören willst.»

«Doch, ernsthaft.» Er schob seine öffentliche Rolle beiseite, zumindest für den Augenblick. Er ging tief in sich, um die richtigen Worte – die aufrichtigen Worte – zu finden. «Ich, also ... ich interessiere mich eigentlich für viele Dinge.

Ich höre mir ständig Sachbücher an, besonders wenn ich auf Reisen bin.»

Dummerweise waren seine Wangen heiß geworden.

Er hatte noch nie wirklich gewusst, was er sagen sollte. Wer er sein sollte. Wie er sich verhalten sollte.

Wie er es schaffen sollte, keine Enttäuschung zu sein.

Aber er *musste* April etwas offenbaren, etwas Echtes und Wahres, denn Äußerlichkeiten allein interessierten sie nicht. Selbst die sexuelle Spannung, die unbestreitbar zwischen ihnen knisterte, würde nicht ausreichen, um sie zu halten. Nicht wenn sie nichts in ihm sah, das es wert war, ihn zu halten. Vielleicht reichten die Jahre ihrer Online-Freundschaft nicht, um ihr ein Geheimnis anzuvertrauen, das seine Karriere zerstören könnte. Doch er vertraute ihr genug, um ihr diese kleine versteckte Ecke seines Herzens zu zeigen.

Also zwang er sich, fortzufahren. «Eine Sache, die ich am meisten mag, bei dem, was ich tue ...» – seine Zunge fühlte sich urplötzlich doppelt so groß an – «beim ... beim Schauspielern, ist, dass es dich dazu bringt, immer neue Dinge zu lernen. Durch diesen schrecklichen Seemann habe ich zum Beispiel die Grundlagen des Segelns gelernt.»

Aus dem Augenwinkel konnte er sehen, dass sie ihm das Gesicht zugewandt hatte. Ihre volle Aufmerksamkeit galt ihm – und nur ihm.

«Die Serie sollte eigentlich *Crime Wave* heißen. Wahrscheinlich, weil ich einen Typen spielen sollte, der auf einem Boot Verbrechen aufklärt. Das war wirklich nicht das beste Konzept der Welt.» Kein Sender hatte die Pilotfolge anrühren wollen. Sie war zu Recht spurlos in der Fernsehgeschichte untergegangen – doch die Kunst des Segelns war Marcus geblieben. «Und eine Liebeskomödie, die ein kompletter Flop war, hat mir dabei geholfen, zu lernen, wie man mit einem Küchenmesser richtig umgeht. Ich kann jetzt Gemüse schneiden wie jemand, der schon in einer Profiküche stand.»

«Den habe ich gesehen!», rief April. «*Julienned by Love*, richtig? Und dein Love-Interest hieß tatsächlich ...»

«Genau. Julienne. Julie. Meine tapfere Souschefin, die glaubte, sie müsste sterben, es dann aber doch nicht tat. Und die schließlich berühmt wurde für ihre Jambalaya-Käsekuchen-Fusion.» Er verzog das Gesicht. «Es tut mir leid. Ich gebe dir gern persönlich das Geld dafür zurück.»

Ihr Lachen hallte in dem weitläufigen Raum wider. «Oh, ich habe nichts dafür bezahlt. Ich habe den Film während eines Probemonats gestreamt, einfach aus morbider Neugier.»

Das war in Ordnung.

«Für *Gods* habe ich mich mit antikem Schiffbau und früher Militärtaktik beschäftigt. Und mit Schwertkampf, wie ich dir neulich schon erzählt habe.» Marcus richtete seinen Blick auf die Schilder vor sich und kratzte sich mit der freien Hand an den nicht vorhandenen Stoppeln am Kinn. «Falls du, ähm, überhaupt etwas darüber hören wolltest – vielleicht hilft es dir ja bei deiner Fanfiction?»

Als er schwieg, wurde sie langsamer, bis er sich wieder zu ihr umdrehte.

Sie ließ ihren anerkennenden Blick prüfend an ihm auf- und abwandern, wobei sich ihre Zähne in ihre Unterlippe bohrten. *Großer Gott!* Weder als er sich durchs Haar gefahren noch als er sich in Pose geworfen hatte, hatte ihm das bei ihr diese Art von Interesse eingebracht oder diese Hitze in ihrem Blick ausgelöst. Nicht ein einziges Mal.

«Ich will unbedingt etwas über deinen Schwertkampf hören. Glaub mir.» Ihre Finger schlangen sich fester um seine. «Aber wenn du in der Zwischenzeit mehr über das Loma-Prieta-Beben erfahren möchtest: Fragt und es soll Euch zuteilwerden.»

Auf dem Weg erklärte April ihm alles. Sie war so wahnsinnig *klug* und konnte die Dinge so verdammt *klar* und *interessant* erzählen, ohne dabei auch nur im Geringsten herablassend zu wirken.

Es war furchtbar sexy. Auch wenn er das eigentlich nicht von einem Gespräch über ein tödliches Erdbeben erwartet hatte – aber so war es nun mal. Und hier war *er* nun und zog den Saum seines Henley-Shirts nach unten, um sicherzustellen, dass es seine Reaktion auf sie verbarg.

«Es war also eine Verwerfung mit sowohl horizontalen wie vertikalen Verschiebungen», führte sie aus und zog die Hand zurück, um ihre Erklärung mit einer anmutigen Geste zu untermalen. Endlich begriff er, was das bedeutete, und *gleichzeitig* wollte er einen dieser kurzen Finger packen und in seinen Mund gleiten lassen. Seine Zähne in ihrer Daumenkuppe versenken und zusehen, wie sich diese wachen braunen Augen verschleierten.

Während Fachbegriffe über ihre Zunge glitt, wünschte er, dass diese Zunge über ihn hinwegstrich. Überall. Über jeden Zentimeter seines Körpers.

Sein Verlangen, April zu kosten, ihren Mund auf seinem zu spüren, schickte Stoßwellen durch seinen Körper. Und ja, er war sich sicher, dass das seismologisch gesehen keinen Sinn ergab, aber das war ihm egal, denn er wollte einfach nur mit seiner Zunge über ihre Haut fahren.

Letztendlich war das Planetarium bei der Vorführung, die sie sich ausgesucht hatten, voll besetzt. Also benahm er sich, obwohl April ihre Hand unauffällig auf seinen Schenkel legte. Seinen *Ober*schenkel.

Alles, was er online an Ulsie zu schätzen gelernt hatte, erschien Marcus nun, da er sie persönlich traf, unendlich intensiver. Ihr Pragmatismus, die Ruhe und Freundlichkeit, ihre Intelligenz, der unkomplizierte Humor, ihr Selbstvertrauen – all das strahlte sie mit jeder Geste und jedem

Wort aus. Und ihr Strahlen war genauso blendend wie die Lichter im Planetarium, die nach der Vorstellung wieder angingen.

Das einzige Mal, dass April zögerlich oder unsicher wirkte, war nach dem Mittagessen, als sie das Museum verließen und schließlich vor dem Eingang in der Frühlingsbrise standen.

«War das ... okay für dich?» Eine Strähne ihres kupferfarbenen Haares hatte sich aus ihrem Pferdeschwanz gelöst und flatterte ihr gegen die Wange. «Ich weiß, es war nicht gerade ein Erlebnisbad, aber ...»

Vorsichtig nahm er die seidige Strähne und strich sie ihr aus dem Gesicht.

«Ich habe meinen Eltern erzählt, dass ich Museen hasse», eröffnete er ihr. «Irgendwann habe ich mich einfach geweigert, hinzugehen.»

April senkte den Kopf. «Es tut mir leid. Ich hätte ...»

«Aber das stimmte gar nicht.» Er spielte mit dem Ende der losen Strähne. Strich mit Daumen und Zeigefinger darüber und beobachtete, wie das Haar in der Sonne glänzte. «Das zu behaupten war einfacher, als ihnen zu erklären, dass ich die winzige Schrift auf den Schildern nicht so schnell lesen konnte, wie sie es erwarteten.»

Es war leichter gewesen, als ihnen zu sagen: *Durch eure Ungeduld fühle ich mich so klein wie diese Buchstaben.*

«Marcus ...» Sie zog die Stirn kraus. «Es tut mir leid.»

Er fuhr bis zum Ende an der rotgoldenen Haarsträhne entlang und strich dabei mit dem Daumen über ihren Kiefer bis zu ihrem Hals hinunter. Er verharrte an der Wölbung zwischen Hals und Schulter, wo ihre helle Haut zart und weich war und von Minute zu Minute wärmer wurde.

Er streichelte über ihr Schlüsselbein. Zeichnete ihre Sommersprossen nach, verband eine mit der anderen. «Es muss dir nicht leidtun. Ich versuche, mich zu bedanken, weil du mir gezeigt hast, dass ich Museen doch etwas abgewinnen kann.»

Sie legte die Hände auf seine Hüften und neigte den Kopf, um seinem Daumen den Weg zu erleichtern. Ihre Lippen waren leicht geöffnet, die Augen hinter ihren Brillengläsern halb geschlossen. Mit jedem Atemzug rückte sie näher. Noch näher, bis ...

Er konnte es nicht länger ertragen. Er musste es wissen.

Marcus beugte sich vor und presste seine Lippen auf die empfindliche Stelle neben seinem Daumen, sodass jedes seiner Worte die süß duftende Haut ihres Halses liebkoste. «Danke für diesen perfekten Nachmittag. Danke, dass du so geduldig bist. So klug. So hinreißend. Danke, dass du ...»

Ihre Finger fuhren durch sein Haar, ihre Hand umschloss seinen Hinterkopf und presste seinen Mund fester an sie. Marcus schwieg und gehorchte dem unausgesprochenen Befehl.

Auf seiner Zunge schmeckte ihre Haut nach Rosen und Süße, nach Salz und Schweiß. Er umfasste ihren Nacken, um ihnen beiden Halt zu geben, als sie erschauderte. Dann presste er seine Lippen noch leidenschaftlicher auf ihren Hals. Als er an ihrer Haut saugte und mit den Zähnen darüberstrich, keuchte sie und drückte sich an ihn.

Das würde ein Mal hinterlassen. Gut.

Als sich Aprils Schenkel öffneten, damit er eines seiner Beine dazwischenschieben konnte, stöhnte er vor blindem Begehren und ...

... dann hörte er sie.

«Marcus, schau hierher!», rief einer von ihnen. «Ist das das Mädchen von Twitter?»

Als Marcus den Kopf hob, kam ein anderer Mann auf April zu, sein riesiges, teures Kameraobjektiv war direkt auf sie gerichtet. «Wie ist dein Name, Süße? Wie lange kennt ihr beiden euch schon?»

April versteifte sich, und Marcus nahm es ihr nicht übel, dass sie sich angesichts dieses Überfalls zurückzog, aber sie musste es wissen: Das hier war erst der Anfang.

Die Paparazzi hatten sie gefunden.

JULIENNED BY LOVE

INNEN. RESTAURANTKÜCHE – MITTERNACHT

MIKE und JULIE küssen sich leidenschaftlich, wobei er Julie gegen die metallene Arbeitsplatte drückt. Unerwartet fängt sie an zu schwanken, sie wirkt krank und bricht beinah zusammen. Der Kuss endet. Sie legt sich die Hand auf die Stirn und schaut ihn an, ihre Augen schwimmen in Tränen. Als er die Hand nach ihr ausstreckt, weicht sie aus.

JULIE
Ich kann nicht länger deine Souschefin sein.

MIKE
Aber ... warum? Warum, Julie?

JULIE
Was zwischen uns ist, kann niemals sein. Vertrau mir. Es ist genauso unmöglich, wie das Jambalaya-Käsekuchen-Fusion-Gericht zu perfektionieren.

Sie weicht von ihm zurück, Schritt für Schritt, und stützt sich dabei mit einer Hand am Tresen, an der Wand und an der Tür zum dunklen Essbereich ab.

MIKE
Julie! Julie, verlass mich nicht!

Sie befindet sich fast am Ausgang des Restaurants. Sie weint.

MIKE (Off-Screen)
Verlass mich nicht. Ohne dich bin ich verloren ... für immer.

Mike bleibt allein in der hallenden Küche zurück und presst sich ihr weggeworfenes Haarnetz an die Brust.

MIKE
Leb wohl, meine süße, scharfe Souschefin. Leb wohl.

SEIT SIE MARCUS' Dinner-Einladung angenommen hatte, hatte sich April gefragt, wie sie wohl reagieren würde, wenn richtige, echte Paparazzi auftauchten. Würde sie erstarren? Zurückschrecken? Versuchen, sich zu verstecken? Oder sie komplett ignorieren und einfach weitermachen, so wie sie es sich in den letzten Tagen ausgemalt hatte?

Am Ende war es nichts davon.

Stattdessen war sie ganz damit beschäftigt, dabei zuzusehen, wie Marcus eine Mordsshow abzog. Irgendwie hatte er es geschafft, die Aufmerksamkeit der Paparazzi innerhalb von Sekunden von ihr abzulenken, durch reines Charisma, unverhohlene Flirterei und ...

Ja. Ja, er schien sich auszuziehen.

Er trat noch einen Schritt von ihr weg und grinste seinem Publikum zu. «Ist verdammt heiß heute in der Sonne.»

Er griff nach unten, überkreuzte seine Arme und zog sein Henley-Shirt nach oben. Durch die Reibung von Stoff auf Stoff wurde sein T-Shirt, das er darunter trug, mit hochgezogen, sodass seine nackte Haut entblößt wurde.

Es war ein kühler Frühlingstag. Unvorstellbar, dass er die Kälte nicht auf seiner Haut spürte.

Doch Marcus wusste, was er tat. Oh, das wusste er genau.

Zuerst wurde sein Bauch sichtbar, flach und fest. In der Mitte ein Streifen aus seidigem, goldbraunem Haar, der liebevoll eingerahmt wurde von diesen sexy diagonalen Kerben. Seine Jeans saß tiefer auf seinen Hüften, als sie es sich vorgestellt hatte, so tief, dass sie schwer schlucken musste.

Dann, als Marcus sein Hemd weiter nach oben zog – langsam, oh, so langsam –, kam seine Brust zum Vorschein, muskulös und leicht behaart und ...

Die Nippel. Jesus, die Nippel. Sie alle durften einen Blick darauf erhaschen – sie reckten sich in der kühlen Luft hart nach oben –, bevor das Hemd über seinem Kopf war und die Schwerkraft sein T-Shirt wieder ein paar Zentimeter nach unten zog.

Die Paparazzi hielten alles fest, ihre Kameras klickten hektisch.

Einem von ihnen gelang es schließlich, sich an den Grund für ihre Anwesenheit zu erinnern. «Hast du hier ein Date, Marcus? Wie ist der Name deiner Freundin?»

«Na ja, wir wissen alle, dass ich kein Interesse an Museen habe.» Er zwinkerte, woraufhin eine Paparazza hinter ihrer Kamera errötete. «Aber was tut man nicht alles, um eine hübsche Frau zu beeindrucken, nicht wahr? Ich habe um der Schönheit willen gelitten, wie so oft.»

Ja, es war wirklich eine beeindruckende Vorstellung.

Zumindest vermutete April, dass Marcus eine Show abzog. Sie hoffte es.

Denn sonst hätte er ihr den ganzen Tag etwas vorgespielt. Hätte bloß so getan, als würde er im Museum Spaß haben. Hätte ihr vorgegaukelt, dass er ihre Gesellschaft genoss. Alles in der Hoffnung, mit ihr angesichts der offensichtlichen – wenn auch überraschenden – sexuellen Kompatibilität in den orgasmischen Sonnenuntergang zu reiten.

Würde sie es überhaupt merken? Hatte sie nicht noch vor wenigen Tagen gedacht, dass er für seine schauspielerischen Fähigkeiten einen Preis verdient hätte? Woher sollte sie wissen, ob der Mann, den sie heute gesehen hatte, oder der Mann, auf den sie am Ende des Dinners einen kurzen Blick erhascht hatte, der echte Marcus war und nicht nur eine weitere Rolle?

Er schenkte ihren Zuschauern ein letztes strahlendes Lächeln, bevor er Aprils Hand wieder ergriff und sie zu einem Taxi zog, das gerade am Eingang des Museums anhielt. Die Paparazzi folgten ihnen, schrien noch mehr Fragen, schossen noch mehr Fotos, doch er winkte nur und grinste.

Sie rutschten auf den Rücksitz des Taxis, noch bevor die ältere Frau im Inneren des Wagens den Fahrer überhaupt bezahlt hatte.

Um der Frau genügend Platz zu lassen, zog Marcus April auf seinen Schoß. Sie wünschte, sie könnte sich bei der Berührung entspannen und sich an die Hitze, die von seinem starken, wohlgeformten Körper ausging, schmiegen – aber sie konnte nicht. Nicht in diesem Augenblick. Stattdessen saß sie stocksteif auf ihm, ihr Rücken kerzengerade.

Ob er wohl darüber nachdachte, wie schwer sie war, verglichen mit anderen Frauen, die er gedatet hatte?

Oder – und das war auf eine unlogische Art noch schlimmer – dachte er so was wie «*Endlich können wir aufhören, über verfickte Steine zu reden, und tatsächlich zum Ficken übergehen*»?

Marcus lächelte die Frau, die immer noch auf der anderen Seite des Rücksitzes kauerte und sie mit großen Augen anstarrte, entschuldigend an. «Tut mir leid, dass wir hier so hereinplatzen. Wir würden gerne das Trinkgeld für Ihre Fahrt bezahlen, wenn Sie es erlauben.»

Ein Lächeln kräuselte die pergamentartigen Wangen der Dame, und sie klopfte leicht mit ihrem Stock auf sein Knie. «Ich habe das Trinkgeld bereits von meiner Kreditkarte abbuchen lassen. Außerdem habe ich Ihren Auftritt gesehen, als wir vorgefahren sind. Das war mehr als genug Entschädigung, junger Mann.»

Er lachte, und seine Fröhlichkeit schüttelte auch April

durch, die noch immer auf seinem Schoß saß. Die ältere Frau streckte Marcus die freie Hand hin, er ergriff sie, und die beiden unterhielten sich noch kurz, während sie sich die ganze Zeit bei den Händen hielten, bevor sie aus dem Taxi auszusteigen begann.

April bemühte sich, Marcus nicht mit dem Ellbogen zu stoßen, während sie ihn unbeholfen in die Mitte des Rücksitzes schob und sich von seinem Schoß manövrierte. Er rutschte rüber und stützte den Arm der älteren Frau, während diese langsam hinauskletterte.

«Dieses Lavinia-Mädchen scheint sehr nett zu sein.» Sie klopfte noch einmal mit ihrem Stock gegen sein Schienbein. «Vermasseln Sie es nicht.» Ihr Blick wanderte zu April. «Das gilt auch für sie.»

Dann gelangte sie sicher auf den Bürgersteig, und Marcus zog die Tür hinter ihr zu – und schloss damit auch im Handumdrehen die lauthals gerufenen Fragen und das grelle Blitzlichtgewitter der Kameras aus.

Sein Blick wanderte sofort wieder zu April, die sich nun auf der gegenüberliegenden Seite gegen die Tür drängte. Eine Falte erschien zwischen seinen Brauen, und sein Lächeln verblasste.

«Wohin?», wollte der Fahrer wissen.

«Tut mir leid, wir brauchen noch einen Moment, um das zu klären. Sie können ruhig schon das Taxameter starten.» Marcus wandte den Blick nicht von April ab. «Ähm ... diese Taxifahrt war meine Idee, nicht deine. Also lass mich bitte dafür bezahlen. Ich bringe dich zurück zu deinem Hotel, oder wo auch immer du hinwillst. Wir könnten noch zusammen...»

Was auch immer er vorschlagen würde, sie wollte es nicht. Nicht bevor sie die Gelegenheit hatte, sich das alles durch den Kopf gehen zu lassen. Ihr surreales Date-Duett hatte April bereits viel zu viel Zeit und Grübeleien gekostet, vor allem, wenn man ihre derzeitige Situation bedachte.

«Ich muss zurück in meine Wohnung und noch ein paar Sachen vorbereiten, bevor meine Möbel am Mittwoch kommen. Tut mir leid.» Sie lehnte sich nach vorn, um mit dem Fahrer zu sprechen. «Würden Sie mich bitte an der Civic Center Station absetzen.»

«Wir können stattdessen direkt zu deiner Wohnung fahren. Wenn das okay für dich ist.» Marcus klang vorsichtig. «Das würde dir vielleicht ein bisschen Stress ersparen.»

Es war ein freundliches Angebot, und sie war zu müde, um es abzulehnen. «Danke.»

Nachdem sie dem Fahrer ihre neue Adresse genannt hatte, setzte sich das Taxi in Bewegung. Die Stimme der Sängerin Lizzo war nun das einzige Geräusch im Fahrzeug.

Vielleicht würde sie heute Abend ein paar Minuten Zeit finden, um zu schreiben und all die verworrenen Gefühle für BAWN und Marcus zu Papier zu bringen. Und sich darüber klar zu werden, was es bedeutete, auf Bildern festgehalten zu werden, die ganz sicher in ihr Privatleben durchsickern würden. Sie sollte eigentlich viel Zeit haben. Schließlich würde sie nicht mehr ein bis zwei Stunden damit verbringen, sich mit ihrem besten Online-Freund zu unterhalten.

Der Blick aus dem Fenster verschwamm, nur für einen Moment.

«Hey.» Mit einer Fingerspitze berührte Marcus sanft ihren Ellbogen. «Alles okay?»

«Mir geht es gut», antwortete sie und ließ zu, dass er ihre Finger auf seinem festen Oberschenkel mit seinen verschränkte.

Das war kein passiv-aggressives Ausweichen. Es *ging* ihr gut. Würde es jedenfalls. Völlig egal, was mit BAWN passierte, und völlig egal, was mit Marcus passierte.

Aber vielleicht – ganz vielleicht – hatte der Überfall der Paparazzi sie mehr durcheinandergebracht, als sie sich eingestehen wollte. Sie wusste, welche Rolle Marcus für die Medien spielte. Dass er wieder in sie geschlüpft war, sollte sie weder überraschen noch stören.

Außerdem hatte er April auf seine unnachahmliche Art beschützt. Er hatte die Aufmerksamkeit der Paparazzi von ihr abgelenkt und damit verhindert, dass man sie weiter dazu drängte, ihren Namen, ihre Arbeitsstelle oder andere Informationen preiszugeben, mit deren Hilfe man sie ausfindig machen konnte. Auch wenn ihr deutlich bewusst war, dass es nur eine Frage der Zeit war, bis ihre wahre Identität – und vieles anderes – bekannt wurde.

Aber was noch wichtiger war: Auch wenn sie ihm nicht trauen konnte, zumindest noch nicht, musste sie sich doch auf sich selbst und ihre eigenen Instinkte verlassen. Diese Instinkte sagten ihr, dass der Mann neben ihr, mit diesen ernsten Augen und den sanften Händen, der wahre Marcus war. Nicht der Mann, der den gemeinsamen Tag als den notwendigen Preis abgetan hatte, den er für körperliche Nähe und Intimität zahlen musste.

Sie wandte sich vom Fenster ab und schob ihre Knie so weit zur Seite, dass sie seine berührten. «Du hast diese Leute ziemlich geschickt abgelenkt.» Mit einem Finger zeichnete sie eine Linie in der Mitte seiner Brust nach. «Und dazu ziemlich nackt. Du wirst wahrscheinlich eine heiße Dusche brauchen, wenn du ins Hotel zurückkommst.»

Sein durchtrainierter Körper bewegte sich unter ihrer Fingerspitze, sein Bauch hob und senkte sich mit jedem schnellen, tiefen Atemzug, den er tat. «Nicht wenn du mich weiter so anfasst.»

Die perfekt sitzende Jeans konnte seine Reaktion auf die Berührung nicht ganz verbergen.

«Ich will ja nicht, dass du dir Erfrierungen holst.» Durch den weichen Stoff seines Shirts fuhr sie am oberen Rand seiner Jeans entlang, die tief unter den harten Bauchmuskeln saß. «Nicht wenn du für mich deinen Körper opferst.»

Seine Stimme wurde leise. Ernst. «Mein Körper ist bloß ein Instrument. Sonst nichts.»

«Trotzdem.» Sie rutschte auf dem Sitz ein wenig näher an ihn heran. «Danke, dass du mich beschützt hast, so gut du konntest.»

Unter den goldenen Haarsträhnen legte sich seine Stirn in Falten, und mit leichtem Griff hielt er ihren wandernden Finger fest. «Ich habe damit nur das Unvermeidliche hinausgezögert. Irgendwann werden sie deinen Namen und deine Adresse kennen. Vermutlich auch deine Telefonnummer.» Er küsste ihre Fingerkuppe. «Es tut mir leid, April.»

Sie zuckte mit den Schultern. «Es ist nicht deine Schuld. Als ich dem Abendessen und dem Date heute zugestimmt habe, wusste ich, dass das alles im Bereich des Möglichen liegt. Ich habe versucht, mich mental darauf vorzubereiten. Aber falls ich Probleme habe, damit umzugehen, werde ich dich um Rat fragen.»

«Jederzeit», gab er zurück und drückte ihre Handfläche gegen seine Wange. «Was immer du brauchst.»

Marcus würde sie nicht vor den Blicken der Öffentlichkeit schützen können, selbst wenn er alles versuchte. Nicht ohne sie wie ein schmutziges Geheimnis vor der Welt zu verstecken – was sie weitaus verletzender fände als jeden unschmeichelhaften Schnappschuss oder aufdringlichen Anruf. Außerdem: Es war nicht seine Aufgabe, sie zu beschützen.

Aber dafür zu sorgen, dass es all diese unangenehmen Umstände wert war, sich mit ihm zu treffen? Ja, das war definitiv seine Aufgabe. Vielleicht könnte er damit morgen weitermachen? Falls sein Flug nicht zu früh ging.

«Wann musst du zurück nach L. A.?» Die Kontur seines Wangenknochens war so *ausgeprägt* unter ihren Fingerspitzen. So scharf geschnitten wie sein Kiefer. «Ich muss heute den Rest des Abends noch arbeiten, um alles für die Reinigungsfirma morgen vorzubereiten. Aber abgesehen davon bin ich frei.»

Als er dieses Mal die Stirn runzelte, strich sie die Falten glatt. «Mein Flug geht morgen früh. Ich wünschte, es wäre anders.» Dann entspannte sich seine Miene, und sein unglücklicher Ausdruck verwandelte sich in ein hoffnungsvolles Lächeln. «Aber ich hatte vor, morgen früh im Fitnessstudio vom Hotel zu trainieren, bevor ich dusche und auschecke. Willst du nicht mitkommen? Wir könnten danach noch schnell frühstücken gehen. Das Hotel hat ein wirklich anständiges Buffet.»

Sie ließ ihre Hand in den Schoß fallen und verspürte ein warnendes Kribbeln im Nacken.

«Du willst, dass ich mit dir trainiere?», fragte sie.

Vor diesem Moment hatte sie gedacht ...

Doch das spielte keine Rolle. Er betrat vertrautes Terrain, grub den vergifteten Brunnen, den sie eigentlich vor langer Zeit abgedeckt hatte, tiefer und tiefer.

Sie würde nicht dahin zurückkehren. Für niemanden, und schon gar nicht für einen Mann, den zu treffen von vornherein von zahllosen Schwierigkeiten und Widersprüchen belastet war.

«Äh, ja.» Seine Stimme war jetzt leiser. Ein bisschen unsicher. «Ganz früh am Morgen. Falls du Lust hast.»

Ihr Magen zog sich zusammen, und ihre Wangen wurden heiß vor Wut und dummer, dummer Scham.

Eine Chance würde sie ihm noch geben. Nur für den Fall, dass sie ihn falsch verstanden hatte.

«Sag mal, Marcus.» Ihre Beine. Sie berührten seine, weshalb sie die Knie ein Stück von ihm wegrückte. «Was würdest du denn beim Frühstücksbuffet empfehlen?»

Er legte den Kopf schief und musterte sie unter zusammengezogenen Augenbrauen.

«Ähm ... normalerweise nehme ich Müsli. Hart gekochte Eier. Und Obst.» Er sprach langsam. «Aber es gibt ...»

«Ich weiß die Einladung zu schätzen.» Zu ihrer Freude wirkte ihr Lächeln vermutlich kälter als der Wind auf seiner nackten Brust vorhin. Ihre Worte waren klar und ruhig. «Wenn ich es mir recht überlege, werde ich wohl doch zu beschäftigt sein, um morgen etwas zu unternehmen.»

Morgen und für den Rest ihres Lebens.

Ihre Lippen zitterten, und sie presste sie fest aufeinander. Atmete durch die Nase, bis der Schmerz aufhörte, ihr Inneres nach außen zu stülpen.

Oh, wow, jemand will mich anspornen, zu trainieren! Wie unglaublich originell!, wollte sie fröhlich jauchzen, die Arme weit ausgebreitet in gespielter Überraschung. *Und ich bin so dankbar für die Ratschläge, wie ich mich gesund ernähren kann! Wie würde eine Frau von meiner Statur ohne deine Hilfe nur jemals erfahren, wie wichtig Bewegung und Ernährung sind?*

Aber sie glaubte nicht, dass ihre Stimme fest genug bliebe, nicht wenn sie etwas aussprach, das so viel von ihrem vernarbten Herzen preisgab. Es hatte auch keinen Sinn, ihre Energie für Sarkasmus zu verschwenden. Er würde es wahrscheinlich nicht einmal wahrnehmen. Das taten sie nie.

Mein Körper ist ein Instrument, hatte er gesagt. Ja, und der Mann dazu auch. Nämlich eine Arschgeige.

Sie hätte es wissen müssen. Ein Körper wie seiner, ein so hübsches Gesicht? Natürlich legte er mehr Wert auf das Äußere als auf das, was darunter lag. Natürlich, was sonst.

Dass er eine Erektion hatte, bedeutete nicht, dass er sie respektierte. Es bedeutete nicht einmal, dass er ihren Körper mochte. Nur dass ihre Pheromone zueinanderpassten. Wahrscheinlich war er bestürzt darüber und völlig verwirrt.

Sie liebte glänzende Dinge, hatte sie schon immer. Aber er war kein Diamant. Er war bloß Narrengold.

Marcus Caster-Rupp konnte sich genau dorthin verpissen, wo auch all die anderen Leute – Mitbewohner, Kollegen, sogenannte Freunde – waren, die ihr zu Anfang scheinbar bedingungslose Zuneigung gezeigt hatten. Aber dann überredeten sie April zum Besuch des Fitnessstudios, schenkten ihr eine Hightech-Waage, bezahlten ihr die Mitgliedschaft in einem Abnehm-Verein oder boten ihr hilfreiche Ernährungstipps an.

Im Laufe von zwei Jahrzehnten hatte sie sich gelegentlich mit Männern wie ihm getroffen und war mit ihnen ins Bett gegangen. Davor hatte sie achtzehn Jahre lang mit Leuten wie ihm zusammengelebt.

Das war genug.

Sie hatte es satt, dass man ihr das Gefühl gab, sie müsste sich für ihr Gewicht schämen. Vor ihm. Vor allen.

Heute Abend würde sie sich ein Glas Wein einschenken und ihren Freunden auf dem Lavineas-Server genau das erklären. Sie würde ihnen offen von den Verletzungen erzählen, die sie schon längst hätte ansprechen sollen. Sie würde Wahrheiten aussprechen, von denen sie wünschte, die anderen hätten sie verstanden, ohne dass April etwas sagen musste.

Sie würde es behutsam tun, denn sie waren langjährige Freunde – ganz im Gegensatz zu dem Mann, der mit ihr in diesem Taxi saß. Aber sie würde es tun. Punkt. Egal wie schwer es ihr fiel, sich so zu entblößen, und egal wie fies die Leute reagieren würden.

«Okay.» Wenigstens war Marcus sensibel genug, nicht zu widersprechen und sie nicht zu berühren, auch wenn seine blaugrauen Augen sie aufmerksam beobachteten. «Das kann ich verstehen. Du hast eine Menge um die Ohren.»

«Ja, habe ich wirklich.»

Sie fischte ihr Handy aus ihrer Handtasche und tippte eine Notiz, dass sie neben den notwendigen Putzmitteln auch Wein besorgen wollte.

«Vielleicht ...» Sein Körper berührte ihren immer noch nicht, doch er war wieder ein wenig näher gerückt. So nah, dass die Hitze, die von ihm ausging, ihre Entschlossenheit zu schmelzen drohte. Er war viel zu nah. «Vielleicht könnte ich in ein paar Tagen wieder herfliegen? Ich könnte dir beim Auspacken und beim Einrichten helfen? Ich bin gerade zwischen zwei Jobs, also ...»

Diese Schüchternheit, dieser kaum verhohlene Schmerz in seiner Stimme, war ein Trick. Schauspielerei. Das musste es sein.

Sie brauchte nicht mehr rücksichtsvoll darauf zu reagieren.

«Wenn mir jemand beim Auspacken hilft, habe ich hinterher immer Probleme, herauszufinden, wo alles gelandet ist.» Sie verstaute ihr Handy sicher in ihrer Handtasche und zog den Reißverschluss zu. Es war ein befriedigend *endgültiges* Geräusch. Dann wandte sie sich ab und schaute aus dem Fenster. «Ich bin nicht sicher, wie mein Zeitplan für den Rest der Woche aussieht, daher will ich keine Pläne machen. Aber danke trotzdem für dein Angebot.»

Jetzt schien er zu verstehen. Zumindest genug, um es nicht weiter zu versuchen.

«Okay», sagte er wieder.

Das war das letzte Wort, das sie miteinander wechselten, bis das Taxi vor Aprils neuer leerer Wohnung ankam. Ihre

Verabschiedung fiel hölzern aus und ohne dass sie sich berührten.

Als sie es ein einziges Mal wagte, ihn anzuschauen, wirkte Marcus' Gesicht angespannt. Ernst. Resigniert.

Es war ihr egal. *Völlig* egal.

Nachdem sie aus dem Taxi gestiegen war, lief sie zum Eingang. Entriegelte die Tür. Öffnete sie. Trat sie zu. Schob den Riegel vor.

Sie blickte nicht zurück.

LAVINEAS-SERVER,
Privatnachrichten, vor zehn Monaten

Unapologetic Lavinia Stan: Du wirkst heute irgendwie ... gedankenverloren. Ist alles okay?

Book!AeneasWouldNever: Es ist nichts, was eine Beschwerde wert wäre. Aber danke, Ulsie.

Unapologetic Lavinia Stan: Es muss nicht unbedingt von welterschütternder Bedeutung sein, damit ich zuhöre. Falls du Dampf ablassen willst: Ich bin da!

Book!AeneasWouldNever: Ich glaube, ich bin einfach nur müde. Hab keine Lust mehr auf das ganze Reisen, zumindest im Moment. Und ich habe keine Ahnung, wohin ich mit meiner Karriere will.

Unapologetic Lavinia Stan: Berufliche Veränderungen sind immer schwer. Ich habe gerade erst begonnen, mich auf verschiedene Stellen zu bewerben, obwohl ich meinen derzeitigen Job schon seit Monaten aufgeben will.

Book!AeneasWouldNever: Aber du tust es, weil du mutig bist.

Book!AeneasWouldNever: Ich habe gar kein Recht zu jammern. Ich kann mich wirklich sehr glücklich schätzen mit meinem Job. Aber

Unapologetic Lavinia Stan: Aber was?

Book!AeneasWouldNever: Der Job macht einsam. Ich habe das Gefühl, ich kann bei niemandem wirklich ich selbst sein.

Unapologetic Lavinia Stan: Das tut mir leid, BAWN. *Umarmung*

Unapologetic Lavinia Stan: Wie kann ich dir helfen?

Book!AeneasWouldNever: Bleib einfach du selbst, Ulsie. Das hilft mehr als genug. 😁

12

MARCUS BETRAT SEIN Hotelzimmer. Es war düster, kalt und unberührt.

Im Bad spritzte er sich kaltes Wasser ins Gesicht, stützte sich an der Kante des Marmorwaschtisches ab und ließ das Wasser ins Waschbecken tropfen.

April wollte ihn nicht wiedersehen. Das war trotz des ganzen Chaos auf der Taxifahrt deutlich genug geworden.

Er hatte irgendetwas Falsches gesagt. Irgendetwas Falsches getan.

Das sollte ihn eigentlich nicht so überraschen und auch nicht so verletzen.

Als er sich schließlich abtrocknete, fühlte sich das Handtuch weich auf seiner Haut an, obwohl er eigentlich etwas Raues gebraucht hätte. Er wollte über sein Fleisch reiben und es scheuern, bis er eine neue Version von Marcus Caster-Rupp freigelegt hätte. Eine Version, der die Worte nicht im Hals stecken blieben. Eine, die Aprils Freundschaft und die Chance auf so viel mehr nicht innerhalb weniger Tage verloren hätte.

Er öffnete seinen Laptop, checkte Twitter, und da waren sie. April und er, mit ineinander verschlungenen Fingern, wie sie vor einem Schaukasten mit bunten Steinen standen. Sie beide an ein Geländer gelehnt, Körper an Körper, während der Boden unter ihnen wackelte. Eng aneinandergekuschelt in ihren Sitzen im Planetarium.

Auch die Paparazzi-Fotos tauchten jetzt nach und nach auf verschiedenen Entertainment-Websites auf. Auf diesen

Bildern hatte er seinen Mund hungrig auf ihren Hals und ihre Schulter gepresst, während sie mit den Fingern durch sein Haar fuhr und ihn an sich drückte, das Kinn zur Sonne gereckt, die Augen hinter der hübschen Brille geschlossen.

Was auch immer er getan hatte, es war danach geschehen. Vor den Paparazzi oder im Taxi.

Die Bilder ...

Er atmete schwer aus und scrollte nach unten, unten, unten, ganz weit weg davon.

Nachdem er einen Kommentar-Thread am Ende eines Artikels gelesen hatte, klickte er diesen so schnell wie möglich wieder weg. Er hoffte, dass April klüger war als er selbst und sich diese Kommentare ersparte. Er hatte während des Fanboy-Arschloch-Zwischenfalls auf Twitter nicht das Gefühl gehabt, dass sie wegen ihres Körpers sehr empfindlich war – und bei Gott, sie sah hinreißend aus –, aber ein Übermaß an Grausamkeit konnte das Selbstvertrauen eines jeden erschüttern.

Abgesehen davon hatte bereits jemand einen Twitter-Account eingerichtet, der ausschließlich Bilder von April retweetete und mit bewundernden Kommentaren versah. Der Name des Accounts? @Lavineas5Ever5Ever. Die Followerzahl hatte bereits die zweihundert erreicht, und er konnte dabei zuschauen, wie die Zahlen weiter anstiegen.

Wenn sie Aprils Namen auf dem Lavineas-Server kannten, vermutete er, dass auch dort ein zweites Konto auftauchen könnte: @UnapologeticLaviniaStanStan.

Und da er gerade daran dachte ...

Er konnte dort zwar nichts mehr posten, zumindest nicht ohne stillschweigend zu bestätigen, dass er April als Book!AeneasWouldNever über seine falsche Geschäftsreise und das angebliche Nutzungsverbot von Internet und Handy angelogen hatte. Aber er musste nachschauen, was alle zu der Sache zu sagen hatten.

Mit einem Klick war er unsichtbar. Zugleich außerhalb und innerhalb seiner langjährigen Community. Er war dort als Beobachter und konnte bei seinen Freunden trotzdem Trost finden, selbst aus dieser deprimierenden Distanz.

Zusammen mit den neuen Fotos von seinem Date mit April waren auch neue Threads aufgetaucht. Genauso wie neue Privatnachrichten – inklusive einer von Ulsie, was nicht korrekt sein konnte.

Er starrte auf den Bildschirm. Blinzelte. Klickte nach ein paar Wimpernschlägen auf die Nachricht, wobei seine Herzfrequenz unangenehme Höhen erreichte.

Nein, er bildete sich nichts ein. Sie hatte ihm während der letzten paar Minuten geschrieben. Obwohl er ihr gesagt hatte, dass er auf unbestimmte Zeit nicht erreichbar sei. Obwohl er sie mit seiner offensichtlichen Lüge verletzt hatte.

Unapologetic Lavinia Stan: Ich weiß, du hast gesagt, du bist für einen Job unterwegs, bei dem du nicht online gehen kannst, aber ich wollte dich etwas wissen lassen.

Unapologetic Lavinia Stan: Für den Fall, dass das nicht ganz die Wahrheit war und es etwas mit meinen Dates mit Marcus Caster-Rupp zu tun hatte: Wir gehen nicht länger miteinander aus.

Unapologetic Lavinia Stan: Aber eigentlich ist es ziemlich dumm, dir das zu erzählen, weil du dich sowieso nicht mit mir persönlich treffen wolltest. Selbst wenn ich mein zweites Date mit ihm abgesagt hätte. Das war also sinnlos.

Unapologetic Lavinia Stan: Tut mir leid. In meinem Kopf herrscht Chaos, und ich habe nicht nachgedacht. Ich werd dich nicht mehr nerven.

Wir gehen nicht länger miteinander aus. Ich werd dich nicht mehr nerven.

Okay, das war eine Bestätigung, die er weder gewollt noch gebraucht hatte.

Es würde kein drittes Date mit April geben. Marcus war sich nicht einmal sicher, ob sie Book!AeneasWouldNever wieder schreiben würde, nachdem er von seiner falschen Reise zurückkehrte, es sei denn, er erklärte sich bereit, sie persönlich zu treffen. Was auf keinen Fall gehen würde. Theoretisch könnte er sich eine Geschichte ausdenken, weshalb sie sich nicht treffen konnten. Er hätte sich sicher eine plausible Erklärung mit Agoraphobie oder was auch immer zurechtlegen können. Doch er wollte sie nicht noch einmal anlügen.

Er war am Arsch. Und verletzt. Und er hatte keine Ahnung, was er auf ihre Nachrichten antworten könnte – wenn überhaupt irgendwas. Nicht nur in ihrem Kopf herrschte Chaos, in seinem war alles durcheinander. Er brauchte Zeit.

Dementsprechend sagte er nichts. Auch wenn ein Teil von ihm ganz unbedingt fragen wollte, was bei ihrem zweiten Date bloß schiefgelaufen war.

Mit hängenden Schultern klickte er sich zurück zur Hauptübersicht der Threads.

Ein neues Thema war aufgetaucht. Eines, das von April eröffnet worden war, mit dem Titel A BIG FAT SHAME. Als Marcus daraufklickte, erschien ihr Beitrag, und er füllte seinen gesamten Bildschirm aus.

Der Text war wortgewandt. Er kam von Herzen. Und er war direkt.

Er beantwortete zudem eine Frage, die zu stellen er nicht genug Arschloch gewesen war.

Unapologetic Lavinia Stan: Seit Jahren schon will ich über dieses Thema reden, aber ich war unsicher, wie ich es anfangen soll. Ich bin nervös, weil mir die Leute in dieser Community – jeder Einzelne von euch – so viel bedeuten, und ich will weder eure Gefühle verletzen noch irgendjemanden vor den Kopf stoßen. Aber die Wahrheit ist, dass einige von euch MEINE Gefühle verletzt haben, wenn auch unabsichtlich. Und ich bin sicher, dass ich einigen oder allen von euch das Gleiche angetan habe, ohne zu merken, wie. (Falls das so war, sagt Bescheid. Ich möchte es wissen und besser machen.)

Unapologetic Lavinia Stan: Die Sache ist nämlich die: Ich bin dick. Sehr dick sogar. Nicht mollig oder bloß kurvig. Nein. FETT. Was zu einem großen Teil auch der Grund war, weshalb ich mich ursprünglich zu diesem speziellen OTP hingezogen gefühlt habe, denke ich. Ich habe mich in Lavinias Story wiedergefunden. Die Figur ist zwar weder im Buch!Kanon noch im Show!Kanon dick, aber sie wird, wie ihr wisst, im Buch als unattraktiv in Hinblick auf konventionelle Schönheitsmaßstäbe beschrieben. Ein paar von Aeneas' Männern nennen sie sogar hässlich. Wie wir schon oft besprochen haben, untergräbt die Wahl von Summer Diaz – die selbst ohne Make-up und in tristen, unvorteilhaften Kleidern bezaubernd ist – als Lavinia diese Storyline. Trotzdem finden sich immer noch Anklänge daran in der Serie wieder.

Unapologetic Lavinia Stan: Ich schätze, ich musste ganz dringend eine Geschichte lesen und mir auch anschauen, die zeigt, wie eine Frau, die die meisten als unansehnlich oder gar scheußlich betrachten, sich Respekt, Beachtung und Bewunderung verdienen kann. Und wie sie schlussendlich auch von dem Mann Liebe erfährt, den sie ebenfalls liebt und begehrt. (Aeneas natürlich.) Ich musste mit eigenen Augen sehen, wie ihr Charakter, ihre Taten und ihre Worte ihm am Ende mehr bedeuten als die Frage, ob der Rest der Welt sie als hübsch bezeichnen würde.

Unapologetic Lavinia Stan: Ich brauchte das wegen meiner Familie. Ich brauchte es wegen meiner persönlichen Erfahrungen mit anderen Menschen und auch in Liebesbeziehungen. Ich kann euch gar nicht aufzählen, wie oft ein Date, ein Partner oder jemand, den ich als Freund betrachtet hatte, mich wegen meines Gewichts niedergemacht hat. Manchmal passiert das ganz offen und direkt, aber viel öfter auf eine Art, die die Leute vermutlich als subtil empfinden, oder sie denken einfach überhaupt nicht darüber nach. Sie versuchen dann, mich zum Sport zu überreden, oder wollen, dass ich jedes Mal, wenn ich sie treffe, einen Spaziergang mit ihnen mache. Oder sie schieben die Sorge um meine Gesundheit vor, um mit mir über mein Gewicht zu diskutieren. Oder sie drängen mich dazu, beim Essen immer die gesündere Option zu wählen.

Unapologetic Lavinia Stan: Aber ich will gar nicht verbessert werden. Ich will geliebt, gemocht und begehrt werden – nicht wegen meines Gewichts, auch nicht trotz meines Gewichts, sondern weil ich ICH bin. Wegen meines Charakters, meiner Taten und meiner Worte. Jedes Mal, wenn mir eine Person, die mir am Herzen liegt, zeigt, dass ich ihr nicht genauso am Herzen liege, tut das weh. Es tut heftiger weh, als ich es auszudrücken vermag.

Unapologetic Lavinia Stan: Darum ist dieser Server, diese Community so wichtig für mich. Das hier gibt mir Gewissheit, dass Besseres für mich möglich ist; dass es glücklichere Beziehungen und sogar echte, dauerhafte und leidenschaftliche Liebe geben kann. Nicht wegen meines Gewichts, auch nicht trotz meines Gewichts, sondern weil ich ich bin.

Unapologetic Lavinia Stan: Deshalb tut es mir weh, wenn Fics aus unserer Community Fettsein als Synonym für Gier, für das Böse, für Hässlichkeit oder für Faulheit verwenden. Ich bin bestürzt, wie oft das vorkommt, gerade wenn man bedenkt, dass die eine Hälfte des Paares, das wir hier alle shippen, im Buch!Kanon nicht als herkömmlich attraktiv gilt. In der Beziehung zwischen Lavinia und Aeneas geht es, zumindest in den Büchern, grundsätzlich darum, dass Äußerlichkeiten zugunsten des Charakters zurückgestellt werden. Und dennoch finde ich regelmäßig Fatshaming in Lavineas-Fanfiction, und jedes einzelne Mal fühlt es sich wie eine Ohrfeige an.

Unapologetic Lavinia Stan: Um es klarzustellen: Ich denke nicht, dass ihr euch in euren Fics normalerweise bewusst für Fatshaming entscheidet. Der Hass auf Fettleibigkeit, die Geringschätzung dicker Menschen ist in unserer Gesellschaft so weit verbreitet, dass eine solche Haltung oft unbeabsichtigt zum Ausdruck gebracht wird, und da will ich mich selbst gar nicht ausnehmen. Auch wenn ich selbst fett bin, muss ich überlegt handeln und meine Worte mit Bedacht wählen, wenn es ums Fettsein geht, denn ich bin Teil dieser Gesellschaft.

Unapologetic Lavinia Stan: Ich will gar nicht, dass ihr mein Fettsein feiert oder dass Lavinia jetzt immer dick ist in den Geschichten. Ihr braucht auch keine alten Storys zu ändern, in denen Fatshaming auftaucht. Worum ich euch allerdings bitte, ist, etwas bedachtsamer zu sein, wann immer ihr euch beim Schreiben auf das Dicksein bezieht. Ich möchte, dass ihr an mich denkt und euch fragt: «Würde diese Formulierung ULS verletzen?» Falls die Antwort Ja lautet, macht es bitte besser – für mich, für euch selbst und für alle anderen.

Unapologetic Lavinia Stan: Wie ich vorhin schon schrieb, möchte ich weder eure Gefühle verletzen noch irgendjemanden vor den Kopf stoßen, denn ihr seid meine Freunde und meine Community. Aber das hier war wichtig für mich, deshalb habe ich es veröffentlicht. Und hoffentlich können wir, indem wir über dieses Thema diskutieren, eine noch bessere, inklusivere Gemeinschaft werden, als wir es schon sind.

Unapologetic Lavinia Stan: Danke, und tut mir leid, dass es so lang geworden ist.

Unapologetic Lavinia Stan: TL;DR: Bitte macht fette Menschen nicht automatisch furchtbar oder hässlich oder faul in euren Storys. Das macht mich, eine echte Dicke, traurig.

Unapologetic Lavinia Stan: PS: Wenn ich mich als dick und fett bezeichne, beleidige ich mich nicht selbst. Ich benutze diese Wörter nicht als abwertende Begriffe, wie es manche tun. Für mich sind sie einfach Adjektive, wie blond, groß oder (TopMeAeneas' Favorit) STEINHART. Ob es kränkend ist oder nicht, hängt wie bei so vielen Bezeichnungen ganz vom Kontext ab.

Marcus lehnte sich auf seinem viel zu unbequemen Hotelstuhl zurück und atmete langsam aus.

Zumindest ein paar von all den Storys, die er ihr im Laufe

der Jahre empfohlen hatte, hatten übergewichtige Nebenfiguren enthalten. Er vermutete, dass die Beschreibungen dieser Charaktere ihn jetzt peinlich berührt zurücklassen würden.

Scheiße.

Aber das war nicht das Schlimmste. Bei Weitem nicht.

Sie versuchen dann immer, mich zum Sport zu überreden, hatte sie geschrieben. *Oder sie drängen mich dazu, mich beim Essen für die gesündere Option zu entscheiden.*

Selbst wenn sein gottverdammtes Leben auf dem Spiel stünde, er würde schwören – *schwören* –, dass er sie mit seiner Einladung ins Fitnessstudio und zum Frühstücksbuffet nicht auf bevormundende Art zu mehr Bewegung und sogenannter besserer Ernährung hatte bekehren wollen. Aber bei ihrem Hintergrund konnte er nachvollziehen, warum April seine Worte möglicherweise so interpretiert hatte. Er konnte verstehen, warum sie so unterkühlt reagiert und sich von ihm zurückgezogen hatte. Und warum sie ihm für den Rest dieser endlosen Taxifahrt nicht mehr in die Augen hatte sehen wollen.

Betrachtete man ihre persönliche Geschichte und jenes berüchtigte, überwältigende Interesse für Äußerlichkeiten, das er jahrelang vor den Kameras zur Schau gestellt hatte, war es nur klar, dass sie das Schlimmste von ihm annahm. Sie kannte ihn noch nicht gut genug, um etwas anderes zu erwarten. Selbst Book!AeneasWouldNever ...

Er kniff sich so fest mit Daumen und Zeigefinger in die Nasenwurzel, dass er beinah davon ausging, Fingerabdrücke zu hinterlassen.

Wie hatte er das nur übersehen können? Wie hatte er das vergessen können? April hatte sogar Book!AeneasWouldNever gefragt, ihren treuen Freund seit Jahren, ob ihr Aussehen ihn dazu bewogen hatte, den Kontakt zu ihr abzubrechen. Denn sie hatte gedacht, dass er sie auf den Fotos von ihrem gemeinsamen Abendessen zum ersten Mal sah. Sie wusste nicht, dass er sie zu diesem Zeitpunkt längst gekannt hatte. Dass er sie längst bewundert hatte. Dass er sie längst unfassbar sexy fand.

Nicht wegen ihres Gewichts, auch nicht trotz ihres Gewichts, sondern weil ... sie April war. Ulsie. Einfach *sie*.

Und nein, es hatte nicht so gewirkt, als hätte sie die rücksichtslose Meinung der Twitter-Rowdys besonders mitgenommen. Aber sie hatte diese Unterscheidung in ihren PNs auf dem Server deutlich gemacht, oder?

Im Allgemeinen ist es mir vollkommen egal, was Fremde von mir denken. Nur nicht bei Leuten, die mir etwas bedeuten.

Entweder war er als Marcus Caster-Rupp nach wie vor ein Fremder für sie und sie scherte sich einen Dreck um ihn und seine plumpe, unüberlegte Einladung. Oder sie hatte begonnen, sich für ihn zu interessieren, wenn auch nur ein bisschen – und er hatte sie verletzt. Genauso wie Book!AeneasWouldNever erst gestern Nacht.

Verdammte Scheiße.

Dieses Mal rief er nur *ganz kurz* nach Alex' üblicher Schlafenszeit in Spanien an. Und da sein Freund selbst nicht gerade ein Musterbeispiel an Impulskontrolle war, war Marcus zuversichtlich, dass er ihm verzeihen würde. Irgendwann. Nachdem Alex gut geschlafen hatte.

«Scheiße, Alex, ich habe es so unglaublich vermasselt», sagte Marcus, sobald sein Freund rangegangen war. «Ich wollte es nicht, aber Gott verdammt, ich hab's versaut.»

Mit bewundernswerter Selbstbeherrschung unterließ Alex es, ihn erneut ein Arschloch zu nennen. «Was genau hast du versaut?»

«Alles.» Er rieb sich mit der freien Hand übers Gesicht. «Einfach *alles*.»

«Du bist so eine Drama-Queen», murmelte Alex. «Vielleicht könntest du ein bisschen konkreter werden?»

Wenn Marcus eine Drama-Queen war, dann war Alex ein Drama ... was auch immer mächtiger und dramatischer als eine Königin war. Ein Drama-Diktator? Eine Drama-Gottheit? Aber von diesem Vorwurf mit Wer-im-Glashaus-sitzt-Qualität abgesehen, hörte Alex zu, und Marcus hatte vor, das auszunutzen.

Es dauerte nicht so lange, die ganze Geschichte zu erzählen, wie Marcus erwartet hatte. Nachdem er fertig war, schwieg Alex für eine lange, lange Zeit.

«Vielleicht ist es das Beste so», sagte er schließlich.

Das Telefon hätte unter Marcus' wütendem Blick eigentlich zerbersten müssen. «*Was?*»

Selbst über einen Kontinent und einen Ozean hinweg war Alex' Seufzer deutlich zu hören.

Anklagend stieß Marcus mit dem Finger gegen den Namen seines besten Freundes auf dem Display. «Innerhalb eines einzigen Wochenendes habe ich eine tolle Freundin verloren und die einzige Frau, die ich seit Jahren wahrhaftig begehrt habe» – oder überhaupt jemals, doch das könnte auch nur die Drama-Queen in ihm sein, die einen erneuten Vorstoß wagte – «und sie ist überzeugt, dass ich als Marcus ein fettfeindlicher Arsch und als Book!Aeneas-WouldNever ein verlogener Arsch bin, der sie einfach so fallen lässt. In welchem Universum könnte das bitte schön das Beste sein?»

«Alter.» Sein Freund unterdrückte ein Gähnen. «Überleg doch mal, was du gerade gesagt hast. Du hast dir deine Frage schon selbst beantwortet.»

Marcus runzelte die Stirn. «Hab ich nicht.»

«Vor wenigen Augenblicken hast du von dir selbst in der dritten Person gesprochen. Zwei Mal. Und von zwei verschiedenen Identitäten.» Die Geduld in Alex' Stimme klang ein bisschen strapaziert. «Erscheint dir das nicht irgendwie etwas ... übermäßig kompliziert?»

Hmpf.

«Ich bin ein Diamant mit vielen Facetten.» Hatte April ihm das nicht früher am Tag gesagt?

«Spar dir den Selbstbeweihräucherungsscheiß für die Kamera auf, Marcus.» Ein schabendes Geräusch drang aus der Leitung. Wahrscheinlich kratzte sich Alex seinen struppigen Bart. «Ich sage ja nur, du könntest bestimmt auch eine nette Frau finden, die dich nur unter einem Namen kennt, die du noch nicht angelogen hast und vor der du nicht verschiedene Geheimnisse hast.»

«Ich will keine nette Frau. Ich will April. Ulsie.» Er kniff sich wieder in den Nasenrücken und zuckte zusammen. «Nicht dass sie nicht nett wäre. Ist sie, zumindest wenn sie nicht gerade glaubt, dass ich ein Arschloch bin, das versucht, sie dazu zu bewegen, durch Sport und Diäten Gewicht zu verlieren.»

Bevor Alex etwas erwidern konnte, fügte Marcus hinzu: «Ich weiß, ich weiß. Ich habe gerade auch über ihre zwei verschiedenen Identitäten gesprochen. Ich will es nicht hören.»

Okay, das war definitiv ein Stoßseufzer. «Warum hast du mich dann angerufen?»

«Weil ich ...» Er ließ das Kinn zur Brust sinken. «Weil ich es vielleicht hören muss, auch wenn ich es nicht hören will.» Trotz zugeschnürter Kehle zwang er sich, die Worte auszusprechen. «Du meinst also, ich sollte sie gehen lassen? Sie nicht mehr als Marcus kontaktieren und auch keine PNs mehr mit ihr auf dem Lavineas-Server austauschen, wenn ich von meiner vermeintlichen, möglicherweise spionagebezogenen Geschäftsreise zurück bin?»

«Basierend auf allem, was du mir erzählt hast, würde ich sagen, dass sie jemanden verdient, der offen und ehrlich zu ihr sein kann unter einem einzigen Namen und mit nur einer Identität.» Die Stimme seines Freundes war rau geworden. Er klang müde. «Wäre das für dich möglich? Selbst wenn du weißt, was es dich kosten könnte?»

Wenn er seine Karriere für irgendjemanden aufs Spiel setzen würde, dann für sie.

Er war sich ziemlich sicher, dass sie seine Geheimnisse nicht verraten würde. Beinahe sicher.

Auch wenn er sie erst zweimal persönlich getroffen hatte. Verdammt noch mal.

War er wirklich bereit, zwei Jahrzehnte harter Arbeit für diese Beinahe-Gewissheit aufs Spiel zu setzen? Seinen Ruf in der Branche zu ruinieren, den er sich während schier endloser Stunden mühsam erarbeitet hatte, indem er immer wieder Text geübt hatte und indem er Schauspielerei, Segeln, Schwertkampf, Gemüseschneiden und Squaredance gelernt hatte?

Was ihn daran erinnerte: Sollte *Do-Si-Danger* jemals bei einem Streamingdienst landen, würde er untertauchen müssen. Genau wie der Mann, den er in dem Film spielte – ein arroganter, hochrangiger Manager, der zufällig Zeuge eines Gang-Mords wird, muss in den Zeugenschutz und eine neue Identität annehmen. Bei kleinbürgerlichen Squaredancern lässt er sich auf eine unglückliche Romanze ein.

Dieser Film war so unglaublich furchtbar gewesen. Einfach schrecklich in fast jeder Hinsicht.

Trotzdem hatte er seinen Job erledigt. Er hatte die Crew, die Co-Stars und jeden anderen am Set wie die Profis behandelt, die sie waren, und sich selbst ebenfalls professionell verhalten. Am Ende hatte er ein wenig Geld eingestrichen und zudem seinen Ruf als fleißiger, unkomplizierter Schauspieler weiter stärken können.

Aber das war nicht alles, was der Film für ihn getan hatte.

Im Alter von dreiundzwanzig Jahren war er an diesem Set angekommen, übereifrig, aufgeregt und fast vollständig davon überzeugt, dass er ein hoffnungsloser Versager war. Als die Dreharbeiten zu Ende waren, hatte er sich immer noch wie ein Versager gefühlt. Aber wie ein Versager, für den es Hoffnung gab. Indem er sich anstrengte und immer besser in seinem Job wurde, damit er bessere Rollen ergattern konnte.

Die Schauspielerei hatte Marcus berufliche Anerkennung eingebracht, schon richtig, aber durch sie hatte er auch endlich etwas Selbstachtung gefunden. In ihr fand er Zusammenhalt, sie war die Quelle seines Erfolges und seines Stolzes. Sie war die einzige Quelle gewesen, bis er zur Fanfiction fand.

Ohne seine Arbeit, ohne seinen Ruf wäre er ein Nichts. Hätte nichts. Wieder einmal.

Eine so kluge und kompetente Frau wie April würde ihn dann erst recht nicht wollen.

«Ja, ich versteh schon, was du sagen willst.» Marcus' Augen brannten, und er schloss sie für einen Moment. «Danke.»

«Hör mal ...» Etwas raschelte in der Leitung. Alex, der sich bewegte. «Es tut mir leid. Falls es dich beruhigt: Wenn du doch beschließt: *Scheiß drauf, ich will sie mehr als meine Karriere*, und ihr alles erzählst, ich stehe hinter dir. Das weißt du hoffentlich.»

Marcus schnaubte, er war gegen seinen Willen amüsiert. «Das ist die Art Blödsinn, die du tun würdest.»

«Das ist zu einhundert Prozent etwas, das ich tun würde. Wahrscheinlich live im Fernsehen, gefolgt von einer spontanen Lesung der schmutzigsten und serienkritischsten Geschichte, die ich je geschrieben habe.» Alex' Lachen war kurz, und es lag ein Hauch von Bitterkeit darin. «Es gibt einen Grund, warum Ron und R. J. mir ein verdammtes Kindermädchen aufgehalst haben. Aber du bist nicht ich. Darum versuche ich, dir dabei zu helfen, bessere Entscheidungen zu treffen, als ich es normalerweise tue.»

Nachdem Alex kürzlich bei einer Kneipenschlägerei verhaftet worden war, hatten die Showrunner ihm eine bezahlte Aufpasserin zur Seite gestellt, die ihn aus Schwierigkeiten heraushalten sollte. Es handelte sich um eine Frau, die irgendwie mit Ron verwandt war – und das verhieß nichts Gutes.

«Wo wir gerade davon sprechen, wie läuft es mit» – wie war gleich ihr Name? – «Laurel? Laura?»

Alex stieß einen Seufzer aus, der ganz allein einen Windpark hätte antreiben können. «Lauren. Das unerbittliche, humorlose, unwahrscheinlich kleine, scheiß nervtötende Kreuz, das ich tragen muss.»

Marcus' Stimme war so trocken wie die Wüste, in der sie in der dritten Staffel von *Gods* gedreht hatten. «Es läuft also gut.»

«Sie läuft; Schritt für Schritt hinter mir her.» Jede Silbe eines jeden Wortes war von Bedauern durchtränkt. «Anscheinend wird sie mich zu allen öffentlichen Veranstaltungen begleiten, bis die letzte Staffel ausgestrahlt wird. Und das, obwohl ich versprochen habe, nicht mehr zu trinken. Oder mich an einer weiteren Kneipenschlägerei zu beteiligen, es sei denn, es ist absolut notwendig.»

Auf diesen Zusatz hin massierte Marcus seine Schläfen.

«Ich hab Ron schon erklärt, dass Lauren mich nicht wirklich von einer Schlägerei abhalten könnte. Es sei denn, sie steht auf einer Art Tritthocker», erklärte Alex. «Wobei sie stärker ist, als man denkt. Vielleicht würde sie mich einfach durch einen Angriff auf meine Knie zu Fall bringen und sich dann auf mich setzen, bis ich nüchtern bin.»

Es lag eine gewisse grimmige Begeisterung in Alex' Worten, die eine Frage aufwarf: Unter welchen Umständen genau hatte er eigentlich Laurens Stärke entdeckt?

«Sie wird all die Premieren und Preisverleihungen hassen», erklärte sein Freund. «*Haaaaaaaassen*. Ich kann's kaum erwarten.»

Bei all der boshaften Freude in seiner Stimme konnte man sich gut vorstellen, wie Alex einen haarlosen Chihuahua streichelte, während er in seinem Geheimversteck den Ausbruch eines von willigen Helfern erschaffenen Supervulkans plante.

Marcus schüttelte sich. Er wollte lieber nicht über diese unglückselige Rolle in *Magma!: The Musical* nachdenken. Er konnte nur hoffen, dass April nie davon erfuhr, denn die Wissenschaft hinter dem Ganzen …

Nein. Es war nicht mehr wichtig, was April dachte, denn sie würden nicht mehr miteinander kommunizieren, weder persönlich noch online. Nicht nach diesem letzten Mal heute Abend.

Er wusste jetzt, was er zu tun hatte.

«Ich bin froh, dass du etwas Spaß an dem Arrangement hast – egal, wie pervers er sein mag. Sei trotzdem nett zu Lauren. Es ist nicht ihre Schuld, dass sie dich im Auge behalten muss, damit du nüchtern und friedlich bleibst.» Ein kurzer Blick auf seinen Laptop offenbarte ihm einen Bildschirm voller Antworten auf Aprils Beiträge, und alle paar Sekunden kamen neue hinzu. «Ich sollte jetzt besser los, aber danke, dass du mir zugehört hast. Wieder einmal.»

«Kein Problem.» Ein raschelndes Geräusch. «Warte kurz. Lass mich noch eben in meinen Terminkalender schauen.»

Während Marcus wartete, überflog er die ersten paar Kommentare. Die meisten waren positiv und bestärkend, nur AeneasFan83 – kein enger Freund von ihm auf dem Server, aber dennoch ein langjähriges Mitglied – ging in die Defensive und bewegte sich mit seinen Aussagen auf eine Weise in eine Sei-nicht-so-empfindlich-Richtung, die dafür sorgte, dass sich Marcus die Nackenhaare aufstellten.

Innerhalb einer Minute war Alex zurück. «Ich werde am Sonntag wieder in L.A. sein. Hast du Lust, Ende nächster Woche diese britische Backsendung zu sehen? Ich habe schon viel zu lange niemanden mehr das Wort ‹claggy› sagen hören.» Seine Stimme wurde nachdenklich. Fast verträumt. «Ich wette, wenn ich Lauren frage, ob ihr Biskuit auch *claggy* ist, denkt sie, das ist was Schmutziges. Das muss ich ausprobieren.»

Marcus beneidete Lauren nicht um ihren Job. Ganz und gar nicht.

Nach dieser katastrophalen Woche hatte Marcus allerdings das dringende Bedürfnis, so viel Zeit wie möglich mit seinem besten Freund zu verbringen. «Ein Serienmarathon mit klumpigem Biskuitteig klingt großartig. Lass uns was ausmachen, wenn du wieder da bist. In der Zwischenzeit pass auf dich auf, gute Reise. Und *benimm dich.*»

Noch mehr boshaftes Gelächter erklang, und Alex war weg.

Dann war es an der Zeit, nachzudenken. Intensiv nachzudenken.

Marcus brauchte beschämend lange, um eine Antwort auf Aprils Thread zu verfassen. Schließlich fand er jedoch die richtigen Worte. Oder zumindest die unter den gegebenen Umständen besten Worte. Sie mussten ausreichen.

Book!AeneasWouldNever: Wegen der Vorgaben hinsichtlich der Internetnutzung in meinem Job werde ich in absehbarer Zeit nicht mehr in der Lage sein, hier viel zu posten. Ich dürfte das nicht einmal in diesem Moment, aber ich wollte zwei Dinge loswerden.

Book!AeneasWouldNever: Zuerst möchte ich mich bedanken, weil ihr so eine offene Community seid, in der man sich gegenseitig unterstützt. Während der letzten paar

Jahre, in denen ich mich mit diesem besonderen Fandom beschäftigt habe, habe ich so viel übers Geschichtenerzählen, über Gemeinschaft und – so kitschig es auch klingt – über mich selbst gelernt.

Book!AeneasWouldNever: Zweitens, wenn wir *wirklich* eine Gemeinschaft sind, die stolz auf ihre Offenheit und die gegenseitige Unterstützung ist, sollten wir nicht wegschauen, wenn uns eines unserer Mitglieder – in einem Schritt, der nicht leicht gewesen sein kann – offenbart, dass sie sich manchmal vor den Kopf gestoßen und verletzt fühlt; von Dingen, die wir geschrieben haben. Zumal ULS zu Recht darauf hinweist, dass die grundlegende Botschaft der Aeneas/Lavinia-Beziehung einfach ist: Charakter steht über Aussehen, Güte über allem.

Book!AeneasWouldNever: Deshalb will ich mich aufrichtig und aus tiefstem Herzen bei ULS entschuldigen, dass ich über das wichtige Thema, das sie hier angesprochen hat, vorher nicht nachgedacht habe und dass ich das Fatshaming in den Storys, die ich ihr und euch anderen in der Vergangenheit empfohlen habe, oft nicht bemerkt habe. Ich werde es in Zukunft besser machen, wegen der Zeilen, die du heute geschrieben hast. Danke vielmals dafür.

Book!AeneasWouldNever: Außerdem, ULS, tut es mir leid, dass die Menschen in deinem Privatleben – die Männer, die du gedatet hast – dafür gesorgt haben, dass du dich verurteilt oder erniedrigt fühltest. Es tut mir mehr leid, als ich es ausdrücken kann.

Book!AeneasWouldNever: Pass auf dich auf. Ich werde zurückkehren ... irgendwann. Ich werde dich vermissen.

Nachdem er das gepostet hatte, setzte Marcus seinen Status zurück auf unsichtbar und loggte sich aus.

Und wie er es schon so oft getan hatte, schrieb er dann so lange, bis seine Brust nicht mehr bei jedem Atemzug schmerzte.

DO-SI-DANGER

INNEN. DIE FARNSWORTH-SCHEUNE – ABEND

Die Scheune ist weitläufig, und überall liegt Heu, Laternen aus Einmachgläsern spenden sanftes Licht. Andere Pärchen sind immer noch beim Squaredance, aber CHRISTOPHER und MILLIE haben sich in eine ruhige Ecke zurückgezogen. Sie wischt etwas Stroh von seinem teuren Anzug, und beide lachen.

           MILLIE
Vor einem Monat hätte ich mir das nicht vorstellen können.

           CHRISTOPHER
Dir was vorstellen?

Er ergreift ihre Hand und hält sie sanft. Zärtlich.

           MILLIE
Du, beim Allemande Left, wie du dich leicht wie ein Windhauch bewegst. Wir, zusammen.

           CHRISTOPHER
Und wir werden uns nie wieder trennen, Millie. Niemals.

Sie stellt sich vor ihn für einen Kuss. Plötzlich ein Schuss, dann Schreie. Millie bricht in Zeitlupe zusammen, ihr Gesicht ausdruckslos. Blut breitet sich auf ihrer Brust aus, während er verzweifelt versucht, sie aufzufangen, sie wiederzubeleben, aber es ist zu spät. Als er wieder aufblickt, ist von dem Schützen keine Spur mehr zu sehen.

CHRISTOPHER
Millie! Millie, verlass mich nicht!

Aber sie kann ihm nicht mehr antworten. Das Gesicht den Dachsparren zugewandt, heult er seine Trauer und Verzweiflung und Wut zum Universum hinaus, wohl wissend, dass er nun eine neue Motivation, ein neues Ziel hat: in ihrem Andenken ein besserer Mensch zu werden und sie zu rächen. Ihr Tod wird der Schlüssel für seine Charakterentwicklung – genauso hätte sie es gewollt.

13

AM ERSTEN TAG in ihrem neuen Job hatten Aprils Kollegen zum Lunch Sushi geholt, und als Beilage gab es eine kleine Inquisition.

Heidi meinte jedoch, es hätte alles viel schlimmer kommen können. Viel, viel schlimmer.

«In ihrer Version von *Blowin' in the Wind*», hatte sie April am Morgen in der Nähe des Druckers zugeflüstert, «hat Mel den Text zu ‹Contaminants, my friend, are blowin' in the wind› geändert.»

Schadstoffe, mein Freund, verbreiten sich im Wind. Okay. «Wow», hatte April herausgebracht. «Das ist ... wow.»

Ihre Kollegin nickte mitfühlend. «Es gibt auch eine Strophe über Luftmessstationen. Pablo und Kei haben diesen Teil beigesteuert.»

«Und sie haben überlegt, dieses Lied für mich beim Lunch zu spielen? Als eine Art Willkommenszeremonie?»

Ganz ehrlich, trotz Heidis verdrehter Augen klang das großartig. Nach einer Woche wie der letzten freute sich April über jede Art von Ablenkung von ihren verworrenen Gedanken. Ein schreckliches Folk-Konzert versprach weit mehr Ablenkung und hatte einen sehr viel größeren Unterhaltungswert, als sich allein an ihrem Schreibtisch ein Sandwich einzuverleiben, wie sie es während der ersten Mittagspause in ihrem alten Büro getan hatte.

Sie schätzte Kreativität in sämtlichen Ausprägungen. Vor allem, wenn besagte Kreativität am Ende der Pause wieder Ruhe geben musste, sollte sie sich doch als etwas zu ohrenbetäubend erweisen. Davon abgesehen fand sie es sehr nett, dass man ihr diese Kreativität nicht einfach unaufgefordert aufdrängte.

«Nach einigen Diskussionen haben sie beschlossen, dass es die Grenzen des guten Benehmens unter Kollegen überschreiten würde.» Heidis azurblauer Nagellack passte ganz wunderbar zu ihrem Haar, und April dachte darüber nach, ihre Kleider- und Make-up-Auswahl für die Arbeit zu erweitern. «Sie wollten dich nicht dazu zwingen, zuzuhören, wenn du nicht interessiert bist. Auch wenn sie sehr stolz auf ihre Version von *This Land Is Your Land* sind.»

Oh, die schier endlosen lyrischen Möglichkeiten, die sich mit diesem Lied auftaten.

Am Ende wurde beim Mittagessen nicht gesungen. Es wurden nur ein paar freundliche Fragen gestellt.

«Ich bin auch ein *Gods*-Fan», sagte Mel, bevor sie eine Spicy-Tuna-Roll mit ihren Stäbchen hochhob und sie auf ihren Teller legte. «Ich habe dein Lavinia-Kostüm auf Twitter gesehen, und es war *fantastisch*. Wie lange interessierst du dich schon für Cosplay?»

Von all den pikanten Themen, über die Mel sie hätte befragen können, hatte sie sich ... Cosplay ausgesucht. Sie fragte weder nach Marcus noch nach den Dates noch nach dem Medienrummel, der um Marcus und diese Dates gemacht worden war. Und auch nicht nach den öffentlichen-und-doch-privaten Fotos, die über das Internet verbreitet und dann in mehreren zweitklassigen Unterhaltungssendungen gezeigt worden waren.

Obwohl sie den ganzen Vormittag nur damit verbracht hatte, den Papierkram zu erledigen, der an einem ersten Tag anstand, und sich die Videos anzuschauen, die von der Personalabteilung vorgeschrieben waren, liebte April ihren neuen Job bereits.

«Erst seit dem letzten Jahr.» Jedes Sushi-Röllchen, das

sowohl Tempura-Shrimps als auch Avocado enthielt, war eindeutig für sie bestimmt, also schnappte sie sich eins davon. «Das Bild ist gut geworden, und ich bin auch stolz auf mein Design, aber es gibt da ein paar unschöne Stellen. Hätte ich mich etwas anders positioniert, hätte man die Heftklammern und das doppelseitige Klebeband bemerkt.»

Eigentlich hatte April letzte Woche vorgehabt, ihr Interesse an Cosplay und den dazugehörigen Twitter-Account auf dem Lavineas-Server zu verkünden, da ihr ein paar Leute in der Community sicherlich dringend benötigte Tipps zur Kostümherstellung geben könnten. Das hätte allerdings auch bedeutet, dass sie hätte zugeben müssen, dass sie Marcus' mysteriöse Verabredung war. Und nach dem ganzen Aufruhr um ihren Fatshaming-Post hatte sie beschlossen, stattdessen ein paar Tage die Füße still zu halten.

Die meisten Leute hatten sich bei dem Thema wirklich nett und freundlich gezeigt, insbesondere BAWN – auf ganz herzzerreißende Art. Außerdem gab sie immer mehr einen Scheiß auf Leute, die sich offenbar nicht um ihre Gefühle scherten. Ein paar Miesepeter hatten trotzdem für einige angespannte Momente auf dem Server gesorgt, und sie hatte nicht die Absicht, sich so schnell wieder die gesamte Bandbreite an Kommentaren zu geben.

«Brauchst du eine Nähmaschine?» Pablo blickte von seinem Sashimi auf. «Ich habe eine, die ich dir leihen kann. Sie ist nichts Besonderes, aber sie erfüllt ihren Zweck.»

April schluckte ihr Sushi hinunter und schenkte ihm ein warmes Lächeln. «Vielen Dank, aber ich habe keine Ahnung, wie man so was bedient. Wahrscheinlich kaufe ich mir besser selbst eine, um damit herumzuexperimentieren. Wenn ich meine eigene Maschine kaputt mache, ist es nicht so schlimm.»

«Du hast also dieses tolle Kostüm entworfen, kannst aber gar nicht nähen?» Heidi sah nachdenklich aus. «Mel, Darling, denkst du, was ich denke?»

«Wahrscheinlich nicht.» Mel pikte mit dem Stäbchen in den Rogen auf ihrem Sushi. «Ich habe im Kopf gerade eine Liste von den Spezies erstellt, deren Eier wir verzehren, und mich gefragt, wo und warum da eine Grenze gezogen wird.»

Heidi starrte sie an. «Du hast recht. Das war nicht das, was ich gedacht habe.»

«Ich weiß.» Kei legte seine Stäbchen ordentlich auf der Serviette ab. «Es geht um *My Chemical Folkmance*.»

«Wir arbeiten noch am Bandnamen», bemerkte Pablo. «Ich war für *She Blinded Me with Science*, aber Kei und Mel meinten, das würde implizieren, dass unser Beruf irgendwie schädlich ist.»

Nachdem Mel nun von ihren Eiersorgen abgelenkt war, betrachtete sie Heidi nachdenklich. «Oh. Ja. Jetzt verstehe ich. Ja, das könnte funktionieren, je nachdem, was April will. Sie ist gerade umgezogen und hat einen neuen Job. Wir sollten sie nicht unter Druck setzen, sich zu irgendetwas zu verpflichten.»

«Vor allem, weil sie im Moment vielleicht, ähm, andere Prioritäten hat.» Kei brach seinen Glückskeks auf und studierte den Zettel darin. «Verdammt, ich *will* mich nicht auf neue Abenteuer einlassen. Ich arbeite Vollzeit, habe eine Familie und singe in einem Folk-Trio mit ungewissem Namen. Reicht das nicht?»

Heidi tätschelte ihm den Arm. «Du kannst stattdessen mein Schicksal haben. Da geht es darum, klügere Entscheidungen zu treffen, und daran habe ich kein Interesse.»

Er lachte. «Das glaube ich gern.»

April war verwirrt. «Sorry, Heidi, aber scheinbar habe ich

irgendetwas verpasst. Worüber hast du nachgedacht? Und was hat das mit mir zu tun?»

«Sie hat überlegt, dass wir uns gegenseitig helfen könnten, sofern du Zeit und Interesse hättest.» Mel lächelte April an. «Wir finden schon lange, dass wir eigentlich Kostüme für unsere Auftritte bräuchten. Du weißt schon, Bühnen-Outfits, die zusammenpassen und zeigen, dass wir eine Folk-Band sind. Aber keiner von uns hat eine Vorstellung, wie das genau aussehen soll. Wenn du also bereit wärst, dein Designer-Auge einmal darauf zu richten ...»

«Dann könnten wir dir helfen, eins deiner Kostüme zu nähen», beendete Pablo den Satz. «Falls du Lust darauf hättest. Wenn nicht, ist das auch kein Problem.»

Der Plastikstuhl unter ihr quietschte, als April sich in ihrer Begeisterung ruckartig nach vorn bewegte.

«*Ja.*» Sie strahlte ihre neuen Kolleginnen und Kollegen an. Jeden einzelnen von ihnen, der Reihe nach. «Das würde ich total gerne tun.»

Das war es, was sie bei der Arbeit vermisst hatte. Offenheit und die Möglichkeit, über ihr Leben außerhalb des Büros zu sprechen. Beziehungen, die aus dieser Offenheit entstanden und darauf aufbauten.

Gott, diese Freiheit war berauschend. Ihr war nahezu schwindelig davon.

«Du solltest dich erst mal ein bisschen einleben, aber dann können wir über die Details sprechen.» Mel schwenkte eine ringgeschmückte Hand. «Und falls du in der Zwischenzeit deine Meinung änderst: halb so wild.»

«Du hast im Augenblick ja auch jede Menge um die Ohren. Ganz offensichtlich.» Heidis Nasenring glitzerte, als sie sich in ihrem Stuhl zurücklehnte. «Also, es geht uns wirklich nichts an, und du brauchst auch nicht zu antworten, aber –»

«Marcus Caster-Rupp ruiniert meine Existenz als hundertprozentige Lesbe», unterbrach Mel. «Wenn es ihn nicht gäbe, stünde ich ganz am Ende der Kinsey-Skala, aber tja, es gibt ihn nun mal!»

Heidi zuckte mit den Schultern. «Ich bin bi, also akzeptiere ich meinen Status als Caster-sexuell.»

«Wie ist er denn so in echt?», wollte Mel wissen. «Genauso heiß?»

Während Kei die Augen verdrehte und aufstand, um seinen Müll einzusammeln, stützte Pablo die Ellbogen auf dem Tisch ab. «Hat er dir etwas über seine Hautpflegeroutine verraten?»

«Bitte sag uns, dass er tatsächlich ein anständiger Kerl ist. Er wirkt so in all seinen Interviews, aber ...» Heidi verzog ihr Gesicht zu einer Grimasse. «Man weiß nie.»

Was sollte April darauf antworten?

«Hmmm, okay.» Das Einfachste zuerst. «Ich weiß nichts über seine Hautpflegeroutine. Es tut mir leid, Pablo. Schau doch mal online. Vielleicht gibt es irgendwelche Artikel darüber.»

Er schüttelte den Kopf und begann nun auch, seinen Müll zusammenzuklauben. «Ich könnte mir die Produkte, die er benutzt, wahrscheinlich eh nicht leisten, aber ich war neugierig. Meine Freundin meint, sein Gesicht zeigt ‹das perfekte Maß an Gegerbtheit›. Was auch immer das bedeuten mag.»

April wusste genau, was es bedeutete.

Die Fältchen in seinen Augenwinkeln und die dünnen Linien auf seiner Stirn verstärkten seine Anziehungskraft noch. Sie waren das Sahnehäubchen auf der ohnehin schon köstlichen Torte.

Mit den nächsten Antworten bewegte sie sich nun notgedrungen auf unsichereres Terrain.

«Er sieht in echt genauso gut aus», sagte sie zu Mel. «Vielleicht sogar noch besser.»

Denn wenn man ihm gegenüberstand, war Marcus *real*. Ein von ihrer Faust zerknittertes Shirt oder ein loser Schnürsenkel ließen ihn wärmer und echter erscheinen und ... berührbar.

Von Angesicht zu Angesicht war er immer noch blendend schön, ja, aber nicht perfekt. Kein Halbgott – sondern einfach ein Mann. Und da er für sie jetzt ein echter Mensch war, wollte sie nicht mit Fremden über seine sexuelle Anziehungskraft reden. Plötzlich erschien ihr das wie eine Grenzüberschreitung, genau wie ihre expliziten Geschichten.

Über seine körperliche Attraktivität würde sie gerne reden. Über seine Fuckability? Nein. Nicht mehr.

«Hui.» Mel tat so, als ob sie sich Luft zufächelte. «Ich bin unsicher, ob das überhaupt möglich ist, aber ich vertraue deinem Urteil. Schließlich bist du die Einzige, die ihn aus nächster Nähe gesehen hat.»

Zu guter Letzt kam die komplizierteste Frage von allen.

Bitte sag uns, dass er tatsächlich ein anständiger Kerl ist.

April würde nicht auf die Unterschiede zwischen seiner öffentlichen Rolle und seinem privaten Auftreten eingehen. Er hatte seine Gründe, diese Fassade aufrechtzuerhalten – wie auch immer die aussahen –, und sie würde keinesfalls seine Privatsphäre verletzen. Und auch ihre eigene wollte sie schützen, weshalb sie weder ihre letzten gemeinsamen Momente schildern noch den Grund für ihre Wut offenlegen würde.

Aber sie konnte sich auf einen Teil der Wahrheit beschränken.

«Keine Sorge, Heidi.» Sie tat ihr Bestes, um zu lächeln, denn sie *sagte* ja die Wahrheit und wollte, dass man ihr auch abnahm, dass sie ehrlich war. «Marcus war jederzeit sehr nett zu mir.»

Und sie meinte das genau so, auch wenn er sie zum

Fitnessstudio und zu einem gesunden Frühstück hatte überreden wollen. Mit ziemlicher Sicherheit hatte er die Einladung als Geste der Besorgnis gemeint, auch wenn sie im Grunde Herablassung ausdrückte. Und als er über das Buffet gesprochen hatte, hatte sie ihn unterbrochen, noch bevor er ihr die gesamte Auswahl aufzählen konnte. Vielleicht hätte er noch mehr abnehmfreundliche Optionen angeführt, aber vielleicht ...

Nein, es hatte keinen Sinn, diesen Moment noch einmal durchzuspielen. Sie hatte ihre Entscheidung getroffen, und sie musste damit leben. Egal, wie oft sie ihre reflexhafte Reaktion auf seine Worte in der letzten Woche infrage gestellt hatte.

Weißt du, wahrscheinlich sind das genau die Sachen, die er immer zum Frühstück isst, schließlich bringt sein Job gewisse Anforderungen mit sich, wenn es um Ernährung und Fitness geht. Der Gedanke hatte sie nicht losgelassen, egal wie sehr sie sich beim Kistenauspacken und Möbelverrücken verausgabt hatte. *Du hast ihn gefragt, was er empfehlen könnte. Und wenn es nun mal das ist, was er sonst isst, konnte er praktisch nur die gesunden Lebensmittel guten Gewissens vorschlagen.*

Ihr Lächeln verblasste, obwohl sie sich alle Mühe gab, es zu halten. «Ich glaube nicht, dass wir noch mal miteinander ausgehen. Ich fürchte, ich werde in Zukunft keine Insider-Informationen mehr haben.»

Selbst wenn sie es sich jetzt anders überlegte und Marcus eine Nachricht schickte, um ihm ein weiteres Date vorzuschlagen – was sie unter keinen Umständen tun würde –, dann würde er diesmal vermutlich nicht zusagen. Nicht nachdem sie im Taxi so kalt und abweisend gewesen war und auch nicht in Anbetracht des Schmerzes, den sie in jedem Wort, das er von diesem Moment an gesagt hatte, wahrgenommen hatte.

Aber Marcus hatte ihr diesen Schmerz nicht aufgedrängt. Er hatte keine emotionale Keule daraus gemacht, um sie zu manipulieren, damit sie ihre Meinung änderte. Er hatte nicht mit ihr diskutiert oder sie hinterher mit Nachrichten bombardiert.

Er hatte die Zurückweisung mit Würde getragen.

Letztendlich mit mehr Würde, als sie beim Erteilen der Abfuhr gezeigt hatte.

Mel schob ihren Stuhl zurück und stand auf, ihr Blick war warm und voller Verständnis. «Wir werden dich nicht mehr nach ihm fragen. Das verspreche ich. Und wenn einer von uns in Zukunft noch mal zu neugierig wird, sag es uns bitte, und wir lassen dich in Ruhe. Unverzüglich und ohne verletzte Gefühle.»

«Ist schon in Ordnung.» April sammelte die Reste auf dem Tisch zusammen und vermied jeden weiteren Augenkontakt. «An eurer Stelle hätte ich genau die gleichen Fragen gestellt.»

Dann gingen sie alle zurück an die Arbeit, und April verbrachte einen ruhigen Nachmittag damit, sich mit verschiedenen Dokumenten herumzuschlagen.

Dokumenten – und Zweifeln.

So vielen Zweifeln.

• • •

Während sie bei der Arbeit gewesen war, hatte BAWN eine neue Fanfiction-Story gepostet.

Hinter ihren Augen prickelten heiße Tränen, als April am Abend daraufklickte.

Die Geschichte war die Bestätigung, falls sie überhaupt eine gebraucht hatte. Er hatte sie angelogen. Offensichtlich hatte er lange genug Zugang zum Internet gehabt, um sein neuestes Werk hochzuladen. Was auch lange genug gewesen wäre, um ihr eine kurze PN zu schicken, wenn er das gewollt hätte. Aber er wollte wohl nicht mehr.

Wie immer hatte er einen Satz aus den Büchern von E. Wade als Titel für seine Geschichte gewählt. Diesmal war es etwas aus einer Passage aus dem dritten Buch, die Lavinias Gedanken über Aeneas beschrieb: *Ein Halbgott zwar, ist er auch nur ein Mann. Und als solcher neigt er genauso zu Fehlurteilen wie jeder seiner Brüder.*

Im Gegensatz zu seinen bisherigen Fanfics hatte BAWN sich mit «Auch nur ein Mann» ins Schlafzimmer gewagt. Die Geschichte war nicht als *explicit* eingestuft, also ging es nicht allzu anschaulich zur Sache. Aber es war seine erste Story, die mit *mature* bewertet wurde, die also für erwachsene Leser bestimmt war.

Das war ... merkwürdig.

Er hatte ihren «Trübsal ahoi!»-Tag verwendet, ebenso wie die Alternative, die sie einmal vorgeschlagen hatte: «Hier wüten Seelenqualen», und als sie sah, wie er sie so ganz beiläufig mit in die Geschichte einbezog, obwohl er sie ohne ihre Hilfe und ihren Input geschrieben und veröffentlicht hatte, musste April einen Moment lang an die Decke starren und heftig blinzeln.

Mit einer ungewohnten Distanz, ohne die Geschichte vorher gesehen, ohne gemeinsam mit ihm darüber gebrainstormt oder sie für ihn auf Rechtschreibfehler überprüft zu haben, begann sie seine Worte zu lesen und musste schnell wieder aufhören. Mit dichten Nebenhöhlen stand sie von ihrem halb eingeräumten Schreibtisch auf und wanderte in die vollgestellte Küche. Die Dunkelheit des Hinterhofs, die durch das Fenster über der Spüle hereinkam, beruhigte ihre brennenden Augen, und kühles Wasser half ihr, den Kloß in ihrem Hals hinunterzuschlucken.

Sie warf ihr zerfetztes Taschentuch in den Mülleimer

und setzte sich wieder an ihren Computer. Vielleicht würde sie seine zukünftigen Geschichten nicht mehr lesen, aber diese hier konnte sie nicht ignorieren.

Schon nach den ersten paar Absätzen wurde ihr klar, dass jemand anderes die Geschichte betagelesen hatte. Es gab mehr Transkriptionsfehler als sonst, aber weitaus weniger, als es ohne fremde Hilfe der Fall gewesen wäre.

Nach ein paar weiteren Absätzen fing sie wieder an zu weinen, dieses Mal ganz unverhohlen.

In der Story – buchkanontreu, aber keine direkte Szene aus dem Buch – waren Lavinia und Aeneas frisch verheiratet und fanden sich allein in ihrem Schlafgemach wieder. Sie versuchten beide, sich mit einer Ehe zu arrangieren, die keiner von ihnen gewollt hatte; sie hatten sich dem Willen der Götter und dem Geheiß der Parzen gehorsam gebeugt.

Sie küssten sich, was für beide Seiten durchaus angenehm war. Sie umarmten einander. Als er sie fragte, ob sie bereit sei, weiterzumachen, gab sie ihr Einverständnis zu darüber hinausgehender Intimität.

Er begann, ihre Arme, ihr Haar, ihren Rücken zu streicheln, verunsichert, aber auch entzückt über die in ihm aufsteigende Welle des Verlangens. Lavinia jedoch blieb wie erstarrt, und Aeneas zog sich schließlich verwirrt zurück.

Ging man von Wades Büchern aus und davon, wie die Autorin Lavinia dort charakterisiert hatte, dann waren die Gründe für ihr Zögern mehr als klar: Sie kannte ihren Mann kaum und hatte erwartet, stattdessen einen anderen – Turnus – zu heiraten. Sie brauchte Zeit, um mit den gewaltigen und unvorhergesehenen Veränderungen in ihrem Leben zurechtzukommen, bevor sie Aeneas in ihrem Bett willkommen heißen konnte.

Aber selbst wenn sie ihn länger und besser gekannt hätte, hätte es keine Rolle gespielt. Nicht für das erste Mal, das sie so zusammen waren. Aufgrund ihrer Vergangenheit wäre sie bei jedem Mann in Sorge, wie er auf ihren knochigen Körper, die schnabelspitze Nase, ihr schiefes Lächeln und die abstehenden Ohren reagieren würde.

Um sich im Bett zu entspannen, bräuchte sie Sanftheit. Geduld. Verständnis.

Aber BAWNs Geschichte war wie immer aus der Sicht von Aeneas geschrieben; und der hatte nicht den blassesten Schimmer, was seine neue Frau dachte, woran sie sich erinnerte, geschweige denn, was sie brauchte, um sich auf das Liebesspiel einlassen zu können. Ihm unterlief tatsächlich ein grober Fehler, und er verhielt sich genau so, wie Lavinia befürchtet hatte.

In der Annahme, Lavinia wäre einfach schüchtern und fände es unangenehm, sich bei Kerzenlicht nackt zu zeigen, löschte er die Flamme der Keramiklampe neben dem Bett.

Er verstand nicht, wie sie diese Geste auslegte. Natürlich verstand er es nicht.

Schließlich hatte er es nicht sein ganzes Leben lang ertragen müssen, verspottet zu werden, weil er so unansehnlich war. Sein eigener Vater hatte ihn nicht als *hässlich wie Medusa* bezeichnet und schallend über den Scharfsinn seines eigenen Witzes gelacht. Keiner hatte Aeneas gesagt, dass jede Frau, die sich dazu herabließe, ihn zu heiraten, darauf bestehen würde, nur im Dunkeln mit ihm das Bett zu teilen, damit sie seinen Anblick nicht ertragen müsse.

Lavinia jedoch hatte diese Demütigungen erlitten, ihr waren diese Wunden zugefügt worden, und als die Lampe erlosch, erstarrte sie und begann im Dunkel ihres Schlafgemachs zu weinen. Bei seiner nächsten Berührung ergriff sie die Flucht und versteckte sich vor seiner – wie sie annahm – Verachtung und Abscheu, um ihre emotionalen Mauern wieder hochzuziehen.

Als Aeneas sie schließlich unter einem Olivenbaum entdeckte, durchnässt von einem Sommergewitter, fand er eine völlig veränderte Frau vor. Sie war nicht länger vorsichtig und fügsam, sondern eiskalt und verächtlich.

Es war offensichtlich, dass er irgendeinen Fehler begangen hatte, aber er hatte keine Ahnung, worin der bestand, und Lavinia wollte es nicht preisgeben.

«Es tut mir leid», tat er ihr hilflos kund, doch er wusste nicht, wofür er sich entschuldigte.

Lavinia drehte ihm einfach den Rücken zu und ließ ihn stehen.

Damit endete die Geschichte.

Aprils Telefon klingelte, während sie noch dabei war, ihre Tränen zu trocknen, und sie machte sich nicht die Mühe, ranzugehen. Sie hatte ihre Nummer vor einigen Tagen geändert, also war das vermutlich niemand mehr, der nach Marcus fragen wollte. Aber bei dem Gedanken, jetzt mit ihrer Mutter zu sprechen – der Person, die sie am wahrscheinlichsten anrufen würde –, wurde ihr übel.

Was ihr die wundervoll geschriebene und irrsinnig deprimierende Geschichte über BAWNs Geisteszustand verraten sollte, wusste sie nicht. Im Moment war es ihr merkwürdigerweise auch egal.

«Auch nur ein Mann» mochte zwar von ihrem ehemaligen Online-Freund verfasst worden sein, dem Objekt ihrer unerwiderten Sehnsucht, doch die Geschichte erinnerte April an einen ganz anderen Mann.

An Marcus.

Marcus, der in ihr Leben geplatzt war, indem er sie gegen die Mobber verteidigte, die sie wegen ihres Gewichts angegriffen hatten. Niemand, nicht ein einziger Mensch, hätte schlechter von ihm gedacht, wenn er den Thread ignoriert hätte – trotzdem hatte er es nicht getan. Stattdessen hatte er sie hinreißend genannt und sie um ein Date gebeten. Er hatte ihre Hand gehalten. Seine heißen

Lippen auf ihren Hals gepresst, bis sie vor Lust zitterte, und an ihrer Haut gesaugt, bis ein Knutschfleck an der Stelle erblüht war.

Marcus, der kein Wort darüber verloren hatte, was sie während ihrer zwei gemeinsamen Mahlzeiten bestellt und gegessen hatte. Selbst enge Freunde zogen sie oft wegen der Menge an Zucker auf, die sie in ihren Kaffee rührte. Er jedoch hatte nicht mit der Wimper gezuckt, geschweige denn ihr Vorhaltungen gemacht.

Marcus, der Mann, dem sie das Wort abgeschnitten hatte, bevor er zu Ende sprechen konnte. Der Mann, bei dem sie sich nicht die Mühe gemacht hatte, weiter nachzufragen, bevor sie ihn für abgemeldet erklärt hatte. Der Mann, der sie mit so einem verwirrten und verletzten Ausdruck auf seinem ernsten Gesicht angesehen hatte, während sie schweigend auf dem Rücksitz des Taxis saßen.

Zu Beginn ihrer Freundschaft mit BAWN – als sie zum ersten Mal gemeinsam an einer seiner Geschichten gearbeitet hatten – hatte er sich mit Lavinias Motivation in einer emotional aufgeladenen Szene schwergetan. Letztendlich hatte April es ihm auf die einfachste Weise erklärt.

Sie tut sich schwer, jemandem zu vertrauen, hatte sie BAWN geschrieben. Sehr schwer. Und das beeinflusst all ihre Reaktionen auf Aeneas. Selbst wenn sie ihr Bestes gibt, um ihm gegenüber fair zu sein.

Shit, hatte er geantwortet. Ich kann nicht glauben, dass ich das vorher nicht bemerkt habe. Natürlich hat sie Probleme, anderen Menschen zu vertrauen. DANKE. Das hilft wirklich weiter.

Oft machten Menschen Fehler, obwohl sie gar keine bösen Absichten hatten.

Manchmal verhielten sie sich falsch, weil ihre persönliche Geschichte ihnen kein Feingefühl für bestimmte Themen vermittelt hatte. Und manchmal passierten ihnen solche Fehltritte, weil ...

Manchmal lag es daran, dass sie nicht vertrauen konnten. So gar nicht.

Verdammt noch mal. Kein Wunder, dass sie Teil des Lavineas-Fandoms war.

Wahrscheinlich wollte Marcus gar nichts von ihr hören. Aber bevor sie ihn als Narrengold abtat, musste sie sicher sein, absolut sicher, dass sie recht hatte. Sie musste es versuchen, nur noch ein letztes Mal.

Sie spürte die Anspannung in ihrer Brust, sie atmete flach und schnell, und dann öffnete sie Twitter. Zu ihrer Erleichterung hatte er sie nicht entfolgt oder blockiert. Ihre aktuelle Unterhaltung war immer noch auf dem Bildschirm zu sehen und wartete darauf, dass sie das Gespräch fortsetzte.

Was sie dann auch tat.

Hi, Marcus. Ich habe über deine Einladung ins Fitnessstudio nachgedacht. Ehrlich gesagt bin ich kein großer Fan von Sport. Ist das für dich in Ordnung? Falls du immer noch Interesse hast, dass wir uns noch mal treffen: Vielleicht hast du ja einen anderen Vorschlag, was wir unternehmen könnten?

Seine Antwort kam innerhalb weniger Minuten, und ihre Augen prickelten wieder, als sie sie las.

Nur diesmal waren es Freudentränen.

Wenn du nicht gerne Sport treibst, dann machen wir das eben nicht zusammen. Kein Problem. Ich würde dich sehr gerne wiedersehen. Wie wäre es, wenn ich nächstes Wochenende nach SF komme und dir meinen Lieblings-Donut-Laden aus meiner Kindheit zeige? Oder, noch besser, warum testen wir nicht verschiedene Donut-Läden in deinem neuen Viertel aus und bewerten sie nach Köstlichkeit?

Ehrlich, das war die beste Idee für ein Date, die sie in ihrem ganzen *Leben* gehört hatte.

Gold. Fast hätte sie Gold weggeworfen und es Pyrit genannt.

Ich kann es kaum erwarten. Es tut mir leid, dass ich …

Sie war noch nicht bereit, ihm die Details ihrer Lebensgeschichte zu erzählen, aber er verdiente eine Entschuldigung und so etwas wie eine Erklärung, selbst wenn sie unzureichend war.

Es tut mir leid. Ich hatte neulich viel um die Ohren, tippte sie schließlich.

Alles okay, antwortete er. Wir sehen uns also am Samstag?

Sie berührte mit dem Zeigefinger den verblassten dunklen Fleck an ihrem Hals. Wieder war sie atemlos – aber jetzt aus völlig anderen, ganz und gar besseren Gründen.

Du wirst mir nicht entkommen, schrieb sie. xoxo

LAVINEAS-SERVER,
Privatnachrichten, vor neun Monaten

Unapologetic Lavinia Stan: Nachdem ich heute Abend die aktuelle Folge angeschaut habe, kann ich nicht aufhören zu denken: Was für eine Verschwendung.

Unapologetic Lavinia Stan: Was wir da zu sehen bekommen haben, ist eine Verschwendung des Ausgangsmaterials, das die Bücher geliefert haben. Es ist eine Verschwendung von wirklich großartigen Schauspielern und Crew-Mitarbeitern. Und es ist eine verschwendete Gelegenheit, eine Art von Geschichte zu erzählen, die ich

Book!AeneasWouldNever: Welche Art von Geschichte?

Book!AeneasWouldNever: Ulsie?

Unapologetic Lavinia Stan: Summer Diaz ist so talentiert, und sie ist so zauberhaft.

Book!AeneasWouldNever: Ja, beides.

Book!AeneasWouldNever: Ich nehme da allerdings irgendwo ein Aber wahr.

Unapologetic Lavinia Stan: Lavinia sollte eigentlich hässlich sein. Nicht nur unscheinbar oder unvorteilhaft gekleidet. Nein, HÄSSLICH.

Book!AeneasWouldNever: Stimmt, so war es zumindest in Wades Büchern.

Unapologetic Lavinia Stan: Es geht dabei um die grundlegende Schönheit der Lavineas-Beziehung, BAWN.

Unapologetic Lavinia Stan: Sie ist eine Frau, die wegen ihres Aussehens ihr ganzes Leben lang verletzt und abgewertet wurde, obwohl sie klug und mutig und gütig ist. Dann kommt Aeneas vorbei, der sein ganz eigenes Päckchen zu tragen hat, aber er sieht sie. Er SIEHT sie. Er erkennt, dass jeder sie für hässlich hält, aber

Unapologetic Lavinia Stan: Er sieht ihren Wert. Er lernt, sie zu lieben und zu begehren, so wie sie lernt, ihm zu vertrauen. Was wirklich schwierig für sie ist, aber sie schafft es, weil sie ihn auch liebt.

Unapologetic Lavinia Stan: Und das ist die Krux in der Lavineas-Story. So wundervoll ich Summer Diaz in der Rolle finde, ich denke, durch ihre Besetzung wurde eine bedeutungsvolle Geschichte, die die Leute auf ihren Fernsehbildschirmen hätten sehen sollen, verdammt noch mal verschwendet.

Book!AeneasWouldNever: Ich verstehe, was du meinst. Ich bin nicht sicher, ob irgendeine andere Schauspielerin Lavinias Intelligenz und Hingabe so gut darstellen könnte, aber – ja. Da wurde sehr viel Potenzial verschwendet.

Book!AeneasWouldNever: Ich könnte mir vorstellen, dass es die Schauspieler auch so sehen. Sogar Summer selbst.

Book!AeneasWouldNever: Und Aeneas' Story ... Ich habe

Book!AeneasWouldNever: Ich habe einfach das Gefühl, dass der Kern seiner Geschichte ebenfalls zerstört werden wird. Ein Mann, der die Werte hinterfragt, die ihm von seinen Eltern vermittelt wurden, und seinen Weg in der Welt findet. Der seinen eigenen Moralkodex absteckt. Der sich verliebt und lernt, sich selbst und diese Liebe mehr zu schätzen als seine Vergangenheit und die Pflichten, die ihm von anderen auferlegt wurden.

Unapologetic Lavinia Stan: Das hast du sehr schön beschrieben.

Book!AeneasWouldNever: Und in der letzten Staffel werden die Showrunner dann alles ruinieren. Es wird wehtun, Ulsie. So wie es ablaufen wird, wird es mir wehtun und dir auch. Es tut mir so leid.

Book!AeneasWouldNever: Also ich meine, ich nehme an, dass es so kommen wird.

Book!AeneasWouldNever: Aber die Lavineas-Beziehung wird auf den Buchseiten immer bestehen bleiben, wenn schon nicht auf dem Fernsehbildschirm. Und ich werde auch immer hier sein, auf deinem Computerbildschirm. Wann immer du mich brauchst.

Unapologetic Lavinia Stan: Ich weiß gar nicht, wie ich einen Freund wie dich verdiene, BAWN.

Book!AeneasWouldNever: Tust du nicht. Du verdienst so viel mehr.

14

«ICH BIN NICHT sicher, ob die Welt wirklich einen Cocroffinut gebraucht hat.» April warf sich das letzte Stückchen in den Mund, und Zuckerkristalle glitzerten auf ihren Lippen. «Aber zumindest kann ich jetzt spüren, wie einzelne Elektronen den Kern jedes Atoms in meinem Körper umkreisen. Wenn das das Ziel des Erfinders war, dann hat er es erreicht.»

Marcus musste lachen, obwohl er immer noch mit ihrem Mund beschäftigt war. «Ich liebe es, wenn du in dieser Wissenschaftlerart mit mir redest.»

Sie lächelte ihn an, die sommersprossigen Wangen glänzten rosig in der Sonne, und Gott, er war nie glücklicher gewesen, dass er sowohl Alex' Rat als auch seine eigene Überzeugung in den Wind geschlagen hatte. Noch nie.

Sie hatte ihm am Montagabend geschrieben und war anscheinend bereit gewesen, ihn aus dem Loch, das er sich selbst geschaufelt hatte, herauszuholen. Und er hatte nicht gezögert oder lange überlegt – dafür hatte er sich in den Tagen, die sie ohne Kontakt waren, viel zu elend gefühlt.

Dass April aus seinem Leben verschwunden war, hatte jeden einzelnen Tag leer erscheinen lassen. Ein oder zwei Stunden am Stück konnte er sich von dem Gedanken daran vielleicht ablenken. Indem er schrieb oder die Drehbücher las, die ihm seine Agentin schickte, oder mit Alex britische Backshows schaute. Am Ende war er doch immer allein in seinem großen leeren Haus in L. A. Viel zu einsam.

Er vermisste eine gute Freundin und – mehr. Wohin auch immer ihre Beziehung sich entwickelt hatte, bevor er auf eine ihrer persönlichen Landminen getreten war.

Also, ja. Zum Teufel mit seinem gesunden Menschenverstand. Trotz aller Komplikationen, die diese Situation mit sich brachte, er würde jede Chance nutzen, mit April zusammen zu sein.

«Lustig, dass du das sagst. Die Leute in meinem neuen Job haben ein Gruppen-T-Shirt, wie ich diese Woche erfahren habe.» Mit einer beiläufigen Handbewegung fegte sie die Krümel von ihrer Brust auf den Bürgersteig, wo neugierige Vögel näher hüpften. «Darauf steht *Talk Dirt-y to Me*.»

Offenbar mochten Wissenschaftler Wortspiele. Gut zu wissen. «Schick.»

Im Sonnenschein sah ihr Haar aus wie Feuer, und Marcus konnte nicht widerstehen, sich näher an ihre Wärme zu schmiegen. Er rutschte an sie heran, bis sie Hüfte an Hüfte auf der Holzbank saßen. Während sie ihn aus aufmerksamen braunen Augen hinter der Brille beobachtete, strich er mit dem Daumen über ihre volle Unterlippe, um sie von den anhänglichen Kristallen zu befreien.

Sie bog ihren Hals, nur ein wenig.

Ohne den Blickkontakt zu unterbrechen, leckte er den Zucker von seinem Daumen ab, und sie atmete bebend ein.

Nein. Er würde sie nicht zum ersten Mal auf einer Parkbank in aller Öffentlichkeit auf den Mund küssen, nicht an einem Ort, wo jeder dieses Ereignis beobachten und dokumentieren konnte. Schon wieder.

Nach einem Moment der Anspannung gelang es ihm, den Blick abzuwenden. Er räusperte sich und hantierte unruhig mit der Speisekarte aus Papier herum, die er sich im Laden geschnappt hatte. Er nahm sich Zeit, um die Beschreibung des Teilchens, das sie gerade verputzt hatte, laut vorzulesen.

«*Der Coco ...*» Er seufzte. «Verdammt, das ist schwierig. Okay, lass es mich noch einmal versuchen. *Der Cocroffinut ...*»

Sie klatschte. «Gut gemacht.»

«Spar dir den Applaus, bis wir wissen, ob ich es zweimal schaffe.» Okay, eine Silbe nach der anderen. «*Der Cocroffinut, der weltweit erste und allerköstlichste Kaffee/Croissant/Muffin/Donut-Hybrid, enthält genauso viel Koffein wie vier Espressi.*»

April warf einen Blick auf die leere Schachtel in ihrem Schoß. «Verdammt. Vier Espressi?»

Er las sich die Beschreibung erneut durch. «Yup. Na ja, das würde deine neu entdeckte Empfindlichkeit gegenüber kreisenden Elektronen erklären.»

Sie stand auf und verdrehte die Augen. «Diese Hipster, Mann. Diese Hipster.»

Er grinste zu ihr hoch. «Du hast gesagt, es war köstlich.»

«Das war es auch», stimmte sie zu und sammelte ihren Müll ein. «Aber ich fand auch den glasierten Donut lecker, den wir uns bei unserem letzten Stopp geteilt haben; den, der so groß war wie mein Kopf und etwa ein Zehntel so viel gekostet hat wie der ... wie der Croco...»

«Cocro...», korrigierte er sie automatisch.

«...muffinut oder was auch immer ich gerade gegessen habe. Außerdem hatte ich bei dem nicht das Gefühl, ich könnte demnächst einen Defibrillator brauchen.» Sobald sie den Abfall in die nächstgelegene Mülltonne geworfen hatte, presste sie sich eine Hand auf die Brust. «Ich glaube, mein Herz tanzt dadrin einen Jitterbug, obwohl ich eigentlich keine Ahnung habe, was man beim Jitterbug macht.»

Er setzte sich aufrechter hin. «Wenn du einen Arzt brauchst, kann ich dich hinbringen.»

«Nah. Ich bin nur überdramatisch, wahrscheinlich wegen des ganzen Koffeins.» Sie machte eine wegwerfende Handbewegung. «Kümmer dich nicht um mich.»

Puh. Ihm wäre es wirklich lieber, wenn ihr drittes Date möglichst kein medizinisches Eingreifen erforderte. Zumal er sich Hoffnungen für den Abend machte.

«Eine Drama-Queen zu sein, ist mein Job, Lady. Also Finger weg.» Er lehnte sich wieder zurück und legte seine Arme auf der Lehne der Bank ab. «Und wo wir gerade von meinem Job sprechen, ich habe für eine historische Miniserie mal gelernt, wie man den Jitterbug tanzt. Ich könnte es dir zeigen.»

Lindy Hope, die inspirierende – wenngleich völlig frei erfundene – Geschichte, wie der Swingtanz bei einer Schlacht im Zweiten Weltkrieg das Blatt noch zu wenden vermochte, hatte nicht direkt Zuschauerrekorde gebrochen, aber Marcus hatte immerhin ein paar ordentliche Schritte gelernt und einen anständigen Gehaltsscheck bekommen.

«Wollen wir nicht ein Stück gehen, während du mir mehr davon erzählst?» Sie streckte eine Hand aus. «Ich bin zu voll mit Koffein, um still zu sitzen.»

Er nahm ihre Hand, stand auf und verschränkte seine Finger mit ihren, während sie in Richtung Wasser schlenderten. «Ähm ... was möchtest du wissen?»

Normalerweise würde er das Thema auf Haarpflege oder Sport lenken oder nur die oberflächlichsten Dinge ansprechen, die er über die Jahre hinweg gelernt hatte. Doch noch ehe er vor ein paar Stunden bei ihrer ersten Donut-Station aufgetaucht war, hatte er diesen Schutzschild abgelegt.

Sie würde ihn heute so kennenlernen, wie er wirklich war, ob es ihr gefiel oder nicht.

Die Möglichkeit, dass es ihr *nicht* gefallen könnte, bescherte ihm ein bisschen Herzrasen. Genauso wie die Möglichkeit, dass er seinen Ruf womöglich gerade zusammen mit den Cocroffinut-Überbleibseln in den Müll warf, denn wenn April ihn vor der Welt als Schwindler entlarvte, bevor er dafür bereit war, bevor er es erklären konnte ...

Das würde sie nicht tun. Sie würde es nicht tun. Er vertraute ihr so weit, und er vertraute auf seine Fähigkeit, den Schaden ausreichend begrenzen zu können, falls sich doch herausstellen sollte, dass er zu naiv gewesen war.

Was allerdings sein Fanfiction-Alter-Ego anging ... keine noch so gute PR oder Schadensbegrenzung könnte verhindern, dass diese Enthüllung seine Karriere zerstörte.

Irgendwann konnte er ihr vielleicht offenbaren, dass er Book!AeneasWouldNever war.

Aber nicht jetzt. Noch nicht.

«Okay, der spaßige Teil zuerst.» Sie schwenkte ihre Hände in einem schnellen, ruckartigen Bogen, und ja, man merkte definitiv, dass sie mehr als ihre übliche Portion Koffein intus hatte. Es war verdammt *hinreißend*. «Was ist der unvergesslichste Film, in dem du je mitgespielt hast?»

Er schnaubte. «Das ist eine schwierigere Frage, als du vielleicht denkst. Ich bin jetzt seit über zwanzig Jahren Schauspieler. Da gibt es viele Kandidaten, die in Betracht kommen.»

Aus irgendeinem Grund waren ihm die schlechten Rollen viel besser im Gedächtnis geblieben als die Filme, deren Premieren er mit ehrlichem Stolz besucht hatte. Wahrscheinlich war es ohnehin unterhaltsamer, darüber etwas zu hören.

April lief derweil auf völlig untypische Weise; halb joggte sie, halb hüpfte sie, wobei ihr Haar bei jedem hyperaktiven Hopser um ihre Schultern schwang. «Dann erzähl mir von allen.»

«Da das Wochen dauern könnte, werde ich wohl eine repräsentative Auswahl treffen.» Verflucht, er musste sich ganz schön anstrengen, um mit ihr Schritt zu halten. «Mein schlechtester Film überhaupt war wahrscheinlich, ähm ... *Hounded*, würde ich sagen.»

Ihre Stirn legte sich in Falten, als sie zu grübeln begann. «Da warst du ein Parfümeur, richtig? Der zu Unrecht eines schrecklichen Verbrechens beschuldigt wird?»

«Genau. Ich war ein Meisterparfümeur, der wegen seines außergewöhnlichen Geruchssinns den Spitznamen ‹Hound› trägt, also Jagdhund.» Nachdem er übertrieben schnüffelnd durch die Nase eingeatmet hatte, fuhr er fort. «Den habe ich dann genutzt, um mich vor den Behörden zu verstecken, während ich den wahren Mörder meiner Frau ausfindig gemacht habe.»

«Wie man das eben so macht.» Ihre Stimme war so trocken wie die kalifornischen Hügel im Oktober. «Und natürlich diente ihm der Mord an seiner Frau als Motivation. Natürlich.»

«Tja, das war Fridging in seiner einfallslosesten Form. Irgendwann habe ich herausgefunden, dass meine Konkurrenten sich verschworen und einen Auftragsmörder angeheuert hatten, in der Hoffnung, mich für immer aus der Parfümindustrie zu drängen, indem sie mir den Mord in die Schuhe schoben.»

«Spoileralarm», beschwerte sie sich mit geschürzten Lippen.

Marcus stieß ein Lachen aus. «Meine Szenen bestanden hauptsächlich aus *Schnüffeln*. Es hat sich herausgestellt, dass es schwer ist, Schnüffeln sonderlich attraktiv oder interessant für das Publikum darzustellen. Was eine Erklärung dafür ist, dass der Film floppte.» O Gott, die Kritiken. Diese *Kritiken*. Ganz zu schweigen von dem Anruf seiner Eltern, nachdem sie eine der wenigen Kinovorstellungen gesehen hatten. «Allerdings wurde eine nicht jugendfreie Parodie von dem Film inspiriert, wie mir meine Schauspielkollegen erzählt haben. Eine mit einem ganz besonders cleveren Titel.»

Während sie weiterliefen, wartete er ab, denn er war sicher, dass April darauf kommen würde.

Sie biss sich für ein paar Augenblicke auf die Lippe und strahlte dann. «*Pounded.*» Genagelt.

«Bravo, April.» Er hob triumphierend ihre verschränkten Hände über den Kopf und grinste sie an. «In diesem Film wurde offenbar auch viel geschnüffelt. Neben diversen anderen Aktivitäten. Er hat mehr Geld eingespielt als die Vorlage. Wahrscheinlich waren die Schauspieler besser.»

Er wollte, dass sie kicherte, aber das tat sie nicht. Stattdessen waren ihre Augen aus einem ihm unerfindlichen Grund ernst geworden, und er zog unwillkürlich die Schultern an unter der Schwere ihres Blicks.

«Du machst zwar Witze darüber, aber du hast für die Rolle bestimmt viel über Parfümherstellung gelernt», sagte sie schließlich. «Ich kenne dich noch nicht wirklich gut, aber ich denke, ich kann inzwischen beurteilen, dass du ein Profi bist. Dir liegt etwas an deinem Handwerk.»

Weshalb sich bei diesen Sätzen sein Herz zusammenzog, bis es schmerzte, wusste er nicht.

«Äh, ja, eigentlich schon.» Er spähte in die Ferne, wo das Wasser auf sie wartete, blau und kühl und beruhigend. «Ich habe eine Parfümerieschule in Frankreich besucht. Ein guter Parfümeur kann über tausend verschiedene Düfte identifizieren, meist indem er Gerüche mit bestimmten Erinnerungen assoziiert. Daran habe ich ein bisschen gearbeitet und außerdem etwas über die Geschichte des Parfüms gelernt. Ich habe dabei zugesehen, wie eine Frau mit Mörser und Stößel Ambra zermahlen hat, nur so zum Spaß.»

«Was ist Ambra eigentlich?», erkundigte sie sich. «Das habe ich mich schon immer gefragt.»

Er grinste sie an. «Gehärtete Walfäkalien, die an Land gespült werden.»

«Du hast doch gehofft, dass ich das frage.» Ihre Augen verengten sich, aber ihre Mundwinkel zuckten. «Schäm dich. Jetzt muss ich meine Parfüms durchgucken und herausfinden, wie viel Walkacke ich mir für Dates schon aufgesprüht habe.»

Ihr Parfüm duftete heute vor allem nach Rosen. Seine Nase war nicht besonders empfindlich, wie er während dieser idyllischen Woche in Frankreich festgestellt hatte, doch er konnte auch einen Hauch von Moschus wahrnehmen. Und ... andere Dinge, die echte Parfümeure zweifellos im Handumdrehen erkannt hätten.

Wo genau sie allerdings das Parfüm aufgesprüht hatte, darüber sollte er in der Öffentlichkeit besser nicht nachdenken.

«Wie auch immer, das war eine Rolle, die einem in Erinnerung bleibt. Das absolut schlechteste Drehbuch, das ich je hatte, war aber wahrscheinlich das für *1 Wheel, 2 Real*.» Auf ihren verwirrten Blick hin erklärte Marcus ihr: «Eine erbauliche Coming-of-Age-Geschichte über einen schwermütigen Einradfahrer. Ich glaube, der Film wurde direkt auf dem digitalen Videorekorder eines Mannes in Tulsa veröffentlicht.»

Sie lachte und wurde ein wenig langsamer. «Heilige Scheiße. Du kannst Einrad fahren?»

«Natürlich», gab er affektiert zurück, die Nase hoch in die Luft gereckt. «Wie jeder ernst zu nehmende Mime.»

Der gut trainierte Golden-Retriever-Marcus würde diesen Begriff natürlich nie verwenden. Und auch für ihn selbst fühlte sich die Bezeichnung merkwürdig auf der Zunge an. Zu glanzvoll. Zu hochtrabend. Ein Mime verlangte, im Gegensatz zu einem Schauspieler, Respekt von der ganzen Welt, nicht nur von der Unterhaltungsindustrie. Ein Mime besaß Talent und war nicht einfach bereit, hart zu arbeiten, und hatte ein hübsches Gesicht.

Sie zog ihn an den Rand des Bürgersteigs und blieb dort stehen. «Du *bist* ein ernst zu nehmender Mime, Marcus.»

Das viele Koffein war ihr eindeutig zu Kopf gestiegen. Sie klang fast ... wütend.

Er hob eine Schulter und schenkte ihr ein beschwichtigendes Lächeln. «Ich habe versucht, einer zu sein. Aber ich weiß nicht, wie erfolgreich ich damit war.»

«Du warst für einen Haufen Preise nominiert. Du spielst die Hauptrolle in der beliebtesten Fernsehsendung der Welt. Als du Dido verlassen und diesen verdammten Scheiterhaufen von deinem Schiff aus gesehen hast, brauchte ich fast ärztliche Hilfe, weil ich vom ganzen Heulen so dehydriert war.»

Sie sprach langsam, wie zu einem begriffsstutzigen Kind, und er reagierte instinktiv gereizt auf diesen nur allzu vertrauten Ton. Zumindest bis ihm die eigentliche Bedeutung ihrer Worte klar wurde. Dann errötete er vor Verlegenheit und trat gegen einen Riss im Bürgersteig.

«Und diese Nominierungen waren nicht nur für *Gods of the Gates*», fügte sie hinzu. «Da war auch noch dieses Stoppard-Stück und die Rolle des Astronauten.»

Starshine. Er hatte den einzigen Überlebenden einer Katastrophe an Bord der Internationalen Raumstation gespielt. Vielleicht war der Indie-Film in den Kinos nicht so gut gelaufen, wie er gehofft hatte, aber ja, über *den* roten Teppich war er wahrscheinlich sogar mit ein bisschen erhobenem Haupt stolziert, um ehrlich zu sein.

Sie trat näher an ihn heran, bis sie sich fast im Flüsterton unterhalten konnten. Bis sie ihn ganz aus der Nähe betrachten konnte, wobei ihre Aufmerksamkeit so scharf war wie das geschliffene Schwert, das er in seinen *Gods*-Kampfszenen nie wirklich geschwungen hatte.

«Aber ganz ehrlich, die anspruchsvollste und beeindruckendste Rolle, die du je gespielt hast, ist wahrscheinlich keine davon.» Ihr Kinn war nach vorn gereckt, ihr Tonfall immer noch entschlossen und herausfordernd, aus Gründen, die er nicht recht begreifen konnte. «Stimmt's?»

Er sah sie stirnrunzelnd an, verwirrt.

Bezog sie sich darauf, wie er damals den Posthumus in einer Adaption von *Cymbeline* gespielt hatte, gerade wenn man seine Probleme mit der Sprache bedachte? Aber ...

«Ich bin mir nicht sicher, auf welche Rolle du anspielst», erwiderte er.

Als sie eine Augenbraue hochzog, wusste er, dass er in Schwierigkeiten steckte.

«Dich meine ich. Marcus Caster-Rupp. Diese lebenslange Performance.» Sie legte ihre Handfläche auf seine Brust, über sein Herz, als wollte sie Maß nehmen. Und womöglich tat sie das auch. «Der eitelste, einfältigste Schauspieler des Planeten, der tatsächlich keines von beidem ist. Scheinbar flach und schillernd wie eine Pfütze, dabei hat er so viel Tiefe wie der Marianengraben.»

Tiefe? Er?

Was zum Teufel?

«Erklär es mir bitte.» Sie sagte es höflich, doch es war keine freundliche Frage. Es war eine Forderung. «Früher oder später werden die Paparazzi uns wieder finden. Bevor ich mir deinen nächsten Auftritt ansehe, muss ich das alles verstehen.»

Das flammende Haar hätte ihm eine Warnung sein müssen. Irgendwie war sie seine Feuerprobe, sie verbrannte alles außer der Wahrheit. Sie zwang ihn dazu, die Tatsachen laut auszusprechen und sich der Lügen zu entledigen.

Er öffnete seinen Mund. Schloss ihn wieder, unsicher, was er sagen und wo er anfangen sollte.

Sie gab seinem Brustbein einen sanften, aber festen

Klaps mit der Hand. Eine Warnung. «Versuch bloß nicht, so zu tun, als wüsstest du nicht, was der Marianengraben ist. Ich habe *Sharkphoon* gestreamt, und diese verfressenen Mistviecher kamen aus genau diesem Graben direkt nach oben in den Zyklon geschossen. Und du hast den Präsidenten in deinem weißen Laborkittel und mit der Schutzbrille auf der Nase vor der Gefahr gewarnt – vergeblich.»

Es war ein dummer Gedanke, aber ihm drängte sich die Frage auf, ob April den Film wohl in 3-D gesehen hatte. Denn die Szene, in der das Hai-Muttertier das Kreuzfahrtschiff in drei riesigen Bissen verschlingt, kam viel besser rüber durch ...

Nope. Das war jetzt nicht das Thema.

Er atmete langsam aus und schloss die Augen.

Wie hatte er je denken können, dass sie sein verändertes Verhalten einfach so hinnehmen würde, ohne eine Bemerkung darüber zu machen? Ohne zu fragen, was es zu bedeuten hatte?

Die Frau, die vor ihm stand, war Ulsie, die Betaleserin, die ihm in seinen Geschichten keine Ungereimtheit durchgehen ließ.

Die Frau, die vor ihm stand, war April, die ihr Geld damit verdiente, Oberflächen zu untersuchen, um herauszufinden, was darunter lag.

Die Frau, die vor ihm stand, war die Frau, die er wollte. Ganz einfach eigentlich.

Also öffnete er endlich wieder den Mund und gab ihr, was *sie* wollte.

Die Wahrheit.

Zumindest genug Wahrheit für den Moment.

1 WHEEL, 2 REAL

AUSSEN. DIE RAUEN STRASSEN PORTLANDS – MITTAG

EWAN betrachtet das schöne, eigenwillige Mädchen mit dem grellpinken Haar, das neben ihm sitzt, sein Einrad ist von hinten gegen die Bank gelehnt. Plötzlich wird ihm bewusst, dass sie alles über ihn weiß, er aber gar nichts über sie.

EWAN

Wie heißt du?

PIXIE

Das spielt keine Rolle.

EWAN

Natürlich spielt es eine Rolle.

Sie kräuselt ganz hinreißend die Nase und lacht. Während sie spricht, jongliert sie nebenbei.

PIXIE

Es ist wirklich egal. Im Moment ist all das, was ich will, was ich brauche, was ich denke, sind meine Ziele und sogar mein Name so viel weniger wichtig als du, Ewan. Deine Geschichte. Dein Leben. Deine Erlösung.

Den Tränen nahe, versucht er zu lächeln und drückt ihr einen schnellen Kuss auf die Lippen.

                    EWAN
Ich habe mich niemals zuvor so verstanden gefühlt wie jetzt. Wenn schon früher jemand wie du in mein Leben getreten wäre, ich glaube, dann ...

                    PIXIE
Dann was?

                    EWAN
Vielleicht hätte ich mich dann gar nicht erst auf diese Einrad-Gang eingelassen. Und jetzt fange ich an zu denken, dass ich vielleicht ... vielleicht ...

(Er nimmt einen zittrigen Atemzug.)

Ich könnte von einem Rad zu ... zweien wechseln.

Pixie strahlt ihn an. Das ist der glücklichste Moment ihres Lebens.

15

DER MORGENDLICHE NEBEL war von der Sonne verscheucht worden, und Marcus erstrahlte golden in ihrem Schein. In diesem Licht, mit der richtigen Kameraführung, könnte er der Halbgott sein, den er jahrelang so überzeugend gespielt hatte. Er hätte eine Figur aus den alten Sagen sein können. Oder der tapfere, edle Held aus den glühenden Fantasien der jungen April und den heißen Geschichten der heutigen April.

Aber weder filmte ihn eine Kamera, noch war dies eine Geschichte, und genauso wenig war er ein unbesiegbarer Halbgott. Nicht wenn sie genauer hinsah.

Sein Mund hatte sich zu einer Grimasse verzogen, und er richtete den Blick aus seinen berühmten blauen Augen auf alles, nur nicht auf sie. Auf den Bürgersteig unter ihren Füßen, auf die Geschäfte, an denen sie vorbeiliefen, auf das glitzernde Wasser, dem sie sich näherten. Würde er plötzlich lossprinten und sich in die Bay stürzen, um diesem Gespräch zu entkommen – nun, sie wäre kaum schockiert. Vielleicht wuchs ihm dabei ein Schwanz, wie er ihn in *Manmaid* getragen hatte, seinem tragischen Film über eine Kreatur, halb Mensch, halb Meerwesen, die dazu verflucht war, eine Frau zu lieben, die allergisch gegen Seetang ist.

Aber er rannte nicht weg. Stattdessen sah er einfach nur ... verloren aus.

Dann spannte er seinen kantigen Kiefer an, und sein Blick durchbohrte sie. Sie stellte ihr koffeinbedingtes Gezappel ein, auch wenn ihr Puls immer noch in ihren Ohren dröhnte und sein Herzschlag unter ihrer Handfläche pochte.

«Als ich fünfzehn war, habe ich aufgegeben.» Seine volle, tiefe Stimme klang flach. Es fehlte ihr an all den Emotionen, die er in die Sätze zahlloser Drehbuchautoren hatte fließen lassen. Bei diesen seinen eigenen Worten erlaubte er sich keine gezackten Furchen, keine halb zerbröckelten Griffe, an denen sie sich festhalten und näher an ihn heranziehen konnte. «Ich habe jeden enttäuscht. Jeden verärgert. Völlig egal, wie sehr ich mich bemüht oder wie oft ich mich entschuldigt habe.»

Vorsichtig. Ganz vorsichtig. Nichts falsch betonen oder Mitleid zeigen oder sonst irgendetwas sagen, was Marcus falsch verstehen könnte. «Jeden?»

«Ich habe dir doch erzählt, dass meine Mutter mich zu Hause unterrichtet hat. Bis ich mit den Schularbeiten fertig war, durfte ich nicht nach draußen, und meine Eltern waren auch keine großen Fans von Sportvereinen. Ich hatte nicht viel Kontakt zu anderen Kindern. Und wenn ich welche traf, wusste ich nicht, was ich sagen sollte.» Er zuckte mit der Schulter, eine beiläufige Bewegung, die jetzt jedoch krampfhaft wirkte. «Meine Eltern waren meine Welt. Sie waren *jeder*.»

«Du hast aufgegeben.» Sie wiederholte seine Worte und hielt den Atem an angesichts der vielen Bedeutungen, die in diesem Satz steckten.

«Ich war schon immer ein guter Imitator. Ich habe allein in meinem Zimmer geübt. Ich konnte meine Eltern perfekt nachahmen. Und diesen aufgeblasenen Typen aus den ganzen historischen Dokumentationen, den meine Eltern so liebten. Genauso wie die Schauspieler der Royal Shakespeare Company, deren Aufführungen meine Eltern mich zwangen, anzusehen, wenn sie im Fernsehen liefen.» Sein Lächeln war dünn und spröde. «Und ohne dass ich groß darüber nachdenken musste, wusste ich dann alles über ihn. Was er sagen würde. Wie er es sagen würde. Seine Körperhaltung. Welche Gesten er machen würde.»

Er musste ihr verwirrtes Stirnrunzeln bemerkt haben.

«Ich spreche von meiner ersten Rolle, die ich am längsten gespielt habe: der schlimmste Sohn von allen. Eitel und faul, dumm und nachlässig und alles andere, was sie hassen.» Mit einer beiläufigen Handbewegung strich er sich eine Strähne seines sonnengeküssten Haars zurück. Eine Vorführung. Eine Erinnerung. «Es war einfach. So viel einfacher als vorher.»

Sie schloss die Augen.

Hinter ihren Lidern schrumpfte er zu einem schlaksigen, einsamen Jungen. Der wütend war und verletzt.

Marcus war nicht hart, er war nicht der Diamant, als den sie ihn einst bezeichnet hatte. Er war damals schon Gold gewesen, schätzte sie, sogar als Teenager. Er war weich wie Gold, sodass er sich bei zu viel Druck verformte – es sei denn, er schirmte sich irgendwie ab. Es sei denn, er verkantete etwas Steinhartes und Unverrückbares zwischen sich und der unerbittlichen Schwere der Enttäuschung seiner Eltern.

Der schlimmste Sohn von allen, hatte er gesagt. Eitel und faul, dumm und nachlässig.

Wenn sie ihn dann ablehnten, traf ihre Ablehnung nicht den echten Sohn. Sie konnten seinem wahren Ich nicht wehtun. Sie konnten sein wahres Ich nicht einmal *erkennen*. Falls sie es überhaupt je gesehen hatten.

Es war Trotz, ein zum Himmel erhobener Mittelfinger. Es war eine Rüstung. Es war ...

Guter Gott, es war genug, um ihre Kehle brennen zu lassen, und sie ballte ihre Hand auf seiner Brust zu einer Faust.

Als sie alle aufsteigenden Tränen zurückgedrängt hatte und nur noch ihre hilflose Wut geblieben war, öffnete sie ihre Augen wieder. Blickte in seine.

Sie verstand es. Das tat sie wirklich. Wo die Ursprünge seines Handelns lagen, was ihn zu seiner längsten Rolle bewegt hatte. Aber er war jetzt ein erwachsener Mann – also warum? Warum schauspielerte er immer noch?

Er beobachtete sie wachsam, und sein Tonfall war so distanziert, dass sie erschrak. «Es war nicht mein Plan, die Rolle weiterzuspielen, als ich fürs College wegzog oder nachdem ich das Studium abgebrochen hatte und nach L.A. gegangen war. Ich hatte keine Ahnung, was ich sagen oder tun sollte, wenn ich nicht in meiner Rolle war, aber ich habe es versucht. Und schließlich bekam ich ein bisschen mehr Übung darin, mit allen zu reden, besonders als Alex dann bei mir einzog. Er hat mir dabei geholfen, mich unter anderen Menschen wohler zu fühlen.»

Schüchtern. Verdammt, er war *schüchtern*.

Wie konnte es sein, dass sie das nicht schon früher bemerkt hatte?

Außerdem, Notiz für den Hinterkopf: *Sag Marcus bloß nicht, dass du ursprünglich lieber mit seinem besten Freund essen gehen wolltest anstatt mit ihm.*

«Vor *Gods* musste ich nicht viele Interviews geben. Dann bekam ich die Rolle von Aeneas, und ...» Er schluckte sichtbar. «Plötzlich wurden mir so viele Fragen gestellt, und bei allem, was ich sagte, gab es so viel mehr Publikum. Darauf war ich nicht vorbereitet. Alex und ich waren alle möglichen Fragen durchgegangen, aber wir hätten nie gedacht, dass mir jemand ein verdammtes Buch in die Hand drücken und mich bitten würde, eine Seite über Aeneas laut vorzulesen.»

Fuck. Fuck, sie wusste, welches Interview er meinte. Dieser berüchtigte zweiteilige Beitrag in einer Morgenshow, der Lieblingssendung ihrer Mutter.

Ihre Mutter hatte es später an diesem Tag vor so vielen Jahren sogar noch bei einem Telefonat erwähnt. «Hast du nicht früher auch diese Bücher gelesen? Das Interview kannst du dir genauso gut ohne Ton ansehen. Der Junge sieht gut aus, aber er ist nicht gerade ein interessanter Gesprächspartner.»

April hatte es am Nachmittag auf YouTube gestreamt, komplett mit Ton, trotz der Warnung ihrer Mutter. Vor weniger als zwei Wochen hatte sie sich das Video noch einmal angeschaut, vor ihrem Abendessen mit Marcus, als mentale Vorbereitung auf ihr geplantes Date.

Beide Male hatte sie Marcus intensiv beobachtet, als der Moderator ihm ein Buch mit kleiner Schrift überreichte und ihn aufforderte, eine pikante Stelle daraus laut vorzulesen. Live im Fernsehen. Ohne Vorwarnung. Mit – wie sie jetzt wusste – Legasthenie, die man ihn als Schwäche zu betrachten gelehrt hatte, als etwas, wofür man sich schämte.

Dennoch hatte er es versucht und war durch die Wörter gestolpert, bis der Moderator und das Publikum unangenehm berührt gelacht hatten und die Sendung in die Werbeunterbrechung gegangen war.

In ein paar Kommentaren unter dem Video war spekuliert worden, dass er vielleicht betrunken war, aber der Gruppenkonsens war dann schnell klar geworden: dumm, nicht besoffen.

Für solche Männer wurde der Spruch DUMM FICKT GUT erfunden.

Ich schätze, mit einem so hübschen Gesicht brauchte er wohl nicht lesen zu lernen, oder?

«Ich vermute, du hast das Interview gesehen», sagte er, und sie versuchte, keine Miene zu verziehen. «Zu diesem Zeitpunkt wusste ich schon, dass ich Legastheniker bin. Ich habe mich nicht dafür geschämt, jedenfalls nicht mehr zu der Zeit, als ich für die Rolle in *Gods* gecastet wurde.»

Sie war sich nicht sicher, ob sie das glauben konnte, doch sie nickte trotzdem.

Während er die Geschichte erzählte, wurde sein Herzschlag unter ihrer Hand hastiger. «Aber in diesem Moment hatte ich einfach ... einen Blackout. Ich bekam Panik. Ich schwitzte unter dem Licht, und die Leute im Studio flüsterten immer noch und lachten, und als wir nach der Werbung zurück auf Sendung gingen, hörte ich mich selbst, wie ich die Fragen als *er* beantwortete.»

«Als der schlimmste Sohn von allen», sagte sie. Die Rolle, die er häufiger als jede andere gespielt hatte, die Rolle, die ihn in der Vergangenheit so oft vor Verachtung geschützt hatte.

Herrgott, jetzt, wo sie Bescheid wusste, konnte sie das alles so deutlich sehen. Seine Verwandlung von dem Mann, der gelegentlich zu Boden geblickt und um Worte gerungen hatte, auch bevor E. Wades Wälzer in seinem Schoß gelandet war, in jenen Mann, der für den Rest des zweiteiligen Interviews so übertrieben posiert hatte.

«Na ja, nicht ganz.» Sein Grinsen kräuselte die Fältchen um seine Augen nicht. «Irgendwie hatte ich genug Geistesgegenwart, um sicherzustellen, dass ich als besonders freundlicher Trottel rüberkomme, sodass das potenzielle Publikum nicht verprellt wurde. Es handelte sich also um eine Abwandlung meiner ursprünglichen Rolle. Mehr der gut trainierte Golden Retriever, weniger der schlimmste Sohn.»

Die bissige Schärfe in seinen Worten sollte definitiv jemanden verletzen. Ihn selbst? Alle, die ihn verspottet hatten? Sowohl als auch?

«Ich verstehe.» Zumindest hatte sie das Wesentliche der Situation begriffen. «Aber wieso hast du dich beim nächsten Interview nicht einfach anders verhalten?»

Er mahlte mit dem Kiefer. «Die Showrunner fanden es lustig. Sie meinten, es sei weniger langweilig gewesen als meine üblichen Interviews. Und da wir ohnehin nicht viel über das Drehbuch und die Serie erzählen durften, könnte ich so das Publikum auf andere Weise unterhalten. Ich glaube, nach einer Weile haben sie vergessen, dass es je gespielt war.»

Für die Macher der Serie war seine Blamage also amüsant. Nichts als *Unterhaltung*. Verdammt, es war kein Wunder, dass die Show so dermaßen aus den Fugen geraten war, sobald diese Arschlöcher Wades Bücher nicht mehr als Vorlage nutzen konnten.

«Ich habe auch ziemlich schnell gemerkt, wie leicht ich es im Vergleich zu den anderen Darstellern hatte.» Marcus' Stimme war rau und müde geworden, und bei seinem Seufzer hob und senkte sich Aprils Hand. «Man hat sie immer nach Einblicken in ihre Rollen gefragt, oder sie sollten ihre Meinung zu den Büchern und der Serie äußern. Aber nachdem die Medien entschieden hatten, dass ich dumm bin, haben sie sich nicht mehr die Mühe gemacht, mir schwierige Fragen zu stellen. Ich musste dann weder das Gespräch in eine andere Richtung lenken noch lügen. Ich konnte einfach meine Muskeln spielen lassen, mich herausputzen und über mein Trainingsprogramm reden. Irgendwann hörten die meisten Redaktionen ganz auf, Einzelinterviews mit mir zu verlangen. Das war tatsächlich eine Erleichterung.»

«Weil du nicht wusstest, was du sagen solltest», erwiderte sie. «Nicht als du selbst.»

Er neigte den Kopf in stillschweigender Zustimmung.

Jetzt waren sie zum Herzen des Problems durchgedrungen. Zu seinem Herzen, das stetig unter ihrer Handfläche schlug. Sein Herz, das sich in jedem Stückchen Wahrheit zeigte, die er ihr preisgegeben hatte.

Sie streichelte ihn mit dem Daumen, ein sanfter liebkosender Halbkreis. «Weil du dich in deiner eigenen Haut nicht wohlgefühlt hast.»

«Nein. Nicht so wie jetzt.» Zum ersten Mal seit Beginn des Gesprächs berührte er sie auch. Seine Hand umfasste ihre und drückte sie fest an den weichen Stoff seines Pullovers. «Aber sobald ich diese Version von mir selbst erschaffen hatte, April, steckte ich irgendwie fest.»

Zwei ältere Männer schlenderten Arm in Arm den Bürgersteig entlang und unterhielten sich angeregt, während sie näher kamen. Nah genug, um Dinge zu hören, die Marcus der Welt noch nicht offenbaren wollte.

Auch wenn die beiden schrumpeligen Männer überhaupt nicht zuhörten, senkte April ihre Stimme zu einem kaum vernehmbaren Flüstern. «Was meinst du?»

Er rückte näher heran. Neigte den Kopf, um direkt in ihr Ohr zu sprechen, und sein goldenes Haar strich kühl und seidig über ihre Wange. Auch seine Stimme war sanft geworden, hatte sich ihrem Tonfall angepasst.

«Nach ein oder zwei Jahren habe ich überlegt, meine öffentliche Rolle zu ändern, aber ich wollte auch nicht, dass die *Gods*-Fans denken, ich hätte sie die ganze Zeit verarscht und es wäre alles nur ein mieser Witz gewesen. Ich hätte erklären müssen, *warum* ich mich verstellt habe, und ich hatte keine Ahnung, wie ich dabei die Leute zufriedenstellen sollte, ohne mich gleichzeitig bloßzustellen.» Er stieß den Atem aus und kitzelte damit ihr Ohrläppchen gerade genug, um sie zum Zittern zu bringen. «Um ehrlich zu sein, war ich auch echt froh darüber, keine Fragen über die Drehbücher der letzten drei Staffeln beantworten zu müssen.»

Damit hatte er sich so nahe an eine Kritik an der Serie gewagt wie nie zuvor. Und als Teil des Lavineas-Servers, dessen Mitglieder jedes Interview, das er gab, verlinkten und analysierten – egal, wie fade –, musste sie das wissen.

Damit bewies er ihr erneut sein Vertrauen, diesmal sogar ohne Aufforderung.

Das Pärchen war an ihnen vorbeigegangen und weiter die Straße hinuntergeschlurft, aber sie war nicht zurückgewichen. Seine Nähe wärmte sie in der Frühlingsbrise, und er roch ...

Ein Parfümeur würde es wissen, könnte jede köstliche Kräuternote einzeln voneinander trennen. So hatte er es erklärt.

Sie konnte das nicht. Sie konnte nur einatmen und sich noch näher an ihn heranschieben und – sich etwas fragen.

«Hast du all das auch deinen Ex-Freundinnen erklärt? Warum du privat anders bist als in der Öffentlichkeit?», wollte sie wissen. «Denn ich habe den Eindruck, wenn ich nicht nachgehakt hätte, hättest du das Thema so lange wie möglich vermieden.»

Der Stoff seiner Jeans rieb an ihrer Leggings, Schenkel an Schenkel, und ihre Lippen öffneten sich leicht.

«Ich hatte nicht viele Beziehungen, April.» Er flüsterte nicht mehr in ihr Ohr, sondern sah sie an, nur wenige Zentimeter von ihrem Gesicht entfernt. Sein Blick war so ruhig wie sein rhythmischer Herzschlag. «Nur um das klarzustellen.»

Oh, es war sehr, sehr klar und deutlich. Angesichts der Hitze, die von ihm ausging, und seiner geweiteten Pupillen vermutete sie, dass ein Blick nach unten seinen derzeitigen Zustand nur noch klarer machen würde.

Marcus drückte ihre Hand fester. «Und die meiste Zeit über war ich privat gar nicht anders. Nicht, bis ich sie besser kannte und auf ihre Verschwiegenheit vertrauen konnte. Wenn ich ihnen dann vertraut habe ...» Er lehnte sich ein wenig zurück und fuhr sich mit der freien Hand durch die Haare. «Ich habe versucht, mich langsam zu verändern. Ab diesem Punkt ging aus offensichtlichen Gründen alles recht schnell in die Brüche.»

Der Abstand von wenigen Zentimetern zwischen ihnen

half ihr, etwas leichter zu atmen. Aber ihre Gedanken waren noch immer von Pheromonen verwirrt und von dieser plötzlich aufblitzenden Lust, und sie hatte keine Ahnung, was er meinte.

Als sie die Stirn runzelte, erklärte er es ihr. «Sie haben angefangen, sich mit meiner öffentlichen Rolle zu treffen, und dann fanden sie sich schließlich mit jemand ganz anderem wieder. Mit jemandem, der unerklärlicherweise irgendwie langweilig ist. Wenn ich nicht gerade drehe oder Sport mache, bleibe ich gerne zu Hause und höre Hörbücher, oder ich bin online oder sch...» Er hielt inne. «Oder schaue Backsendungen mit Alex. Ich war, ähm ...»

Als er einen halben Schritt zurücktrat, drängte sich die Kühle des Morgens zwischen sie. «Ich war eine Enttäuschung, nehme ich an.»

Für seine Ex-Freundinnen musste die Veränderung tatsächlich unerklärlich gewirkt haben. Und für Marcus ... ach, verdammt. Er musste sich zurückgewiesen gefühlt haben als der, der er wirklich war. Schon wieder.

«Außerdem ist eine Beziehung mit jemandem, der in der Öffentlichkeit steht, schwierig, auch ohne irgendwelche anderen Probleme», sagte er. «Du hast schließlich auch schon ein paar der Schattenseiten erleben müssen. Haben dich die Paparazzi letzte Woche aufgestöbert?»

«Ja.» Wenn sie so klang, als wäre es ihr egal, war das fast die volle Wahrheit. Besonders in diesem Augenblick, da dieser Mann nur Zentimeter von ihr entfernt war.

Jetzt, da sich der Nebel gelichtet hatte, betonte die helle Sonne die feinen Linien in den Winkeln seiner ernsten Augen, die Vertiefungen um seinen perfekten Mund, die Falten auf seiner Stirn. Irgendwie sahen diese Spuren nicht wie Makel aus, selbst in dem ungefilterten, unversöhnlichen Licht. Stattdessen verwandelten sie sein unverkennbar gutes Aussehen in etwas Echteres, etwas Ungekünsteltes, das sie greifen, zwischen die Zähne nehmen und *verzehren* konnte.

Wenn sie nicht angefangen hätte, ihn so sehr zu *mögen*, würde sie seine übermäßige Attraktivität ehrlich gesagt äußerst ärgerlich finden. Und trotz der Zuneigung wollte sie diese Schönheit zerknittern, wollte ihre Finger in das glänzende, seidige Haar graben und daran *ziehen*, selbst wenn sie gleichzeitig mit ihrer Zunge seine Kinnlinie nachzeichnete.

Welchen Laut würde er wohl von sich geben, wenn sie ihn dort biss?

Als er schluckte, hüpfte sein Adamsapfel. «Hast du deshalb deine Nummer geändert?»

Er atmete jetzt schneller, und fuck, sie wollte, dass er vor Verlangen keuchte. Nach ihr. Nur nach ihr.

Sie zuckte mit den Schultern. «Nachdem sie meinen Namen herausgefunden hatten, kamen ein paar Anrufe, und sie haben eine Handvoll Fotos gemacht. Aber dass ich meine Nummer geändert habe, hat geholfen, und nach einigen Tagen schienen sie das Interesse zu verlieren.» *Sobald sie zu dem Schluss gekommen waren, dass wir uns nicht mehr treffen.* «Ich denke, die Gnadenfrist wird bald vorbei sein, aber das ist in Ordnung. Das ist ein Preis, den ich bereit bin zu zahlen.»

Was Fremde sagten, kümmerte sie nicht.

Den Anrufen ihrer Mutter jedoch war sie seit dem ersten Date aus dem Weg gegangen.

«Bist du sicher?» Mit einer Fingerspitze drehte er sanft ihr Gesicht wieder zu seinem. «Denn du hast recht. Sie werden uns wiederfinden. Sie werden dich finden. Falls du dich entschließen solltest, mich nicht mehr zu treffen, um deine Privatsphäre zu schützen, dann würde ich das verstehen.»

Marcus hatte sich heute sinnbildlich vor ihr entblößt.

Das war genug. Mehr als genug, trotz aller Risiken, die mit ihrer Beziehung einhergingen.

Und nun hatte sie die Absicht, ihn *buchstäblich* zu entblößen. Heute Abend, wenn möglich.

«Vielleicht würdest du das verstehen. Ich nicht.» Kühn trat sie wieder dicht an ihn heran. «Wenn ich dich will, dann lasse ich mich nicht von ein paar Fremden mit Kameras davon abhalten, dich zu bekommen.»

Sie ließ ihre Hand von seiner Brust hinunter und auf seinen Rücken gleiten. Sie schob eine Fingerspitze unter den Saum seines Pullovers und streichelte die heiße, nackte Haut direkt über seiner Jeans.

Er unterdrückte einen rauen Seufzer, und sie schob Marcus rückwärts weiter, weiter, weiter, während sich ihre Schenkel bei jedem Schritt berührten, bis er gegen einen schmiedeeisernen Zaun gepresst wurde und sie sich eng an ihn schmiegte.

Ihr Herz schlug so heftig, dass es ihren ganzen Körper erbeben ließ – und das lag nicht an dem vielen Koffein.

Sobald sie sich auf die Zehenspitzen gestellt hatte, drückte sie ihren Mund auf seinen Kiefer. Ein kaum wahrnehmbarer Ansatz von Bartstoppeln streifte ihre Lippen, so wunderbar rau. Seine Haut schmeckte nach Salz auf ihrer Zunge und vibrierte unter seinem leisen Stöhnen.

Sie knabberte an ihm und leckte.

Seine Hüften zuckten, und sie kostete es aus, wie er sich nur für diesen einen unkontrollierten Moment gegen sie presste.

«Also was sagst du, Marcus?» Hier hinten am Zaun, wo die Passanten sie nicht sehen konnten, schob sie beide Hände unter seinen Pullover und folgte der seidenglatten Spur seiner Wirbelsäule nach oben, dann zog sie ihre Nägel sanft wieder nach unten. «Sollte ich dich bekommen?»

Er antwortete nicht mit Worten. Das brauchte er auch nicht.

Es schien, als hätte sie die ganze Sanftheit aus ihm herausgebrannt, und, verdammt noch mal, das war kein Verlust. Er griff mit einer Hand fest in ihr Haar und umfasste mit der anderen die Rundung ihres Hinterns, um sie enger an sich zu ziehen. Ihr Pullover war hochgerutscht, und die Leggings schwächten dieses Gefühl, als sich sein Bein zwischen ihre Schenkel drängte und die Wölbung seiner Erektion gegen ihren Bauch drückte, kaum ab.

Sie hatte ihn vielleicht gegen den Zaun gedrückt, aber sie war nicht Herrin der Lage. Nicht mehr.

«Jetzt bin ich dran», murmelte er an ihrem Hals, die geöffneten Lippen heiß auf ihrer Haut, und er leckte über die empfindliche Stelle. «Du hast hier immer noch einen Fleck. Gut.»

Ihr Rücken wurde gegen den Zaun gedrückt, als er ihre Position änderte und sich zwischen ihre Schenkel drängte. April stieß einen schweren Atemzug aus; ihr war schwindlig, und sie war so verdammt erregt, dass sie kratzen und beißen wollte, bis er dieser Qual ein Ende machte.

Seine Zähne und seine Zunge zogen eine Bahn aus Feuer über ihren Hals, unter ihrem Kiefer entlang, und dann ...

Oh, sein Mund eroberte ihren, unnachgiebig und verzweifelt, und sie öffnete sich ihm, ohne zu zögern.

Sanft und süß konnten sie später noch ausprobieren, aber jetzt wollte sie seine Zunge in ihrem Mund, seine Zähne an ihrer Unterlippe. Sie wollte, dass sein Stöhnen mit ihrem keuchenden Atem verschmolz. Sie wollte, dass diese besitzergreifende Hand an ihrem Hintern sie enger und enger an ihn presste, während er an ihren Haaren zog und damit ihre Nervenenden zum Glühen brachte.

Sein Mund schmeckte nach Zucker statt nach Salz. Nach Minze. Nach Dunkelheit und Hitze.

«So süß», raunte er, dann streifte er mit seinen heißen Lippen über ihre, und sie stöhnte in seinen Mund, als er sich auf die *genau richtige* Art an ihr rieb. Seine Jeans saßen locker genug, damit sie beide Hände unter den Stoff schieben konnte. Sie schaffte es sogar, ihre Finger unter seine ultraweiche Unterwäsche zu schieben, und dann versenkte sie ihre kurzen Nägel in seinen seidigen, runden, festen Arschbacken und meldete so ihren Anspruch an.

Die Berührung brachte ihn dazu, sich erneut mit einem tiefen, rauen Laut an ihr zu reiben, und er ließ begierig ihre Zungen umeinander tanzen. Sein Kräuterduft wurde von Minute zu Minute intensiver, während ihre eigene überhitzte, feuchte Haut zunehmend kribbelte.

Er konnte ihre Beine nicht einfach um seine Taille schlingen und sie hier an diesem Zaun nehmen. Nicht bei Tageslicht. Nicht in der Öffentlichkeit. Nicht bei ihrem Gewicht. Aber wenn sie das nächste Mal ihren farbenprächtigen Vibrator aus dem Nachttisch fischte, gab es nun eine neue Fantasie, mit der sie sich zu einem betterschütternden Orgasmus treiben würde.

Als er seinen Mund schließlich nur eine Haaresbreite von ihrem entfernte, versuchte sie ihn wieder einzufangen.

Doch dann hörte sie es ebenfalls.

«Hey, ihr zwei! Runter von meinem Grundstück!» Der angewiderte Schrei kam aus der Tür des Hauses jenseits des Zauns. «Das ist viel zu viel Zunge für einen Samstagmorgen!»

Marcus schnaubte leise. «Anscheinend können wir dann am Nachmittag wiederkommen», flüsterte er ihr ins Ohr, «um noch mal wild an seinem Zaun rumzumachen.»

«Nur zu den normalen Geschäftszeiten.» Bedauernd zog sie die Hände aus seiner Jeans. «Obwohl wir eine mögliche Anzeige wegen Erregung öffentlichen Ärgernisses nicht außer Acht lassen sollten.»

Er legte seine Stirn einen Moment lang an ihre Schulter, immer noch atemlos. «Guter Punkt.»

Dann löste er sich mit einem seltsam stöhnenden Wimmern von ihr und drehte sich um, um dem Mann in der Tür sein übliches charmantes Lächeln zu schenken. «Wir bitten um Entschuldigung, Sir. Wir sind sofort weg.»

Der Mann stieß ein unzufriedenes Grunzen aus und verschwand in seinem Haus.

Als sie auf den Bürgersteig zurückkehrten, umfasste Marcus ihre Hüften und manövrierte sie direkt vor sich. Fast so nah, dass sie sich berührten, aber eben nicht ganz. «Bleib bitte noch einen Moment hier.»

Wenn sie ihren Rücken nur ein bisschen mehr durchbog ... ja, genau so.

Als sich ihr Hintern gegen seine Erektion presste, wurde der Griff seiner Finger beinahe schmerzhaft fest und schickte ein genüssliches Prickeln durch sie hindurch. «April ...» Es klang, als würde er durch zusammengebissene Zähne sprechen. «Du bist nicht gerade hilfreich.»

Na gut, dann eben nicht. Kein Kontakt mehr unterhalb der Gürtellinie, zumindest im Augenblick.

Stattdessen bog sie ihren Kopf zurück und lehnte ihn lächelnd an seine Schulter, während sie darauf warteten, dass sich sein Körper beruhigte. «Wirklich nicht? Denn es hat sich so angefühlt, als würde ich helfen.»

«Vielleicht dabei, dass ich verhaftet werde.»

«Um es mit den Worten eines klugen Mannes zu sagen: guter Punkt.» Glücklicherweise war ihr aktueller Erregungszustand nicht ganz so offensichtlich, aber o *Gott*, sie musste ihre Schenkel zusammenpressen. «Willst du meine Handtasche halten?»

«Was hat das damit ...» Er hielt inne. «Oh. Ja. Das wird wahrscheinlich funktionieren.»

Trotzdem setzte sich keiner von ihnen in Bewegung.

Stattdessen zog er sie ein wenig näher, und sie ... kuschelten einfach für einen kleinen Moment; ihr Kopf lag an seiner Schulter, seine großen starken Hände streichelten sanft ihre Seiten, Hüften und Arme. Als er sie am Ende in eine Umarmung schloss, legte sie ihre Arme auf seine.

Kurz darauf küsste er ihre Schläfe, dann schmiegte er seine Wange dagegen.

Das war jene Zärtlichkeit, von der sie sich eingeredet hatte, dass sie sie nicht wollte.

Wie sich herausstellte, war sie eine Lügnerin, denn sie wollte das alles. Seine Zähne und seine Zärtlichkeit. Sein hübsches Gesicht und seine Lachfältchen. Den geachteten Mimen und den ausgeflippten Star aus *Sharkphoon*.

Das Gold und den Pyrit.

Sie drehte ihren Kopf und drückte einen sanften Kuss auf die Unterseite seines Kinns. «Komm mit zu mir nach Hause. Bitte.»

Er zögerte nicht, nicht einmal einen Atemzug lang.

«Ja», sagte er. «Ja!»

MANMAID

AUSSEN. KÜSTENLINIE AM FUSS DER KLIPPEN – MORGENGRAUEN

CARMEN ist vollständig bekleidet bis zur Brust in die Brandung gewatet, während TRITUS beiläufig mit seinem Schwanz schlägt, um vor ihr aufrecht zu bleiben, und in ihre meergrünen Augen blickt.

CARMEN
Wann kommst du zurück?

TRITUS
Wann immer du mich brauchst.

Sie wirft ihm unter gesenkten Wimpern einen scheuen Blick zu.

CARMEN
Was ist ... was ist, wenn du mir das, was ich von dir brauche, nicht geben kannst?

Er runzelt verwirrt die Stirn. Dann dämmert es ihm, und er verspürt Verlangen. Er schwimmt näher.

TRITUS
Vertrau mir. Ich bin vielleicht nur ein halber Mensch, aber ich bin ein ganzer Mann.

CARMEN
Du meinst ...?

TRITUS
Lass es mich dir beweisen.

Aber als sie sich das erste Mal berühren, die Hände verschlungen, ihre Beine gegen seinen Schwanz gepresst, werden ihre Augen immer größer – doch nicht aus Begehren. Plötzlich bekommt sie keine Luft mehr, ringt um Atem und taumelt weg von ihm.

CARMEN
Meine ... meine Allergie! Gegen Algen! Das hatte ich

(keucht)

vergessen!

TRITUS
Oh nein! Mein Fluch! Er hat sich schlussendlich erfüllt!

Die Tragik ihrer Liebe überwältigt ihn, er schwimmt fort und lässt sich von den Wellen verschlucken.

16

«ALSO, HIER WOHNE ich.» April winkte ihn herein. «Es ist eine Einliegerwohnung, das heißt, ich habe einen eigenen Eingang. Daher habe ich hier relativ viel Privatsphäre.»

Marcus blickte sich um. «Sieht nach einem echten Glücksgriff aus, besonders für diese Gegend.»

Es war ein offener Grundriss, abgesehen von den Schlafzimmern und dem Bad. Nicht übermäßig groß, aber gemütlich. Dazu sehr gepflegt, mit glänzenden Hartholzböden, Elektrogeräten aus rostfreiem Stahl und Arbeitsflächen in Marmoroptik. Wenn sie erst mal die Chance gehabt hätte, sich richtig einzuleben, würde das Apartment vermutlich sehr viel einladender wirken als sein Haus in L.A. mit der aggressiv modernen Inneneinrichtung. Er hatte selbst Schuld, da er die Arbeiten – natürlich – nicht selbst beaufsichtigt hatte. Aber er war zu der Zeit in Übersee gewesen und froh, in ein fertiges Haus zurückzukehren.

«Tut mir leid wegen der ganzen Kisten.» April wippte von einem Fuß auf den anderen. «Ich hatte noch keine Zeit, alles einzuräumen oder Bilder anzubringen.»

Die weiße Marmorkonsole im Eingangsbereich – sie hatte sich für Stein statt für Holz entschieden, was nicht wirklich überraschend war – wackelte nicht, als er eine Hand darauflegte. Die Oberfläche war kühl und glatt und fest unter seinen Fingerspitzen. «Ich bin beeindruckt, was du überhaupt in so kurzer Zeit auszupacken geschafft hast.»

Sie schürzte die Lippen, und ihr leises Brummen klang zweifelnd.

Seit er ihr in die Wohnung gefolgt war, hatte sie etwas von ihrem Selbstvertrauen verloren, und ihre unverhohlene, berauschende Gier nach ihm war abgeflaut. Im Moment schweifte ihr Blick durch den Raum und schien alle Schwachstellen, die sie fand, zu katalogisieren. So nervös hatte er sie noch nie gesehen, und das schloss ihr erstes gemeinsames Abendessen und ihre erste Begegnung mit den Paparazzi mit ein.

Und das war ungünstig, denn diese Veränderung ließ auch sein Blut abkühlen und seinen Kopf klar werden. Klar genug, um sich an seinen Vorsatz zu erinnern, ein letztes heikles Thema mit ihr zu besprechen, bevor sie sich voreinander auszogen.

Nicht dass er erwartete, dass sie das tun würden, und sie konnte ihre Meinung jetzt oder wann immer sie wollte, noch ändern. Aber er hatte darauf gehofft. Er hatte davon geträumt.

«Ich weiß, es ist wahrscheinlich nicht das, was du gewohnt bist ...», setzte sie an.

«April.» Er schüttelte den Kopf und hob sanft tadelnd eine Augenbraue. «Meine Eltern sind Lehrer, erinnerst du dich? Ich bin in einem Haus aufgewachsen, das nicht viel größer ist als deine Wohnung.»

Ihr Gesicht hellte sich bei dieser Bemerkung ganz leicht auf, aber die Anspannung in ihren Schultern löste sich nicht vollständig. «Ja, stimmt. Das hatte ich vergessen.»

Sie war unsicher, wie sein Urteil ausfallen würde. Das war offensichtlich. Was ihm nicht ganz klar war, war, ob ihre Nervosität wirklich von ihrem halb fertigen Zuhause herrührte.

Sie waren aus einem ganz bestimmten Grund in Aprils Wohnung gekommen, das hatte sie deutlich gemacht. Aber fürchtete sie jetzt, da die Aussicht auf so viel Intimität, auf so viel Nacktheit, im wörtlichen wie im übertragenen

Sinne, direkt vor ihnen lag, etwa, er könnte sie verurteilen und sie für nicht gut genug befinden?

«Öhm ...» Sie schlenderte in Richtung Küche. «Hast du Hunger? Wie wäre es mit Lunch? Ich habe noch ein paar Stücke Pizza, wenn du magst. Und Reste von gebratenem Reis.» Sie hob eine Schulter, öffnete den Kühlschrank und überprüfte den Inhalt. «Tut mir leid. Ich habe seit dem Umzug nicht mehr wirklich gekocht. Nicht dass ich das davor oft getan hätte.»

Einen besseren Einstieg hätte er nicht bekommen können.

Sie bewegte sich nicht vom Kühlschrank weg, als er hinter sie trat. Nicht einmal, als er seine Arme von hinten um sie schlang und sie knapp über ihrer Taille festhielt. Ihr Körper war ganz ruhig in seiner Umarmung, steif, aber sie entzog sich ihm auch nicht.

Nach ein paar Sekunden entspannte sie sich und schmiegte sich an ihn, wie sie es zuvor getan hatte.

Er neigte den Kopf und legte sein Kinn auf ihre Schulter. «Ich koche gerne. Was hilfreich ist, denn bei meinem Job muss ich aufpassen, was ich esse. Und auch dass ich genug Sport treibe.»

Und da war es. Er hätte genauso gut ein Stück ihrer steinernen Arbeitsplatte halten können. Aber das kam dieses Mal nicht überraschend.

«April ...» Er drückte einen schnellen Kuss auf den neuesten Knutschfleck an der Seite ihres Halses. «Nach den Donuts von heute Morgen werde ich wahrscheinlich für den Rest des Tages nur noch Eiweiß und Gemüse essen. Ich darf jetzt keine Pizzareste oder gebratenen Reis. Ich bin sowieso nicht besonders hungrig. Aber ...»

Sie schloss die Kühlschranktür, wand sich aus seinen Armen und trat ein paar Schritte von ihm weg. Er versuchte nicht, sie aufzuhalten, er redete einfach weiter und hoffte, dass sie noch zuhörte.

«... ich erwarte von niemand anderem, dass er so isst oder so viel Sport treibt, wie ich es tue. Es ist Teil meines Jobs. Das ist alles.» Er deutete auf den glänzenden Kühlschrank. «Wenn du also Hunger hast und Pizza willst, iss Pizza. Wenn du gebratenen Reis willst, iss gebratenen Reis. Wenn du mehr Donuts essen willst, die so groß sind wie dein Kopf, oder noch einen von diesen Croco ...»

«Cocroffinuts», murmelte sie und sah ihm endlich wieder in die Augen.

«... wie zum Teufel diese Dinger auch immer heißen, jedenfalls solltest du es tun. Trotz des sehr realistischen Risikos, dass dich noch mehr Koffein tatsächlich zum Schweben bringt.» Er versuchte, in jedes Wort so viel Aufrichtigkeit zu legen wie nur möglich. Versuchte, sie zu beruhigen und zu bestärken. «Was ich esse oder nicht esse, ist irrelevant.»

Er dürfte eigentlich nicht wissen, weshalb sie ihm im Taxi nach dem Museumsbesuch die kalte Schulter gezeigt hatte. Doch er *wusste* es, und bevor sie zusammen im Bett landeten, musste sie die Wahrheit hören.

Sein Körper war ein Instrument für seinen Job. Er wollte ihn stark, wendig und flexibel halten. Wenn die Aufmerksamkeit, die er dem Essen und seinem Training widmen musste, bei ihr Ängste auslöste oder sie sich dadurch auf eine Weise unwohl fühlte, die sie nicht überwinden konnte, dann mussten sie beide das jetzt erfahren.

Sie blieb einige Meter von ihm entfernt stehen und lehnte eine Hüfte gegen die Arbeitsplatte. Hinter der bezaubernden Brille waren ihre braunen Augen verengt und musterten ihn abschätzend.

Es reichte nicht, dass er die Wahrheit sagte. April musste ihm auch glauben. Er wollte Ernsthaftigkeit und Glaubwürdigkeit ausstrahlen, und dafür würde er, wenn nötig, jeden Trick aus seinem Schauspielerhandbuch anwenden.

Unter ihrem lauernden Blick behielt er seine offene

Haltung bei, seine Hände waren entspannt, sein Blick erwiderte ihren völlig gelassen. Er stand ruhig und gefestigt vor ihr, der Inbegriff von Vertrauenswürdigkeit.

Nach einer weiteren langen Pause neigte sie den Kopf und machte einen kleinen Schritt auf ihn zu. «Na gut.»

Als die Spannung plötzlich nachließ, wurden seine Beine schwach, und er stützte sich mit dem Hintern an der Arbeitsplatte ab, während er ihr einen Seitenblick zuwarf. «Du hast Lunch erwähnt. Hast du Hunger?»

Zum ersten Mal, seit sie in ihrer Wohnung angekommen waren, hatte ihr Lächeln wieder einen sinnlichen Zug angenommen. Wurde lasziver. Gott, er war am Set an Special-Effects-Feuerkugeln vorbeigerannt, die bei Weitem nicht so heiß waren wie April mit diesem Ausdruck auf ihrem Gesicht.

Und das Beste daran war: Dieser Gesichtsausdruck bedeutete, dass er es geschafft hatte. Er hatte sich durch ein verbales Minenfeld navigiert, ohne dass ein Drehbuch oder eine Rolle seine Worte gelenkt hatten – ausgerechnet *er* hatte das geschafft, und dieses verheißungsvolle Lächeln war seine Belohnung.

«Nicht auf Essen.» Sie trat einen Schritt näher. Und noch einen. «Zu anderen Dingen könnte man mich allerdings überreden.»

Der Atem rauschte aus seinen Lungen.

April, wie sich ihr rotgoldenes Haar auf seinen Schenkeln ausbreitete, während er sich bebend in ihren heißen Mund drängte.

Diese spezielle Fantasie hatte ihn in der letzten Woche mehrmals zum Orgasmus gebracht. Fast so oft wie die Vorstellung, welche Geräusche sie von sich geben würde, wenn er sie leckte. Wie sie sich unter seinem Griff winden und ihren Kopf hin und her werfen würde, während er sie festhielt. Wie sie sich um seine Finger zusammenziehen würde, wenn er an ihrer Klitoris saugte. Wie sie pulsieren und stöhnen würde, wenn sie unter seinem Mund in tausend Teile zerstob.

Und gerade mal vor einer Stunde hatte sich sein Schwanz bei einer ganz neuen Fantasie gegen den Reißverschluss seiner Jeans gedrückt. Und die konnte er nun wirklich werden lassen, wenn sie dazu bereit war. Genau jetzt, in ihrer Küche, in dem Tageslicht, das durch ihre Fenster fiel.

Er streckte eine Hand aus. «Komm her.»

Sie zögerte nicht. Sie verschränkten ihre Finger miteinander, und sie protestierte nicht, als er sie umdrehte und an sich zog, bis ihr Rücken sich gegen seine Brust drückte. Die Arbeitsplatte hinter ihm war hart und kalt, aber er spürte es kaum noch bei der Wärme und Weichheit in seinen Armen.

Der Druck ihres üppigen Hinterns gegen seine wachsende Erektion ließ seine Augenlider schwer werden. Vor allem, als sie genau das wiederholte, was sie vorhin auf dem Bürgersteig getan hatte. Es war eine süße Qual, wie sie die Hüften wiegte und sich in langsamem Auf und Ab an ihm rieb.

Marcus fuhr mit der Nase ihren Hals entlang. Versenkte seine Zähne einen Millimeter in ihrem Ohrläppchen, genoss ihr Keuchen und die Art, wie sie seine Arme umklammerte.

Seine Finger spielten mit dem Saum ihres Pullovers. «Darf ich dich anfassen?»

«Überall.»

Er fuhr mit der Zunge über den Rand ihres Ohres. «Überall? Wirklich?»

«Wirklich.» Sie drehte ihren Kopf und zog seinen Mund für einen kurzen, intensiven Kuss auf ihren und saugte an seiner Zunge, bis sich weißer Nebel um sein Gesichtsfeld legte.

Als sie sich wieder nach vorne umdrehte, den Kopf an seiner Schulter, ließ er seine Hände unter ihren Pullover wandern. Er streichelte über ihren runden Bauch und dann an ihren Seiten hinauf.

Weich. Sie war überall so weich. Voller Kurven und geheimer Täler.

Ihre seidige Haut wurde bereits warm unter seiner Berührung, noch bevor er mit dem Daumen über die Rundung ihrer Brust strich, direkt über ihrem BH. Diesem stützenden Bügel-BH mit den gut gepolsterten Cups. Zu gut gepolstert, um auch nur den Ansatz ihres Nippels zu erfühlen; und zu stabil und steif, als dass er ihn auf eine für sie angenehme Weise herunterziehen könnte.

Okay, gut. Den konnte er später ausziehen. Ihre Brüste waren im Augenblick sowieso nicht sein Hauptziel.

Er ließ seine Hände wieder nach unten gleiten, und seine Finger wanderten knapp über dem Saum ihrer Leggings entlang.

Gott sei Dank für Stretchstoffe.

Ihr Atem stockte, die Bewegung war leicht, aber deutlich unter seinen Lippen an ihrem Hals zu spüren. Er saugte, nippte und leckte dort, während eine Hand auf ihrem Bauch lag und die andere unter ihre Leggings glitt. Dann schob er seine Finger unter ihre weiche Unterwäsche, wo er seidige Nässe und Hitze zwischen diesen zitternden Schenkeln fand.

Sie stieß einen erstickten Laut aus, und er hielt inne. «Ist das okay?»

«*Ja*.» Sie bewegte die Hüften und drückte sich fester gegen seine Hand. «Bitte.»

Trotz des nachgiebigen Stoffes hatte er nicht viel Spielraum, aber ihr warmes, feuchtes Fleisch fühlte sich perfekt an seiner Hand an. So perfekt.

Vorsichtig strich er durch die kleinen Löckchen und fuhr

leicht mit den Fingerspitzen an ihren Falten entlang, um die Feinheiten ihres Körpers allein durch Berührung zu erkunden. Sie bebte unter ihm, so zart und weich, und als er mit seinem Zeigefinger ihre Öffnung streichelte, spreizte sie ihre Beine weiter, lehnte sich schwerer gegen ihn, und dann griff sie nach hinten, um seine Hüften zu umklammern.

Aber er glitt hoch, hoch und noch höher, erforschte sie, bis er fand, was er suchte.

Er umkreiste sanft ihre Klitoris. Langsam. Ganz langsam. Und nun bohrten sich ihre Nägel in seine Schenkel, während sie kleine leise Laute von sich gab. Als er mit den Fingern wieder nach unten tauchte, war sie noch feuchter. Noch heißer. Diesmal ließ er seine Fingerspitze ein wenig hineingleiten. Neckte sie, rieb spielerisch.

Sie wölbte sich seiner Hand entgegen, wimmerte, und er lächelte.

«Hast du gern etwas in dir, wenn du kommst? Etwas, worum du dich zusammenziehen kannst?» Ihre Wange fühlte sich unter seinen Lippen fiebrig an. Unfähig, sich zurückzuhalten, drückte er seinen harten Schwanz gegen ihren Hintern, und das ließ die Flammen in ihm noch heißer lodern. «Oder besser nur die Klitoris?»

Ihre Stimme war ein ersticktes Flüstern. «Beides. Ich will beides.»

Diesmal beließ er es nicht beim Necken, sondern schob einen Finger in sie hinein. Zwei. Gott, sie war erregt und feucht und einfach unglaublich heiß. Und so verdammt eng, obwohl ihr Körper keinerlei Widerstand gegen sein Eindringen leistete. Er krümmte seine Finger und rieb kräftiger.

Sie atmete zittrig aus und schmiegte ihr Gesicht an seinen Nacken, als sein Daumen ihre Klitoris wiederfand.

Inzwischen stützte er sie beide an der Arbeitsplatte ab. Er ließ seinen jeansbedeckten Schwanz im Rhythmus ihrer

Hüften gegen sie kreisen, und bei jeder Bewegung seines Daumens und jeder Drehung seiner Finger stöhnte April unterdrückt auf.

Sie begann sich zu versteifen, zuckte unter seinem Daumen und krampfte sich um seine Finger herum zusammen. Er wickelte seine freie Hand in ihr Haar und zog sie an ihn für einen Kuss auf ihre Lippen.

Sie war viel zu abgelenkt, um ihn wirklich zu küssen, doch das war ihm vollkommen egal. Als sie in seinen Mund stöhnte, schluckte er gierig jeden Atemzug, jeden Laut.

Er umkreiste ihre geschwollene Klitoris noch einmal. Und noch einmal.

Dann schnappte sie nach Luft, wölbte den Rücken – und zersprang. Sie sackte gegen ihn, presste seine Finger zusammen und pulsierte unter seinem Daumen. Ihr Stöhnen war leise und tief.

Sanft streichelte er sie durch jedes Beben, jeden zitternden Atemzug.

Als der Orgasmus abgeklungen war, zog er seine Hand aus ihrer Leggings, drehte sie in seinen Armen um und ließ sie mit verschleierten Augen zusehen, wie er sich die Finger sauber leckte.

Ein bisschen herb. Erdig, was irgendwie passend für sie schien. Einfach perfekt.

Die Sonne, die durch das Fenster über dem Spülbecken schien, tauchte April in goldenes Licht. Sie war erhitzt, zerzaust und atemlos, lehnte sich gegen ihn, und er wünschte, er besäße genug Talent, um diesen Anblick in einem Film festzuhalten. Wobei er nicht gewollt hätte, dass irgendetwas in ihre Blase eindringen und diesen vertrauten, idyllischen Moment stören würde.

Mit seinem Daumen strich er ihr eine Haarsträhne von der noch feuchten Schläfe. «Das war sogar noch besser, als ich es mir vorgestellt habe.»

Ihre Stimme war rau. Amüsiert. «Du ... du hast dir das vorgestellt? Mich in meiner Küche kommen zu lassen?»

«Der Teil mit der Küche war improvisiert.» Er spürte der Röte auf ihren runden Wangen mit seinen Lippen nach und ließ sich davon wärmen. «Aber als du vorhin auf dem Bürgersteig deinen entzückenden Hintern an mir gerieben hast, wollte ich einfach nur meine Hand in deine Hose schieben und mich an dir bewegen, während du um meine Finger herum kommst.»

Sie stieß einen kehligen Laut aus, und Marcus wich zurück, um sie anzugrinsen.

«Du bist grad sehr zufrieden mit dir selbst, oder?», gab April zurück, und er war sich fast sicher, dass das wie eine Beschwerde klingen sollte. Aber es lag zu viel Zuneigung in ihrer Stimme und zu viel Befriedigung.

«Wo ist dein Bett?» Er beugte sich hinunter, um mit seiner Nase und dann mit seiner Zunge ihr Ohrläppchen zu erkunden. «Ich will dich mit gespreizten Beinen vor mir liegen sehen.»

Sie gab erneut diesen Laut von sich, und ja, er musste es wohl zugeben.

Als sie ihn an der Hand in ihr Schlafzimmer führte, war er definitiv sehr zufrieden mit sich selbst.

LAVINEAS-SERVER,
Privatnachrichten, vor acht Monaten

Book!AeneasWouldNever: Hey, Ulsie. Du hast mir noch gar nicht auf meine Nachrichten von gestern geantwortet.

Book!AeneasWouldNever: Was völlig in Ordnung ist, ich wollte nur sichergehen, ob alles okay ist. Das ist der erste Tag, an dem ich nichts von dir gehört habe seit

Book!AeneasWouldNever: Na ja, ich glaube fast seit Monaten. Egal, falls du keine Zeit hattest, verstehe ich das vollkommen. Aber ich wollte trotzdem mal nachhören bei dir.

Unapologetic Lavinia Stan: O Gott, tut mir leid, ich habe ein Glas zerbrochen und mir das Bein aufgeschnitten. Bin dann in der Notaufnahme gelandet

Unapologetic Lavinia Stan: Ehe ich genäht wurde, haben sie mir die guten Schmerzmittel verabreicht. Die haben mich ziemlich ausgeknockt, sorry. Ich bin immer noch durch den Wind, glaube ich

Book!AeneasWouldNever: Es tut mir furchtbar leid, dass du dich verletzt hast, Ulsie. Geht's dir gut?

Book!AeneasWouldNever: Bitte, BITTE sag mir, dass dich jemand heimgefahren hat und sich jetzt um dich kümmert?

Unapologetic Lavinia Stan: Es war Taxi-Time, Bitches

Unapologetic Lavinia Stan: Wollte so spät keine Freunde mehr stören und auf keinen Fall meine Eltern anrufen

Unapologetic Lavinia Stan: Aber keine Sorge, mir geht's wieder gut, und die Aeneas' Confused Boner Week kümmert sich um mich, Fanfiction FTW

Unapologetic Lavinia Stan: steinharte, pulsierende verwirrte Ständer FTW, echt wirklich

Book!AeneasWouldNever: Ulsie

Book!AeneasWouldNever: Shit, ich wünschte, ich

Book!AeneasWouldNever: Bitte sei vorsichtig und ruf jemanden an, wenn du Hilfe brauchst.

Book!AeneasWouldNever: Ich schreibe dir, wann immer ich es schaffe.

Unapologetic Lavinia Stan: Samt über Stahl, Motherfucker, Samt über verdammtem Stahl

17

MÄNNER LOGEN – SIE belogen sich selbst, und sie belogen April.

Schwänze nicht.

Konfrontiert mit so viel Wahrheit – mit diesem großen, glorreichen Beweis –, konnte selbst sie nicht mehr daran zweifeln. Er wollte sie. So wie sie war.

April hob ihren Kopf und warf einen verstohlenen Blick auf Marcus, der zwischen ihren Schenkeln kniete, während sie nackt auf ihrem Bett lag. Um ihre Privatsphäre zu schützen, hatten sie halbdurchsichtige Vorhänge vor die Fenster gezogen, aber das Sonnenlicht fiel noch hindurch. Ihr Zimmer war erfüllt von Licht, und jeder Zentimeter ihres Körpers war nackt und erleuchtet, und seine Erektion war von beeindruckend zu sieht-schmerzhaft-aus angewachsen, als sie ihre Beine für ihn gespreizt hatte.

Was nur fair war, denn sein Anblick ließ sie sich unruhig winden.

Er glänzte golden im gefilterten Sonnenschein, stark und geschmeidig und perfekt, konzentrierte Energie vibrierte in jeder Bewegung. Als er sich tiefer hinunterbeugte und seine Hände langsam ihre Schenkel hinaufgleiten ließ, über jedes Grübchen und jede Wölbung, fielen seine längeren Haarsträhnen nach vorn und verbargen seine Augen vor ihr.

Aber April hätten ohnehin keinen Blickkontakt mit ihm herstellen können. Er beobachtete den Pfad seiner Finger oder vielmehr ihre Haut, die unter seinen bedachten Liebkosungen prickelte und brannte. Zu ihrer Enttäuschung steuerte er nicht nach innen, zu der Stelle, an der sich ihre Schenkel trafen. Er bewegte sich weiter hoch, hoch, hoch. Strich über ihre Hüften. Über die Rundung ihres Bauches mit den silbrig rosa Dehnungsstreifen, ihre Rippen hinauf, bis er die Seiten ihrer schweren Brüste berührte. Aber auch hier verweilte er nicht, sondern fand mit seinen Daumen die Kontur ihrer Schlüsselbeine, folgte der Spur und fuhr mit seinen Fingerknöcheln leicht ihre Arme hinunter.

Sie hielt ihre Handflächen nach oben gedreht und geöffnet. Wahrscheinlich war diese Botschaft unnötig angesichts der Offenheit, die der Rest ihres Körpers zeigte, doch sie wollte, dass sie es beide wussten: Sie hatte sich entschieden, ihm zu vertrauen.

Marcus war längst kein Fremder mehr, und sie wollte nicht, dass dies hier bloß ein One-Night-Stand wurde. Falls er jetzt einfach ginge oder ihren Körper kritisch beäugte, würde er sie definitiv verletzen.

Und trotzdem lag sie da, und die verwundbaren, empfindlichen Innenflächen ihrer Hände wirkten blass unter diesen goldenen Fingern, die sie streichelten. Sein Körper über ihr, auf Händen und Knien beugte er sich vor und schmiegte sein Gesicht in ihre rechte Hand. Drückte einen sanften Kuss darauf.

Dann fuhr er mit dem scharf geschnittenen Kiefer, der zu dieser Tageszeit schon etwas rauer war, ihren Arm hinauf und rieb sich an ihrem Hals, bis sie tatsächlich kicherte.

April spürte sein Lächeln auf ihrer Haut, und sie wollte nicht länger still liegen. Ihre Hände glitten seine Schultern und seinen Trizeps entlang; seine Haut war warm und seidig, alle Muskeln deutlich spürbar und auf eine Weise ausgeprägt, wie es ihre nicht waren und nie sein würden. Sie streichelte den feinen Haarflaum auf seiner

Brust, dunkelgolden und gelockt. Sanft massierte sie mit dem Daumen seine Brustwarzen, bis sie sich aufrichteten, und musste selbst lächeln, als er über ihr den Rücken durchbog und schwer ausatmete.

Dann fuhr sie seinen festen, flachen Bauch hinunter, der von noch mehr feinen Härchen zweigeteilt wurde, und plötzlich schien er es eilig zu haben.

Marcus hockte sich zwischen ihren Beinen auf seine Fersen. Ihre forschenden Hände schob er beiseite und murmelte eine Entschuldigung, dass es lange her sei und er sich kaum noch zurückhalten könne. Seine Finger wanderten wieder nach oben, bis er zum ersten Mal wirklich ihre Brüste umfasste. Sie waren zu groß, um ganz in seine sanften Hände zu passen, und er gab ein kleines, zufriedenes Brummen von sich.

«So weich.» Er schien es zu sich selbst zu murmeln.

Mit seinen Daumen umkreiste er weitläufig die Spitzen und beobachtete, wie sich die glatte Haut kräuselte. Dann glitten die Kuppen dieser Daumen federleicht über ihre Nippel und strichen hin und her, während sich ihre Beine unwillkürlich weiter öffneten.

Er kauerte sich wieder über sie und rieb die Beinahe-Stoppeln an seinem Kinn über die obere Wölbung ihrer Brüste. Sie keuchte, und dann war sein Mund über ihrer Brustwarze, er saugte und neckte, spielte damit, indem er nur ganz hauchzart seine Zähne zum Einsatz brachte. Währenddessen zupften seine Finger an der anderen Brust. Er wechselte die Seite, und April bog sich seinem Mund entgegen, begierig nach mehr Druck.

Wenn sie ehrlich war, hatte das Spiel mit ihren Brüsten sie bisher nie sehr interessiert, aber jetzt war das Gefühl elektrisierend und sandte flüssige Hitze in ihren Unterleib. Doch Marcus hielt sich nicht mehr lange dort auf, vielleicht weil sein Atem ähnlich kurz wurde wie der ihre.

Nach einer Minute strich er mit dem Kiefer wieder nach unten, noch tiefer runter, und dann kitzelte sein Atem ihr krauses Haar. Als er sie mit seinen Fingern teilte, wand sie sich unter ihm, denn die kühle Luft und die Vorfreude schienen beinahe unerträglich. Er gab ein leises, amüsiertes Geräusch von sich, woraufhin sie ihn am liebsten geohrfeigt hätte, aber noch lieber wollte sie seinen Mund auf sich spüren, also wartete sie angespannt.

Der Mistkerl pustete auf ihre Klitoris, sodass ein kühler Luftstrom ihre Nerven kitzelte – irgendwann in der Zukunft würde er dafür bezahlen. Mittlerweile zitterte sie vor Verlangen, sie wollte ihre Hüften diesem eifrigen Mund entgegenstrecken, ihre Finger in sein Haar krallen und sein Gesicht genau dorthin pressen, wo sie es brauchte.

Dann leckte er sie, ohne Hast und gründlich, und sie stöhnte. Laut.

Seine Arme lagen schwer auf ihren Schenkeln und den Hüften, hielten sie an Ort und Stelle, während er sich an die Arbeit machte. Seine Zunge war genauso kräftig, feinfühlig und beweglich wie der Rest von ihm, und o Gott, diese unerbittliche Geduld, mit der er stupste, leckte und saugte ...

«Fuck», flüsterte sie und fuhr mit den Fingern durch sein Haar, krallte sich in seine Schultern. «Marcus ...»

Beim Klang seines Namens saugte er noch ein wenig fester an ihrer Klitoris, und nun konnte sie nicht mehr still halten. Als sie ihre Hüften hob, drückte er sie runter, hielt sie am Platz und zwang sie mit der unnachgiebigen Kraft seiner Arme, sein Tempo zu akzeptieren. Nichts davon tat weh, nichts; aber auch wenn sie so viel schwerer war als er, würde sie *nirgendwo* hingehen, nicht wenn er es nicht wollte.

Die Wucht dieser Erkenntnis setzte ihr Gehirn für einen Moment außer Gefecht, und sie wimmerte.

Er hob kurz den Kopf und stützte sich auf die Arme, gerade genug, um Augenkontakt herzustellen, und die plötzliche Abwesenheit dieser unglaublich talentierten Zunge ließ sie aufstöhnen.

«Alles in Ordnung?» Sein Mund war feucht von ihr, seine Pupillen dunkel und geweitet. «Wenn ich etwas tue, das dir nicht gefällt, sag es mir einfach. Oder wenn du willst, dass ich aufhöre ...»

Okay, genug geredet. Zurück zum Lecken.

«Ich sage dir Bescheid, wenn ich Grund zur Beschwerde habe.» Sie drückte leicht gegen seine Schultern und hob wieder ihre Hüften, denn Gott, *bitte*. «In der Zwischenzeit, um Himmels willen ...»

Selbst als Halbgott hatte er noch nie so selbstzufrieden ausgesehen. «Wie du wünschst.»

Sie grub ihre Finger in sein Haar und stieß einen anerkennenden Seufzer aus, als er seine Zunge geschickt gegen sie schnellen ließ. Allmächtiger, falls er diese wirbelnde Bewegung für irgendeine Rolle erlernt hatte – wie so viele seiner beeindruckenden Fähigkeiten –, begrüßte sie die Wahl seiner Rollen sehr und nominierte ihn möglicherweise rückwirkend für irgendeine Art Pornopreis.

Er saugte wieder an ihrer Klitoris und liebkoste sie mit der Zunge; sein Daumen umkreiste ihren Eingang, er schob die Fingerspitze hinein und rieb und massierte. April wiegte sich gegen ihn, wölbte den Rücken und drückte ihre Hüften seinem Mund entgegen, während ihr Kopf nach hinten kippte und die Welt hinter ihren Augenlidern immer gleißender wurde. Fuck. *Fuck*.

Und dann ...

Dann war sein Mund fort. Er war vom Bett geklettert und hatte nach seiner Jeans gegriffen, während April dalag, unter einem Beinahe-Orgasmus zitterte und ihn mit der ganzen Wucht ihrer Unzufriedenheit anfunkelte.

Seine Hände bebten, als er sich das Kondom überrollte, und er verzog entschuldigend das Gesicht, als er ihren Blick bemerkte. «Ich war mir nicht sicher, ob ich für einen dritten Orgasmus lange genug durchhalten würde, aber ich will spüren, wie du um meinen Schwanz herum kommst.»

«Hmpf.» Das klang wohl vernünftig, und sie hörte auf, ihn anzufunkeln. «Willst du oben sein oder ...»

Er ließ sich auf die Matratze fallen, sein Gesicht war gerötet, wirkte erwartungsvoll und seltsam jung. «Es wäre toll, wenn du mich reitest. Also, falls du möchtest. Dann kann ich dich über mir beobachten.»

Ihr eigenes Gesicht wurde heiß bei diesem Satz, und die Freude war nicht nur sexueller Natur.

Sie kniete sich über seine schmalen Hüften. Und da sie bei sexueller Frustration anscheinend ein rachsüchtiges Miststück wurde, nahm sie sich Zeit, um auf ihn zu gleiten. Sie ließ sich langsam sinken, nahm ihn Zentimeter für Zentimeter in sich auf. Sie sah ihm in die Augen, die Hände hatte sie hinter sich auf seinen Oberschenkeln abgestützt, während er sie weit dehnte.

«*April*», protestierte er, aber er hatte kein Recht, sich zu beschweren, und das wusste er.

Sie war so feucht und bereit, dass sein Eindringen für sie nichts als Vergnügen war; sie zog sich um seinen Schaft zusammen und lächelte auf ihre ganz eigene selbstgefällige Art, während sie ihn tief, tief, noch tiefer in sich gleiten ließ.

Als April damit fertig war, als sie seinen Schwanz heiß und hart und vollständig in sich aufgenommen hatte, keuchte Marcus und hob seine Hüften, seine blaugrauen Augen waren glasig und wild vor Verlangen. Aber in dieser Position, mit ihrem Gewicht, hatte *sie* jetzt die Macht.

Sie beugte sich vor, strich sich die Haare hinter die Ohren und streichelte seine schweißfeuchte Brust.

«Alles in Ordnung?» Shit, in dieser Haltung war die Reibung noch intensiver. Sie durfte sich nur ganz wenig bewegen, denn sie war immer noch sehr nah an ihrem Höhepunkt, und die Welle des Begehrens, die sie gerade erfasst hatte, ließ ihre Augenlider schwer werden. «Wenn ich etwas tue, das dir nicht gefällt ...»

«Jaja.» Sein Lächeln war angespannt und gequält, aber aufrichtig. «Ich werde es dich wissen lassen.»

Sie zwang sich, still zu halten. «Ich ärgere dich nur.»

Er stieß ein kleines Lachen aus. «Offensichtlich.»

«Aber ich meine es auch so», erklärte sie ihm.

«Ich weiß. Und ich weiß das zu schätzen.» Bei jedem seiner harten Atemzüge hob sich sein flacher Bauch und bewegte April wie eine Meereswelle. «Jetzt lass mich ...»

Sein Daumen fand ihre Klitoris und rieb langsam darüber, und sie schloss ihre Augen ganz.

Oh. *Oh.* Ja.

Sie lehnte sich wieder zurück, riss sich zusammen und begann, sich auf ihm zu wiegen. Nicht auf und ab, sondern vor und zurück, gegen diesen neugierigen, flinken Daumen, während sein Schwanz sie ausfüllte und weit dehnte.

«April.» Seine andere Hand packte besitzergreifend ihre Hüfte. «*April.*»

Als er sich unter ihr bewegte, schrie sie auf, denn dieser Blitz aus Lust zwischen ihren Schenkeln kam vollkommen unerwartet. Trotz ihres Gewichts hob er seine Hüften in kurzen flachen Stößen und fickte sie von unten, während sie sich an seine Oberschenkel klammerte, an seine angewinkelten Knie, an alles, woran sie sich festhalten konnte. Fuck, er war so stark, so hart und groß in ihr, und er stieß immer noch tiefer, übte von innen und außen Reibung aus. Und sein Daumen ...

Der Druck explodierte, und sie gab tiefe raue Laute von sich, krampfte sich wieder und wieder um ihn zusammen. Sie konnte auf nichts anderes achten, als dass es sich so verdammt gut anfühlte, wie er sich in ihr bewegte und immer noch ihre Klitoris umkreiste. Er richtete sich auf, um sie hart zu küssen, bevor er sich wieder zurückfallen ließ, während seine Hüften zuckten und er vor Lust schrie und bebte.

Er ließ seine Hand bis zum Ende auf ihr, entlockte ihrem zufriedengestellten Körper noch das allerletzte Zucken. April glitt zur Seite, sich nur widerwillig von ihm lösend, doch fiel dann völlig erschöpft auf die Matratze. Er umfasste ihre Wange und küsste sie zärtlich. Er schmeckte nach ihr, und seine Finger waren noch feucht von ihr.

Diese Berührung, dieser Kuss, den er ihr ohne jede Eile gab, sagten etwas aus, das wusste sie. Es war ein Statement, das leise und unmittelbar gemacht worden war, bevor sie auch nur einen Moment Zeit gehabt hatte, etwas zu hinterfragen oder sich Sorgen zu machen.

Nachdem sie beide kurz ins Bad gegangen waren, wiederholte er diese Aussage, indem er sofort wieder ins Bett kletterte und sich eng an sie schmiegte; sie mit allen vier Gliedmaßen umfing, auf eine Weise, die sie wahrscheinlich bald erdrückend finden würde, aber im Moment noch so sehr begrüßte. Er streichelte ausgiebig ihren Rücken, flüsterte ihr ins Ohr, wie verdammt heiß es war, sie auf ihm reiten zu sehen. Wie die Geräusche, die sie gemacht hatte, als sie kam, und das Gefühl, als sie sich um ihn zusammengezogen hatte, ihn zu seinem eigenen Orgasmus getrieben hatten. Wie er sie das nächste Mal allein mit seinem Mund zum Zerspringen bringen würde.

Das alles waren schöne Worte, doch es war nicht die eigentliche Botschaft.

Er brauchte sie nicht laut auszusprechen, denn sie hörte sie trotzdem.

Das war nicht nur Sex.

Ich liebe deinen Körper.

Ich werde nirgendwohin gehen.

SHARKPHOON

INNEN. OVAL OFFICE – MITTAG

DR. BRADEN FIN steht mit BIKINI-MÄDCHEN #3 vor der Präsidentin, seine engen Schwimmshorts werden nur von seinem weißen Laborkittel verdeckt. Beide sind immer noch mit dem Blut ihres verletzten, angebissenen Kollegen vollgespritzt. Er trägt außerdem eine Sicherheitsbrille, und in seinen Augen sieht man Trauer und Hingabe. Die Präsidentin starrt mit stahlhartem Blick zu ihm hoch, die Ellbogen auf dem Tisch und die Finger aneinandergepresst.

PRÄSIDENTIN FOOLWORTH
Sie verschwenden meine Zeit. Das ist kein Notfall.

BRADEN
Madam President, doch, das ist es. Sie verstehen nicht. Der Taifun ist so mächtig, die Haie sind riesengroß, nichts ist mehr sicher. Nicht unsere Flugzeugträger. Nicht unsere Atomanlagen. Nicht mal hier, mit dem …

PRÄSIDENTIN FOOLWORTH

(lächelt kalt)

Der Marianengraben liegt einen Kontinent weit entfernt. Sie können gehen.

Ein Windstoß und das Geräusch von zerbrechendem Glas. Ein Hai kracht durch das Fenster des Oval Office, beißt die Präsidentin entzwei, verschlingt erst die eine, dann die andere Hälfte und verschwindet durch dasselbe Fenster wieder.

Bikini-Mädchen #3 legt Trost spendend eine Hand auf seinen Arm.

BIKINI-MÄDCHEN #3
Du hast versucht, es ihr klarzumachen.

Traurig schüttelt er den Kopf, legt einen Arm um ihre Schultern und geht zurück an die Arbeit.

18

AM ENDE BESTELLTE April zum Dinner noch etwas zu essen – gedünstetes Huhn und Gemüse für Marcus, rotes Curry mit Krabben und Reis für sich selbst. Außerdem nahm er ihre Einladung an, über Nacht zu bleiben. Sie kuschelten sich auf die Couch und sahen sich eine alte Staffel seiner britischen Lieblingsbackshow an, bis es viel zu spät war und sie schließlich zurück in ihr Schlafzimmer stolperten.

Dort lagen sie einander zugewandt in ihrem Bett, nackt, ihre Beine verschlungen, und sahen sich in der Düsternis ihres mit Vorhängen verhüllten Zimmers an. Nur der ferne Schein des Nachtlichts im Badezimmer erhellte ihre Gesichter.

Er hielt ihre Hand in seiner. Mit der anderen spielte er mit einer Strähne ihres Haares. Dafür, dass sie zum ersten Mal als Paar übernachteten, war die Stille zwischen ihnen erstaunlich angenehm. Sie wirkte nicht angestrengt, da war weder unausgesprochene Spannung noch Unbehagen.

Trotzdem entschied April sich, das Schweigen zu brechen und die Situation möglicherweise dadurch doch unangenehm zu machen.

In der Dunkelheit erschien die Frage vielleicht weniger heikel. Zumindest hoffte sie das. «Marcus?»

«Ja?» Er klang bemerkenswert wach, wenn man bedachte, was er an diesem Tag geleistet hatte.

Zuerst an ihrer Küchentheke. Anschließend im Bett. Dann, erst vor einer Stunde, hatte er auf dem Boden ihres

Wohnzimmers gekniet, ihre Beine auf seinen Schultern, während sie sich stöhnend auf der mit einer Decke ausgelegten Couch zurückgelehnt und an ein Kissen geklammert hatte; sein geschickter, erfinderischer Mund hatte sie so intensiv kommen lassen, dass sie seine Zunge am liebsten vergolden lassen wollte. Aber selbstverständlich erst, nachdem sie mit ihr fertig war.

«Machst du dir eigentlich jemals Sorgen ...», begann sie.

Sie hielt inne und strich mit einem Finger über seinen eleganten Wangenknochen, über die leicht schiefe Nase und über diese berühmte scharfe Kinnlinie.

«Mache ich mir jemals Sorgen über was?» Seine Frage klang ermutigend, nicht ungeduldig.

Marcus' Ohrmuschel fühlte sich warm an unter ihrer Fingerspitze, die Haut seines Ohrläppchens weich. Sie versuchte sich das Gefühl von beidem einzuprägen, auch als er seinen Kopf drehte, um ihre Handfläche zu küssen.

Millionen von Menschen erkannten ihn, wenn er in den gleißend hellen Lichtern auf dem roten Teppich stand. Doch wenn April ihn lange genug auf diese Art anfasste, würde sie ihn vielleicht sogar im Dunkeln erkennen können, allein durch ihre Berührungen. So würde er auf ganz besondere Weise ihr gehören.

Diese besitzergreifenden Gedanken sollten sie beunruhigen. Sie waren untypisch für sie, vor allem, weil es hier um einen Mann ging, den sie erst seit kurzer Zeit kannte. Einen Mann, der so viel Ballast mit sich herumschleppte, teils offen ausgesprochen, teils aber auch uneingestanden, und darunter strauchelte.

Aus irgendeinem Grund wirkte es jedoch, als würden sie sich seit Jahren kennen. Als ob er sie instinktiv *verstand*; ein Gefühl, das sie zugleich unvorstellbar und unwiderstehlich fand. Sie hatten sich an diesem Abend mit so viel Leichtigkeit gegenseitig aufgezogen, ihre Diskussionen über zu wenig gegangenen Teig und das relativ harte Urteil der Jury waren so angenehm gewesen, als wären sie schon seit langer Zeit befreundet.

Doch seine Arbeit und seine Bekanntheit machten Beziehungen für ihn auf eine Weise kompliziert, über die sie sich nie zuvor den Kopf zerbrochen hatte. Aber nun, da es einen Grund gab, über solche Komplikationen nachzudenken, konnte April nicht einfach darüber hinweggehen, ohne mit ihm darüber zu sprechen.

Sie setzte erneut an, dieses Mal fest entschlossen, zu sagen, was gesagt werden musste. «Machst du dir jemals Sorgen, dass ich mich eigentlich zu der Rolle hingezogen fühle, die du im Fernsehen spielst? Oder zu der Person, die du in der Öffentlichkeit vorgibst zu sein, statt zu deinem wahren Ich?»

Marcus schwieg eine Minute lang, die Falte zwischen seinen Brauen war tief, obwohl sie mit der Fingerspitze über die Stelle strich.

Er drehte sich auf den Rücken und starrte an die Decke, anstatt ihr in die Augen zu sehen, wobei seine Hand ihre nicht losließ. «Ich, also …» Er stieß einen langen Atemzug aus. «Ich habe dir erzählt, wie meine Beziehungen in den letzten Jahren geendet sind.»

Als stillschweigende Erwiderung drückte sie seine Finger.

Er drehte den Kopf und fing Aprils Blick wieder ein. «Normalerweise hätte ich Angst, dass das erneut passieren könnte. Aber du hast von Anfang an ziemlich deutlich gemacht, dass der Typ, den ich in der Öffentlichkeit darstelle, dir nicht gefällt. Überhaupt nicht.»

Okay, nein. Dem konnte sie tatsächlich nicht widersprechen.

«Du scheinst nicht wirklich an Äußerlichkeiten interessiert zu sein. Sondern an dem, was darunter liegt. Möglicherweise wegen deines Jobs, oder du hast ihn vielleicht aus exakt diesen Gründen gewählt. Ich habe keine Ahnung.» Er rieb mit einem Daumen über ihre Fingerknöchel. «Aber es ist eines der Dinge, die ich am meisten an dir mag.»

Dass Marcus ihr seine Zuneigung gestand, ließ dummerweise selbst in der Dunkelheit ihr Gesicht ganz heiß werden.

Sie wusste genau, weshalb sie so gerne in die Tiefe grub, nach Geschichten stöberte und nach Verunreinigungen suchte, anstatt sich nur auf die oberflächliche Schönheit zu konzentrieren. Allerdings wollte sie ihm noch nicht von ihrer Kindheit erzählen; das würde sie tun, wenn sie etwas länger miteinander ausgegangen waren.

April versuchte spielerisch, vom Thema abzulenken.

«Da hast du nicht unrecht.» Nachdem sie ihre Finger über seine Brust hatte wandern lassen, fasste sie nach oben, um an einer seidigen Strähne seines Haars zu zupfen. «Aber abgesehen davon, ist deine Oberfläche wirklich bemerkenswert.»

Sein Lächeln strahlte in dem schwachen Licht, das vom Nachtlicht im Bad herüberschien. «Und deine ist spektakulär.» Marcus drehte sich wieder auf die Seite und fuhr mit seinen Fingerknöcheln über die Wölbung ihrer Brust. «Weißt du, wir könnten vielleicht noch mal ...»

Es war schwer, dieser Versuchung zu widerstehen, doch es gelang ihr, seine Hand sanft wegzuschieben. «Ich weiß das Kompliment sehr zu schätzen. Aber du hast mir meine Frage noch nicht ganz beantwortet, Marcus.»

Mit einem Seufzer drehte er sich wieder auf den Rücken. «Verdammt. Ich bin nicht gut mit Worten, April.»

Oh nein. Das akzeptierte sie nicht als Ausrede.

Stattdessen wartete sie einfach ab und ließ die eindringliche Stille für sie übernehmen.

«Bitte ...» Seine Finger schlossen sich fester um ihre. «Bitte hör mir bis zum Ende zu, und wenn ich etwas Falsches sage, lass es mich erklären.»

Okay, das klang verdächtig.

«Wie gesagt, ich mache mir keine Sorgen, dass du den Typen, den ich in der Öffentlichkeit darstelle, attraktiv findest.» Er verlagerte unruhig sein Gewicht auf dem Bett und starrte mit zusammengepressten Lippen an die Decke. «Ob ich mir Sorgen mache, dass du dich eher zu der Rolle hingezogen fühlst, die ich bei *Gods* spiele, als zu mir selbst ...»

Seine Brust hob und senkte sich. Einmal. Zweimal.

«Vielleicht», sagte er schließlich zögernd.

Er hatte sie gebeten, ihn bis zum Schluss anzuhören, und das schien noch nicht das Ende zu sein. Also wartete April ab, auch wenn in ihrem Kopf bereits Argumente, Rechtfertigungen und Zweifel herumschwirrten. Aber sie versuchte, diese Gedanken beiseitezudrängen, denn wenn sie im Kopf schon ihre Antwort formulierte, während er noch sprach, konnte sie ihm nicht wirklich zuhören. Also, ganz aktiv und ernsthaft *zuhören*. Und wenn ein so zurückhaltender Mann wie Marcus – der echte Marcus – unbequeme Wahrheiten preisgab, würde nur eine Närrin ihm nicht jedes kleinste bisschen ihrer Aufmerksamkeit schenken.

«Du, äh, hast mir erzählt, du schreibst Fanfiction über Aeneas und Lavinia.» Er leckte sich über die Lippen, und das kurze Aufblitzen seiner Zunge löste direkt eine Reaktion zwischen ihren Beinen aus, auch wenn das in diesem Moment völlig unangebracht war. «I-ich habe mir womöglich ein paar deiner Geschichten angeschaut, und sie sind ...»

«Erotisch», ergänzte sie, nachdem er einige Augenblicke lang innegehalten hatte.

Er nickte kurz, und diese Bewegung ließ sein Haar an ihrem Kissen rascheln. «Ein paar davon, ja.»

«Die meisten.» Sie würde nicht lügen, und es war ihr auch nicht peinlich, dass sie explizite Storys verfasst hatte. «Also, zumindest kommt in den meisten Geschichten Sex vor, auch wenn er nicht immer zwangsläufig den ...», sie konnte nicht widerstehen, «Höhepunkt darstellt. Sozusagen.»

Halb stöhnte er auf, halb lachte er darüber. «Lenken Sie nicht ab, Whittier. Dieses Gespräch ist so schon hart ... *schwierig* genug.»

Verdammt, er hatte recht. Sie sollte lieber zuhören, statt zweideutige Wortwitze zu reißen.

Schließlich strich er sich die Haare aus der Stirn und redete weiter. «Okay, also die Sache ist die: In deinen Geschichten schilderst du Sex mit der Figur, die ich spiele. Und wenn du Aeneas in deinen Storys beschreibst, sieht er nicht wie der Aeneas aus Wades Büchern aus. Er ist nicht dunkelhaarig mit breiter Brust. Er hat keine braunen Augen. Stattdessen ist er ... athletischer. Goldblond. Mit blauen Augen.»

Offensichtlich hatte er ihre Geschichten wirklich gelesen. Was sowohl schmeichelhaft als auch beunruhigend war.

Denn es war nicht von der Hand zu weisen. «Er ist du. Oder zumindest sieht er aus wie du.»

«Ja, scheint so.» Er ließ ihre Finger los und kniff sich mit Daumen und Zeigefinger in die Nasenwurzel, die Augenlider fest zusammengepresst. «Und jetzt, da wir uns treffen, könnte ich mir vorstellen, dass das vielleicht ein bisschen, äh ... verwirrend für dich ist? Manchmal zumindest?»

Als er ein paar Augenblicke lang schwieg, drehte sie sich ebenfalls auf den Rücken und zwang sich, über das nachzudenken, was er gerade gesagt hatte. April wollte ihm so ehrlich wie nur möglich antworten – trotz ihres instinktiven Wunsches, ihn auf keinen Fall vor den Kopf zu stoßen.

«Manchmal ist es seltsam.» Es war ein leises, hart erkämpftes Eingeständnis. «Ich bin Mitglied einer nicht öffentlichen Lavineas-Community, und manchmal posten sie auf dem Server GIFs von deinen – also Aeneas' – Sexszenen und ...»

Er war ganz still geworden neben ihr.

«... als wir nackt waren, als deine Hände in meiner Hose steckten, als du in mir warst oder mich geleckt hast, ich schwöre bei Gott, ich hatte keine dieser Szenen vor Augen. Aber manchmal, wenn wir gerade nicht direkt dabei sind, blitzen diese ... Bilder auf.» Sie schluckte, und ihre Kehle war trocken. «Als ob ich das alles schon mal gesehen hätte. Deinen Hintern. Deine Brust. Deinen Gesichtsausdruck. Solche Dinge eben.»

Bevor Marcus etwas sagen konnte, fuhr sie hastig fort. «Es ist mir nicht peinlich, dass ich Fanfiction geschrieben habe, und ich schäme mich auch nicht, dass ich Geschichten über Sex geschrieben habe. Aber jetzt, da ich dich kenne, glaube ich nicht, dass ich weiterhin explizite Szenen in meine Lavineas-Geschichten einbauen kann, weil das zu ...»

Er versuchte nicht, ihr zu helfen, und sie überlegte, ob das daran lag, dass er gar nicht mehr atmete. Sie musste die Worte selbst finden und biss sich auf die Lippe, während sie nach den richtigen suchte.

Vorsichtig wählte sie ihre Sätze. «Weil mir das zu intim erscheint, jetzt, da ich dich persönlich kenne. Es ist zu übergriffig. Und das Letzte, was ich will, ist, mir in irgendeiner Form vorzustellen, dass du – Marcus, der Mann, den ich date – Sex mit einer anderen Frau hast. Selbst wenn ich über Aeneas schreibe, den fiktiven Helden. Ich verehre Lavinia vielleicht, aber ich möchte dich nicht mit ihr teilen. Auch nicht in meiner Fantasie.»

Mist. Sie setzte ganz schön viel voraus. Viel zu viel für diesen Punkt in ihrer Beziehung.

Sie räusperte sich, denn ihre Kehle war immer noch entsetzlich trocken. «Nicht dass wir fest zusammen wären ...»

«Ich möchte fest mit dir zusammen sein», unterbrach er sie. «Nur damit du es weißt.»

Sie hielt inne und starrte überrascht an die Decke. «Wirklich?»

«Ja, das möchte ich.» Zum ersten Mal während ihres Gesprächs klang er sich seiner selbst völlig sicher. «Willst *du* denn mit mir zusammen sein?»

Die Lippe, auf der sie herumgebissen hatte, tat weh, als sie zu lächeln begann. «Auf jeden Fall.»

«Gut.» Da war wieder diese Selbstzufriedenheit. Ein bisschen befremdlich, aber auch schmeichelhaft.

Mit einer kurzen Silbe hatte er sie zu einer wichtigen Person in seinem Leben erklärt. Zu einer Person, die er für sich haben wollte, auf ebenso besitzergreifende Art, wie sie ihn wollte. Und ja, das war definitiv *gut*.

«Okay. Ich schätze, dann sind wir jetzt zusammen.» Sie drehte ihren Kopf auf dem Kissen und sah ihn an. Ihr Grinsen war so breit, dass ihre Wangen schmerzten. «Das ging aber schnell.»

Er erwiderte ihren Blick mit leicht nach oben gezogenen Mundwinkeln. «Ich bin fast vierzig. Was in Hollywood mindestens zweihundert bedeutet. Ich habe keine Zeit zu verschwenden.»

«Das gilt leider nur für Frauen. Nicht für Männer.» Mit gerümpfter Nase drückte sie ihre Abscheu über diese Doppelmoral aus. «Deine Branche ist verdammt sexistisch.»

«Ohne Witz. Du würdest nicht *glauben* ...» Er unterbrach sich. «Warte mal. Wir waren noch nicht fertig mit unserem Gespräch über, äh ...»

Ihr Lächeln verblasste. «Ob ich Aeneas will und nicht dich?»

Er atmete jetzt wieder und sah ihr in die Augen, doch er

hatte immer noch nicht die Hand nach ihr ausgestreckt. Das hieß, dass sie weiterreden musste, denn sie waren gerade erst ein Paar geworden. Wenn sie einander nicht vertrauten, könnte alles zerbrechen, bevor es richtig angefangen hatte, also musste sie absolut aufrichtig zu ihm sein.

«Du bist ein großartiger Schauspieler.» Als er den Blick abwandte und die Schultern verlegen hochzog, berührte sie seinen Unterarm. «Nein, tu das nicht einfach so ab, Marcus. Hör mir zu.»

Mit einem gequälten Gesichtsausdruck sah er ihr wieder in die Augen, und das war ihr Zeichen, um fortzufahren. «Ich liebe Wades Version von Lavinia, mehr als jeden anderen Charakter in der Serie. Ich war furchtbar enttäuscht, als Summer Diaz für die Rolle ausgewählt wurde.» Als er die Lippen zusammenpresste, stellte sie klar: «Nicht weil sie eine schlechte Schauspielerin ist. Sondern weil durch ihre Besetzung vieles missachtet wurde, was ich an Lavinias Beziehungen und ihrer persönlichen Entwicklung in den Büchern wichtig und reizvoll fand.»

Daraufhin nickte er zustimmend.

«Dass ich nicht zu einem anderen Fandom gewechselt bin, nachdem die Serie angelaufen war, lag vor allem an dir. Nicht an deinem Aussehen, obwohl du natürlich umwerfend bist, sondern an deiner Leistung. Du bist *richtig* gut, Marcus. Ich kann nicht glauben, dass du nicht schon einen Haufen Preise gewonnen hast.»

Sie schüttelte den Kopf angesichts dieser Ungerechtigkeit, dann kam sie zurück auf das eigentliche Thema.

Das war der Teil, bei dem sie alles richtig machen musste, denn sie würde ihm die reine Wahrheit sagen. Die Situation mochte manchmal verwirrend sein, doch sie hatte keine Zweifel, welcher Mann neben ihr im Bett lag. Sie hatte keine Zweifel, wer ihr brandneuer fester Freund war.

Sie hatte keine Zweifel daran, wen und was sie tatsächlich wollte.

«Millionen von Menschen haben Wades Bücher gelesen. Noch mehr haben gesehen, wie du den Aeneas gespielt hast. Sie kennen ihn, und sie kennen seine Geschichte. Ich kenne ihn. Ich kenne seine Geschichte. Ich schreibe seit Jahren Storys über ihn, genauso wie Hunderte von anderen auch. Versteh mich nicht falsch. Ich bin immer noch überzeugt, dass er großartig ist. Ich bin immer noch überzeugt, dass *du* großartig bist, so wie du ihn verkörperst.» Wie schon früher an diesem Tag legte sie eine Hand über sein Herz, wobei das Pochen diesmal nicht von der Kleidung gedämpft wurde. «Aber ich möchte *dich* kennenlernen, Marcus Caster-Rupp, nicht Aeneas. Ich will *deine* Geschichte erfahren. Ich fühle mich zu *dir* hingezogen. Denn das Verborgene und das Echte werden für mich immer interessanter und wichtiger sein als Äußerlichkeiten oder eine Rolle.»

Er beobachtete sie aufmerksam, und die Falte zwischen seinen Brauen war noch nicht wieder ganz verschwunden.

Als er anfing zu sprechen, war seine Stimme kaum lauter als ein Flüstern. «Ich bin kein tapferer Held, April.»

Weshalb er das für ein vernichtendes Geständnis zu halten schien, warum er sie so flehentlich und ängstlich anschaute, konnte sie sich nicht erklären. Aber sie wollte ihn von diesem besorgten Ausdruck in seinem Gesicht befreien. Je eher, desto besser.

«Ich mache nicht ...» Sein Kiefer arbeitete, und jedes Wort schien ihm unfreiwillig aus der Kehle gerissen zu werden. «Ich tue nicht immer das Richtige, entscheide mich nicht immer dafür, mutig zu sein.»

Als sie schnaubte, zuckte er tatsächlich zusammen.

«Du bist also ein Mensch und keine fiktive Figur oder ein echter Halbgott.» Sie wischte diese spezielle Sorge mit einer Handbewegung weg. «Wie schrecklich enttäuschend. Fairerweise muss man aber sagen, dass sich Aeneas ebenfalls ein paar beschissene Dinger geleistet hat. Wie zum Beispiel die Frau zu verlassen, mit der er ein Jahr lang geschlafen hatte, ohne sich die Mühe zu machen, sich von ihr zu verabschieden.»

Die Falte zwischen seinen Brauen wurde etwas glatter, auch wenn er seine Rolle verteidigte. «Die Götter haben ihm befohlen ...»

«Bla, bla, bla.» Sie verdrehte die Augen. «Seine moralische Verantwortung hat mit den Bewohnern des Olymps weder begonnen noch geendet. Er hätte wenigstens einen verdammten Zettel dalassen können.»

Seine Nasenflügel blähten sich, als er ausatmete. «Okay, okay. Du hast recht. Das war Scheiße. Aber es ist eines der Elemente, das sowohl in der *Aeneis* als auch in Wades Büchern vorkommt, also gab es keine Möglichkeit, es in der Serie anders zu machen.»

BAWN hatte ihr gegenüber schon mal das gleiche Argument vorgebracht, und er hatte damals schon genauso falschgelegen. «Ja, sicher. Weil sich eure Showrunner ja auch sonst immer so eng an das Quellenmaterial gehalten haben, das sie zur Verfügung hatten.»

Er machte sich nicht die Mühe, ihr zu widersprechen; wahrscheinlich, weil es wirklich kein gutes Gegenargument gab. Stattdessen grinste er sie nur an und verschränkte seine Finger mit ihren. «Kein Kommentar.»

«Oh, ich glaube, das ist Kommentar genug.» Sie rückte näher an ihn heran. Und noch näher, bis sie an seine Seite geschmiegt dalag. Weichheit an harten Muskeln. Hitze an Hitze. «Wenn du dir immer noch Sorgen machst, dass ich nicht weiß, wer du bist, dann *zeig* mir, wer du bist. Ich werde dir beweisen, dass ich den Mann und die Figur auseinanderhalten kann.»

«Ich werde ...» Marcus' Stimme wurde immer leiser, als ihre geöffneten Lippen seine Schulter entlangfuhren. Sie strichen über die Erhebungen seiner Rippen, bis hinunter zu der wundervollen Kuhle an seiner Hüfte, dann zur Mitte und weiter hinunter. «Ich werde mein Bestes geben.»

«Danke. Ich habe jetzt auch die Absicht, mein Bestes zu geben.»

Danach war ihr Mund zu beschäftigt für ein weiteres Gespräch, und als sie mit ihm fertig war, war dieser besorgte Ausdruck fort, aber so was von, und stattdessen war da benommene Seligkeit, Dankbarkeit und eine Art atemloses Strahlen.

«April ...» Er griff nach ihr und zog sie in seine schweißnassen, zitternden Arme. «Mein Gott. Kalifornien sollte deinen Mund zu einem nationalen Kulturgut erklären. Oder zu einem Wahrzeichen? Zu *irgendetwas*.»

Sie lächelte so selbstzufrieden, wie er es zuvor getan hatte, und sonnte sich in diesem wohlverdienten Lob. Sie würde ihm ganz gewiss nicht widersprechen.

Er mochte ein Meister im Einradfahren, Gemüseschneiden, im gefühlvollen Schnüffeln und im Schwertkampf sein, doch sie besaß ihre ganz eigenen Fähigkeiten, wenn es um *Schwerter* ging. Und die verdienten ebenfalls Anerkennung.

Rating: Teen and Up Audiences

Fandoms: Gods of the Gates – E. Wade, Gods of the Gates (TV)

Beziehung: Aeneas/Lavinia, Aeneas/Dido, Lavinia & Dido

Zusätzliche Tags: Alternate Universe – Modern, Alternate Universe – Highschool, Wettbewerb, Fluff, Emotionale Läuterung durch Quiz-Dominanz, Eifersucht, Die Autorin besitzt nicht genug Trivia-Wissen für Quizshows, Sie hätte wohl besser ein anderes Thema gewählt, Wie auch immer, Zu Spät

Sammlung: Aeneas-und-Lavinia-Woche

Statistik: Wörter: 1.754; Kapitel: 1/1; Kommentare: 34; Kudos: 115; Lesezeichen: 8

TRIVIALE SORGEN
Unapologetic Lavinia Stan

Zusammenfassung:
Dido und Lavinia mögen einander nicht. Um genauer zu sein: Dido hasst Lavinia, weil sie Didos Ex datet. Lavinia tut ihr Bestes, um Dido aus dem Weg zu gehen. Aber wenn ein Quizwettbewerb ruft, muss eine Frau antworten.

Bemerkung:
Antwort auf den Prompt *Ein Showdown zwischen Aeneas' Herzdamen*. Dank geht, wie immer, an Book!AeneasWouldNever für seine einfühlsamen, geduldigen und hilfreichen Dienste als Beta.

… auf zur nächsten Runde, sie hatten Gleichstand.
Eine neue Frage erschien auf dem Bildschirm. *Für diesen Film erhielt James Cameron im Jahr 1998 eine goldene Statuette für die beste Regie.*
Nun ja, das war ziemlich offensichtlich. Lavinia schaffte es, als Erste zu buzzern. «*Titanic.*»
«Ah, ja.» Mit verengten Augen nahm Dido ihre aufrechte Klassensprecherinnen-Haltung ein. «Eine Geschichte über die wahre Liebe, die niemals stirbt, selbst nach einer langen Trennung.»
Lavinia verdrehte die Augen. «Rose hatte am Ende Kinder mit einem anderen Kerl, Dido. Sie ist darüber hinweggekommen.»
Die unausgesprochene Botschaft: *Vielleicht solltest du das auch.*
«Sie hat vierundachtzig Jahre gewartet, um sich von Jack zu verabschieden. Vier. Und. Achtzig. Jahre», erwiderte Dido und stemmte die Fäuste in die Hüften.
Lavinia warf die Hände in die Luft. «Anstatt vierundachtzig Jahre zu warten, hätte sie vielleicht ihren Hintern ein wenig zur Seite rücken und die dämliche Tür mit ihm teilen sollen!»
«Meine Damen», warf die verantwortliche Lehrerin ein.
«Wenn er sie gelassen hätte, hätte sie es getan!», schrie Dido. «Aber er hat sich einfach ohne Vorwarnung in ein Eis am Stiel verwandelt!»
Sie sprachen schon längst nicht mehr über Rose und Jack, falls das überhaupt je der Fall gewesen war. Lavinia atmete tief durch.
Aeneas war ihr Freund. Sie liebte ihn. Doch die Art, wie er Dido kurz vor dem Schulball auf Wunsch seiner Eltern geghostet hatte, war grausam gewesen. Sie würde sich bestimmt keine Entschuldigungen für ihn einfallen lassen. Sie und Dido würden sich wohl niemals nahestehen, doch sie wusste, dass das andere Mädchen damals verletzt worden war und immer noch daran zu knabbern hatte. Sehr zu knabbern.

«Du hast recht.» Sie blickte direkt in Didos tränenglänzende Augen. «Aber er war weg, und er würde nicht mehr zurückkommen, und trotzdem hatte sie es verdient, glücklich zu sein. Auch ohne ihn. Ich weiß, dass er das gewollt hätte, weil ihm wirklich etwas an ihr lag.»
Dido nickte, bloß ein Ruck mit ihrem bebenden Kinn.
«Vielleicht können wir weitermachen?», drängte die Lehrerin.
Lavinia sah Dido fragend an. Das andere Mädchen nickte wieder und versuchte sogar, Lavinia ein Lächeln zu schenken. Es war zittrig, aber echt.
«Ich glaube, wir können», sagte Dido.

Am nächsten Tag, als Aeneas die beiden Mädchen beim Mittagessen in der Cafeteria entdeckte, wie sie sich um denselben Tisch drängten, zusammen lachten und Geheimnisse austauschten, machte er auf dem Absatz kehrt und rannte davon.

19

NACHDEM APRIL SICH mit ihrer Kollegin Mel in ihr winziges Büro-Schrägstrich-Gästezimmer zurückgezogen hatte, wo die Frauen weiter über Nahtzugaben, abnehmbare Blenden und andere Themen plauderten, die Marcus rätselhaft erschienen, drehte Alex sich auf der überladenen Couch zu ihm um.

«Du bist deiner Freundin also wie ein streunendes Kätzchen nach Hause gefolgt und hast dich danach einfach geweigert, ihren Schoß wieder zu verlassen?» Eindeutig amüsiert hob Alex eine dunkle Braue. «Guter Schachzug. Erbärmlich, schon klar, aber durchaus effektiv.»

Na ja, Alex lag nicht unbedingt *falsch* damit. Er nervte, ja. Aber er hatte nicht unrecht, nein.

Wie Alex nur zu gut wusste, hatte Marcus San Francisco nach der ersten Nacht mit April einfach nicht mehr verlassen. Jedenfalls nicht für länger als ein Wochenende im vergangenen Monat.

Er hatte ein Hotelzimmer in der Nähe auf seinen Namen reserviert und mit seiner Kreditkarte bezahlt, doch er hatte nicht viel Zeit in dieser Suite verbracht. Wahrscheinlich hatte er das auch nie wirklich vorgehabt. Dass es dieses Zimmer gab, war eher eine Botschaft für April. Damit zeigte er, dass er nicht davon ausging, jederzeit in ihrer Wohnung willkommen zu sein, auch wenn sie jetzt zusammen waren. Es war eine Zusicherung, dass sie ihn wegschicken konnte, wenn es ihr zu viel wurde; er hätte immer eine Zuflucht, selbst im Dunkel der Nacht.

Doch bis jetzt schien es ihr nichts auszumachen, dass er beinahe immer da war, in ihrem Leben und in ihrer Wohnung. Bis jetzt hatte er seine Entscheidung, dortzubleiben, noch keinen einzigen Moment bereut.

Es hielt ihn nichts in Los Angeles; zumindest nicht, bis er eine neue Rolle angenommen hatte, was bisher noch nicht geschehen war, trotz der immer beunruhigteren E-Mails, die ihm seine gewissenhafte Agentin schrieb. Aprils Wohnung war gemütlicher als sein Haus, wenn auch deutlich kleiner und weniger teuer eingerichtet. Sein Drehplan hatte ihn auch zuvor schon oft monatelang von L.A. ferngehalten. Die lange Abwesenheit störte ihn nicht. Die Bay Area hatte sich für ihn – trotz der schmerzhaften Erinnerungen – sowieso immer mehr wie ein Zuhause angefühlt als Südkalifornien.

Sein aktueller Aufenthaltsort bot zudem einen gewissen zusätzlichen Schutz vor Paparazzi, die von L.A. aus zwar durchaus nach Norden reisten, um exklusive Bilder von einem Fernsehstar mit seiner neuen Freundin zu schießen, doch eher zähneknirschend und nur für kurze Zeit.

Aber das Wichtigste war, dass er nun, da er hier wohnte, wusste, dass April jeden Morgen zweimal die Snooze-Taste drückte. Er wusste, wie sie ihre verschlafenen braunen Augen schließlich widerwillig im warmen Licht der Morgendämmerung wach blinzelte, sich dann mit zerzaustem Haar im Bett streckte und ihr weicher Körper sich gegen seinen bewegte. Er wusste, wie sich ihr Duft während eines ihrer seltenen Tage auf einer Baustelle veränderte, von Rosen am Morgen zu Schweiß und Erde am Abend. Er hatte ihre Haut geschmeckt – nach einem dieser Baustellenbesuche, aber auch nach einem gemeinsamen faulen Wochenende und nachdem sie beim Lesen einer besonders bittersüßen Fanfic geweint und er ihre Tränen weggeküsst hatte.

Dass er blieb, bedeutete, dass er seine Vormittage unter

der Woche damit verbringen konnte, Skripte zu lesen und Fanfiction zu schreiben, die er unter neuem Namen veröffentlichte, bevor er einkaufen ging und am Nachmittag im Fitnessstudio des Hotels trainierte. Dass er blieb, bedeutete, dass er ihr abends Dinner kochte. Sie zum Lachen brachte. Sie zum Kommen brachte.

Das war ihm jeden Spott und jede Häme, die er dafür erntete, mehr als wert.

«Ich kann schon verstehen, dass du dich hier niedergelassen hast», fügte Alex hinzu. «Sieht aus wie ein sehr bequemer Schoß.»

Bei dieser Bemerkung starrte Marcus seinen Freund aus verengten Augen an. Ihm war der flüchtige, aber anerkennende Blick nicht entgangen, den Alex April zugeworfen hatte, als er sie an diesem Nachmittag kennengelernt hatte, auch nicht wie sie errötet war und fast *gekichert* hatte, als sie Alex' Hand schüttelte.

April war weder rot geworden, noch hatte sie gekichert, als sie Marcus kennengelernt hatte, das wusste er ganz sicher.

Offensichtlich musste er sich einen weniger gut aussehenden besten Freund suchen. Das war die einzig vernünftige Lösung. Vor allem, da besagter bester Freund in Aprils Wohnung übernachtete, als ihr erster gemeinsamer Gast – was ihm jetzt wie eine unkluge Entscheidung erschien.

Alex' Grinsen war nur noch unerträglicher geworden, und er hob seine Hände in gespielter Kapitulation. «Du brauchst mich nicht so finster anzustarren, Kumpel. Ich habe nur eine objektive Tatsache festgestellt, nicht den Wunsch geäußert, in den Schoß zu klettern, den du dir ausgesucht hast.» Er schnaubte. «Im Übrigen gibt es, wenn es um weibliche Gesellschaft geht, auch gar keinen Platz mehr im Gasthaus. Ich bin ausgelastet.»

Ausgezeichnet. «Lauren?»

Als ob Marcus das nicht wüsste. Alex hatte wochenlang ununterbrochen über die ihm zugewiesene Aufpasserin gemeckert, per SMS, E-Mail und bei gelegentlichen Anrufen. Irgendwann hatte Marcus damit gerechnet, dass demnächst noch eine Brieftaube in Aprils Wohnung eintraf, mit einem Zettel am Beinchen, auf dem stand: VERDAMMT, LAUREN IST SO EIN RICHTIG ÄTZENDER, MÜRRISCHER KLOTZ AM BEIN. Oder vielleicht ein Telegramm: LAUREN LÄSST NUR MAX. 2 DRINKS ZU STOPP WAS UNFAIR IST WEIL SIE SO KLEIN IST DASS ICH MEIN BIER AUF IHREM KOPF ABSTELLEN KÖNNTE STOPP.

«Wer sonst? Es wundert mich, dass sie mich dich überhaupt dieses Wochenende besuchen lässt, ohne stündliche Berichte über mein gutes Benehmen zu verlangen.» Alex ließ sich ins Sofa zurücksinken und starrte in Richtung Haustür. «R. J. und Ron haben sie angewiesen, mich immer zu überwachen, wenn ich mein Haus verlasse. Aber die Frau ist zu blöd und zu stur, um zu erkennen, dass sie ausgenutzt wird.»

Das war eine ganz neue Argumentationslinie. «Wie meinst du das?»

«Heute ist ihr erster freier Tag seit Wochen. Ich schlafe nicht gut, wie du weißt, weshalb ich das Haus oft zu absurden Zeiten verlasse. Ich muss ihr aber Bescheid sagen, wenn ich gehe, was bedeutet, dass *sie* ebenfalls nicht gut schläft, und ...» Alex legte den Knöchel über sein Knie und ließ seinen Fuß wackeln, wackeln, wackeln. Kein Wunder, bei seiner ADHS neigte er dazu, herumzuzappeln, aber seine Bewegungen schienen heute besonders unruhig zu sein. «Sie sieht müde aus.»

Marcus hob die Augenbrauen. «Ist das so?»

«Sie hält dich anscheinend für einen guten Einfluss, zumindest wenn du dich in der Gesellschaft deiner Freundin befindest. Deshalb hat sie sich heute endlich mal freigenommen.» Er starrte weiter ins Leere. «Wehe, wenn sie sich nicht ausschläft.»

Wie sollte Marcus es am besten formulieren? «Ähm, Alex, hast du in Betracht gezogen, dass, äh, vielleicht deine Gefüh-»

«Genug von dem kleinen, aber hartnäckigen Dorn in meiner Pfote», unterbrach ihn sein Freund und ignorierte Marcus' Einwurf geflissentlich. «Hast du die E-Mail und den Gruppenchat von heute Morgen gesehen?»

Ja. Unglücklicherweise ja. Marcus hatte sowohl die E-Mail von den Showrunnern als auch die Nachrichten, die zwischen ihren *Gods*-Kollegen hin und her geflogen waren, gelesen.

Carah: Und schon WIEDER eine beschissene E-Mail über unsere Geheimhaltungsvereinbarungen und Warnungen, die Drehbücher nicht weiterzugeben oder schlechtzumachen, denn sonst hat es ein ERNSTES NACHSPIEL

Carah: Ist das einer von euch Trotteln, der Drehbücher leakt und unbedingt ausplaudern muss, dass diese Staffel so ätzend ist wie hochkonzentrierter Abflussreiniger, oder

Ian: Ich finde, das Finale ist toll

Alex: Schon klar, dein Handlungsbogen wurde ja auch nicht brutal niedergemetzelt

Alex: Im Gegensatz zu der Thunfischpopulation in deiner Umgebung

Carah: hahahahaha

Summer: Con of the Gates steht vor der Tür, und wenn ich daran denke, Fragen dazu zu beantworten, was mit Lavinia und Aeneas passiert, könnte ich einfach nur

Summer: gaaaaaaaaah

Peter: Ich hab gehört, dass Ron und R. J. vorhaben, sich in letzter Minute aus ihren Panels rauszuziehen unter Berufung auf «andere Verpflichtungen»

Carah: Sie fühlen sich vielleicht verpflichtet, sich nicht die Ärsche von Fans aufreißen zu lassen, die diese geleakten Drehbücher gesehen haben

Maria: Aber noch weiß niemand, dass die geleakten Teile echt sind

Maria: viel ZU echt

Peter: Ich weiß, dass es nicht Maria und ich waren, die den Leuten die Drehbücher gezeigt haben

Peter: War es einer von euch oder jemand aus der Crew oder …?

Marcus: Um unserer Karrieren willen, hoffentlich Letzteres

Ian: Woher willst du wissen, dass es nicht Maria war, Peter

Ian: Oh ja, stimmt, dein Mund ist ja chirurgisch mit ihrem Arsch vernäht. Würde sie es jemandem erzählen, wüsstest du's

Maria: Hast du schon WIEDER The Human Centipede geguckt, Ian

Peter: Quecksilbervergiftung, Maria, denk dran

Peter: Halluzinationen von dem ganzen Thunfisch

Maria: Oh ja, wirklich sehr traurig

Ian: Ich meine, du KÜSST ihr die ganze Zeit den Hintern, Penner

Ian: Es gibt stundenlange YouTube-Zusammenschnitte von all euren gemeinsamen Interviews, in denen du sie mit deinem Dackelblick ansiehst, und es ist ERBÄRMLICH

Maria: Genauso erbärmlich, wie YouTube-Zusammenschnitte von deinen Kollegen zu gucken?

Carah: hahahahaHAHAHA

Nachdem Ian nicht mehr antwortete, ging es hauptsächlich um die Pressetour zur Premiere der letzten Staffel und die bevorstehenden Con-Auftritte aller Beteiligten. Doch Marcus konnte nicht anders, als sich zu fragen ...
«Bitte sag mir, dass du die Drehbücher nicht weitergegeben hast», hakte er bei Alex nach.
Der Gedanke war nicht ganz so abwegig. Alex neigte dazu, innerhalb eines Herzschlags Entscheidungen zu treffen. Er stürzte sich kopfüber in irgendetwas hinein, egal wie unsicher der Boden auch sein mochte, und wenn er im Nachhinein zerschunden und mit blauen Flecken wieder aufstand, konnte er nicht erklären, warum er den Sprung überhaupt gemacht hatte.

Er war nicht unbedingt selbstzerstörerisch. Nur ... impulsiv.

Probleme mit der kognitiven Kontrolle, hatte er Marcus nach der letzten, schicksalhaften Kneipenschlägerei gestelzt erklärt und war darum bemüht gewesen, trotz des geschwollenen Auges, der aufgeschürften Wange und der zitternden Hände über FaceTime Lässigkeit zu demonstrieren. *Du bist nicht der Einzige, dessen Gehirn ein wenig anders arbeitet als das der meisten.*

«Ich habe die Drehbücher nicht geleakt.» Trotz der klaren Aussage war Alex' Lächeln ein wenig zu breit und zu zufrieden, als dass Marcus beruhigt wäre. «Abgesehen davon haben mich die Geschichten so fasziniert, die ich für dich als Betale...»

«Pssst», zischte Marcus und wedelte verzweifelt mit der Hand. «Nicht hier.»

Die Frauen unterhielten sich zwar im anderen Zimmer, und es klang, als ob sie mit der Nähmaschine hantierten, die Mel mitgebracht hatte, aber wenn sie wollten, könnten sie leicht ein Gespräch im Wohnzimmer belauschen. Was eine Katastrophe wäre. Eine völlige Katastrophe.

Alex' Lächeln verschwand, aber er senkte seine Stimme pflichtbewusst zu einem Flüstern. «Du hast es ihr immer noch nicht gesagt?»

Marcus schüttelte den Kopf.

«Du vertraust ihr nicht?», formte sein Freund lautlos mit den Lippen.

In dem Monat, den er in ihrer Wohnung und in ihrem Bett verbracht hatte, war kein unbestätigter Gossip in Blogs aufgetaucht, die Boulevardpresse hatte keine neuen intimen Details über ihn oder sein Leben veröffentlicht, und es hatte auch keine Enthüllungsinterviews in Entertainmentshows gegeben. Aprils Kollegin Mel schien trotz all ihrer Begeisterung für *Gods* nichts über ihn zu wissen außer den grundlegenden Dingen: seinen Namen, ein paar Rollen, die er gespielt hatte, und dass er ursprünglich aus San Francisco kam. Mel zufolge war alles, was April ihr über Marcus erzählt hatte, dass er *anständig* war.

In Anbetracht der Umstände, wenn er bedachte, dass er an April gezweifelt und ihr wichtige Informationen vorenthalten hatte, musste er sich bemühen, bei dieser Beschreibung nicht schuldbewusst zusammenzuzucken.

Nein, Marcus hatte kein einziges Anzeichen dafür entdeckt, dass April ihn jemals verraten würde. Er hätte es von dem Augenblick an wissen müssen, als er herausgefunden hatte, dass sie Ulsie war, aber er hatte nicht genug Vertrauen in seine eigenen Instinkte *und* in sie gehabt, und jetzt bezahlte er dafür.

Er beugte sich näher zu Alex. «Ich vertraue April», sagte er in einem kaum vernehmbaren Flüstern.

«Warum hast du es ihr dann nicht erzählt?» Sein Freund runzelte die Stirn. «Wenn es dir ernst mit ihr ist ...»

«Natürlich ist es mir ernst mit ihr», fauchte er so leise, wie er nur konnte, zurück. «Aber wenn sie herausfindet, dass ich die ganze Zeit etwas so Wichtiges vor ihr verheimlicht habe ...» *Sie tut sich schwer, jemandem zu vertrauen*, hatte April über Lavinia geschrieben. *Sehr schwer.* «Ich weiß nicht, ob sie mir verzeihen würde. Und ich bin nicht bereit, das zu riskieren.»

Jemandem eine Wahrheit vorzuenthalten war nicht ganz so abscheulich, wie eine glatte Lüge zu erzählen, hatte er sich wiederholt eingeredet. Außerdem hatte er im Prinzip aufgehört, sich mit ihr als Book!AeneasWouldNever zu unterhalten, sobald sie angefangen hatten, zu daten. Also war es keine *so große* Lüge, und sicherlich würde es ihm niemand verübeln, wenn er ...

«Alter.» Mit verkniffenem Mund warf Alex ihm einen tadelnden Blick zu. «*Alter.* Ich nehme es dir nicht übel, dass du meinen Rat neulich über Bord geworfen hast, aber ... *Alter.*»

«Ich weiß. Es ist nur ...» Er seufzte mit hängenden Schultern. «Sag mir einfach, was du sagen wolltest, aber lass das Betalesen weg, okay?»

Nach einem letzten missbilligenden Blick mit zusammengekniffenen Lippen tat Alex ihm den Gefallen.

«Ich habe neulich Abend *Gods*-Fanfiction gelesen, nachdem du mir von *Aprils* Online-Alter-Ego auf AO3 erzählt hast», äußerte er mit etwas zu viel Sarkasmus. «Das hat mich neugierig gemacht, also habe ich auch ein paar Amor/Psyche-Storys gelesen. Sie waren *spektakulär*. Eine enorme Verbesserung gegenüber den Drehbüchern, ehrlich gesagt, besonders was die letzte Staffel angeht.»

O Gott. Marcus wies mit dem Zeigefinger hektisch in Richtung von Aprils Gästezimmer, wo ihre Kollegin – die keiner von ihnen gut kannte – wahrscheinlich jedes verdammte Wort hören konnte, das sein Freund gerade gesagt hatte.

Alex verdrehte die Augen und tat den stummen Vorwurf ab. «Sie lassen beim Nähen irgendwelche grässliche Folk Music laufen. Die können nichts verstehen.»

Als Marcus genauer lauschte, hörte er ebenfalls eine Akustikgitarre und unmelodisches Gejammer. Es war, ganz objektiv betrachtet, furchtbar. Aber auch hilfreich, denn die Musik übertönte Alex' Stimme.

«Was für Geschichten hast du denn gelesen?», erkundigte sich Marcus. «Nur aus morbider Neugier.»

Sein Freund zwinkerte. «Nur die mit einem E-Rating.»

Ja, natürlich. Was auch sonst.

Alex legte den Kopf schief und runzelte die Stirn. «Ich bin mir nicht ganz sicher, warum so viele Fans überzeugt zu sein scheinen, dass ich ein Bottom bin und unbedingt will, dass Psyche mich von hinten nimmt. Pegging, du weißt schon, mit einem Umschnalldildo. Aber ...» Er zuckte mit der Schulter. «Vielleicht haben sie recht. Also habe ich meine eigene Amor-wird-gepeggt-Story geschrieben, aber ich fand es etwas creepy, unsere Kollegen und Kolleginnen mit einzubeziehen, und sei es nur am Rande, daher habe ich einen *Original Character* als meine oberste Peggerin erfunden. Mein Pseudonym ist AmorUnleashed.»

Marcus kniff sich in die Nasenwurzel und stöhnte.

«Ich habe nur die besten Tags gewählt. *Porno ohne Plot. Smuttity Smut Smut. Halb menschlicher Katastrophen-Amor. Bottoms Up. The Peg that was promised.*» Mit angewinkelten Ellbogen lehnte sich Alex zurück und stützte seinen Kopf in die verschränkten Hände. «Bis jetzt habe ich über hundert Kommentare und vierhundert Kudos erhalten. Jemand namens SoftestBoiAmor hat mich den ‹Bottom-Flüsterer› genannt, und ich glaube, das war ein Kompliment.»

Okay, jetzt war Marcus sowohl neidisch als auch besorgt. Keine *seiner* Fics hatte auch nur annähernd hundert Kommentare erreicht. Wahrscheinlich war der eklatante Mangel an Pegging schuld.

«Zwischen all dem Gleitgel und den beiderseitigen Orgasmen habe ich einige spitze Kommentare dazu eingefügt, dass Amor sich über die Jahre zu sehr verändert hat, um jemals jemanden zu verlassen, den er wirklich liebt. Ganz egal, was Venus und Jupiter ihm befehlen.» Alex grinste. «Es war sehr befriedigend – in vielerlei Hinsicht. Ich denke, meine nächste Geschichte wird eine moderne AU sein, in der Amor die Hauptrolle in einer beliebten Fernsehsendung spielt. Die inkompetenten, überprivilegierten Showrunner versauen die letzten Staffeln komplett, und er trifft dann eine Frau, die ihm hilft, über seine dadurch hervorgerufene Depression hinwegzukommen, indem sie ...»

Marcus seufzte. «Ihn peggt.»

«… ihn peggt.» Aus irgendeinem Grund strahlte das Lächeln seines Freundes noch heller. «Wie hast du das erraten?»

Marcus verdrehte die Augen. «Ich finde es ja schön, dass du Spaß dabei hattest, deine Geschichte zu schreiben. Aber, Alex, du musst vorsichtig sein. Wenn das jemand herausfindet …»

«Lauren weiß es.»

Marcus' Stöhnen kam so tief von Herzen, dass es ihm im Hals wehtat.

«Sie hat mich neulich beim Schreiben erwischt, also habe ich ihr gesagt, wenn sie mir schon keinen Spaß im wirklichen Leben gönnt, will ich mich wenigstens mit erfundenen Geschichten amüsieren. Sie muss die Story gelesen haben, nachdem ich sie gepostet habe. Sie meinte nämlich, sie hoffe sehr, dass Amors Partnerin beim nächsten Mal weniger Gleitmittel benutzt.» Alex schürzte bei dem Gedanken daran die Lippen. «Für so eine humorlose Hyäne war das ein ziemlich guter Konter. Ich war beeindruckt.»

«*Alex.*» Verfluchte Scheiße, die Karriere seines Freundes war *am Ende.*

«Mach dir keine Sorgen.» Alex wedelte abwehrend mit der Hand. «Sie wird niemandem etwas davon erzählen.»

Marcus schnappte nach Luft und zwang sich, langsam zu sprechen. Klar und deutlich. «Du hast gesagt, dass es zu ihren Aufgaben gehört, Ron und R. J. über alles zu berichten, was du außerhalb des Drehs tust. Vor allem über alles, was ihnen gegen den Strich gehen könnte. Dass du Fanfiction schreibst, die sich kritisch mit deiner Figur auseinandersetzt, geht ihnen mit Sicherheit gegen den Strich. Das ist ein Grund, dich zu feuern, und möglicherweise kannst du dafür sogar rechtlich belangt werden. Glaub mir, ich *weiß*, wovon ich spreche.»

Was seine eigenen Verfehlungen in Sachen Fanfiction

anging, so hatte die E-Mail vom Vortag seine Nerven nur noch mehr strapaziert. Die Aussicht auf seinen bevorstehenden Untergang schien seinen besten Freund allerdings nicht mal zu einem nervösen Zucken zu provozieren.

«Na ja, sie hat mich vor einer Woche erwischt, und ich habe bisher keinen Mucks von Ron und R. J. gehört.» Immer noch gegen die Sofakissen gelehnt, zuckte Alex mit den Schultern. «Ich dachte nicht, dass sie so etwas melden würde. Ich schätze, ich hatte recht.»

Das Dröhnen der furchtbaren Folk-Musik und das Surren der Nähmaschine verstummten, und beide Männer blickten zur Tür des Gästezimmers. Kurz darauf kamen Mel und April lächelnd heraus.

«Ich glaube, wir haben es fast geschafft. Es müssen nur noch ein paar Kleinigkeiten angebracht werden, und es braucht eine weitere Anprobe. Wir lassen die Nähmaschine in dem Zimmer, aber sie sollte dich nicht stören, Alex.» Mel stupste April mit der Schulter an. «Und dann ist es endlich Zeit für die neuen Kostüme von *My Chemical Folkmance*, exklusiv designt von April Whittier.»

April schnaubte. «Tim Gunn hat mir alles beigebracht.»

«Ich kann gerne mal bei den Kostümbildnern der Serie nachfragen, falls ihr zwei ein paar Insidertipps oder Tricks für das Lavinia-Cosplay braucht.» Alex hatte die Arme verschränkt und trommelte mit den Fingern auf seinen Bizeps, während er zu Marcus blickte. «Was denkst du, wer ist die beste Wahl? Marilyn? Geeta?»

April lächelte ihren Gast an. «Danke, Alex, aber Marcus hat bereits angeboten, für mich mit jemandem zu sprechen. Ich habe ihm gesagt, dass ich nicht schummeln will.»

Bis jetzt hatte sie sich geweigert, Marcus die Skizzen oder ihr halb fertiges Kostüm zu zeigen, weil sie ihn überraschen wollte. Insgeheim hoffte er, dass das Kostüm eng war. Sehr eng. Doch das hatte er nicht laut ausgesprochen, weil sie so oder so umwerfend aussehen würde – und er war auch kein kompletter Volltrottel.

Er wandte sich an Mel. «Wir gehen gleich essen. Komm doch mit, wenn du Lust hast.»

Inzwischen waren sie und Pablo schon einige Male wegen des Nähprojekts in der Wohnung gewesen, und Marcus hatte auch den Rest von Aprils engsten Kollegen mindestens einmal getroffen, als er zu ihrem Lunch in einem Restaurant nahe ihres Büros dazugestoßen war. Man musste ihnen zugutehalten, dass sie mit ihm umgegangen waren, wie er es auch bei jedem anderen festen Freund von April erwartet hätte, und das trotz der gelegentlichen Handyfotos, die andere Gäste von ihnen geschossen hatten, während sie aßen.

Er mochte ihre Kollegen, und er fand es schön, dass April sich in deren Gegenwart wohlzufühlen schien. Dass sie auch bei ihnen in jeder Hinsicht sie selbst war. Offen. Zupackend. Gelassen. Vor ein paar Wochen hatte sie sogar aufgehört, jedes Mal überrascht dreinzublicken, wenn sie ihr eine Nachricht schickten, weil sie außerbüroliche Aktivitäten planten.

Um ehrlich zu sein, hatte er in der Gesellschaft ihrer Kollegen nicht viel geredet. Er hatte vor allem seine Salatwraps gegessen und zugehört. Doch jedes Wort, das er geäußert *hatte*, war seins und nur seins, nicht der Text einer Rolle, die er vor langer Zeit ausgearbeitet hatte.

Es war eine Art selbst gestellter Test mit geringem Einsatz. Mit dem er sowohl seine Nerven als auch seine Bereitschaft, zu wachsen und sich zu verändern, auf die Probe stellte.

Er wollte ein Mann sein, den sie respektieren konnte, nicht nur im Privaten, sondern auch in der Öffentlichkeit.

Noch wichtiger aber war, dass Marcus ganz er selbst sein wollte, wenn keine Kameras liefen.

Das würde Zeit brauchen. Und Mühe kosten. Doch das war bei allem anderen, was er in beinah vier Jahrzehnten erreicht hatte, ebenso der Fall gewesen. Und egal, was man ihm als Kind erzählt hatte, er war nicht *faul*, und er war es auch nie gewesen. Er war bloß unsicher gewesen oder nicht mutig genug, um zu tun, was nötig war.

«Danke für die Einladung. Ich wünschte, ich könnte Ja sagen.» Mel wickelte sich einen ihrer vielen, vielen Schals fester um den Hals. «Aber samstags ist Date-Night mit Heidi. Ein anderes Mal vielleicht?»

Die Annahme, die darin mitschwang, war: Marcus würde nicht wieder fortgehen, also würden sie in Zukunft viele Gelegenheiten haben, gemeinsam zu Abend zu essen.

Er lächelte sie fröhlich an. «Natürlich.»

Nachdem sich alle von Mel verabschiedet hatten und sie in der Dämmerung verschwunden war, machte sich April auf den Weg ins Schlafzimmer, um ihre Handtasche und einen Pullover zu holen. Marcus kämmte sich währenddessen im Eingangsbereich sein Haar mit den Fingern durch und betrachtete sich im Spiegel über der Konsole.

«Du hättest besser Narziss statt Aeneas spielen sollen», murmelte Alex.

Marcus zeigte ihm den Mittelfinger.

Als April wieder im Wohnzimmer auftauchte, strahlte Alex sie an und hielt ihr in einer galanten Geste seinen Ellbogen hin. «Zu Eurem Streitwagen, Mylady?»

«Ähm ...» Ihre Wangen färbten sich rosig, und sie gab ein seltsam ersticktes Geräusch von sich, als sie seinen Arm annahm. «Okay. Danke.»

Marcus funkelte seinen besten Freund an, der daraufhin nur dreist eine Augenbraue hochzog.

«Was meinst du, April», begann Alex, als sie ihre Wohnung verließen, «würdest du sagen, dass Amor ein Bottom ist? Ich bin nämlich äußerst fasziniert davon, wie die Fanfic-Community diese Figur interpretiert, insbesondere was seine Vorliebe für Pegging angeht.»

Und da war es. Sie kicherte wieder, während sie noch stärker errötete. Sie *kicherte*, während Alex' dämlicher Hinterkopf unter Marcus' glühendem Blick hätte Feuer fangen müssen.

«Oh, er ist definitiv ein Bottom. Ein Kerl, der wegen seiner rotzfrechen Art eine strenge Hand braucht, würde ich sagen.» Sie klang atemlos, aber nachdenklich. «Oder vielleicht ein Switcher?»

Dann drückte sie kurz Alex' Arm, ließ ihn los und streckte stattdessen ihre Hand nach Marcus aus. Er verschränkte sofort ihre Finger miteinander und rauschte an seinem Freund vorbei. Ein Anflug von Triumph ließ seine Brust ein kleines bisschen anschwellen, während er Alex vielsagend anstarrte.

«Rotzfrech ist absolut korrekt, April», sagte er und tat so, als würde er den gereckten Mittelfinger seines Freundes nicht bemerken. «Damit hast du den Nagel auf den Kopf getroffen. Oder den Dildo.»

Rating: Explicit

Fandoms: Gods of the Gates – E. Wade, Gods of the Gates (TV)

Beziehung: Amor/Original Character

Zusätzliche Tags: Alternate Universe – Modern, Porno ohne Plot, Smuttity Smut Smut, Halb menschlicher Katastrophen-Amor, Bottoms Up, The Peg that was promised, Actor!Amor

Statistik: Wörter: 3027; Kapitel: 1/1; Kommentare: 137; Kudos: 429; Lesezeichen: 40

TAKING HIM DOWN A PEG
AmorUnleashed

Zusammenfassung:
Amor hat einen harten Tag am Set. Außerhalb des Sets sind die Dinge ähnlich hart. Und mit «Dingen» meine ich seinen Penis.

Bemerkung:
Danke an AeneasLovesLavinia fürs Betalesen. Du bist der Beste, Kumpel. Außerdem ist jede Ähnlichkeit mit dem aktuellen, weltweit ausgestrahlten TV-Hit völlig unbeabsichtigt. Nein, halt, wartet. Es ist das Gegenteil von Letzterem.

Robins Hände auf seiner Brust waren klein, aber heiß und wirklich weich. «Was ist heute passiert? Du wirkst ... angespannt.»
Sie hatte sich rittlings auf ihn gesetzt, ihr nicht unbeträchtliches, aber willkommenes Gewicht hielt ihn an Ort und Stelle. Vielleicht hätte er sich bewegen können, wenn er es ver-

sucht hätte, aber das tat er nicht. Nein, er wollte das Gefühl der Hilflosigkeit genau jetzt spüren, das Gefühl der Sicherheit. Noch mehr als das. Er wollte vergessen, wollte im Verlangen ertrinken, so lange, bis er nicht mehr denken konnte.

«Das Übliche», seufzte er. «Wie ich schon erwähnt habe, waren die Showrunner von Anfang an inkompetent. Das Einzige, was sie gerettet hat, war die fähige Crew, meine Schauspielkollegen und die Buchvorlagen. Aber jetzt, da wir die Bücher hinter uns haben, läuft alles schief.»

Sie schaute stirnrunzelnd auf ihn herunter. Konzentriert. Besorgt. «Wie kann ich dir helfen?»

«Nimm mich», erwiderte er, und sie erhob sich auf die Knie und brachte sich über ihm in Position, nur um bei seinen nächsten Worten innezuhalten. «Nein. *Nimm mich.*»

Sie biss sich auf die Lippe, auch wenn ihre Wangen vor Hitze glühten. «Bist du sicher?»

«Darauf kannst du deinen Arsch verwetten.» Er grinste zu ihr hoch. «Oder genauer gesagt, meinen Arsch.»

Als sie gemeinsam lachten, war er sich zweier Dinge sicher.

Erstens: Sie würde ihm heute Nacht das Hirn rauspeggen.

Zweitens: Sobald sie fertig wäre, würde es ihn nicht länger interessieren, dass der gesamte Handlungsbogen seiner Figur in der letzten Staffel ohne verfluchten Grund torpediert worden war.

20

«**WAS HÄLTST DU** davon?» Mit gekrauster Nase blickte April am nächsten Abend von ihrer Couch zu Marcus hoch. «Ist es schrecklich? Ich fange gerade erst damit an, mich dem Buchkanon anzunähern, und ich bin nicht sicher, ob meine Erzählstimme besonders gut dazu passt.»

Nachdem Alex sich Richtung Flughafen aufgemacht hatte und April ins Bad verschwunden war, um zu duschen, hatte sich Marcus in ihr kleines Büro zurückgezogen. Eine gute halbe Stunde lang hörte er an ihrem Schreibtisch zu, wie seine Text-to-Speech-App den Entwurf ihrer neuesten Geschichte vorlas, erst einmal und dann ein zweites Mal. Für diese paar Minuten hatte er sich gestattet, wieder Book!AeneasWouldNever zu werden, der die Texte seiner Freundin Ulsie betalas, sie auf schlüssige Charakterentwicklung, Logiklöcher in der Handlung und andere Schwachstellen prüfte und half, sie auf Hochglanz zu polieren. Wie immer machte er sich ein paar fast unleserliche Notizen, während er zuhörte.

Die vertraute Routine hüllte ihn ein wie der pelzgefütterte Mantel, den er in der winterlichen ersten Staffel von *Gods* getragen hatte. Warm. Tröstlich. Und so schwer, dass ihm die Schultern schmerzten.

In gewisser Weise half ihre Bitte, Teile ihrer Beziehung zurückzuholen, von denen sie gar nicht wusste, dass sie sie verloren hatten. Aber selbst in diesem willkommenen Moment, während er das Verlorene wiedererlangte, konnte er nicht ganz ehrlich mit ihr sein. Würde er ihr genau das gleiche Feedback geben, das auch sein Fanfic-Alter-Ego geäußert hätte, könnte sie vielleicht misstrauisch werden. Womöglich würde sie in ihm ihren langjährigen Freund und Schreibpartner wiedererkennen.

Davon einmal abgesehen hatte die Version von ihm, die sie jetzt kannte, nicht schon Jahre damit verbracht, April bei ihren Geschichten zu helfen und seine eigenen zu schreiben. Er würde mit dem Überarbeitungsprozess nicht so vertraut sein wie Book!AeneasWouldNever, sowohl im Allgemeinen als auch speziell mit ihr. Was wiederum bedeutete, dass er ihr nicht so nützlich sein konnte.

Falls es in den nächsten Monaten oder Jahren so weitergehen würde, falls sie ihn immer wieder bat, ihre Storys zu lesen, könnte er sich vielleicht langsam und glaubwürdig in den Schreibpartner verwandeln, der er einst gewesen war, ohne dass bei April sämtliche Alarmglocken schrillten. Doch nicht jetzt.

Ein bitterer Beigeschmack lag auf seiner Zunge, der sogar inmitten von so viel Süße zu bemerken war.

Denn dieser Moment hier *war* süß. Und Aprils Story war es auch.

«Ich glaube, du unterschätzt dich», verkündete er. «Es gibt noch ein paar Begriffe, die ein bisschen zu modern sind» – verdammt, er musste es plausibel klingen lassen – «oder zumindest haben die Drehbuchautoren sie uns nie sagen lassen, und wir sollten vielleicht nachsehen, wann sie in den Sprachgebrauch aufgenommen wurden. ‹Okay› zum Beispiel. Aber ansonsten finde ich, dass du es geschafft hast, das Gefühl der Bücher einzufangen.»

Ihr Gesichtsausdruck wurde weicher. «Oh, das ist gut. Ich wollte einen Weg finden, wie ich in diesem Fandom weiterschreiben kann, ohne dass es, äh, seltsam wird. Vor allem, wenn ich explizite Szenen einbaue.»

Was sie getan hatte. Und zwar sehr gekonnt und anschaulich. Dank dieses speziellen Inhalts hatte er in ihrem Büro dann auch seine Jeans ganz explizit zurechtrücken müssen, weil *verdammt*.

In der Vergangenheit, als sie über einen Aeneas geschrieben hatte, der aussah wie er, hatte er es vermieden, die Sexszenen betazulesen; eine Bedingung, die Ulsie akzeptiert hatte, ohne eine Erklärung dafür zu verlangen. In gegenseitigem Einverständnis hatte sie diese Stellen herausgenommen, bevor sie ihm ihre Entwürfe schickte, und wichtige Entwicklungen, die er dadurch verpasste, in einer trockenen Zusammenfassung in ein oder zwei Sätzen umrissen.

Aber am Anfang der jüngsten Geschichte hatte sie einen dunkelhaarigen, stämmigen Aeneas beschrieben, der mit Muskeln bepackt war und dessen Augen so braun waren wie fruchtbarer Boden. Book!Aeneas, nicht Show!Aeneas. Nicht Marcus, auf keine erkennbare Weise.

Also ja, er konnte und würde diese Stellen jetzt lesen, und zwar ohne Unbehagen.

Na ja, jedenfalls ohne die alte, bekannte Art von Unbehagen. Was ihn an etwas erinnerte: «Während einer Liebesszene von Aeneas mit Dido wurde Carah und mir gesagt, dass das Wort, das du für, äh ...»

Aprils Augen leuchteten hinter ihrer Brille auf, und sie hob amüsiert fragend die Brauen, während er unruhig hin und her rutschte.

«Du solltest das Wort ‹Pussy› nicht benutzen», presste er schließlich hervor. «Es ist anachronistisch.»

In ihren modernen AU-Fics war dieser Begriff mehr als akzeptabel. Aber nicht in kanonkonformen Geschichten, wenn man die Zeit bedachte, in der sie spielten. Wade hatte stattdessen ein anderes Wort verwendet. Eines, bei dem Marcus noch stärker zögerte, es auszusprechen, da er nicht wusste, ob April es als beleidigend empfand.

Sie schob ihre Brille auf dem Nasenrücken nach oben. «Also willst du mir sagen, ich muss vielleicht den entscheidenden Schritt tun und das F-Wort benutzen?»

«Nur wenn du einen kanonkonformen Begriff willst, der weniger durch die Blume ist als, ähm, ‹Nässe›. Oder ‹Hitze›. Oder ... solche Dinge halt.»

Shit. Er wurde schon wieder hart, und sein Blick wanderte unwillkürlich hinunter zum Saum ihres weichen, fließenden Nachthemdes, das ihr nur bis zur Mitte der Oberschenkel reichte, wenn sie stand, und noch weiter hochrutschte, wenn sie saß. Wenn sie ihre Beine so bewegte, dass ...

Oh, das war Absicht gewesen. Ihr freches Zwinkern bestätigte das.

Der Rest seines Feedbacks konnte warten.

Marcus schnappte sie sich auf dem Sofa, und während sie kicherte – endlich ein Kichern, das *er* ihr entlockt hatte; Alex konnte sich zum Teufel scheren –, manövrierte er April flach auf den Rücken, sodass er seine Hüften zwischen ihre gespreizten Schenkel positionieren konnte. Dann ließ er seine Hand zwischen diese Schenkel und unter ihr Nachthemd gleiten.

«Sag das Wort noch einmal», flüsterte sie ihm Minuten später ins Ohr, als er seine geöffneten Lippen auf ihren Hals drückte, während er sich über ihr und in ihr bewegte. «Das erste. Sag es.»

Sie war so eng um ihn, bebend, und so feucht, dass er jeden seiner Stöße hören konnte. Als er sich ein wenig höher schob und mit den Hüften kreiste, keuchte sie und schloss die Augen.

Was er dann sagte, war die absolute Wahrheit, er flüsterte sie ihr heiß ins Ohr, seine Zähne an ihrem Ohrläppchen. «Ich liebe deine Pussy. Ich *liebe* sie. Wenn du bei der Arbeit bist» – er schaffte es, eine Hand zwischen sie zu schieben, tief nach unten, weil er nicht mehr lange durchhielt, und fuck, das Geräusch, das sie von sich gab, wenn er über ihre Klitoris strich – «wenn du bei der Arbeit bist, reibe ich meinen Schwanz und denke daran, wie ich deine Pussy mit meinen Fingern ausfülle, mit meinem Schwanz und meiner Zunge ...»

Sie bog unter ihm ihr Kreuz durch und wiegte sich vor und zurück, drückte sich gegen seine Finger und fickte sich selbst mit seinem Schwanz. Sie kam mit einem Schluchzer zum Höhepunkt, zitternd, und zog sich um ihn herum zusammen, während er in sie stieß, ihre Hüfte packte und stöhnte.

Danach lagen sie schwer atmend auf der Couch, und sie strich mit einer Hand seine schweißfeuchte Wirbelsäule hinab. «Das war eine geniale Leistung, der Anerkennung durch die Academy absolut würdig. Der Preis für den besten ersten Ausflug ins Dirty-Talk-Genre geht an ... Marcus Caster-Rupp! Hurra!»

Mit einem amüsierten Schnauben neigte er den Kopf, um ihr eine Reihe sanfter Küsse auf ihren verschwitzten Hals zu geben. «Du hast mich inspiriert, das habe ich nur dir zu verdanken.»

Ja, es war jetzt definitiv okay für ihn, ihre Sexszenen zu lesen.

Tatsächlich würde er sie sogar dazu ermutigen, mehr davon zu schreiben. Je früher, desto besser.

• • •

Am gleichen Abend, bei einem späten Dinner, sprachen sie noch weiter über Aprils Geschichte.

«Mein einziger anderer Einwand, zumindest nach dem ersten Lesen, wäre, dass Aeneas vielleicht ein bisschen zu ...» Marcus schwenkte seine Gabel voll Spaghettikürbis auf der Suche nach der richtigen Formulierung. «Dass er vielleicht ein bisschen zu *gefühlsorientiert* ist, für einen Mann seiner Herkunft und seiner Zeit.»

April nickte nachdenklich und wickelte Nudeln auf ihre Gabel. «Ich weiß, was du meinst.»

Sie klang weder eingeschnappt, noch verteidigte sie hastig ihre Themenwahl oder Aeneas' Charakterisierung. Während sie kaute, starrte sie jedoch auf den Tisch hinunter und hatte aufgehört zu lächeln.

«Es tut mir leid.» Er langte über den Tisch und bedeckte ihre freie Hand mit seiner. «April, es tut mir wirklich leid. Ich hätte das behutsamer ansprechen sollen. Außerdem, was weiß denn ich? Nichts.»

Auf seine Berührung hin sah sie auf. «Du *hast* es behutsam angesprochen, und du hast völlig recht. Es ist nur ...» Ihre Lippen zitterten, aber sie presste sie fest aufeinander. «Was du da angesprochen hast, hat mich an die Dinge erinnert, die mein alter Freund vom Lavineas-Server immer gesagt hat. Der Typ, von dem ich dir erzählt habe.»

«Der, der ebenfalls Legasthenie hat», meinte er langsam.

Ihr offensichtlicher Kummer zerquetschte ihm das Herz. Dass sie ihn, ohne es zu ahnen, bei seiner Lüge ertappt hatte, zog ihm den Magen zusammen.

«Ja.» Sie hatte ihre Schultern hängen gelassen, doch jetzt zuckten sie einen Millimeter nach oben. «Er hat sich am Ende wie ein Arschloch benommen. Aber wir waren ein paar Jahre lang befreundet, das macht es schwer, das einfach ... hinter sich zu lassen. Ich vermisse ihn.»

«Das tut mir leid.» Er stieß den Satz atemlos hervor; und bei Gott, sie würde hoffentlich nie erfahren, wie ernst er diese Worte meinte. «Es tut mir so leid, April.»

Sie starrte noch einige Augenblicke auf ihren Teller hinunter, bevor sie mit tränenglänzenden Augen den Kopf hob und ihm ein zögerliches Lächeln schenkte. «Danke, aber das ist schon okay. Mir geht es gut. Und nichts von dem, was mit ihm passiert ist, ist deine Schuld.»

Egal wie klein er sich einst unter den enttäuschten, missbilligenden Blicken seiner Eltern gefühlt hatte, wie schuldig und *falsch* – dies hier war irgendwie noch schlimmer. Selbst wenn er damals noch ein Kind war, hatte er sich an den dünnen Faden der Überzeugung klammern können: *Ich tue mein Bestes. Es gibt nichts, was ich noch tun könnte.*

Diese Tatsache – dass er ihnen alles gab, was er hatte, alles, was er war, und dass es ihnen trotzdem nicht genug war, nie genug sein würde – hatte etwas in ihm zerrissen. Es hatte ihn wie ein Schatten verfolgt, seit so vielen Jahren. Seit zu vielen Jahren.

Aber jetzt kam ein schlimmeres Gefühl hinzu, wie er sich eingestehen musste: ein Schuldgefühl, das er nicht einfach hilflos annahm, sondern das völlig berechtigt war.

Ich könnte mehr tun, aber ich tue es nicht. Weil ich Angst habe, alles zu verlieren.

Marcus' Handfläche wurde schweißnass. Nachdem er ihre Finger ein letztes Mal gedrückt hatte, ließ er sie los und verbarg seine Verzweiflung, indem er hastig die Serviette auf seinem Schoß glatt strich. «Wie hast du angefangen, Fanfiction zu schreiben? Was hat dich dazu gebracht?»

Sie dachte eine Minute über die Frage nach, und die matte Traurigkeit wich aus ihrem Gesicht, als seine Ablenkung offenbar ihren Zweck erfüllte. «Bitte versteh nicht falsch, was ich jetzt sage, aber ich habe hauptsächlich aus reinem Trotz angefangen, Fanfiction zu schreiben. Eure Showrunner haben Lavinia von Anfang an versaut, und ich war so *angepisst* deswegen. Ich wollte in Ordnung bringen, was sie getan haben, und alles, was ich an ihr und ihrer Beziehung zu Aeneas so liebe, wieder geraderücken.»

Na ja, das konnte er ihr nicht verübeln.

«Also habe ich das Beste aus den Büchern genommen –

Lavinia und die Grundzüge ihrer Beziehung zu Aeneas – und das Beste aus der Serie – das wärst dann du, Marcus. Das alles habe ich dann in herrlich fluffigen, anzüglichen Fics zusammengewürfelt, und es war das reinste Vergnügen. Insbesondere als ich die Community auf dem Lavineas-Server gefunden habe und ...» Sie hielt kurz inne. «... einen guten Freund und Schreibpartner.»

Ein weiterer Stich in seiner Brust.

Wenn Marcus könnte, würde er auf seine eigene Frage antworten, als eine Art Entschuldigung. Er würde April davon erzählen, wie eine junge Frau in beeindruckendem, vollem Aeneas-Ornat auf einer *Gods*-Convention Fanfiction erwähnt hatte. An diesem Abend war er in seinem Hotelzimmer neugierig und gelangweilt genug gewesen, um im Netz danach zu suchen und sich einzuschmökern. Nur um dann zu entdecken, dass einige der Geschichten, die besten von ihnen, jene Ansichten über seine Figur und die Serie widerspiegelten, die er mit niemandem außer Alex geteilt hatte. Und um herauszufinden, dass er moderne Technologie nutzen konnte, um das Lesen viel, viel einfacher zu gestalten, als er es in Erinnerung hatte.

In dieser Nacht las er zum ersten Mal aus eigenem Antrieb etwas anderes als Drehbücher. Ohne Druck. Ohne Anspannung. Aus reinem Vergnügen las er über etwas, das ihm wichtig war. Über etwas, bei dem ausnahmsweise mal *er* der Experte war.

Es war lebensverändernd. Es war ein triumphales Gefühl – auch wenn er es nicht wirklich in Worte fassen konnte –, zu entdecken, dass er lesen *konnte* und es auch mochte, nur für sich selbst und für niemanden sonst.

Aber es gab Aspekte seines Charakters, die die anderen Autoren selbst in den besten Fics übergingen. Er empfand es nahezu als seine Pflicht, ihnen seine eigenen Erkenntnisse mitzuteilen, was ihn schließlich dazu brachte, seinen ersten One-Shot als Book!AeneasWouldNever zu verfassen. Niemand wusste, wer er war, und es interessierte auch niemanden, ob er das eine oder andere Wort falsch schrieb oder ob er den Text diktierte, anstatt ihn zu tippen. Er tat das nur für sich selbst.

Er hatte Schweigen oder Kritik erwartet, kein Lob. Er hatte nicht damit gerechnet, trotz des schlampigen Zustands seines Textes Unterstützung zu finden.

Irgendwie war er dann Teil der Community geworden. Irgendwie machte ihm das Schreiben *Spaß*, und er hatte sich stolz wieder ein Stück seiner selbst zurückerobert.

Irgendwie hatte er Ulsie – April – gefunden.

Irgendwie hatte er durch das Fandom entdeckt, wer er war: Er kannte jetzt seine eigenen Interessen, seine eigenen Talente und Möglichkeiten, nachdem er jahrzehntelang so getan hatte, als wäre er jemand anders, *geglaubt* hatte, er wäre jemand anders.

Aber er konnte April nichts davon erzählen. Wenn sie zusammenblieben, musste dieser wichtige Teil seiner Geschichte für immer versiegelt bleiben, und sie würde nie von diesen besonderen Entwicklungen erfahren.

Auf der anderen Seite des Tisches beendete April gerade ihr Abendessen, während sie in angenehmem Schweigen beieinandersaßen. Als sie aufblickte und sah, wie er sie musterte, zog sie die Mundwinkel nach oben. Sie streckte ihr Bein aus, um seinen nackten Knöchel mit ihrem großen Zeh zu berühren. Es kitzelte ein bisschen, was sie sehr wohl wusste. Er schnaubte und schüttelte den Kopf.

Ungerührt und breit grinsend zuckte sie mit den Schultern und wandte sich wieder ihrem letzten Rest Knoblauchbrot zu.

Wenn du dir immer noch Sorgen machst, dass ich nicht weiß, wer du bist, dann zeig mir, wer du bist, hatte sie ihm gesagt, doch das konnte er nicht. Er konnte es schlichtweg nicht. Auch wenn er letzte Nacht – lange nachdem sie eingeschlafen war, während sein Arm besitzergreifend um ihre Taille lag – wach in ihrem Bett gelegen und darüber gegrübelt hatte.

Was auch immer da zwischen ihnen war, er hielt es in seiner Hand, und zwar so fest, wie er nur konnte. Sein Griff war entschlossen und sicher, und er hoffte, dass all diese Anstrengung und dieser Druck ihre Beziehung verwandeln würden – in einen Diamanten, wie sie ihm einmal erklärt hatte. Brillant. Schwer zu beschädigen.

Aber vielleicht bestand das, was sie hatten, gar nicht aus Stein. Vielleicht war es Wasser.

Vielleicht hielt er umso weniger in der Hand, je fester er zudrückte.

Doch er hatte keine Ahnung, wie er seine Faust öffnen sollte. Nicht wenn es um April ging. Nicht wenn es um seine Karriere und seine öffentliche Rolle ging. Denn er wusste zu genau – *ganz genau* –, wie es sich anfühlte, wenn die ausgestreckte Hand leer blieb. Immerzu leer blieb.

«Marcus?» Aprils Blick war sanft. Besorgt. «Bist du ...»

Dann, als hätte er sie mit seinen vorherigen Gedanken herbeigerufen – was für eine furchtbare Vorstellung –, klingelte sein Handy, und der Name DEBRA RUPP erschien auf dem Bildschirm.

«Es ist meine Mutter. Ich kann sie später zurückrufen», erklärte er April.

Viel später. Möglicherweise nie.

Sie winkte wegwerfend mit der Gabel. «Wie du möchtest. Ich bin ganz sicher nicht beleidigt, wenn du mit deinen Eltern sprechen willst.»

Das wollte er nicht, also ließ er das Telefon klingeln, bis es verstummte, während sie beide zusahen. Ein paar Sekunden später ertönte ein weiterer Signalton. Eine Voicemail. Seine Mutter hatte ihm eine Voicemail hinterlassen.

Mit einem einfachen Tippen seines Zeigefingers hätte er die Nachricht löschen können, ohne sie abzuhören. Stattdessen hielt er das Handy an sein Ohr und lauschte, wobei er bewusst die Schultern straffte und sich an die Rückenlehne des Stuhls drückte, um sich gegen das zu wappnen, was er womöglich zu hören bekam.

Marcus, Madame Fourier hat dein Bild in einer dieser Schundzeitschriften im Supermarkt gesehen. Sie hat uns erzählt, dass du anscheinend schon seit Wochen in San Francisco bist. Um deine neue Freundin von Twitter zu besuchen, wie es in dem Artikel heißt. Ihre Freude darüber, dass sie besser über deinen Aufenthaltsort und deine Aktivitäten Bescheid wusste als wir, war unerträglich. Wir hatten angenommen, du wärst wieder in Los Angeles oder irgendwo an einem Set.

Er konnte den Tonfall seiner Mutter nicht ganz deuten. War sie verletzt, weil er sie nicht informiert hatte, dass er in der Nähe war, oder weil er sie im letzten Monat nicht besucht hatte? War sie verärgert darüber, dass ihrer ehemaligen Kollegin eine solche Gelegenheit zur Schadenfreude in den Schoß gefallen war? Oder stellte sie lediglich Tatsachen fest?

Ruf uns schnellstmöglich zurück, wenn du dich dazu befähigt fühlen solltest.

Okay, *das* war eindeutig Sarkasmus.

Nachdem er alles angehört hatte, löschte er die Nachricht, wie er es wahrscheinlich direkt hätte tun sollen, und schob das Telefon ein paar Zentimeter weg. Dann noch ein paar Zentimeter, weiter, weiter, bis er nicht mehr weiter über den Tisch greifen konnte. April legte ihm sacht eine warme Hand auf den Unterarm.

«Marcus?» So leise. So lieb.

Wäre sie immer noch so lieb, wenn sie alles wüsste?

Er schüttelte den Kopf und vertrieb den Gedanken.

Ihre verborgene Historie auf dem Lavineas-Server war

nicht wichtig, nicht im Moment. Aber *diesen* Teil von sich, diese Sache mit seinen Eltern, das konnte er ihr zeigen. Diese Geschichte konnte er erzählen, auch wenn sich in seiner Kehle alles so zusammenschnürte, dass ihm das Sprechen schwerfiel.

Eigentlich war die Situation einfach zu erklären. Es war dumm, so sehr um Worte zu ringen. «Ich, äh, ich habe meinen Eltern nicht gesagt, dass ich in der Gegend bin. Aber eine der Lehrerinnen an der Schule, an der sie gearbeitet haben, hat einen Artikel über uns gesehen und meine Mutter informiert. Sie will, dass ich sie zurückrufe.»

Sie würde wollen, dass er sie besuchte, denn er sollte immer zu ihnen kommen.

Er würde wieder im Rahmen ihrer Küchentür stehen, sich kleinmachen und ihnen bei ihrem Tanz zuschauen.

«Willst du sie zurückrufen?» Aprils Stimme war absolut neutral.

Sie hatte irgendwann ihre Brille abgenommen, war mit ihrem Stuhl näher gerückt, und ihre braunen Augen waren warm und geduldig. Voller Zuneigung und Vertrauen, das er nicht verdiente.

«Sie ...» Er räusperte sich. «Sie hassen die Serie. Habe ich das schon mal erwähnt?»

Stumm schüttelte sie den Kopf.

«Sie haben alle meine Rollen gehasst, glaube ich. Ganz besonders allerdings Aeneas, weil sie beide alte Sprachen unterrichtet haben und immer der Auffassung waren, dass die Serie Vergils Geschichte verstümmelt hat.» Er konnte seine Hand nicht ganz ruhig halten, als er nach seinem Glas griff, um einen weiteren Schluck Wasser zu nehmen. «Was natürlich nicht von der Hand zu weisen ist, aber ich habe trotzdem nicht ...»

Ihre Knie stießen jetzt an seine, stupsten ihn sanft an. Erinnerten ihn an ihre Nähe.

Marcus' Stimme brach. «I-ich habe nicht erwartet, dass sie Kommentare über den ‹verderblichen Einfluss› der Serie schreiben, darüber, wie sie ‹ein katastrophales Missverständnis der grundlegenden Mythologie fördert›.»

Dieser Artikel war in der populärsten Zeitung des Landes erschienen, und nachdem sein Computer ihm den Text vorgelesen hatte, hatte er bereut, dass er es sich auf diese Art angehört hatte. Wenn er es selbst gelesen hätte, in gedruckter Form, hätte er vielleicht so tun können, als hätte er da irgendwas verdreht. Die Buchstaben verwechselt. Den Text missverstanden, wie er es so oft tat.

In ihren Artikeln erwähnten seine Eltern nie ihren Sohn oder seine Rolle in der Serie. Kein einziges Mal. Aber natürlich machten die Namen die Verbindung offensichtlich, und er hatte die öffentliche Reaktion vorhersehen können, das Gekicher darüber, dass so gelehrte Eltern einen Sohn wie *ihn* in die Welt gesetzt hatten.

«Ich dachte, es würde anders sein. Als Erwachsener, meine ich. Ich dachte, dass es sich eines Tages anders anfühlen würde, in ihrer Nähe zu sein. Sobald ich eine Karriere und Freunde hätte, etwas, das nichts mit ihnen zu tun hat. Aber es fühlt sich nicht anders an, und April ...» Er drehte sich zu ihr um, und ihre Augen glänzten wieder vor Tränen. Er konnte es nicht ertragen, dass sie um seinetwillen weinte, doch er konnte auch nicht aufhören. «April, ich bin jedes Mal so verdammt wütend, wenn ich sie sehe.»

Als sie seine Hand nahm, musste ihr die verzweifelte Kraft, mit der er den Druck erwiderte, wehtun.

Sie beschwerte sich nicht. Zog sich nicht zurück.

«Ich hasse es. Ich *hasse* es», spie Marcus aus. «Dass sie jede meiner Rollen verachten, dass sie diese Artikel verfasst haben und wahrscheinlich noch mehr davon schreiben werden. Wie sie mich immer angeschaut haben, als wäre ich dumm und faul und – *wertlos*. Obwohl ich es versucht habe, das schwöre ich bei Gott. Ich habe es versucht und versucht, mit aller Kraft. Aber ich war nur ein *Kind*, verdammt noch mal, und sie waren *Lehrer*. Wie konnten sie das nicht *wissen*?»

Später hatte er sich gefragt, ob ihre Schule Kinder mit besonderen Bedürfnissen grundsätzlich entmutigte oder ob seine Eltern einfach zu stur waren, um sich einzugestehen, dass ihr Kind – das Produkt ihrer Gene und ihrer Erziehung – auf so elementare Weise fehlerhaft sein konnte. Ob die Scham darüber sie blind gemacht und sie somit alle in die Dunkelheit gestürzt hatte.

Doch das spielte keine Rolle mehr. Nicht wirklich.

So oder so, sie hatten nie gesehen, was er war, was er werden konnte, was er *geworden war*, und auch nicht, was er niemals sein würde.

Sie sahen es immer noch nicht.

Seine Wangen waren feucht, und als sie sie mit einer Serviette abtupfte, war er viel zu aufgelöst, um sich zu schämen. «Ich weiß, dass sie mich lieben, und ich liebe sie, aber ich weiß nicht, wie ich ihnen vergeben soll.»

Der Schmerz und die Verletzungen eines ganzen Lebens ergossen sich über sie beide. April wartete geduldig, hielt seine Hand fest in ihrer und trocknete seine Tränen. Wäre er ein Krieger, so wie der Mann, den er so lange dargestellt hatte, er hätte ihr in diesem Moment seine Treue geschworen und sein Leben für sie geopfert. Er hätte mit Freuden sein Schwert zu ihren Füßen abgelegt.

Sie half ihm hoch, führte ihn zur Couch und drückte ihn an sich, sobald sie saßen. Sein Kopf lag an ihrer Schulter, seine Arme hatte er so fest um sie geschlungen wie nur möglich, ohne dass er ihr wehtat, und sein Gesicht war an ihrem nach Rosen duftenden Hals vergraben.

«Ich weiß nicht, wie ich ihnen vergeben soll», wiederholte er, flüsterte es in diese weiche, warme Kuhle.

Ihre Finger kämmten durch sein Haar, streichelten ihn, und er schloss die Augen.

Als er eine Weile nicht sprach, legte April ihre Wange an seinen Kopf. «Wir können darüber reden, wenn du magst, oder ich kann einfach zuhören. Oder wir können einfach so bleiben, wenn Schweigen dir gerade lieber ist.»

In ihrer Stimme war keinerlei Urteil zu hören. Keine Ungeduld. Keine Verachtung für seine Schwäche, seine Undankbarkeit oder seine Neigung, mehr zu *fühlen*, als ihm lieb war.

Marcus hatte es nicht geahnt. Wie auch? Zwischen all seinen Erfolgen und unglücklichen Beziehungen gab es nichts in seiner Vergangenheit, das ihn jene schwindelerregende *Erleichterung* hätte vorhersehen lassen können, die er fühlte, als er sein Herz ungeschützt vor ihr niederlegte, nur um herauszufinden ...

Nur um herauszufinden, dass sie es für ihn beschützen würde.

Er konnte also reden. Und endlich wollte er darüber reden. Wollte zuhören.

Bebend atmete er an ihrer Kehle ein. «Sag mir, was du denkst.»

«Ich denke ...» Während sie weiter mit den Fingern sanft durch sein Haar strich, brach sie kurz ab, bevor sie fortfuhr. «Ich glaube nicht, dass Vergebung etwas ist, das man jemandem schuldig sein kann.»

Er konnte hören, wie sie an seinem Gesicht schwer schluckte. Er konnte es spüren.

«Vor allem, wenn derjenige diese Vergebung nicht verdient hat. Selbst wenn die Person, die dich verletzt hat, jemand ist, der ... der dich liebt.» Ihre Finger hielten inne, und ihre warme Handfläche umfing seinen Kopf. «Du kannst dich entscheiden, das jemandem anzubieten. Aber du bist es niemandem schuldig. Nicht einmal deinen Eltern.»

April nahm sein Gesicht in ihre Hände und hob es von ihrer Schulter. Ihr Blick – plötzlich so intensiv – traf auf seinen. Sie sprach jetzt schneller, mit mehr Gewissheit.

«Wenn du sie nicht treffen willst, dann triff sie nicht. Wenn du nicht mit ihnen sprechen willst, dann sprich nicht mit ihnen. Wenn du ihnen nicht verzeihen kannst oder es nicht willst, dann vergib ihnen verdammt noch mal nicht.» Sie nickte, entweder nachdrücklich oder nur für sich selbst, er war sich nicht sicher. «Wenn du ihnen verzeihen willst, ist das natürlich auch in Ordnung. Wenn du mit ihnen reden oder sie besuchen möchtest, werde ich dich unterstützen, so gut ich kann. Es gibt dabei keine richtige oder falsche Antwort, Marcus. Nur die Antwort, die dich am glücklichsten macht.»

Darum war es nie gegangen, jedenfalls nicht bei seinen Eltern.

Über Jahrzehnte hinweg war das Leben der drei von Erwartungen und Verpflichtungen bestimmt gewesen, anstatt dass sie sich um etwas so Belangloses gekümmert hätten wie sein Glück oder auch ihres. Aber wenn er die erdrückenden Fesseln abwarf, wenn ihre Bindung zu etwas wurde, das er frei wählen konnte, ganz wie er es wollte ...

Er wusste nicht, wie sich das anfühlen würde. Ob seine Wut und sein Schmerz dann endlich zur Bedeutungslosigkeit verblassten. Ob es ihm dann leichter fiele, ihnen zu vergeben, oder ob er in seiner Entscheidung, das nicht zu tun, bestärkt werden würde.

«Ich habe nie ...» Er kniff die Lippen fest zusammen und dachte nach. Er blätterte durch die Jahrzehnte, suchte, doch seine instinktive Behauptung war richtig. «Ich habe nie mit ihnen darüber gesprochen, wie ich mich ihretwegen damals gefühlt habe. Wie ich mich ihretwegen jetzt fühle. Stattdessen habe ich einfach so getan, als wäre ich jemand anders. Es erscheint mir ... falsch, ihnen Dinge nicht zu vergeben, bei denen ich nie laut gesagt habe, dass sie mich verletzen.»

Sie wählte ihre Worte erneut mit Bedacht. «Willst du mit ihnen darüber reden?»

«Ich ... ich weiß es nicht», gab er schließlich zurück.

Scheiße, so viele unverfälschte Gefühle waren anstrengend. Marcus' Kopf schwirrte vor Müdigkeit und Ungewissheit, und so ließ er ihn wieder auf ihre Schulter sinken, schmiegte sich an ihre Seite, ihr Körper ein Fels in der Brandung. Aprils Finger spielten jetzt mit dem Haar in seinem Nacken, ihr anderer Arm lag warm um seinen Rücken.

Wenn es um seine Eltern ging, hatte er wirklich keine Ahnung, was er tun sollte.

Alles, was er wusste, war: Keine seiner Rollen, keins seiner Täuschungsmanöver hatte ihm jemals diese Art von Schutz, diese Art von Trost geboten. Das schaffte nur April.

Trotz der Beklommenheit und der Scham, die sich nun in seinem Bauch zusammenballten, erzählte er ihr nicht von Book!AeneasWouldNever. Er gestand ihr nicht die unterschlagene Wahrheit.

Diese eingeschränkte Offenheit war vielleicht nicht exakt das, was er wollte. Sie würde vielleicht nie seine ganze Geschichte erfahren. Aber was da zwischen ihnen war, war mehr, als er je zuvor gehabt, mehr, als er sich jemals erträumt hatte – und das wollte er nicht riskieren.

Nein, er würde es ganz sicher nicht riskieren.

Er drückte sich noch enger an sie.

LAVINEAS-SERVER,
Privatnachrichten, vor sieben Monaten

Unapologetic Lavinia Stan: Gehst du nächstes Jahr zur Con of the Gates?

Book!AeneasWouldNever: Events als Fan zu besuchen ist nicht wirklich mein Ding.

Unapologetic Lavinia Stan: Weil du keine Menschenmengen magst oder ...?

Book!AeneasWouldNever: So was in der Art.

Unapologetic Lavinia Stan: Okay

Book!AeneasWouldNever: Es ist nur

Book!AeneasWouldNever: Meine Online-Freunde persönlich zu treffen, erscheint mir nicht wie eine gute Idee.

Unapologetic Lavinia Stan: Bist du schüchtern?

Book!AeneasWouldNever: Manchmal?

Unapologetic Lavinia Stan: Weil du musst wissen: Du brauchst bei mir nicht nervös zu sein. Es ist mir egal, wie du aussiehst oder ob du unter Menschen unbeholfen bist oder – was auch immer. Wir sind nun schon so lange befreundet, und ich würde dich wirklich gern persönlich kennenlernen.

Unapologetic Lavinia Stan: Zum Kaffee.

Unapologetic Lavinia Stan: Oder Dinner? Nur wir beide?

Book!AeneasWouldNever: Ich wünschte, ich könnte. Bitte, bitte glaub mir das.

21

NACHDEM SIE BEI der Arbeit den ganzen Tag lang Dokumente gewälzt hatte, kam April nach Hause, nur um noch *mehr* Dokumente zu wälzen.

Dabei handelte es sich allerdings nicht um Laborergebnisse von Bodenproben oder Berichte von Beratern, die Daten missinterpretiert oder die falschen Schlussfolgerungen gezogen hatten, sondern es waren Fernseh- und Filmdrehbücher. Echte Hollywood-Drehbücher, und in jedem gab es eine Rolle, bei der Marcus' Agentin dachte, sie könnte ihm gefallen, oder eine, die ihm bereits angeboten worden war, bevor er überhaupt einen Blick auf die Geschichte hatte werfen können.

Für einige würde Marcus vorsprechen müssen, für andere nicht. Für einige bot man ihm eine beachtliche Gage, für andere nicht viel mehr als den Durchschnitt. Einige brüsteten sich mit großen Namen bei den Co-Stars, Produzenten und Regisseuren, während andere auf die Geschichte selbst als Zugpferd setzten.

Seine Agentin Francine hatte natürlich ihre Favoriten, aber eigentlich wollte sie nur, dass er sich für *irgendetwas* entschied, bevor sein Wiedererkennungswert nach *Gods of the Gates* zu schwinden begann. Zumindest hatte er das April so bei ihrem Abendessen mit in Senf gebeiztem, gegrilltem Lachs und Blumenkohlpüree mit viel Knoblauch erklärt. Im Laufe des Nachmittags hatte er auch eine Art herzhaftes Fladenbrot gebacken, das sie mit großer Begeisterung allein verzehrte.

Dieser Lachs war einfach unglaublich. Genau wie der Rest der Mahlzeit.

Er hatte das Essen eingekauft. Die Lebensmittel bezahlt. Das Geschirr gespült, die Bettwäsche gewechselt und sogar eine Ladung Wäsche gewaschen. Außerdem hatte er einige Bilder dort aufgehängt, wo April sie haben wollte.

Sollte er sich für keine Rolle entscheiden, würde sie ihn einfach als Hausmann behalten.

Vielleicht klang das wie ein Scherz, doch es war keiner.

Vielleicht sollte April beunruhigt sein, wie ihre Mutter immer wieder andeutete, weil er so schnell bei ihr eingezogen und zu einem vertrauten, unentbehrlichen Teil ihres Alltags geworden war. Stattdessen erschien es ihr … selbstverständlich. Als würde er schon seit Jahren zu ihrem Leben gehören, obwohl sie ihn erst vor wenigen Wochen kennengelernt hatte.

Sie vertraute ihm. Selbst nach so kurzer Zeit vertraute sie ihm irgendwie.

Wie seine Skripte zeigten, würden sie nicht immer so viel Zeit miteinander verbringen. Bald würde er nach L. A. zurückkehren oder zu einem internationalen Drehort aufbrechen. Dann würden sie sich vielleicht wochen- oder monatelang nicht sehen.

Wenn er also bleiben wollte, würde sie ihm ganz bestimmt nicht die Tür weisen. Ihr Leben und ihre Zeitpläne würden nicht dauerhaft so gut zusammenpassen, und April hatte vor, jede Minute zu genießen, die sie jetzt hatten.

«Ich hatte gehofft, dass es dir nichts ausmacht, wenn wir meine Auswahlmöglichkeiten einmal durchsprechen.» Von seinem angestammten Nach-dem-Dinner-Platz auf der Couch leitete er mit seinem Telefon eine der relevanten E-Mails an sie weiter. «Normalerweise hätte ich schon vor Monaten etwas klargemacht, aber ich konnte mich zu nichts durchringen. Daher habe ich gedacht, ich könnte vielleicht eine Pause gebrauchen, nachdem die Dreharbeiten zu *Gods* abgeschlossen waren. Francine hat allerdings recht. Ich muss mich bald für ein Projekt entscheiden. Deshalb könnte ich eine gute Beraterin gebrauchen.»

«Du hast gehofft, es würde mir nichts ausmachen?» Sie öffnete ihren Laptop auf dem abgeräumten Küchentisch und sah ihn über ihre Brille hinweg an. «Marcus, das haben wir doch schon besprochen. Ich bin eine unglaublich neugierige Bitch. *Natürlich* will ich deine Drehbücher sehen.»

Er schnaubte und scrollte weiter durch seine Nachrichten, um noch mehr Skripte an sie zu versenden. «Ich habe versucht, mit Alex darüber zu reden, aber er ist keine große Hilfe. Er rät mir immer nur, eine Haarpflegeserie auf den Markt zu bringen und es damit gut sein zu lassen.»

Um ehrlich zu sein, für einen Mann, der längst nicht so übermäßig eitel war, wie er in der Öffentlichkeit vorgab, verbrachte Marcus *durchaus* eine Menge Zeit mit der Pflege seiner Haare. Selbst an Tagen, an denen er nichts Wichtiges vorhatte.

Besser, sie hielt sich mit Kommentaren zurück.

Als ihr Laptop hochgefahren war, summte sie fröhlich vor sich hin, denn sie freute sich darauf, loszulegen, und noch mehr freute sie sich, dass sie Zeit miteinander verbrachten.

In der vergangenen Woche hatte sie zwei Abende damit verbracht, ihren One-Shot für die Aeneas's Sad Boner Week zu schreiben und zu überarbeiten. Einen Abend lang hatte sie an ihrem Lavinia-Kostüm gebastelt und ein weiteres mögliches Auftritts-Outfit für das *Folk-Trio Formerly Known As My Chemical Folkmance* entworfen. Das jetzt dank Mels erfolgreicher Lobbyarbeit *Indium Girls* hieß – und das trotz Pablos anfänglichem Protest, dass zwei der drei Bandmitglieder keine Frauen waren.

«Keine Sorge.» Kei winkte den Einwand beiseite. «Der Widerspruch zahlt auf unsere geheimnisvolle Aura ein.»

«Das wird sich nächsten Monat eh wieder ändern», hatte Heidi April später am Mitarbeiter-Kühlschrank zugeflüstert. «Was auch immer du tust, Whittier, entwirf die Kostüme bloß nicht passend zum Bandnamen.»

Als April Marcus an jenen Abenden eröffnet hatte, dass sie sich mit ihren verschiedenen Hobbys beschäftigen wollte, hatte er keinerlei Einwände gehabt. Abgesehen davon, dass er ihr gelegentlich einen zaghaften Kuss aufdrückte und vorsichtige, aber nützliche Ratschläge zu ihrer Geschichte gab, ließ er sie weitgehend in Ruhe. Anstatt zu schmollen, wie es einige ihrer Verflossenen getan hätten, hörte er sich Hörbücher an oder vergnügte sich damit, mit Alex über FaceTime synchron Backsendungen zu schauen.

«Claggy. Der Boden ist claggy!», rief Alex immer wieder vergnügt, und seine Stimme drang laut und nur allzu deutlich durch den Lautsprecher des Handys. «Gottverdammt claggy!»

Nach den Abenden, die sie getrennt verbracht hatten, belohnte sie Marcus' Geduld zur Schlafenszeit – und er schien mehr als zufrieden zu sein mit diesem Handel. So zufrieden, dass er darauf bestand, sich zu revanchieren. Und wenn sie dann befriedigt war, war er wieder hart, heiß und bereit, um an Bord des April-Schiffs zu klettern, damit sie für eine weitere vergnügliche nackte Reise in See stechen konnten.

Trotz des ganzen Sex hatte sie ein schlechtes Gewissen. Es war mehr als überfällig, dass sie mal wieder einen Abend zusammen verbrachten und etwas taten, das vor allem ihm wichtig war.

«Okay», sagte Marcus nach ein paar weiteren Minuten. «Ich habe dir die drei besten Anwärter geschickt.»

Oh ja, das hatte er. In ihrem Posteingang befanden sich

drei neue Nachrichten mit Anhängen. Aber bevor sie sie öffnen und ihre Neugier befriedigen konnte, musste sie mehr wissen.

Für den Moment schob sie ihren Laptop zur Seite, damit er nicht die Sicht auf ihren Freund versperrte. «Was soll jetzt, wo *Gods of the Gates* fast beendet ist, dein nächster Schritt sein? Wo soll deine Karriere hingehen? Welche Art von Rollen suchst du? Und warum sind das deine drei Favoriten?»

Fast ein Jahrzehnt lang hatte er zwischen den Dreharbeiten zu *Gods of the Gates* Film- und Fernsehrollen eingeschoben. Dabei war die Auswahl der Projekte, die ihn einerseits interessierten und andererseits zeitlich passten, sehr begrenzt gewesen. Diese absolute Freiheit, die er jetzt hatte, einfach irgendeine Rolle auszuwählen, die er haben wollte, egal wann und wo die Dreharbeiten stattfanden, war eine völlig neue Entwicklung.

Manchmal hatte April das Gefühl, dass diese Freiheit ihn ein wenig aus dem Konzept brachte.

«Ich weiß nicht.» Er lehnte sich gegen die Sofakissen zurück, und sein Lächeln war plötzlich messerscharf und herausfordernd. «Du magst es doch, Dinge herauszufinden. Also, machen Sie sich an die Arbeit, Whittier. Sag du *mir*, warum ich diese drei Rollen in Betracht ziehe.»

Es fühlte sich für sie sowohl wie ein Ausweichmanöver als auch wie eine echte Herausforderung an, er kannte sie nur zu gut. Sie *liebte* solche Sachen. Ein Rätsel. Ein Test ihres logischen Denkens und ihres Einfühlungsvermögens. Eine Einladung, Geschichten innerhalb von Geschichten zu entdecken. Ganz zu schweigen von dem sinnlichen Versprechen, das in diesem kleinen Lächeln mitschwang.

Sie hob die Brauen und begegnete seiner Herausforderung mit ihrer. «Wenn ich das Rätsel löse, was ist dann meine Belohnung, Caster-Bindestrich-Rupp?»

Da löste sich die Spannung, und er prustete los.

Als er sich wieder gefangen hatte, schaute er ihr fest in die Augen. Dann musterte er April langsam, von ihrem unordentlichen Pferdeschwanz bis zu ihren gekrümmten Zehen, wobei er an einigen signifikanten Stellen innehielt. Ihre schweren, BH-freien Brüste, deren Nippel sich hart gegen die dünne, weiche Baumwolle drückten. Die üppige Rundung ihrer Hüften und ihres Bauches. Ihre weichen Schenkel, die vom Stoff ihrer Loungepants gestreichelt wurden, als April sich unter seinen Blicken unmerklich hin und her bewegte. Die Stelle, an der sich die Schenkel trafen, die Marcus in so vielen Nächten erkundet und liebkost hatte.

Röte überzog seine Wangenknochen, und er streckte sich genüsslich auf der Couch aus.

Er wusste genau, was er tat. Er wusste genau, wie er aussah. All das Training für die unterschiedlichen Rollen und seine umfangreiche Schauspielerfahrung hatten ihm ein Körperbewusstsein vermittelt, wie sie es nie zuvor erlebt hatte.

Als er sich streckte, rutschte sein dünnes T-Shirt auf seinem flachen Bauch hoch, und sein Bizeps wölbte sich gegen die Ärmel. Er drückte seine Wirbelsäule durch und warf den Kopf so zurück, wie sie es aus ihren intimeren Momenten kannte.

Nicht dass es diesem Moment an Intimität gefehlt hätte.

Mit einem zufriedenen Schnurren ließ Marcus sich in das Sofa zurücksinken. Ihr schweres Schlucken erregte seine Aufmerksamkeit, und sein messerscharfes Lächeln kehrte zurück.

«Deine Belohnung?» Er war jetzt in voller Länge auf der Couch ausgestreckt, verschränkte die Hände hinter dem Kopf und blinzelte sie unter schweren Lidern aus blaugrauen Augen an. «Für jede Rolle, die du richtig analysierst, ziehe ich mir ein Kleidungsstück aus. Und wenn du bei allen dreien richtigliegst, kannst du haben, was du willst. Egal was.»

Sie wickelte sich eine lose Haarsträhne um den Finger und musterte ihn nachdenklich. Sie war sich sicher, dass er im Moment drei – und nur drei – Kleidungsstücke trug. Die perfekte Anzahl für ihre Zwecke.

Es würde so wenig Mühe kosten, ihn nackt zu machen. Und noch weniger, sein hübsches Gesicht zu reiten, sobald er sich heiß und hungrig unter ihr ausstreckte.

«Dann los», sagte sie.

• • •

Sie konnte die Skripte natürlich nur überfliegen und hatte keinen der Texte bis zum Ende durchgelesen.

Falls er später noch wollte, dass sie jedes einzelne Wort las, würde sie das tun. Doch für heute Abend, für diese spezielle Herausforderung und Diskussion, war diese Art von intensiver Prüfung nicht nötig.

Er beobachtete sie, während sie las, und seine ständige Aufmerksamkeit fühlte sich eher an wie eine Liebkosung, als dass sie sie ablenkte. Wann immer sie eine Pause einlegte und über ihren Bildschirm schaute, begegnete sie seinem Blick, und angesichts der Hitze, die darin lag, musste sie sich jedes Mal anstrengen, nicht rot zu werden.

Sie wartete darauf, dass er sich irgendwann langweilte, seine schicken Kopfhörer hervorholte und seinem neuesten Hörbuch lauschte, aber das tat er nicht. Er lag einfach ausgestreckt da und wartete auf ihr Urteil.

Die Drehbücher waren so unterschiedlich, dass sie nicht wirklich Gefahr lief, sie durcheinanderzubringen. Dennoch machte sie sich ein paar Notizen, um sich an das zu erinnern, was sie gelesen und daraus gefolgert hatte.

By Hook/By Crook: TV-Serie, die im NYC des viktorianischen Zeitalters spielt. Dramatische Krimihandlung. Slow-burn Romance.

Zentrale Figuren: Halb rehabilitierte Diebin und ehemaliger Prostituierter (Marcus), die ihre Straßenschläue zusammenlegen, um einen Mörder zu finden, der es auf Opfer abgesehen hat, die so im gesellschaftlichen Abseits stehen, dass die Polizei sich nicht für sie interessiert. Vorsprechen erforderlich. $$-$$$

Exes and O: Indiefilm. Dramedy. Ophelia (O) findet sich aus GRÜNDEN mit verschiedenen Ex-Freunden als Mitbewohnern in einer WG wieder. Jack (Marcus), den sie verlassen hat, aber seither vermisst, ist ihr romantisches Finale. Kein Vorsprechen erforderlich. $

Theoretisch gab es noch ein weiteres Drehbuch im Rennen um Marcus' Aufmerksamkeit, aber das war eine ganz offensichtliche Irreführung von seiner Seite, und es war es nicht wert, dass sie sich Notizen machte.

Sie schob ihren Laptop beiseite. «Du hast mich angelogen, Marcus.»

Er zuckte auf der Couch zusammen. Wurde blass.

«April ...» Er setzte sich ruckartig auf und presste die Lippen aufeinander. «Es tut mir so leid. Ich habe nicht ... Ich hätte nicht ...»

Er geriet ins Stocken und starrte sie fassungslos an.

Das schien ihr eine ziemliche Überreaktion auf eine harmlose kleine Täuschung zu sein, aber sie wusste bereits, dass Marcus, nun ja ... sensibel war. Hinsichtlich seiner eigenen Gefühle, doch auch was ihre betraf. Alex mochte ihn – als episches Beispiel für eine Der-Esel-schimpft-den-anderen-Langohr-Kiste – als Drama-Queen bezeichnen, aber sie betrachtete die Verletzlichkeit ihres Freundes nicht als Schwäche.

Sollte er sich jemals dazu entschließen, die Maske abzulegen, mit der er sich zu schützen versuchte, wäre sie mehr als bereit, ihm als eine andere Art von Schutzschild zu dienen. Sie würde seine empfindlichen Stellen vor den unfreundlichen Blicken der Außenstehenden schützen. Um seinetwillen, aber auch weil sie – ganz eigennützig – wollte, dass er sie brauchte.

Noch mehr als das.

Sie wollte, dass er sie liebte. Das konnte sie zumindest sich selbst eingestehen.

«Ist schon okay.» Sie ging zur Couch hinüber, ließ sich neben ihn sinken und drückte ihm zur Beruhigung einen Kuss auf die Wange. «Zu deinem Glück habe ich kein Problem mit Fangfragen.»

«Fang ...fragen.» Er stieß einen zittrigen Atemzug aus. «Ja.»

Sobald er sich an sie gelehnt hatte, stupste sie ihn am Arm an. «Anders als du behauptet hast, hast du mir nur zwei Favoriten geschickt. Nicht drei, du Schwindler.»

Sein Gesicht hellte sich bei ihrer Erklärung auf wie eine Sonne, die sich zwischen den Wolken zeigte, und dieser Ausdruck allein reichte aus, um ihr zu verraten, dass sie richtiglag.

Dennoch hob er großspurig eine Augenbraue, seine Gelassenheit war vollständig wiederhergestellt. «Vielleicht, vielleicht auch nicht. Lass mich erst mal deine Argumente hören.»

Sie drehte sich zu ihm um, zog ein Bein unter sich und legte los.

«Du würdest auf keinen Fall *Julius Caesar: Redux* auswählen. Du liebst zwar das alte Rom, aber nicht genug, um mit diesem Regisseur zu arbeiten. Sogar ich habe die

Gerüchte über ihn gehört, und das will schon was heißen.»
Ihre Lippen kräuselten sich. «Außerdem ist das Drehbuch scheiße, und du brauchst keine Rollen mehr nur wegen des Gehaltsschecks anzunehmen. Du kannst dir ein Projekt aussuchen, das deinem Talent und deiner Intelligenz entspricht.»

«Das meinem ...» Sein Mund bewegte sich. «Meinem Talent und meiner Intelligenz entspricht.»

Er schien an diesem Satz festzuhängen, doch sie hatte eine Herausforderung zu meistern, also hielt sie sich nicht lange damit auf.

«Das war, ehrlich gesagt, kein sehr überzeugender Trick. Wenn du mich hinters Licht führen willst, musst du dir schon etwas Besseres einfallen lassen.» Sie schüttelte den Kopf. «Du bist zu gut für diesen Film, in jeder Hinsicht. Das ist kein geeigneter Kandidat. Deine Agentin hätte ihn dir gar nicht erst schicken sollen.»

Marcus starrte sie an, die blaugrauen Augen weit aufgerissen und unerwartet ernst.

Als er schließlich sprach, war seine Stimme leise. «Ich habe ihr gesagt, dass sie mir keine Projekte mehr von diesem Regisseur schicken soll. Egal, wie viel seine Filme an den Kinokassen einspielen. Und auch nichts von diesem Drehbuchautor, weil das Skript nichts weiter als frauenverachtender Mist ist. Genau wie du gesagt hast.»

«Ein Punkt für Team Whittier.» Sie leckte ihren Zeigefinger ab und zeichnete einen unsichtbaren Strich in die Luft.

Als er sich nicht rührte, deutete sie mit einer Bewegung ihres Kinns auf seine Kleidung.

«Mach's wie der tanzende Feuerwehrmann auf einer Vegas-Bühne», wies sie ihn an, «und zieh dich aus.»

Er richtete sich auf der Couch auf und grinste gemächlich, und in ebendiesem Tempo lüpfte er dann auch sein

T-Shirt und zog es immer weiter hoch, bis die harte Brust zum Vorschein kam. Seine entblößten Muskeln bewegten sich mit beeindruckender Geschmeidigkeit unter der leicht behaarten Haut, als er sich schließlich das Hemd über den Kopf zerrte und es ihr in den Schoß warf.

Als sie es in die Hand nahm, war es noch warm von der Hitze seines Körpers.

Sie leckte sich bedächtig über die Lippen, denn sie wusste, dass seine Augen der Bewegung folgten. «Eins erledigt. Noch zwei übrig.»

Er lehnte sich zurück und legte eine Hand auf ihr Knie. Zeichnete das Oval ihrer Kniescheibe nach. «Ich kann es kaum erwarten.»

In seiner Stimme lag ein Lächeln, auch wenn sein Gesicht nach unten gerichtet war und seine Augen sich auf seine Fingerspitze konzentrierten, die immer weiter kreiste, kreiste, kreiste.

«Der Indie-Film ...» Als sie ihre Schenkel zusammenpresste, blickte er auf und schenkte ihr ein verruchtes Grinsen. «Das wäre ein zeitlich begrenztes Engagement, viel überschaubarer als bei der Fernsehserie. Das reizt dich wahrscheinlich. Das Skript ist klug geschrieben, und es bietet dir die Chance, deine gesamte Gefühlspalette zu zeigen. Es wäre auch eine der wenigen komödiantischen Rollen, die du bisher gespielt hast, und deine erste, seit du so berühmt geworden bist.»

Sein Finger war zur Innenseite ihres Knies gewandert und streichelte die zarte Haut dort durch die dünne Stoffbarriere ihrer Lounge-Hose. «Warum habe ich dann noch nicht zugesagt?»

«Es gibt nicht viel Geld, aber ich nehme an, das ist nicht deine Hauptsorge.»

«Nein?» Marcus schnurrte beinahe, träge und lasziv.

Mit starken Händen stellte er sie auf die Füße und positionierte sie zwischen seinen Beinen, während er immer noch auf der Couch saß. Ohne Vorwarnung zog er ihre locker sitzende Hose herunter, seine Handflächen waren heiß, als sie an den Seiten ihrer Oberschenkel und Waden hinunterglitten.

Sie trug immer noch ein Höschen, aber so wie er seinen Daumen unter den Saum schob und über ihren Bauch streichelte, ahnte sie, dass das nicht mehr lange so bleiben würde.

«Nei-*oh*.» Als er April auf seinen Schoß zog, sodass sie rittlings auf ihm saß, drückte die Wölbung in seiner Jeans *genau dorthin*, wo es vor Verlangen zog und immer heißer wurde. «D-der Cast ist so umfangreich, dass du vielleicht nicht genug Gelegenheit hättest, dich hervorzutun. Ich war mir auch nicht sicher, ob Ophelia unabhängig von ihren Ex-Freunden überhaupt eine Identität besitzt.»

Marcus brummte zustimmend und streichelte ihren Hintern. Er schob sie gegen sich. «Zwei Punkte für Team Whittier.»

Ihre Geduld war fast am Ende. Sie wollte seinen Mund, dann wollte sie seinen Schwanz, und sie wollte auf beides nicht länger als nötig warten müssen.

«Dann zieh deine verfluchte Jeans aus», befahl sie ihm.

Seine Augen wurden groß, und er zögerte nicht länger. Er schob sie für einen Moment von seinem Schoß und zerrte seine Hose in einer einzigen Bewegung herunter, bevor er sie beiseiteschleuderte. Dann griff er wieder nach ihr, zog sie näher zu sich heran, seine besitzergreifenden Hände auf ihrem Hintern, während er sie wieder rittlings auf seinem Schoß platzierte.

Nur zwei dünne, weiche Schichten trennten seinen Schwanz von ihrer Mitte; jedes Mal, wenn sein Becken nach oben zuckte, stoben Funken hinter Aprils halb geschlossenen Augenlidern.

«Nur noch eins übrig.» Seine Stimme war jetzt ein Grollen, ein tiefes Brummen an ihrer Schulter.

Sie hob ihr Kinn, und er küsste ihren Hals. «Die Fernsehserie ...»

Verdammt. Seine Hände glitten unter ihr Shirt, strichen ihren Rücken hinauf und in Kreisen zur Vorderseite. Wenn sie ihre Analyse nicht *jetzt sofort* beendete, würde sie es ganz sicher nie schaffen. Und wenn sie sie nicht zu Ende brachte, würde sie nicht gewinnen. Und wenn sie nicht gewann, konnte sie nicht dabei zusehen, wie er sich nackt vor ihr auszog, ehe sie sein selbstzufriedenes, sexy Gesicht ritt.

Okay, sie könnte das wahrscheinlich trotzdem tun. Aber es würde sich noch besser anfühlen, wenn sie wusste, dass sie *gewonnen* hatte.

«Noch mehr Tricks, Caster-Bindestrich-Rupp?» Sie gönnte sich einen letzten Moment, um zu genießen, wie seine heiße Zunge eine Stelle unter ihrem Kiefer liebkoste, während er sich gegen ihre geschwollene Klitoris drückte. «Wie du willst.»

Als sie sich auf der Couch hinkniete, stöhnte er über den Verlust der Reibung. Dann stöhnte er noch heftiger, als sie ihn zurück gegen die Kissen drückte, nach unten griff und ihre Finger unter den Saum seiner Boxer-Briefs schob.

«Heb deine Hüften», befahl sie ihm, und er gehorchte lange genug, damit sie den Stoff bis knapp unter seinen festen, herrlich knackigen Hintern schieben konnte.

Sein Schwanz wippte gegen seinen definierten Bauch, hart und prall und feucht an der Spitze.

Sie berührte ihn noch nicht, auch wenn sie es hätte tun können. Auch wenn sie es gerne getan hätte.

Er schüttelte tadelnd den Kopf, aber seine Stimme war rau. «Du schummelst, Whittier. Das hast du dir noch nicht verdient.»

«Ich habe nicht geschummelt.» Sie starrte ihn von oben

herab an, und ihre Wangen waren vor Lust entflammt.

«Wenn mich nicht alles täuscht, trägst du noch immer deine Unterhose.»

Dieses selbstgefällige Grinsen sollte illegal sein. «Das tue ich. Allerdings nicht so, wie es eigentlich gedacht ist.»

«Und auch nicht mehr lange», erklärte sie ihm. «Leg dich hin.»

Auf Aprils Fingerschnippen hin streckte er sich wieder in voller Länge auf der Couch aus. Als sie ihre Beine diesmal über seinen Oberschenkeln spreizte, legte sie die Finger fest um seinen hochragenden Schwanz. Abgesehen davon, dass er ein paarmal halbwegs verzweifelt mit den Hüften zuckte, unterließ er alle weiteren Ablenkungen oder Unterbrechungen.

Bevor sie wieder sprach, fuhr sie einmal fest über seine ganze Länge auf und ab, und er erschauderte unter ihr und wurde in ihrer Hand noch härter. «Ich habe Francines Anmerkung gesehen, wohin die Showrunner der Fernsehserie sie zu verkaufen hoffen.» An denselben Kabelsender wie *Gods of the Gates*. «Wenn ihnen das gelingt, dürfte ein anständiges Budget drin sein. Ich bin mir sicher, dass deine Mitwirkung in der Serie ihnen ein zusätzliches Argument liefern würde. Die Rolle hat Actionsequenzen, aber auch einen starken emotionalen Kern. Ich vermute, dir gefällt auch, dass sie bei den Figuren die Geschlechterrollen vertauscht haben, im Vergleich zu dem, was man sonst meist sieht.»

Sie leckte über ihre Handfläche. Glitt erneut seinen Schaft entlang, und er stieß ein lautes Stöhnen aus.

«Mit diesem Drehbuch habe ich mich am längsten beschäftigt, weil ich nach irgendwelchen Anzeichen gesucht habe, dass die Serie Sexarbeiterinnen und Sexarbeiter in schlechtem Licht erscheinen lassen will. Ich konnte aber nichts dergleichen finden.» Mit ihrer freien Hand strich sie über seinen flachen Bauch und seine Brust, während er sich zwischen ihren Schenkeln wand. «Meine Vermutung? Du fühlst dich davon angesprochen, weil jeder, sogar die weibliche Hauptrolle, an deiner Figur zunächst nur das hübsche Gesicht und den sexy Körper sieht. Aber es steckt viel mehr dahinter. Es ist ein kluges Drehbuch, Marcus. Das beste von allen. Und gut bezahlt.»

«Also warum ...» Er krümmte sich jetzt unter ihr und keuchte – zu ihrer unendlichen Befriedigung. «Warum habe ich nicht längst vorgesprochen?»

Ihre Hände erstarrten. Verdammt, sie hatte gehofft, dass er das nicht fragen würde.

«Ich weiß es nicht», sagte sie langsam. «Das konnte ich mir nicht erklären.»

Nachdem er schwer ausgeatmet hatte, gelang ihm ein trockener Tonfall. «Wenn du eine Erklärung findest, lass es mich wissen. Denn ich habe keine Ahnung, und ich hatte gehofft, du könntest es mir sagen.»

«Okay.» Das bedurfte ihrer vollen Aufmerksamkeit und seiner ebenfalls. Also nahm sie die Hände von seinem Körper und platzierte sie auf ihren Oberschenkeln. «Hast du irgendwelche Theorien?»

Er ließ sich zurück auf die Couch sinken. «Natürlich will ich dich nicht alleine lassen. Aber für das Vorsprechen wäre ich nur ein oder zwei Tage weg. Das ist nicht der Grund. Jedenfalls nicht nur. Und ich will auch nicht ganz mit der Schauspielerei aufhören, das ist also auch nicht das Problem.»

Er griff nach oben und schob ihr eine Haarsträhne hinters Ohr. «Ich habe mich schon seit Monaten nicht mehr zu einem Vorsprechen durchringen können, und ich habe keine Ahnung, weshalb. Es fühlt sich *undankbar* an, diese Gelegenheiten verstreichen zu lassen. Und auch dumm.»

«Es ist nicht dumm.» Sie legte ihre Hand auf sein Herz,

wie sie es schon einmal getan hatte. «Es gibt hier keine richtige oder falsche Antwort. Nur ...»

«Was mich am glücklichsten macht», vollendete er den Satz, und ein leichtes Lächeln erhellte seine Miene. «Ich hoffe wirklich, dass das stimmt.»

Sie verdrehte die Augen. «Natürlich stimmt es. Ich würde dich niemals anlügen.»

Er zuckte zusammen, so plötzlich und heftig, dass sie eilig von seinem Schoß kletterte.

«Hast du einen Krampf?» Aprils Blick wanderte über seinen Körper, aber abgesehen von seiner erschlaffenden Erektion konnte sie kein offensichtliches Problem entdecken. «Wo tut es weh?»

Marcus kniff die Augen zusammen. «Nein, ich ...»

Aprils Handy begann zu klingeln und unterbrach ihn, doch sie ignorierte es einfach. «Wie kann ich dir helfen?»

«Bitte, geh ans Telefon.» Als sie sich nicht bewegte, scheuchte er sie weg. «Es geht mir gut. Ich brauche nur eine Minute.»

Sie war so abgelenkt von seinem fast nackten und möglicherweise verletzten Zustand, dass sie nicht auf die Anzeige auf dem Display sah, bevor sie an ihr Handy ging. Und das war ein Fehler.

«Hi, Sweetheart! Ich bin so froh, dass ich dich heute Abend zu Hause erwischt habe.»

Die Stimme ihrer Mutter schallte hell und fröhlich durch die Leitung. Zu hell und zu fröhlich – was bedeutete, dass Mom beunruhigt war. Wahrscheinlich, weil ihre Tochter in letzter Zeit nicht immer auf ihre Anrufe reagiert hatte.

«Hi, Mom.» Verdammt! Verdammt, verdammt, verdammt. «Ja, wir haben beschlossen, mal zu Hause zu bleiben und es uns gemütlich zu machen, anstatt auszugehen.»

Marcus warf ihr einen irritierten Blick zu, während er

seine Boxer-Briefs wieder über die Hüften zog und sich zweifellos fragte, warum sie ihre Mutter anlog. Marcus und sie waren seit Alex' Besuch nicht mehr abends ausgegangen, teils um den Paparazzi zu entgehen, teils weil sie beide geborene Stubenhocker zu sein schienen.

Offenbar hatte er nicht bemerkt, dass sie JoAnns Anrufe regelmäßig ignoriert hatte.

«Du ...» Ihre Mutter räusperte sich. «Du triffst dich immer noch mit dem jungen Mann?»

April verkniff sich die bissige Antwort, die ihr auf der Zunge lag. *Brauchst du eine Chaiselongue oder Riechsalz für deinen Ohnmachtsanfall? Ich weiß, das muss schockierend für dich sein.*

«Ja.» Das war höflich und das Beste, was sie hervorbringen konnte.

Ihre Mutter fragte zum Glück nicht nach Einzelheiten. «Wenn das so ist, möchte ich eine Einladung für zwei Personen aussprechen. Dein Vater und ich würden euch beide gern zu meinem Geburtstagslunch einladen, wenn ihr es einrichten könnt. Am ersten Samstag im Juli, nur wir vier.»

Die Luft in der Wohnung war mit einem Mal klamm geworden und strich feucht und kalt um ihre entblößten Beine. April schlang ihren freien Arm um sich und krümmte sich zusammen, während sie ihr Kinn auf die Brust sinken ließ.

Es gab keine vernünftige Möglichkeit, abzulehnen. Würde April entgegnen, dass es genau an diesem Datum nicht passte, würde ein anderer Termin vorgeschlagen werden, dann noch einer, bis klar wäre, dass das nicht das eigentliche Problem darstellte. Sie würde Dinge ansprechen müssen, die sie noch nicht bereit war, anzugehen. Sie müsste Erklärungen abgeben, über die sie genauer nachdenken wollte, bevor sie ihre Eltern wiedertraf.

Als April ein Kind war, hatte ihre Mutter sich immer abgerackert, um Geburtstage zu etwas Besonderem zu machen. Sie hatte schwindelerregende Mengen an Geschenken besorgt. Sie veranstaltete Partys, zu denen jeder aus Aprils Klasse eingeladen wurde. Es gab jede Menge Luftschlangen und Luftballons und in einem Jahr sogar einen Streichelzoo in ihrem Garten.

Sogar Kuchen wurde aufgetischt, jede Sorte, die April sich wünschte.

«Ein Cheatday pro Jahr ist erlaubt, Sweetheart», hatte Jo-Ann immer erklärt. «Mach das Beste daraus.»

Trotz allem sollte April bereit sein, zur Geburtstagsfeier ihrer Mutter zu gehen. Zumindest als Anerkennung für all diese vergangenen Geburtstagspartys, denn Mom war das wirklich wichtig gewesen. Mom hatte sich immer unglaublich bemüht; sie hatte stets das Beste für ihre Tochter gewollt und gehofft, dass April ihr Glück fand – das wollte sie sicherstellen, mit jedem Anruf, jedem Besuch und jedem Ratschlag, wie sie es schaffen könnte, schön, gesund und beliebt zu sein.

Marcus' Arme legten sich von hinten um sie, warm und fest und stark, und sie schluckte durch ihre zugeschnürte Kehle hindurch.

«Bleib mal kurz dran, Mom.» Sie schaltete das Telefon stumm und starrte mit ausdrucksloser Miene in die Küche. «Meine Mutter möchte wissen, ob du zu ihrem Geburtstagsessen am ersten Samstag im Juli kommen kannst», sagte sie schließlich. «Sie wohnen in Sacramento, es wäre also ein Ausflug von einem halben Tag.»

Er zögerte keine Sekunde. «Natürlich. Ich trage es mir nachher direkt in den Kalender ein.»

Bevor er noch mehr sagen konnte, schaltete April ihr Telefon wieder auf laut. «Wir kommen. Schick mir einfach eine E-Mail mit den Einzelheiten und sag Bescheid, ob wir etwas mitbringen sollen.»

«Perfekt.» Es entstand eine unangenehme Pause, die ihre Mutter schließlich mit noch mehr fröhlichem Geplapper füllte. «Hier passiert nichts allzu Aufregendes, obwohl dein Vater und ich überlegen, nächsten Monat ein Wochenende in Napa zu verbringen. Er hat ein paar neue Kunden, und die haben uns dieses Weingut empfohlen ...»

Nein. Nein, April hatte genug davon, über ihren Vater zu sprechen. Das zumindest stand fest.

«Hör mal, Mom, ich muss früh ins Bett, also lass uns lieber ein andermal reden.» Marcus' Hände, die an ihren kalten Armen auf und ab strichen, stockten.

Wie es ihre Mutter schaffte, absolute Stille mit Verletztheit zu füllen, würde April nie verstehen. Selbst aus zwei Stunden Fahrzeit Entfernung drückten die Schuldgefühle Aprils Kopf nieder.

«In Ordnung. Ich hab dich lieb, Sweetheart», antwortete JoAnn schließlich.

April schluckte noch einmal und sprach dann die Wahrheit aus. «Ich hab dich auch lieb.»

Sie konnte die Verbindung gar nicht schnell genug beenden. Als sie sich in Marcus' Armen umdrehte, starrte er sie mit gerunzelter Stirn an, doch sie wollte nicht, dass er ihr Fragen stellte. Nicht jetzt.

Ihre Hände zitterten, und sie ballte sie zu Fäusten. «Ich habe gewonnen, richtig? Beim letzten Drehbuch?»

Er nickte langsam.

«Dann zieh dich aus», befahl sie ihm. «Danach will ich meine Belohnung.»

Während er seine Boxer-Briefs auszog, schlenderte sie zum Schlafzimmer, machte das Licht an und wartete, dass er ihr folgte. Sobald er das tat, zog sie zur Begrüßung ihr Nachthemd aus und warf es in eine Ecke. Dann zog sie ihr Höschen herunter und schleuderte es mit dem Fuß von sich.

Er atmete scharf ein und biss sich auf die Lippe, aber seine Stirn war immer noch gerunzelt.

«Ich möchte jetzt nicht über den Anruf sprechen», sagte sie. «Später, versprochen.»

Er nickte erneut, diesmal bestimmter. «Okay.»

In stummem Trotz stemmte sie ihre Fäuste in die Hüften und stand da, splitternackt, mitten im hellen Licht der Deckenlampe, damit er ungehindert erkennen konnte, wer und was sie war. Jede Kurve. Jedes Röllchen. Jede Sommersprosse. Jeden Dehnungsstreifen. Jeden entblößten Zentimeter von ihr, den er nehmen oder es lassen konnte.

Er ließ sich Zeit, sie zu mustern. Dann trat er näher und noch näher, bis sich ihre Beine berührten und die krausen Härchen auf seinen Schenkeln gegen ihre empfindliche Haut rieben.

Er strich mit den Fingerknöcheln über ihren Hals. Vorsichtig. Zärtlich. «Was brauchst du, April?»

Den ganzen Abend lang hatten sie über Wünsche gesprochen, nicht über Bedürfnisse. Aber in diesem Augenblick war für sie vielleicht beides dasselbe.

«Als Belohnung möchte ich, dass du mich vögelst, während dieser Raum blendend hell erleuchtet ist.» Sie reckte ihr Kinn höher und weigerte sich, den Augenkontakt zu unterbrechen. «Ich möchte, dass du mich die ganze Zeit ansiehst. Kannst du das tun?»

Sein neu erwachendes Verlangen begann, sich an ihrem Bauch bemerkbar zu machen, und sein härter werdender Schwanz fühlte sich an wie ein Triumph. Wie ein Sieg über einen Feind, den sie seit Jahrzehnten pausenlos bekämpft hatte.

Er lachte, während seine Hände ihre Brüste umfassten. «Natürlich kann ich das. Das habe ich schon früher getan, und es wäre mir ein Vergnügen, es zu wiederholen.» Dann zögerte er. «Nur ...»

Der Sieg entglitt ihrem Griff, und sie musste die Beine durchdrücken, um sich aufrecht zu halten.

«Ja?», gelang es ihr, zu sagen, und ihre Nebenhöhlen brannten vor Tränen, die sie nicht – *keinesfalls* – vor ihm vergießen wollte.

Seine Hände gaben ihre Brüste frei, und sie unterdrückte ein Schluchzen.

Doch dann begann er, ihr Gesicht zu streicheln, seine Daumen fuhren in sanften Kreisen über ihre Wangen, während er seine Lippen auf ihre Stirn, ihre Schläfe, ihre Nase drückte. Und auf ihren verdammten verräterischen Mund, der so sehr zitterte.

Mit geneigtem Kopf, Stirn an Stirn, brachte er seine eigene Bitte hervor. «Nachdem ich dich gevögelt habe, können wir dann Liebe machen? Wenn das Licht noch an ist?»

Als sie sich auf die Zehenspitzen stellte, um ihn zu küssen, verstand er das – korrekterweise – als ein Ja.

Wie sich herausstellte, war das, was sie wollte, nicht genau dasselbe wie das, was sie brauchte.

In dieser Nacht ließ er ihr glücklicherweise beides zuteilwerden.

Rating: Explicit

Fandoms: Gods of the Gates – E. Wade, Gods of the Gates (TV)

Beziehungen: Aeneas/Lavinia

Zusätzliche Tags: Alternate Universe – Modern, Angst und Fluff, Smut, Die traurigste Erektion aller Zeiten, Geister!Lavinia, Mögliches Happy End, Auch wenn sie am Ende tot sind, Aber sie sind zusammen, Denn das ist, was wirklich zählt, O Mann, ihr alle werdet das hassen, oder?

Sammlung: Aeneas's Sad Boner Week

Statistik: Wörter: 2267; Kapitel: 1/1; Kommentare: 39; Kudos: 187; Lesezeichen: 19

LOVE LIFTS HIM UP WHERE HE BELONGS
Unapologetic Lavinia Stan

Zusammenfassung:
Aeneas wird zwanzig Jahre lang beim Anblick eines Geistes hart. Und zwar bei der Liebe seines Lebens, die schon seit Langem tot ist. Lavinia, die immer verschwindet, sobald er versucht, sie zu berühren.
Doch eines Tages bleibt sie.

Bemerkung:
Besonderer Dank geht an meinen neuen Beta. 😊

In der Nacht erschien sie erneut. Ein bisschen *durchscheinender* als zu Lebzeiten, aber ansonsten ganz und gar herzzerreißend sie selbst. Sie war immer noch hager und knöchern, trug dieses schiefe Lächeln und hatte strähniges braunes Haar, das ihr auf die Schultern fiel. Der hinreißendste Anblick, den man sich vorstellen konnte.

Seit zwanzig Jahren sah er ihr nun schon zu, wie sie durch ihr Schlafzimmer schwebte, in demselben dünnen, kurzen Hemd, das sie in jener Nacht zum Schlafen getragen hatte, als sie sich in seinen Armen zusammengerollt hatte, um nie wieder aufzuwachen. Bis sie es dann doch tat – als Geist. *Sein* Geist. Seine Frau. Seine Geliebte.

Wie immer fühlte es sich sowohl absurd als auch völlig natürlich an, wie sein Körper auf diesen Anblick reagierte. Wenn er könnte, würde er sich ganz erheben, um sie zu treffen, auf welcher Ebene auch immer sie nun residierte. Aber im Moment konnte das nur ein Teil von ihm. Sie lächelte schüchtern über seinen Zustand; so schüchtern, dass man nicht vermuten würde, wie sie ihn in manchen Nächten darin bestärkte, sich selbst anzufassen. Dann hielt sie ihre Augen strahlend und begierig auf ihn gerichtet, wenn er schwer atmend stöhnte und sich auf seinen Bauch ergoss.

Sie konnten sich nicht berühren. Bei jedem Versuch verschwand sie sofort, und manchmal dauerte es Tage, bis sie wiederkam. Wenn sie dann wieder auftauchte, sah sie erschüttert aus. Erbärmlich. Die Augen leer.

Er wusste nicht, wohin sie ging, und sie wollte nicht darüber reden. Aber nach dem dritten Mal, nachdem er eine Woche lang verzweifelt befürchtet hatte, dass sie vielleicht gar nicht mehr zurückkommen würde, gab er es auf, nach ihr zu greifen.

Doch heute Abend war etwas anders. Als er im Bett lag – durchflutet von Sehnsucht, Trauer und Liebe –, setzte sein Atem kurz aus. Sie streckte die Hand nach *ihm* aus, wie sie es seit zwei Jahrzehnten nicht mehr getan hatte.

Ihre langen, sanften Finger streichelten seine Wange.

Sie waren warm.

22

«ICH ÜBERLEGE IMMER noch, wie ich die Aeneas's Inconvenient Boner Week angehen soll.» April richtete ihren Rückspiegel zum bestimmt tausendsten Mal neu aus. «Gestern kam mir der Gedanke, dass ich vielleicht zu modernen AUs zurückkehren könnte, ohne dass es seltsam wird, indem ich Wades Version von Aeneas nehme anstelle von deiner. Was ihn zugegebenermaßen eine Million Mal weniger heiß macht, aber manchmal muss man für das übergeordnete Ziel eben Opfer bringen. Und mit ‹übergeordnetes Ziel› meine ich ‹expliziten Sex in meinen Fics›.»

Marcus schnaubte, aber sie redete eilig weiter, bevor er eine bessere Antwort formulieren konnte.

«Wo wir gerade bei explizitem Sex sind, ich sollte dir das letzte Opus magnum meiner Freundin TopMeAeneas zeigen: ‹Eine Top, sie alle zu knechten›, eine Art sexy Mash-up aus *Gods of the Gates* und *Der Herr der Ringe*. Sie hat den Teil mit dem *Besteigen* des Schicksalsberges ziemlich wörtlich genommen.»

Je näher sie Sacramento kamen, desto redseliger wurde April.

Und ja, sie war witzig, und ja, er wollte alles hören, was sie zu sagen hatte.

Aber das hier war kein fröhliches Geplauder und auch nicht das koffeinlastige Cocroffinut-Geschnatter. Stattdessen handelte es sich um die Art Geplapper, mit der sie jede mögliche Stille schon im Voraus ausfüllen und so keinen Raum für längere Gedanken lassen wollte.

Während sie sprach, schenkte sie dem Highway zwar genügend Aufmerksamkeit, aber sie spielte auch ständig an den Einstellungen der Klimaanlage, der Musikauswahl und den Schlitzen der Belüftungsdüsen herum. April wirkte beim Fahren so rastlos, wie Marcus sie noch nie erlebt hatte.

Das war Angst. Schlicht und ergreifend Angst.

Irgendwann während ihres ersten gemeinsamen Monats hatte sie beiläufig erwähnt, dass ihr Vater als Firmenanwalt arbeitete und ihre Mutter Hausfrau war. Damals hätte es ihn schon wundern sollen, dass sie keine weiteren Details preisgegeben hatte – aber das hatte es nicht. Was ein Fehler von ihm gewesen war, aber gleichzeitig bewies, wie geschickt April von einem Thema ablenken konnte, wenn es ihr unangenehm war. Vielleicht, und nur vielleicht, war es auch ein Hinweis darauf, dass sie mit den chaotischen Gefühlen anderer Leute besser umgehen konnte als mit ihren eigenen.

Aber trotzdem, wenn sie plaudern wollte, würde er plaudern. Wenn sie Ablenkung brauchte, würde er sie ihr bieten.

Er würde ihr alles geben; alles, was sie wollte und brauchte – und das war etwas, was er ihr im letzten Monat mit aller Ernsthaftigkeit zu beweisen versucht hatte, seit sie im grellen Licht ihres Schlafzimmers nackt und zitternd vor ihm gestanden und ihn gebeten hatte, sie als Belohnung zu vögeln. Als *ihre* Belohnung.

Sie hatte es noch nicht begriffen, aber das würde sie.

Er liebte sie, er *liebte* sie aufrichtig, und sie war seine Belohnung. Sie zu berühren war ein Geschenk für *ihn*.

In dieser Nacht hatte er endlich verstanden, wie gut sie es geschafft hatte, ihre eigene Verletzlichkeit zu verbergen, trotz ihrer scheinbaren Offenheit und des strahlenden Lichts, mit dem sie sie beide erhellte.

Am nächsten Morgen war Marcus entschlossen gewesen, mehr zu erfahren. Sie besser zu verstehen.

Als er im Dunkeln aufgewacht war, eine Stunde bevor ihr Wecker klingeln sollte, war sie bereits wach gewesen. Als er sich rührte, hatte sie ihm den Kopf zugewandt, und ihre Augenlider wirkten nicht schwer vom Schlaf, wie sie es nach einer so langen Nacht hätten sein sollen.

Sie war hellwach und dachte so angestrengt nach, dass er überrascht war, den Wirbelsturm ihrer Gedanken nicht hören zu können.

«Erzähl es mir», sagte er und zog sie an seinen Körper. Ein Arm lag unter ihrem Kopf, mit der anderen Hand streichelte er ihren Arm, ihre Hüfte und ihre Flanke, während er sie in die ungewohnte Position des kleinen Löffels brachte. «Erzähl mir von dem Anruf.»

Die Laken rochen nach ihnen. Nach Sex und Rosen und allem, wovon er geträumt hatte.

«Meine Eltern ...» Unerwartet lachte sie auf, und es klang schrill in der Stille der Morgendämmerung. «Die Ironie, Marcus. Oh, diese verdammte *Ironie*.»

«Das verstehe ich nicht.» Er strich mit der Nase über ihren Scheitel und drückte dann einen Kuss darauf.

«Sie werden dich lieben. Dich wirklich *lieben*. Sie werden dich akzeptieren, viel mehr, als sie mich je akzeptiert haben.» Sie hielt inne. «Aber nicht nur dein echtes Selbst. Auch dein gespieltes Selbst, deine öffentliche Rolle. Selbst wenn sie den Unterschied bemerken, glaube ich nicht, dass sie ihn als wichtig erachten. Obwohl, meine Mom vielleicht schon. Aber mein Dad nicht.»

Dieser Gedanke war ihm zuvor noch nicht gekommen, aber ... «Meine Eltern hätten gemordet, um dich anstelle von mir als Kind zu haben.»

Eigentlich hätte diese Aussage wehtun sollen, aber irgendwie war das nicht der Fall. Der scharfe Stachel seiner Trauer war stumpfer geworden, seit er April alles erzählt hatte. Seit er begriffen hatte, dass er die Wahl hatte und selbst entscheiden konnte, wie er die Beziehung zu seinen Eltern in Zukunft gestalten würde, wenn er sie überhaupt aufrechterhalten wollte. Seit sie ihm erklärt hatte, dass er ihnen keine Vergebung schulde oder sonst irgendetwas, was er ihnen nicht geben wollte.

Aber abgesehen davon, wie könnte er es einer Paralleluniversums-Version seiner Eltern missgönnen, dass sie April anbeteten und bewunderten, wenn er doch das Gleiche tat?

«Das ist ja die Ironie.» Sie rutschte näher an ihn heran. «All deine tollsten Eigenschaften, alles, was dich außergewöhnlich macht – das interessiert meinen Vater nicht. Ihm geht es nur um Äußerlichkeiten. Alles, was zählt, sind Oberflächlichkeiten und wie er sich selbst seinen Kunden am besten verkaufen kann. Wir kommen nicht miteinander zurecht, aber meine Mutter ist absolut loyal zu ihm. Außerdem hat sie ihre eigenen ...» Sie zögerte, und ihre Atmung wurde etwas abgehackter. «Sie hat ihre eigenen Sorgen. Es kann also kompliziert werden.»

Als sie nach diesem frühmorgendlichen Geständnis verstummt war, hatte er sie nicht gedrängt, mehr zu erzählen.

Stattdessen hatte er sie gefragt, was sie von ihm brauchte, und sie hatte es ihm in der Dunkelheit zugeflüstert.

Sie hatten sich langsam geliebt, und das nicht nur, weil sie bereits empfindlich und ein wenig wund von der vergangenen Nacht gewesen war. In der schummrigen Kühle ihres Schlafzimmers, in der behaglichen Wärme ihres Bettes hatte Marcus sich ohne jede Eile bewegt, ihr geliebtes Gesicht zwischen seine Hände genommen und sich – definitiv – vergewissert, dass sie sah, wie er *sie* sah.

Denn das war es, was sie gebraucht hatte.

Ja, er begann jetzt, sie zu verstehen. Er hatte länger dafür gebraucht, als er gesollt hätte, doch heute würde er die verlorene Zeit wieder aufholen.

April hatte ihn nicht um Hilfe gebeten, denn das war nicht ihre Art. Er half ihr trotzdem.

Wenn sie Abstand zu ihrem Vater brauchte, konnte Marcus dafür sorgen. Und sie hatte ihn bereits wissen lassen, wie er das anstellen konnte. Äußerlichkeiten waren ihrem Vater wichtig – und wer war in diesem Fall besser geeignet, die Aufmerksamkeit auf sich zu lenken und Aprils Dad von ihr fernzuhalten, als der gut trainierte Golden Retriever?

Er beherrschte seine Rolle in- und auswendig. Er verfügte zudem über ein Drehbuch und jede Menge Motivation.

Sobald sie im Haus ihrer Eltern ankamen, wäre er bereit für Klappe und ... Action!

Es dürfte auch nicht mehr lange dauern. Der Verkehr floss stetig, also blieben ihnen vielleicht noch zwanzig Minuten. April spähte unaufhörlich in den Rückspiegel, als würde sie sich danach sehnen, umzukehren, aber sie fuhr immer weiter.

Nachdem sie sich noch über ein paar weitere der neuesten Lavineas-Fics unterhalten hatten – von denen er die meisten insgeheim bereits gelesen hatte –, wurde April still.

Allerdings nicht für lange.

«Ich habe gestern bemerkt, wie du die Skripte noch mal durchgesehen hast», sagte sie und drehte die Lüftung eine Stufe höher, nur um sie einen Moment später wieder runterzuregeln. «Hast du eine Entscheidung getroffen?»

Wenn sie jetzt über seine Karriere sprachen, würde sie das vielleicht noch ein wenig ablenken, aber ehrlich gesagt, gab es nicht viel zu berichten. «Nein.»

Einige der Optionen existierten nicht mehr, nicht nach einer so langen Wartezeit. Zu wieder anderen konnte er sich entgegen aller Logik und trotz seines gesunden Menschenverstands nicht durchringen.

Als sie eine Art ermutigendes Brummen von sich gab,

setzte er bereitwillig zu einer ausführlicheren Antwort an. «Ich weiß, was für ein Glück ich habe, dass mir diese Drehbücher angeboten werden, und ich bin *wirklich* dankbar dafür. Ich sehe den Umstand, dass ich von der Schauspielerei leben kann, nicht als selbstverständlich an. Ich weiß die Chancen, die mir gewährt wurden, und die Erfahrungen, die ich gemacht habe, weit mehr zu schätzen, als ich mit Worten ausdrücken kann.»

«Ich weiß, dass du das tust.» Sie schenkte Marcus ein kurzes Lächeln, bevor sie sich wieder auf die Straße konzentrierte. «Wenn du über deine Arbeit sprichst, schwingt deine Dankbarkeit in jedem Wort mit. Das ist unheimlich liebenswert.»

Ihre Wertschätzung und ihre Zuneigung schmiegten sich sanft in seine Brust, so wie sie es immer taten.

Mit ihr war ihm immer warm. Mit ihr fühlte er sich immer erfüllt.

«Ich glaube, es sind ein paar tolle Drehbücher dabei, ich bin nur nicht ...» Als er innehielt, versuchte sie nicht, seinen Satz für ihn zu beenden. Deswegen zwang er sich schließlich, es auszusprechen. «Ich bin mir nicht sicher, ob ich eine dieser Rollen will.»

Keine von ihnen fühlte sich richtig an. Schlimmer noch, er wusste nicht, welcher Marcus zu einem Vorsprechen erscheinen sollte. Der echte Marcus? Oder wieder eine Version jenes Mannes, den er fast ein Jahrzehnt lang in der Öffentlichkeit gespielt hatte?

Falls er sein Narrativ ändern wollte, war dies die beste Gelegenheit dazu.

Er schüttelte den Kopf. Nein, es stellte sich nicht mehr die Frage nach dem *Falls*. Er *wollte* sein Narrativ ändern. Es war eher die Frage, *wie*. Und es war auch eine Frage des Mutes. Aber wie er April schon gesagt hatte, war er nicht wie Aeneas, wenn es um Tapferkeit ging.

«Also sind diese Rollen nicht das, was du willst. Das ist in Ordnung.» April streckte die Hand aus und drückte sein Knie. «Du hast Zeit, und du wirst andere Angebote bekommen. Sobald die letzte Staffel von *Gods of the Gates* läuft und du wieder im internationalen Rampenlicht stehst, wird Francines Posteingang wahrscheinlich überquellen.»

Vielleicht stimmte das. Aber bis dahin hätte er dafür gesorgt, dass es eine lange, lange Lücke zwischen seinen Projekten gab.

Da er keine Lust hatte, das Thema weiterzuverfolgen, drehte er sich zu April um, soweit es der Sicherheitsgurt zuließ. «Apropos Ruhm, wie fühlst du dich wegen der Con of the Gates? Bist du gerüstet für die ganze Aufmerksamkeit, die du da erhalten wirst?»

Die Convention würde am nächsten Wochenende stattfinden, und sie hatten beschlossen, dort ihr halb offizielles Debüt als Pärchen zu geben. Sie würden sich nicht mehr vor den Paparazzi verstecken, zumindest nicht an diesem Wochenende. Stattdessen würden sie stolz gemeinsam bei der Veranstaltung auftauchen.

Er konnte es kaum erwarten. Er wollte mit ihr angeben, und sein Eifer, das zu tun, schien sie sowohl zu amüsieren als auch zu freuen.

Wenn er nicht gerade mit dem Gruppen-Panel der Schauspieler, einer persönlichen Q&A-Runde oder den verschiedenen Fototerminen beschäftigt war, wollte er April so oft wie möglich an seiner Seite haben. Obwohl sie natürlich auch ihre eigenen Verpflichtungen hatte, von denen einige erst kurzfristig hinzugekommen waren, andere schon lange geplant.

«Ich glaube, ich bin bereit.» Das schnelle Trommeln ihrer Finger verlangsamte sich. «Ich habe schon alles rausgelegt, was ich einpacken will, und mein Lavinia-Kostüm ist bis auf ein paar Saumarbeiten fertig.»

Er öffnete den Mund.

«Und *nein*, du darfst es immer noch nicht sehen.» Ihr Grinsen war nur ein bisschen boshaft. «Du wirst bis zum Cosplay-Wettbewerb warten müssen, genau wie alle anderen, Caster-Bindestrich-Rupp.»

Oh, er liebte es, wenn sie ihn so nannte. Es bedeutete, dass sie ein bisschen *keck* wurde, und keck war Millionen Mal besser als ängstlich.

Da die Unterhaltung über die Con sie zu entspannen schien, stellte er so viele Fragen dazu wie möglich. «Was ist mit der Session mit Summer? Wie fühlst du dich damit?»

Erst vor wenigen Tagen hatte die Moderatorin für Summers Q&A unerwartet abgesagt. Die Organisatoren der Con, die über Aprils Lavinia-Liebe und ihre aktuelle Online-Berühmtheit als seine Freundin offensichtlich Bescheid wussten, hatten sie sofort eingeladen, die Moderation zu übernehmen. Nach einigem Überlegen hatte sie zugestimmt.

Marcus hatte die beiden Frauen einander bereits in einem kurzen FaceTime-Chat vorgestellt, um das potenziell steife Kennenlernen schon vorab aus dem Weg zu räumen. Danach hatte Summer ihm eine Nachricht geschickt. Nicht dass du meine Zustimmung bräuchtest, aber ich mag sie. Sie scheint selbstbewusst zu sein, das wird helfen. Aber pass während der Con auf sie auf, Marcus. Es ist für uns alle schwer, doch ich glaube nicht, dass du verstehst, wie es ist, als Frau im Rampenlicht zu stehen. Insbesondere als Frau, die es nicht gewohnt ist, und *insbesondere* als Frau, die womöglich nicht die Art von Freundin ist, die die Presse oder die Öffentlichkeit an deiner Seite erwartet.

Es war nett, aufmerksam und absolut zu einhundert Prozent Summer. Das war auch der Grund, weshalb Marcus, als Ron und R.J. in der letzten Staffel Lavinia und Aeneas in die Scheiße geritten hatten, nicht nur um seine eigene

Figur getrauert hatte, sondern ebenso um seine am Boden zerstörte Kollegin und Freundin.

Da sie über die Jahre hinweg so eng zusammengearbeitet hatten, waren sie und Carah wahrscheinlich die beiden Darstellerinnen, die am deutlichsten sahen, wie er wirklich war. Aber keine der beiden Frauen hatte dieses Wissen jemals an die Presse verraten. Nicht mal angedeutet.

Vielleicht könnten er und seine drei Lieblingsfrauen während der Con zusammen zu Abend essen. Vielleicht würde ihm in ihrer Gesellschaft und mit ihrem Rat klarer werden, wo sein weiterer Karriereweg hinführen sollte.

Jedenfalls konnten ihre Anregungen nicht schlechter sein als Alex' Vorschläge für Haarpflegeprodukte und Werbeslogans dafür. *Haarstyles von Caster sind echte Longlaster!* Oder für extrastarkes Haarspray: *Deine Frisur hatte eine RUPPige Nacht? Lass es Marcus richten!*

«Ich kriege das mit dem Moderieren auf jeden Fall hin. Öffentlich zu reden, macht mir nichts aus.» April zuckte mit einer Schulter. «Ich sollte Summers Lebenslauf und die Fragen im Laufe der Woche bekommen, sodass ich mir im Vorfeld schon gut einprägen kann, was ich sagen muss.»

Er zwang sich, die nächste offensichtliche Frage zu stellen. «Wann triffst du deine Online-Freunde? Habt ihr schon eine feste Zeit ausgemacht?»

Letzte Woche, als April bei der Arbeit war, hatte er sich im Unsichtbar-Modus auf dem Lavineas-Server eingeloggt und ihre Ankündigung vom Vorabend entdeckt. Endlich hatte Unapologetic Lavinia Stan allen erzählt, dass sie der Lavinia-Fan war, der sich mit Marcus traf; und er war ehrlicherweise überrascht gewesen, dass es im gesamten Internet ausreichend Bandbreite gab, um das ganze darauffolgende Gekreische zu übertragen.

Das heißt, du gehst auf die Con, richtig? RICHTIG???, hatte TopMeAeneas gefragt, als sich die Aufregung etwas gelegt hatte. WIR MÜSSEN UNS TREFFEN! OMG, WIR MÜSSEN! LAVINEAS-KRÄFTE AKTIVIERT!

Nachdem mehrere Millionen Emojis mit weinenden Gesichtern und Herzchen-Augen ausgetauscht worden waren, stand die Verabredung.

Doch er durfte offiziell nichts von diesen Plänen wissen, zumindest nicht im Detail. Obwohl er alles wusste und seinen letztjährigen *Gods*-Gehaltsscheck dafür eingetauscht hätte, sich ihnen als Book!AeneasWouldNever anzuschließen.

Er schrieb immer noch, Alex war immer noch der Betaleser für seine Geschichten, und Marcus veröffentlichte sie immer noch unter seinem neuen Pseudonym AeneasLovesLavinia. Bis jetzt hatten sie allerdings nicht viel Resonanz erhalten, was nachvollziehbar war, aber dennoch entmutigend. Und er fühlte sich unsagbar einsam, wenn er sich außerhalb der Gemeinschaft, die er mitbegründet hatte, herumtrieb und lediglich zuschaute.

Doch April war es wert. Millionenfach wert.

«Sonntag Morgen treffen wir uns alle zum Frühstück. Vielleicht klappere ich danach mit TopMeAeneas die Stände ab. Es sei denn, eines der Panels klingt besonders verlockend.» April betätigte den Blinker, um den Highway zu verlassen, und drosselte das Tempo, als sie die Ausfahrt hinunterfuhr. «Wir sind jetzt fast da. Noch fünf Minuten.»

Ihre Finger trommelten nicht mehr gegen das Lenkrad. Stattdessen umklammerten sie das Leder so fest, dass ihre Knöchel weiß wurden.

Irgendwie war die plötzliche Stille noch schlimmer als das ängstliche Geschnatter. Ihre Lippen waren zu einer dünnen Linie zusammengepresst, ihre Wangen blass, ihr Kinn trotzig nach oben gereckt.

Unerwartete Wut loderte heiß wie Feuer seine Wirbelsäule hinauf.

Er wollte April nicht dazu bringen, über ein Thema zu sprechen, das sie offensichtlich aufregte, aber er konnte zumindest versuchen, ihr Kummer zu ersparen.

Ihr Vater würde ihr nicht zu nahe kommen. Dafür würde Marcus sorgen.

Er hoffte, dass Brent Whittier einen Stock oder ein Kauspielzeug dahatte, denn der Golden Retriever war zum *Spielen* gekommen.

LAVINEAS SERVER
Thread: So, FYI, ich bin diese Frau

Unapologetic Lavinia Stan: Und damit meine ich: Auf Twitter lautet mein Pseudonym @Lavineas5Ever. Das ist, wie ihr euch vielleicht erinnert, auch jenes, das von dem Fan benutzt wird, den Marcus Caster-Rupp um ein Date gebeten hat. Was Sinn ergibt, da ich dieser Fan bin.

Unapologetic Lavinia Stan: Ja, er ist wundervoll und macht mich sehr glücklich; aber nein, ich kann euch nicht viel mehr als das erzählen. Aber ich wollte, dass ihr es wisst. Was jetzt der Fall ist. 🖤

TopMeAeneas: O MEIN GOTT!!!

LavineasOTP: Heilige Scheiße

LavineasOTP: Heeeeeeeiiiiiiiiilige Scheiiiiiiiiiiiiiiiiiiiiße

Mrs Pius Aeneas: Dies ist der Tag, der von unseren Altvorderen vorhergesagt wurde. Der Tag, an dem ein Lavineas-Fan MCRs Kiefer anfassen darf und endlich herausfindet, ob er tatsächlich so scharfkantig ist, dass man sich die Finger daran schneidet!

Unapologetic Lavinia Stan: Bisher musste nichts genäht werden. Kann aber für die Zukunft nix versprechen.

TopMeAeneas: DARUM IST AENEAS IN DEINEN GESCHICHTEN JETZT ALSO WADES AENEAS

Unapologetic Lavinia Stan: Ja, ich wollte nicht über einen Mann schreiben, der das Gesicht und den Körper meines Freundes hat und dann mit einer anderen Frau rummacht. Auch wenn es Lavinia ist. Ich bin da egoistisch. 😬

LaviniaIsMyGoddessAndSavior: DU MUSST UNS ALLES ERZÄHLEN

LaviniaIsMyGoddessAndSavior: RIECHT ER WIRKLICH NACH MOSCHUS UND SAUBEREM SCHWEISS UND MANN

Unapologetic Lavinia Stan: Irgendwie schon? Vor allem nach seinem Work-out?

TopMeAeneas: [Beine-gespreizt-Schritt-gezeigt-Gif]

23

IN DER NACHT, bevor sie zum ersten Mal seit einem Jahr ihre Eltern besuchen wollte, hatte April neben Marcus gelegen, wach und entschlossen, eine Entscheidung zu treffen.

Irgendwann nach zwei Uhr morgens hatte sich Klarheit eingestellt.

Was ihre Mutter anging, war der Boden, auf dem sie standen, kontaminiert. Sie konnte entweder so weiterleben, indem sie die Oberfläche einfach versiegelte – eine dünne Schicht aus Höflichkeit über die tiefgreifenden Schäden legte –, oder sie konnte das Problem ausgraben.

Dieser Vorgang würde nicht einfach sein. Es würde sie einiges kosten, vielleicht sogar mehr, als sie erwartete.

Andererseits war sie noch nie besonders an Oberflächen interessiert gewesen.

Es war an der Zeit, zu graben und Dinge aus der Welt zu schaffen.

Zum Glück, dachte sie, bevor sie endlich dankbar in den Schlaf glitt, *habe ich Marcus an meiner Seite. Er wird meine Hand halten. Mich, sollte ich es vergessen, daran erinnern, dass nicht ich der Schadstoff bin. Auch wenn meine Eltern ihm da wohl nicht zustimmen würden.*

Aber sie hatte sich geirrt. Sie hatte sich komplett und auf zum Himmel schreiend demütigende Art und Weise geirrt.

Marcus war nicht an ihrer Seite, nicht einmal eine Minute lang. Er hielt auch nicht ihre Hand.

Stattdessen unterhielt er sich auf der gegenüberliegenden

Seite des offen gestalteten Erdgeschosses mit ihrem Vater. Sie lachten. Tauschten Trainings- und Ernährungstipps aus, von denen Brent einige laut für alle Anwesenden wiederholte, in einem so leutseligen Ton, dass Außenstehende nicht verstehen würden, wie spitz seine Kommentare waren und in wessen Fleisch sich diese verbalen Dornen bohren sollten.

Marcus war in seiner Unterstützung und Zuneigung bisher noch nie zögerlich gewesen, und gerade heute hatte sie auf beides gezählt. Mehr als das, sie hatte sich darauf verlassen, dass beides ihren Eltern und ihr selbst als Beweis dienen würde: dafür, dass alles, was sie geglaubt hatten, alles, was man ihr in diesem Haus achtzehn Jahre lang erzählt hatte, komplett falsch war.

Wenn Marcus seine Finger mit ihren verflochten und sie auf diese bestimmte Weise angestrahlt hätte, hätte das ihren Triumph deutlicher und lauter verkündet, als alle Worte es vermochten.

Ich bin fett, und er will mich.
Ich bin fett, und er möchte mich nicht ändern.
Ich bin fett, und er ist stolz auf mich.

Jetzt war sie wieder nur ein dickes Mädchen, das der heiße Typ nicht in seiner Nähe haben wollte, zumindest nicht in der Öffentlichkeit. Und das war genau das, was ihre Eltern erwarteten und wovor ihre Mutter sie in all den besorgten Anrufen gewarnt hatte, auf die April dann nicht mehr reagiert hatte.

Ehrlich gesagt war es ihr scheißegal, was ihr Vater dachte oder glaubte, mittlerweile jedenfalls. Aber als sie sich dieses Gespräch mit ihrer Mutter ausgemalt hatte, war Marcus in ihrer Vorstellung immer in der Nähe gewesen; seine Anwesenheit eine stille Erinnerung daran, dass sie begehrt und geschätzt wurde, dass ihr Glück es wert war, sich schmerzhaften Gesprächen auszusetzen und strenge Grenzen zu ziehen.

Stattdessen musste sie jetzt allein da durch, weil: natürlich, was auch sonst?

Natürlich.

Während die beiden Frauen den Tisch gedeckt hatten, hatte ihre Mutter bereits flüsternd ihr Unbehagen kundgetan und dabei die Brauen über den warmen braunen Augen zusammengezogen. «Bist du sicher, dass das nicht nur ein Publicity-Gag ist, Sweetheart? Es kommt mir einfach so ... unwahrscheinlich vor.»

Ihre Besorgnis war echt. Genauso wie die Liebe, die in diesem vertrauten Blick mitschwang.

Das machte ihre Worte allerdings nur noch schmerzhafter. Schon als April die Ernsthaftigkeit ihrer Beziehung mit Marcus verteidigt hatte, hatte die unausgesprochene, aber offensichtliche Ungläubigkeit ihrer Mutter wehgetan.

Jetzt, wo sie ihrem *feierlichen Gourmet-Wellness-Lunch*, wie ihre Mutter es nannte, den letzten Schliff gaben, betraten die beiden wieder den altbekannten vergifteten Boden.

«Ich habe ein paar Bilder in der Boulevardpresse gesehen.» JoAnn überprüfte, ob der gebratene Lachs gar war, und drapierte die Filetstücke auf einen Servierteller. «Ich schicke dir ein paar Links zu figurformender Unterwäsche. Damit kannst du ein paar Stellen ein bisschen straffen, sodass du dich wohler fühlst, wenn die Paparazzi Schnappschüsse machen.»

«In Shapewear habe ich mich noch nie wirklich wohlgefühlt», antwortete April, wobei sie sich bemühte, ihren Tonfall locker zu halten und sich die Bitterkeit nicht anmerken zu lassen. «Tatsächlich eher das Gegenteil davon.»

Ihre Mutter lachte. «Du weißt, was ich meine.»

Oh, April wusste es. Körperliches Wohlbefinden spielte stets eine untergeordnete Rolle, solange solche Unannehmlichkeiten es verhinderten, dass Angehörige und

Fremde gleichermaßen über ihr Äußeres urteilten. JoAnn hatte das auf die harte Tour gelernt.

Im ersten Jahr ihrer Ehe hatte sie gute fünfundzwanzig Kilo zugenommen. Die hatte sie jedoch sofort wieder verloren, als sie bemerkt hatte, dass ihr Mann sie ab einem bestimmten Gewicht nicht mehr zu Treffen mit seinen Kollegen einlud, nicht mehr mit ihr in der Öffentlichkeit tanzte und sie auch daheim nicht mehr berührte.

Es war ein einmaliger Fehler gewesen, der sich nie mehr wiederholte. Brent prahlte immer noch damit, wie seine Frau innerhalb eines Monats nach der Geburt die ganzen Baby-Pfunde wieder verloren hatte. Und da JoAnn nicht riskieren wollte, ein zweites Mal zu versagen, war April ein Einzelkind geblieben.

Sie war klein und schmal, als sie geboren wurde, und blieb schlank – bis zur Pubertät. Dann begann die Zahl auf der Waage Woche für Woche nach oben zu klettern. Schließlich nahm ihre Mutter sie zur Seite und erzählte ihr die Geschichte von diesem ersten Ehejahr und den Lehren, die sie daraus gezogen hatte.

«Jungs achten stärker auf diese Dinge, als wir Mädchen glauben, und ich will nicht, dass du davon so überrumpelt wirst wie ich.» JoAnns Hand hatte weich und kühl und sanft auf Aprils roter, feuchter Wange gelegen. «Sweetheart, ich sage das nur, weil ich dich liebe und nicht will, dass man dir wehtut.»

Das war der altbewährte Refrain, jedes Mal wieder.

Ich liebe dich, und ich will nicht, dass man dir wehtut.

Es war zu spät, um nicht verletzt zu werden. Aber zumindest hatte diese Geschichte bestätigt, was April schon lange vermutet hatte. Befürchtet hatte.

Ihr Vater hatte aufgehört, sie zu den Familien-Events der Firma mitzunehmen. Die einzigen Fotos von ihr im Haus stammten aus der Zeit vor ihrer Pubertät. Als ihre Großmutter mütterlicherseits ihn bei der Hochzeit ihres älteren Cousins aufgefordert hatte, mit seiner Tochter zu tanzen, hatte ihr Vater so getan, als hätte er sie nicht gehört.

Er schämte sich, mit ihr gesehen zu werden.

Ja, es tat weh. Sehr sogar. Ja, sie hatte deswegen irgendwann einen Therapeuten aufgesucht.

Aber – ganz ehrlich – der Mann war in so vielerlei Hinsicht ein Arschloch, dass es relativ einfach gewesen war, die Beziehung zu ihm abzubrechen. Sie redeten nicht miteinander. Sie sahen sich nur an Nachmittagen wie diesem, und selbst dann fungierte ihre Mutter als Puffer und Mittlerin zwischen ihnen. Seine Anwesenheit, die Missbilligung, die er aussandte, machten sie immer noch nervös, doch es zerstörte sie nicht mehr, Zeit in seiner Nähe zu verbringen.

Ihre Mutter jedoch verkörperte eine Güte, die untrennbar mit Gift vermischt war. JoAnn sah nicht, wie schädlich dieses Gift war, und sie würde es auch nie erkennen.

Würde April sich von diesem Gift befreien, würde sie höchstwahrscheinlich auch die Güte verlieren.

Sie hatte Marcus erklärt, dass es sein gutes Recht sei, seinen Eltern seinem Glück zuliebe Grenzen zu setzen – und sie musste ihren eigenen Rat befolgen. JoAnns Liebe zu April rechtfertigte nicht das Leid, das sie ihr zugefügt hatte, und Aprils Liebe zu JoAnn konnte ihre Beziehung nicht retten.

Nicht, solange sich die Dinge nicht änderten. Nicht, ehe April etwas sagte und ihre Mutter ihr tatsächlich zuhörte.

Heute würde sie das alles ansprechen. Der Rest lag in den Händen ihrer Mutter.

Löffel für Löffel schöpfte JoAnn fettarme Joghurt-Dill-Sauce auf die Teller. Sie redete immer noch. Und sie war immer noch besorgt, liebevoll und verletzend.

«Hast du mal eine Operation in Betracht gezogen für

dein ... Problem?» Ihre Mutter stolperte jedes Mal über das Wort, als wäre Dicksein etwas Unanständiges. «Es würde die Dinge sicherlich vereinfachen, vor allem mit einem Mann wie Marcus. Und du weißt ja, dass ich mir Sorgen um deine Gesundheit mache.»

Das konnte April kaum vergessen, wenn man bedachte, wie oft ihre Mutter sie daran erinnerte.

«Wenn du willst, könnte ich nach der OP zu dir kommen und dir helfen, damit du dich erholen kannst.» Als ihre Tochter nicht reagierte, versuchte JoAnn es auf andere Weise. «Aber mir ist klar, dass das ein großer Schritt ist. Wenn du noch nicht so weit bist, könntest du stattdessen doch vielleicht mal seine Ernährung und sein Trainingsprogramm ausprobieren. Das könnte dann etwas sein, was ihr gemeinsam habt, so wie bei deinem Vater und mir.»

Als sie älter wurde, hatte April sich andauernd gefragt, was ihre Eltern zusammenhielt. JoAnn: lebhaft, wohlwollend und fröhlich. Brent: selbstsicher, selbstverliebt und rücksichtslos. Sie waren seit fast vierzig Jahren verheiratet und auf eine Art trotzdem immer noch Fremde. Zwei Menschen, die umso weiter voneinander entfernt zu sein schienen, je dichter sie nebeneinanderstanden.

Na ja, jetzt wusste sie, woran es lag: Burpees und magere Proteine hatten die Ehe ihrer Eltern gerettet.

Es wäre sogar irgendwie witzig, wenn nur ihre Mutter nicht jeden Morgen so ängstlich aussehen würde, wenn sie auf die Waage stieg – und jeden Abend, wenn sie auf die Waage stieg, und all die anderen Male, die sie tagsüber außerdem noch auf die Waage stieg.

Nachdem sie aufs College gegangen war, hatte April drei Jahre gebraucht, bis sie sich nicht mehr nach jeder Mahlzeit wog. Weitere zehn Jahre, um die Waage ganz wegzuwerfen.

Ihre Mutter verdrehte aufgeschnittene Zitronenscheiben, um jeden Teller zu garnieren, was bedeutete, dass der

Lunch fast fertig war. Ihnen lief die Zeit davon, und April verließ langsam der Mut.

Sie konnte nicht bis nach dem Essen warten, wie sie es geplant hatte.

Sie musste es jetzt tun.

«Mom.» Sie legte eine Hand auf die ihrer Mutter und stoppte so deren geschickte, perfektionierte Bewegungen. «Ich muss kurz mit dir reden. Unter vier Augen.»

JoAnn runzelte die Stirn. «Wir wollen gleich essen, Sweetheart. Kann das nicht warten?»

«Ich glaube nicht», erwiderte April und schob ihre Mutter in Richtung des Gästezimmers, wo sie für sich sein könnten.

JoAnns Geburtstagslunch war vermutlich nicht der richtige Rahmen hierfür, aber es war ein Gespräch, das von Angesicht zu Angesicht geführt werden musste, und April war sich nicht sicher, wann sie wieder in ihr Elternhaus zurückkehren würde. Sie war sich nicht sicher, *ob* sie zurückkehren würde. Es hing alles davon ab, was als Nächstes passierte.

Nachdem sie jahrzehntelang mit einem Mann wie Brent zusammengelebt hatte, war ihre Mutter äußerst sensibel für mögliche Unzufriedenheit ihr nahestehender Menschen. Sie rang schon jetzt unruhig die Hände und schien halbwegs bereit, in Tränen auszubrechen, was einer der Gründe dafür war, dass sie dieses Gespräch nie geführt hatten. April fühlte sich wie ein Monster, weil sie ihre Mom in diesen Zustand brachte. Sie fühlte sich wie ihr Vater.

«Was ...» Ihre Mutter schreckte zusammen, als die Tür zuschnappte, obwohl April sie so leise wie möglich hinter ihnen geschlossen hatte. «Was ist los, Sweetheart?»

Okay, sie brauchte Marcus nicht.

Am Ende würde sie es sowieso immer allein schaffen müssen.

«Nach dem heutigen Tag will ich Dad nicht mehr sehen. Nie wieder.» Es könnte Brent jeden Augenblick auffallen, dass seine Frau ihn nicht schnell genug bediente, und dann wäre dieses Gespräch vorbei. April hatte keine Zeit für irgendwelche Ausflüchte. «In seiner Nähe zu sein, belastet mich psychisch, und das will ich mir nicht länger antun.»

Ihre Mutter schluckte bei dieser ersten entschlossenen Aussage, ihre Augen wurden glasig und spiegelten Entsetzen wider.

Jahrelang hatte sie sich über die Entfremdung zwischen Vater und Tochter beklagt, April in Telefonaten überredet, ihn zu seinem Geburtstag zu besuchen und ihm Weihnachtsgeschenke zu schicken, bevor sie mit bedeutungsschwangerem Ton flüsterte, er habe sich erkundigt, wie es ihr gehe.

April glaubte ihr kein Wort. Und selbst wenn er sich erkundigt hätte, reichte das – ein flüchtiger Gedanke an ihr allgemeines Wohlergehen – wirklich aus, um zu zeigen, dass ihre Distanziertheit ihm wehtat und er sich mehr Nähe wünschte?

Reichte das aus, um ihn zu einem echten Vater zu machen?

Nein. Nein, das tat es nicht.

Jetzt erklärte April ihre Unabhängigkeit, schloss ihn vollständig aus ihrem Leben aus und machte damit die schlimmsten Befürchtungen ihrer Mutter wahr – und es war furchtbar, so *furchtbar*, diejenige zu sein, die ihr diesen notwendigen Schlag versetzte.

«Sweetheart ...» Mit zitternden Lippen streckte JoAnn die Hand nach April aus. Als ihre Tochter jedoch weitersprach, ließ sie den Arm wieder sinken und verstummte.

«Von jetzt an wird er nicht mehr Teil unserer Beziehung sein.» Ihre Mutter würde jede noch so kleine Unsicherheit ausnutzen, also bot April ihr keine Angriffsfläche. «Wenn du mich nicht ohne ihn besuchen kannst, verstehe ich das. Aber ich werde dich dann auch nicht treffen.»

Letzte Nacht hatte April dieses Gespräch in unterschiedlichen Varianten vorformuliert.

Er liebt mich nicht, wollte sie ihrer Mutter sagen. *Vielleicht sind da auf meiner Seite noch ein paar wenige Gefühle, weil es schwer ist, seinen Vater nicht zu lieben. Ich kann ihn aber definitiv nicht ausstehen. Ich bin fertig mit ihm.*

Doch das hätte ihre Mutter nur dazu gebracht, zu erklären, dass Dad sie *selbstverständlich* liebe, Männer würden es nur anders zeigen, und April müsse das einfach verstehen. Müsse es akzeptieren. Müsse ihre Unsicherheit verleugnen. Müsse das, was sie brauchte, verdrängen, obwohl sich ihre Brust ausgedörrt und leer anfühlte bei der Aussicht, einen Mann zu treffen, der sie bedingungslos lieben sollte, es aber nicht tat.

Er war nicht fähig dazu.

Ihre Mutter hingegen liebte sie. Was den Rest dieses Gesprächs nur noch schwieriger machte.

«Wie unsere Beziehung nach dem heutigen Tag aussehen wird, liegt an dir.» Säure kroch Aprils Kehle hinauf. Bittere Galle. «Nicht nur weil ich dich nicht treffen werde, wenn er dabei ist, sondern weil sich die Dinge zwischen uns ebenfalls ändern müssen. Auch ohne ihn.»

JoAnn weinte jetzt ganz offen, ihre Knie sackten unter ihr weg, sie sank auf die Bettkante, und ihr Rücken krümmte sich, als sie sich zusammenkauerte; und es gab eine Zeit, da hätte April sich selbst das Herz herausgeschnitten, um zu verhindern, dass ihre Mutter so aussah.

In gewisser Hinsicht hatte sie das sogar getan.

Doch damit war jetzt Schluss, auch wenn sie sich wie ein Monster und besudelt dabei fühlte.

«Ich möchte nie wieder mit dir über meinen Körper sprechen.» Egal, wie sehr ihre Stimme zitterte, sie musste ihre

Grenzen deutlich machen. Absolut und unmissverständlich, damit ihre Mutter später nicht behaupten konnte, sie hätte da etwas durcheinandergebracht, sollte sie diese Grenzen jemals wieder überschreiten. «Ich werde nicht mit dir darüber sprechen, was ich esse oder nicht esse. Ich werde nicht darüber sprechen, wie ich trainiere oder nicht trainiere. Ich werde nicht darüber reden, wie ich aussehe oder nicht aussehe. Ich werde nicht über Testergebnisse oder Medikamente sprechen. Mein Gewicht, meine Gesundheit und meine Kleidung sind tabu.»

JoAnns Augen waren jetzt rot gerändert, ihr Mund geöffnet, und sie schüttelte den Kopf in stummer Verwirrung, Verleugnung oder irgendeinem anderen Gefühl, das April in ihrem eigenen Schmerz nicht richtig einordnen konnte.

«Ich weiß, du machst dir Sorgen um mich. Ich weiß, du willst bloß helfen, aber das ändert nichts an dem, was ich dir sage.» Salz stach ihr in den Augen, trübte ihre Sicht, doch sie blinzelte die Tränen weg, blieb stehen und redete weiter. «Bitte glaube mir: Wenn du das nächste Mal meinen Körper erwähnst, beende ich sofort das Gespräch. Ich werde zur Tür hinausgehen oder den Anruf beenden. Wenn du mir das nächste Mal Links zu Artikeln über Diäten oder Sport schickst, werde ich deine Nachrichten blockieren.»

Ausnahmsweise war sie froh, dass ihre Mutter zu schüchtern war, um bestimmt auftretenden Menschen zu widersprechen. Das bedeutete, dass April auch noch den nächsten Teil hervorbringen konnte, bevor das Gewicht ihrer eigenen Liebe sie unter Wasser zog und die Worte ertränkte, die endlich gesagt werden mussten.

«Wenn das nicht reicht, wenn du trotzdem nicht damit aufhören kannst, breche ich jeden Kontakt zu dir ab.» Obwohl ihre Mutter aufkeuchte, obwohl sie selbst weinte, hielt April den Augenkontakt aufrecht, so gut sie konnte. «W-weil du mir wehtust, Mom. Du tust mir weh.»

Ihre Mutter schluchzte laut auf, die Hände an ihren Seiten zu Fäusten geballt. «Ich *liebe* dich.»

Bei diesen Worten musste April ihren Kopf senken. Nachdem sie noch mehr Säure wieder heruntergeschluckt hatte, hob sie ihr Kinn wieder an.

Vielleicht klangen ihre Worte brüchig, doch sie war sich ihrer sicher. Sie waren ehrlich. «Du l-liebst mich, aber du tust mir trotzdem weh. Wenn ich mit dir rede, wenn ich dich sehe, bin ich hinterher jedes Mal fast davon überzeugt, dass, wer und was ich bin, falsch und abstoßend ist und *verbessert* werden muss.»

«Du bist nicht abstoßend», flüsterte JoAnn mit verknittertem, faltigem Gesicht. «Das habe ich nie und nimmer gedacht.»

Die nackte Wahrheit in dieser Erklärung brachte April dazu, nach der Hand ihrer Mutter zu greifen. JoAnns Finger waren schlank und kalt und zittrig. So fragil, dass April sie nicht zu fest drücken konnte, aus Angst, sie zu brechen.

Dennoch musste ihre Mutter es begreifen. «Aber du sorgst dafür, dass ich mich so fühle.»

Alles, was sie sich gestern Nacht in ihrem Kopf überlegt hatte, war sie losgeworden. Alles bis auf den letzten Teil. Und die Stimmen der beiden Männer wurden lauter, kamen näher, also musste sie es jetzt sagen.

«Dad wird niemals verstehen, wie sehr er uns verletzt. Und selbst wenn er es verstehen würde, würde er es nie zugeben.» April schüttelte sanft die Hand ihrer Mutter. «Aber du bist nicht er. Bitte, Mom. Bitte überleg dir, ob du mir weiterhin wehtun willst, jetzt, wo du weißt, dass du es tust.»

Die Tränen ihrer Mutter flossen lautlos, ihre Spuren glitzerten im Sonnenlicht, das durch das Fenster fiel, und der Schmerz grub Falten um ihren blassen Mund.

«Ich wollte doch nur helfen», flüsterte sie.

April drückte einen Kuss auf den Handrücken ihrer Mutter, und die Haut dort fühlte sich papierartiger und dünner an, als sie es in Erinnerung hatte. Sie war ein bisschen sommersprossig, trotz Sonnencreme und fleckenreduzierender Handcremes.

In ihrer Vorstellung war ihre Mutter immer noch jung und strahlend. Wie sie in schmale, figurbetonte Kleider gehüllt und perfekt geschminkt am Arm ihres Mannes zu den Weihnachtsfeiern seiner Firma aufbrach und dem Babysitter noch letzte Anweisungen zurief, bis Brent ungeduldig wurde und sie aus der Tür zerrte.

Aber sie war nicht mehr jung. April eigentlich auch nicht.

Ihnen lief die Zeit davon, um das hier in Ordnung zu bringen. Um das *zwischen ihnen* in Ordnung zu bringen.

Der einzige Weg nach vorn war Ehrlichkeit. «Aber es hilft nicht, Mom. Es tut nur weh.»

Dann öffnete sich die Tür des Gästezimmers, und das freundliche Mann-zu-Mann-Gelächter von Marcus und ihrem Vater verstummte abrupt.

Brent runzelte die Stirn, trat aber nicht näher an seine Frau heran. «JoAnn? Was ...»

«Ich glaube, wir sollten besser gehen», sagte April. Und plötzlich war Marcus neben ihr, seine Hand ruhte warm und stark auf ihrer Schulter. Instinktiv wich sie vor der Berührung zurück. «Es tut mir leid, dass ich den Lunch ausfallen lassen muss, Mom. Dein Geschenk habe ich ins Arbeitszimmer gelegt.»

Aus dem Augenwinkel konnte sie erkennen, wie Marcus zu ihr herunterstarrte, die Augenbrauen zusammengezogen, seine Hand hing in der Luft wie eingefroren, aber er war ihr jetzt egal. Ihre Mutter saß immer noch auf diesem Bett. Immer noch zusammengekauert, mit eingezogenen Schultern, die zitterten, während sie leise weinte, um mit ihrem Schmerz niemanden in Verlegenheit zu bringen.

April beugte sich hinunter und küsste ihre Mutter auf den Scheitel. Sie atmete ihren pudrigen Blumenduft ein, vielleicht zum letzten Mal.

«Wenn du Zeit zum Nachdenken hattest, ruf mich an.» Sie benetzte das Haar ihrer Mutter mit Tränen, also hob sie ihren Kopf, nachdem sie ein letztes Mal eingeatmet hatte. «Ich hab dich lieb, Mom.»

Während ihr Vater lautstark protestierte und eine Erklärung verlangte, ihre Mutter weinte und Marcus schweigend hinter ihr herlief, griff sich April ihre Handtasche und verließ das Haus ihrer Eltern.

Ihre Sicht mochte verschwommen sein, aber ihr Rücken war gerade.

Und das war auch gut so. Dieser grauenhafte Tag war noch nicht vorbei. Sobald sie fünf Minuten unterwegs waren, würde sie Marcus bitten, anzuhalten.

Ihre Mutter war nicht die einzige Person, die ihr heute wehgetan hatte.

Und sie wollte nicht zulassen, dass das noch einmal passierte.

Rating: Mature

Fandoms: Gods of the Gates – E. Wade, Gods of the Gates (TV)

Beziehung: Aeneas/Lavinia

Zusätzliche Tags: Alternate Universe – Modern, Angst und Fluff, Smut, Arrangierte Ehe, Lavinia hat Probleme mit ihrem Körperbild, Aus offensichtlichen Gründen

Statistik: Wörter: 1893; Kapitel: 1/1; Kommentare: 47; Kudos: 276; Lesezeichen: 19

UNBERÜHRBAR
Unapologetic Lavinia Stan

Zusammenfassung:
Lavinia weiß genau, warum ihr Mann sie nicht berührt, nicht küsst, nicht mit ihr schläft. Möglicherweise sind einige ihrer Vermutungen aber unzutreffend. Und das will Aeneas richtigstellen.

Bemerkung:
Vielen Dank an meinen fabelhaften Betaleser Book!Aeneas WouldNever! Er hat mir geholfen, mehr emotionale Tiefe in meine Fics zu bringen, und welche Tiefe auch immer diese Geschichte hat, sie muss ihm angerechnet werden.

Nachts erstickte sie fast an der Ironie des Ganzen. Irgendwie hatte es ihr Eheleben so viel schwieriger, so viel schmerzhafter gemacht, dass sie nun einen gut aussehenden Ehemann hatte, den sie inzwischen liebte, als wenn sie stattdessen einfach Turnus geheiratet hätte. Turnus, der ihr Verlobter ge-

wesen war, bevor das Schicksal – und elterliches Eingreifen – die Verlobung gelöst hatten. Turnus, mit seinen braunen Locken und der drahtigen Stärke, mit seinem Wutgeheul und seinem gerechten Zorn.
Turnus, der sie im Dunkeln in sein Bett geholt und sie von hinten genommen hätte, wann immer es möglich war, und der es vermieden hätte, ihr ins Gesicht zu sehen, so wie er es schon immer getan hatte, solange er sie kannte.
Aber wenigstens hätte er sie mit in sein Bett genommen. Im Gegensatz zu ihrem jetzigen Ehemann.
Ihr Ehemann, der golden im Sonnenlicht glänzte. Ihr Ehemann mit den geschmeidigen Muskeln und den perfekt geschliffenen Gesichtszügen. Ihr Ehemann, der höflich, aufmerksam und so unerreichbar fern war wie der Mond über ihren Köpfen.
Aeneas reichte offensichtlich keine noch so tiefe Dunkelheit, um zu verhüllen, wen er geheiratet hatte und wen er vögeln musste. Für ihn war sie nicht einfach nur hässlich und unbeholfen und alles andere, was ihr Vater ihr je an den Kopf geworfen hatte. Sie war unberührbar. So hässlich, dass er sie nicht einmal flüchtig mit der Fingerspitze anfassen mochte.
Das hätte sie für immer so glauben können, bis sie sich eines Abends betrank. Heftig betrank. Zum ersten Mal überhaupt. Auf Didos Junggesellinnenabschied, wo sie ihren bescheuerten Neid darüber ertränkte, wie Aeneas' Ex – jetzt Lavinias treue Freundin – es geschafft hatte, über den Mann hinwegzukommen und weiterzuziehen, wie Lavinia es als seine Ehefrau niemals könnte.
Als sie mit dem Taxi nach Hause kam, erwartete er sie am Ende der Einfahrt, denn Dido hatte ihn per SMS vorgewarnt. Als sie taumelte, zog er sie an seine Seite und stützte sie, einen starken Arm um ihre Schultern geschlungen.
Sie sah benommen zu ihm auf und lallte: «Musst mich nicht anfassen. Ich weiß, dass du es nicht willst. *Das* hast du deut-

lich genug gemacht.» Daraufhin blieb er auf dem Gehweg stehen und runzelte verwirrt die Stirn, während er sie immer noch festhielt.

Als sie dann die schreckliche, demütigende Wahrheit wiederholte, starrte er sie mit Augen an, die wie die Sterne am Himmel leuchteten, und rückte mit seiner eigenen Wahrheit heraus.

«Ich will dich seit Monaten jeden Tag und jede Minute berühren», sagte er. «Wovon zum Teufel *redest* du eigentlich?»

24

APRIL HATTE SEINEN Versuch, sie zu trösten, im Gästezimmer ihrer Eltern abgewehrt, und Marcus versuchte es nicht noch einmal. Stattdessen nahm er stillschweigend ihre Schlüssel entgegen, reichte ihr die Taschentuchbox und eine Flasche Wasser, stellte das Navi auf die Adresse ihrer Wohnung ein und fuhr los, um sie nach Hause zu bringen.

Sie wollte nicht, dass er sie berührte. Das war ihr gutes Recht, und zweifellos hatte sie einen guten Grund, ihn auf Distanz zu halten. Er verstand nur nicht, was dieser Grund war. Sie erlaubte ihm zwar keinen Körperkontakt, aber er konnte ihr trotzdem verstohlene Blicke zuwerfen, während er fuhr. An Stoppschildern und roten Ampeln und wenn er hinter jemandem warten musste, der links abbiegen wollte.

Mit flüchtigen Blicken suchte er ihr tränenverschmiertes Gesicht ab, forschte nach einem Hinweis darauf, was er falsch gemacht hatte, und fand ... nichts. Gar nichts.

Ihr Gesicht war wie gesprenkelter Stein. Undurchdringlich.

Seine Verwirrung und Angst schwollen von Minute zu Minute weiter an und füllten seinen Schädel, bis er sich fragte, warum seine Ohren von dem Druck nicht platzten.

Ohne Vorwarnung deutete sie nach rechts. «Fahr hier ab.» Sie erreichten einen kleinen Park nicht weit von der Autobahn, und er bog gehorsam auf den Parkplatz ein. «Such bitte einen Platz, wo sonst niemand in der Nähe ist.»

Die hinterste Ecke des Parkplatzes bot am meisten Privatsphäre, und er wählte den letzten Platz am äußersten Ende. Innerhalb weniger Augenblicke hatte er das Auto geparkt, und das Brummen des Motors verstummte, doch er hielt seine Hände fest um das Lenkrad geklammert. Weil er nervös war und weil er sie von ihr fernhalten musste, bis sie bereit war, wieder berührt zu werden.

Er betrachtete ihr tränenfleckiges Gesicht und die zusammengeknüllten Taschentücher in ihrem Schoß. Sein Kiefer schmerzte vor Anspannung, sein Bedürfnis, ihr Trost zu spenden, war überwältigend, aber er durfte nicht.

Sie sagte nichts. Kein einziges Wort.

«April ...», sagte er schließlich, ihr Name ein heiseres Flehen. «Ich weiß nicht, was mit deiner Mutter passiert ist, und ich habe keine Ahnung, was für einen Fehler ich gemacht habe, aber offensichtlich habe ich das. Und das tut mir leid.»

Er hatte gedacht, er hätte es verstanden. Ihr Vater war ein Arschloch, und in seiner Gesellschaft zu sein, regte sie auf. Marcus hatte sich daher als menschliche Barrikade angeboten, damit sie Zeit mit ihrer Mutter verbringen und den Besuch zu Hause unversehrt überstehen konnte. So einfach sollte das sein.

Nur war sie stattdessen sinnbildlich blutüberströmt dort herausgekommen – und o Gott. O Gott. Offensichtlich hatte er ihr überhaupt nicht geholfen. Soweit er es beurteilen konnte, hatte er sie stattdessen im Stich gelassen.

Seine Haut kribbelte vor Scham, weil er sie versehentlich in ihrer Not allein gelassen hatte. Es war das absolut schlimmste Gefühl. Das *allerschlimmste*.

Hatte er einfach nicht gut genug zugehört? Oder hatte sie ihm weniger erzählt, als ihm bewusst war, weniger, als er hätte wissen müssen, um sie zu unterstützen und zu beschützen? Und wenn ja, wie hatte er so eklatante Auslassungen übersehen können?

Nach weiteren quälenden Minuten des Schweigens antwortete sie schließlich auf seine Entschuldigung, und ihre Worte waren unverblümt und abrupt und erschreckend laut in der abgeschiedenen Stille des Wagens.

«Mein Vater verachtet dicke Menschen. Mich eingeschlossen. Meine Mutter will mich vor dem Urteil von Leuten wie ihm bewahren, also erteilt sie mir ständig Ratschläge zu meinem Körper.» Sie presste ihre zitternden Lippen aufeinander. «Ich habe ihr heute gesagt, dass ich sie nicht mehr besuchen werde, wenn es die beiden nur im Paket gibt, denn ich habe nicht das Bedürfnis, ihn jemals wiederzusehen. Dann habe ich gesagt, dass ich den Kontakt zu ihr ganz abbreche, wenn sie nicht aufhört, über meinen Körper zu reden.»

Da war ein metallischer Geschmack in seinem Mund. Er musste sich irgendwo blutig gebissen haben, an der Lippe, der Wange oder der Zunge, und es fühlte sich richtig an. Es *sollte* Blut vergossen werden als Antwort darauf, was sie ihm gerade erzählt hatte.

Dieser Mistkerl.

Es gab Arschlöcher, und dann gab es ...

Marcus wusste nicht einmal, was die geeignete Bezeichnung für ihren Vater war.

Selbst jetzt – von Tränen gezeichnet, ihre Wangen fleckig von all dem Leid – strahlte April im Sonnenlicht, das durch das Fenster schien. Dass ihr Vater ihre Schönheit und ihren Wert nicht erkannte, dass er sich von der Tochter abwandte, die sein größter Stolz hätte sein sollen, konnte Marcus absolut nicht verstehen.

Und ihre Mutter. Ihre *Mutter*.

In gewisser Weise war das fast noch schlimmer, oder? Am Ende konnte sie die Ablehnung durch den boshaften Drecksack von einem Vater vielleicht sogar leichter abschütteln als die unbeabsichtigten Kränkungen durch ihre Mutter.

Brent war nicht einen Moment von Aprils Zeit oder eine einzige ihrer Tränen wert. JoAnn hingegen ...

JoAnn wollte ihre Tochter beschützen. JoAnn hatte die besten Absichten. JoAnn liebte ihre Tochter aufrichtig, aber sie verletzte sie trotzdem. Immer wieder und wieder.

Der Gedanke, dass April so aufgewachsen war, bestürzte ihn.

Fuck, er wollte sie in den Arm nehmen. Er *musste* sie im Arm halten. Er versuchte, die richtigen Worte zu finden, aber er umklammerte nur das Lenkrad so fest, dass er überrascht war, dass er das Leder nicht abriss.

Doch als er den Mund öffnete, hielt sie eine Hand hoch. «Bitte lass mich das noch loswerden.»

Noch mehr Kupfergeschmack floss über seine Zunge, doch er nickte.

«Ich wollte, dass du heute an meiner Seite bist und meine Hand hältst. Um ihnen zu zeigen, dass ich mein Aussehen nicht ändern muss, um eine glückliche Beziehung zu haben, und um mir Rückhalt zu geben bei dem schwierigen Gespräch mit meiner Mom.» Sie rieb sich die blutunterlaufenen Augen und seufzte. «Ich habe wirklich meinen Freund gebraucht und nicht die öffentliche Version von dir. Aber ich habe dir nichts davon erzählt, also musst du dich nicht entschuldigen. Es ist in Ordnung.»

Inmitten all der Aufregung dieses Nachmittags war ihre fast sofortige Vergebung eine Wendung, die er nicht erwartet hatte, und er war auch nicht sicher, ob er sie tatsächlich verdiente. Vielleicht hatte sie vor ihrem Besuch nicht genug preisgegeben, doch er hätte sie fragen sollen, was sie von ihm brauchte, und keine Mutmaßungen anstellen.

Sein Versagen bereitete Marcus Bauchschmerzen, aber hier ging es nicht um ihn. Nicht wirklich im Kern. Das musste er sich immer wieder in Erinnerung rufen.

Er sagte nichts, bis sie ihm wieder in die Augen sah.

Seine Hand war nur noch wenige Zentimeter von ihrer entfernt, aber er verringerte den Abstand nicht. «Darf ich?»

Als sie nickte, atmete Marcus langsam aus, verschränkte ihre Finger ineinander und legte ihre Hände dann zusammen auf seinen Oberschenkel. Mit seiner freien Hand wischte er eine verirrte Träne von ihrem Kinn und bemühte sich, mit der Daumenkuppe nur sacht über ihre salzbefleckte Haut zu streichen.

Sie zuckte nicht zurück oder wich ihm nicht aus. Gott sei Dank.

Seine beginnende Übelkeit ließ nach, als die Furcht – seine Angst, dass dieser Nachmittag ihre Beziehung beenden würde, dass sie ihm niemals verzeihen würde – sich mit jedem Streicheln seines Daumens verflüchtigte.

«April ...» Er senkte den Kopf, hob ihre verschränkten Hände an seine Wange und rieb sie daran. Küsste ihre Fingerknöchel. «Du hast erzählt, dass dein Vater und du Probleme habt, und du hast so besorgt gewirkt wegen des Besuchs. Also war mein Ziel für heute, ihn, so gut es geht, von dir fernzuhalten. Und da du erwähnt hast, dass es ihm hauptsächlich um Äußerlichkeiten geht, dachte ich mir, der beste Weg, das zu erreichen, wäre ...»

«Nicht du selbst zu sein.» Shit, sie sah müde aus. Er hoffte, sie würde ihn auch den Rest des Weges nach Berkeley fahren lassen. «Ich verstehe. Na ja, jetzt jedenfalls.»

Er würde es wiedergutmachen. Wenn sie ihre Mutter wiedersah – *falls* sie ihre Mutter wiedersah –, würde er alles tun, was sie wollte. Er würde alles sein, was sie brauchte.

Und in der Zwischenzeit würde er ihr so viel Liebe geben, wie er nur konnte.

Marcus würde ihr Liebe schenken, weil sie es verdiente und weil er gar nicht anders konnte. Er war so heillos verschossen in sie, dass seine Anbetung aus ihm heraussprudelte wie Wasser aus einem Brunnen oder Blut aus einer

Wunde. Er stieß mit jedem Atemzug Liebe aus. Bei jedem Schritt schwebte sie über ihm, so hell wie Glühwürmchen in der dunklen Nacht.

Vor allem aber würde er ihr Liebe schenken, weil er sich im Gegenzug ihre Liebe verdienen wollte.

Dafür musste er absolut sichergehen, dass sie verstand, weshalb er sie enttäuscht hatte und wie sehr er es bereute.

«Schon nach den ersten zwei Sätzen konnte ich erkennen, dass dein Vater ein Blödmann ist. Was ich bereits vermutet hatte, da ihr ja zerstritten seid, aber es war nicht schwer zu bemerken, woran es liegt.» Marcus seufzte. «Deine Mutter wiederum schien dir gegenüber aufrichtig liebevoll zu sein. Also dachte ich, es wäre sicher, euch beide allein zu lassen, während ich ihn von euch ferngehalten habe. Es tut mir so leid.»

Aprils Hände waren eiskalt, und er rieb sie, um ihr seine Wärme zu schenken.

Sie sah ihm zu, und die Erschöpfung war ihr deutlich anzumerken, wie sie in sich zusammengesackt dasaß mit den dunklen Ringen unter ihren Augen. «Sie ist auch wirklich liebevoll. Das ist nicht das Problem.»

«Das weiß ich jetzt. Es tut mir leid», wiederholte er mit rauer Stimme. «Wenn ich geahnt hätte, dass sie dich so unter Druck setzt, hätte ich dich nie im Stich gelassen.»

«Du brauchst dich nicht zu entschuldigen.» Ihr Kiefer knackte, als sie gähnte. «Du wusstest es nicht. Und ich habe es dir nicht gesagt.»

Als sie sich schlaff gegen ihren Sitz sinken ließ, begann sie zu zittern, obwohl es im Auto nicht wirklich kalt war. Zum Teufel mit den Emissionen, er ließ unverzüglich den Motor an, stellte den Temperaturregler so warm wie möglich ein und schaltete auch die Sitzheizung auf die heißeste Stufe.

Sie protestierte nicht.

Er nahm ihr Gesicht in seine Hände. «April, ich schwöre, ich bin nicht wie dein Vater. Ganz allgemein, weil er ein Arschloch ist, aber auch ...»

Als er abbrach und unbehaglich herumrutschte, führte sie den Gedanken weiter.

«Es ist dir egal, dass ich dick bin.» Sie schmiegte ihre Wange gegen seine Handfläche und schloss wieder die Augen. «Was ich von Anfang an hätte wissen müssen, so wie wir uns kennengelernt haben.»

Auf dem Lavineas-Server? Was hatte das mit ihrem Gewicht zu tun?

«So wie wir uns ...» Er hielt inne. «Auf Twitter. Ja, genau, so wie wir uns kennengelernt haben.»

Verdammt, beinahe wäre es ihm rausgerutscht. Fast hätte er verraten, wie lange sie sich tatsächlich schon kannten. Herrgott. Als ob es an diesem Nachmittag irgendwie noch mehr Drama und Konflikte brauchte.

Er strich mit den Lippen über ihre Stirn, dann über ihre Nase, bevor er ihr einen kurzen, sanften Kuss auf den Mund gab. «Ich liebe deinen Körper genau so, wie er ist, April.»

«Das glaube ich dir.» Ihr mattes Lächeln erleichterte sein schweres Herz. «Selbst ein Schauspieler mit deinem Talent könnte nicht spielen, wie du mich ansiehst. Vor allem, wenn wir uns lieben.»

Lusterfüllt und liebestrunken und sprachlos. So fühlte er sich, wenn sie miteinander schliefen, und so sah er wahrscheinlich auch aus.

Aprils Körper war perfekt, genau so, wie er war. Scheiß auf Brent Whittier.

«Ich hatte keine Ahnung, dass das der Kern des Konflikts mit deinem Vater war.» Nachdem er ihr ein letztes Mal zärtlich das Haar aus der Stirn gestrichen hatte, glitt er wieder zurück in seinen Sitz und legte den Gang ein. «Ich wusste, dass das bei manchen deiner Dates ein Problem war, aber nicht bei ihm. Es tut mir wirklich leid.»

Zuerst antwortete sie nicht. Sie lehnte den Kopf zurück und schloss die Augen. Er vermutete, dass sie, erschöpft von der ganzen Aufregung, innerhalb von dreißig Sekunden einschlafen würde.

Doch als sie fast von dem Parkplatz herunter waren, schien sie seine Worte schließlich zu erfassen.

Sie schlug die Augen auf und legte eine Hand auf seinen Arm, um ihn daran zu hindern, auf die Straße zu fahren. Er bremste, dann drehte er sich wieder zu ihr um.

«Was ist los?»

War ihr immer noch zu kalt? Wollte sie aus dem Auto aussteigen, damit sie sich zusammen auf eine der sonnenbeschienenen Bänke im Park setzen konnten?

«Marcus ...» Sie zog die Stirn kraus. «Woher weißt du, dass ich bei Verabredungen schon mal Fatshaming erlebt habe?»

Er schluckte hart, und das Geräusch schien in seinen Ohren widerzuhallen.

Fuck. Oh, *fuck*.

Einige ihrer Ex-Freunde hatten sich wegen ihres Körpers wie Arschlöcher verhalten, allerdings hatte sie ihm das nie erzählt. Zumindest hatte sie es *Marcus* nie erzählt.

Nur ein einziges Mal hatte sie ihm gegenüber das Thema «Dates mit Trotteln» zur Sprache gebracht. Nämlich als sie auf dem Lavineas-Server einen Post über Fatshaming verfasst hatte. Er hatte den Beitrag gelesen und geantwortet – als BAWN.

Er öffnete seinen Mund. Schloss ihn wieder.

Er stand vor der Wahl. Er könnte lügen. Er könnte sagen, dass er die Existenz von fürchterlichen Ex-Freunden aus dem ganzen Fitnessstudio-und-Buffet-Missverständnis von vor ein paar Monaten hergeleitet hatte.

Oder er könnte reinen Tisch machen. Endlich könnte er aufhören, die Wahrheit vor ihr zu verbergen.

Er wusste, wie sich ein guter Mann – und ein guter Partner – entscheiden würde. Aber er wusste auch etwas anderes mit einer Gewissheit, die ihm Übelkeit verursachte.

Hätte er ihr aus vollkommen freien Stücken die Wahrheit gesagt, hätte er vielleicht eine Chance gehabt, die Dinge zu retten. Dass er die Wahrheit erst zugab, nachdem er ertappt worden war – das war der Teil, den sie ihm nicht würde verzeihen können.

April, die sich nur für die Wahrheit hinter all den hübschen Lügen interessierte, würde ihm nie wieder vertrauen, und er konnte es ihr nicht einmal verübeln. Das tat er auch nicht.

Aber er musste es ihr trotzdem erklären. Er musste es versuchen, denn er liebte sie, und sie verdiente die Wahrheit. Ganz gleich, ob sie ihn noch lieben würde, nachdem er es ihr offenbart hatte. Ganz gleich, ob sie ihn überhaupt jemals geliebt hatte.

«Marcus?» Sie klang nicht mehr schläfrig. Nicht im Geringsten.

Er ließ sein Kinn auf die Brust sinken, versuchte, die Säure in seiner Kehle zu ignorieren, und atmete flach durch den Mund. Wenn seine plötzliche Übelkeit noch schlimmer wurde, würde er die Autotür öffnen müssen, um ihre Sitzpolster zu retten.

Ohne ein Wort zu sagen, fuhr er rückwärts, weiter, weiter, weiter, bis sie die leere Ecke des Parkplatzes wieder erreicht hatten.

Mit jedem Zentimeter, den er zurücksetzte, richtete sich April höher in ihrem Sitz auf. Sie wurde wachsamer, und ihr Blick war so scharf wie eine Klinge an seiner Kehle.

Dann parkte er ein, und ihm blieb fast keine Zeit mehr.

Ein letzter Blick, solange sie ihm noch vertraute. Ein letztes Streicheln ihrer Wange. Ein letzter Moment der Hoffnung, dass sie vielleicht – trotz allem, was er über sie wusste – seine aufrichtige Entschuldigung akzeptieren würde und sie die Beziehung weiterführen könnten.

Ihre Haut war eisig. Genauso wie seine jetzt auch.

«Ich bin Book!AeneasWouldNever», sagte er.

LAVINEAS SERVER,
Privatnachrichten, vor sechs Monaten

Unapologetic Lavinia Stan: Ich fühle mich mies. Also irgendwie. Und irgendwie auch nicht.

Book!AeneasWouldNever: ???

Unapologetic Lavinia Stan: Ich war gerade ein bisschen schnippisch zu AeneasFan83 in ihrem Thread über die «historische Ungenauigkeit» der Serie, weil sie Rollen mit nichtweißen Schauspielern besetzt haben. Aber ganz ehrlich, BAWN, glaubt sie wirklich, PoC waren eine Erfindung der viktorianischen Ära?

Book!AeneasWouldNever: Ich schau mir den Thread gleich mal an, aber ich vertraue darauf, dass sie es verdient hat, wenn du schnippisch warst. Vor allem, da ihre Sichtweise totaler Schwachsinn ist.

Unapologetic Lavinia Stan: DANKE!

Book!AeneasWouldNever: Ich bin hier, um deine schnippische Ehre zu verteidigen, wann immer es nötig ist.

Unapologetic Lavinia Stan: Fairerweise muss ich gestehen, ich war schon vor der ganzen PoC-dürfte-es-in-Europa-gar-nicht-gegeben-haben-obwohl-Unmengen-an-zeitgenössischen-Beweisen-existieren-dass-es-verdammt-nochmal-doch-so-war-Konversation sauer, und das habe ich wahrscheinlich an ihr ausgelassen.

Unapologetic Lavinia Stan: Und nur um das klarzustellen, selbst wenn es damals keine People of Color in Europa gab (UND ES GAB SIE), in unserer Serie kommt ein verdammter PEGASUS vor, also halt die Klappe und lass uns mit deiner rassistischen Ansicht zur historischen Genauigkeit in Ruhe, Lady.

Book!AeneasWouldNever: Ein weiterer exzellenter Punkt.

Book!AeneasWouldNever: Was hat dich eigentlich so sauer gemacht, ehe du dir den Thread angeschaut hast.

Unapologetic Lavinia Stan: Das ist irgendwie eine lange Geschichte.

Book!AeneasWouldNever: Du musst es mir nicht erzählen. Ignorier die Frage einfach.

Unapologetic Lavinia Stan: Nein, ist schon okay.

Unapologetic Lavinia Stan: Ohne allzu sehr ins Detail zu gehen: Ich habe mich mit einer Freundin zum Abendessen getroffen, und sie hat mich enttäuscht.

Unapologetic Lavinia Stan: Ich hatte gedacht, dass sie mich so akzeptiert, wie ich bin, aber

Unapologetic Lavinia Stan: Sie will mich verändern. Mich optimieren.

Book!AeneasWouldNever: WTF?

Unapologetic Lavinia Stan: Sie musste es ansprechen, BAWN. Weil sie sich SORGEN macht.

Book!AeneasWouldNever: Ich bin mir sicher, dass du das längst weißt, aber: Du musst dich nicht ändern. Du bist perfekt, so wie du bist.

Book!AeneasWouldNever: Tut mir leid, das hat dich bestimmt verletzt.

Book!AeneasWouldNever: Ich habe nicht sehr viele Freunde – drei vielleicht? Und das sind alles Arbeitskollegen. Aber das würden sie mir nie antun. Du verdienst etwas Besseres.

Unapologetic Lavinia Stan: Wenn man bedenkt, wie liebenswürdig und witzig du bist, wundert es mich, dass du nicht einen riesigen Kreis enger, treuer Freunde hast. Aber Qualität vor Quantität, oder?

Book!AeneasWouldNever: Ehrlich gesagt, bin ich manchmal immer noch überrascht, dass ich überhaupt Freunde habe. Als Kind hatte ich keine.

Unapologetic Lavinia Stan: Kind zu sein ist manchmal scheiße.

Book!AeneasWouldNever: Stimmt. Aber wie auch immer, ich bin ewig dankbar für die Freunde, die ich habe. Und du gehörst definitiv dazu, Ulsie.

Unapologetic Lavinia Stan: Geht mir genauso.

Unapologetic Lavinia Stan: Danke, dass du mir zuhörst, wie immer.

Book!AeneasWouldNever: Jederzeit.

Unapologetic Lavinia Stan: Ich lasse nicht viele Leute an mich heran, denn es tut ziemlich weh, wenn man dann enttäuscht wird.

Book!AeneasWouldNever: Traurigerweise bin ich Experte darin, andere zu enttäuschen.

Unapologetic Lavinia Stan: Na ja, mich hast du noch nie enttäuscht.

25

APRIL WEINTE SCHON wieder. Vor Schmerz, aber auch vor Wut.

So viel gottverdammter Wut.

Marcus war Book!AeneasWouldNever. Es gab eine Zeit, da wäre es ihr sehnlichster Wunsch gewesen, dass die beiden wichtigsten Männer in ihrem Leben irgendwie verschmelzen würden. Dass sie sich nicht zwischen ihnen entscheiden müsste. Aber jetzt ... aber jetzt ...

Die ganze Zeit. Die ganze Zeit hatte er so getan, als hätten sie sich als Fremde in einem Restaurant kennengelernt. Die ganze Zeit hatte er sie verdammt noch mal *angelogen*.

«April, es tut mir so leid. Bitte verzeih mir.» Als Marcus wieder zaghaft die Hand nach ihr ausstreckte, um ihre Tränen zu trocknen, schlug sie seine Finger weg.

«Warum?» Diese zwei kurzen Silben drangen halb erstickt von dem Verrat über ihre Lippen, sodass sie sich selbst kaum verstehen konnte. «Warum hast du nichts gesagt?»

Er fuhr sich mit einer Hand durchs Haar und zog so fest daran, dass er sich einige Strähnen herausgerissen haben musste. «Ich wollte es, April. Verdammt, ich hätte alles getan, damit du es weißt.»

Gott, was für ein Bullshit. Für wie naiv hielt er sie eigentlich?

«Klar, alles.» Sie lachte, und es war ein furchtbar kratziges Geräusch. «Alles, außer es mir *zu erzählen*.»

Bloß ein kleiner Versprecher seinerseits. So leicht abzutun oder wegzuerklären, wenn er nicht ausgerechnet über ein Thema gestolpert wäre, bei der es für sie keine Zweifel oder Unsicherheiten gab.

Sie hatte schon vor Monaten beschlossen, Marcus gegenüber nicht zu erwähnen, dass sie bei Verabredungen Fatshaming hatte erdulden müssen. Sie hatte es absichtlich und sehr bewusst ausgespart, um ihren Stolz zu wahren. Sie hatte sich gesagt, dass jener Teil ihrer Vergangenheit keine Rolle spielte, nicht wenn er ihren Körper genau so liebte, wie er war.

Hätte er es ihr jemals erzählt, wenn sie diesen verräterischen kleinen Ausrutscher nicht bemerkt hätte? Und wie lange genau hatte er die Wahrheit schon gewusst?

«Wusstest du, wer ich bin, als du mich auf Twitter um ein Date gebeten hast?» Ihr Ton war jetzt schärfer geworden und kälter, während ihre Tränen versiegten.

Er schüttelte verzweifelt den Kopf. «Ich hatte keinen Schimmer, wer du bist. Ich schwöre es. Nicht, bis du es mir beim Essen erzählt hast.»

Dieser leere, überraschte Blick, als sie ihren Fanfic-Namen genannt hatte. Diese anfänglichen bohrenden Fragen über Marcus – über *ihn selbst* und was sie für ihn empfand – auf dem Lavineas-Server. All die Gespräche, in denen er so getan hatte, als wüsste er so gut wie gar nichts über Fanfiction.

«Du hast das seit unserem ersten Date für dich behalten», flüsterte sie. «Seit unserem verdammten ersten Date.»

Er griff sich in den Nacken und knetete energisch seine Muskeln. «April, du musst doch verstehen ...»

«Oh, wie wunderbar.» Diese Stimme, durchtränkt von Sarkasmus und Verachtung, hatte sie ihm gegenüber noch nie benutzt. Nicht ein einziges Mal. Es ließ ihn zusammenzucken, und das erfüllte sie mit wilder Genugtuung. «*Oh bitte*, ja, erklär mir, was ich verstehen muss. Ich kann es kaum erwarten, es zu erfahren.»

«Falls irgendjemand davon erfährt, dass ich als Reaktion auf die Serie Fix-it-Fics schreibe, falls jemand herausfindet, was ich über die Drehbücher auf dem Lavineas-Server gesagt habe ...» Er klang so aufrichtig, jedes Wort ein herzzerreißender Appell. Er war eben ein verflucht guter Schauspieler, wie immer. «Ich hätte die Rolle des Aeneas verlieren können. Ich könnte verklagt werden. Und niemand würde einen Typen besetzen, der ...»

Genug. Sie brauchte keine Belehrung darüber, wie schwerwiegend die Folgen hätten sein können oder noch werden könnten. Natürlich wären seine Showrunner unglücklich darüber. Vielleicht auch seine Kollegen. Aber er hatte *sie* angelogen, und sie wollte sich nicht vom Thema ablenken lassen.

Sie hielt ihre Hand hoch, die kein bisschen zitterte. «Ich hab's kapiert, Marcus!»

«Ich glaube nicht, dass du das tust.» Marcus' Lippen wurden schmal, nur für einen Moment. Ein Anflug von Wut, obwohl Marcus nie wütend auf sie war – zumindest nicht, bis er bei einer Lüge ertappt wurde. «Nicht wirklich.»

Sie überging auch dieses Ablenkungsmanöver und kam zum wichtigsten und verletzendsten Teil dieser absoluten Scheißshow. «Ich verstehe sogar, was das eigentliche Problem ist.»

«Das *eigentliche* Problem?» Es war beinah ein Knurren.

«Du vertraust mir nicht.» Sie lehnte sich in ihrem Autositz zurück und lachte erneut, und das Geräusch war genauso schrecklich und scharf wie zuvor. «Wir waren über zwei Jahre online befreundet, und du lebst seit Monaten mit mir zusammen – und *du vertraust mir nicht.*»

April war sich seiner so sicher gewesen. Sie war sich ihrer beider so sicher gewesen.

Und von Anfang an hatte sie eine Beziehung auf Treibsand aufgebaut.

Die Wut war aus seinem Gesicht verschwunden, und das verzweifelte Kopfschütteln musste ihm im Nacken wehtun. «Nein, April. *Nein.* Das ist nicht ...»

Sie biss sich auf die Lippe, und ihre kalte, stoische Fassade bekam Risse. «Ich h-hätte niemals jemandem davon erzählt. Keiner Menschenseele. Nicht meinen Kollegen. Nicht unseren Freunden auf dem Lavineas-Server. Nicht meiner Mutter. *Niemandem.*»

Das war die verdammte Wahrheit, und April hoffte, dass er das erkannte.

«Das weiß ich!» Marcus warf die Hände in die Luft, und seine Stimme brach. «Glaubst du wirklich, das *wüsste* ich nicht?»

Die Luft schien gleichzeitig zu dünn und zu dick zum Atmen zu sein, und sie wollte die Autotür aufreißen und weglaufen. Stattdessen blieb sie sitzen und sah ihm direkt in die Augen.

«Na klar. Aber natürlich.» Ihre Lippe, die jetzt zerbissen und wund war, brannte, als sie ihm ein kleines böses Lächeln schenkte. «Da gibt es nur ein Problem: Wenn du *das gewusst* hast, wenn du *mir vertraut* hast, dann hättest du *etwas gesagt.*»

Marcus packte den Sicherheitsgurt, als ob dieser ihn erwürgen würde, dann drückte er kräftig in das Gurtschloss, um die Vorrichtung zu lösen. Es schien jedoch nicht zu helfen, denn sein Brustkorb hob sich weiter mit mühsamen Atemzügen.

«Ich hatte Angst.» Die Aussage war roh, unverblümt und ungeschönt genug, dass ihr trauriges Grinsen trotz aller Bemühungen verblasste. «Als wir uns das erste Mal persönlich getroffen haben, war ich vorsichtig, etwas preiszugeben, das zu schwere Konsequenzen haben könnte, und ich denke, das ist nachvollziehbar, auch wenn du mir da vielleicht nicht zustimmst. Dann war ich mir sicher, dass ich dir vertrauen kann, aber ich habe nicht ...»

Marcus biss frustriert die Zähne zusammen und schien nach Worten zu ringen.

«Ich habe nicht darauf vertraut, dass ich das Richtige sagen würde, wenn ich es dir erkläre. Ich habe nicht darauf vertraut, dass ich es schaffen würde, dich zum Bleiben zu bewegen, sobald du wüsstest, dass ich dir etwas so Wichtiges verheimlicht habe. Die ganze Zeit, seit diesem ersten Date.» Er hatte die Augenbrauen zusammengezogen, flehte stumm um Verständnis. «Ich liebe dich, und ich hatte schreckliche Angst, dass du mich verlassen würdest.»

Als sie plötzlich tief Luft einsog, raubte sie dem Wageninneren den letzten Sauerstoff. Sie starrte ihn an, und ihr war schwindelig und übel.

Ich hatte Angst.

Ich liebe dich, und ich hatte schreckliche Angst, dass du mich verlassen würdest.

Auch wenn sie verzweifelt und wütend war, konnte sie die unverhüllte Ehrlichkeit, die in diesem Geständnis lag, nicht beiseitewischen. Sie konnte sich nicht einreden, dass er nur mit ihr spielte, sie in die Irre führte, sich ihre Vergebung durch strategisch eingesetzte, manipulative Verwundbarkeit erschlich.

Endlich erlaubte er ihr, ihn völlig unverstellt zu sehen, ohne irgendwelche Tricks, ohne jede Täuschung zwischen ihnen.

Und es war zu spät. Verdammt noch mal zu spät.

Außerhalb des Wagens ertönte das Kreischen von Kindern, die auf den weitläufigen Wiesen des Parks spielten. Die Geräusche schienen von weit weg zu kommen, waren kaum zu hören bei dem Klingeln in Aprils Ohren und dem leisen Knarren des Sitzes, in dem sie auf einmal zusammensank.

Ihre Stimme war nicht länger wütend oder verächtlich, aber immer noch erstickt. Immer noch verzweifelt. «Monatelang hast du viel mehr über mich gewusst, als ich ahnen konnte, und du hast mir diese Information vorenthalten. Das ist ein furchtbarer Vertrauensbruch. Das ist dir doch klar, oder?»

Es war schrecklich verwirrend. Und widerwärtig.

Jedes Gespräch, das sie geführt hatten, jeden Moment ihrer Beziehung musste sie nun neu betrachten und hinterfragen. Wann hatte er gelogen? Wann hatte er ihr einfach nicht die Wahrheit gesagt? Wann hatte er sein Wissen als BAWN genutzt, um seine Ziele als Marcus zu erreichen?

Er hatte sie als BAWN definitiv über Marcus ausgequetscht, das wusste sie ganz sicher. Und dann ... und dann hatte er den Kontakt auf dem Lavineas-Server abgebrochen. Einfach so.

«Als BAWN aufgehört hat» – sie atmete durch die Nase ein und durch den Mund wieder aus – «als *du* aufgehört hast, mir auf dem Server zu schreiben, war ich davon überzeugt, dass ich etwas falsch gemacht hatte. Oder dass du mich schließlich gesehen hast und erkannt, dass ich niemand bin, den du b-begehren könntest. Du warst m-mein ...»

Das Schluchzen ließ ihre Schultern beben, und er senkte den Kopf.

Sie schluckte weitere Tränen hinunter. «D-du warst mein bester Freund, und du bist einfach ... verschwunden. Ohne eine gute Erklärung, nur mit einer dummen Ausrede, die ganz offensichtlich erfunden war. Du hast mich nicht nur als Marcus belogen, sondern auch als BAWN. Du hast mich schlicht und einfach *v-verlassen*.»

Sie legte den Kopf in den Nacken, starrte den grauen Stoff des Autodachs an und wartete, bis sie wieder verständlich sprechen konnte. «Du hast mich verletzt, mich angelogen und mein Vertrauen missbraucht, weil du Angst hattest.»

«Es tut mir so leid.» Er klang gequält. Hilflos im Angesicht ihrer Verzweiflung.

«Deine öffentliche Rolle.» Verärgert rieb sie sich die Stirn. «Du sagst, du willst sie schon seit Jahren aufgeben, aber du hast es immer noch nicht getan. Aus dem gleichen Grund, nehme ich an. Weil es zu schwierig ist und du alles verlieren könntest, und außerdem hast du Angst. Deshalb hast du auch solche Angst, deine nächste Rolle auszuwählen, weil du dich dann entscheiden musst, welche Version von dir am Set auftauchen soll.»

Diese Feststellung verlangte nicht nach einer Erwiderung, und er gab ihr auch keine.

Stattdessen ließ er nach einem tiefen Atemzug die Schultern hängen. «Kannst du mir verzeihen?»

Die Frage klang schroff, und seine Augen waren glasig, als er ihren Blick traf.

Sie öffnete den Mund, dann schloss sie ihn wieder. Einmal. Zweimal.

Als sie weiterhin schweigend das Dach anstarrte, ergriff er erneut das Wort. «Du bist es mir nicht schuldig. Das weiß ich. Mit meiner Liebe will ich mir keine Absolution erkaufen, und ich habe das nicht gesagt, um dich umzustimmen. Ich habe es gesagt, weil du es wissen sollst. Egal, was jetzt zwischen uns passiert, du sollst wissen, dass du geliebt wirst. Auch wenn du mir nicht verzeihst.»

Die Haut ihrer Wangen spannte von all dem Salz, und sie weinte schon wieder. Oder immer noch.

Marcus liebte sie. Das glaubte sie ihm. Und in gewisser Hinsicht – in vielerlei Hinsicht – war er wirklich ein guter

Mann. So gut, dass sie fast geglaubt hatte, sie könnten es hinkriegen, allen Widrigkeiten zum Trotz.

Aber sie kannte die Antwort auf seine Frage, denn sie kannte sich selbst.

April wollte es nicht sagen, aber sie würde es tun. Sie musste es tun.

«Nein», sagte sie schließlich. «Ich kann dir nicht verzeihen.»

Er gab einen heiseren, verwundeten Laut von sich, und das ließ ihre Tränen nur noch schneller fließen.

Sie drehte ihren Kopf zur Seite und sah ihn endlich wieder an. Durch die Tränen, die ihr in den Augen standen, war er nur verschwommen zu erkennen, seine Miene unbestimmbar, und vielleicht war das besser so.

Sie wischte sich mit den Fingerknöcheln die Nässe vom Kinn. «Ich will nach Hause.»

Seine Liebe konnte ihm keine Vergebung erkaufen, und ihre Liebe sorgte nicht dafür, dass sie ihm ebendiese anbieten würde. Was bedeutete, dass dies das letzte Mal war, dass sie allein zusammen sein würden. Für immer.

Doch als er nach ihrer Hand griff, entzog sie sich ihm nicht.

Ihre Finger zitterten und waren kalt, genau wie seine. Er drückte ihr einen zärtlichen Kuss auf die Handfläche, dann legte er ihre Hand vorsichtig zurück in ihren Schoß.

Er schnallte sich an und legte den Gang ein. «Sobald wir zurück in Berkeley sind, werde ich meine Sachen packen.»

Ihr Atem stockte wieder, diesmal heftig.

Aber sie widersprach ihm nicht.

GODS OF THE GATES: EIN BRÜLLEN IN DER TIEFE (BUCH 2)

E. Wade

«Errichtet einen Scheiterhaufen», wies Dido ihre Schwester Anna an, als der Wind an den Segeln von Aeneas' Flotte riss und ihn forttrieb, weiter und immer weiter. «Legt alle Besitztümer unseres gemeinsamen Lebens darauf. Unser Hochzeitsbett. Die Kleidung, die er einst trug. All die Waffen, die er zurückließ.»
So wie er mich zurückgelassen hat.
Auch sie war einst eine Waffe gewesen. Ein Schwert – so glänzend, scharf und tödlich. Der Berberkönig Iarbas hatte das erfahren, als sie Nordafrika erreichte und ihn um ein kleines Stück Land bat, einen Ort der Zuflucht.
«Nur so viel Land, wie man mit einem Ochsenfell umspannen kann», hatte sie in süßlichem Ton gefleht.
Er hatte sein Einverständnis gegeben, nachdem das amüsierte, großmütige Lachen seiner Männer verklungen war. Seiner klugen Berater.
Was für eine törichte Frau. Was für ein törichtes Ansinnen.
Zuerst hatte sie ihre Klinge geschärft, bis sie einen Mann nur mit dem Druck einer Fingerspitze an Ort und Stelle hätte vierteilen können. Dann nahm sie das stinkende Fell und schnitt es in feine, dünne Streifen, bis sie damit einen großen, fruchtbaren Hügel umschließen konnte.
Dort ließ sie sich nieder, zusammen mit ihren Untertanen, und dehnte ihre Herrschaft weiter und weiter aus.
Eine Herrscherin. Eine Königin. Geachtet und geliebt von ihrem Volk, von Aeneas.
Doch umhüllt von ihrer fiebrigen Leidenschaft, war ihr Volk irgendwann rastlos geworden. Genau wie er.

Als der Scheiterhaufen errichtet war, kletterte sie hinauf und hob das Schwert, das er ihr einst kniend überreicht hatte, die Klinge flach auf seinen Händen. Die flache Seite interessierte sie jedoch längst nicht mehr. Nur noch die Spitze.
Dido murmelte letzte Worte, die niemand hörte, doch bei *seinem* Anblick hielt sie inne.
Ein weiterer Halbgott, ebenfalls ein Blender. Amor.
Während sich seine Flügel anmutig hinter ihm zusammenfalteten, kam er auf ihrem Berg des Kummers zum Stehen. Er betrachtete sie mit Gram in seiner Miene.
«Bist du gekommen, um noch mehr Hingabe von mir zu verlangen?» Ihr Lachen klang wie das Kreischen von Metall, kalt und schrecklich. «Sie hat mich bereits ins Verderben getrieben. Was wollt Ihr noch?»
«Nein, betrogene Königin.» Seine Stimme war tief und vibrierte vor Entschlossenheit. «Ich bin gekommen, um dich zu befreien.»
Sie versuchte erneut zu lachen, aber stattdessen entfuhr ihr nur ein hilfloses Schluchzen. «Ich war gerade dabei, mich zu befreien.»
«Nicht auf diese Weise», sagte er ihr. «Nicht auf diese Weise.»
Der Pfeil, den er in ihre Brust schoss, war weder scharf noch heiß. Er war stumpf und kalt. Bleiern.
Und zum ersten Mal, seit sie Aeneas an Bord seines Schiffes erblickt hatte, wie seine braunen Locken von der Brise liebkost wurden, als er sich ihren Ufern näherte, war sie wieder eine Klinge. Und zwar eine so scharfe, dass sie das Schwert gar nicht brauchte, das noch immer auf ihr Herz gerichtet war. Nicht mehr.
Der Gedanke an Aeneas löste nur Abscheu aus, keine Lust. Keine rasende Sehnsucht.
Amor neigte sein goldenes Haupt. «So sind wir beide befreit. Ihr von einer verdammten Liebe. Ich vom selbstsüchtigen Diktat meiner verräterischen Mutter.»

Mit einem Schlag seiner Flügel hob er sie in die Höhe und setzte sie am Fuß des Scheiterhaufens ab.

«Ich muss zu Psyche zurückkehren.» Er streckte seine Hand aus, um sie zu stützen, aber Dido brauchte keine Hilfe. «Ihr wisst, was zu tun ist.»

Das wusste sie. Ganz genau sogar.

Sie würde das Zepter ihrer Herrschaft wieder aufnehmen und ihr Volk vor Bedrohungen von außen und von unten schützen. Vor menschlichen Übeltätern und jenen, die durch das Tor, das innerhalb ihrer Stadtmauern klaffte, aus den Tiefen des Tartarus zu ihnen hinaufkriechen würden.

Als Amor zu einem goldenen Fleck am Horizont wurde, griff sich Dido eine Fackel und übergab ihr altes Leben mit Aeneas den Flammen.

26

MARCUS' HAUSTÜRSCHLÜSSEL FUNKTIONIERTE noch. Auch wenn es sich so anfühlte, als sollte er das nicht.

Irgendwie war Aprils kleine Wohnung in den letzten Monaten zu seinem Zuhause geworden. Ein Ort, der ihnen beiden gehörte, nicht nur ihr. Ein Ort, den er nicht zu verlassen brauchte, niemals.

Er schwelgte in dieser Fantasie, bis er fast vergaß, dass es lediglich eine Fantasie war.

Als sich seine Haustür öffnete, traf ihn die eiskalte Klimaanlagenluft wie ein Schlag, und er fröstelte. Drinnen presste die Kälte seine Lungen zusammen, aber er hatte sowieso seit fast vierundzwanzig Stunden keinen tiefen Atemzug mehr getan.

April hatte ihn vor fast einem Tag aus ihrem Leben geworfen – zu Recht, natürlich zu Recht –, und immer noch fehlte es ihm an Luft. Er fühlte sich immer noch wie in einer sehr engen, von ihm selbst geschaffenen Falle gefangen.

Trotzdem zwang er sich, hineinzugehen und die Tür hinter sich zuzumachen. Er schloss ab. Schaltete den Alarm wieder ein, denn sein Haus war mit Wertgegenständen gefüllt, auch wenn er sich selbst im Moment wertlos fühlte.

Seine Schlüssel und seine Brieftasche legte er in eine gehämmerte Bronzeschale auf der Konsole neben der Tür. Seine Schuhe kamen in den Kleiderschrank im Eingangsbereich. Sein gebrochenes Herz ... na ja, das konnte er wohl nicht so einfach wegräumen.

Er schob die zitternden Hände in die Taschen und betrachtete die geräumige Weite des offenen Erdgeschosses mit den hohen Decken, großen Fenstern und makellosen Möbeln. Weiße Wände, metallene Akzente und minimalistische niedrige Möbel.

Bevor er April kennengelernt hatte, hatte er sich nirgendwo richtig zu Hause gefühlt. Nicht einmal hier.

Seine Kehle schmerzte. Er ging in die Küche, um sich ein Glas kühles Sprudelwasser aus dem Spender in der Kühlschranktür zu holen. Seine Schritte hallten leise in dem spartanisch eingerichteten Raum wider.

Die billige Wasserflasche, die er an einer Tankstelle gekauft hatte, war auf der Fahrt von Berkeley nach Los Angeles warm geworden, und er hatte sie im Auto gelassen. Er brauchte keine unnötigen Erinnerungen an den heutigen Tag, wie belanglos sie auch sein mochten.

Jedes Mal, wenn er seine Gedanken schweifen ließ, sah er April wieder vor sich, wie sie weinte.

In einem anderen Zeitalter hätte er sich vor ihr hingekniet. Sich vor ihr zu Boden geworfen. Er hätte alles getan, alles, um wenigstens einen kleinen Teil seines grenzenlosen, nicht enden wollenden Selbsthasses zu lindern.

Er hatte natürlich auch geweint – aber erst als er ihr Haus verlassen hatte, denn verdammt, er wollte keinesfalls in ihrer Gegenwart weinen. Zumindest nicht so. Das wäre eine unbeabsichtigte Manipulation gewesen, denn April lag etwas an ihm. Das wusste er, genauso wie er wusste, dass er es nicht verdiente.

Falls sie ihm jemals verzeihen würde, falls sie ihn jemals zurücknehmen würde – und sie würde keines von beidem tun –, wollte er nicht, dass sie es aus Mitleid tat. Es würde weniger wehtun, wenn er sie nie wiedersah.

Also vermutlich. Vielleicht.

Er nippte an seinem Wasser, und die Kohlensäure reizte seine bereits geschundene Kehle.

Die polierte Betonarbeitsplatte unter seiner Handfläche war glatt und kalt. Er legte sein Handy darauf ab und scrollte mit wenig Interesse durch die letzten Benachrichtigungen.

Da waren Textnachrichten von Alex, der sich über die optimale Dicke des Teigbodens für herzhafte Pasteten ausließ und sich außerdem über Laurens frustrierende Geringschätzung gegenüber britischen Backsendungen und Pegging beschwerte. Carah hatte ihm per PN eine Tirade von Unflätigkeiten geschickt, die wohl etwas mit der bevorstehenden Preisverleihungssaison zu tun hatte. Dann war da eine E-Mail von seinem Vater, die Marcus ungelesen löschte. Ein halbes Dutzend weitere E-Mails von seiner Agentin, die er aufbewahrte, aber nicht öffnete. Ein verpasster Anruf von Summer.

Der Darsteller-Gruppenchat war in den letzten Stunden auch aktiv gewesen. Aktiv und angespannt, wahrscheinlich wegen der bevorstehenden Convention.

Carah: ÜBERRASCHUNG, MOTHERFUCKERS

Carah: Ron und R. J. haben sich offiziell von der Con of the Gates zurückgezogen, mit der Begründung, dass sie zu viel zu tun haben

Carah: Zu viel zu tun am Arsch

Alex: Ich vermute, sie meinen, ihr Starfighters-Projekt macht ihnen viel Arbeit, denn an UNSEREM Set waren sie in der letzten Staffel nirgends zu finden

Alex: Außer natürlich vor den Kameras, für Bonusmaterial und Interviews, in denen sie ihre Genialität und Hingabe unterstreichen mussten

Maria: Na ja, sie haben ganz sicher nicht an unseren Drehbüchern gearbeitet

Ian: Sie waren ständig da, ihr Heulsusen

Peter: Ah, mehr Thunfisch-Halluzinationen. Armer Ian

Peter: Es ist eine Schande, dass wir nun alle Ron und R. J.s Workshop verpassen: Die Kunst, als weißer Cis-hetero-Mann talentfrei erfolgreich zu werden

Ian: Du kannst mich mal, Peter

Ian: Du bist doch nur noch ein abgehalfterter Möchtegern

Ian: Und da du vorher noch nie bei einer erfolgreichen Serie mitgespielt hast, weißt du null, wie die Dinge laufen, besonders nicht auf deiner dummen kleinen Insel

Alex: Ist Tuna Rage ein Ding, so wie Roid Rage? Nur müffelnder als von Steroiden ausgelöste Aggressivitätsschübe?

Maria: ‹Du kannst mich mal, Peter›?

Maria: Oh, Ian, es tut mir so leid

Maria: Ich befürchte, Peter erwartet ein gewisses Maß an

Maria: Wie soll ich das sagen

Maria: an Körperhygiene? Ja, Körperhygiene

Maria: Wenn es um seine Bettgefährten geht

Maria: Und ich bin ziemlich sicher, dass jeder, der wie der Fang des Tages riecht, traurigerweise rausfällt

Carah: ooooooooooooh

Carah: das war ein exzellentes Beispiel für eine fischige Beleidigung!

Carah: KÄMPFT KÄMPFT KÄMPFT KÄMPFT

Ian: Wohl wahr, Maria

Ian: Ich nehme an, dass du dich BESTENS mit Peters Erwartungen in Sachen Sex auskennst

Summer: Hör sofort damit auf, Ian

Maria: Nein, mach ruhig weiter, ich würde das gerne hören

Alex: Ian, Peter hat vielleicht keinen Thunfisch-Tropf und auch keine Muskeln, die selbst Muskeln haben, wie eine Art steroid-induzierter Brustmuskel-Inception, aber er wird dich fertigmachen, mein Freund

Alex: und das werde ich auch, nur um das klarzustellen

Peter: Danke für das nette Angebot, Alex, aber es wird eh nichts mehr von ihm übrig sein, wenn ich fertig bin

Peter: Sofern Maria ihn nicht zuerst erwischt, denn sie würde ihn im Alleingang in feinen rosa Sprühnebel verwandeln

Peter: Also, bitte, Ian, beende gern, was du sagen wolltest

Carah: DAS HIER IST WIE MEIN FUCKING GEBURTSTAG, BITCHES

Carah: KEIN THUNFISCH IST HEUTE SICHER

Peter: Ian?

Alex: Yo, Ian

Carah: IAN, KOMM ZURÜCK

Maria: Er schwamm von dannen wie seine geliebten Fische

Maria: die allerdings Wirbeltiere sind, im Gegensatz zu ihm

Summer: Oh, wow. ::high-five::

Carah: ichthYOLOgie, ICH LIEBE MEIN GOTTVERDAMMTES LEBEN

Hätte Marcus lächeln können, hätte er es getan.
    Stattdessen trank er den Rest seines Wassers aus, stellte das Glas in seine tiefe, breite Spüle und machte sich daran, seine Koffer aus dem Auto zu holen und seine Beziehung zu April buchstäblich auszupacken.

Nach mehreren Ausflügen nach draußen stellte er das Gepäck auf sein überbreites Doppelbett und öffnete alle Reißverschlüsse, fest entschlossen, jedes Fach, jede Tasche, jedes dunkle Versteck zu leeren.

Schmutzige Kleidung kommt in den Wäschekorb. Saubere Kleidung gehört in die Schubladen oder auf Kleiderbügel. Toilettenartikel kommen ins Badezimmer. Technische Geräte gehören entweder in meinen Nachttisch oder in mein Büro.

Wenn er seine eigenen Schritte ständig wiederholte, konnte er nicht über den Moment hinausdenken. Er brauchte sich nicht zu erinnern.

So war alles viel einfacher. Stumpfsinnig. Und stumpfsinnig war gut.

Ein Armvoll nach dem anderen, Minute um Minute, so gelangte alles wieder an seinen Platz. Kleidung, Toilettenartikel, Technik, Gefühle. Sein Leben war wieder zurück auf dem Prä-April-Stand. Wenn er es nicht besser gewusst hätte, hätte er gedacht, er wäre überhaupt nie weg gewesen.

Dann sah er es, sorgfältig in eine Tasche gesteckt, mit Zeitungspapier umwickelt, um es vor Beschädigungen zu schützen.

«Ich habe meine Meinung geändert», hatte sie ihm eines Samstags gesagt, als sie auf den Klippen oberhalb des Sutro Baths standen und die auflaufende Flut beobachteten. «Ich dachte, du wärst ein Diamant, und dann dachte ich, du wärst Gold. Aber keins von beidem stimmte ganz. Nicht nachdem ich dich besser kennengelernt habe.»

Nachdem sie seine Hand gedrückt hatte, ließ sie ihn los und wühlte in ihrer übergroßen Handtasche.

«Ich bin froh, es dir endlich zu geben.» Die untergehende Sonne glitzerte in ihrem Haar, als sie zerknirscht den Kopf schüttelte. «Es ist verflucht schwer. Man sollte meinen, dass es aus genau diesem Grund auch leicht in der blöden Tasche zu finden wäre, aber ...»

Er wollte ihr gern helfen, doch er hatte keine Ahnung, wovon zum Teufel sie sprach. «Entschuldige, was ...?»

«Ich habe ein Geschenk für dich», sagte sie fröhlich und wühlte weiter.

Er starrte sie sprachlos an. Das letzte Mal, dass ihm jemand ganz ohne Hintergedanken und ohne dass es einen besonderen Anlass oder irgendeinen Erfolg zu feiern gab, ein Geschenk gemacht hatte ...

Nun, das war noch nie passiert. Nicht ein einziges Mal, soweit er sich erinnern konnte.

«Da ist es ja.» Sie hob den Kopf, lächelte zufrieden und legte ihm etwas extrem Schweres in die Hand. Es war in Zeitungspapier eingewickelt und weitestgehend rund. «Mach es auf.»

Das Zeitungspapier knisterte, als er es vorsichtig auseinanderzog, und dann enthüllte er ... einen Stein. Den schönsten Stein, den er je gesehen hatte. Er war von einem satten, intensiven Blau, das weiß gesprenkelt und von goldenen Adern durchzogen zu sein schien. Eine polierte Kugel, die kühl in seiner Hand lag.

«Das ist ein Lapislazuli.» Mit einer Fingerspitze tippte sie den Stein an. «Als wir neulich am Wochenende dieses Edelstein- und Mineralien-Warenhaus besucht haben, habe ich ihn mitgenommen. Während du auf der Toilette warst.»

Er hätte sich über alles gefreut, was sie ihm geschenkt hätte. Kinokarten. Eines dieser versteinerten Fäkalienstücke – Koprolithen –, die sie in dem Warenhaus gesehen hatten. Eine Limonade. Ganz egal.

Aber das hier ... das war großartig, so faszinierend wie die Frau, die ihn damit beschenkt hatte.

Dann redete sie weiter, und sein Herz schwoll vor Freude

an, füllte seinen ganzen Brustkorb aus und schnürte ihm die Kehle zu.

«Lapis ist ein metamorphes Gestein. Der ursprüngliche Stein wird starker Hitze und großem Druck ausgesetzt, und dann ... kommt das dabei raus.» Sie legte ihre Handfläche auf seine Brust, über sein immer voller werdendes Herz, und ihre Berührung wirkte ehrfürchtig. «Pure Schönheit.»

Er biss sich auf die Lippe, unfähig, direkt auf das implizierte Kompliment zu antworten, ohne in Tränen auszubrechen. «Diese Adern im Gestein sind nicht wirklich Gold, oder?»

«Nein.» Sie hob eine Schulter, ein bisschen zu ruckartig. «Pyrit. Narrengold. Tut mir leid.»

Mist, sie dachte, er würde das Geschenk kritisieren, aber nichts hätte weiter von der Wahrheit entfernt sein können.

«Gold könnte es nicht schöner machen, als es bereits ist.» Er hob ihr Kinn an und küsste sie mit so viel Anbetung, wie das übervolle Herz eines Mannes nur aufbieten konnte. «Ich danke dir. Es ist wundervoll.»

Vielleicht hatte sie es nicht gesagt, aber er hatte die Bedeutung ihres Geschenks erkannt. Es war nicht nur eine Kugel aus Stein, sondern ...

Ihr Herz. Es hatte sich angefühlt, als legte sie ihr Herz in seine Hand, trotz all ihrer Ängste.

Wenn es um Tapferkeit ging, konnte er sich von April eine Scheibe abschneiden.

Er war erst mutig gewesen, als es schon viel zu spät war. Er hatte die Wahrheit gesagt, die ganze Wahrheit. Er hatte ihr sein Herz offenbart, ohne Tricks oder ohne irgendetwas auszulassen, und dabei hatte er gezeigt: *Dieser Teil von mir ist Pyrit und kein Gold.*

Und als sie alles wusste, wollte sie ihn nicht mehr. Er war

ein Lügner, nicht mehr als Narrengold, nur wertvoll für jemanden, der ihn irrtümlicherweise für etwas Besseres hielt.

Und jetzt, da sie weg war, war er für niemanden mehr etwas *Besseres*. Er war nicht länger eine Kugel aus sattem, gesprenkeltem Blau, schön und poliert, aber auch mit Substanz. Die schwer in seiner Hand lag, damals wie heute.

Jetzt war er nur noch ein Schmutzpartikel von einem Mann. Eines der sonnenbeschienenen Staubkörnchen, die glitzernd in Aprils Auto geschwebt waren – so ziellos und glänzend dahintreibend.

Ja, er war wütend, dass sie die Sorgen um seine Karriere mit so unbekümmerter Gleichgültigkeit weggewischt hatte. Aber er war noch wütender auf sich selbst. Immer noch. Ständig.

Er lernte es nie. Er lernte es einfach nicht.

Auf der Kommode vibrierte sein Telefon. Eine weitere SMS von Alex, der offenbar schließlich die Nachricht gelesen hatte, die Marcus ihm geschickt hatte.

Kumpel. Es tut mir so leid, stand in der Sprechblase auf dem Display. Ich komme sofort vorbei.

Marcus atmete aus. Gott sei Dank. Er brauchte seinen besten Freund, und er brauchte etwas, das die Stille in seinem Haus durchbrach und die Kakofonie in seinem Kopf zum Schweigen brachte.

Alex konnte all das ganz einfach mit einer einzigen Schimpftirade über die unrealistische Erwartungshaltung der Juroren bei TV-Backwettbewerben erreichen. Vor allem, wenn er …

Eine weitere Nachricht ging ein. Ich weiß, es ist sonst nicht dein Ding, aber willst du dich betrinken? Ich kann auf dem Weg zu dir Schnaps besorgen.

Ja, schrieb Marcus zurück. Bitte.

Er packte die Lapiskugel nicht aus. Stattdessen legte er sie, immer noch in Zeitungspapier eingewickelt, in die hinterste Ecke seines Schranks, hinter den Schuhkarton, in dem ein Paar Wanderschuhe steckte, das er nie geschafft hatte einzulaufen.

Dort konnte der Stein ihn nicht verhöhnen, ihm ständig vorführen, was er verloren hatte, und er konnte ihn nicht an das erinnern, was er nie wirklich hatte.

· • ·

April wollte sich nicht mehr verstecken. Was leider auch bedeutete, dass sie morgen zur Con of the Gates gehen würde, weniger als eine Woche nach ihrer Trennung von Marcus. Zum Teufel mit der öffentlichen Aufmerksamkeit, den möglichen Demütigungen und ihrem eigenen Elend.

Sie machte sich nichts vor. Es würde definitiv nicht angenehm werden. Nach all diesen Tweets und Blogbeiträgen und Artikeln kannten jetzt viel zu viele Leute ihr Gesicht. Sie kannten ihren Körper. April würde sich nicht in der Menge verstecken können, und sie würde keine Chance haben, die Tatsache zu verheimlichen, dass sie und Marcus nicht zusammen zur Con gekommen waren.

Die Zyniker würden die Augen verdrehen und behaupten, sie hätten den PR-Gag von Anfang an erkannt. Die Gemeinen würden stattdessen lachen. *So viel zu seinen Ambitionen als weißer Ritter*, würden sie johlen. *Selbst ein so begabter Schauspieler kann nicht lange so tun, als würde er eine Frau wie* die da *begehren.*

Egal. Wenn diese Leute April verurteilten, konnten sie sie mal kreuzweise.

Und selbst wenn sie sich hätte verstecken *wollen*, hätte sie ihr Lavinia-Kostüm – das Produkt vieler Stunden hingebungsvoller Arbeit von ihr und Mel und Pablo – ganz gewiss nicht aus Feigheit in einem Schrank verstauben lassen. Und sie würde auf keinen Fall das lang erwartete Treffen mit ihren engsten Lavineas-Freunden sausen lassen.

Natürlich würden sie ihre Distanz zu Marcus bemerken und sich wundern. Hoffentlich würden sie so feinfühlig sein, nicht nachzubohren. Und wenn ihnen das nicht gelang, würden sie vielleicht klug genug sein, eine volle Taschentuchbox in greifbarer Nähe zu haben, wenn sie ihr Fragen stellten.

Nachdem sie die letzten Kleidungsstücke und Reiseutensilien verstaut hatte, zog sie den Reißverschluss zu und rollte ihren Koffer bis vor die Wohnungstür. Danach setzte sie sich auf ihre Couch und hörte sich, in eine Decke gehüllt, einen Podcast an.

Sie versuchte, aufmerksam zu sein, doch sie dachte ständig daran, dass Marcus das Thema interessant finden würde. Nicht unbedingt weil er sich speziell für Serienmorde interessierte, sondern weil er wissenshungriger war als jeder andere, den April je getroffen hatte. Seine angeborene Neugierde glich ihrer eigenen.

Oh fuck, sie vermisste ihn.

Als sie merkte, dass sie in den letzten zehn Minuten den Podcast gar nicht wirklich wahrgenommen hatte, schaltete sie ihn aus. In der zunehmenden Dunkelheit ihres Wohnzimmers saß sie da, presste das Kissen an ihre Brust und versuchte, nicht mehr darüber nachzudenken. Über sie beide. Über ihr Leben ohne ihn.

So schnell – oder vielleicht doch gar nicht *so* schnell, jetzt, da sie wusste, dass er BAWN war – hatte sich Marcus einen festen Platz in ihrem Leben und ihren Gedanken erobert. Aber er bedeutete nicht alles für sie, und er war auch nicht alles, was ihr wichtig war. Ihre Arbeit, ihr Kostüm und das bevorstehende Treffen mit ihren Lavineas-Freunden waren Beweis genug dafür, dass sie auch Marcus-unabhängige Interessen hatte. Genauso ihre Pläne, sich nächste Woche mit Bashir und Mimi zum Dinner zu treffen.

Sie war nicht verloren. Definitiv nicht.

Auch wenn seine Abwesenheit in ihrer Wohnung, in ihrem Bett und in ihren Armen ihr Inneres leer erscheinen ließ und an manchen Tagen bis tief in alle Knochen schmerzte. Auch wenn sie sich britische Backsendungen anschaute, während sie abends ihr Take-away-Dinner verputzte, weil claggy Biskuitboden und zu wenig aufgegangener Teig sie an Marcus erinnerten.

Auch wenn April ihn liebte und er sie liebte.

Wenn sie viel zu spät ihre Nachttischlampe ausknipste, sah sie ihn immer noch hinter ihren Augenlidern, sein Gesicht verkniffen und gequält und doch anbetungswürdig, als sie ihm in ihrem Auto Vorwürfe gemacht hatte. Wie er da saß mit feuchten Augen, aber zu ehrenhaft, um seine Tränen oder seine Liebe als Druckmittel zu benutzen, um ihre Vergebung zu erzwingen.

Manchmal, wenn sie sich ein weiteres Mal auf die Seite drehte, fragte sie sich, ob das Gespräch unter anderen Umständen anders verlaufen wäre. Was wäre geschehen, wenn sie nicht von der längst überfälligen Konfrontation mit ihrer Mutter bereits angegriffen, kalt und erschöpft gewesen wäre, nicht durch die Nähe ihres Vaters unter solcher Anspannung gestanden hätte und nicht so enttäuscht davon gewesen wäre, dass Marcus sie im Haus ihrer Eltern im Stich gelassen hatte?

Er hatte die Heizung für sie aufgedreht. Ihren Sitz gewärmt. Ihr Gesicht umfasst. Sich aufrichtig entschuldigt.

Aber ihre Wut und ihr Schmerz hatten immer noch direkt unter der Oberfläche gelauert, waren viel zu leicht abrufbar gewesen. Schon der kleinste Kratzer an ihrer Fassade hätte all diese Emotionen wieder ans Tageslicht bringen können – und Marcus hatte viel mehr als nur eine Schramme hinterlassen.

Mit seiner Lüge hatte er ihr den Rest gegeben.

Mit ihren scharfen Worten und indem sie ihm nicht vergab, hatte sie ihn ebenfalls schwer getroffen. Das war sehr deutlich geworden. Wenn es die Verzweiflung in seinen ausdrucksstarken Augen ihr nicht verraten hätte, hätte sie es in seiner Körpersprache erkannt. Als er zu ihrer Tür hinausgegangen war, wirkte er wie ein gebrochener Mann, der sich zusammenkrümmte, um sich vor weiteren Angriffen zu schützen.

Seither waren fünf Tage vergangen. Er respektierte ihre Wünsche und hatte weder angerufen noch gemailt oder PNs geschickt. In dieser ersten Nacht hatte er ihr nur eine einzige Nachricht gesendet. Vier kleine Worte, die er ihr bereits gesagt hatte und von denen sie wusste, dass er sie ernst meinte.

Es tut mir leid.

Angst. Er hatte so viel Angst gehabt, weshalb er sie verletzt und getäuscht hatte.

Sie konnte ihm das nicht einmal verübeln, doch sie konnte ihm auch nicht verzeihen. Nicht wenn sie sich an den reißenden Schmerz erinnerte, den sie empfunden hatte, als sich BAWN plötzlich und nun erklärbar von ihr abgewandt hatte. Nicht wenn sie an all die Monate dachte, in denen er so getan hatte, als hätte er keine Ahnung, wenn es um das Lesen und Schreiben von Fanfiction ging; all die Monate, in denen er über die vertraulichen Dinge, die er nach jahrelanger Freundschaft über sie wusste, geschwiegen hatte; all die Monate, in denen er diesen Wissensvorsprung, die Information, wer und was er wirklich war, vor ihr geheim gehalten hatte.

Kein Wunder, dass es ihr vorgekommen war, als würde

sie ihn schon seit Jahren kennen. Das tat sie ja auch. Aber sie kannte nicht alles von ihm, nicht genug.

Sie hasste ihn nicht. Sie war nicht mal mehr wütend. Sie war einfach nur ... müde.

Der warme, helle Schein seiner Liebe war verschwunden, und die Schatten, die zurückblieben, waren in Ordnung. Es ging ihr gut.

Total gut.

Oder das würde es zumindest, wenn sie sich selbst davon überzeugen könnte, dass sie die richtige Entscheidung getroffen hatte.

LAVINEAS-SERVER,
Privatnachrichten, vor fünf Monaten

Unapologetic Lavinia Stan: Was machst du, wenn du dich ohne ersichtlichen Grund traurig fühlst?

Book!AeneasWouldNever: Was ist los? Ist alles okay bei dir?

Unapologetic Lavinia Stan: Ich kriege bald meine Periode. Nichts ist los, aber irgendwie ist auch nichts okay.

Unapologetic Lavinia Stan: Ich hoffe, du bist nicht empfindlich wegen solcher Sachen, weil wenn doch: ZU SPÄT, TROTTEL

Book!AeneasWouldNever: Da etwa die Hälfte der Menschen auf diesem Planeten entweder ihre Periode hat, hatte oder bekommen wird, fand ich diese spezielle Art von Empfindlichkeit immer schon lächerlich.

Unapologetic Lavinia Stan: Also bist du der Typ Mann, der seiner Freundin Tampons im Supermarkt kaufen würde?

Book!AeneasWouldNever: Das ist keine hypothetische Frage. In vergangenen Beziehungen wurden Tampons besorgt, Rückenmassagen verteilt und Blutflecken von Laken und Kleidung entfernt.

Book!AeneasWouldNever: Und falls du dir Sorgen darüber machst: Meine Männlichkeit ist trotzdem unversehrt geblieben. Entgegen dem, was einige Kerle zu glauben scheinen.

Unapologetic Lavinia Stan: Na, da bin ich aber froh, dass du mich wegen deiner intakten Männlichkeit beruhigst, BAWN.

Book!AeneasWouldNever: Es tut mir leid, dass du dich nicht gut fühlst, Ulsie.

Unapologetic Lavinia Stan: Danke schön. 🩶

Unapologetic Lavinia Stan: Und danke, dass du mich durch unsere Diskussion über Tampons von meiner schlechten Laune abgelenkt hast. Ich hatte nicht unbedingt mit diesem Gesprächsthema gerechnet.

Book!AeneasWouldNever: Ich versuche, mir eine gewisse Unberechenbarkeit zu bewahren. Das macht mich geheimnisvoll.

Unapologetic Lavinia Stan: Du bist immer für eine Überraschung gut, mein Freund. Ein Rätsel, in ein Geheimnis eingewickelt, in einem Supermarkt mit einer Packung Tampons im Einkaufswagen.

Unapologetic Lavinia Stan: Aber du hast mir noch gar nicht meine Frage beantwortet. Was machst du, wenn du traurig bist?

Unapologetic Lavinia Stan: Trinkst du Tee? Nimmst ein Bad? Guckst einen schlechten Film? Liest? Isst einen Kübel Eiscreme? Gönnst dir ein Glas Rotwein?

Book!AeneasWouldNever: Ich hab alles davon schon mal gemacht. Aber in letzter Zeit

Unapologetic Lavinia Stan: Ja?

Unapologetic Lavinia Stan: BAWN?

Book!AeneasWouldNever: In letzter Zeit rede ich meistens mit dir.

27

NACHDEM ER SICH ziemlich genau zehn Sekunden die Hotelsuite mit Alex geteilt hatte, wusste Marcus wieder haargenau, warum sie beide keine Mitbewohner mehr waren.

Sein bester Freund hatte viele gute Eigenschaften: Er war aberwitzig loyal. Hatte einen Verstand, scharf wie eine Schwertklinge. War mitfühlend im Angesicht des kläglichen, selbst verschuldeten Elends seines Freundes. Zudem war er eine gute Ablenkung von besagtem Elend, was der Grund war, weshalb Marcus überhaupt erst vorgeschlagen hatte, dass sie sich eine Suite teilen könnten.

Was Alex aber niemals war, war: ruhig.

Marcus hatte gehofft, dass er noch ein Nickerchen machen könnte, bevor das Abendprogramm losging. Sein erster Fototermin mit den Fans stand an, außerdem Alex' Q&A-Session, und die Teilnehmer zahlten viel dafür, dabei zu sein. Daher wollte Marcus frisch für sie aussehen. Er wollte sich frisch für sie *fühlen*.

Doch Alex hatte während der langen Autofahrt vom Flughafen, während des kompletten Eincheck-Vorgangs und auf jedem einzelnen Meter der Flure, die zu ihrer Suite führten, *ununterbrochen* geredet. Alle Hoffnungen auf ein Nickerchen würden wahrscheinlich sehr bald einen qualvollen Tod sterben.

«... ich weiß gar nicht, warum Lauren sich solche Sorgen macht.» Nachdem er mit dem Gesicht voran auf sein Doppelbett gefallen war, stützte sich Alex auf die Ellbogen und begann auf seinem Telefon herumzutippen. «Ich habe der Frau gar nichts Schlimmes angetan. Ich habe ihr nur vorgeschlagen, dass sie, wenn sie nichts Besseres mit ihrer Zeit anzufangen weiß, als völlig Fremde zu beleidigen, besagte Zeit doch besser dafür nutzen soll, sich selbst zu ficken. Es ist nicht meine Schuld, dass sie direkt zur Klatschpresse gerannt ist, und Lauren kann erst recht nichts dafür. Ron und R. J. werden sie nicht wegen so einer *Kleinigkeit* feuern.»

Marcus runzelte die Stirn. «Was hat die Frau zu dir gesagt?»

«Zu mir gar nichts.» Alex' Finger tippte ungewöhnlich aggressiv auf dem Bildschirm herum. «Zu Lauren.»

Ah. Das erklärte die Sache, zumindest ein wenig.

Laurens Aussehen könnte man am besten als *unkonventionell* beschreiben. Sie war klein und rund. Sehr klein und *sehr* rund, hatte vergleichsweise dünne Beine, kluge Augen und scharfe Züge, dazu trug sie fast permanent einen finsteren Blick zur Schau.

Ehrlich gesagt erinnerte sie Marcus an einen kleinen rundlichen Vogel. Einen niedlichen Vogel. Aber er konnte sich vorstellen, dass Fremde, die im Inneren hässlich waren, Lauren anschauten und lediglich äußerliche Hässlichkeit zu erkennen meinten.

«Frag mich nicht, was dieser *Fan*» – es klang wie ein Schimpfwort, das Alex in schneidendem Tonfall ausspie – «zu ihr gesagt hat. Es war abscheulich und verletzend, egal was Lauren behauptet. Es ist mir *egal*, ob sie daran gewöhnt ist, solche Dinge zu hören. So etwas wird in meiner Gegenwart nicht passieren. Nicht wenn ich es verhindern kann.»

Alex fuhr sich grob durch die Haare, und sein finsterer Blick verhieß nichts Gutes.

Okay, nein ... in absehbarer Zeit würde es kein Nickerchen für ihn geben.

«Ich hole uns ein bisschen Eis», bot Marcus an. «Brauchst du irgendwas, wenn ich schon mal unterwegs bin?»

«Nope. Ich werde an einer Geschichte arbeiten, in der Amors Pfeil eine grässliche hasserfüllte Frau dazu bringt, sich so sehr zu wünschen, sich selbst zu ficken, dass sie weder essen noch trinken kann, sondern nur noch masturbiert und dann an masturbatorischer Unterernährung stirbt.» Er hielt grübelnd inne. «Oder vielleicht lasse ich sie einfach nur ohnmächtig werden und ihre Lektion lernen. Normalerweise bringe ich in meinen Fics keine Menschen um.»

Okay, das war Marcus' Stichwort. «Alles klar, ich bin gleich wieder da. Versuch bitte, nicht gefeuert zu werden, solange ich weg bin.»

«Ich kann nichts versprechen», murmelte Alex und beugte sich wieder über sein Telefon.

Das Konferenzhotel war um ein Atrium herumgebaut, das bis ganz nach oben zu den Oberlichtern reichte, die Flure waren auf allen Etagen zu diesem zentralen Platz hin offen, sodass man freien Blick auf den Wahnsinn dort unten hatte. Laut dem Hotelplan, der an der Innenseite der Tür angebracht war, befand sich die Eismaschine in seinem Stockwerk genau auf der gegenüberliegenden Seite des Vierecks, also so weit weg wie nur irgend möglich.

Gut. Er konnte ein paar Minuten Ruhe gebrauchen.

Mit einem Knall fiel die Tür hinter ihm zu. Marcus hatte sich den Sektkühler unter den Arm geklemmt und schlenderte auf die andere Seite des Flurs. Neugierig blickte er zur Rezeption hinunter. Der Großteil des *Gods*-Casts und der Crew sollte in Kürze ankommen, also hielt er nach bekannten Gesichtern Ausschau.

Die Chance, jemanden zu entdecken, war verschwindend gering, da Tausende von Menschen in dem Hotel ein und aus gingen.

Und trotzdem – da war sie. Winzig dort unten, aber doch erkennbar. Sie stand fast am Anfang der Check-in-Schlange, den Koffer an ihrer Seite, und wartete geduldig, während die dezente Beleuchtung in der Lobby ihr Haar aufflammen ließ.

Marcus hatte verzweifelt gehofft, dass sie kommen würde. Und gleichzeitig gebetet, dass sie es nicht tat.

Aber er hatte gewusst, wofür sie sich am Ende entscheiden würde. April war keine Frau, die sich vor Verpflichtungen drückte, und sie hatte zugesagt, Summers Q&A-Runde zu moderieren und ihre – Aprils – Freunde vom Lavineas-Server auf der Convention zu treffen. Sie würde diese Veranstaltung nicht ausfallen lassen, selbst wenn sie wollte.

Und vielleicht würde es ihr auch gar nichts ausmachen, wieder in seiner Nähe zu sein. Vielleicht hatte Aprils Bauch ja seit ihrer Auseinandersetzung nicht nahezu unaufhörlich vor Übelkeit gebrodelt. Vielleicht lag sie nicht schlaflos in ihrem Bett und ging ihr letztes Gespräch immer wieder in ihrem Kopf durch, überlegte, was sie anderes hätte sagen können, und bedauerte die Entscheidungen, die sie Wochen und Monate zuvor getroffen hatte.

Es könnte sein, dass es ihr gut ging. An seinen weniger selbstsüchtigen Tagen *hoffte* er sogar, dass es ihr gut ging.

Ihm ging es gar nicht gut.

Seit dieser schrecklichen Autofahrt trieb er sich nicht mehr auf dem Lavineas-Server herum, auch nicht im Unsichtbar-Modus. Der Anblick ihres Namens oder ihres Avatars verstärkte seine anhaltende Übelkeit noch. Selbst Fanfics zu verfassen weckte mittlerweile zu viele Erinnerungen in ihm – an Ulsies sorgfältige, fröhliche Kommentare beim Betalesen, an Aprils Begeisterung für besonders schmutzige Geschichten, an die Community, die er mit aufgebaut und dann verloren hatte.

April hatte keine Geschichten mehr auf AO3 gepostet, seit

er gegangen war. Er wusste nicht, ob er sich trauen würde, ihre Storys zu lesen, sollte sie es irgendwann wieder tun.

Die Dinge, die seinem Leben Freude und Sinn verliehen, schienen eins nach dem anderen zu verschwinden, und er konnte nur sich selbst die Schuld daran geben. Kein Wunder, dass sein Magen rumorte und sein Kopf tagtäglich pochte.

Von seinem Platz weit über ihr betrachtete er April, die jetzt an die Reihe kam, um einzuchecken. Er sah zu, wie sie wartete, während man ihre Kreditkarte und ihren Ausweis prüfte. Er beobachtete, wie sie ihre Schlüsselkarte entgegennahm und zu den Aufzügen ging, wo sie aus seinem Blickfeld verschwand.

Dann trottete er den Flur hinunter zur Eismaschine, füllte den Eimer und versuchte, nicht darüber nachzudenken, weshalb sein Leben so kalt und hart geworden war wie das Eis, das bei jedem seiner Schritte gegeneinanderklackte.

Doch schon wenige Augenblicke nachdem er in sein Zimmer zurückgekehrt war, verblasste sein jämmerlicher, nicht enden wollender Liebeskummer angesichts einer neuen Katastrophe. Diesmal in Form einer einzigen, schrecklichen E-Mail.

«Wie lange dauert es eigentlich, Eis zu holen?», erkundigte sich Alex, als die Tür ins Schloss fiel. «Bist du extra in die arktische Tundra gereist, um die Würfel eigenhändig aus dem Gletscher zu schlagen?»

Er saß immer noch auf dem Bett, immer noch über sein Telefon gebeugt. Immer noch – ganz offensichtlich – entschlossen, jeden freien Augenblick mit Konversation zu füllen.

«Die Maschine ist auf der anderen Seite des ...» Marcus seufzte. «Egal. Tut mir leid, dass ich so lange gebraucht habe.»

Ein kurzer Blick auf die Nachttischuhr machte alle Hoffnung auf ein Nickerchen zunichte. Sie hatten bestenfalls noch zehn Minuten Zeit, um sich auszuruhen, bevor sie sich auf den Weg nach unten machen mussten, um ihre ersten Auftritte zu absolvieren.

«*Fuck*», stöhnte Alex. «Ich habe eine Nachricht von Ron bekommen. Die Betreffzeile lautet ‹Unangemessenes Verhalten und mögliche Konsequenzen›. Als ob ich nicht wüsste, was die beiden ...»

Urplötzlich klappte er den Mund zu und zog die Brauen zusammen.

Während Marcus besorgt zusah, scrollte Alex nach unten. Dann wieder nach oben, offenbar um die Nachricht erneut zu lesen, und schließlich ein zweites Mal nach unten.

Seine Atmung veränderte sich, wurde rau und schnell, bis er schließlich schnaubte wie jener wütende Bulle, den Ron und R. J. völlig grundlos in die vierte Staffel eingebaut hatten.

Rote Flecken breiteten sich auf seinen Wangen aus, was niemals ein gutes Zeichen war.

«Diese Scheißkerle», flüsterte er. «Diese grausamen Scheißkerle.»

Alex würde ihm sowieso alles erzählen und sehr wahrscheinlich in einer unangenehmen Lautstärke, also nahm Marcus das Telefon seines Freundes und las sich die Nachricht langsam und äußerst sorgfältig durch.

Nicht hinnehmbare Unhöflichkeit gegenüber einem Fan, Verletzung der Erwartungen hinsichtlich akzeptablen Benehmens, bla, bla, bla. *Vertragliche Verpflichtungen*, bla, bla, bla. Nichts allzu Überraschendes oder Unerwartetes und eigentlich nichts, was die Art von Reaktion hervorrufen würde, die Alex ...

Oh.

Oh.

Am Ende der Nachricht hatte Ron einen weniger juristisch klingenden Nachtrag angehängt.

PS: Ich nehme an, es ist unsere Schuld, weil wir dir eine so hässliche Aufpasserin aufgehalst haben. Sag Lauren, sie soll eine Tüte drüberziehen, wenn es sein muss, aber hör auf, dich von ihrem Gesicht in Schwierigkeiten bringen zu lassen. Obwohl das beim Rest von ihr wohl auch nichts helfen wird, oder?

Am Ende hatte Ron ein Tränen lachendes Emoji hinzugefügt.

Sie hatten außerdem Lauren in CC gesetzt. *Diese grausamen Scheißkerle*, in der Tat.

Scheiße. Marcus musste das in Ordnung bringen oder ihnen zumindest etwas Zeit verschaffen. Und das möglichst ohne seinem Freund das Telefon zurückzugeben.

Es blieb nicht mehr viel Zeit bis zu Alex' erstem planmäßigen Termin, aber in diesem Zustand konnte er nicht auf die Bühne gehen. Und ganz sicher konnte man nicht darauf vertrauen, dass er auf eine so eiskalte, grausame Nachricht eine professionelle, nicht karrierebeendende Antwort schickte. Nicht bevor er Zeit hatte, sich zu beruhigen.

Was waren ihre vernünftigsten Optionen? «Hör zu, Alex, warum machen wir nicht einen Spaziergang, bevor ...»

«Keine Zeit.» Mit immer noch rotem Gesicht stand sein Freund auf, stieg energisch in seine Schuhe und schlenderte zur Tür der Suite. «Lass uns gehen. Ich muss zu einer Q&A-Session. Du kannst das Telefon fürs Erste behalten.»

Marcus steckte das Handy in die Hosentasche seiner Jeans und schob es so nah wie möglich in Richtung seines Schritts. Es dort herauszuholen, würde eine Art von Intimität erfordern, die Alex und er nicht teilten.

Und das war ... gut?

Warum machte es Marcus nur noch nervöser, dass Alex ihm das Handy so bereitwillig überlassen hatte?

Sie marschierten die endlosen Flure entlang, Marcus lächelte den Fans zu und schob es auf Alex' bevorstehende Fragerunde, dass sie nicht für Selfies anhalten konnten.

Alex sagte kein Wort, was völlig untypisch für ihn war. Er schaute nur stur geradeaus und schritt die Korridore entlang, jede Bewegung effizient und kraftvoll.

Noch vor wenigen Minuten, auf dem Rückweg von der Eismaschine, hatte Marcus überlegt, die ersten Minuten von Alex' Frage- und Antwortrunde von den Seitenflügeln der Bühne aus zu verfolgen, um dann für ein Nickerchen in ihr Zimmer zu flüchten und eine lang ersehnte, wohlverdiente Ruhepause von seinem Elend und Alex' endlosem Gerede einzulegen.

Jetzt würde er allerdings nirgendwo mehr hingehen. Nicht nachdem sie den Alex zugewiesenen Saal erreicht hatten. Nicht nachdem der Moderator und die Organisatoren der Konferenz sie mit überschwänglicher Höflichkeit begrüßt hatten. Nicht nachdem man sie beide hinter die Bühne geführt und ihnen Plätze angeboten hatte, auf die sich keiner von ihnen setzte.

Nach einer weiteren Minute des Schweigens versuchte Marcus es erneut. «Ich weiß, du bist wütend, aber ...»

«Mach dir keine Sorgen.» Die Stimme seines Freundes war kühl, im Gegensatz zu den heißen Flecken auf seinen Wangenknochen. «Ich komme schon klar.»

Das war irgendwie gleichzeitig mehr und weniger beruhigend, als Marcus gehofft hatte.

Als der Moderator Alex ankündigte, nickte er Marcus einmal zu und schritt dann auf die Bühne, als würde er einen Boxring betreten.

Das war ...

Marcus rückte näher an den Rand des Vorhangs, bis er sehen konnte, wie sein bester Freund mit dem Mikrofon in der Hand auf und ab ging, anstatt sich neben den Moderator zu setzen. Das Lächeln, das durch seinen struppigen Bart drang, war wild, schneidend und Marcus wohlvertraut.

Darauf folgte normalerweise die Apokalypse.

Das war schlecht. Sehr, sehr schlecht.

Lauren hatte einen besonders guten Platz am Ende der ersten Reihe bekommen, und sie beobachtete Alex aufmerksam, wobei sie ihre Stirn noch mehr furchte als sonst. Sie saß auf der Kante ihres Klappstuhls und schien bereit zu sein ... etwas zu tun. Sich auf ihn zu werfen oder ihn von der Bühne zu zerren vielleicht.

Trotz ihrer offensichtlichen Besorgnis und Marcus' eigener Bedenken verlief die Fragerunde normal. Vielleicht fielen Alex' Antworten ein wenig bissiger aus als sonst, und vielleicht verblasste seine rötliche Gesichtsfarbe nie vollständig, doch er präsentierte sich charmant, intelligent und genau so, wie die Showrunner ihn in der Öffentlichkeit sehen wollten.

Zumindest bis zur letzten Frage der Session.

Die Frau in der dritten Reihe zitterte beinah vor Nervosität, aber sie stand trotzdem auf und stammelte aufgeregt ihre Frage: «W-was können Sie uns über die letzte Staffel erzählen?»

«Ihre Frage bezieht sich auf die letzte Staffel, richtig? Sie wollen wissen, was ich darüber erzählen kann?» Alex' Grinsen strahlte unter der Bühnenbeleuchtung noch heller, und Marcus wusste es. Irgendwie *wusste* er es einfach. «Danke für diese fantastische Abschlussfrage. Es wäre mir eine Freude, darauf zu antworten.»

Marcus lief bereits auf die Mitte der Bühne zu und versuchte, einen Vorwand zu finden, irgendeine Ausrede, um seinen Freund von dort wegzuziehen, aber es war zu spät. *Er* war zu spät. Genauso wie Lauren, die beim ersten Anzeichen von Ärger aufgesprungen war.

Alles, was sie tun konnten, war, stehen zu bleiben und entsetzt dabei zuzuschauen und zuzuhören, wie Alex seine gesamte gottverdammte Karriere in einem gewaltigen Wutanfall aufs Spiel setzte.

«Wie Sie wissen, dürfen die Darsteller nicht viel über Episoden verlauten lassen, die noch nicht ausgestrahlt wurden.» Mit einem anarchischen, zornerfüllten Grinsen im Gesicht hörte er auf, über die Bühne zu wandern, und sprach klar und deutlich zu den Kameras, die jedes seiner Worte für die weltweiten Livestreams aufzeichneten. «Aber wenn Sie trotzdem an meinen Gedanken zu unserer letzten Staffel interessiert sind, sollten Sie sich meine Fanfiction ansehen. Ich schreibe unter dem Namen AmorUnleashed. Alles in einem Wort, großes A, großes U.»

Einige schnappten bei der Ankündigung nach Luft, aber ansonsten gab das Publikum keinen einzigen Ton von sich. Nicht einen einzigen. Die Arme um den Oberkörper geschlungen, das Gesicht vor Entsetzen verzogen, ließ sich Lauren auf ihren Sitz sinken und kauerte sich zusammen.

Mit einer höflichen Geste legte Alex sein Mikrofon auf dem Stuhl ab, der für ihn bereitgestellt worden war, den er aber nicht benutzt hatte. Dann hob er einen Zeigefinger und nahm das Mikrofon wieder in die Hand.

«Oh», fügte er lässig hinzu, «diese Geschichten werden Ihnen übrigens auch einen Einblick in meine Gefühle über die Serie ganz im Allgemeinen geben.»

Lauren hatte ihr Gesicht mit beiden Händen bedeckt und den Kopf gesenkt.

Eine lange Pause entstand, während Alex' Lächeln immer breiter und breiter wurde. «Außerdem hier noch eine Warnung: Amor wird in meinen Geschichten gepeggt. Sehr oft und sehr gerne. Es ist keine große Literatur, aber immer noch besser als das, was uns in dieser Staffel geboten wurde in den ...» Er zwinkerte dem Publikum zu und überließ es den Leuten, den fehlenden Begriff für ihn zu ergänzen: *Drehbüchern.* «Na ja, lassen wir das mal beiseite.»

Wegen der Livestreams und der ganzen Handys, die seine Fragerunde aufzeichneten, würde er seine Worte später nicht leugnen können. Es gab keine Möglichkeit, sie anders zu verstehen als so, wie er es gemeint hatte. Das war eine Provokation gewesen, absichtlich und gezielt.

Ein leises Wimmern erklang, und wenn Marcus hätte raten müssen, hätte er getippt, dass es von Lauren kam.

Alex wartete noch einen Moment, den Kopf nachdenklich zur Seite geneigt. Dann lächelte er ein letztes Mal.

«Nein, das war dann alles.» Noch eine kleine Verbeugung. «Ich bin fertig.»

Unter überraschtem Gemurmel schritt er von der Bühne und blieb neben Marcus stehen. Alex' Körper strahlte eine unglaubliche Hitze aus. Er hatte die Augen fest zusammengekniffen und schnaubte abermals heftig den Atem aus wie dieser Stier, bereit, mit den Hufen über den Boden zu scharren und anzugreifen.

«Alex.» Als sein Freund nicht reagierte, versuchte Marcus es erneut. «Alex.»

Diesmal gelang es Alex, ihn anzusehen.

«Du bist wirklich erledigt, es sei denn, du findest einen Weg, unverzüglich Schadensbegrenzung zu betreiben.» Er legte seinem Freund vorsichtig eine Hand auf die Schulter. «Ich komme sofort zurück aufs Zimmer, wenn die Fotosessions beendet sind, aber du musst deinen Agenten und deinen Anwalt anrufen und jeden anderen, der auf deiner Seite ist. Und zwar jetzt sofort.»

Alex schloss wieder die Augen, und schließlich sackten seine Schultern nach unten. Er nickte.

«Ich weiß», sagte er resigniert, aber nicht entschuldigend. «Ich weiß.»

LAVINEAS-SERVER
Thread: WTAF ist los mit den Drehbüchern dieser Staffel?

Unapologetic Lavinia Stan: Es ist so viel falsch daran. So viel.

Unapologetic Lavinia Stan: Ich verstehe auch immer noch nicht, weshalb die Showrunner die Story vom alten Rom ins quasi mittelalterliche Europa verlegt haben. (Ja, ich weiß schon, was BAWN dazu sagen wird.)

Mrs Pius Aeneas: «Man versucht, im Kielwasser von *Game of Thrones* zu schwimmen.»

Unapologetic Lavinia Stan: Genau. Aber auch um die zweitausend Jahre später haben die Menschen nicht «sich stressen lassen» gesagt. Sogar *ich*, eine Frau, die NICHT in diesem Kanon herumstümpert, weiß DAS.

Book!AeneasWouldNever: Danke, dass du es gesagt hast, MPA, dann musste ich es nicht tun.

TopMeAeneas: Aber mal von den ganzen Anachronismen abgesehen, die Dialoge scheinen inzwischen so viel ... rudimentärer? ... als in den ersten drei Staffeln.

Book!AeneasWouldNever: Das ist kein Zufall. Ein Buch pro Staffel. Und es gibt drei Bücher.

Book!AeneasWouldNever: Die Showrunner haben die Figuren nie verstanden. Sie haben sich auf die Bücher und die Schauspieler verlassen. Jetzt gibt es keine Bücher mehr als Vorlage, und die Darsteller geben ihr Bestes, um das gut zu verkaufen, was ihnen an die Hand gegeben wird. Aber die können sich ja nicht einfach Plot und Dialoge neu ausdenken.

Book!AeneasWouldNever: Zumindest lauten so die Gerüchte. Ich weiß es natürlich nicht mit Sicherheit.

28

APRIL HATTE ALEX' Q&A-Runde sausen lassen, weil sie befürchtet hatte, sie könnte dort auf Marcus treffen. Danach konnte sie es jedoch nicht vermeiden, alles darüber zu hören.

«Er hat es gerade ... *einfach verkündet*», sagte ein Typ mit stilisierten Flügeln auf seinem T-Shirt zum Kreis seiner Freunde und sah schockiert, aber auch freudig erregt aus. *Amor Gets Shit Done, No Diaper Needed,* stand auf dem Shirt. «Einfach so. Und anscheinend kommt in seinen Geschichten immer Pegging vor.»

Hinter einer großen Topfpflanze versteckt, lauschte April der vierten Version dieses Gesprächs, die sie in den letzten zehn Minuten gehört hatte. Jedes Mal hoffte sie, irgendeine neue Information zu erhalten, irgendetwas, das ihre Sorgen um Alex lindern könnte.

Eine junge Frau mit Psyches typischem schmalen Reif auf dem Kopf runzelte die Stirn. «Pegging?»

Ein anderer Fan – auf ihrem T-Shirt prangte eine Karte der Unterwelt – winkte die erste Frau näher heran und flüsterte ihr eine Minute lang ins Ohr.

«Oh.» Der Psyche-Fan blinzelte. «*Oh.*»

Angesichts ihrer Miene und der errötenden Wangen brachen alle in Gelächter aus.

«Die Dreharbeiten für die letzte Staffel sind abgeschlossen, richtig?» Ein weiterer Freund von ihnen, ein Mann in den Vierzigern mit einem Plastikschwert an der Hüfte, klang höchst amüsiert. «Können sie ihn jetzt überhaupt noch feuern?»

Amor-Shirt schnaubte. «Das vielleicht nicht, aber sie können ihn verklagen. Es würde mich wundern, wenn sie es nicht tun.»

Als sich die Gruppe in Richtung eines Saals bewegte, um an einer Fotosession teilzunehmen, folgte April ihr nicht und versuchte auch nicht, noch weitere Gespräche zu belauschen. Im Grunde enthielten alle dieselben Informationen, und die ließen nur einen unvermeidlichen Schluss zu.

Alex war am Arsch.

Sie war jetzt froh, dass sie seine Fragerunde verpasst hatte, und sie hatte *nicht* vor, sich einen der unzähligen YouTube-Clips anzusehen, die innerhalb von Minuten nach dem Vorfall hochgeladen worden waren. Auch wenn Alex manchmal ein Arschloch war, war er trotzdem loyal und lustig und unterhaltsam. Sie mochte ihn. Und sie hatte keine Lust, dabei zuzusehen, wie er sein Lebenswerk wegwarf in einem Anfall von – glaubte man den Zuschauern – allumfassender, rätselhafter, grinsender Wut.

Was jedoch nicht bedeutete, dass sie sich seine Fanfiction nicht anschauen würde. Und zwar auf schnellstem Wege. Wenn jemand im *Gods*-Universum eine ordentliche Runde Pegging brauchte, dann war es *definitiv* Amor.

Als sie sich auf den Weg zu den Aufzügen machte, zog sie zahlreiche Blicke auf sich, und es wurde geflüstert, wie es schon seit ihrer Ankunft immer wieder geschah.

Selbst nach ein paar Stunden im Hotel und obwohl sie sich mental darauf vorbereitet hatte, war sie immer noch verwirrt von der vielen Aufmerksamkeit. Ein paar der Con-Teilnehmer schauten nur oder machten aus der Ferne Fotos oder Videos, damit konnte sie leben. Aber die Leute, die ihr mit Kommentaren, Fragen und eindeutig zu viel Nähe auf den Leib rückten, als für sie okay war ...

Vor denen wollte sie sich verstecken. Nicht weil sie schüchtern war oder sich schämte wegen ihres Aussehens oder ihrer früheren Beziehung mit Marcus.

Nein, weil sie trauerte. Weil es schmerzte, Marcus' Namen auszusprechen. Weil das Augengezwinker, die Anspielungen und die aufgeregten Fragen Berge aus Salz waren, die in Wunden gestreut wurden, die noch nicht einmal begonnen hatten zu heilen.

«Ist das nicht ...», zischte eine Frau in einem T-Shirt mit dem Aufdruck *Didos Vengeance Tour: 1000 v. Chr.* und stieß ihre Freundin mit dem Ellbogen an. «Das ist doch der Fan, mit dem Marcus Caster-Rupp zusammen war. Wir sollten sie fragen ...»

April lief schneller.

Etwas Zeit allein zu verbringen, war sicher nicht schlecht, auch wenn das gerade mal der erste Abend der Con war. Zum Glück hatte sie alle Einladungen von Leuten aus der Lavineas-Crew, sich ein Zimmer zu teilen, abgelehnt, sogar die von TopMeAeneas.

Nachdem sie sich dankbar in ihr ruhiges, friedliches Hotelzimmer zurückgezogen hatte, schlüpfte sie aus ihren Schuhen und machte es sich, gegen das Kopfteil des Bettes gelehnt, bequem. Wenn sie den Umfang anhand der Wörterzahl richtig einschätzte, würde es nur etwa zwei Stunden dauern, bis sie sämtliche Fics von Alex durchgelesen hatte. Und sie war mehr als bereit, der Sache so viel Zeit zu widmen. Vor allem wollte sie in der näheren Zukunft keine weiteren Fragen mehr über Marcus beantworten müssen.

Am Ende saß sie länger als zwei Stunden lesend an ihrem Laptop. Viel, viel länger. Bis sie alle anderen Veranstaltungen des Abends verpasst hatte und auch längst keine kichernden Gruppen von *Gods*-Fans mehr durch den Flur stolperten und sich gegenseitig laut schreiend ermahnten, leise zu sein.

Alex' Geschichten waren faszinierend. Sogar mehr als das. Sie waren *aufschlussreich*, auf so vielen Ebenen.

Vor jeder seiner Fics bedankte er sich bei seinem treuen Betaleser und Autorenkollegen AeneasLovesLavinia. Die Gesetze der Wahrscheinlichkeit sagten ihr, wer *dieser* Autor sein musste: BAWN, der sein früheres Pseudonym nicht mehr verwenden wollte, um April nicht auf seine fortgesetzte Anwesenheit im Internet aufmerksam zu machen und sie damit noch mehr zu verletzen. Marcus, der entweder unfähig oder nicht willens war, mit dem Schreiben aufzuhören.

Jetzt, da sie wusste, dass BAWN und Marcus ein und dieselbe Person waren, fragte sie sich, was ihn überhaupt zur Fanfiction gebracht hatte. Was hatte ihm das Schreiben, insbesondere das Schreiben von Geschichten über Aeneas, gegeben? Vor allem, wenn man bedachte, dass er damit seinen Job riskierte, wenn es jemand herausfand. Was bedeutete ihm die Lavineas-Community, die Gemeinschaft, die er verlassen hatte – um ihretwillen, natürlich, um ihretwillen? Wie musste es sich für ihn angefühlt haben, sich aus diesem Freundeskreis zurückzuziehen, neu anzufangen und seine Geschichten nun ohne ein garantiertes Publikum zu erzählen?

Es musste wehtun. Wie sehr, konnte sie nicht sagen. Aber wahrscheinlich war es schmerzhafter, als ihr bewusst war.

Vielleicht war es furchtbar sentimental, aber nachdem sie durchschaut hatte, wer AeneasLovesLavinia sein musste, begann sie, die Geschichten zu lesen, die er während ihrer gemeinsamen Zeit in Berkeley verfasst hatte, bevor sie sich weiter Alex' Storys widmete.

Die Werke trugen eindeutig Marcus' Handschrift. Aber darüber hinaus waren sie auch …

April ließ den Kopf sinken und biss sich auf die Lippe, bis sie Blut schmeckte.

AeneasLovesLavinias Geschichten waren *liebevoll*.

Sein Markenzeichen, die Seelenqual, war zwar nie ganz verschwunden. Was Aeneas anging, war da immer ein nervöser Unterton; die Angst, Lavinia könnte von seiner belastenden Vergangenheit mit Dido erfahren und ihn hart dafür verurteilen.

Die meiste Zeit ging es in seinen neuen Fanfictions jedoch um Liebe, nicht um Schmerz.

Story für Story verlor Marcus' Aeneas sein Herz immer weiter an seine Ehefrau. In seiner Entschlossenheit, ihr Herz ebenfalls zu erobern, tat er sein Bestes, sie zu umwerben, sie seine Hingabe *sehen* zu lassen, ihre Unsicherheiten und Abwehrmechanismen zu überwinden, bis sie zu einem hart erkämpften Happy End fanden.

Niemand sonst würde die Parallelen zum wirklichen Leben erkennen.

April allerdings konnte sie kaum übersehen.

Nachdem sie sich die Nase geschnäuzt, einen kalten, nassen Waschlappen auf ihre Augen gelegt und alle Entscheidungen, die sie in letzter Zeit in ihrem Leben getroffen hatte, hinterfragt hatte, sprang sie zurück zu Alex' Geschichten, und *heilige Scheiße*.

Das Pegging. O Gott, das Pegging war grandios.

Aber *das* war nicht der Teil seiner Texte, der sie sprachlos und besorgt zurückließ.

Die Story, die Amor als Schauspieler in einer *Gods-of-the-Gates*-ähnlichen Show darstellte, war mehr als zugespitzt. Sie war jenseits eines Verrisses. Er zeigte schonungslos und unverblümt auf, was er als Stärken der Serie sah – die Crew, den Cast, das Ausgangsmaterial – und was er als ihre zentrale Schwäche betrachtete.

Nämlich inkompetente und unangenehme Showrunner.

Alles, was er da schrieb, bestätigte, was sie und die meisten anderen Lavineas-Anhänger bereits gemutmaßt hatten, ebenso wie einige Dinge, die Marcus privat angedeutet hatte. Aber weder sie noch ihre Mitfans hätten jemals gedacht, dass ein Mitglied des Casts diese Dinge so deutlich in aller Öffentlichkeit sagen würde.

Es stellte sich heraus, dass es einen guten Grund dafür gab, dass sie diese Art von Ehrlichkeit niemals von einem *Gods-of-the-Gates*-Darsteller erwartet hatten. Sie zerstörte Karrieren. Genauer gesagt, die von Alex.

Sobald April seine Fanfics zu Ende gelesen hatte, suchte sie nach aktuellen Tweets über ihn, außerdem nach neuen Beiträgen auf Unterhaltungsblogs und Websites, denn es war schier unmöglich, dass die Offenbarung seines Online-Alter-Egos nicht für Aufruhr sorgte. Vor allem, wenn man den Inhalt seiner Geschichten bedachte.

Die Suche dauerte nur Sekunden. Eher kürzer.

Alex' Name war überall. Er trendete auf Twitter. Er war Thema atemloser Artikel im Internet und süffisanter Beiträge im Fernsehen. Auf Aprils Laptop-Bildschirm blickte er von einem Podium im Hotel zu ihr herüber, mit gerötetem Gesicht und wildem Grinsen. Sein Ruf in der von ihm gewählten Branche war beschädigt. Vielleicht sogar irreparabel.

Den zuverlässigsten Blogs zufolge planten die wütenden *Gods-of-the-Gates*-Macher bereits rechtliche Schritte und zogen unfassbare finanzielle Vergeltungsmaßnahmen in Erwägung. Einer von Alex' Co-Stars, der Typ, der Jupiter spielte, hatte ihn vor der Kamera als undankbaren Heuchler bezeichnet. Und das Schlimmste war, da schienen sich alle einig zu sein: Regisseure und Produzenten würden es künftig vermeiden, mit Alex zu arbeiten, aus Angst, er könnte sich in der Öffentlichkeit auch gegen sie wenden.

Nicht engagierbar, so hieß es in einem Artikel.

CASTING-GIFT, wurde bei einer Unterhaltungsshow

eingeblendet. SCHREIBÜBUNGEN ZERSTÖREN SCHAU-SPIEL-KARRIERE.

Sein Agent und sein Anwalt arbeiteten offenbar schon fieberhaft hinter den Kulissen. Marcus natürlich auch. Das stand zwar nicht in den Artikeln, aber sie kannte ihn. Er würde sich mitten ins Chaos stürzen und versuchen, seinen Freund zu unterstützen und ihm zu helfen, wo immer er konnte.

Bevor sie wusste, was sie tat, hatte sie ihr Telefon in der Hand und tippte hastig eine Nachricht an ihn.

Wenn du die Gelegenheit hast, richte Alex bitte aus, dass ich an ihn denke und ihm Glück wünsche. Ich hoffe, es geht ihm gut. Sie überlegte einen Moment, dann fügte sie hinzu: Du musst nicht antworten. Ich weiß, ihr seid beide beschäftigt.

Zugestellt, teilte ihr das Telefon mit. Das war gut. Er hatte ihre Nummer nicht blockiert.

Innerhalb einer Minute hatte er ihr zurückgeschrieben, und allein diese einfache Tatsache ließ ihre Augen erneut feucht werden. Es spielte nicht einmal eine Rolle, dass seine Antwort eher knapp ausfiel.

Lauren wurde gefeuert. Es ist zu spät, um ihn rauszuwerfen, die Dreharbeiten sind abgeschlossen. Vielleicht kann er Geldstrafen und einen Prozess abwenden, aber keine Ahnung.

Er hatte geantwortet. Doch nicht nur das, er hatte ihr auch private Informationen mitgeteilt, die nicht an die Öffentlichkeit gelangen sollten – obwohl sie offiziell nicht mehr zusammen waren und sie allen Grund hätte, es ihm heimzuzahlen.

Er vertraute ihr. Wirklich.

Okay, schrieb sie. Danke, dass du es mir erzählt hast.

Marcus antwortete kein zweites Mal. Weder kurz darauf noch später am Abend.

Während sie auf eine Nachricht wartete, die nie kommen sollte, scrollte sie weiter durch Twitter, las immer mehr Artikel über Alex und die Trümmer seines hart erkämpften Hollywood-Rufs, hinterfragte sich selbst und die Art und Weise, wie sie vor weniger als einer Woche Marcus heruntergeputzt hatte.

Er hätte es *wissen* müssen, hatte sie ihm so selbstgerecht vorgeworfen. Er hätte ihr seine Online-Identität anvertrauen müssen. Er hätte seine Karriere in ihre Hände legen sollen, als er herausgefunden hatte, dass sie Unapologetic Lavinia Stan war – anstatt darüber nachzudenken, dass er damit seine Lebensgrundlage und den Ruf, den er sich durch zwei Jahrzehnte unermüdlicher, hingebungsvoller Arbeit aufgebaut hatte, gefährden könnte.

All das hätte er – ihrer Meinung nach – tun sollen, obwohl er zum gleichen Schicksal wie Alex verdammt gewesen wäre, wenn das, was er gesagt und geschrieben hatte, an die Öffentlichkeit gedrungen wäre.

Die Worte waren ihr so leicht von der Zunge gegangen, als wüsste sie, wovon sie sprach, als verstünde sie, welche Konsequenzen das alles nach sich ziehen würde. Doch als er versucht hatte, es ihr zu erklären, hatte sie es eben *nicht* verstanden. Das hatte sie wirklich nicht, wie die Nachwirkungen von Alex' Enthüllung deutlich machten.

Vielleicht hätte Marcus ihr trotzdem vertrauen sollen. Nachdem sie einen Monat zusammen waren. Zwei Monate. Aber bei einem Mann, der sich erst mit seiner Karriere ein gewisses Selbstwertgefühl und etwas Stolz erkämpft hatte, konnte sie nachvollziehen, dass er – selbst in dieser Situation – zögerlich war.

Natürlich hatte er behauptet, Vertrauen sei nicht das Hauptproblem. Und letztendlich hatte er recht.

Ich hatte Angst. Ich hatte Angst, du würdest mich verlassen.

Und sie war gegangen.

Auf ihrem Laptop suchte sie nach den Artikeln seiner

Eltern über *Gods of the Gates*. Sie waren nicht schwer zu finden, vor allem da die Boulevardzeitungen und Entertainment-Reporter sehr umfangreich über die offensichtliche Kluft zwischen Marcus und seiner Mutter und seinem Vater berichtet hatten.

Schon Jahre bevor sie Marcus persönlich kennengelernt hatte, war ihr die Faszination der Medien für die schwierige Beziehung nicht geheuer gewesen, und sie hatte sich geweigert, irgendwelche Artikel zu diesem Thema zu lesen. Aber jetzt – jetzt musste sie es verstehen.

Mit grummelndem Magen setzte sie sich auf ihr Bett und las die Essays seiner Eltern genau durch, suchte nach einer Verbindung zu Marcus, nach irgendeinem Hinweis darauf, dass dies die Menschen waren, die ihn auf die Welt gebracht und geformt hatten.

Es war, als würde man Marcus durch einen Zerrspiegel betrachten, sein Bild verfälscht und verstörend.

Seine Intelligenz wurde zu Geringschätzung. Seine Art zu schreiben wurde trocken und gefühllos. Sein Lebenswerk wurde zu einer Quelle der Schande verzerrt, statt darin eine Quelle des Stolzes zu sehen. Sein Platz in ihrem Leben wurde so klein gemacht, dass sie ihn getrost ignorieren konnten.

Aber sie konnte ihn trotzdem sehen. Auf ihrer Couch. In ihren Armen. Wie er unsicher, mit feuchten Augen und brüchiger Stimme flüsterte, dass er seinen Eltern etwas schuldete. Dass sie etwas von ihm verdienten.

Falls er ihnen verzeihen konnte, schön für ihn.

Sie konnte es nicht. Sie würde es nicht.

Er war ihnen nichts schuldig. Sie wiederum musste ihn um Verzeihung bitten.

Trotz ihres ganzen Geredes über Vertrauen hatte April ihn nicht auf ihre eigenen Eltern vorbereitet und darauf, wie sehr es sie aus der Bahn warf, Zeit mit ihnen zu verbringen. Sie hatte ihm nicht die Abscheu auf dem Gesicht ihres Vaters beschrieben, wenn sie wieder einmal neue Kleidung in einer größeren Größe brauchte. Sie hatte ihm nicht erzählt, wie ihre Mutter sich nackt vor den Spiegel stellte und, den Tränen nahe, in ihre Bauchfalten kniff, um abzuschätzen, ob sie noch dünn genug war, um von ihrem Mann geliebt zu werden.

Sie hatte ihm nicht erklärt, wie erbärmlich und erniedrigend es sich anfühlte, zu erkennen, dass ein Mann, der sie gerade nackt gesehen hatte, der gerade *in ihr* gewesen war, sich wünschte, dass sie einen anderen Körper hätte. Und sie hatte ihm auch nicht von der verzweifelten Wut erzählt, wenn derselbe Mann trotzdem von ihr erwartete, dass sie sich wieder auszog, die Beine breitmachte und ihm ihren unzulänglichen Körper anbot.

Diese Erfahrungen aus ihrer Vergangenheit waren wichtig, um sie zu verstehen, genauso wie seine Online-Identität wichtig war, um ihn zu verstehen. Aber keiner von ihnen hatte ein Wort gesagt.

Ich hatte Angst. Ich hatte Angst, du würdest mich verlassen.

Aber selbst wenn sie die Dinge zwischen ihnen in Ordnung bringen wollte – selbst wenn sie die Dinge zwischen ihnen in Ordnung bringen *könnte* –, war jetzt nicht der richtige Zeitpunkt dafür, und dieses Hotel war auch nicht der richtige Ort. Sie hatten beide Verpflichtungen, Meetings und Freunde, um die sie sich kümmern mussten.

Wie aufs Stichwort vibrierte ihr Telefon mit einer Nachricht von einer Nummer, die sie erst gestern in ihre Kontakte eingespeichert hatte. Es war Cherises – aka TopMeAeneas' – Nummer, die sie ihr in Vorbereitung auf die Con per PN auf dem Lavineas-Server mitgeteilt hatte.

Tut mir leid, dass ich so spät noch schreibe. Ich hoffe, ich habe dich nicht geweckt. Aber ich habe dich heute Abend gar nicht auf dem Server gesehen, daher wollte ich dich kurz auf den neuesten Stand bringen: Wir treffen uns nach wie vor alle am Sonntag zum Frühstück, aber wir sehen uns auf jeden Fall auch morgen früh. Nie im Leben würden wir dein Debüt beim Cosplay-Wettbewerb verpassen.

Okay, fuck. Zeit, noch einen weiteren Waschlappen nass zu machen und mehr Taschentücher zu holen.

Aber das hier waren andere Tränen. Freudentränen.

Sie gehörte jetzt zu einer Gruppe – eigentlich Gruppen, Plural –, und sie brauchte vor keinem von ihnen etwas zu verbergen. Weder bei der Arbeit noch online, nirgendwo. Sie kannten und akzeptierten sie so, wie sie war. Sie wollten sie *unterstützen*.

Danke, schrieb sie schließlich zurück, und ihr Blick war verschwommen vor Müdigkeit und den Nachwehen der Tränen. Aber ihr müsst nicht kommen. Ich weiß, dass zur gleichen Zeit noch einige andere Sessions stattfinden.

Cherise schickte drei Augenroll-Emojis, dann noch eine kurze, entschiedene Nachricht. Du kannst fest mit einem Fanclub rechnen, ULS. Du hast es verdient.

Mittlerweile fehlten April die Worte. Nur noch eine lange Reihe von Herzaugen-Emojis konnte ihre Gefühle angemessen zum Ausdruck bringen, zumindest für heute Abend. Dann legte sie ihr Handy beiseite und machte sich bettfertig, denn sie brauchte ihren Schlaf, um Kraft für den kommenden Tag zu tanken.

Am Morgen musste sie ihren Plan, wirklich sie selbst zu sein, zu Ende führen.

Sie würde sich nicht mehr verstecken, hatte sie sich vor Monaten in dem anderen Hotelzimmer geschworen. Sie würde sich nicht mehr verstecken.

Der Cosplay-Wettbewerb fand morgen früh statt, und sie hatte vor, ihr Lavinia-Kostüm mit Stolz zu tragen. Trotz all der Kameras und des vielen Getuschels. Ihre Freunde würden anscheinend da sein, um sie anzufeuern. Danach würde sie das Panel mit Summer Diaz moderieren. Anschließend würde sie Mel und Heidi per E-Mail mitteilen, wie es gelaufen war, so wie sie sie letzte Woche angewiesen hatten.

Es gab keinen Zweifel daran. Sie hatte definitiv aufgehört, ihren Körper und ihr Fandom zu verstecken.

Wenn das Wochenende vorüber war, konnte sie vielleicht auch damit aufhören, ihr Herz zu verstecken.

• • •

Früh am nächsten Morgen machte Marcus einen kurzen Abstecher zu der Händlermeile und erstand eine Aeneas-Maske, sehr zur Belustigung und Verwunderung der Umstehenden. Nachdem er ein paar Autogramme gegeben und noch mehr Selfies gemacht hatte, kehrte er in sein Zimmer zurück.

Es war jetzt halb leer. Alex war am Abend zuvor abgereist, entweder auf Rons und R.J.s Drängen hin oder auf Anraten seines Anwalts, seines Agenten und seines PR-Teams oder aber auf der Suche nach Lauren. Marcus war sich ziemlich sicher, was der Grund war.

Bisher hatte sein Freund nur einmal auf Marcus' Nachrichten reagiert: Ich bring das in Ordnung. Mach dir keine Sorgen.

Als ob das möglich wäre. Aber es gab nichts mehr, was er von der Con aus für Alex hätte tun können, und auf ihn warteten den ganzen Tag über Termine und Verpflichtungen. Außerdem wollte er ein bestimmtes Ereignis auf keinen Fall verpassen, egal wie belastend und schmerzhaft die Umstände auch sein mochten.

In Jeans, einem einfachen Longsleeve und seiner Maske würdigte ihn niemand eines zweiten Blickes. Der Saal war trotz der relativ frühen Stunde überfüllt, aber es stellte keine große Herausforderung dar, noch einen Stehplatz an der Seite zu finden.

So würde April ihn nicht sehen, doch er wollte sie sehen. Die Teilnehmer des Cosplay-Wettbewerbs standen dicht gedrängt am Fuß der Bühne. Selbst inmitten so vieler bunter, wilder und beeindruckender Kostüme brauchte er nur einen kurzen Blick, um sie zu entdecken. Vielleicht wegen ihrer Haare oder vielleicht weil sie – für ihn – stets so hell erstrahlte, als wäre ein Scheinwerfer auf sie gerichtet.

Ihr Mantel verbarg noch immer ihr Kostüm, und sie blickte auf ihr Handy hinunter. Doch während er sie beobachtete, riss sie plötzlich den Kopf hoch, ihr Mund klappte fassungslos auf, und dann strahlte sie, streckte die Arme aus und wurde von zwei vertrauten Gestalten umarmt. Die in Schals gewickelte Mel und die blauhaarige Heidi, ihre Kolleginnen und Kostüm-Komplizinnen, waren offensichtlich aufgetaucht, um sich den Wettbewerb anzuschauen.

Letzte Woche hatte April noch nicht damit gerechnet, dass sie kommen würden. Als Marcus jetzt die Rührung und die Überraschung in Aprils Lächeln bemerkte und sah, wie sie sich über die Unterstützung ihrer Kolleginnen und Freundinnen freute, ließ das seinen Hals kribbeln.

Mehr Menschen hatten sich um sie herum versammelt, Menschen, die sie nicht zu erkennen schien. Doch nach einem kurzen Gespräch umarmte sie auch diese Leute, lachte, und er musste es einfach wissen.

Er bewegte sich näher heran, immer noch unbemerkt. Noch näher. Nah genug, um eines der Namensschilder zu lesen.

Cherise Douglas, stand da. Dann in Klammern darunter: *TopMeAeneas auf AO3.*

Sein Kinn sank ihm auf die Brust, und er musste sich

kurz sammeln, bevor er sich wieder entfernte. All die Menschen, die sich da gegenseitig zuriefen, angrinsten und sich umarmten, waren nicht mehr seine Community, genauso wie April nicht länger seine beste Online-Freundin oder feste Partnerin war.

Er würde sich dort nicht hineindrängen. Er konnte sich auch nicht dort hineindrängen, nicht ohne die gleichen Konsequenzen wie Alex zu provozieren.

Dann begann der Wettbewerb, und April entledigte sich ihres Mantels, reichte ihn mit einer ausladenden Geste an Mel weiter und stellte sich an. Soweit er das beurteilen konnte, unterschied sich ihr Kostüm gar nicht so sehr von dem Lavinia-Outfit, das sie auf Twitter gepostet hatte, auch wenn dieses hier etwas glänzender war und besser saß.

Doch als sie die Seitentreppe hinaufstieg und an der Reihe war, über die Bühne zu laufen, sah er den Unterschied. Jeder sah es. Auf halbem Weg wandte sie sich dem Publikum zu, blieb stehen und öffnete einige versteckte Verschlüsse. Wenige Augenblicke später hatte sie irgendwie – *irgendwie* – Lavinias Röcke in einen Umhang verwandelt und etwas mit ihrem Mieder angestellt, sodass aus ihrem ersten nun ein zweites, völlig anderes Kostüm entstanden war.

Kniehosen. Wams. Ein Schwert, das sie unter ihrem verwandelten Kleid versteckte.

Sie war Aeneas. Durch einen cleveren Trick war sie jetzt wie Aeneas gekleidet.

Sie stand da im gleißenden Licht, vor all den Kameras, die auf sie gerichtet waren, und lachte. Wunderschön. Krieger und Jungfrau zur selben Zeit. Da stand Lavineas, ihr OTP, in Fleisch und Blut. April wirkte stolz, *stolz*, als sie sich auf den Applaus und die anerkennenden Pfiffe aus dem Publikum hin höflich verneigte.

Marcus kannte die Haltung ihres Kinns. Das war Trotz.

Denn trotz ihrer Verletzlichkeit, die er erst jetzt wirklich verstand, zeigte sie sich der Welt und forderte sie heraus, ihren Körper, ihre Leidenschaften, ihre Errungenschaften und ihr Leben zu beurteilen. Und dabei hatte sie eine Gruppe von Menschen an ihrer Seite, die sie unterstützten und hinter ihr standen, weil sie ihnen erlaubt hatte, sie wahrhaftig zu *sehen*.

Das war ein Triumph. Mehr als das, es war Tapferkeit und echter Mut.

Aeneas konnte da nicht mithalten, Halbgott hin oder her. Und Marcus konnte es erst recht nicht.

Aber vielleicht brauchte es, wie all die anderen Fertigkeiten, die er über die Jahre hinweg zu meistern versucht hatte, auch einfach nur Übung.

Nachdem April die Schleife und die Trophäe für den zweiten Platz – was er für einen schweren Juryirrtum hielt – überreicht worden waren, kehrte er in sein Zimmer zurück und kratzte seinen eigenen Mut zusammen.

Eine E-Mail musste genügen, denn er glaubte nicht, dass er die richtigen Worte fände, wenn er sie laut aussprechen müsste.

Am Ende formulierte er seine Mail sehr direkt und geradeaus. Was nicht bedeutete, dass sie verstehen würden, was er ihnen mitteilen wollte. Aber es musste trotzdem ausgesprochen werden, denn er war diese Erklärung sowohl sich selbst als auch ihnen schuldig.

Der letzte Absatz fasste alles noch einmal zusammen, so wie seine Mutter es ihm beigebracht hatte, als sie endlose Stunden damit verbrachten, Aufsätze zu verfassen, die niemals gut genug gewesen waren.

> Ich liebe euch beide. Aber wenn ihr mich und meine Arbeit nicht respektieren könnt, möchte ich euch nicht mehr besuchen. Ich habe Erfolg, weil ich einerseits Glück hatte, ja, aber auch weil ich hart dafür gearbeitet habe und weil ich

gut in meinem Job bin. Ich bin stolz auf das, was ich tue und was ich erreicht habe. Besonders stolz bin ich darauf, dass ich trotz der Probleme mit meiner Legasthenie so viel geschafft habe. Wenn ihr nicht dasselbe empfinden könnt, verstehe ich das, doch ich werde mich nicht länger eurer Missbilligung aussetzen. Wenn ihr mich ebenfalls wirklich liebt, dann akzeptiert mich so, wie ich bin. Wenn ihr mich nicht so akzeptieren könnt, wie ich bin, solltet ihr möglicherweise eure Definition von Liebe überdenken.

Er unterschrieb als ihr sie liebender Sohn, vielleicht zum letzten Mal.

Dann las er die diktierte Nachricht, so gut er konnte, Korrektur.

Mit zitterndem Finger drückte er auf *Senden*.

Dann tippte er mit dem Telefon in der verschwitzten Hand auf die Nummer, die er vor Wochen in seinen Kontakten gespeichert hatte, nur für den Fall, dass er jemals genug Mut dafür aufbrächte.

Womöglich hatte er diesen Mut noch gar nicht gefasst, doch zumindest hatte er ausreichend Inspiration und Motivation gefunden. Genug, um zu tun, was er vor Jahren schon hätte tun sollen.

Vika Andrich meldete sich nach dem zweiten Klingeln, und die Gespräche im Hintergrund übertönten fast ihre Begrüßung. Sie war zweifellos in einem der unteren Flure unterwegs, umgeben von einer Menge *Gods*-Fans, und sammelte Informationen für ihre nächsten Blogbeiträge.

«Hier ist Vika.» Sie klang abgelenkt. «Wie kann ich Ihnen helfen?»

«Hier ist Marcus Caster-Rupp», sagte er mit rauer Stimme. «Es gibt ein paar Missverständnisse, die ich gerne ausräumen würde. Was halten Sie von einem Exklusivinterview heute Abend?»

Es folgte eine lange, lange Pause.

«Warten Sie einen Moment.» Als sie wieder sprach, war es im Hintergrund ruhiger geworden. «Darf ich offen sein?»

Er schluckte schwer. «Sicher.»

«Ich glaube, das ist längst überfällig», entgegnete sie.

Rating: Mature

Fandoms: Gods of the Gates – E. Wade, Gods of the Gates (TV)

Beziehungen: Aeneas/Lavinia

Zusätzliche Tags: Kanontreu, Angst und Fluff, Schuld

Statistik: Wörter: 5937; Kapitel: 3/3; Kommentare: 9; Kudos: 83; Lesezeichen: 4

SCHLAGABTAUSCH
AeneasLovesLavinia

Zusammenfassung:
Aeneas unterrichtet seine Frau im Schwertkampf – und wartet auf den Tag, an dem sie Blut vergießen wird.

Bemerkung:
Danke an meinen Beta. Er weiß, wer er ist.

Lavinia wurde immer sicherer mit dem Schwert in ihrer Hand. Das Gleiche galt im Bett, und er war egoistisch genug, um ihr zunehmendes Geschick in diesem Bereich zu schätzen. Aber das Bett war nicht der Ort, wo sie lernen würde, ihm zu vertrauen, Stoß um Stoß.
Nachts ließ sie seine Liebkosungen zu und wagte bereitwillig, aber immer noch unbeholfen ihre eigenen Versuche. Der schockierte Ausdruck, der ihr jedes Mal im Gesicht stand, wenn sie in seinen Armen erschauderte und zum Höhepunkt kam, war noch nicht verschwunden. Ihr anhaltendes Zögern bezauberte ihn, genau wie ihr Vergnügen das seine anregte. Im Staub unter der glühenden Sonne war sie eine andere

Frau. Bekleidet und selbstbewusst schlug sie zurück. Sie parierte. Sie *griff an.*
Du musst es lernen, falls ich und die anderen Wächter des Latium-Tores versagen, hatte er ihr erklärt.
Das war nah genug an der Wahrheit. Es war aber auch eine Ausrede; eine, die Aeneas nach dem ersten Übungskampf mit ihr nicht mehr aufgeben wollte.
Ihr liebenswertes, schiefes Lächeln strahlte, sie bewegte ihren eleganten, knöchernen Körper, ohne zu zögern, völlig davon überzeugt, dass er sie nicht verletzen würde. Manche Schwerter, so schien es, hielt sie für gefährlicher als andere.
Eines Tages verwundete sie stattdessen ihn.
«Erzähl mir von Karthago, Ehemann», sagte Lavinia, als sie seine Klinge beiseiteschlug und einen Vorstoß machte. «Wie hast du deine Zeit dort verbracht?»
Seine Konzentration ließ nach, und das Ergebnis war vorhersehbar. Aus dem Schnitt in seinem Oberschenkel quoll Blut, sie keuchte und fand eine saubere Ecke ihrer Stola, um sie auf die Wunde zu drücken.
Erstickt brachte sie Entschuldigung um Entschuldigung hervor, doch er beruhigte sie. Und eine Frage kam in ihm auf.
Wenn sie wüsste – wenn sie *wüsste* –, wie er die letzte Frau, die er liebte, ohne ein Wort verlassen hatte; wenn sie an Deck seines Schiffes gestanden und dabei zugesehen hätte, wie sich eine Königin aus Verzweiflung über seine Grausamkeit in Brand steckte; wenn sie erkennen würde, was er verkörperte, wie er gewesen war, was er getan hatte ...
Vielleicht würde Lavinia dann sein Schwert im Bett nicht annehmen, vielleicht würde sie dann auf dem staubigen Hof nicht lachend seine Hiebe mit einer scharfen Klinge abwehren.
Vielleicht würde sie sie stattdessen gegen ihn richten.

29

«... **ALSO WERDEN** Cyprian und Cassia einige schwere Entscheidungen treffen müssen, sie müssen sich überlegen, was sie sich gegenseitig bedeuten und was sie bereit sind, füreinander und für die Menschheit zu opfern», erklärte Maria dem Moderator auf seine Frage hin und wandte sich anschließend an Peter. «Willst du noch etwas hinzufügen?»

Während sie geredet hatte, hatte er sie die ganze Zeit wie gebannt angestarrt, den Mund zu einem leichten Lächeln verzogen. «Eine andere Frage, die zunehmend in den Vordergrund rückt, ist, ob die Insel, auf der sie vor Jahren Schiffbruch erlitten haben, immer noch ihr Gefängnis darstellt oder ob sie zu ihrem Zuhause geworden ist. Ansonsten, denke ich, hast du alles gesagt, was ich auch sagen wollte. Wie immer.»

Mit schelmisch funkelnden Augen krauste Maria die Nase. «Wenn du damit andeuten willst, dass ich zu viel rede...»

«Niemals», beschwor er dramatisch und legte eine Hand auf sein Herz, während das Publikum lachte. «Ich lausche mit Freude jeder Eurer Äußerungen, Mylady.»

«Im Schwedischen gibt es ein Wort, das hier ziemlich gut passt.» Maria stützte sich mit den Ellbogen auf dem Tisch vor ihr ab und schaute die Teilnehmer der Runde verschwörerisch an. «*Snicksnack.* Schnickschnack. Totaler Bullshit.»

Daraufhin kicherte Carah. «Ich dachte, ich wäre die erste Person, die heute ausgepiepst wird.»

«Die Schweden sind ein unflätiges Völkchen, wie ich feststellen musste», sagte Peter sehr deutlich in sein Mikrofon, während Maria ihn angrinste. «Ich kann daraus nur schließen, dass lange Winter die Schamlosigkeit fördern.»

Marcus schüttelte über die beiden den Kopf. Wenn er später auf Twitter nachsah, würde dieses Geplänkel bereits viral gegangen sein; so wie viele solcher Wortwechsel, die in den letzten Jahren zu Memes und Gifs geworden waren. Er wusste es jetzt schon.

Die Nähe und augenscheinliche Zuneigung seiner beiden Schauspielkollegen füreinander faszinierte selbst Leute, die *Gods of the Gates* noch nie gesehen hatten. Soweit irgendjemand – Marcus eingeschlossen – wusste, waren Maria und Peter nie zusammen gewesen, doch das schien die Spekulationen eher anzuheizen, anstatt sie zu dämpfen.

Dann wandte sich der Moderator an ihn, das letzte Mitglied des Casts, das noch keine Frage speziell zu seiner Rolle beantwortet hatte. «Marcus, kannst du uns etwas über Aeneas' Entwicklung im Laufe der Serie erzählen? Ich weiß, dass du keine Spoiler zur letzten Staffel verraten darfst, aber kannst du uns etwas über die Verfassung deiner Figur sagen, während sich alle auf den großen Showdown zwischen Juno und Jupiter vorbereiten?»

Normalerweise bekam Marcus solche bohrenden Fragen nicht gestellt.

Aber jetzt war es so weit. Ein weiterer Moment der Entscheidung. Eine weitere Gelegenheit, mutig zu sein oder eben nicht.

April befand sich nicht im Publikum. Er hatte sehr genau hingesehen. Vielleicht musste sie sich auf ihr Panel mit Summer vorbereiten, das in weniger als einer halben Stunde anfing. Vielleicht wollte sie sich in der Öffentlichkeit auch nicht im selben Raum aufhalten wie ihr Ex-Freund.

Es spielte keine Rolle. Ihre Tapferkeit hatte ihn zwar inspiriert, aber das hier war nicht für sie.

Es war für ihn selbst.

Er hatte sich die Fragen vorher schon angesehen. Er wusste, was er zu sagen hatte.

«Ich glaube ...» Ein Schluck aus seiner Wasserflasche half ihm, die Trockenheit in seiner Kehle zu lindern. «Ich glaube, wenn wir Aeneas in der ersten Staffel kennenlernen, ist er ein Mann, der seine Heimat zwar verloren hat, aber nicht seine Identität. Er ist vielleicht monatelang gesegelt, manchmal weitab vom Festland und nur der Gnade Neptuns ausgeliefert, aber er hat ein untrügliches Gefühl für seine Ziele und für sich selbst. Ein Krieger und Anführer, der sich dem Willen der Götter unterworfen hat, was immer das auch für Konsequenzen nach sich ziehen mag.»

Seine Kollegen starrten ihn jetzt mit großen Augen an und runzelten die Stirn, was kein Wunder war. Er wagte es nicht, ins Publikum zu blicken, das sehr still geworden war.

«Aber ...» Erst mehr Wasser, dann sprach er weiter. «Aber dann haben sie ihm befohlen, Dido, die Frau, die er liebt, auf so grausame, verletzende Weise zu verlassen. Er stand an Deck seines Schiffes und musste hilflos dabei zusehen, wie sie auf einem Scheiterhaufen verbrannte, der ihr ganzes gemeinsames Leben enthielt. Und seither kann er sein persönliches Ehrgefühl nicht mehr mit seinem Gehorsam gegenüber Venus und Jupiter in Einklang bringen.»

Ein weiterer Schluck Wasser. Er atmete noch einmal tief durch, bevor er sich so entschieden über seine öffentliche Rolle hinwegsetzte, dass es nicht mehr möglich wäre, seine frühere Täuschung zu verkennen.

«Als er Lavinia begegnet, ringt er noch mit dem Widerspruch zwischen Pflicht und Gewissen und versucht herauszufinden, was Gottergebenheit und Frömmigkeit eigentlich für ihn bedeuten. Er ist nicht mehr derselbe Mann. Vor allem, nachdem er anfängt, sich mit seiner Frau ein Leben aufzubauen, das nicht von Kampf und Blutvergießen bestimmt wird.» Marcus warf ein schwaches Lächeln in den Raum, ohne mit irgendjemandem Augenkontakt aufzunehmen. «Wie sich das in der letzten Staffel entwickeln wird, kann ich Ihnen leider nicht verraten.»

Der Moderator, ein Reporter eines bekannten Entertainment-Magazins, blinzelte ihn an. «Oh ... okay. Ähm, danke, Marcus, für das ...» Der ältere Mann hielt inne. «Ich danke Ihnen für diese wohldurchdachte Antwort.»

In der ersten Reihe saß Vika und beobachtete Marcus. Als er versehentlich ihren Blick erwiderte, neigte sie den Kopf mit einem kleinen Lächeln. Eine Anerkennung. Vielleicht sogar eine Ermutigung.

«Nun, äh ...» Der Moderator wirkte immer noch ziemlich erschüttert, aber schließlich blickte er auf die Unterlagen vor ihm und riss sich zusammen. «Ich glaube, es ist noch Zeit für Fragen aus dem Publikum.»

Es folgten einige Momente allgemeiner Unruhe, bevor eine Frau im hinteren Teil des Raumes aufstand, ein Mikrofon entgegennahm und sich an das Podium wandte. «Diese Frage ist für Marcus.»

«Ach, fuck, nein», murmelte Carah und tätschelte ihm tröstend den Arm.

Zu seiner Überraschung ging die Frau jedoch nicht auf die offensichtliche Diskrepanz zwischen seiner früheren öffentlichen Rolle und jener Version von ihm ein, die gerade gesprochen hatte.

Nein, was sie fragte, war unendlich viel schlimmer.

«Mein Freund und ich streiten ständig über eine Sache», stellte sie fest und deutete auf einen Mann in einem *Gods*-T-Shirt, der lässig grinsend auf dem Platz neben ihr saß. «Er ist davon überzeugt, dass Sie diesen Fan nur aus Publicity-Gründen oder als eine Art politisches Statement gedatet haben. Ich habe ihm gesagt, dass Sie zwar ein großartiger Schauspieler sind, aber es unmöglich sein kann, dass Sie diesen Ausdruck, wenn Sie sie ansehen, nur vortäuschen. Wer hat also recht?»

Abwesend fragte sich Marcus, welchen Gesichtsausdruck er wohl hatte, wenn er April ansah. Vollkommen hin und weg wahrscheinlich. Heillos verliebt.

Der Moderator seufzte schwer und blickte die Frau an. «Bitte stellen Sie sicher, dass sich alle zukünftigen Fragen auf die Show beziehen und nicht auf rein persönliche Angelegenheiten. Kommen wir zum nächsten ...»

«Nein.» Marcus war selbst überrascht, dass er das laut gesagt hatte. «Nein, ist schon okay. Ich werde antworten.»

Bevor er April kannte, hätte er die Tragweite dieser Frage nicht erkannt und nicht verstanden, was der Freund der Frau mit seiner Haltung tatsächlich aussagte. Aber jetzt wusste er es, und er würde es nicht unwidersprochen lassen.

Vielleicht wollte April ihn nicht mehr, doch er würde nicht stillschweigend dabei zusehen, wie dieses grinsende Arschloch oder sonst irgendjemand ihre Beziehung als PR-Gag oder politisches Statement abtat.

«Meine Beziehung zu Ms Whittier ist echt.» Er sprach direkt in das Mikrofon, jedes Wort klar und kühl. «Sie ist eine unglaublich intelligente und talentierte Frau, die darüber hinaus auch noch wunderschön ist.»

Der Freund schnaubte, und Marcus starrte ihn unverwandt an, mit versteinerter, ausdrucksloser Miene, bis dieses kleine hasserfüllte Lächeln verschwand.

«Ich schätze mich äußerst glücklich, sie getroffen zu haben, und ich wäre stolz darauf, sie auf sämtlichen roten Teppichen an meiner Seite zu haben, wenn sie bereit wäre, mich zu begleiten.» Er hob herausfordernd eine Augenbraue und wandte sich wieder an die Frau. «Beantwortet das Ihre Frage?»

«Ähm ...» Mit weit aufgerissenen Augen ließ sie sich mit einem dumpfen Geräusch auf ihren Sitz zurückfallen. «Ja. Vielen Dank.»

Das hier reichte bei Weitem nicht aus, um wiedergutzumachen, wie sehr er April verletzt hatte, doch zumindest hatte er eine Sache bewiesen.

Was auch immer er sonst war, er war jedenfalls nicht wie ihr gottverdammter Vater.

In diesem Moment war Marcus zum ersten Mal seit Jahren nur er selbst. Nicht mehr und definitiv nicht weniger. Ob das genug sein würde – für sie, für die *Gods*-Fans, für seine Eltern –, das konnte er nicht beurteilen.

Aber endlich, nach fast vier Jahrzehnten, war es genug für ihn.

• • •

Zwei Minuten vor dem geplanten Beginn ihrer Frage-Antwort-Runde stürmte Summer Diaz in den Backstage-Bereich und zog April kurz in eine leicht verschwitzte Umarmung.

«Es tut mir so leid», keuchte sie. «Das Gruppen-Panel hat so lange gedauert. Es gab *eine Menge* Fragen aus dem Publikum. Unangenehme Fragen.»

«Oh?» April strich sich die Haare hinters Ohr und tat ihr Bestes, um nicht ganz so informationshungrig zu wirken, wie sie war, insbesondere, da diese Informationen auch Marcus betrafen. «Was wollten die Leute denn wissen?»

Einer der Organisatoren der Konferenz winkte ihnen zu und versuchte, ihre Aufmerksamkeit zu gewinnen. April veränderte ihre Sitzposition absichtlich so, dass Summer ihr jede Sicht auf ihn versperrte.

Die andere Frau beobachtete April aufmerksam, und

ihre Atmung normalisierte sich langsam wieder. «Unter anderem, warum Marcus plötzlich wie ein Anwärter auf einen Doktortitel klang und nicht mehr wie der attraktivste Dorftrottel der Welt. Und ob seine Beziehung zu dir echt war oder nur ein PR-Gag.»

Aprils Mund stand offen. Sie merkte es, allerdings schien die Luft im Hotel plötzlich ungewöhnlich dünn zu sein, so dünn, dass sie nach Luft schnappen musste.

«Was ...» Ein weiterer flacher Atemzug. Und noch einer. «Was hat er gesagt?»

«Eine ganze Menge. Lass mich mal nachdenken.» Summer legte den Kopf schief. «Die Höhepunkte: Er ist schüchtern und Legastheniker und freut sich darauf, dies in einem Interview genauer zu erklären, das entweder heute Abend oder morgen veröffentlicht wird.»

Heilige Scheiße. *Ach. Du. Heilige. Scheiße.*

Marcus hatte es geschafft. Er hatte sich seiner alten Rolle entledigt, und das so öffentlichkeitswirksam wie nur möglich, fast so gut, als hätte er eine königliche Hochzeit gestört, indem er seine Legasthenie per Ausdruckstanz offenbarte, um hinterher eine Reihe von Haarpflegeprodukten in Brand zu stecken.

Nicht dass er jemals seine Haarpflegeprodukte anzünden würde. Er hing sehr an ihnen. Wirklich sehr. Besonders an seinem Schaumfestiger, der nach Rosmarin, flauschigen Wolken und Geld duftete.

«Wie hat das Publikum reagiert?» Das war die alles entscheidende, furchterregende Frage.

Summer hob eine Schulter. «Sie waren wohlwollend, wenn auch verwirrt. Ich denke, das Interview wird helfen, die Wogen zu glätten, sobald es veröffentlicht ist.»

April klammerte sich an die Rückenlehne eines Stuhls, der in ihrer Nähe stand, denn ihr wurden richtiggehend die Knie weich vor Erleichterung.

«Und ... was hat er über mich gesagt?» Sie flüsterte beinah, da der Veranstalter näher kam, aber sie war sich keineswegs sicher, ob sie überhaupt hätte lauter sprechen können.

«Dass du intelligent, talentiert und hinreißend bist.» Summer zählte die Adjektive eines nach dem anderen an ihren Fingern ab. «Dass eure Beziehung echt ist und er stolz ist, mit dir zusammen zu sein.»

April schloss die Augen und drängte die Tränen zurück.

«Wir sind schon eine Minute über der Zeit.» Der Organisator klang genervt. «Seid ihr beide bereit?»

April nickte, die Augen immer noch geschlossen.

«Ja, sicher», antwortete Summer. «April?»

Dann traten sie auf die Bühne, blinzelten in das grelle Licht, und April schaute auf ihre Notizen und versuchte, sich auf die bevorstehende Aufgabe zu konzentrieren. Immer mehr Leute schoben sich in den Raum und blieben hinten stehen, während sie Summer dem Publikum vorstellte. Sie konnte nicht umhin, sich zu fragen, ob auch diese Leute alle direkt von dem Gruppen-Panel kamen, wo sie gehört hatten, was Marcus gesagt hatte. Über sich selbst, über sie. Über sie beide zusammen.

Daran darfst du jetzt nicht denken.

«Summer», sagte sie und drehte sich auf ihrem Stuhl, sodass sie die andere Frau direkt anschauen konnte. «Würdest du uns für den Anfang erklären, was dich an der Figur der Lavinia gereizt hat?»

Der Rest des Panels verging wie im Fluge. Summer zeigte enormes Einfühlungsvermögen in ihre Figur und beantwortete äußerst intelligent die Fragen zu ihrer Arbeit, zu den Büchern, die die Serie inspirierten, und zu der Erfahrung, in einer Serie mit solch großer globaler Reichweite mitzuspielen. April gab derweil ihr Bestes, um klar und präsent zu bleiben und auf alles vorbereitet zu sein, was passieren könnte. Aber es lief völlig reibungslos, reibungsloser, als sie gehofft hatte.

Dann hatten sie wie geplant noch zehn Minuten Zeit für Fragen und Antworten aus dem Publikum.

Einer der freiwilligen Helfer wählte eine Zuschauerin aus; April erinnerte sich vage, dass sie kurz nach ihrer Vorstellung von Summer in den Raum gekommen war.

Das große, recht rundliche Mädchen, das nicht viel älter als zwanzig sein konnte, lächelte schüchtern, als sie April ansah. «Hi, ich bin Leila. Ich hatte gehofft, dass ich eine Frage stellen darf.»

April lächelte so aufmunternd, wie sie nur konnte, zurück. «Hallo, Leila. Schießen Sie los. Summer wird Ihnen gern jede Frage beantworten, die Sie haben.»

Das Mädchen zog die Stirn kraus. «Nein, ich meine, ich hatte gehofft, dass ich *Sie* etwas fragen darf.»

Oh.

Oh, Mist.

Aus dem Augenwinkel bemerkte sie, wie Summer ein Handy hervorholte und fieberhaft darauf herumtippte, was ihr in dieser Situation merkwürdig und unhöflich erschien. Doch April vermutete, dass im Moment sowieso niemand im Publikum der Schauspielerin Aufmerksamkeit schenkte.

Nein, alle sahen sie an und wussten, wonach die junge Frau fragen wollte. Es ging um Marcus. Natürlich um Marcus.

Der Con-Veranstalter winkte ihr von der Seite der Bühne aus zu und formte etwas mit den Lippen: *Das ist deine Entscheidung*, sofern sie die übertriebenen Mundbewegungen des Mannes richtig interpretierte.

Ihre Privatsphäre stand hier auf dem Spiel, aber auch ihr Stolz.

Und ihr Herz.

Sie wusste, dass Marcus das hier irgendwann sehen würde. Zumindest würde er davon hören, von Summer oder irgendjemand anderem. Eigentlich war sie nicht der Meinung gewesen, dass die Convention der richtige Ort für dieses Gespräch war, und eigentlich hatte sie auch nicht vorgehabt, ihr Herz einem Saal voller Fremder zu offenbaren, ehe sie direkt mit ihm gesprochen hatte, doch sie wollte der Frage nicht ausweichen – wie auch immer sie lauten würde.

Er liebte sie. Er *liebte* sie, und Marcus hatte schon zu viele Menschen geliebt, die ihn im Stich gelassen hatten. Die seine Bedürfnisse ignoriert hatten. Die sich weigerten, ihn öffentlich anzuerkennen.

Sie war stolz auf ihn, und egal, wie es zwischen ihnen weiterging, er musste das wissen.

Nachdem sie zitternd Luft geholt hatte, ermahnte sie sich gedanklich, ihre Frau zu stehen, und antwortete der Zuschauerin. «Sicher. Wie lautet Ihre Frage?»

«Beim Gruppen-Panel», Leila deutete vage auf die Tür, «Sie wissen schon, das, was direkt vor dieser Session stattfand?»

April neigte zustimmend den Kopf.

«Jedenfalls hat Marcus Caster-Rupp bei dieser Podiumsdiskussion gesagt», fuhr das Mädchen fort, «dass er nicht aus Publicity-Gründen mit Ihnen zusammen ist.»

«Unsere Beziehung hat mit Publicity nichts zu tun.» Ihre Worte klangen entschlossen. Duldeten keinen Widerspruch. «Als wir uns das erste Mal getroffen haben, war da sofort eine gegenseitige Anziehung.»

Und das galt sowohl für ihr erstes Online-Treffen als auch für ihr erstes Date.

«Oh. Gut.» Leilas kurzes Lächeln war hinreißend und so breit, dass es ihr hübsche runde Wangen zauberte. «Seid ihr immer noch zusammen? Denn es ...» Das Mikrofon fing ihr kurzes Stocken und Schlucken ein. «E-es hat mir sehr viel bedeutet, euch beide z-zusammen zu sehen.»

Als April in die Augen des Mädchens sah, erkannte sie dort Schmerz und Sehnsucht. Denselben Schmerz und dieselbe Sehnsucht, die sie jahrzehntelang ebenfalls gequält hatten. Denselben Schmerz und dieselbe Sehnsucht, die sie in die Lavineas-Community gezogen hatten.

Bitte sag mir, dass Menschen, die wie wir aussehen, geliebt werden können.

Bitte sag mir, dass Menschen, die wie wir aussehen, begehrt werden können.

Bitte sag mir, dass Menschen, die wie wir aussehen, ein Happy End haben können.

April biss sich auf die Lippe und ließ ihr Kinn auf die Brust sinken. Sie überlegte, was sie dem Mädchen sagen sollte. Verdammt, sie hatte nicht vorgehabt, irgendetwas davon auszusprechen, aber ...

«Das soll jetzt nicht wie ein Status-Update in den sozialen Medien klingen, doch es ist kompliziert.» Das Publikum kicherte, und sie stieß ebenfalls ein kurzes, amüsiertes Schnauben aus. «Eines will ich allerdings klarstellen: Falls wir uns trennen, dann hat das nichts damit zu tun, dass unsere Beziehung nicht echt war oder dass ihm nicht gefällt, wie ich aussehe. Er will mich genau so, wie ich bin. Glauben Sie mir» – sie schenkte dem Publikum ein Lächeln, das vor Selbstzufriedenheit funkelte – «*ich weiß es.*»

Leila kicherte, und April lachte mit ihr und griff nach ihrem Wasserglas, um einen wohlverdienten Schluck zu nehmen. Als sie sich vom Publikum abwandte, sah sie jemanden am Rand der Bühne stehen, durch einen Vorhang vor den Augen der Zuschauer verborgen.

Es war nicht der Veranstalter der Convention. Auch kein freiwilliger Helfer.

Dort stand Marcus.

Seine Brust hob und senkte sich, als wäre er durch das ganze Hotel gerannt, um zu ihr zu kommen. Er umklammerte sein Handy, und schlagartig wusste April, wem Summer eben eine Nachricht geschrieben hatte und warum.

Mit besorgt verzogenem Gesicht starrte er sie an. Es war nicht sehr schwer, von seinen Lippen zu lesen und seine Armbewegung in Richtung des unsichtbaren Publikums zu deuten. *Es tut mir leid.*

Als sie ihn anlächelte, wurde sein Blick weich. Immer noch besorgt, doch gleichzeitig sanft und liebevoll.

«Leila, Sie haben mich zwar nicht danach gefragt, aber ich möchte trotzdem gern noch etwas anderes klarstellen.» Sie sprach in ihr Mikrofon, aber sie sah ihn an. Immerzu sah sie ihn an. «Sollten Marcus und ich Schluss machen, dann nicht weil ich das so will und auch nicht weil ich ihn nicht liebe.»

Er war sehr, sehr ruhig geworden, sein Gesicht wirkte ernst.

«Ich liebe ihn. Natürlich tue ich das. Wie könnte ich ihn *nicht* lieben?» Das war wirklich ein Ding der Unmöglichkeit. Es war unvermeidlich, seit dieser ersten Privatnachricht auf dem Lavineas-Server. «Er ist so ein talentierter Mann. Unglaublich belesen und klug und so wissbegierig.»

Marcus bewegte unruhig die Hände an seinen Seiten, aber er wandte den Blick nicht ab. Nicht ein einziges Mal.

«Es steckt so viel mehr in ihm als das, was er der Welt gezeigt hat, und das alles ist sogar noch beeindruckender als die Person, die Sie von Ihren Fernseh- und Kinoleinwänden kennen.» Das war eine gewaltige Untertreibung. April hoffte, dass er das eines Tages verstehen würde. «Er ist nicht perfekt, genau wie ich nicht perfekt bin. Natürlich macht er Fehler, was auch sonst?! Er ist ja kein echter Halbgott.»

Marcus' Lippen waren leicht geöffnet, seine Augen

glänzten, was nicht nur an dem Deckenlicht lag. Und das war nur fair, denn sie war plötzlich selbst den Tränen nahe.

«Er ist nur ein Mann. Ein wundervoller Mann, der Glück und Liebe verdient.» Dann hob sie leicht ihr Kinn in seine Richtung, eine rasche Geste der Bestätigung, bevor sie sich wieder an das Publikum wandte. «Es schadet allerdings auch nicht, dass er auch der hübscheste Mann ist, den ich je getroffen habe.»

Dann lachten sie alle wieder, und April hörte den vertrauten Klang seiner Belustigung von der Seite der Bühne. Was eine Erleichterung war, denn sie wollte nicht, dass er dachte, sie würde ihn *ausschließlich* als hübsches Gesicht betrachten, so unbestreitbar schön dieses Gesicht auch sein mochte.

«Okay, konzentrieren wir uns ab jetzt auf Fragen für Summer.» April schaute ins Publikum, auf der Suche nach einem geeigneten Freiwilligen. «Wer ist der ...»

Plötzlich wurde ihr das Mikrofon aus der Hand gerissen.

«Entschuldigen Sie bitte. Tut mir leid, dass ich störe. Nur eine kurze Anmerkung, bevor wir weitermachen.» Marcus ragte in voller Größe hinter ihrem Stuhl auf, seine Hand ruhte auf der hohen Lehne, und sein Daumen streichelte ihren Nacken an einer Stelle, die sie immer zum Erzittern brachte. «Das heißt, wenn es Summer nichts ausmacht.»

Seine Kollegin lehnte sich in ihrem Stuhl zurück, die Hände hatte sie in ihrem Schoß verschränkt, und ein zufriedenes Grinsen zierte ihr Elfengesicht. «Nimm dir so viel Zeit, wie du brauchst, Marcus. Ich bin nicht in Eile.»

«Großartig.» Er wandte sich an das Publikum. «Leila, es gibt etwas, das ich ebenfalls klarstellen möchte. Nur als Ergänzung zu Aprils Antwort.»

Die junge Frau erhob sich wieder. «Äh, okay?»

«Ms Whittier schien in einer Sache unsicher zu sein, also lassen Sie mich das für Sie aufklären.» Seine Stimme war klar und fest, und die Wärme in seinem Blick kräuselte die Partie um seine berühmten blaugrauen Augen. «Wir werden uns nicht trennen. Nicht wenn ich dabei etwas zu sagen habe.»

Jetzt war es an April, ihn anzustarren, wie versteinert vor Überraschung. Er senkte das Mikrofon und wandte sich ihr zu, die freie Hand erhoben, während er auf ihre Erlaubnis wartete.

Sie nickte.

Er legte seine Hand sanft an ihre Wange und musterte ihre Züge sorgsam. «Habe ich dabei etwas zu sagen?»

«Das hast du.» Sie erkannte ihre eigene Stimme kaum wieder, sie war heiser vor Erleichterung und Liebe.

«Okay, dann.» Er neigte den Kopf und drückte ihr einen sanften Kuss auf die zitternden Lippen. Und noch einen. Dann hob er das Mikrofon wieder. «Jetzt ist es offiziell. Wir sind immer noch zusammen. Das ist die Antwort auf Ihre Frage, Leila.»

April schätzte es sehr, eine so eindeutige Aussage im Protokoll stehen zu haben.

Aber ehrlich gesagt hätte Leila es sowieso selbst erkannt, zusammen mit allen anderen, die das Video streamten oder später die Panel-Mitschrift lasen. Vor allem als April auf die Füße sprang, Marcus an sich riss und ihre Hände in sein unfassbar weiches Haar schob, um ihn zu sich herunterzuziehen.

Der Kuss war lang. Liebevoll und inbrünstig. Es kam mehr Zunge zum Einsatz, als es für eine Veranstaltung, die als familienfreundlich beworben wurde, angemessen war.

Und für die Fans von *Gods of the Gates* war es ein Kuss, der Tausende neuer Fanfics inspirierte.

Rating: Mature

Fandoms: Gods of the Gates – E. Wade, Gods of the Gates (TV)

Beziehung: Amor/Psyche, Amor & Venus, Psyche & Venus

Zusätzliche Tags: Alternate Universe – Modern, Celebrity!Amor, Fan!Psyche, Kommt schon, ihr wusstet, das würde passieren, April Whittier lebt den Traum, The Peg that was promised

Statistik: Wörter: 925; Kapitel: 1/1; Kommentare: 22; Kudos: 104; Lesezeichen: 7

MIT EINEM KUSS ZUR LEGENDE
SoftestBoiAmor

Zusammenfassung:
Psyche glaubt immer noch nicht, dass Amor sie je an erste Stelle setzen wird, weder jetzt noch irgendwann. Aber als seine Mutter versucht, bei einer Fan-Convention einen Keil zwischen das Paar zu treiben, zeigt er Psyche das wahre Ausmaß seiner Hingabe – und seiner Leidenschaft. Sowohl in der Öffentlichkeit als auch im Privaten.

Bemerkung:
Wenn du nicht auf der Con of the Gates warst: Du hättest dort sein sollen. Das YouTube-Video wird dem Kuss nicht gerecht. NICHT IM GERINGSTEN. Hoch lebe April Whittier, die rechtmäßige Königin der *Gods-of-the-Gates*-Fans!

Als Moderatorin des Panels sollte Psyche selbst keine Fragen beantworten. Diese Möglichkeit war ihr auch gar nicht in den Sinn gekommen. Wer würde schon mit ihr, einer langwei-

ligen Geologin, reden wollen, wenn Amor, der absolut heißeste Mann des Planeten, neben ihr saß?
Und trotzdem.
Als sie aufblickte, entdeckte sie die nächste Zuschauerin, die eine Frage hatte, und zu ihrem großen Entsetzen war es Venus: wunderschön, perfekt, rachsüchtig – und dazu Amors Mutter, die ihn mit ihrer erstickenden Liebe zu den abscheulichsten Taten angestachelt hatte.
«Sieh dich nur an», spottete die fleischgewordene Göttin. «Keiner meiner Söhne würde eine solche Frau begehren. Er ist ein Star. Du bist nur ein Fan. Eure sogenannte *Beziehung* ist lediglich ein PR-Gag. Gib es zu, Psyche, vor aller Welt. Damit dich alle als die Lügnerin kennenlernen, die du bist.»
Tränen brannten ihr in den Augen. Aber bevor sie fließen konnten, hatten zwei warme Daumen sie sanft fortgewischt.
«Sie sollen dich als die Frau kennenlernen, die du bist», korrigierte er, und das Mikrofon übertrug seine Worte laut und deutlich im ganzen Saal. «Sie sollen dich als die Frau kennenlernen, die ich liebe.»
Dann nahm er Psyche in seine schützenden Arme, völlig ungeachtet des angewiderten Kreischens seiner Mutter, und küsste sie so lange, bis sie hätte schwören können, dass ihm Flügel gewachsen waren und er sie beide gen Himmel trug.
Und in dieser Nacht peggte sie ihn zum ersten Mal.

EPILOG

«Ich kann nicht glauben, dass es die ganze Zeit Ian war.» April sah Marcus mit gerunzelter Stirn über ihren Laptop hinweg an. «Hat er die Drehbücher seiner Frau gezeigt oder ...?»

Marcus streckte sich auf ihrer Couch aus, die Hände hinter dem Kopf verschränkt, und genoss den Moment: Sie, die am Küchentisch fröhlich an ihrer neuesten One-Shot-Fic arbeitete. Er, der die Zeit zwischen den Drehs nutzte, um zu lesen und seine eigenen Geschichten zu schreiben, sich als BAWN mit ihren Lavineas-Freunden auszutauschen und vor allem April ins Bett zu manövrieren, wann immer es möglich war.

Sie waren jetzt seit fast zwei Jahren zusammen. Seit fast einem Jahr verlobt.

Letzten Monat hatten sie sein Haus in L. A. zum Verkauf angeboten und begonnen, stattdessen ein Haus in der Gegend um San Francisco zu suchen, das groß genug war und von dem aus April ihre Arbeit leicht erreichen konnte. Der Immobilienmakler war angewiesen worden, alles auszuschließen, was sich zu dicht an seinem Elternhaus befand, obwohl April und er seine Eltern alle paar Monate pflichtbewusst besuchten und unangenehme Nachmittage mit seiner Mom und seinem Dad verbrachten.

Unangenehm, aber nicht mehr besonders schmerzhaft. Nicht mehr seit dem Brief, den er ihnen geschickt hatte, und nicht mehr, seit seine Eltern in den Fokus von Aprils kühlem, kritischem Blick geraten waren und sie ihn jedes Mal treffsicher verteidigte, wenn es die Umstände erforderten.

Ehrlich gesagt hatte er das Gefühl, dass sie Angst vor seiner Verlobten hatten. Die in Anbetracht der Meinung, die April über die beiden hatte, nicht unbedingt unbegründet war.

«Nein, nicht Ians Frau.» Oh, das war der beste Teil. Er konnte es kaum erwarten, ihr Gesicht zu sehen. «Er hat die Drehbücher seinem persönlichen Thunfischlieferanten gegeben, weil der ihm dafür einen Rabatt gewährt hat.»

Langsam klappte sie ihren Laptop-Bildschirm zu und starrte ihn an.

«Er ...» Sie legte den Kopf schief, und ihr kupferfarbenes Haar fiel ihr über die Schulter. «Du willst mir allen Ernstes erzählen, dass Ian gegen seinen Vertrag verstoßen hat, damit er weniger für Fisch bezahlen musste? Habe ich das richtig verstanden?»

«Jap.» Er betonte den letzten Konsonanten mit einem Plopp.

«Wow. Wooooow.» Sie nahm ihre Brille von der Nase und blinzelte. «Die Serie ist schon seit Monaten vorbei. Warum kommt das ausgerechnet jetzt raus?»

«Ian spielt in seiner neuen Serie jemanden, der weniger fit ist, also hat er aufgehört, so hart zu trainieren. Weniger Training bedeutet weniger Proteinbedarf. Weniger Bedarf an Proteinen bedeutet weniger ...»

«Bedarf an Thunfisch.» Sie klopfte mit dem Bügel ihrer Brille auf den Tisch. «Hui. Ian wurde von einem verarmten, rachsüchtigen Thunfischhändler verraten. Ich muss zugeben, das habe ich nicht kommen sehen.»

Er grinste. «Ich glaube, Carah hat nicht aufgehört zu gackern, seit wir es heute Morgen erfahren haben.»

Dieses fischige Arschloch, hatte sie im Gruppenchat geschrieben. Wörtlich und im übertragenen Sinne. HahahahaHA-HAHA.

Er war mit seinen *Gods*-Kollegen befreundet geblieben, mit manchen enger als mit anderen. Doch sie standen ihm alle näher, als er es vor zwei Jahren erwartet hätte, vielleicht, weil sie ihn jetzt wirklich *kannten*. Alle paar Tage postete jemand ein Update, und sie unterhielten sich über ihre neuen Filme und Serien, ihre Familien oder mögliche Gruppentreffen.

Allerdings hatten sie Ian an diesem Morgen aus dem Gruppenchat geworfen, denn mal ganz im Ernst? Ein Thunfischlieferant?

«Oh, und Summer lässt übrigens grüßen.» Träge kratzte er sich durch sein Brusthaar. «Sie will mit dir essen gehen, wenn wir das nächste Mal in L. A. sind.»

Seit ihrer ersten gemeinsamen Convention waren seine ehemalige Serien-Frau und seine echte Verlobte gute Freundinnen geworden, auch weil sie viele Gelegenheiten hatten, Zeit miteinander zu verbringen. Auf Preisverleihungen und Conventions. Bei Besuchen in L. A. Außerdem ein paar Wochen im letzten Frühjahr, als er und Summer in San Francisco gedreht hatten.

Sehr zur Verwunderung seiner Eltern und zu Aprils Belustigung hatte sein erstes Projekt nach *Gods* darin bestanden, eine sehr vertraute Figur zu spielen: Aeneas. Genauer gesagt, Aeneas aus Vergils *Aeneis* und nicht Wades Version der Figur oder – er unterdrückte ein Schaudern – Ron und R. J.s Interpretation.

Zum ersten Mal hatte er geholfen, seinen eigenen Film zu produzieren. Es hatte sich um einen zweistündigen Film für einen Streamingdienst mit großem Budget gehandelt, der bereit war, auch in ungewöhnliche Projekte zu investieren, solange sie mit großen Stars besetzt waren. Stars wie Marcus, Carah und Summer zum Beispiel.

Seine Fans waren ihm treu geblieben, nachdem er seine öffentliche Rolle aufgegeben hatte, und er hätte zwischen verschiedenen interessanten Rollen wählen können. Aber der Wechsel hinter die Kamera war seine Art, mehr Einfluss auf das Drehbuch, die Figuren und seine Kollegen zu haben. Es war außerdem eine Herausforderung, und er musste eine Reihe neuer Fertigkeiten erwerben. Sehr zu seiner Freude konnte er es organisieren, dass einige Schlüsselszenen in San Francisco gedreht wurden, so nah wie möglich bei der Frau, die er liebte.

Nicht dass April nicht ohne ihn auskommen würde, wenn er anderswo drehen musste. Doch bevor er sie getroffen hatte, war er so viele Jahre einsam gewesen. Zu viele, um eine monatelange Trennung einfach hinzunehmen, vor allem wenn es Alternativen gab.

Als er zum ersten Mal zaghaft die Idee erwähnt hatte, dass er als Co-Produzent und Darsteller bei einer neuen Version der *Aeneis* mitwirken könnte, zusammen mit Carah als Dido und Summer als Lavinia, hatte April gelacht und gelacht, bis sie buchstäblich auf dem Bett zusammengebrochen war und vor lauter Lachen geweint hatte.

«Du ...» Nachdem sie sich das Gesicht abgewischt hatte, hatte sie noch einmal angesetzt. «Dir ist schon klar, dass das im Grunde eine Art große Fix-it-Fic als Antwort auf *Gods of the Gates* ist, oder?»

Okay, so hatte er es noch nicht gesehen, aber ...

«Irgendwie schon.» Er zuckte mit den Schultern. «Schätze ich?»

«Gott, du bist so unglaublich *süß*», hatte April ihn informiert, und dann hatte sie ihn zu sich aufs Bett gezogen, und das Gespräch war abrupt zu Ende gewesen.

Die Erinnerung an diesen Abend war mehr als angenehm. Sie war geradezu *motivierend*.

Daher brachte er seinen Körper auf der Couch nun in

eine bessere Position und drehte sich April zu. Sie beobachtete ihn immer noch, anstatt sich hinter ihrem Laptop zu verstecken und auf der Tastatur zu tippen – und er nutzte die Gelegenheit.

Während seine eine Hand noch immer hinter seinem Kopf lag, fuhr er mit der anderen mittig über seine nackte Brust und stoppte knapp über dem Bund seiner tief sitzenden Jeans.

Ihr Atem stockte hörbar, und er grinste sie an, langsam und heiß.

Dann läutete ein Telefon.

«Deins oder meins?», fragte er.

Sie warf einen Blick über den Tisch. «Meins. Meine Mutter.»

Der Anruf ging direkt auf die Mailbox, wie es bei den Anrufen ihrer Mutter oft geschah.

Erst jetzt, nach zwei Jahren, war JoAnn in der Lage, gelegentlich Gespräche zu führen, ohne dass eine einzige Andeutung zu Diäten oder Sport fiel. Sobald diese Themen aufkamen, legte April sofort auf, aber die ältere Frau schien nie daraus zu lernen.

Trotzdem gab April ihrer Mutter eine Chance nach der anderen, um sich zu ändern.

«Letztendlich geht es nicht wirklich um mich», hatte sie nach einem weiteren abgebrochenen Gespräch erklärt. «Es geht um ihre eigenen Ängste. Ich bin mir nicht mal sicher, ob sie überhaupt weiß, was sie tut.»

Aber nicht immer hatte April Energie und Lust, herauszufinden, ob JoAnn ihre Grenzen diesmal für die Dauer eines Telefonats einhalten konnte. Und an solchen Tagen ließ sie ihr Handy einfach klingeln, bis es von selbst aufhörte.

Marcus wünschte sich, sie würde JoAnn ein für alle Mal blockieren, doch das war nicht seine Entscheidung.

Zumindest gab es keine persönlichen Treffen mehr. Nicht nach diesem ersten desaströsen Mittagessen, bei dem JoAnn ihre Tochter immer wieder nervös auf die kalorienarmen Optionen hingewiesen hatte.

Unter dem Tisch hatte er Aprils Hand in seine genommen. Sie hatte so fest zugedrückt, dass es wehtat.

Dann hatte sie losgelassen, war aufgestanden, hatte sich ihre Handtasche über die Schulter geschlungen und das Restaurant ohne ein weiteres Wort verlassen.

Die ältere Frau hatte am Tisch zu weinen begonnen, klein und zusammengekauert, und er hätte gern mehr Mitleid für sie aufgebracht, als er empfand. Doch er hatte Aprils verletzte Wut miterlebt und ihre Trauer nach diesem katastrophalen Geburtstagsbesuch; er hatte sie nackt und zitternd gesehen, wie sie auf einmal so unsicher gewesen war – völlig untypisch für sie –, ob er sie bei grellem Licht überhaupt noch wollte. Daher: nein!

Nein, er zeigte sich JoAnn gegenüber nicht nachsichtiger, als April es gegenüber seinen Eltern war.

«JoAnn», hatte Marcus gesagt, bevor er April zur Tür hinausgefolgt war. «Bitte mach es besser. Denn wenn du es nicht tust, wirst du ohne Tochter dastehen, egal wie sehr sie dich liebt.»

In dieser Nacht hatte sich April unter einem riesigen Haufen Decken in seine Arme gekuschelt, ihr war so kalt gewesen, wie er es bisher nur einmal erlebt hatte.

«Das mache ich nicht noch einmal mit», hatte sie zu guter Letzt an seinem Hals geflüstert.

Er hatte seine Wange gegen ihren Kopf geschmiegt. «Das musst du auch nicht.»

Zum Glück wirkte sie jetzt, trotz der Unterbrechung durch den Anruf ihrer Mutter, nicht so, als wäre ihr kalt. In keinerlei Hinsicht. Ihre Augen verweilten überall auf seinem verführerisch posierenden Körper, Hitze kroch ihm über die Haut und brannte sich einen Weg direkt zu seinem härter werdenden Schwanz.

«Meine Güte, Großmutter.» Ihre Stimme war ein leises Schnurren, sie schob ihren Stuhl zurück und beäugte die wachsende Wölbung in seiner Jeans. «Was für eine große ...»

Ein Telefon pingte. Schon wieder.

Er schloss die Augen und kniff sich in die Nasenwurzel. «Deins oder meins?»

«Deins. Ich schaue nach, wer es ist.» Einen Moment lang herrschte Schweigen. «Verdammt. Marcus, ich glaube ...» Erst hörte er Schritte, und dann landete das Telefon auf seinem Bauch. «Ich denke, du solltest dir die Nachricht ansehen.»

Widerwillig öffnete er die Augen und warf einen Blick auf den Bildschirm, streichelte mit der freien Hand ihre Hüfte und hoffte, dass sie während der Unterbrechung nicht abkühlte. Abgesehen vom «unschuldigen Bohrmeister» und der «wollüstigen Geologin», war Rotkäppchen sein absolutes Lieblingsrollenspiel.

Als Marcus erkannte, wer die Nachricht geschickt hatte, setzte er sich so schnell auf, dass April zusammenzuckte.

«E. Wade hat mir geschrieben.» Fassungslos starrte er auf sein Handy. «Warum hat E. Wade mir geschrieben?»

April verdrehte die Augen. «Es gibt mindestens einen offensichtlichen Weg, das herauszufinden, Caster-Bindestrich-Rupp.»

Er aktivierte die Text-to-Speech-Funktion seines Handys, legte es auf den Couchtisch und regelte die Lautstärke hoch.

Hallo, Marcus, hatte die Autorin geschrieben. *Bitte verzeihen Sie, dass ich so unvermittelt Kontakt aufnehme, aber ich habe gehört, dass Ihre Adaption von Vergils* Aeneis *bald herauskommt, und ich wollte Ihnen gratulieren. Ihre Dar-*

stellung des Aeneas war einer der wenigen Höhepunkte dieser verdammungswürdigen Serie, und ich bin gespannt, was Sie aus der Figur machen, wenn ein halbwegs kompetentes Drehbuch als Vorlage dient.

April strahlte ihn an, Stolz glomm in ihren sanften braunen Augen, und er nahm ihre Hand und zog sie auf seinen Schoß. Eng an ihn gekuschelt, lauschte sie in seinen Armen dem Rest der Nachricht, Weichheit an harten Muskeln, Wärme an Wärme.

Falls Sie sich jemals dazu entschließen, Ihre eigenen Drehbücher zu schreiben, sollten Sie einen Ratschlag im Hinterkopf behalten: Wie wir beide wissen – und zwar nur allzu gut –, glauben manche Drehbuchautoren, dass Tod, Kummer und Stillstand klüger, sinnvoller und realitätsnäher sind als Liebe, Glück und Veränderung. Aber das Leben besteht nicht nur aus Elend, und sich durch ein mühseliges, schweres Leben einen Weg hin zur Freude zu bahnen, ist harte, kluge und sinnvolle Arbeit. Mit freundlichen Grüßen, E. Wade

Marcus öffnete den Mund, hatte aber keine Zeit, etwas zu sagen, da die Nachricht noch weiterging.

PS: Ich mag Ihre Fics, aber sie brauchen mehr Sex. Nur zur Info.

PPS: Wenn Sie Tipps für diese Szenen brauchen: Sowohl Ihre Verlobte als auch Alex Woodroe haben ziemlich großes Talent dafür.

Schockiert schaute er in Aprils weit aufgerissene Augen. «E. Wade weiß, dass ich *Gods*-Fanfiction schreibe.»

«E. Wade denkt, ich habe Talent für expliziten Sex», konterte April. «Bitte schreib das auf meinen Grabstein.»

Ah. Eine willkommene Erinnerung an das, was sie gerade zu tun gedachten, als Wades Nachricht dazwischenfunkte.

Er neigte den Kopf und wanderte mit seinem Mund die Krümmung ihres Halses entlang. «Du hast ein Talent für expliziten Sex. Das kann ich mit absoluter Sicherheit bestätigen.»

Sie lachte. Als er dann in ihr Ohrläppchen biss und den süßen Schmerz danach wegleckte, erschauderte sie.

Er drängte sie auf das Sofa, zog ihr die Lounge-Hose und den Slip aus und spreizte ihre hellen, runden Schenkel. Er strich daran hinab, dann langsam wieder hinauf, betrachtete jeden Zentimeter Haut, den er mit seinen Händen entlangfuhr.

Ihre Stimme war erstickt. «Meine Güte, Großmutter, was für große» – als er sich dicht vor sie hinkniete, den Blick auf seine Finger gerichtet, die zwischen ihren Beinen streichelten, stockte ihr Atem in einem Wimmern – «Augen du hast.»

Er sah auf und begegnete ihrem Blick. Wie jedes Mal legte er besonders viel Nachdruck in den nächsten Satz, denn er meinte jedes Wort genau so. «Damit ich dich besser sehen kann, meine Liebe.»

Ihre Antwort war ein sanftes Lächeln, und sie keuchte leise, als sich seine Zähne in eine köstliche Stelle an der Innenseite ihres Oberschenkels senkten. Alles war so sanft und weich. Ihr ausgestreckter, verführerischer Körper. Der Blick, mit dem sie ihn jeden Morgen ansah im anbrechenden Licht des Tages, das in ihr Schlafzimmer fiel.

So sanft und weich wie ihr Herz. Und wie seines.

Gemeinsam bahnten sie sich einen Weg durch das Leben, das manchmal schön und manchmal hart war. Doch sie waren beide klug, trotz aller Weichheit beide zäh, und sie waren beide bereit zu arbeiten – füreinander und für ihr eigenes Glück.

Das war der Sinn, den er brauchte. Genug für ein ganzes Leben.

«Meine Güte, Großmutter.» Sie hatte die Finger in seinem Haar vergraben und drängte seinen Mund dorthin, wo sie ihn brauchte, selbstbewusst, verspielt und hinreißend. Genau so, wie er sie haben wollte, jetzt und für immer. «Was für große Zähne du hast.»

Das war Marcus' liebster Part, und er kam gerade zur richtigen Zeit. «Damit ich dich besser vernaschen kann, meine Liebe.»

Dann machte er es sich bequem und ging an die Arbeit, entschlossen wie immer, um Rotkäppchen – April, Ulsie, seiner Verlobten, der Frau, die er immer und ewig lieben würde – ihr ganz eigenes Happy End zu schenken.

Genau wie die in ihren Fics.

Genau wie das, das sie ihm geschenkt hatte.

DANKSAGUNG

Die Existenz dieses Buches ist mein ganz persönliches Happy End, es ist erfüllend, hart erkämpft und wurde durch Liebe erreicht. Durch meine Liebe zu der Geschichte natürlich, aber auch durch die Liebe meiner Freunde und meiner Familie und durch die Liebe, die meine Agentin und mein Verlag ihren Büchern und den Autor:innen entgegenbringen. Ich würde mich gern bei allen bedanken, die mich bei der Entstehung dieses Romans unterstützt haben, aber das würde den Umfang des Buches verdoppeln, also werde ich mich stattdessen auf ein paar wichtige Schlüsselpersonen beschränken:

Sarah Younger, meine Agentin, die sich so sehr für mich und meine Arbeit einsetzt. Sie ist immer superprofessionell, aber sie hat auch deutlich zum Ausdruck gebracht, wie sehr ihr meine Geschichten am Herzen liegen – wofür ich ihr sehr dankbar bin. Ihre Fürsprache und ihr ehrgeiziger Einsatz in meinem Namen, ihre harte Arbeit und ihre Freundlichkeit bedeuten mir unendlich viel.

Elle Keck, meine großartige Lektorin, die an mich und dieses Buch geglaubt und mich dazu angetrieben hat, es so lange zu polieren, bis es geglänzt hat. Danke, dass du mich so kenntnisreich, geduldig und gut gelaunt begleitet hast, und danke, dass du mich als Autorin gewollt hast. Ich bin dir mehr als dankbar.

Ich schulde auch allen anderen Avon-Mitarbeiter:innen, die an diesem Buch mitgewirkt haben, ein riesengroßes Dankeschön, insbesondere Kayleigh Webb, Angela Craft, Laura Cherkas und Rachel Weinick. Außerdem bin ich so dankbar, dass sich Avon für das wunderschöne Cover meine Lieblingsillustratorin Leni Kauffman geschnappt hat! Leni: Dieses Bild hat mich (und viele andere) zum Weinen gebracht, weil wir uns darin auf eine Art und Weise wiedererkannt haben, die wir selten erleben. Ich kann dir nicht genug danken.

Margrethe Martin hat mit mir endlose Stunden via FaceTime über Geologie gesprochen – bis zu dem Punkt, an dem mein Telefon wiederholt den Geist aufgab –, und sie hat später meinen Entwurf gelesen, um sicherzustellen, dass ich alles richtig verstanden hatte. Was nicht der Fall war, aber sie hat mir geholfen, alles korrekt hinzubekommen. Das war so großzügig und nett von ihr und die Tat einer wahren Freundin. Vielen Dank dafür. Und danke, dass du mich sowohl zum *Shake House* als auch zum *Rock Warehouse* mitgenommen hast, obwohl du an meinem Verstand gezweifelt hast! Ich war so beschwingt, dass ich beides in der Geschichte unterbringen konnte!

Emma Barry hat diese Geschichte gelesen und sie bis ins Unermessliche verbessert, so wie sie es immer tut, und dafür schätze ich sie wirklich sehr. Aber ich schätze noch viel mehr an ihr: ihre Freundlichkeit, ihre Rücksichtnahme, ihr ansteckendes Lachen und die Art und Weise, wie sie an mich glaubt, mehr als ich jemals an mich selbst geglaubt habe. Außerdem hat Lucy Parkers Einschätzung zu dem Buch mir die Welt bedeutet, das Gleiche gilt für ihre Freundschaft.

An all meine anderen Romancelandia-Freunde auf Twitter, die mich stets unterstützt und mir geholfen haben, mich durch die Überarbeitungen zu kämpfen, während die Welt gebrannt hat: Ich danke euch. *Ich danke euch.* Besonderer Dank geht an meine lieben Freundinnen Therese Beharrie, Mia Sosa, Kate Clayborn und Ainslie Paton.

Mein Mann liebt mich bedingungslos, so wie ich bin. Mit ihm im Rücken ist alles möglich. Alles. Meine Tochter ist der Sonnenschein in meinem Leben, so strahlend und warm, dass ich manchmal die Augen zukneifen muss. Jedes Mal, wenn ich sie an meinem persönlichen Himmel sehe, wird mein Tag hell und strahlend. Meine Mutter hat gerade eine der schwersten Phasen ihres Lebens hinter sich, doch sie ist immer noch in Bewegung, immer noch zielstrebig und immer noch so fürsorglich zu den Menschen, die sie liebt. Danke, dass ihr meine Familie seid, ihr alle, und danke, dass ihr mich liebt.

Und schließlich an alle Fanfiction-Autor:innen da draußen: Ich liebe *euch*. Über ein Jahr lang war es mir nicht möglich, veröffentlichte Bücher zu lesen, weil mich das aus irgendeinem Grund psychisch so unter Druck gesetzt hat. Doch ich konnte mich trotzdem in euren Werken verlieren. Urkomische Geschichten, herzzerreißende Geschichten voller Angst, Geschichten, die von so grenzenloser Kreativität und großem Talent zeugten, dass ich sie mit nichts als Ehrfurcht lesen konnte. Ihr bietet sie der Welt kostenlos an, und ihr habt meine geistige Gesundheit gerettet (oder zumindest die verbliebenen Fragmente). Ein besonderer Gruß geht an das Braime-Fandom, in dem ich mich ein Jahr lang herumgetrieben habe. Möglicherweise findet ihr einige Hinweise darauf in diesem Buch? Ist aber nur eine Vermutung. 😊

GLOSSAR

Aeneas's Angry/Confused/Sad/Inconvenient Boner Week Wörtlich: Aeneas'-Wütender/Verwirrter/Trauriger/Ungünstiger-Ständer-Woche. Im Zuge solcher Aktionen wird dazu aufgerufen, Geschichten zu bestimmten Themen zu schreiben, in diesem Fall welche, in denen Aeneas gleichzeitig wütend/verwirrt/traurig/in einer unpassenden Situation und erregt ist.

Alternate Universe; AU Paralleluniversum, auch Altraverse, alternative Realität.

Amor Gets Shit Done, No Diaper Needed Wörtlich: Amor kriegt Scheiße geregelt. Keine Windel nötig.

Angst Alternativer Begriff: Seelenqual. Tag für Geschichten, in denen die Figuren sich mit inneren Dämonen quälen.

AO3 Archives of our own – nicht kommerzielle, gemeinnützige Internetseite für Fanfiction und sonstige Fanart.

Bemerkung Engl.: Notes. Vorbemerkungen zu einer Fanfiction an die Leser:innen. Der Autor bzw. die Autorin kann dabei aus dem Alltag oder von der Geschichtenentstehung erzählen. Oft sind auch Grüße, Widmungen und Danksagungen zu finden.

Braime Ship-Name von Jaime Lannister und Brienne of Tarth aus Game of Thrones.

Betaleser:in Eine Person, die die Geschichten vor der Veröffentlichung liest und den Autor bzw. die Autorin auf Fehler in Grammatik und Rechtschreibung hinweisen soll, aber auch bei inhaltlichen Problemen helfen und Verbesserungen vorschlagen kann.

Book!Aeneas Die Aeneas-Figur aus dem Buch-Universum – im Gegensatz zu Show!Aeneas, der Figur aus dem Serien-Universum.

Buch!Kanon Das Universum, das im Buch beschrieben ist.

Cosplay Die Fanpraxis, durch Kostüme und Make-up eine fiktive Figur möglichst lebensecht darzustellen.

Creepy Wörtlich: gruselig. Gemeint ist ein Verhalten, das dafür sorgt, dass sich jemand anders unwohl und etwas unsicher fühlt.

E/Explicit 18+, explizite Inhalte.

Fandom Steht für die Gesamtheit einer Fangemeinde, meist Fans eines fiktionalen Werkes.

Fic Geschichte.

Fix-it-Fic Wörtlich: Mach-es-heile-Geschichte. Darin werden vermeintliche Schwächen der Original-Bücher, -Filme, oder -Serien behoben und eine in Augen der Autorin bzw. des Autors bessere Version erzählt.

Fluff Wörtlich: Flaum. Bezeichnet ein Übermaß an Harmonie und Idylle. Alle haben sich gern, und niemand tut jemandem etwas.

Fridging Bezieht sich auf **Women in Refrigerators**, eine Website, die von feministischen Comic-Fans geschaffen wurde, um Beispiele zu sammeln, wo der Missbrauch oder der Tod eines weiblichen Charakters dazu dient, den Handlungsbogen eines männlichen Charakters vorwärtszubringen.

FTW For the Win; drückt besonderes Lob für eine Sache aus.

Fuckability Wörtlich: Fickbarkeit. Grad der sexuellen Attraktivität.

FYI For Your Information; zur Info.

jk Just kidding; nur Spaß.

Kanon/Canon Alle Elemente, die im Originalwerk enthalten sind, auf dem die jeweilige Fanfiction basiert.

Kudos Wörtlich: Chapeau. Drückt Anerkennung aus. Name der Like-Funktion auf AO3.

Love Lifts Him Up Where He Belongs Wörtlich: Liebe erhebt ihn dorthin, wohin er gehört.

Mash-up Eine Rekombination bestehender Inhalte.

M/Mature 16+, für ältere Jugendliche und erwachsene Leser:innen.

OMFG O my fucking God; Ausdruck der Überraschung.

One-Shot In sich abgeschlossene Geschichte, die in einem Kapitel erzählt wird.

Original Character; OC Bezeichnet selbst erfundene Figuren, die sowohl in freien Arbeiten wie auch in Fanfictions auftauchen können. Werden auch FanCharacter genannt.

OTP One True Pairing; das avisierte Traumpaar; das einzige Lieblingspaar eines Fans.

The Peg that was promised Der Peg, der versprochen wurde.

Pegging Analsex mit einem Umschnalldildo.

Prompt Kurze Ideen aus der Fan-Community, die als Inspiration für Geschichten dienen.

Rating Einstufung, Altersempfehlung.

Roid Rage Steroid-induzierte Wut bei Bodybuildern.

Sammlung/Collection Sammlung von Geschichten zu einem vorgegebenen Thema.

Serien!Kanon Das Universum, das in der Serie beschrieben ist.

Server Fanfiction-Portal.

shippen An der Entwicklung einer Liebesbeziehung zwischen Figuren eines Buches, eines Films, einer Serie etc. besonders interessiert sein.

Shipper Mitglieder der Fanszene von Fernsehserien, Filmen, Romanen oder Comics, die sich besonders mit der Entwicklung möglicher Liebesbeziehungen zwischen den Figuren befassen.

Smut Wörtlich: Schmutz. Expliziter sexueller Inhalt.

Stan Steigerung des Begriffs Fan. Zusammengesetzt aus Stalker und Fan.

Tags Schlagwörter.

Taking Him Down a Peg Wörtlich: ihn eine Stufe (=Peg) runterbringen. Gemeint ist, jemandem etwas Bescheidenheit beibringen. Im Englischen ein Wortspiel durch die doppelte Bedeutung von Peg.

Teen And Up Audiences 12+, für Teenager und älter.

TL;DR Too long, didn't read; Text zu lang, daher nicht gelesen; der Verfasser bzw. die Verfasserin eines Textes kann damit eine kurze Zusammenfassung des Inhalts am Anfang oder Ende markieren.

Top vs. Bottom BDSM, dominanter/aktiver Part vs. unterwürfiger/passiver Part.

WTF / WTAF What the (actual) fuck; drückt Überraschung oder Ungläubigkeit aus.

xx, xoxo Verabschiedung in Nachrichten gegenüber guten Freund:innen, steht für Küsschen und Umarmungen.

MORE THAN JUST A *Kyss*

Du liest gern Liebesromane?
Dann schau doch mal bei KYSS vorbei. Auf unserer Homepage, auf Facebook und auf Instagram gibt es jede Menge Zusatzinformationen, Gewinnspiele und tolle Aktionen rund um unsere Bücher. Hier erfährst du als Erstes, welche Autoren und Serien aus dem Romance-Genre bald bei Rowohlt erscheinen, bekommst einen Blick hinter die Kulissen des Verlages und kannst uns jederzeit Fragen stellen. Wir freuen uns auf dich!

endlichkyss.de
instagram.com/endlichkyss · facebook.com/endlichkyss